Ann H. Gabhart

Ein Garten der Hoffnung

francke

Über die Autorin:
Ann H. Gabhart hat bereits mit zehn Jahren ihre Liebe zum Schreiben entdeckt. Sie ist verheiratet, Mutter von drei Kindern und lebt auf einer Farm in Kentucky.

Bibliografische Information Der Deutschen Nationalbibliothek
Die Deutsche Nationalbibliothek verzeichnet diese Publikation in der Deutschen Nationalbibliografie; detaillierte bibliografische Daten sind im Internet über http://dnb.ddb.de abrufbar.

ISBN 978-3-86827-630-5
Alle Rechte vorbehalten
Copyright © 2006 by Ann H. Gabhart
Originally published in English under the title
Orchard of Hope
by Revell, a division of Baker Publishing Group,
Grand Rapids, Michigan, 49516, USA.
All rights reserved.
German edition © 2017 by Verlag der Francke-Buchhandlung GmbH
35037 Marburg an der Lahn
Deutsch von Dorothee Dziewas
Umschlagbilder: © shutterstock.com / fresher
© shutterstock.com / Oksana Alekseeva
Umschlaggestaltung: Verlag der Francke-Buchhandlung GmbH / Christian Heinritz
Satz: Verlag der Francke-Buchhandlung GmbH
Printed in Czech Republic

www.francke-buch.de

1

Die Mittagssirene von Hollyhill weckte David Brooke. Er konnte nicht fassen, dass er an seinem Schreibtisch eingenickt war – jedenfalls nicht, bevor er sich sein Editorial über die Stadtratssitzung am Montagabend noch einmal durchgelesen hatte, das in der nächsten Ausgabe des *Banner* erscheinen sollte. Drei Absätze Schlummernachrichten.

David überflog seine Notizen und schaltete dann seinen kleinen Kassettenrekorder ein, um sich noch einmal anzuhören, was bei der Sitzung besprochen worden war. Bürgermeister Palmors Stimme dröhnte ihm vom Band entgegen. Er drängte die Ratsversammlung dazu, Gelder für neue Weihnachtsdekorationen an den Laternenpfählen der Main Street zu bewilligen. Stadtrat Jim Jamison unterbrach ihn und merkte an, der alte Schmuck sei doch völlig in Ordnung. Der Bürgermeister konterte mit: „Ich wette, du weißt nicht einmal, wie der alte Weihnachtsschmuck aussieht, Jim."

Das Band lief weiter, aber außer dem kratzenden Geräusch der Kassette war nichts zu hören. Jim hatte Zeit geschunden und sich den Schweiß von der Stirn gewischt, bevor er sagte: „Es ist viel zu heiß, um über Weihnachtsschmuck nachzudenken. Du liebe Güte, es ist August. Wir sollten lieber darüber sprechen, dass Zebrastreifen aufgemalt werden müssen, bevor die Schule anfängt. Jetzt, wo die Schulen die Rassentrennung aufheben, könnten Zebrastreifen besonders wichtig sein."

„Warum das denn, Jim? Meinst du, unsere schwarzen Jungen und Mädchen wissen nicht, wo sie über die Straße gehen sollen?" Die Verärgerung in der Stimme des Bürgermeisters war nicht zu überhören.

David schaltete das Kassettengerät aus und las die Bemerkung, die er mitten in seine Notizen von der Sitzung geschrieben und mit dicken Strichen eingerahmt hatte. *Editorial über Neuanfänge schreiben. Friedliche Neuanfänge.* Die Nachricht, dass der Schulrat von Hollyhill dafür gestimmt hatte, die Rassentrennung in den Schulen aufzuheben, war vor einigen Wochen die Titelgeschichte des

Banner gewesen. Im Juli hatte der Kongress das Bürgerrechtsgesetz beschlossen, deshalb war es höchste Zeit, dass Hollyhill ebenfalls in das moderne Zeitalter eintrat. Doch David vermutete, dass die Schließung der Volksschule im West End, in dem so gut wie alle schwarzen Familien in Holly County lebten, mehr damit zu tun hatte, dass das alte Schulgebäude ein neues Dach gebraucht hätte, und weniger mit dem Bürgerrechtsgesetz.

Niemand in Hollyhill erwartete irgendwelche Probleme. Der Superintendent, Aaron Boyd, hatte David erklärt, die Rassentrennung in den Schulen sei nur deshalb noch nicht früher aufgehoben worden, weil die schwarze Bevölkerung ihre Schule im West End und Mrs Rowlett nicht hatte aufgeben wollen. Sie unterrichtete dort die fünfte bis achte Klasse und es hieß, sie sei die beste Lehrerin im ganzen County. In diesem Herbst würde sie in der High School von Hollyhill Latein unterrichten. David griff nach dem Block, der für den Fall, dass ihm Ideen für Berichte und Artikel kamen, immer neben dem Telefon lag, und schrieb darauf: *Francine Rowlett interviewen.* Dann schaltete er seufzend den Kassettenrekorder wieder ein, um sich die weitere Diskussion anzuhören.

Jim antwortete dem Bürgermeister. Er schrie ihn zwar nicht direkt an, aber viel fehlte nicht. „Ich finde nur, dass die Sicherheit unserer Kinder Priorität haben sollte. Aller unserer Kinder! Und Zebrastreifen können dabei helfen."

Jetzt ergriff Harry Williams das Wort. „Wir müssten die Bestimmungen des Bundesstaates kennen. Bestimmt gibt es Vorschriften, wo die Übergänge sein sollten und wie breit sie sein müssen." Harrys Sohn war Anwalt in Grundy, sodass er es als seine Pflicht betrachtete, auf jedes potenzielle rechtliche Problem hinzuweisen.

Bürgermeister Palmors Stimme wurde etwas lauter, als er sagte, sie sprächen schließlich von städtischen Straßen, also spiele es keine Rolle, was die Gesetzgebung des Bundesstaates besage. Hier schaltete David das Abspielgerät erneut aus. Anschließend hatte sowieso niemand mehr etwas Hörenswertes gesagt und es war nichts weiter entschieden worden. Irgendwann hatte Ramona Sims, die das Protokoll führte, hinter vorgehaltener Hand gegähnt, auf ihre Uhr geblickt und anschließend verkündet, sie müsse ihren Sohn vom Baseballtraining abholen. Sie hatte ihren

Kugelschreiber klicken lassen, ihr Notizbuch zugeklappt und die Sitzung beendet.

Also versuchte David ein Editorial darüber zu schreiben, dass die Mitglieder des Stadtrats und der Bürgermeister gemeinsam zum Wohle der Stadt arbeiten sollten. Aber nachdem er sich seinen Text noch einmal durchgelesen hatte, beschloss er, dass es interessanter sein würde, der Farbe der besagten Zebrastreifen beim Trocknen zuzusehen, falls der Stadtrat sich jemals einigen würde, wo sie nun aufgemalt werden sollten. Vielleicht sollte er sein Editorial über die richtige Anbringung von Zebrastreifen schreiben. Seinen Text über „friedliche Neuanfänge“ wollte er sich bis zu dem Mittwoch aufheben, an dem die Schule wieder begann.

Dabei würde er seine Worte sorgfältig wählen müssen. Er wollte nicht die Art Zeitungsherausgeber sein, die den Stift schwang, um einen Streit vom Zaun zu brechen, nur damit sie neue Schlagzeilen hatten. In Hollyhill hatte es nie Rassenprobleme gegeben. Erst letzte Woche hatte Bürgermeister Palmor zu David gesagt, Hollyhill könne sich glücklich schätzen, solche „guten Neger zu haben, die keine Sitzblockaden und Demonstrationen veranstalten, nur um Schwierigkeiten zu machen.“

David war nicht näher auf das Thema eingegangen. Stattdessen hatte er das Gespräch darauf gelenkt, ob die Hitzewelle wohl bald enden würde oder nicht. Wenn er jetzt daran zurückdachte, kam er sich wie ein Feigling vor. Er hätte den Bürgermeister daran erinnern sollen, dass vor Gott alle Menschen gleich waren. Schon vor Jahrhunderten hatte Paulus den Galatern geschrieben: *Hier ist nicht Jude noch Grieche, hier ist nicht Sklave noch Freier, hier ist nicht Mann noch Frau; denn ihr seid allesamt einer in Christus Jesus.*

So etwas sollte David auch den Menschen von Hollyhill schreiben. Dass allen Menschen in ihrem Land gewisse unveräußerliche Rechte zugesichert wurden. Aber stattdessen füllte er die Seite mit Worten, die nichts bewirken würden, außer seine Leser einzuschläfern. David knüllte das Blatt Papier zusammen und warf es in Richtung Papierkorb. Es fiel daneben.

David starrte auf das neue, leere Blatt auf seinem Notizblock und spürte, dass seine Augen wieder schwer wurden. Wenigstens war es nicht seine Predigt für Sonntag, über der er ständig einschlief, obwohl ihm diesbezüglich auch noch eine zündende Idee fehlte. Er fühlte sich so abgestanden, wie der Redbone River ausgesehen hatte, als sie gestern Abend auf dem Weg zur Gebetsstunde daran vorbeigekommen waren und Tante Love erklärt hatte, die Hundstage hätten offiziell begonnen.

Es war nicht einfach, Woche für Woche neue Ideen für Editorials oder Predigten zu finden. Natürlich vertraute er Gott, was die Ideen für die Predigten betraf, aber David musste seinen Teil beisteuern, indem er betete und in der Heiligen Schrift forschte. Er konnte nicht erwarten, dass er am kommenden Sonntag auf die Kanzel von Mt. Pleasant steigen, den Mund öffnen und eine fertige Predigt hervorsprudeln würde.

Es dauerte seine Zeit, die richtige Botschaft zu formulieren, das in Worte zu fassen, was Gott ihnen sagen wollte. Es dauerte seine Zeit, Editorials zu formulieren, die mehr waren als nur Lückenfüller. Es dauerte seine Zeit, den *Hollyhill Banner* zu setzen, auch wenn er nur einmal in der Woche erschien. Und Zeit war etwas, das in Davids Leben rar war, seit der Tornado im Juli die Clay's Creek Baptist Church weggefegt und Wes unter einer Eiche begraben hatte, sodass sein rechtes Bein nahezu zertrümmert war.

David verließ sich seit Jahren darauf, dass Wes die Druckerpresse in einem funktionstüchtigen Zustand hielt. Zum Glück war nichts Wesentliches kaputtgegangen, seit Wes ins Krankenhaus eingeliefert worden war. David hatte gewusst, dass Wes die Zeitungen zum Postamt brachte, von wo aus sie an die Abonnenten verteilt wurden, und zu den Lebensmittelläden, den Drogerien und dem Imbiss, wo sie zum Verkauf standen. Er hatte gewusst, dass Wes die meisten Anzeigen gestaltete und setzte. Allerdings hatte er nicht gewusst, wie viele Stunden das alles dauerte, bevor er es selbst hatte tun müssen.

Jeder Mensch hatte die gleiche Anzahl Stunden am Tag zur Verfügung, ermahnte David sich. Der Herr hatte ihm diesen Tag, den 13. August 1964, gegeben und ihm keine einzige Stunde vorenthalten. Aber in letzter Zeit reichten vierundzwanzig Stunden einfach nicht aus. Manchmal kam es David so vor, als wäre sein eigenes Leben von einem Tornado getroffen worden, bei all dem, was seit Juni geschehen war.

Es war nicht nur der *Banner*. Er hatte eine volle Pastorenstelle in

Mt. Pleasant angenommen, nachdem die Gemeinde dort beschlossen hatte, dass sie einen Pastor einstellen konnten, der eine Exfrau in Kalifornien hatte und eine unverheiratete Tochter, die Ende September ein Baby erwartete. Bei dem Gedanken an Tabithas Baby, sein Enkelkind, musste David lächeln.

In den vergangenen zwei Wochen, nachdem die Nachricht von dem Baby die Runde gemacht hatte, waren einige Leute auf der Straße stehen geblieben, um ihm zu sagen, wie leid ihnen Tabithas „Schwierigkeiten“ täten, und zu fragen, ob sie das Kind zur Adoption freigeben wolle. Ein Baby brauche schließlich Mutter und Vater. Das sei Gottes Plan.

Aber das bedeutete nicht, dass der Herr nicht bei einem Plan B helfen konnte, wenn der erste Plan schiefging. Das hatte David am eigenen Leib erfahren. Gott hatte ihm vor vierzehn Jahren geholfen zurechtzukommen, als Adrienne es David überlassen hatte, Jocie großzuziehen.

Er erinnerte sich daran, wie er Jocie auf dem Arm gehalten hatte, nachdem Adrienne wieder in ihrem Schlafzimmer verschwunden war und die Tür hinter sich geschlossen hatte. Jocie war so winzig gewesen – beinahe zerbrechlich, da sie kaum mehr als fünf Pfund gewogen hatte – und einen Augenblick lang hatte er panische Angst gehabt. Aber dann hatte sie die Augen aufgeschlagen und ihn direkt angesehen, während ihre Lippen sich zu einem Lächeln verzogen. Es spielte keine Rolle, dass die Fachleute sagten, Neugeborene könnten gar nicht scharf sehen und lächelten nur, weil sie Blähungen hätten. Sie wüssten noch nicht, was Lächeln und was Stirnrunzeln war. David hatte das Gefühl gehabt, dass ihr Wesen sich ihm zuwandte. In diesem Augenblick hatte sie sein Herz erobert und war für immer sein Schatz geworden.

Zum Glück war sie bei dem Tornado nicht verletzt worden. David blickte auf seine Uhr. Wo war Jocie? Eigentlich hätte sie längst da sein sollen, um mit ihm zusammen Wes aus dem Krankenhaus abzuholen. Sie mussten vor drei Uhr dort sein und es war eine lange Fahrt, selbst wenn sie keinen Lastwagen vor sich hatten. Wenigstens hatten die ganzen Fahrten zum Krankenhaus David die Gelegenheit gegeben, jede Menge Zeit mit Jocie zu verbringen. Gott konnte aus allem etwas Gutes entstehen lassen.

David legte seine Notizen in eine Mappe und ließ sie auf den Stapel Papier in seinem Eingangskorb fallen. Vielleicht wartete Jocie in der Druckerei auf ihn. Sie hatte ihm geholfen, die Anzeigen zu setzen, und in den letzten Wochen praktisch jeden Tag gearbeitet, außer wenn sie Tante Love im Haushalt hatte helfen müssen. An diesem Morgen war sie zu Hause geblieben, um Tante Love zu helfen, im Wohnzimmer ein Bett für Wes herzurichten. Der Mann konnte schließlich nicht gut allein in seiner Wohnung über dem Zeitungsbüro bleiben. Er würde ja nicht einmal die Treppe hinaufkommen.

Wes konnte kaum durchs Krankenhauszimmer laufen, und das war auch kein Wunder, wenn man bedachte, wie die Stangen, die seine Knochen zusammenhielten, aus dem Gips herausragten. Allmählich sah er wirklich wie der Außerirdische vom Jupiter aus, der er manchmal vorgab zu sein.

Die Ärzte hatten vorgeschlagen, Wes solle ins Pflegeheim von Hollyhill ziehen, bis sein Bein so weit verheilt war, dass ein kleinerer Gips ausreichte, aber David konnte sich Wes nicht in einem Rollstuhl an diesem Ort vorstellen, an den alte Menschen gingen, um zu sterben. So alt oder schwach war Wes nicht. Sein Bein würde wieder heilen. Es musste einfach. David brauchte ihn, um die Arbeit beim *Banner* zu erledigen. Und um Jocie Jupitergeschichten zu erzählen. David wünschte sich, dass das Leben wieder normal verlief, aber vielleicht war normal nicht im Bereich des Möglichen, wenn ein Tornado das Leben durcheinandergewirbelt hatte.

2

Jocie geriet ein wenig ins Keuchen, als sie mit ihrem Fahrrad Locust Hill hinaufstrampelte. Der Hügel war eigentlich nicht sehr steil, aber er war lang und hatte zwei Kurven. Jocie stieg aus dem Sattel und trat in die Pedale. Erst dachte sie, sie würde es bis oben schaffen, aber dann hakte die Kette des alten Fahrrads und das linke Pedal rutschte unter ihrem Fuß weg.

„Schrotthaufen", murmelte Jocie, während sie abstieg und das Rad dann schob. Sie konnte beinahe sehen, wie Tante Love die Stirn runzelte und ihr einen Bibelvers vorhielt. Vielleicht etwas wie: *In allem aber seid dankbar*. Das war bestimmt einer von Tante Loves Lieblingsversen.

Und sie hatte recht. Jocie war dankbar dafür, dass Matt McDermott, der Gemeindeleiter von Mt. Pleasant, in seiner Scheune gewühlt und dieses alte Fahrrad für sie gefunden hatte. Es war rostig, aber sie konnte es anmalen. Die größten Beulen hatte sie aus den Schutzblechen hämmern können und es war auch gar nicht so schlimm, dass sie die Reifen jedes Mal aufpumpen musste, wenn sie fahren wollte. Ihr Dad und sie hatten die Schläuche schon ein paarmal geflickt, aber sie waren alt und bekamen immer wieder neue Löcher.

Wenigstens war die Kette diesmal nicht vom Zahnrad gesprungen. Sie war schon zu spät dran und hatte eindeutig keine Zeit, sie wieder aufzuziehen. Schon bevor die Zwölf-Uhr-Sirene ein paar Kilometer entfernt in Hollyhill ertönte, wusste sie, dass es Mittag war. Ihr Schatten befand sich fast genau unter ihr. Sie hätte ihren Vater in der Redaktion anrufen sollen, bevor sie von zu Hause losgefahren war.

Die Sonne brannte mit aller Macht auf die Straße hinunter, sodass der Asphalt unter Jocies Füßen fast glühte und sie ihn durch die Sohlen ihrer Tennisschuhe hindurch spürte, aber sie ließ sich von der Hitze nicht bremsen. Vielmehr schob sie ihr Fahrrad noch schneller.

Obwohl sie dankbar war, vermisste sie ihr altes Fahrrad. Damit hatte sie bis zum Gipfel der Anhöhe fahren können. Es war zwar auch nicht neu gewesen, aber funktionstüchtiger als dieses hier. Doch ihr altes Fahrrad war vom Winde verweht. Ihr Vater hatte eines der Räder gefunden, verbogen und zertrümmert, sodass die Speichen in alle Himmelsrichtungen abstanden, aber die anderen Teile musste der Tornado zusammen mit der Clay's Creek Church bis zum Jupiter geschleudert haben.

Es gab immer noch Leute, die mit der Rückseite eines Gesangbuchs, dem zersplitterten Holz einer Kirchenbank, einem Stuhl aus der Sonntagsschule oder was auch immer sie von dem Kirchengebäude irgendwo auf dem Feld gefunden hatten, in der Zeitungsredaktion erschienen. Sie hofften, mit einem Bild in den *Banner* zu kommen. Zella, die Empfangsdame, hatte letzten Montag ein Schild getippt, auf dem stand: „Es werden keine weiteren Kirchenstücke mehr gebraucht", aber Jocies Dad hatte sie aufgefordert, es wieder abzunehmen. Er sagte, die guten Beziehungen zu den Bewohnern des Ortes seien ein wenig Filmmaterial und Druckerschwärze wert. Außerdem schienen die Leute sich immer noch dafür zu interessieren, wo die Einzelteile der Kirche gelandet waren. Fast jeden Tag kam jemand und fragte, ob die Kollektenteller inzwischen gefunden worden seien. Als wäre noch Geld darin.

Es war lustig, dass manche Dinge den Sturm überlebt hatten und andere nicht. Wes' Motorrad hatte auf dem Kopf gestanden, aber kaum einen Kratzer abbekommen. Nicht, dass Wes momentan damit fahren konnte. Zella sagte, sie könne sich nicht vorstellen, dass er jemals wieder darauf sitzen würde, aber Jocie wusste, dass er wieder Motorrad fahren würde. Sein Bein würde verheilen. Jocie betete jeden Tag dafür und Gott erhörte Gebete. Das wusste sie seit diesem Sommer ohne jeden Zweifel, weil Tabitha aus Kalifornien nach Hause gekommen war und weil Zeb jedes Mal mit seinem albernen Hundegrinsen auf sie wartete, wenn sie das Haus verließ. Und weil Wes überlebt hatte, dass der Baum auf ihn gefallen war. Und weil ihr Vater ihr Vater war.

Wie Tante Love immer sagte: *Danket dem Herrn, denn er ist freundlich.* Psalm irgendwas, da war Jocie sich sicher. Tante Love wusste mit Sicherheit genau, wo das stand. Sie hatte Hunderte von Bibelversen in ihrem Kopf abgespeichert. In letzter Zeit erinnerte sie sich auch besser an andere Dinge. Seit Wochen waren die Bohnen nicht mehr versalzen gewesen oder die Brötchen verbrannt. Natürlich versuchten Tabitha und Jocie, Tante Loves Sicherheitsgedächtnis zu sein, indem sie Dinge aus dem Ofen oder vom Herd nahmen, bevor es qualmte.

Das war aber auch so ungefähr alles, was Tabitha tat. Jocie hatte natürlich nicht erwartet, dass sie ihnen an diesem Morgen helfen würde, das Wohnzimmer umzuräumen, damit sie das Feldbett für Wes aufstellen konnten. Jetzt, wo Tabitha so offensichtlich schwanger war, konnte sie schließlich keine Möbel durch die Gegend schieben. Die meiste Zeit verbrachte ihre Schwester damit, vor dem elektrischen Ventilator zu sitzen und Eiswürfel zu kauen.

Allmählich verstand Jocie, warum ihre eigene Mutter es so sehr gehasst hatte, in anderen Umständen zu sein. Niemand, der ganz bei Trost war, würde sich freiwillig für einen solchen neunmonatigen Kampfeinsatz melden. Monatelang jeden Morgen das Frühstück wieder von sich zu geben, die ganze Zeit auszusehen wie ein ausgewrungener alter Spüllappen, so dicke Füße zu haben wie die alte Mrs Johnson in der Kirche, beim Aufstehen jedes Mal ächzen zu müssen und den Bauch ständig festzuhalten, weil man Angst hat, dass etwas herausfallen könnte ... Aber es war merkwürdig: Trotz all dieser lästigen Dinge strahlte Tabitha förmlich vor Glück.

Vielleicht konnte Wes Jocie erklären, wie das alles zusammenhing, wenn er erst einmal zu Hause war. Sie und Wes hatten seit Tagen nicht die Gelegenheit gehabt, sich richtig zu unterhalten. Noch ein Grund, warum Jocie den Berg jetzt fast hinaufrannte. Sie musste rechtzeitig in der Stadt sein, damit sie Wes zusammen mit ihrem Vater aus dem Krankenhaus abholen konnte. Sie wollte ihm selbst erzählen, dass sie in ihrem Haus alles für ihn vorbereitet hatten und sich darauf freuten, dass er bei ihnen wohnen würde, bis es ihm wieder gut genug ging, um die Treppe zu seiner eigenen Wohnung über der Redaktion hinaufzusteigen.

Jocie hatte ihm das schon ein Dutzend Mal gesagt, aber es war wichtig, dass sie es ihm noch einmal sagte, wenn die Krankenschwester ihn tatsächlich aus dem Krankenhaus schob. Möglicherweise hatte er beschlossen, dass Tante Love zu alt, Tabitha zu schwanger, Jocies Vater zu beschäftigt und Jocie zu jung war, um für ihn zu sorgen. Vielleicht kam er auf die Idee, er könnte eine Last sein, und versuchen, in Richtung Jupiter abzuhauen – dem Planeten oder der Stadt in Indiana oder Ohio oder wo auch immer er gewohnt hatte, bevor er plötzlich wenige Jahre nach Jocies Geburt in der Zeitungsredaktion aufgetaucht war. Das durfte sie nicht zulassen, auch wenn sie dafür jeden zweiten Tag die Schule schwänzen müsste. Sie musste sich um Wes kümmern. Sie war der Grund, warum er auf dem Hof der Kirche gewesen war, während die Bäume durch die Luft flogen. Es war ihre Schuld, dass er jemanden brauchte, der ihn pflegte.

Ein paar Autos fuhren langsam an ihr vorbei und Jocie überlegte, ob sie ihr Fahrrad am Straßenrand liegen lassen und einen der Fahrer anhalten sollte, damit er sie mitnahm. Aber sie war jetzt beinahe oben auf dem Hügel angelangt und den restlichen Weg nach Hollyhill ging es fast nur noch bergab.

Ihr Vater würde bereits auf sie warten oder sie sogar suchen, wenn sie nicht bald auftauchte. Seit dem Tornado wusste er meistens, wo sie sich aufhielt. Das konnte natürlich daran liegen, dass sie ständig in seiner Nähe war, weil sie zusammen mit ihm Wes besuchte oder in der Redaktion war, um ihm bei der Veröffentlichung des *Banner* zu helfen. Nur wenn er mit Tabitha zum Arzt nach Grundy fuhr oder wenn er im Gericht war und mit Leigh Jacobson sprach, war sie nicht so nah, dass er sie rufen konnte, wenn er etwas brauchte.

Tante Love sagte, bei Jocies Vater und Leigh würden die Funken sprühen, auch wenn sie eigentlich gar nicht miteinander ausgegangen waren, wenn man mal von den Kirchengängen und ihren Besuchen bei Wes im Krankenhaus absah. Aber Leigh erschien jetzt zuverlässig jede Woche am Drucktag, um beim Falten des *Banner* zu helfen. Jocie hatte nichts dagegen. Leigh brachte immer Brownies mit.

Jocie betete kein Stiefmuttergebet, so wie sie das Schwestergebet gesprochen hatte („Bitte lass Tabitha nach Hause kommen") und das Hundegebet („Bitte mach, dass ich einen Hund bekomme"). Sie hatte ihren Vater gefragt, ob sie es tun solle, und er hatte gesagt, sie solle dieses Gebet ihm überlassen.

Oben auf dem Hügel machte Jocie eine Pause, um sich mit dem Zipfel ihrer Bluse den Schweiß von der Stirn zu wischen, bevor sie wieder auf ihr Fahrrad stieg. Sie warf einen Blick auf den Hinterreifen, um sich zu vergewissern, dass noch genügend Luft darin war. Sie brauchte wirklich neue Schläuche. Dann fuhr sie den Hügel hinunter, froh über die Brise in ihrem Gesicht, während die Sonne ihr auf den Kopf brannte.

Plötzlich tauchte vor ihr ein zweites Fahrrad auf. Es gehörte keinem der kleinen Kinder aus den Häusern an der Straße. Dieses Kind war groß, größer als Jocie. Vielleicht war es auch gar kein Kind. Jedenfalls keines, das Jocie von hinten erkennen konnte. Es war ziemlich ungewöhnlich, jemanden in Hollyhill zu sehen, den sie nicht kannte. Und noch ungewöhnlicher war es, dass ein Fremder mit dem Fahrrad in die Stadt fuhr. Normalerweise wusste Jocie über neue Familien, die in dieses Viertel zogen, Bescheid, bevor ihre Fahrräder auch nur ausgepackt waren.

Sie strampelte schneller und in ihrer Neugier vergaß sie nicht nur die Hitze, sondern auch wie hungrig sie war. Leider vergaß sie jedoch auch, dass das alte Fahrrad nicht sehr gut mit hohen Geschwindigkeiten klarkam. Die Kette knackte mehrfach. Als Jocie bremste, war es schon zu spät. Die Kette war bereits vom Zahnrad gesprungen und die Pedale waren nutzlos. Ungebremst raste sie den Hügel hinunter.

Das wäre nicht so schlimm gewesen, wenn das Fahrrad vor ihr nicht am Haus der Sawyers vorbeigefahren wäre. Butch, der große Schäferhund der Familie, sprang von der Veranda und rannte auf die Straße zu. Butch ließ nie ein Fahrrad unbehelligt am Haus vorbeifahren, sodass man entweder so schnell wie möglich in die Pedale treten musste, um ohne Bisswunden davonzukommen, oder zu Fuß gehen, denn sobald die Füße den Boden berührten, anstatt auf Pedalen zu ruhen, verwandelte Butch sich in eine große Schmusekatze.

Die Person auf dem Fahrrad vor Jocie wusste das offensichtlich nicht. Der Fahrer fuhr langsamer, um den Hund im Auge zu behalten.

„Vorsicht!", schrie Jocie, während sie den Hügel hinunter auf ihn zuraste.

Der Junge blickte über seine Schulter und trat wie wild in die Pedale, um ihr auszuweichen. Der Hund bellte und schnappte nach seinem Vorderrad. Jocie versuchte, einen Bogen um beide zu machen, aber Butch sprang vor ihr Fahrrad. Ohne nachzudenken, ließ sie das Fahrrad fallen, um ihn nicht anzufahren. Der Hund sprang zur Seite und stieß mit dem Hinterrad des anderen Fahrrads zusammen. Am Ende lagen sie alle auf einem Haufen im Graben. Butch hörte auf zu bellen, sprang auf Jocie drauf und leckte ihr das Gesicht. Ihr Bein tat weh, aber die Vorderpfoten des Hundes, die sich in ihre Schulter gruben, schmerzten mehr, also war bestimmt nichts gebrochen.

Jocie schubste Butch fort und spähte um den großen Hund herum, um den Jungen auf der anderen Seite der sich drehenden Räder anzusehen. Sie hatte recht gehabt mit ihrer Vermutung, dass er fremd war. Er schien fünfzehn oder sechzehn Jahre alt zu sein und hatte krauses schwarzes Haar, das kurz geschnitten war, und wütende dunkelbraune Augen, die sie aus seinem schwarzen Gesicht anstarrten. Aus einem übel aussehenden Kratzer auf seiner Stirn sickerte etwas Blut.

„Alles in Ordnung?“, fragte Jocie. Sie war froh, dass die Fahrräder zwischen ihnen waren.

3

„Ob alles in Ordnung ist?“, schrie er. „Sieht es etwa so aus?“

Jocie zuckte zusammen. „Nein, eigentlich nicht. Deine Stirn blutet ein bisschen.“

Er berührte seine Stirn und betrachtete dann das Blut an seinen Fingern.

„Scheint aber nicht so schlimm zu sein“, sagte Jocie. „Ich meine, so wie ich das von hier aus sehen kann.“

„Was ich wohl kaum dir und deinem Hund zu verdanken habe!“, sagte er und wischte sich die Finger im Gras ab.

Der Junge zog seinen Fuß unter seinem Fahrrad hervor und setzte sich auf. So konnte er Jocie besser böse anfunkeln. Sie legte den Arm um Butch, um sich Mut zu machen, und sagte: „Er ist nicht mein Hund.“

„Er ist nicht dein Hund?! Warum versucht er dann, dir das Gesicht wegzulecken?“

„Er mag mich einfach. Jedenfalls, solange ich nicht auf einem Fahrrad sitze. Er mag keine Leute auf Fahrrädern.“

„Ach was.“

„Und ich bin dir nicht absichtlich hinten draufgefahren. Bei meinem Fahrrad ist die Kette abgesprungen und ich konnte nicht bremsen. Hast du nicht gehört, dass ich gerufen habe? Und es war einfach Pech, dass Butch mir vors Rad gesprungen ist. Es tut mir wirklich leid. Ich hoffe, es ist nichts kaputt.“ Jocie betrachtete ihr Fahrrad. Die Räder hatten endlich aufgehört, sich zu drehen.

„Meinst du uns oder die Räder?“ Der Junge guckte immer noch grimmig.

„Beides. Ich habe in diesem Sommer schon ein Fahrrad geschrottet.“

„Wie sieht denn der andere arme Kerl aus?“, fragte der Junge.

„Nicht besonders gut“, sagte Jocie. „Er ist im Krankenhaus.“

Der Junge sah sie an und fing plötzlich an zu lachen. Butch bellte und sprang um sie herum.

„So witzig ist das nun auch wieder nicht.“ Jocie machte einen halbherzigen Versuch zu lächeln, um nett zu sein, aber eigentlich war ihr mehr nach Weinen zumute. Sie war immer noch meilenweit von der Innenstadt entfernt und es würde eine Ewigkeit dauern, ihr Rad wieder hinzubiegen und die Kette aufzuziehen. Sie könnte rennen, aber als Jocie nun aufstand, merkte sie, dass ihr Knöchel ziemlich wehtat. Sie musste umgeknickt sein. Gehen konnte sie damit vielleicht, aber rennen kam eindeutig nicht infrage.

Der Junge wischte sich mit dem Handrücken die Tränen aus dem Gesicht, so sehr hatte er gelacht. „Tut mir leid, aber das ist wirklich witzig."

„Hör zu, ich würde ja gerne bleiben und dich noch länger erheitern, aber ich muss in die Stadt." Jocie hob ihr Fahrrad auf und betrachtete es. Es war hoffnungslos. Sie ließ es wieder in den Graben fallen. Darum würde sie sich später kümmern müssen.

„Wieso hast du es denn so eilig?", fragte der Junge. „Du hast mir ja noch nicht mal gesagt, wie du heißt. Wenn ich dich wegen gefährlichen Fahrradfahrens verklagen will, muss ich doch deinen Namen kennen."

„Jocie. Jocie Brooke. Ich wohne etwa anderthalb Kilometer die Straße hinunter. Und du kannst mich ruhig verklagen, wenn du willst. Ich habe gesagt, dass es mir leidtut und dass es ein Unfall war." Sie kraulte Butch noch einmal am Kopf, bevor sie die Straße hinunterging.

„Hey, hast du dich verletzt?"

„Ich blute nicht. Glaube ich jedenfalls." Jocie blieb stehen, um ihr Gesicht zu betasten und ihre Arme und Beine zu betrachten. Nichts außer Dreck und Grasflecken.

„Du hinkst."

„Und du blutest."

„Aber du hast gesagt, so wie es aussieht, werde ich wohl überleben", sagte der Junge.

„Ich auch. Ich werde nur eine Weile nicht rennen können." Inzwischen hatte Jocie sich wieder in Bewegung gesetzt. Butch lief ein paar Schritte voraus und wartete dann, bis sie aufgeholt hatte.

„Willst du denn rennen?", fragte der Junge hinter ihr her, während er sein Fahrrad aufhob und auf die Räder stellte.

„Ich bin mit meinem Vater verabredet und sowieso schon zu spät dran", sagte sie über die Schulter, ohne stehen zu bleiben.

„Willst du denn nicht wissen, wie ich heiße? Oder fragst du nur weiße Leute nach ihrem Namen?"

Jocie blieb stehen und dreht sich zu ihm um. „Was soll das denn heißen?"

„Dass du mich nicht nach meinem Namen gefragt hast, würde ich sagen."

„Eigentlich hat man mir beigebracht, überhaupt nicht mit Fremden zu reden, und nach ihrem Namen soll ich sie schon gar nicht fragen."

„Nachdem wir zusammen im Graben gelegen haben, können wir gar keine Fremden mehr sein." Der Junge lächelte nicht, aber seine Augen lachten sie immer noch aus.

Jocie holte tief Luft und atmete dann langsam aus. Sie würde sich nicht provozieren lassen. Immerhin hatte sie ihn mit ihrem Fahrrad umgefahren, und wenn er sich über sie lustig machen wollte, dann war das besser, als wenn er sie anschrie. Also sagte sie ruhig: „Da hast du auch wieder recht. Also, wie heißt du?"

„Vielleicht will ich dir das ja gar nicht sagen. Vielleicht will ich ja ein Fremder bleiben."

„Wie du willst." Jocie wandte sich um und lief weiter. Für die Spielchen, die dieser Junge spielte, hatte sie keine Zeit. Sie versuchte nicht zu humpeln, aber es gelang ihr nicht. Als sie das Ende des Sawyerschen Gartens erreicht hatte, kraulte sie die Stelle genau über Butchs Schwanz und zeigte auf die Veranda. Erstaunt sah sie zu, wie der Hund gehorchte.

„Bis du dir sicher, dass dieses fahrradfressende Ungeheuer nicht dein Hund ist?", fragte der Junge. Er schob sein Fahrrad jetzt neben Jocie her.

„Er ist nicht mein Hund." Jocie warf ihm einen Blick zu. „Ich bin froh, dass dein Fahrrad nicht so viel abbekommen hat."

„Und was ist mit meinem blutigen Kopf?"

„Ich habe doch schon gesagt, dass mir das leidtut."

Schweigend gingen sie weiter. Schließlich sagte der Junge: „Dein Knöchel sieht geschwollen aus."

„Ja, ich muss umgeknickt sein."

Nachdem sie noch ein paar Schritte gegangen waren, sagte der Junge: „Hör mal, ich weiß, dass du ein kleines weißes Mädchen bist und ich ein großer schwarzer Junge, und ich bin gerade erst hierhergezogen und mir nicht sicher, wie die Spielregeln bei so etwas hier sind, aber soll ich dich auf dem Rad mitnehmen?"

„Ich bin kein kleines Mädchen. Nächsten Monat werde ich vierzehn. Und ich vermute, dass du nicht viel älter bist, sonst würdest du Auto fahren und nicht Fahrrad."

„Also, ich bin noch nicht ganz sechzehn. Aber ich bin trotzdem ein großer schwarzer Junge in einem weißen Viertel und ich bin nicht gut darin, einen Kratzfuß zu machen." Der Junge zog eine Grimasse und berührte seine Stirn. „Obwohl das vielleicht nicht der beste Ausdruck ist, wenn man den fetten Kratzer an meinem Kopf bedenkt. Aber jetzt, wo der Hund weg ist, kann ich dich mitnehmen."

„Du hast die Sache mit dem Fremden vergessen", sagte Jocie.

„Ich wette, du hast noch nie einen Fremden gesehen."

„Jemand, der seinen Namen nicht sagen will, ist schon ziemlich befremdlich."

Der Junge lachte wieder. „Ein Punkt für dich."

„Mein Punkt vielleicht, aber dein Aufschlag", sagte Jocie.

„Du spielst Tennis?"

„Nein. Wir haben keine Tennisplätze hier, aber ich habe ein paarmal Badminton gespielt. Dafür braucht man nur einen Garten und ein Netz."

„Ich habe meiner Mutter gesagt, dass dieser Ort zu rückständig ist. Wir hätten in Chicago bleiben sollen. Da gibt es viele Tennisplätze."

„Spielst du Tennis?"

„Wieso klingst du so erstaunt? Weil ich schwarz bin und Schwarze nicht Tennis spielen?"

„Spielst du denn?"

„Nein, aber vielleicht irgendwann mal. Wie ist es jetzt mit dem Mitfahren? Ja oder nein?"

Jocie blieb stehen und sah ihn an. „Wie ist es jetzt mit deinem Namen? Ja oder nein?"

Auch er blieb stehen und lächelte sie an. „Noah Hearndon, zu Ihren Diensten, Miss Brooke."

„Freut mich, Sie kennenzulernen, Mr Hearndon, und ich würde liebend gerne Ihr Angebot einer Mitfahrgelegenheit annehmen, wenn es nicht zu viele Umstände macht."

„Steig auf." Noah schwang sich auf sein Fahrrad und wartete, während Jocie überlegte, wie sie auf dem hinteren Schutzblech am besten sitzen konnte.

„Ich glaube nicht, dass es funktionieren wird", sagte sie schließlich.

„Nur, wenn du dich an meiner Taille festhältst", sagte Noah. Als Jocie noch zögerte, lachte er und fügte hinzu: „Ich verspreche, dass das Schwarz nicht abfärbt."

Diesbezüglich machte sich Jocie kein bisschen Sorgen, aber sie hatte keinen Jungen mehr umklammert, seit sie sich in der zweiten Klasse einen Ringkampf mit Teddy Whitehead geliefert hatte. Aber sie hatte zu Noah gesagt, sie wolle mitfahren, und ohne sich festzuhalten, ging das nicht. Also holte Jocie tief Luft und legte vorsichtig ihre Hände auf seine Taille. Unter dem verschwitzten T-Shirt fühlten sich seine Muskeln ganz fest an.

Noah warf ihr über die Schulter einen Blick zu und sagte: „Halt dich fest und fang an zu beten."

Jocie betete bereits. Sie war sich nicht ganz sicher, wofür sie am meisten beten sollte. Dass sie nicht herunterfiel? Es konnte doch nicht so viel schlimmer sein, als hinten auf einem Motorrad mitzufahren, und das hatte sie bei Wes schon oft getan. Aber bei Wes schlang sie einfach die Arme um seinen Bauch, ohne auch nur darüber nachzudenken. Diesen Jungen konnte sie schlecht so umarmen.

Oder vielleicht sollte sie dafür beten, dass sie Noah nicht wieder zum Lachen brachte. Sie wusste nicht, warum es ihr etwas ausmachte, denn schließlich kannte sie ihn ja gar nicht. Sie wusste nicht, wo er wohnte. Sie wusste nicht, warum er in Hollyhill war. Sie wusste nicht, wie er erst wütend sein und eine Sekunde später vor Lachen auf dem Boden liegen konnte. Und sie wusste nicht, was sie bei ihm als Nächstes auslösen würde und wodurch.

Eins stand fest: Sie würde das alles nie erfahren, wenn sie nicht fragte. Und das konnte sie genauso gut jetzt tun.

„Seid ihr hier in die Gegend gezogen?"

„Du glaubst doch nicht, dass ich mit dem Fahrrad aus Chicago gekommen bin, oder?"

„Ich habe gar nicht mitbekommen, dass jemand hierhergezogen ist."

„Und das hättest du, wenn ich in dein Viertel gezogen wäre. Das steht fest."

„Also gut, du wohnst nicht in Chicago und nicht in meinem Viertel. Wo wohnst du dann? Oder bist du aus einem Raumschiff gefallen?" Sie wusste, dass er keine Ahnung hatte, wovon sie sprach, aber das war ihr egal. Das erzählte Wes Jocie immer. Dass er aus einem Raumschiff gefallen und in Hollyhill gelandet sei.

„Meine irregeleiteten Eltern sind hierhergezogen, um eine Obstplantage an der Hoopole Road zu pflanzen. Ich wette, du weißt nicht einmal, wo das ist. Es ist so weit in der Pampa, dass niemand wissen kann, wo das ist."

„Das weiß ich wohl. Mein Vater ist Prediger in der Baptistengemeinde von Mt. Pleasant und die Hoopole Road ist von da aus nur über den Berg."

„Eine Pastorentochter. Du hast mein Mitgefühl."

„Das brauche ich nicht. Ich bin gerne Pastorentochter", sagte Jocie.

„Immer?" Er sah sie über die Schulter an.

„Mein Vater ist gleichzeitig Zeitungsherausgeber, also kann ich manchmal auch die Herausgebertochter sein."

„Aber ich wette, die Leute vergessen nie, dass du die Pastorentochter bist."

„Das sollen sie auch gar nicht", sagte Jocie. Erst vor ein paar Wochen hatte sie ganz im Gegenteil Angst gehabt, die Leute könnten glauben, dass sie nicht die Tochter des Pastors war. „Bist du auch ein Pastorenkind?"

„Mein Vater Prediger? Von wegen." Noah lachte wieder. Das Fahrrad wackelte ein bisschen, bis er daran dachte, die Räder gerade zu halten. „Er kann mit Predigern nicht viel anfangen."

„Warum nicht?"

„Keine Ahnung", sagte Noah. „Bei meiner Mutter ist das was anderes. Sie hätte Predigerin sein können, wenn das ein Job für Frauen wäre. Stattdessen hält sie mir Predigten und jedem, der fünf Minuten stillsteht."

„Worüber predigt sie denn?"

„Über alles und jedes, je nach Laune. Aber meistens über die Freiheit. Sie ist das, was manche eine Aktivistin nennen. Letzten Sommer war sie mit Pastor Martin Luther King auf einer Demonstration in Washington.“

„Ach was! Mein Vater hat mir die Rede von Pastor King vorgelesen, weil er sie so gut fand. Er sagte, er wünschte, er könnte ihn mal persönlich predigen hören.“

„Stimmt, die Sache mit dem Traum hat die Leute richtig gepackt. Meine Mutter kam ganz aufgedreht nach Hause, aber mein Daddy sagte, mehr sei es nicht: ein Traum. Ein Traum, der nie wahr würde, aber meine Mama sagt, das wird er, wenn wir dafür sorgen.“ Noah warf Jocie noch einen Blick über die Schulter zu. „Ich weiß nicht, wie ihr hier in der Großstadt Hollyhill im Allgemeinen über Schwarze denkt, aber eins steht fest: Wenn meine Mama in die Stadt kommt, werdet ihr euch noch umsehen. Euer kleiner Ort wird nie mehr so sein wie früher, wenn Myra Cassidy Hearndon ihn erst einmal in die Finger bekommt.“

Jocie sprach es nicht laut aus, aber sie dachte, dasselbe könnte man vielleicht auch von Myras Sohn sagen, von Noah Hearndon.

4

Als sie die Main Street erreichten, zeigte Jocie auf das Zeitungsgebäude.

„Die Leute gucken", sagte Noah, als er das Fahrrad auf einem freien Parkplatz vor dem Büro anhielt.

„Nur weil sie nicht wissen, wer du bist. Wir gehen immer davon aus, dass wir alle Leute kennen, die wir in Hollyhill sehen." Jocie stieg von dem Fahrrad ab und trat vorsichtig mit dem Fuß auf. Er tat immer noch weh.

„Klar. Ich bin mir sicher, das ist alles und es hat nichts damit zu tun, dass ich ein bisschen dunkel bin und du blütenweiß bist."

„Es gibt auch Schwarze in Hollyhill."

„Bist du schon mal bei einem von denen auf dem Fahrrad mitgefahren?"

„Noch nicht. Sie kennen mich gut genug, um mir aus dem Weg zu gehen, wenn sie mich mit meinem Rad kommen sehen."

„Schlaue Jungs", sagte Noah und lächelte wieder.

Auf dem Gehweg blieb Jocie stehen und sah Noah an. „Du hast mir noch gar nicht erzählt, was du in der Stadt willst."

„Du bist ein bisschen neugierig, oder?"

„Vielleicht." Jocie ließ sich von seinen Worten nicht provozieren. „Das kommt bestimmt daher, dass ich meinem Vater helfe, Geschichten für die Zeitung zu schreiben."

„Ich weiß. Und daher, dass du Pastorentochter bist."

„Daher auch." Jocie wartete darauf, dass Noah ihr erzählte, warum er in Hollyhill war, aber er balancierte nur auf seinem Rad, einen Fuß auf der Pedale, den anderen auf der Straße, und sah sie wortlos an.

Sie musterte ihn und zuckte dann mit den Schultern. „Okay, dann sag's mir eben nicht. Der *Banner* ist sowieso gestern erschienen und deine Geschichte, wie auch immer sie aussieht, wäre nächste Woche schon ein alter Hut, für den sich niemand mehr interessiert." Sie nickte in Richtung Tür. „Aber komm doch rein und sag meinem Dad Hallo. Dann kannst du auch den Kratzer an deinem Kopf sauber machen. Wenn du einen Job oder so was suchst, willst du dort sicher nicht blutig erscheinen."

„Wieso glaubst du, dass ich einen Job suche?", fragte Noah, aber er stieg von seinem Fahrrad ab, stellte es auf den Gehweg und klappte den Ständer herunter.

„Du bist fast sechzehn und willst Auto fahren anstatt Fahrrad", sagte Jocie.

„Gut geschlussfolgert. Du scheinst ja ein richtiger weiblicher Sherlock Holmes zu sein."

„Genau. Komm mit, dann hole ich dir ein Pflaster und ein Exemplar des *Banner* von dieser Woche. Ich kann mich nicht an irgendwelche Stellenanzeigen erinnern, aber vielleicht gab es doch welche oder Dad weiß, wer Hilfe braucht. Es gibt natürlich Farmer, die Heu machen und so was."

„Etwas in der Art habe ich schon in Aussicht. Der Mann, der uns die Farm verkauft hat, sagte, er brauche in ein, zwei Wochen vielleicht Hilfe mit den Zäunen und beim Streichen der Scheune."

„Wer war denn das?"

„Harvey McMurtry. Kennst du ihn?"

„Klar. Mr Harvey geht in die Kirche meines Vaters."

„Die Welt ist klein, was?", sagte Noah und blickte dann die Main Street hinauf und hinab, bevor er eine Grimasse zog. „Richtig klein."

Als Jocie das Redaktionsbüro betrat, ertönte die Glocke über der Tür. Zella blickte von ihrer Schreibmaschine auf. „Wo in aller Welt warst du nur, Jocelyn? Dein Vater hat überall angerufen, um dich zu finden." Sie kniff die Augen zusammen und betrachtete Jocie näher. „Du lieber Himmel, Jocelyn. Hast du keinen Kamm und keinen Waschlappen? Du siehst aus, als hättest du mit Schweinen gekämpft."

„Keine Schweine, nur ein Fahrradunfall. Ich habe einen Neuling in Hollyhill getroffen. Buchstäblich", sagte Jocie und trat zur Seite, sodass Zella Noah sehen konnte. „Das ist Noah Hearndon. Zella Curtsinger, Noah."

Zella riss die Augen auf, als sie Noah sah. Zella arbeitete beim *Banner*, seit Jocie denken konnte, wahrscheinlich schon, solange ihr Vater denken konnte. Und seit Jocie sie kannte, sah sie genau gleich aus – dieselbe Brille mit dunklem Rand, dasselbe lockige schwarze

Haar, der gleiche rote Lippenstift, den sie sich manchmal mit den rosafarbenen Papiertaschentüchern, die sie auf ihrem Schreibtisch immer zur Hand hatte, von den Zähnen wischen musste, und das gleiche Verziehen des Mundes, als hätte sie unreife Pflaumen gegessen, wann immer sie Jocie ansah.

Jocie brachte Zella einfach immer auf die Palme, selbst wenn sie es gar nicht bewusst versuchte, obwohl sie es meistens tatsächlich versuchte. Zella zitierte immer die Benimmregeln für junge Mädchen und jetzt sah sie so aus, als würden gleich mehrere aus ihr herausbrechen, während ihr Blick zwischen Jocie und Noah hin und her huschte.

Schließlich tupfte sie mit einem ihrer rosafarbenen Taschentücher ihre Oberlippe ab und brachte heraus: „Freut mich, dich kennenzulernen."

„Ganz meinerseits, Ma'am", sagte Noah. Er sah aus, als wollte er nicht nur lächeln, sondern in schallendes Gelächter ausbrechen, so wie er es nach dem Fahrradunfall bei Jocie getan hatte.

„Noahs Familie hat draußen an der Hoopole Road eine Farm gekauft", sagte Jocie. „Er war auf dem Weg in die Stadt und der Hund der Sawyers und ich haben ihn über den Haufen gerannt. Er braucht ein paar Pflaster."

„Natürlich", sagte Zella und zog schnell die Schreibtischschublade auf. Nachdem sie Jocie die Schachtel mit den Pflastern gereicht hatte, warf sie Noah einen Blick zu. „Dein Vater ist Farmer?"

„Jetzt schon", sagte Noah. „Das ist doch nicht gegen das Gesetz hier in Holly County, oder? Schwarze Farmer zu haben?"

„Nein, natürlich nicht. Das nehme ich jedenfalls an", sagte Zella und fächelte sich mit ihrem Taschentuch Luft zu. „Ich glaube nicht, dass wir schon mal einen hatten. Einige der Jungen, die im West End wohnen, arbeiten natürlich manchmal auf den Bauernhöfen, aber es gibt keinen, der tatsächlich auf einem Hof lebt."

„Ach ja? Was tun die Neger hier denn?", fragte Noah.

„Sie haben Berufe wie jeder andere auch."

„Anwälte, Bankangestellte, Hilfssheriffs, Postbeamte?", sagte Noah.

Zella sah Noah streng an. „Ich finde, deine Manieren könnten besser sein, junger Mann, wenn du mit Erwachsenen sprichst."

„Ja, Ma'am, da haben Sie wahrscheinlich recht", sagte Noah. „Ich vergesse manchmal meinen Stand."

Jocie merkte, dass Noah Zella provozieren wollte. Sie selbst hatte das schon oft getan, aber es war nicht dasselbe, wenn jemand anderes es tat. „Komm mit, Noah. Ich zeige dir, wo das Bad ist, damit du dich um deine Stirn kümmern kannst."

Noah folgte ihr. „Sind die Pflaster hautfarben?"

„Nicht deine Hautfarbe, da bin ich mir ziemlich sicher", sagte Jocie. „Hast du ein Problem damit, dass du schwarz bist?"

„Ich nicht. Alle anderen scheinen ein Problem damit zu haben."

Jocie beschloss, nicht darauf einzugehen, sondern zeigte Noah nur, wo das Waschbecken war. „Ich hole Dad."

„Wird er ein Problem damit haben, dass ich in seinem Badezimmer bin?"

„Keine Ahnung", sagte Jocie. „Kannst ihn ja selbst fragen." Im Gegensatz zu Zella würde sie sich nicht provozieren lassen. Sie konnte Zella hinter ihnen am Schreibtisch beinahe kochen hören, bevor sie besonders heftig auf die Tasten ihrer Schreibmaschine eindrosch. Jocie öffnete die Tür zur Druckerei. „Hallo, Dad. Bist du da?"

„Na endlich, Jocie! Ich dachte schon, ich müsste den Sheriff anrufen, damit er einen Suchtrupp losschickt. Tante Love sagte, du seist schon vor einer Stunde losgefahren." Ihr Vater kam hinter dem Arbeitstisch hervor, um sie näher zu betrachten. „Was hast du gemacht?"

„Bei meinem Fahrrad ist die Kette abgesprungen und ich hatte einen Unfall."

„Hast du dir wehgetan?" Ihr Vater kam näher und musterte sie prüfend.

„Ich habe mir den Fuß umgeknickt, aber sonst ist alles okay. Allerdings habe ich jemand anderen umgefahren. Er hat sich den Kopf aufgeschürft."

„Du hast jemanden mit dem Fahrrad umgefahren? Wie konnte das denn passieren? Ich meine, du hattest doch die ganze Gegend, um ihm auszuweichen, oder nicht?"

„Sollte man meinen, aber ich hatte Hilfe", sagte Jocie. „Er war auch mit dem Fahrrad unterwegs und Butch – du weißt schon, der

Schäferhund von den Sawyers – hat ihn gejagt und ich konnte nicht anhalten, aber er schon. Es ist eine lange Geschichte."

Ihr Vater seufzte. „Vielleicht ist die kurze Fassung im Moment besser. Die Einzelheiten kannst du mir unterwegs erzählen, wenn wir Wes abholen. Wen hast du denn vom Fahrrad geholt? Und wie schlimm sieht er aus?"

„Noah Hearndon, und nicht so schlimm."

„Hearndon?"

„Seine Eltern sind gerade erst hierhergezogen. Er sagt, sie hätten eine Farm von Mr Harvey draußen an der Hoopole Road gekauft."

„Ich habe gehört, dass er Land verkauft hat, aber ich wusste nicht, an wen. Das ist ja eine schöne Begrüßung in Hollyhill, was?", sagte ihr Vater. „Müssen wir seine Arztrechnung bezahlen?"

Noah kam durch die Tür in die Druckerei. „Ich glaube nicht, dass ich einen Arzt brauche", sagte er. „Ein paar Pflaster und ich bin so gut wie neu. Fast jedenfalls."

„Dad, das ist Noah", sagte Jocie. „Er hat mich in die Stadt mitgenommen, weil mein Fahrrad ziemlich außer Betrieb war und seins noch fuhr. Und da dachte ich, das Mindeste, was ich tun kann, ist ihm ein Pflaster und ein Waschbecken zu geben, damit er sich verarzten kann."

„Das sehe ich auch so", nickte Jocies Vater, während er lächelnd vortrat und Noah die Hand entgegenstreckte. „David Brooke. Es tut mir leid, dass meine Tochter dich umgefahren hat. Zum Glück dauert es noch zwei Jahre, bis sie alt genug ist, einen Führerschein zu machen."

„Sie ist ein Schrecken auf Rädern, das stimmt", sagte Noah und ergriff die Hand von Jocies Vater. Er lächelte. Ein echtes Lächeln und nicht das Ich-zeige-es-der-ganzen-Welt-Lächeln, das er aufgesetzt hatte, seit Jocie ihn über den Haufen gefahren hatte.

Jetzt konnte Jocie etwas freier atmen. Zwischen ihrem Vater und Noah würde sie nicht den Puffer bilden müssen, so wie bei ihm und Zella.

„Jocie sagt, ihr seid in die Hoopole Road gezogen. Das ist ein langer Weg mit dem Fahrrad."

„Und ziemlich langweilig, bis man so ein, zwei Kilometer von der Stadt entfernt ist, wenn man diesen Ort als Stadt bezeichnen kann."

„Noah kommt aus Chicago", warf Jocie ein.

„Dann schätze ich, dass dir Hollyhill klein vorkommt. Es dauert eine Weile, sich daran zu gewöhnen", sagte ihr Vater.

„Bestimmt. Auf beiden Seiten", sagte Noah.

Jocies Dad schien diese Bemerkung zu verwirren, aber er fragte nicht, was Noah meinte.

„Noah sucht vielleicht einen Job", sagte Jocie. „Ich habe ihm gesagt, dass er ein Exemplar vom aktuellen *Banner* haben kann, aber ich kann mich nicht erinnern, dass jemand Helfer braucht."

„Nein, aber es gibt Leute, die wollen kein Geld für Anzeigen ausgeben." Jocies Vater sah zur Druckerpresse und dem Stapel Zeitungen hinüber, die als Nächstes zu verteilen waren. „Was für eine Arbeit hast du dir denn vorgestellt?"

„In Chicago habe ich in einem Lebensmittelgeschäft gearbeitet und Regale gefüllt ... so was in der Art."

„Unser Lebensmittelladen ist ein Familienunternehmen. Ein paar Neffen arbeiten dort mit", sagte Jocies Dad.

„Ist hier alles ein Familienunternehmen? Jocie sagte, sie arbeite hier bei der Zeitung."

„Ich helfe nur aus", sagte Jocie. Ihr Vater sollte nicht denken, dass sie das, was sie für die Zeitung tat, wichtiger gemacht hatte, als es war.

„Ohne sie würde ich es nicht schaffen", sagte Jocies Vater. „Seit Wes ausgefallen ist, kommen wir, ehrlich gesagt, auch zu zweit mehr schlecht als recht klar. Ich könnte ein bisschen zusätzliche Hilfe gebrauchen, sagen wir zwei oder drei Nachmittage die Woche."

„Sie meinen Ausfegen und solche Dinge?", fragte Noah.

„Wahrscheinlich könnte es wirklich nicht schaden, hier mal gründlich durchzufegen, aber ich dachte mehr daran, die Texte zu setzen oder Anzeigen zu skizzieren oder die Zeitungen auszuliefern oder einzukaufen."

„Ich weiß nicht, wie man Texte setzt oder Anzeigen ..." Zum ersten Mal wirkte Noah ein wenig unsicher. „Wie haben Sie es genannt? Skizziert?"

„Das kann man lernen. Was meinst du? Willst du es ein paar Wochen lang ausprobieren? Ich kann allerdings nicht viel zahlen. Das muss ich mit Zella besprechen. Sie führt die Bücher. Und es geht auch nur, bis mein ständiger Mitarbeiter Wes wieder auf den Beinen ist."

„Ist er krank?", fragte Noah.

„Erinnerst du dich an das andere geschrottete Fahrrad, von dem ich dir erzählt habe?" Jocie zog eine Grimasse. „Und den Typ, der im Krankenhaus gelandet ist?"

„Komm, Jocie. Wes macht dir überhaupt keine Vorwürfe. Es war schließlich nicht deine Schuld, dass der Tornado einen Baum auf ihn geweht hat. Aber er könnte es uns übel nehmen, wenn wir nicht bald kommen und ihn aus dem Krankenhaus abholen. Er hat genug von all den Ärzten und Krankenschwestern." Ihr Vater sah auf die Uhr.

„Ich wasche mir nur noch schnell das Gesicht und die Hände", sagte Jocie.

„Gute Idee. Dann zeige ich Noah in der Zwischenzeit, wie die Druckerpresse funktioniert."

Jocie wusch sich so schnell sie konnte den Schweiß und das Hundesabber aus dem Gesicht. Dann fuhr sie mit den Fingern durch ihr schulterlanges braunes Haar und humpelte in die Druckerei zurück. Sie wollte nichts verpassen.

Als sie durch die Tür kam, sagte ihr Vater gerade: „Weißt du was? Besprich die Sache mit deinen Eltern, und wenn sie einverstanden sind, kannst du nächste Woche anfangen."

„Ich brauche es nicht mit meinen Eltern zu besprechen. Mein Vater hat gesagt, ich kann nehmen, was ich finde." Noah streckte Jocies Dad die Hand entgegen. „Abgemacht."

„Fantastisch." Jocies Dad schüttelte Noahs Hand. „Wir probieren es nächste Woche und sehen, ob wir beide miteinander klarkommen."

„Die Dame draußen wird vielleicht nicht begeistert sein", sagte Noah.

„Ach, Zella ist in Ordnung, wenn man sie erst einmal kennenlernt", sagte Jocies Vater mit einem schnellen Blick in Richtung Jocie, um sich zu vergewissern, dass sie ihm nicht widersprach. „Nicht wahr, Jocie?"

„Klar, Dad. Sie hat hier alles im Griff. Ohne sie wären wir längst pleite. Wenn du mir nicht glaubst, kannst du sie ja fragen."

„Sie achtet darauf, dass wir in den schwarzen Zahlen bleiben. Aber jetzt müssen wir wirklich los."

Noah ging mit ihnen hinaus. Als er an Zellas Schreibtisch vorbeiging, sagte er: „Danke für die Pflaster, Ma'am."

„Gern geschehen", sagte Zella, ohne von ihrer Schreibmaschine aufzublicken. „Soll ich abschließen, wenn ich heute nach Hause gehe, David?"

„Das wäre besser. Wir kommen wahrscheinlich erst spät wieder und dann müssen wir dafür sorgen, dass Wes sich bei uns zu Hause einrichtet", sagte Jocies Vater.

„Also gut", sagte Zella, den Blick noch immer auf das Papier in ihrer Maschine geheftet. „Ich hoffe, Wesley übersteht die Fahrt gut."

„Ich bin mir sicher, das wird kein Problem sein, wenn wir ihn mit dem Gips ins Auto bekommen", sagte Jocies Dad.

Noah lehnte sich zu Jocie und flüsterte: „Ich habe wahrscheinlich Glück, dass ich nur ein Pflaster brauchte."

„Das habe ich dir doch gesagt", sagte Jocie.

Draußen auf dem Gehweg stieg Noah auf sein Fahrrad. „Danke, Mr Brooke, oder soll ich Pastor Brooke sagen? Jocie hat mir erzählt, dass Sie Prediger sind."

„Das bin ich, aber David tut es auch, wenn wir zusammenarbeiten."

Noah zögerte einen Augenblick und sah Jocies Vater dann direkt an. „Jocie sagte, Sie predigen in der Kirche, die bei uns in der Nähe ist, also sollte ich Sie vielleicht warnen, dass meine Mutter am Sonntagmorgen zum Gottesdienst auftauchen könnte. Sie hat Mr McMurtry nach seiner Kirche gefragt, als wir eingezogen sind."

„Das wäre schön. Sie ist herzlich willkommen. Eure ganze Familie ist herzlich willkommen."

Noah lächelte zaghaft. „Dann wird sie wahrscheinlich nicht kommen. Meine Mama geht nicht unbedingt dorthin, wo sie willkommen ist. Sie geht lieber dahin, wo sie sich erst willkommen machen muss."

5

Die Krankenschwester, die Wes zum Ausgang des Krankenhauses schob, warf einen Blick auf das Auto und runzelte die Stirn. „Hat Ihnen niemand gesagt, dass Mr Green einen Krankenwagen braucht?"

„Ich glaube nicht. Jedenfalls kann ich mich nicht daran erinnern", sagte David. „Aber mein Rücksitz ist ziemlich groß."

Die Krankenschwester presste die Lippen zu einer dünnen Linie zusammen und stieß einen Laut aus, der wie eine Mischung aus Schnauben und Seufzer wirkte. Pech, dass ausgerechnet Schwester Kommisskopp Dienst hatte. Wes hatte Namen für alle Schwestern. Schwester Sonnenschein lächelte immer, Schwester Stinki aß offenbar dreimal am Tag Knoblauch, vielleicht um Bazillen abzuwehren, Schwester Vielleicht-irgendwann-mal kam nie, wenn er die Ruftaste betätigte, und Schwester Herzchen redete immer in Babysprache mit ihm.

Aber Schwester Kommisskopp war eindeutig die Schlimmste von allen. Sie war breiter als Wes und Jocies Vater zusammen und sah aus, als könnte sie wirklich alles, was ihr im Weg war, zur Seite boxen, um dafür zu sorgen, dass die Dinge so liefen, wie sie es wollte. Sie hatte Jocies Vater bereits einen halbstündigen Vortrag über die Pflege gehalten, die Wes benötigte, wenn er zu Hause war, ohne Wes selbst auch nur eines Blickes zu würdigen, so als könnte Wes nichts verstehen, nur weil sein Bein kaputt war. Dann hatte sie Jocie die senfbraune Waschschüssel mit verschiedenen anderen senfbraunen Krankenhausplastikdingen in die Hand gedrückt und ihr befohlen, sich nützlich zu machen.

Jetzt versuchte Jocie, genau das zu tun, indem sie sich die Schüssel unter einen Arm klemmte und um den Rollstuhl herumlief, um die hintere Tür des Wagens zu öffnen.

„Das geht nicht." Die Miene der Schwester wurde noch düsterer. „Sie können doch sicher sehen, dass Mr Green das Bein nicht anwinkeln kann, um einzusteigen. Ich fürchte, er wird hierbleiben müssen, bis Sie ein geeignetes Transportmittel organisiert haben."

„Ich kann versuchen, Gordon Hazelton zu erreichen, aber heute

Nachmittag ist Albert Bowen beerdigt worden. Ich weiß nicht, ob Gordon jemanden entbehren kann, der mit dem Krankenwagen rüberkommt", sagte Jocies Dad. Der einzige Krankenwagen, den sie in Hollyhill hatten, war ein alter Leichenwagen, den der Bestatter für Notfälle ausgestattet hatte. Sie hatten kaum jemals einen Notfall in Hollyhill, der mit einer Beerdigung kollidierte, deshalb funktionierte diese Regelung normalerweise ganz gut. Und Wes nach Hause zu bringen, war kein richtiger Notfall.

„Dann wird Mr Green noch eine Nacht hierbleiben müssen. Wahrscheinlich sollte er das sowieso. Als sein Arzt die Entlassungspapiere unterschrieb, war er der Meinung, Mr Green würde in ein Pflegeheim gehen", sagte die Krankenschwester und drehte den Rollstuhl in Richtung Eingang.

„Stopp", sagte Wes und zog die Bremse des Rollstuhls an, sodass die Räder auf dem Gehweg blockierten. Er nahm seine Krücken vom Schoß und setzte sie auf dem Boden auf. „Dahin bringen Sie mich nicht zurück."

„Seien Sie nicht albern", sagte Schwester Kommisskopp und beugte sich vor, um die Bremse zu lösen.

„Lassen Sie die Bremse los." Etwas in seiner Stimme ließ die Krankenschwester innehalten. Oder vielleicht lag es daran, dass die weißen Haare auf seinem Kopf zu Berge standen, als hätte er gerade in eine Steckdose gefasst. Wes sah sie unverwandt an und begann sich aus dem Stuhl zu hieven. „Und jetzt gehen Sie aus dem Weg."

„Also wirklich, Mr Green, nun machen Sie keine Schwierigkeiten. Ich bin hier, um Ihnen zu helfen, und ich weiß, dass Ihre Familie auch nur das Beste für Sie will", sagte die Schwester, doch gleichzeitig wich sie einen Schritt zurück.

„Ich bin mit keiner dieser Personen auch nur im Geringsten verwandt. Sie sind nur hergekommen, um mich nach Hause zu bringen, und ich werde mitfahren, selbst wenn ich dabei den Fuß aus dem Fenster strecken muss." Wes sah Jocie an. „Kurbel das Fenster für mich runter, Jo."

Jocie verstaute die Waschschüssel mit dem Zeug auf dem Vordersitz und kurbelte hinten das Fenster herunter. Wortlos half ihr Vater Wes, sich auf die Krücken zu stützen. Wes humpelte zum Wagen und drehte sich langsam auf den Krücken, bis er der geöffneten

Tür den Rücken zuwandte. Er gab Jocie die Krücken und hielt sich dann an David fest, bis er auf dem Rücksitz saß. „Halte mein Bein noch einen Moment, bis ich weiter reingerutscht bin. Hauptsache, die Tür auf der anderen Seite ist verschlossen, sonst fall ich gleich wieder raus." Wes stöhnte ein wenig, als er über den Sitz rutschte.

Jocie kroch auf den Vordersitz und beugte sich über die Lehne, um die Verriegelung an der hinteren Tür hinunterzudrücken. Sie sah Wes an. Sein Gesicht war ganz weiß geworden und der Schweiß lief ihm über die Stirn. „Bist du dir sicher, dass du reinpasst?"

„Irgendwie", sagte Wes keuchend. „Ich würde mir eher den Fuß abhacken, als wieder in dieses Krankenhaus zu gehen."

Jocie sah ihn über die Lehne ihres Sitzes an. „Vielleicht sollte Dad wirklich Mr Hazelton anrufen."

„Nee. Ich bin schon in einem schlimmeren Zustand gefahren, und so groß, dass ich auf dem Rücksitz nicht quer sitzen könnte, bin ich auch nicht – selbst mit diesem neumodischen Ding am Bein." Er schlug mit der Hand auf den Gips.

Jocie warf einen Blick zu der Schwester hinüber, die breitbeinig auf dem Gehweg stand, die Hände in die Hüften gestemmt. Flüsternd sagte sie zu Wes: „Schwester Kommisskopp wird dich bei deinem Arzt verpetzen. Wahrscheinlich musst du dann hundertmal das Bein hoch und runter bewegen oder so."

„Das mache ich sowieso schon, und wenn ich hier endlich weg bin, bringen mich keine zehn Pferde noch einmal her. Doc Markum hat auch eine Säge. Und wenn nicht, weiß ich, wo ich eine kaufen kann."

Jocie zwang sich, Wes' Gips anzusehen. Das tat sie nicht gern. Ihr Magen zog sich dann immer zu einem festen Knoten zusammen und fühlte sich wie Blei in ihrem Bauch an. Natürlich sah der Gips längst nicht so schrecklich aus, wie sein Bein an dem Tag des Tornados ausgesehen hatte, als der Baum daraufgestürzt war. Da wäre sie bei dem Anblick von Blut und Knochen wahrscheinlich ohnmächtig geworden, wenn sie nicht so sehr damit beschäftigt gewesen wäre, Wes zu helfen und Bilder davon zu machen, was der Tornado mit der Clay's Creek Church angestellt hatte.

Ihr Vater sagte, der Tornado hätte die Kirche nicht weggeweht, denn die Kirche sei nicht das Gebäude. Die Kirche seien die Menschen, die dorthin gingen. Und Jocie vermutete, dass er recht hatte, weil die Leute sich immer noch trafen. Jeden Sonntagmorgen stellten sie Klappstühle auf der Bodenplatte auf, was so ziemlich das Einzige war, was von dem Gebäude noch übrig war. Eines der Mitglieder hatte Bilder von dem Prediger gemacht, mit nichts als dem blauen Himmel im Hintergrund, und eines davon hatten sie letzte Woche auf der Titelseite des *Banner* abgedruckt. Natürlich war es in der Zeitung schwarzweiß, sodass man sich den blauen Himmel vorstellen musste.

Sie hatten auch beinahe alle Bilder, die Jocie nach dem Unwetter gemacht hatte, im *Banner* verwendet. Sie hatte diese Fotos nicht machen wollen, aber Wes hatte ihr den Auftrag gegeben. Als Beweis dafür, dass sie tatsächlich einem Tornado ins Auge gesehen und überlebt hatten. Deshalb war es fast so, als wäre sie an jenem Tag zwei Personen gewesen – ein Mädchen, das sich am liebsten zusammengerollt und geweint hätte, und ein anderes Mädchen, das einfach das tat, was getan werden musste.

Mühsam rutschte Wes mit dem Gips, der bis zu seiner Hüfte reichte und aus dem unterhalb des Knies mehrere Metallstangen herausragten, weiter über den Rücksitz. Als Jocie ihn jetzt ansah, kam sie sich eher wie das Mädchen vor, dem zum Heulen zumute war. Wes war nicht sehr groß, kaum größer als sie, seit sie im Sommer ein paar Zentimeter gewachsen war. Er sagte immer, er sei dürr, aber zäh. Aber während Jocie nun den Gips betrachtete, überkam sie die Angst, er könnte nicht zäh genug sein. Sie hatte Angst, dass Wes nie wieder ohne Krücken würde laufen können. Sie hatte gehört, wie die Ärzte das zu ihrem Vater gesagt hatten. Und sie war der Grund, warum Wes diesen Gips hatte.

Wes hatte ihr gesagt, es sei nicht ihre Schuld. Alle sagten, es sei nicht ihre Schuld, aber das war es doch. Sie war der Grund, warum Wes dem Tornado in die Quere gekommen war. Wenn sie doch nur die Uhr zurückdrehen und den Tag damals noch einmal von vorne beginnen könnte. Aber das konnte sie nicht. Tante Love sagte immer, jeder Tag habe seine eigenen Schwierigkeiten. Es gab einen Bibelvers, den sie dabei zitierte, aber Jocie wusste nicht mehr genau, wie der ging. Irgendetwas mit Sorge und dass man jeden Tag genug davon hatte.

Jocie fand den Vers zu deprimierend, um ihn auswendig zu lernen, aber ihr Vater hatte ihr erklärt, er bedeute nur, dass sie sich nicht über alles und jedes Sorgen machen solle. Er sagte, man solle sich nicht verrückt machen, sondern auf Gott vertrauen. Außerdem sei etwas, das geschehen sei, nicht mehr zu ändern. Jocie konnte nichts daran ändern, dass Wes sich ihretwegen verletzt hatte. Sie konnte nur versuchen, ihm beim Gesundwerden zu helfen. Und in diesem Augenblick konnte sie helfen, Wes ins Auto zu verfrachten, bevor Schwester Kommisskopp beschloss, ihn sich unter den Arm zu klemmen und ins Krankenhaus zurückzutragen.

„Noch ein paar Zentimeter, dann kann ich die Tür zumachen, glaube ich", sagte Jocie. „Oder vielleicht können wir ein Seil holen und sie an der anderen Tür festbinden, damit sie wenigstens fast zu ist."

„Ich weiß nicht, Jocie", sagte Wes, während er noch weiter zur Tür rutschte, bis die Armlehne ihm in den Rücken bohren musste. „So wie dein Vater Auto fährt, könnte es sein, dass er um eine Kurve fährt, das Seil sich löst und ich rausfalle und mir vielleicht mein anderes Bein breche oder gar meinen Schädel. Dann wollt ihr mich wieder ins Krankenhaus bringen und ich habe euch und allen, die es hören wollten, gesagt, dass ich nicht noch mal da reingehe."

Jocie warf einen Blick über ihre Schulter in Richtung Krankenschwester, die ihrem Vater den nächsten Vortrag hielt. „Ich weiß, dass du das gesagt hast, aber ich weiß nicht, wie lange Dad Schwester Kommisskopp noch aufhalten kann, und sie ist stärker als wir alle zusammen."

Wes umklammerte die Rückenlehne des Sitzes und schob sich noch ein wenig weiter. „In Ordnung. Schieb die Schüssel, die du vorhin in der Hand hattest, unter meine Ferse."

Jocie half Wes, das Bein hochzuheben, und schob die Waschschüssel unter den Gips. Das Plastik bog sich, zerbrach aber nicht. „Und jetzt?", fragte sie.

„Jetzt mach die Tür zu und schnapp dir deinen Dad, bevor der Kommisskopp Verstärkung holt."

Die Tür berührte den Gips an der Unterseite, aber sie ließ sich schließen. Jocie trat zu der Krankenschwester und ihrem Vater. „Entschuldige, Dad, aber Wes ist so weit. Er sagte, er würde gern zu Hause sein, bevor die Schmerztablette nachlässt."

Die Krankenschwester funkelte sie an. „Er nimmt doch gar keine Schmerzmittel."

„Oh", sagte Jocie. „Kann sein, dass er gesagt hat, er will nach Hause, bevor die Apotheke zumacht, damit er das Rezept noch einlösen kann. Vielleicht ist es das für die Schmerzmittel." Jocie wusste, dass in dem Vortrag, den die Schwester ihrem Vater im Zimmer gehalten hatte, von Schmerztabletten die Rede gewesen war. „Und ich soll Ihnen sagen, wie sehr er es zu schätzen weiß, dass Sie und die anderen Schwestern sich in den letzten Wochen so gut um ihn gekümmert haben." Sie lächelte Schwester Kommisskopp an und wich dem Blick ihres Vaters aus. Es war keine große Lüge. Wes hätte es vielleicht gesagt, wenn er nicht solche Angst gehabt hätte, dass die Schwester ihn wieder hineinschieben könnte. Und Jocie musste etwas sagen, damit die Schwester vergaß, Verstärkung zu holen.

„Ach ja, hat er das? Das habe ich nicht erwartet", sagte die Krankenschwester und lächelte dabei doch tatsächlich. „Ich werde es den anderen ausrichten." Sie ging zum Wagenfenster und beugte sich hinunter, um Wes anzusehen. „Rufen Sie uns einfach an, wenn Sie Probleme haben, Mr Green."

Sie waren schon auf der Schnellstraße Richtung Hollyhill, als Wes sagte: „Pustekuchen."

Jocie warf ihm einen Blick über die Schulter zu. „Was ist Pustekuchen?"

„Dass ich diese Frau anrufe."

„Kann doch sein, dass sie unverheiratet ist", grinste Jocie.

„Das hätte ich geschworen, aber Schwester Sonnenschein hat mir gesagt, sie sei verheiratet", sagte Wes. „Der arme Kerl, kann ich nur sagen."

Jocies Vater lachte. „Zu Hause ist sie wahrscheinlich lammfromm und sie hat nur ihre Arbeit getan, als sie auf dich aufgepasst hat. Sie hat sich wirklich darüber gefreut, dass du Jocie gesagt hast, sie solle ihr dafür danken, wie sie sich um dich gekümmert hat."

„Das waren wohl eher Jocies Worte als meine", meinte Wes.

„Jedenfalls sind wir entkommen, oder nicht?", sagte Jocie. „Und ich bin mir sicher, du hättest genau das gesagt, wenn es dir eingefallen wäre."

„Das und noch ein paar andere Dinge", knurrte Wes.

„Dann war es ja vielleicht gut, dass Jocie die Botschaft überbracht hat.“ Jocies Vater blickte in den Rückspiegel, um Wes auf dem Rücksitz anzusehen. Sein Lächeln verwandelte sich in ein Stirnrunzeln. „Du siehst nicht so aus, als wäre das sehr bequem für dich. Tut dein Bein nicht weh, so eingeklemmt, wie du bist?“

„Nicht genug, um deswegen zu jammern“, sagte Wes.

„Wir hätten ein paar Kissen mitnehmen sollen“, sagte Jocie.

„Nein, wir hätten den Krankenwagen nehmen sollen.“

„Oder einen Lastwagen mit einem Stuhl auf der Ladefläche“, sagte Wes. „Was haben sie gesagt, wie lange das Ding hier dranbleiben muss?“

„Mindestens einen Monat“, sagte Jocies Dad. „Dann werden sie es noch mal röntgen und entscheiden, was sie als Nächstes tun.“

„Ärzte“, sagte Wes. „Was wissen die schon!“

„Eine Menge, hoffe ich.“

Jocie überlegte krampfhaft, was sie sagen könnte, um die Stimmung im Wagen zu verbessern. Sie hasste es, wenn Wes schlecht gelaunt war und so mutlos klang. Bevor er sich das Bein verletzt hatte, war er auch manchmal niedergeschlagen gewesen, aber er hatte es nicht vor sich hergetragen. Ihr Vater sagte, wenn Menschen leiden, könne man nicht erwarten, dass sie die ganze Zeit fröhlich seien und lächelten. Er hatte ihr erzählt, wie schwer es Wes fiel, sich nicht so bewegen zu können, wie er wollte, und dass sie sich mehr Gedanken darüber machen sollte, wie Wes sich fühlte, als darüber, wie es ihr selbst ging.

Trotzdem konnte sie, wenn sie das Richtige sagte, Wes manchmal zum Lächeln bringen, und dann fühlten sie sich beide besser. Also sagte sie jetzt: „Hattet ihr auf dem Jupiter denn keine Ärzte, bevor du hierhergekommen und aus dem Raumschiff gefallen bist?“

Eine Minute lang dachte sie, Wes würde nicht reagieren und einfach mit geschlossenen Augen dasitzen. Aber dann sagte er: „Wir brauchten keine Ärzte, wenn ich mich recht entsinne.“

„Wart ihr denn nie krank oder verletzt?“

„Krank nicht. Auf dem Jupiter gibt es keine Bakterien. Verletzungen gab es manchmal, aber wenn jemand zum Beispiel sein Bein verletzt hatte, dann ist er einfach ins Kaufhaus gegangen und hat sich ein neues Bein in der richtigen Größe gesucht, das alte abgeschraubt und das neue stattdessen drangeschraubt. Manche Jupiterianer achteten dabei auf die Farbe und andere nicht, also kam es vor, dass jemand mit einem blauen und einem roten Bein herumlief."

„Das war doch komisch, oder?", sagte Jocie.

„Nein, nur bunt. Sehr bunt."

Erleichterung stieg in Jocie auf und sie lachte. Sie sah Wes an. „Und was sollte das, dass du Schwester Kommisskopp gesagt hast, wir wären nicht verwandt? Du bist mein Opa, denk daran, und daran kannst du nichts ändern."

„Na gut – wenn du dir sicher bist, dass du einen Opa vom Jupiter willst." Wes lächelte nur ein wenig, aber er lächelte. „Aber falls du vorhast, mich in die Schule mitzunehmen, damit ich Geschichten erzähle, dann vergiss es."

6

Am meisten hasste Wes es, sich alt zu fühlen. Alt und hilflos. Die Schmerzen konnte er ertragen. Auch wenn sie seinen ganzen Körper erschütterten, so wie jetzt, wo er den Kopf ans Fenster gelehnt hatte und die Räder unter sich spürte, die ihn nach Hollyhill zurückbrachten. Er umhüllte den Schmerz mit seinen Gedanken, nahm ihn auf und ließ sich von ihm tragen, während er die schmerzhaftesten Stöße wie ein Rodeoreiter über sich ergehen ließ, der auf einem wilden Bullen sitzen blieb, bis das Signal ertönte.

Wes war eine Weile in der Rodeoszene unterwegs gewesen, bevor er in Hollyhill gelandet war. Allerdings war er nie geritten, sondern einer der noch verrückteren Clowns gewesen, die vor den Nasen der Bullen rote Fahnen schwenkten und dafür sorgten, dass die Reiter, die herunterfielen, nicht zertrampelt wurden. Mit der Zeit war er ziemlich gut darin gewesen, auf Zäune zu klettern oder in Fässer zu springen, wenn die Bullen auf ihn losgingen. Mit Schmerzen war er also vertraut. Schmerzen konnte er aushalten.

Aber er hatte sich noch nie alt gefühlt. Hilflos ja, aber nicht alt. Und als er sich das letzte Mal hilflos gefühlt hatte, war er vor dem Gefühl einfach davongelaufen. Davongelaufen und ein neuer Mensch geworden. Ein Mensch, der aus einem Raumschiff hätte gefallen sein können, so wie er es Jo erzählt hatte. Sie glaubte ihm nicht mehr, so wie sie es früher getan hatte, als er neu in Hollyhill gewesen war und angefangen hatte, für ihren Vater zu arbeiten. Aber damals war sie auch ein kleiner Wicht gewesen. Jetzt war es eher wie ein Spiel, das sie spielten.

Er wünschte, er könnte tatsächlich in ein Raumschiff steigen und irgendwohin fliegen, wo er sein altes Bein abschrauben und ein neues anbringen konnte. Dann würde er sich vielleicht nicht mehr alt und hilflos vorkommen. Und nutzlos. Ein Mann, der nicht arbeiten konnte, war nicht viel wert, und Wes konnte nicht einmal laufen, geschweige denn arbeiten.

David sprach immer davon, wenn Wes wieder beim *Banner* arbeiten würde, aber Wes war sich nicht sicher, ob David es selbst glaubte. Jo schon. Jo konnte nichts anderes glauben. Sie wollte, dass alles so war wie früher, obwohl sie nach allem, was sie durchgemacht hatte, doch eigentlich wissen musste, dass nichts mehr so sein würde wie früher. Dinge geschahen. Und es gab kein Zurück mehr.

Wes hielt die Augen halb geschlossen, während er Jo und David dabei beobachtete, wie sie sich auf dem Vordersitz unterhielten. Hin und wieder schnappte er ein Wort auf, wenn sie ihm einen Blick zuwarf, als ob sie ihn in die Unterhaltung mit einbeziehen wollte, aber sonst konnte er nicht hören, was sie sagten. Der Wind wehte zu laut zum Fenster herein und mit ihm der Lärm der Straße.

Er hätte die Tablette nehmen sollen, die Schwester Kommisskopp ihm aufzudrängen versucht hatte. Vielleicht hätte er es getan, obwohl ihm davon ganz schwindelig wurde, wenn er gewusst hätte, wie er sich auf den Rücksitz klemmen musste. Wer hätte gedacht, dass sein Bein so lang war? Natürlich waren seine Beine im Verhältnis zu seinem restlichen Körper schon immer ziemlich lang gewesen. Seine Mutter hatte immer gesagt, seine Beine reichten ihm bis unter die Arme. Jetzt, mit den Krücken, war es tatsächlich so. Bei dem Gedanken musste er beinahe grinsen.

Vorne lachte Jo auf, was Wes ein Lächeln entlockte. Er war froh, dass sie das Unwetter heil überstanden hatte, abgesehen von ein paar Kratzern und blauen Flecken. Und auch den emotionalen Sturm schien sie gut verkraftet zu haben. Sie und ihr Vater waren einander so nah wie eh und je, vielleicht sogar noch näher. Und sie ließ sich nicht von dieser Idee mit dem Opa abbringen. Er hatte ihr gesagt, ein Onkel sei besser, aber sie behauptete, ein Onkel sei nicht nah genug. Es müsse der Opa sein. Er hatte sie darauf hingewiesen, dass schon die Bezeichnung alt klinge, aber sie hatte nur gelacht. Mit ihren jungen Augen betrachtet hatte er wahrscheinlich schon uralt ausgesehen, bevor der Baum auf ihn gestürzt war und ihn ein paar Jahre seines Lebens gekostet hatte.

Wenn er darüber nachdachte, war er wahrscheinlich tatsächlich alt genug, um Jocies Großvater zu sein. Wobei man das „wahrscheinlich" auch genauso gut streichen konnte. Er war über sechzig. Die genauen Jahre waren ihm egal und er hatte sich immer eingeredet, die Jahre spielten keine Rolle, aber jetzt spürte er jedes einzelne von ihnen und noch ein paar dazu. Und es war eine Tatsache, dass er jemandes Opa sein konnte. Er wusste es nicht, aber es könnte sein. Es war sogar mehr als wahrscheinlich. Er hatte einen Sohn gehabt, bevor er aus dem Raumschiff gefallen und in Hollyhill gelandet war.

Dass er vor zwanzig Jahren den Kontakt abgebrochen und seitdem nicht einmal versucht hatte, herauszufinden, ob sein Junge überhaupt noch am Leben war, bedeutete nicht, dass er es nicht war. Als Wes sich aus dem Staub gemacht hatte, war sein Sohn verheiratet gewesen. Wes runzelte die Stirn und versuchte sich zu erinnern, wie das Mädchen geheißen hatte. Michelle oder Madeline. Auf jeden Fall irgendwas mit M. Soweit er sich erinnern konnte, hatte sie wie jemand gewirkt, der Kinder haben wollte. Das wollten die meisten Frauen. Und das war ja auch gut so. Dadurch drehte die gute alte Welt sich schließlich weiter.

Im Augenblick wünschte Wes jedoch, sie würde sich nicht ganz so heftig drehen. Er vermutete, dass ihm von den Schmerzen schwindelig wurde. Und von der Hitze. Es gab zwar eine Luftbewegung im Auto, aber draußen war es bestimmt an die vierzig Grad heiß. Die Sonne, die durchs Fenster schien, brannte ihm auf den Schultern. Er versuchte, sich ein wenig anders hinzusetzen, aber er konnte das Bein nicht bewegen.

„Ist bei dir alles in Ordnung, Wes?“, rief David ihm über die Schulter zu.

„Alles bestens“, log Wes.

„Sollen wir anhalten und eine Pause machen? Willst du dich ein bisschen bewegen oder sollen wir etwas zu trinken kaufen?“

„Fahr lieber weiter, David. Ich bin mir nicht sicher, ob ihr mich wieder in diesen Wagen bekommt, wenn ich einmal draußen bin.“ Er begegnete Davids Blick im Rückspiegel.

„Ich fahre ein bisschen schneller.“

Das war das Problem bei David. Er wusste immer, wenn Wes log. Er versuchte nie, die Wahrheit aus ihm herauszuholen, aber er kannte sie immer. Und er machte sich Sorgen. Der Mann war voll der Früchte des Geistes. Wes ging vielleicht nicht in die Kirche, aber er erkannte durchaus, wenn jemand echt war, und David war echt. Die Güte strömte ihm förmlich aus allen Poren.

So wie jetzt, wo er Wes mit zu sich nach Hause nahm, obwohl er das nicht tun musste. Er musste es nicht nur nicht, wahrscheinlich wäre es auch besser, wenn er es nicht täte. Der Mann hatte schon jetzt ein Haus voller Probleme. Da brauchte er nicht noch einen verkrüppelten alten Mann. Einen verkrüppelten alten Mann, der die dunklen Wolken, die über seinem Kopf hingen, nicht abschütteln konnte.

Der Arzt im Krankenhaus hatte Wes erklärt, es sei ganz normal, niedergeschlagen zu sein, wenn einem das Bein zertrümmert wurde. Dagegen hatte er ihm auch Tabletten angeboten. Gegen die deprimierten Gefühle. Aber Wes war noch nie dafür gewesen, Tabletten zu nehmen, selbst wenn er von Leuten umgeben war, die Tabletten verteilten, als wären es Bonbons.

Wes ließ seinen Gedanken freien Lauf, um nicht an die düstere Möglichkeit zu denken, dass er vielleicht nie wieder würde laufen können. Oder daran, dass er alt und hilflos war. Und nutzlos. Er sah Jo auf dem Vordersitz an und versuchte zu hören, was sie sagte, aber es gelang ihm nicht. Selbst in der kurzen Zeit, die er im Krankenhaus verbracht hatte, war sie gewachsen. Oder vielleicht lag es daran, dass er sich auf Krücken kleiner fühlte.

Sie wurde erwachsen. Wes hatte nicht vorgehabt, noch einmal einen Menschen in sein Herz zu lassen, nachdem der Unfall ihm damals, in seinem alten Leben, seine Frau und seine Tochter geraubt hatte. Und das hatte er auch nicht, bis er in Hollyhill angehalten hatte, um irgendeine Aushilfstätigkeit zu finden, damit er sein Motorrad betanken und weiterfahren konnte. Aber dann war Jo mit ihrem Daddy zur Arbeit gekommen. Sie konnte kaum älter als drei Jahre gewesen sein, und sobald sie Wes entdeckt hatte, war sie auf ihn zugekommen und hatte ihm die kleinen Ärmchen entgegengestreckt. Und keine Woche später wäre er auf der Stelle für sie gestorben.

Er hatte nie die Gelegenheit gehabt, das zu beweisen, bis der Tornado sie im Juli heimgesucht hatte. Er hätte auch gegen einen doppelt so starken Wind gekämpft und gegen doppelt so dicke Bäume und wäre willig aus dem Leben geschieden, solange sie in Sicherheit war. Vielleicht hatte sie doch recht und er war ihr Opa.

Endlich fuhren sie durch Hollyhill. Wes sah zu dem Zeitungsgebäude hinüber und fragte sich, ob er es jemals wieder von innen sehen würde. Es machte ihm Spaß, die widerspenstige alte Druckerpresse am Laufen zu halten. Er mochte die Druckerschwärze unter seinen Fingernägeln. Wes blickte auf die Hände hinunter, die auf seinem Schoß lagen. Nicht ein Hauch von Tinte und selbst der zerquetschte Daumennagel war fast herausgewachsen.

„Vielleicht sollte ich versuchen, die Treppe zu meiner Wohnung raufzusteigen, David. Ich könnte dort eine Weile Winterschlaf halten, bis es meinem Bein wieder besser geht. Jo könnte mir Frankfurter Würstchen und Kaffee bringen."

„In ein paar Wochen vielleicht", sagte David. „Du willst uns doch wohl nicht um das Vergnügen bringen, uns erst mal ein bisschen um dich zu kümmern."

„Möglich, dass es kein so großes Vergnügen wird. Schwester Kommisskopp hätte dich warnen können", sagte Wes. „Ich weiß nicht, ob Lovella der Aufgabe gewachsen ist."

„Ich bin doch da und kann helfen", sagte Jo. „Und Dad auch."

Kaum hatten sie die Stadt hinter sich gelassen, zeigte Jo auf ein altes Rad am Wegrand. Sie drehte sich zu Wes um. „Da ist das Fahrrad, von dem ich dir erzählt habe. Das Mr McDermott für mich gefunden hat."

„Was macht es denn hier? War das Benzin alle?", fragte Wes.

„Ich hatte einen Unfall. Wenn wir zu Hause sind, muss ich dir davon erzählen. Die Geschichte ist zu verrückt, um sie hier im Auto zu erzählen."

„Hast du dich verletzt?", fragte Wes.

„Mein Knöchel tut ein bisschen weh", gab Jocie zu.

„Deshalb humpelst du also. Und ich dachte, du hinkst aus Mitgefühl."

Kurz darauf hielten sie auf dem Hof direkt vor der Veranda, die nur eine kleine Stufe über dem Boden war. Lovella und Tabitha warteten in den Schaukelstühlen. Tabitha stand auf. Kein Zweifel, das Mädchen hatte ordentlich zugelegt, aber sie war offenbar glücklich, ihrer Miene nach zu urteilen und nach dem, was David ihm erzählt hatte. Sie mochte ihrer Mutter ausgesprochen ähnlich sehen, aber vielleicht war die Ähnlichkeit doch nur oberflächlich. Wenn sie sich darauf freute, Mutter zu sein, dann musste es so sein, denn Adrienne hatte nie Mutter sein wollen. Genau genommen war sie auch nie eine gewesen. Jedenfalls nicht für Jo.

Von dem Rücksitz aus dem Wagen zu klettern, war eine größere Tortur als das Einsteigen. Erstens hatte er nicht Schwester Kommisskopp als Motivation, sondern nur Jo, die ihn beobachtete und so aussah, als würde sie jeden Augenblick in Tränen ausbrechen. Das arme Mädchen trug einen riesigen Sack Schuldgefühle mit sich herum. Sobald es Wes besser ging und die dunkle Wolke nicht mehr über seinem Kopf schwebte, würde er sein Möglichstes tun, damit sie diesen schweren Sack abwarf. Was Rosa und Lydia betraf, war ihm das nie gelungen. Aber das war etwas anderes. In jener Nacht hatte es keinen Tornado gegeben. Nur die Straße und das Auto und ihn am Steuer.

Wes verdrängte die Erinnerung an den Unfall. Daran durfte er jetzt nicht denken. Es sei denn, er wollte in der dunklen Wolke untergehen, die sich immer wieder auf seinen Kopf herabsenken wollte. Außerdem musste er sich jetzt erst einmal darauf konzentrieren, aus diesem Auto zu kommen.

Jo hielt seinen Gips fest und David umklammerte seine Hände und versuchte, ihn aus dem Wagen zu ziehen. Das Problem war, dass Wes sich kaum bewegen konnte. Sein Allerwertester und das andere Bein waren auf der Fahrt nach Hause eingeschlafen und ganz gefühllos. Es wäre lustig gewesen, wenn sie ihn nicht alle angesehen hätten, als würde er jeden Augenblick blau anlaufen und explodieren.

Dann kam Jos hässlicher Hund Zeb von irgendwoher angerannt und begann unter seinem Bein hin und her zu huschen und zu bellen. Lovella schrie den Hund an und zitierte dann irgendetwas. Wes konnte nicht verstehen, was sie sagte, weil das Blut in seinen Ohren pochte und das Hundegebell an den Hauswänden widerhallte, aber er erkannte, dass es Bibelverse waren. David sagte auch etwas. Sein Mund bewegte sich und der Schweiß tropfte ihm von der Nase, während er an Wes zog.

Vielleicht betete er für Wes. Es wäre nicht das erste Mal. Er wusste, dass David für ihn betete, auch wenn der Mann es nie offen ausgesprochen hatte. Schließlich war er Prediger, also ein Mann, den Gott berufen hatte. Er musste für alle beten, das gehörte zu seinen Aufgaben.

Wes konnte sich nicht daran erinnern, wann er zuletzt gebetet hatte. Vielleicht als Kind, als er mit seiner Mutter in die Sonntagsschule gegangen war. Vielleicht auch nie. Jedenfalls nie richtig. Er hatte vielleicht die Worte aufgesagt: *Vater unser im Himmel, geheiligt werde dein Name*. Jahrelang hatte er gedacht, es heiße „eilig werde dein Name". Einmal hatte er seine Mutter gefragt, warum Gott es denn so eilig habe, und sie hatte gelacht, als hätte er einen richtig guten Witz erzählt, als sie schließlich herausfand, wovon er redete. Das war das Beste an seiner Mutter gewesen. Wie sie lachte. Sie war gestorben, als Wes fünfzehn war, vor so vielen Jahren also, dass er sich kaum noch an ihr Gesicht erinnern konnte. Aber an ihr Lachen erinnerte er sich.

Jetzt stieß der Hund, dem vielleicht von dem ganzen Hin-und-Her-Gerenne schwindelig war, gegen Jos Knie, sodass sie wankte. Sie quiekte, als ihre Hände von dem Gips rutschten. Wes erstarrte und wappnete sich für den Schmerz in seinem Bein, wenn es auf den Boden auftraf, aber Zeb rannte unter den Gips, als wüsste er tatsächlich, was los war, und blieb stehen, sodass das Bein auf seinem Rücken zu liegen kam. Er hörte auf zu bellen und sah Wes beinahe entschuldigend an. Dann fing der Hund an zu keuchen und die Zunge hing ihm fast bis auf die Erde, weil die Beinchen des armen Tiers unter dem Gewicht des Gipsbeins fast einknickten. Er drehte den Kopf, um Jo ein kleines Beeil-dich-Bellen zu schicken, und Jo rappelte sich eilig auf.

„So etwas Verrücktes habe ich noch nie gesehen", sagte Tabitha. „Glaubt ihr, er hat das extra gemacht, oder war er nur zum falschen Zeitpunkt unter dem Bein?"

„Natürlich hat er das absichtlich gemacht", sagte Jo und griff wieder nach dem Gips, damit der Hund darunter hervorkriechen konnte. Zeb wankte in den Schatten, den das Auto warf, und brach zusammen. „Er wollte Wes nicht wehtun. Er war nur aufgeregt."

„Komm schon, Jocie", sagte Tabitha. „Er ist nur ein Hund."

„Du kannst ja mal versuchen, ihm das zu erklären", erwiderte Jo.

„Warum? Glaubst du, er beißt mich oder so was, wenn ich sage, dass er ein Hund ist? Er ist ein Hund." Plötzlich sah Tabitha aus, als wäre sie sich nicht mehr so sicher. „Oder nicht?"

David lächelte Wes an und zog ihn ein Stückchen näher zur Kante der Rückbank. „Er sieht aus wie ein Hund, er klingt wie ein

Hund und er riecht zweifelsohne wie ein Hund. Ich glaube, wir können uns ziemlich sicher sein, dass er ein Hund ist."

„Aber klüger als jeder andere Hund, den man auf diesem Planeten finden kann", sagte Jocie. „Nicht wahr, Wes?"

„Oh nein, nicht wieder die Jupitergeschichten." Tabitha legte sich die Handfläche an die Stirn, als hätte sie Kopfschmerzen bekommen. „Ihr zwei seid seltsamer als alle, die ich von hier bis Kalifornien und zurück getroffen habe."

Wes lachte. Endlich war er aus dem Auto heraus und auf den Beinen, oder dem Bein, um genauer zu sein. Das gute Bein kribbelte und er musste damit aufstampfen, aber es war schwierig aufzustampfen, wenn nur ein Bein funktionierte. Wes schob sich die Krücken unter die Arme und ignorierte die Schmerzen, die von seinen Armen und Schultern ausgingen. Er lachte einfach weiter. Das schien besser zu sein als zu weinen, vor allem, da Jo ihn beobachtete.

„‚Ein fröhliches Herz tut dem Leibe wohl.'" Lovella lächelte ihn an.

„‚Aber ein betrübtes Gemüt lässt das Gebein verdorren'", sagte Wes.

„Sprüche 17,22. Ich wusste gar nicht, dass du die Bibel kennst, Wesley", sagte Lovella.

„Im Krankenhaus lag eine Bibel in der Nachttischschublade. Und ich hatte viel Zeit zum Lesen, wenn ich die Schwestern dazu bringen konnte, mich in Ruhe zu lassen."

Er ließ sich von den anderen auf die Veranda und ins Haus helfen. Sie hatten alle Wohnzimmermöbel auf eine Seite geschoben und für ihn ein Feldbett aufgebaut, mit einem Tisch daneben. Das Bett war schrecklich dicht über dem Boden, aber wenn sie einen Stuhl danebenstellten, konnte er sich vielleicht daraus hochziehen. Jo musste in seiner Wohnung gewesen sein. Sie hatte ihm einen Stapel Bücher geholt. Ein Sessel mit einem Hocker stand gleich neben dem Tisch und außerdem eine Stehlampe. Wes spürte, dass Jo ihn beobachtete, weil sie wissen wollte, wie er fand, was sie für ihn hergerichtet hatten. Deshalb ließ er das Lächeln von dem fröhlichen Herzen auf seinen Lippen und versuchte nicht an das gebrochene Gemüt und die verdorrten Gebeine zu denken, als er sie ansah. „Ihr habt es mir hier so gemütlich gemacht, dass ihr mich vielleicht nie wieder loswerdet."

Einen Augenblick lang glaubte er, Jo würde anfangen zu heulen. Zum Glück konnte sie sich beherrschen, denn er wusste nicht, ob er nicht mit ihr in Tränen ausgebrochen wäre. Und dann wäre die Medizin des fröhlichen Herzens für die Katz gewesen.

7

Sonntagsmorgens ging es bei den Brookes immer etwas chaotisch zu, weil alle damit beschäftigt waren, sich für die Kirche fertig zu machen. Bevor Tabitha aus Kalifornien nach Hause gekommen war, hatte Tante Love dafür gesorgt, dass David und Jocie rechtzeitig bereit waren. Wenn einer von beiden zu lang im Bad geblieben war, hatte sie laut an die Tür geklopft und ihnen Beine gemacht. Aber es war schwierig, jemanden aus dem Badezimmer zu bekommen, dem morgens schlecht war. Und allmählich sah es so aus, als würde Tabithas Morgenübelkeit erst aufhören, wenn sie das Baby bekam. Ihr Arzt hatte Tabitha erklärt, dass manche Frauen diesbezüglich einfach Pech hatten.

David fiel es immer noch schwer, Tabitha als Frau zu betrachten. Er hatte so viele Jahre ihrer Kindheit verpasst, nachdem sie mit Adrienne fortgegangen war, dass er noch nicht so weit war, in ihr eine Frau zu sehen, auch wenn es nur noch wenige Wochen dauern würde, bis sie Mutter wurde. Sie hatte sich besser in Hollyhill eingelebt, als er es sich hatte träumen lassen, seit sie vor einigen Monaten nach dem Gottesdienst nach Hause gekommen waren und Tabitha auf der Veranda vorgefunden hatten. Sie hatte den ganzen Weg mit dem Bus zurückgelegt. Allein. Und nachdem sie nach Hause gekommen war, hatte sie das Geheimnis, dass sie ein Baby erwartete, zunächst für sich behalten. Irgendwann hatte Tante Love darauf bestanden, dass Tabitha ihm erzählte, was er in seiner Blindheit nicht gesehen hatte. Dieser Sommer hatte schon so viele Überraschungen mit sich gebracht.

Manchmal hatte David beinahe Angst, morgens den Kopf unter der Bettdecke hervorzustrecken, weil er sich vor dem fürchtete, was Gott ihm als Nächstes schicken könnte. Aber wenn die Sonne dann durch sein Fenster drang, sprach David sein Morgengebet. „Herr, sei heute bei mir.“ Und Gottes Antwort kam zurück: *Siehe, ich bin bei euch alle Tage, bis an der Welt Ende.* Gottes Versprechen hatte den Jüngern gegolten, die zur Zeit des Neuen Testaments in einer viel gefährlicheren Umgebung gelebt hatten, als David es sich auch nur ausmalen konnte, und dasselbe Versprechen galt auch den Jüngern heute. David musste sich nur auf den Herrn verlassen und in allem dankbar sein.

Und das war er. Er war dankbar, weil Tabitha nach Hause gekommen war. Er war dankbar für das Kind, das unterwegs war. Er war dankbar für eine Gemeinde, die David zutraute, sie zu führen. Er war dankbar, dass Jocie die Stürme des Sommers heil überstanden hatte. Er war dankbar dafür, dass Wes den Tornado überlebt hatte. Er war dankbar dafür, dass ihm das Lächeln so leichtfiel, wenn Leigh in der Nähe war. David wusste immer noch nicht genau, was er wegen Leigh unternehmen sollte. Wenn sie nur nicht so jung wäre – aber vielleicht war es ja gerade ihre Jugend, die ihn zum Lächeln brachte.

Aber all das machte es kein bisschen einfacher, rechtzeitig das Haus zu verlassen, um zur Kirche zu gehen. Oder einfacher zu entscheiden, was er wegen Wes unternehmen sollte. David bereute es nicht, dass er Wes zu ihnen nach Hause geholt hatte, aber er war sich inzwischen nicht mehr so sicher, ob sie wirklich für ihn sorgen konnten, vor allem Tante Love und Tabitha und Jocie, wenn David nicht da war, um zu helfen.

Am Samstag hatten sich alle drei angeboten, sonntags mit Wes zu Hause zu bleiben. Und jetzt hatte Tabitha David erneut aufgesucht, während er seine Predigtnotizen durchging, und versuchte ihn davon zu überzeugen, dass sie diejenige sein sollte, die zu Hause blieb. „Lass mich hier bei Wes bleiben. Mich vermisst in der Kirche niemand."

„Alle werden dich vermissen", erklärte David ihr. „Immer, wenn du nicht da bist, fragen alle nach dir."

„Wahrscheinlich, weil sie wissen wollen, ob ich mich inzwischen angemessen schäme." Tabitha schnitt eine kleine Grimasse, während sie ihren runden Bauch berührte.

David erhob sich von seinem Schreibtisch und ging zu ihr, um sie zu umarmen. „Du weißt, dass das nicht stimmt. Die Menschen dort waren immer freundlich zu dir. Oder nicht?" Er sah in ihr Gesicht. Vielleicht gab es etwas, das er nicht wusste. Vielleicht machte der Martin-Junge wieder Ärger. Ronnie Martins hässliche Worte, die er Jocie ins Ohr geflüstert hatte, waren der Grund dafür gewesen, dass sie in diesem Frühsommer völlig durcheinander gewesen war.

David und der Vater des Jungen, Ogden Martin, einer der Diakone in Mt. Pleasant, hatten die Sache ausdiskutiert und dann gemeinsam auf den Knien im Sonntagsschulraum gebetet, bis Gott ihnen dabei geholfen hatte, einen Weg zu finden, wie sie beide in derselben Gemeinde bleiben konnten. Ogden hatte seinen Sohn angewiesen, sich bei Jocie zu entschuldigen, etwas, das sie stillschweigend über sich hatte ergehen lassen, obwohl sie es nicht wollte. Die Worte waren ausgesprochen, aber David hatte bei dem Jungen ebenso wenig echte Reue wegen seines Verhaltens gespürt, wie er bei Jocie Vergebungsbereitschaft entdeckt hatte. Es würde ihn nicht wundern, wenn Ronnie wieder etwas ausgefressen hatte.

Aber Tabitha schüttelte den Kopf. „Nein, keiner sagt offen irgendetwas. Aber sie sehen mich so mitleidig an, als hätte ich Lepra oder so, anstatt ein Baby zu bekommen. Und wenn ich ihnen dann sage, dass es mir gut geht, sehen sie mich an, als dürfte es mir nicht gut gehen und als sollte ich in einer Ecke sitzen und auf meine Hände starren und dicke Krokodilstränen weinen oder etwas in der Art."

David drückte ihre Schultern und lächelte zaghaft. „Wir verhalten uns nicht immer so, wie andere Leute es sich wünschen."

Tabitha blickte zu ihm auf. „Ich meine, ich weiß, dass ich einen Fehler gemacht habe und dass ich hätte warten sollen, bis ich verheiratet bin, aber wenn ich das getan hätte, gäbe es dieses Baby nicht. Und Tante Love hat mir geholfen zu beten und Gott zu sagen, dass es mir leidtut. Sie sagte, Gott würde mir vergeben, wenn ich das tue."

„Und das hat er auch. In der Bibel steht, wenn wir um Vergebung bitten, wird der Herr uns so weit von unseren Sünden entfernen, wie der Osten vom Westen entfernt ist."

„Wie weit ist das?", fragte Tabitha.

„Wenn du nach Osten gehen und nie umkehren würdest, dann kämest du nie im Westen an. Du würdest einfach immer weiter nach Osten gehen, immer um die Welt herum."

„Wirklich? Darüber habe ich noch nie nachgedacht." Tabitha sah aus, als hätte sie eine Erleuchtung gehabt. Aber dann runzelte sie wieder die Stirn. „Aber die Frauen in der Gemeinde wollen, dass ich mich elend fühle, anstatt mich zu freuen. Sie finden, dass ich sündige, wenn ich lächle, weil die kleine Stephanie Grace mich tritt."

„Ach, so schlimm sind sie nun auch wieder nicht." David hatte aufgegeben, hier und da eine Bemerkung zu machen, die Tabitha auf die Möglichkeit vorbereitete, dass das Baby vielleicht nicht das Mädchen wurde, von dem sie überzeugt war, dass sie es unter dem Herzen trug. Sie sagte, sie werde ein Mädchen bekommen. Sie nannte ihr Kind Stephanie Grace und daran gab es nichts zu rütteln.

„Aber warum können sie sich nicht einfach für mich freuen? Ich bin froh. Warum können sie es nicht sein?"

„Sag ihnen das. Sag ihnen, dass du dich über das Baby freust und dass du hoffst, sie werden es auch tun."

„Das könnte ich nicht." Allein bei dem Gedanken sah Tabitha ganz ängstlich aus. „Dann würden sie mich wirklich schrecklich finden."

„Nein, das würden sie nicht. Sie würden denken, dass du eine Mutter bist, die ihr Baby liebt, so wie sie ihre eigenen Babys geliebt haben, bevor sie geboren wurden." David küsste Tabitha sanft auf die Stirn.

„Da bin ich mir nicht so sicher. Sie glauben sowieso schon, dass ich eine halbe Heidin bin, weil ich diese Rose im Gesicht habe." Tabitha berührte die kleine Tätowierung auf ihrer linken Wange. „Und wahrscheinlich bereite ich dir in der Gemeinde schon genug Probleme, ohne dass ich ständig etwas Falsches sage, so wie DeeDee, wenn sie mitgegangen ist."

„Deine Mutter ist nie gerne in die Kirche gegangen."

„Daran erinnere ich mich", sagte Tabitha.

„Natürlich." Bis Tabitha nach Hause gekommen war, war David sich nicht darüber im Klaren gewesen, wie viel das Mädchen über die Schwierigkeiten zwischen David und Adrienne gewusst hatte. Er hatte gedacht, er hätte das alles gut überspielt. „Aber du bereitest mir keine Probleme, und wenn dein Baby erst einmal da ist, wird es die Leute in Mt. Pleasant mit seinem Lächeln im Nu um den kleinen Finger wickeln."

„Wenn du meinst. Aber jemand muss bei Wes bleiben und das kannst nicht du sein. Du musst predigen. Und Tante Love geht zu gerne in den Gottesdienst, um ihn zu verpassen. Ich schätze, Jocie und ich könnten uns abwechseln, aber lass mich zuerst hierbleiben. Bitte."

„Na gut. Aber du musst mir versprechen, Mr Crutcher von nebenan zu rufen, wenn du Hilfe brauchst. Wenn Wes hinfällt, darfst du nicht versuchen, ihm aufzuhelfen."

„Mr Crutcher geht doch auch in die Kirche, oder? Gehen nicht alle in Holly County in den Gottesdienst, abgesehen von Wes?"

„Ich weiß nicht, ob das ganze County so fromm ist, aber für alle Fälle werde ich Wes sagen, dass er nicht versuchen soll, ins Bad zu gehen, bis wir wieder da sind", sagte David.

„Du solltest ihn vielleicht lieber bitten, anstatt es ihm zu sagen. Ganz nett", sagte Tabitha. „Wes reagiert nicht besonders gut auf Befehle. Selbst bei Jocie war er gestern Abend patzig, als sie ihn dazu bewegen wollte, etwas zu essen."

„Vielleicht erwarten wir zu viel von ihm. Er lebt seit Jahren allein und jetzt haben wir ihn in der Mitte dessen abgesetzt, was er den Brookeschen Hauptbahnhof nennt. Er hat sich beschwert, dass es hier nicht einmal um Mitternacht ruhig ist, weil die Uhr von Großvater Brooke immer zur vollen Stunde schlägt."

„Ich gehe nach draußen und setze mich auf die Veranda, dann hat er es so still, wie er mag."

„Das weiß er bestimmt zu schätzen", sagte David.

Jocie protestierte nicht, als er ihr sagte, Tabitha würde als Erste bei Wes bleiben. Sie sagte nur: „In Ordnung. Ich habe sowieso vergessen, jemanden zu suchen, der heute in der Sonntagsschule für mich einspringt und Miss Vangie hilft. Dann frage ich Paulette, ob sie das nächste Woche übernimmt."

Jocie als Helferin für die kleinen Kinder einzuteilen, war Davids Lösung gewesen, um sie von Ronnie Martin fernzuhalten, der in der großen Sonntagsschulgruppe war. David hielt es für das Beste, in der Gemeinde Konfrontationen zu vermeiden, wenn es möglich war. Der Herr wies seine Nachfolger an, einander zu lieben, und David glaubte, dass es mit Gottes Hilfe möglich war, alle Menschen zu lieben. Sie so gern zu haben, dass man eine Stunde lang neben ihnen in der Sonntagsschule sitzen konnte, war etwas anderes.

„Da freut Miss Vangie sich bestimmt", sagte David, aber er merkte, dass es Jocie nicht nur um Miss Vangie ging. Immerhin hatte Miss Vangie beinahe zwanzig Jahre lang erfolgreich die kleinen Kinder unterrichtet, bevor Jocie angefangen hatte, ihr zu helfen.

Jocie sah seinen Blick. „Ich weiß, dass Miss Vangie auch ohne mich klarkommt, und es würde mir auch nichts ausmachen, an Tabithas Stelle hierzubleiben, aber ich dachte, falls Noah und seine Familie heute Morgen in den Gottesdienst kommen, sollte ich vielleicht da sein. Schließlich kenne ich Noah schon."

„Wenn sie kommen, wird Noah sicher froh sein, ein vertrautes Gesicht zu sehen."

„Meinst du, sie werden kommen?"

„Ich weiß es nicht, Jocie. Ich habe sie noch nicht besucht oder mit seinen Eltern gesprochen."

„Er hat gesagt, sein Vater gehe nicht in die Kirche, aber seine Mutter sei eine halbe Predigerin. Sie war in Washington bei der Demonstration mit Pastor Martin Luther King."

„Das klingt, als wäre sie eine interessante Frau."

Jocie zögerte eine Sekunde, bevor sie fragte: „Glaubst du, die Leute würden sich aufregen, wenn sie kommen?"

David hatte keine eindeutige Antwort für Jocie parat und er hatte auch keine klare Antwort für Harvey McMurtry, als dieser ihn vor der morgendlichen Bibelarbeit beiseitezog.

„Sie wissen doch, dass ich meine Farm an der Hoopole Road verkauft habe, nicht wahr?", sagte Mr Harvey, während er mit den Daumen an seinen schwarzen Hosenträgern zog. Er war schon sein ganzes Leben ein Mitglied der Mt. Pleasant-Gemeinde. Er und seine Schwester, Sally McMurtry, wohnten immer noch in demselben Haus, in dem sie vor mehr als sechzig Jahren geboren worden waren. Keiner von beiden hatte jemals geheiratet. Mr Harvey sagte, auf dem Hof habe es immer so viel Arbeit gegeben, dass er nie Zeit gehabt hatte, auf Brautschau zu gehen, und Miss Sally sagte, sie sei nie gefragt worden.

„Das habe ich gehört", antwortete David.

„Gute Leute. Eine nette Familie. Hearndon heißen sie. Sind aus Chicago hergezogen. Vier Kinder." Mr Harvey räusperte sich. „Ich habe sie zum Gottesdienst eingeladen."

„Das will ich doch hoffen. Schließlich wohnen sie in unserem Pfarrbezirk. Was meinen Sie, soll ich sie heute Nachmittag besuchen und sie als Pastor auch noch einmal einladen?"

„Ähm, das wäre gut, Bruder David." Mr Harvey wippte auf die

Zehen und dann wieder auf die Fersen zurück, bevor er stehen blieb und sich zu David beugte. „Nur, dass Sie es wissen, die Hearndons sind farbig."

„Ich weiß", sagte David. „Ich habe ihren Jungen am Donnerstag kennengelernt. Er wird mir mit der Zeitung helfen, bis Wes wieder auf den Beinen ist."

Mr Harvey sah erleichtert aus, weil David schon davon wusste. „Dann ist es ja gut. Der Junge hat mir am Samstag geholfen, einen Zaun aufzustellen. Ein höflicher, fleißiger Arbeiter. Besser als andere, die schon für mich gearbeitet haben." Mr Harvey runzelte die Stirn.

„Er wird mir nicht jeden Tag helfen, also kann er auch in Zukunft für Sie arbeiten, wenn Sie ihn brauchen."

„Darüber mache ich mir keine Sorgen, Pastor."

„Aber irgendetwas bereitet Ihnen doch Kummer, Mr Harvey. Wollen Sie mir davon erzählen?"

„Also gut. Dann sage ich es frei heraus, ohne um den heißen Brei herumzureden. Glauben Sie, die Leute hier werden sich aufregen, wenn die Hearndons meine Einladung annehmen?"

„Ich weiß es nicht. Was meinen Sie? Sie gehören länger zu dieser Gemeinde als ich."

Mr Harvey seufzte und wirkte ein wenig betrübt. „Ich vermute, es wird wie bei allem anderen sein. Einige regen sich auf, andere nicht. So wie bei Ihrem Mädchen. Manche verstehen es, andere nicht."

David war überrascht, dass Mr Harvey so offen mit ihm redete. Er wusste, dass es Menschen in der Gemeinde gab, die nicht akzeptieren konnten, dass Tabitha ihr Baby behalten wollte, obwohl sie nicht verheiratet war, aber niemand hatte es ihm gegenüber offen geäußert. David legte eine Hand auf Mr Harveys Schulter und sagte: „Dann müssen wir eben für diejenigen beten, die es nicht verstehen. Und für uns selbst auch, dass wir das Richtige sagen und tun."

„Es ist ja nicht so, als ob wir noch nie Farbige in der Gemeinde gehabt hätten. Als sie 1820 gegründet wurde, war ein Drittel der Mitglieder schwarz."

„Tatsächlich?", fragte David überrascht.

„Sklaven der Gründungsmitglieder."

„Oh", sagte David. „Das sollten Sie vielleicht nicht erwähnen, wenn Mrs Hearndon beschließt, unsere Kirche zu besuchen. Jedenfalls nicht gleich zu Beginn."

„Das klingt, als hätten Sie sie schon kennengelernt", sagt Mr Harvey.

„Nein, aber Noah hat von ihr erzählt."

„Auf jeden Fall sehen Sie das richtig." Mr Harvey lächelte und schüttelte den Kopf ein wenig. „Sie würde sich sofort darauf stürzen. Die ist ein Unikum. Warten Sie, bis Sie sie kennenlernen. Wahrscheinlich sollte ich mir mehr Sorgen um unsere Leute machen als um sie, wenn sie hier erscheint. Könnte sein, dass sie uns die Leviten liest."

„Vielleicht kann es uns nicht schaden, wenn uns jemand ab und zu die Leviten liest."

„Da könnten Sie recht haben, Pastor. Da könnten Sie recht haben."

8

An diesem Morgen hatten sie sechs Kinder in der kleinsten Klasse, alle noch keine sechs Jahre alt – den kleinen Murray McDermott mitgezählt, der im Oktober erst ein Jahr alt wurde, aber er war zufrieden, solange Jocie ihn herumtrug. Miss Vangie brachte die anderen irgendwie dazu, sich um den kleinen Tisch herumzusetzen und zuzuhören, als sie ihnen Geschichten über Jesus erzählte. Natürlich achtete sie darauf, dass die Lektionen kurz waren. So was wie *Jesus liebt dich* und *Gott hat die Welt erschaffen* und *Wie man „Danke, Herr"* sagt.

Miss Vangie sagte, das Singen sei noch nie ihre Stärke gewesen, also überließ sie diesen Teil der Stunde Jocie. Jocie fand es wunderbar, dass die kleinen Jungen und Mädchen sie wie gebannt ansahen, während sie sangen. Ihr gefiel die Art, wie sie den „Ja, Jesus liebt mich"-Teil riefen, und sie musste einfach lachen, als sie bei dem Lied über Gottes Liebe die Bewegungen für tief und weit durcheinanderbrachten. So viel Spaß wie jetzt hatte sie in der Sonntagsschule nicht mehr gehabt, seit sie selbst vor vielen Jahren in der Gruppe der Kleinsten gesessen hatte.

Diesen Sonntag sang Jocie „Jesus liebt die kleinen Kinder" mit ihnen, wegen der Liedzeile „rote und gelbe, schwarze und weiße". Immer wieder blickte sie zum Fenster hinaus in Richtung Parkplatz, aber bis jetzt sah sie keinen Wagen, den sie nicht den bekannten Gemeindemitgliedern zuordnen konnte.

Als das Singen vorbei war, stellte Jocie Murray vor dem Fenster auf die Füße, damit ihre Arme sich ausruhen konnten. Er lief noch nicht, aber er stand gerne, während er sich am Fensterbrett festhielt, und blickte hinaus. Hinter ihnen verteilte Miss Vangie Buntstifte und Malbücher und dazu Vanillewaffeln. Das war die Zeit, in der Jocie immer anfing, die Minuten zu zählen, bis die Klingel ertönte, weil die Kinder es allmählich leid waren, in einem kleinen Raum eingesperrt zu sein. Und heute war es ein besonders heißer Raum.

Eine Vierjährige namens Sandy kam auf Jocie zu, um ihr das Bild einer Kirche zu zeigen, die sie blau ausgemalt hatte, und um einen ihrer Kekse mit Murray zu teilen. „Was für ein hübsches Bild. Und es ist wirklich lieb von dir, dass du deine Kekse teilen willst, Sandy“, sagte Jocie, wobei sie das Wort „teilen“ betonte, damit das kleine Mädchen verstand, dass Teilen etwas Gutes war. Jocie rutschte ein Stück zur Seite. „Willst du mit mir und Murray aus dem Fenster sehen?“

„Was guckst du denn an?“, fragte Sandy.

„Ich habe nur die Leute beobachtet, die heute Morgen zum Gottesdienst kommen.“

„Warum sind sie denn nicht zur Sonntagsschule gekommen?“, fragte Sandy. „Meine Mama sagt, alle sollten in die Sonntagsschule gehen, um von Jesus zu erfahren.“

„Vielleicht kommen sie ja nächste Woche“, sagte Jocie.

„Dann muss Miss Vangie aber mehr Kekse mitbringen“, sagte Sandy.

„Das könnte sein.“ Jocie lachte.

„Guck mal.“ Sandy drückte den Zeigefinger auf die Scheibe, um in Richtung Parkplatz zu zeigen. „Da ist die Freundin von deinem Daddy.“

„Ach ja? Wer ist das denn?“, erwiderte Jocie, obwohl sie sehen konnte, dass Leigh aus ihrem beige-weiß lackierten 59er Chevy stieg. Der Wagen hatte hinten Flossen, die aussahen wie Flügel.

„Die da.“ Sandy drückte den Finger noch fester auf das Glas. „Das hat Mama mir erzählt.“

„Ach, du meinst Leigh. Weißt du, deine Mama könnte recht haben“, sagte Jocie, während sie beobachtete, wie Leigh ihre Bibel und ihre Handtasche nahm und dann versuchte, mit der freien Hand die Wagentür zu schließen. Die Tür rührte sich nicht von der Stelle. Leigh war der Meinung, dass die Scharniere kaputt waren oder geölt werden mussten. Manchmal, wenn Jocie mit ihr unterwegs war, mussten sie beide die Tür zudrücken, um sie zu schließen. Jetzt gab Leigh den Versuch, die Tür mit der Hand zuzumachen, auf und ging um die Tür herum, um sie mit ihrem Hintern zuzudrücken. Jocie konnte über den ganzen Kirchhof hören, wie die Angeln knarrten.

Leigh trug das neue Kleid mit dem weißen Oberteil und dem gelb-weiß gestreiften Rock, das sie am letzten Montag gekauft hatte, als sie nach ihrem Besuch im Krankenhaus bei Wes mit Jocie losgezogen war, um für sie Schulkleidung zu kaufen. Sie hatte beinahe zehn Pfund abgenommen und gesagt, diese Anstrengung hätte ein neues Kleid verdient.

Sie sah hübsch aus, entschied Jocie, als sie zusah, wie Leigh ihren Rock hinten abklopfte und über den Hof zur Kirchtür ging. Sie war immer noch, was die Frauen in der Gemeinde als angenehm rundlich bezeichnen würden, und ganz und gar nicht dünn wie Jocie. Jocie war zu mager. Wenn sie ihre Haare unter einer Baseballmütze versteckte und Jeans trug, würde niemand sie dem Aussehen nach für ein Mädchen halten.

Leigh hatte gelacht, als Jocie ihr das erzählt hatte, während sie von ihrem Einkaufsbummel zurückgefahren waren. „Besser zu dünn als zu dick. Wenigstens kannst du so viel Kuchen und Donuts essen, wie du willst, ohne ein schlechtes Gewissen zu haben."

„Aber meinst du nicht, ich sollte langsam mal zulegen?", hatte Jocie gefragt.

„Was willst du dir denn zulegen? Einen Freund?" Leigh warf ihr einen Blick zu und lächelte.

Jocie erwiderte das Lächeln nicht. „Das klingt wie etwas, das Wes sagen würde."

„Ja, nicht wahr? Sein jupiterianischer Humor färbt offenbar ab." Leigh lachte. Sie lachte viel.

„Das ist nicht witzig. Du weißt, was ich meine. Etwas, womit ich den neuen BH ausfüllen kann, den du mit mir gekauft hast." Sie hatten die kleinste Körbchengröße gekauft, die im Laden vorrätig war, und der BH war immer noch zu groß. „Schließlich bin ich fast vierzehn."

„Ich weiß. Am zwölften September. Schokoladenkuchen mit weißem und dunkelblauem Zuckerguss, damit unsere Zähne beim Essen blau werden."

Leigh war eine hervorragende Köchin und der Schokoladenkuchen, den sie mit Jocie zu Tabithas Geburtstag gebacken hatte, war der beste, den Jocie je gegessen hatte. Trotzdem hatte Jocie sich in diesem Augenblick keine Sorgen um Schokoladenkuchen gemacht. Sie hatte nur dagesessen und auf ihre Hände gestarrt, ohne etwas zu sagen.

Leigh streckte die Hand aus und berührte Jocie sachte an der Schulter. „Tut mir leid, Jocie. Aber du bist wirklich schön, wie du bist." Leigh zog ihre Hand fort und schlug auf das Lenkrad. „Oh nein, ich kann nicht fassen, dass ich das gesagt habe! Das hat meine Mutter immer zu mir gesagt, wenn ich Sorgen hatte, zu pummelig zu sein. Es hat mir überhaupt nicht geholfen, mich besser zu fühlen, und ich wette, dir hilft es auch nicht."

„Nicht so richtig", sagte Jocie.

Leigh stieß einen tiefen Seufzer aus. „Wahrscheinlich ist das ein Mädchenproblem, dass wir nicht mit unserem Äußeren zufrieden sind."

„Früher habe ich nicht oft darüber nachgedacht, aber jetzt gehe ich in die High School. Ich will nicht wie eine Grundschülerin aussehen."

„Das wirst du nicht. Du bist viel zu groß. Ich wette, du bist diesen Sommer drei Zentimeter gewachsen."

„Fünf, aber nur nach oben und nicht an den richtigen Stellen in die Breite."

„Das kommt noch. Ich verspreche es dir. Es kann jetzt jeden Tag losgehen. Manche Mädchen brauchen eben ein bisschen länger, um obenrum zuzulegen, als andere."

„Ich habe nur noch zwei Wochen, bis die Schule anfängt."

„Es kann natürlich sein, dass es bis dahin nicht klappt", gab Leigh zu.

„Ich weiß. Ich habe schon überlegt, ob ich deswegen beten soll. Dad sagt, Gott will, dass wir ihm alles sagen, aber ich bin mir nicht sicher, ob ein Gib-mir-Busen-Gebet in Ordnung ist." Jocie sah zu Leigh hinüber. „Wahrscheinlich sollte ich nicht einmal ‚Busen' sagen. Es ist kein schönes Wort, aber ‚Herr, bitte gib mir Brüste' klingt so, als wollte ich als Erste etwas vom gebratenen Hühnchen haben."

Leigh lachte wieder. „Du bist wirklich einmalig, Jocie. Aber weißt du was? In der Bibel steht, dass Gott weiß, was wir brauchen. Und ich weiß, dass er dich zum schönsten Mädchen in Hollyhill machen wird."

Leigh hatte es gesagt, als glaube sie wirklich daran, aber Jocie hatte einen Spiegel. Sie konnte sehen, wie sie aussah. Große Augen, ein breiter Mund, eine Nase, die in Ordnung war, braune Haare, die irgendwie um ihren Kopf herumhingen. Sie hatte zu viel zu tun, um sich Gedanken über Make-up zu machen und ihre Haare zu Locken aufzudrehen. Vielleicht würde sie sich, bevor die Schule losging, einen Lippenstift und eine von diesen Glasflaschen mit Make-up kaufen müssen. Paulette, ihre Freundin, tupfte sich das immer ins Gesicht und verrieb es dann mit den Fingern.

Jocies Dad hatte offensichtlich auch aus dem Fenster gesehen, denn er kam Leigh auf dem Hof entgegen. Inzwischen lief er nicht mehr vor der Vorstellung weg, dass Leigh ihn mochte. Ganz im Gegenteil, wie Jocie aus dem Lächeln auf seinem Gesicht schloss, als er Leigh in Mt. Pleasant begrüßte, als wäre es ihr erster Sonntag hier. Dabei kam sie seit zwei Monaten jeden Sonntag. Es hätte Jocie nicht überrascht, wenn er sich heruntergebeugt und Leigh geküsst hätte. Hier, mitten auf dem Kirchhof, vielleicht nicht auf den Mund, aber auf die Wange. Aber das tat er nicht. Er nahm nur ihre Hand und lächelte.

So rückständig, wie Dad Zellas Ansicht nach in Sachen Romantik war, hätte er Leigh vielleicht nicht einmal auf die Lippen geküsst, wenn sie ganz allein im Dunkeln auf dem winzigen Treppenabsatz vor Leighs Wohnung gestanden hätten. Jocie hatte zu Zella gesagt, ihr Vater sei nicht rückständig, sondern nur aus der Übung. Schließlich war es acht Jahre her, seit Jocies Mutter mitten in der Nacht ihre Sachen gepackt hatte und gegangen war. Soweit Jocie wusste, hatte ihr Vater seitdem keine weiblichen Personen mehr geküsst, abgesehen von ihr und vielleicht noch Tante Love und Tabitha, jetzt wo sie zu Hause war, und das war nicht gerade die Art Kuss, die Zella meinte. Zella sprach von einem Kuss wie denen, von denen sie in den Liebesromanen las, die sie im Redaktionsbüro in ihrer Schreibtischschublade versteckte.

Wes sagte, die einzige Erfahrung, die Zella mit Küssen habe, müsse aus Büchern kommen, denn wenn jemals ein Mann sie geküsst habe, sei das sicher so lange her, dass sie sich nicht mehr daran erinnern könne. Aber ob sie nun Erfahrung hatte oder nicht – Zella hatte sich zur Kupplerin und Romantikexpertin im Redaktionsbüro ernannt und zur höchsten Autorität, was die Angelegenheit zwischen Jocies Dad und Leigh betraf.

Jetzt, wo David und Leigh mitten auf dem Hof beieinanderstanden, schien die Sonne um sie herum heller zu scheinen. Vielleicht waren es nur ihr gelbes Kleid und sein weißes Hemd, aber die Luft um sie herum schien zu leuchten und sie sahen aus, als wären sie geradewegs aus einem Liebesroman gestiegen.

Neben ihr am Fenster hatte Murray die letzten Kekskrümel verzehrt und quiekte, weil er Nachschub wollte. Jocies Vater blickte sich um und sah sie am Fenster. Er winkte, ebenso wie Leigh. Der Sonnenstrahl, der sie wie ein Scheinwerfer angestrahlt hatte, verblasste und die beiden gingen zu einigen anderen Personen, die sich vor dem Beginn des Gottesdienstes draußen unterhielten.

Dann ertönte die erste Klingel, die verkündete, dass die Sonntagsschule gleich enden würde. Jocie hob Murray hoch und wandte sich vom Fenster ab, um Miss Vangie beim Wegräumen der Buntstifte und Malbücher zu helfen, während die Jungen und Mädchen sich an der Tür aufstellten und auf den zweiten Klingelton warteten.

Nachdem die Klingel geläutet hatte und die Kinder auf den Gang hinausgerannt waren, um ihre Eltern zu suchen, ging Jocie in den Sonntagsschulraum zurück und holte ein Taschentuch, um Murrays von Vanillewaffeln verschmierten Mund abzuwischen, bevor sie ihn seiner Mutter zurückgab. Sie warf einen letzten Blick aus dem Fenster und sah diesmal tatsächlich, wie ein Wagen, den sie nicht kannte, auf den Parkplatz fuhr. Jocie beobachtete, wie Noah vom Beifahrersitz kletterte und sich dann dem Rücksitz zuwandte, um einen kleinen Jungen auf den Arm zu nehmen, der aussah, als wäre er ungefähr zwei Jahre alt. Jocie hatte nicht daran gedacht, Noah nach seinen Geschwistern zu fragen. Ein Mädchen von vielleicht neun oder zehn Jahren stieg aus und hob dann ein anderes kleines Mädchen heraus, das genauso alt aussah wie der kleine Junge, den Noah trug.

„Sie müssen Zwillinge sein", sagte Jocie zu Murray, als wüsste das Baby, wovon sie sprach. „Ich wünschte, Tabitha wäre hier, um das zu sehen. Sie hat schon vor dir panische Angst, Murray. Bei der Vorstellung, zwei zu bekommen, würde sie glatt in Ohnmacht fallen."

„Zwei was?", sagte Murrays Mutter hinter ihr. Als Jocie sich umdrehte, fuhr sie fort. „Ich habe draußen in der Kirche gewartet, aber dann dachte ich, du hättest vielleicht Schwierigkeiten mit Murray."

„Keine Schwierigkeiten. Die macht er nie. Ich habe nur sein Gesicht und seine Hände gewaschen. Vanillewaffeln und Spucke ergeben Keksmatsch.“

„Warte, ich habe hier irgendwo einen nassen Lappen.“ Mrs McDermott kramte in ihrer Handtasche, bis sie einen feuchten Waschlappen in einer Plastiktüte gefunden hatte. „Aber zwei was?“, fragte sie wieder.

„Zwei Babys.“

„Ach du liebe Zeit. Eins ist wirklich genug. Hat der Arzt Tabitha gesagt, dass sie Zwillinge bekommt?“

„Nein. Ich habe nur gerade die beiden kleinen Kinder da draußen gesehen und vermutet, dass sie Zwillinge sind.“ Jocie trat zur Seite, damit Mrs McDermott auch aus dem Fenster sehen konnte.

Zusammen beobachteten sie, wie Noahs Mutter aus dem Wagen stieg. Sie war groß und schlank und bewegte sich ungeheuer selbstbewusst. Ihre Haut hatte einen wunderschönen Bronzeton und ihre schwarzen Haare waren am Hinterkopf zu einer adretten Rolle aufgesteckt. Jedenfalls vermutete Jocie, dass die Frau Noahs Mutter war. Sie sah eigentlich nicht aus wie eine Mutter. Dazu wirkte sie viel zu majestätisch.

„Ist sie nicht schön?“, sagte Jocie.

„Das ist sie, nicht wahr?“, stimmte Mrs McDermott ihr zu. „Das muss die Familie sein, die Harvey McMurtrys Farm gekauft hat. Ich habe gehört, dass sie inzwischen eingezogen sind.“

„Wussten Sie, dass sie hier in die Kirche gehen würden?“

„Nein, das wusste ich nicht, aber ich bin froh, dass sie beschlossen haben, unserer Gemeinde eine Chance zu geben. Komm, wir begrüßen sie, bevor der Gottesdienst anfängt.“

„Ich habe Noah – den Jungen – am Donnerstag schon getroffen.“

„Oh gut. Dann kennt er schon jemanden.“ Mrs McDermott nahm Murray und ging vor Jocie den Flur hinunter zum Kirchenraum.

Während Jocie ihr folgte, wurde ihr wieder einmal bewusst, warum sie Mrs McDermott so gerne mochte und warum fast alle Mrs McDermott mochten. Diese Frau redete nicht nur davon, ihren Nächsten zu lieben. Sie tat es auch. Sie war fest entschlossen, immer das Beste in den Menschen zu sehen, und wollte nicht zuhören, wenn andere versuchten, sie auf die Dinge aufmerksam zu machen, die nicht das Beste waren. Und sie fand immer die richtigen Worte.

Jocie hoffte, dass Mrs McDermott jetzt das Reden übernehmen würde, denn Jocie fühlte sich merkwürdig schüchtern. Vielleicht würde sie nur Hallo sagen und mit den beiden Kleinen spielen. Sie konnte gut mit kleinen Kindern umgehen. Kinder mochten sie. Kinder und Hunde.

9

Jeden Sonntag staunte David erneut darüber, wie viel er über die Woche seiner Gemeindemitglieder erfuhr, indem er sie nur in ihren Bänken ansah, während er sie zum Vormittagsgottesdienst begrüßte. „Guten Morgen“, sagte David, während er sich merkte, mit wem er anschließend noch sprechen musste. „Ist es allen warm genug?“

Dafür erntete er Gelächter, denn es war weit über dreißig Grad draußen und die Pappfächer, die das Beerdigungsinstitut Hazelton gespendet hatte, waren überall in der Kirche im Einsatz. „Ich wollte nur sicherstellen, dass jeder hier mit herzlicher Wärme willkommen geheißen wird“, fuhr David fort, bevor er Ogden Martin bat, das Eingangsgebet zu sprechen. Dann kehrte er zu seinem Stuhl hinter der Kanzel zurück, während Jim Sanderson das erste Lied anstimmte.

Jim Sanderson war nicht der beste Sänger der Welt, aber er war engagiert und laut und sah aus, als mache ihm das Singen einen solchen Spaß, dass alle in der Gemeinde sich bemüßigt fühlten, mit einzustimmen. Wenn er falsch sang, spielte seine Frau Jessica einfach etwas lauter Klavier, bis er die richtige Melodie wiedergefunden hatte. Beim Singen im Gottesdienst ging es ohnehin darum, frohen Lärm zu machen, und an den meisten Tagen klangen sie fröhlich, wenn auch manchmal schief.

An diesem Morgen war der Gesang bei der ersten Strophe von „Bringt die Garben ein“ etwas zögerlich. Doch dann ertönte eine kräftige Sopranstimme aus der drittletzten Reihe und selbst Jim vergaß einen Augenblick lang beinahe zu singen. Myra Hearndons Stimme war genauso schön wie sie und sie schien überhaupt nicht zu merken, dass die Hälfte der Gemeindemitglieder ihre eigene Stimme zu verlieren schienen und sie nur noch anstarrten. Oder vielleicht merkte sie es und sang deshalb noch ein bisschen kräftiger und schöner.

Sie und ihre Familie waren hereingekommen und hatten beinahe eine ganze Kirchenbank gefüllt. Die McDermotts hatten sich vor sie gesetzt, obwohl sie sonst weiter vorne saßen. Jocie saß neben Noah und hatte bereits einen der Zwillinge, die kleine Elise, auf dem Schoß. Der Junge, Eli, saß auf Noahs Schoß. Das größere Mädchen hieß Cassidy und saß dicht bei ihrer Mutter, der sie das Gesangbuch hielt und mitsang. Tante Love saß auf ihrem üblichen Platz drei Reihen dahinter und Leigh hatte sich zu ihr gesetzt, anstatt den Hearndons Platz wegzunehmen, indem sie sich neben Jocie quetschte.

Drei Familien hatten sich auf die andere Seite des Ganges gesetzt, anstatt dort Platz zu nehmen, wo sie sonst saßen, aber wenigstens war niemand gegangen, als die Hearndons hereingekommen waren und sich gesetzt hatten. Das war etwas, wofür er dankbar sein konnte, dachte David, als er seine Gemeinde beobachtete. Einige hatten Myra Hearndon und ihre Kinder sogar persönlich willkommen geheißen. Die McDermotts. Mr Harvey und Miss Sally. Und noch ein paar andere.

Mehrere Personen lächelten die Frau und ihre Kinder an, aber wirkten so, als trauten sie sich nicht, die Familie anzusprechen, aus Angst, sie könnten etwas Falsches sagen. Myra Hearndon hatte die ganze Zeit freundlich gelächelt, aber David hatte trotzdem den Eindruck, dass sich hinter ihrem Lächeln ein Anflug von Herausforderung verbarg, so als wartete sie darauf, dass jemand etwas Dummes sagte oder sie vielleicht sogar bat zu gehen, damit sie sich weigern konnte.

Bevor der Gottesdienst begann, hatte David sich ihr vorgestellt und ihr die Hand gegeben. „Wir freuen uns sehr, dass Sie heute Morgen hier sind."

„Ach ja?", hatte sie mit dieser Herausforderung im Blick gesagt.

„Natürlich. Als ich letzte Woche mit Noah sprach, sagte er, Sie würden vielleicht kommen."

„Oh ja. Er hat mir erzählt, dass Sie ihm eine Arbeit bei Ihrer Zeitung angeboten haben." Sie hatte den Kopf ein klein wenig geneigt, wie eine Königin, die jemandem ihre Gunst erweist. „Das ist sehr freundlich, aber er muss die Arbeitszeiten mit seinem Vater absprechen. Mein Mann arbeitet fleißig daran, den Boden vorzubereiten, damit er in diesem Herbst Apfelbäume pflanzen kann."

„Noah kann mir sagen, welche Stunden ihm am besten passen. Dienstag ist der Tag, an dem ich seine Hilfe am meisten brauche, weil dann die Zeitung gedruckt wird, aber darüber können wir später reden. Jetzt hoffe ich, dass Sie den Gottesdienst genießen werden."

„Meinen Sie, das ist es, was der Herr will? Dass wir gerne in die Kirche gehen?"

Die Frage hatte David überrascht. „Ja, das glaube ich. Sie nicht? In der Bibel steht, dass wir mit Frohlocken vor ihn kommen sollen."

„Das ist wahr", hatte sie mit einem Lächeln zugegeben, das ihre vollkommenen weißen Zähne zeigte. „Und vielleicht werde ich es genießen, mit Ihnen und Ihrer Gemeinde Gottesdienst zu feiern."

„Wir beten, dass es so sein wird."

Während jetzt die letzte Strophe des Liedes zu Ende ging, betete David insgeheim. Er hatte die Augen offen und sang laut mit, aber gleichzeitig betete er. *Lieber Gott, gib diesen Menschen, die du mir anvertraut hast, offene Ohren und Herzen. Lass uns alle hier in deiner Gemeinde sein, um deine Botschaft und deine Liebe zu empfangen und diese Liebe großzügig und ohne Vorurteile miteinander zu teilen.*

David predigte über die Bekehrung des Paulus auf der Straße nach Damaskus. Sein Schwerpunkt war der Vers, in dem Paulus fragte: „Herr, was soll ich tun?" Das war eine Frage, die sich jeder Christ stellen musste. Es war eine Frage, die David schon oft gestellt hatte, seit er zum ersten Mal Gott in seinem Herzen gespürt hatte. Es war eine Frage, die er noch häufiger stellte, seit der Herr ihm die Hand aufgelegt und ihn zum Predigen berufen hatte.

Konnte ein Mann jemals vollkommen sicher sein, dass er den Willen Gottes tat und nicht seinen eigenen? Jeden Sonntag, wenn David auf die Kanzel stieg, betete er, seine Predigt möge sein, was Gott von ihm erwartete und was die Leute brauchten. Manchmal hatte er das Gefühl, dass die Botschaft durch ihn hindurchdrang und mächtiger wurde, wenn sie über seine Lippen kam, und bei anderen Gelegenheiten kam es ihm vor, als habe er völlig versagt.

Während er jetzt zusah, wie Ogden Martin und Harvey McMurtry die Kollektenteller mit den Geldscheinen und Schecks nach vorne brachten, um sie auf den Tisch vor der Kanzel zu stellen, sprach er das Gebet, das er jeden Sonntag sprach, bevor er predigte. *Nicht meine Worte, sondern deine, Herr.*

Die Hitze staute sich in dem Kirchengebäude. Davids Hemd

klebte ihm bereits am Rücken, aber er lockerte seine Krawatte nicht. Mit beiden Händen umklammerte er die Kanzel, damit niemand sah, dass seine Hände zitterten. Er predigte seit fast zwanzig Jahren, aber er war immer noch nervös und musste immer noch seine Angst hinunterschlucken, vor den Menschen zu sprechen. Er rief sich ins Gedächtnis, dass er keine Rede hielt. Er predigte und Gott würde ihm die Kraft geben, das zu tun, wenn David sich nur auf ihn verließ.

Er las Apostelgeschichte 22 vor und Vers 10 las er dabei zweimal. „Ich fragte aber: Herr, was soll ich tun? Und der Herr sprach zu mir: Steh auf und geh nach Damaskus. Dort wird man dir alles sagen, was dir zu tun aufgetragen ist.“ Und dann sprudelte die Predigt förmlich aus ihm heraus, zum Teil in denselben Worten, die er am Abend zuvor vorbereitet hatte, zum Teil mit neuen Worten, die Gott ihm eingab. Die Menschen hörten zu. Sie wedelten sich mit ihren Fächern Luft zu, aber sie lauschten. Eine Zeit lang schienen sie sogar zu vergessen, dass an diesem Sonntagmorgen etwas Ungewöhnliches in Mt. Pleasant geschah. Etwas, das in Holly County wahrscheinlich seit hundert Jahren nicht mehr geschehen war. Schwarze und Weiße saßen in derselben Kirchenbank.

Nachdem sie das Lied gesungen hatten, das die Anwesenden zum Glauben einlud, und das letzte Gebet gesprochen war, stand David an der Tür und gab den Gottesdienstbesuchern die Hand. Die Hearndons waren eine der ersten Familien, die die Kirche verließen. Als Myra Hearndon seine Hand nahm, fühlte sie sich so kühl an, als könnte sie ihrem Körper befehlen, die Hitze nicht zu spüren, die sich während des Gottesdienstes in der Kirche angestaut hatte.

„Danke, dass Sie gekommen sind“, sagte er.

„Ihre Predigt hat mir gefallen“, sagte Myra Hearndon. „Das ist eine Frage, die ich mir jeden Morgen stelle, wenn ich aufstehe: Was soll ich heute tun, Herr, um die Welt ein Stückchen besser zu machen?“

„Und bekommen Sie eine Antwort, Mrs Hearndon?“

„An manchen Tagen ja, an anderen Tagen finde ich meine eigenen Antworten.“

„Möge Gott Sie zu den richtigen Antworten führen.“

„Das wünsche ich Ihnen auch.“

„Darum bitte ich Gott", sagte David.

Sie betrachtete sein Gesicht einen Moment lang und nickte dann. „Ich glaube Ihnen. Danke für den freundlichen Empfang, Pastor Brooke, und dafür, dass Ihre Leute uns willkommen geheißen haben."

„Gottes Leute. Wir sind alle Gottes Leute."

„Ja."

„Darf ich Sie besuchen und Ihren Mann kennenlernen? Alex, sagten Sie?"

„Er arbeitet. Es kann sein, dass er seine Arbeit nicht unterbricht, nur weil ein Prediger vorbeikommt."

„Vielleicht kann ich ihm bei dem helfen, was er tut."

„Am Tag des Herrn, Pastor? Am Ruhetag?" Sie zog die Augenbrauen hoch.

„Ein Prediger hat sonntags nicht viel Gelegenheit zum Ausruhen."

„Da haben Sie wohl recht. Kommen Sie, wenn Sie wollen." Sie machte einen Schritt auf die Tür zu, aber dann lächelte sie David über die Schulter noch einmal zu. „Ich werde die Schrotflinte verstecken."

Die kleine Cassidy schlüpfte an David vorbei, ohne ihm die Hand zu geben, und eilte hinter ihrer Mutter her.

Noah, der Eli noch immer auf dem Arm hielt, schüttelte Davids Hand. „Das hätte Mama nicht sagen sollen. Prediger gehören vielleicht nicht zu Dads Lieblingspersonen, aber so schlimm ist er nun auch wieder nicht. Er wird nicht auf Sie schießen."

„Gut zu wissen", sagte David.

„Mama testet nur gerne jeden, um zu sehen, ob er so mutig ist wie sie selbst."

„Ich bezweifle, dass ich ihren Maßstäben genügen würde."

„Willkommen im Klub", sagte Noah. „Hören Sie, ich komme morgen gegen Mittag zur Arbeit, wenn Ihnen das recht ist."

„Klingt gut", sagte David.

Noah sah den kleinen Jungen an, den er auf dem Arm trug. „Sag dem Prediger Auf Wiedersehen, Eli."

Der kleine Junge winkte brav und sagte: „Sehen."

Jocie, die mit Elise gleich hinter Noah stand, warf David ein schnelles Lächeln zu und sagte: „Sind sie nicht süß?" Sie verließ die

Kirche und übergab das kleine Mädchen draußen vor dem Eingang an Noah. Er balancierte beide Zwillinge mühelos, einen auf jedem Arm, und trug sie zum Wagen, in dem seine Mutter wartete.

David lächelte weiter und schüttelte Hände, während die Gemeinde von Mt. Pleasant sich aus dem Gotteshaus ergoss und im Schatten der Eiche vor der Kirche verteilte. Einige Leute blieben stehen und sahen zu, wie Myra Hearndon ihr Auto rückwärts aus dem Parkplatz setzte und davonfuhr. Harvey McMurtry wartete, bis alle anderen zur Tür hinausgegangen waren, abgesehen von Miss Sally, die das Geld aus den Kollektentellern sammelte, und Nora Hayes, der Küsterin, die sich in den Gruppenräumen davon überzeugte, dass alle Fenster geschlossen und die Lichter ausgeschaltet waren. Dann kam er zu David.

Mit gerunzelter Stirn fragte er ihn: „Hat irgendjemand etwas zu Ihnen gesagt?"

David lächelte und gab dem Mann die Hand. „Nein, und ich glaube auch nicht, dass sie es tun werden."

„Mir gegenüber schon. Sie werden mich wahrscheinlich aus der Gemeinde werfen."

„Ich glaube nicht, dass sie das können, Mr Harvey. Ohne Sie und Miss Sally wüsste Mt. Pleasant ja nicht einmal, wie die Türen aufgehen."

„Ich weiß nicht. Ein paar Blicke habe ich heute schon geerntet, aber ich bin froh, dass sie gekommen sind."

„Ich auch", sagte David.

„Sie kann ganz schön gut singen, oder?"

„Ich habe das Gefühl, dass Mrs Hearndon viele Sachen gut kann."

„Da könnten Sie recht haben", sagte Mr Harvey. „Sally sagt, Sie kommen heute Mittag zu uns zum Essen."

„Ich weiß. Ich hoffe, Miss Sally macht sich für uns nicht zu viel Arbeit."

„Ach, Sie kennen doch die Frauen. Sie müssen alles kochen, was sie in die Finger bekommen, wenn der Prediger kommt. Wir werden eine Woche lang Reste essen. Also sagen Sie Ihrer Freundin, dass sie auch rüberkommen und mit uns essen soll." Mr Harvey hakte die Daumen unter seine Hosenträger und grinste.

David spürte, dass seine Wangen warm wurden. Er hatte sich bislang nicht einmal selbst gestattet, Leigh als seine Freundin zu bezeichnen. Aber jetzt, wo er das Wort in sich nachhallen ließ, klang es gar nicht so schlecht.

Sally McMurtry war gerade hinter ihrem Bruder erschienen und hatte seine Worte gehört. Sie legte eine Hand auf Davids Arm. „Jetzt lassen Sie sich von Harvey nicht ärgern. Manchmal macht er den Mund auf, ohne vorher nachzudenken. Aber wir haben jede Menge zu essen und es wäre schön, wenn Leigh mitkäme, falls sie Zeit hat. Sie ist ein so liebes Mädchen."

„Ich bin mir sicher, wenn sie für heute Nachmittag noch keine anderen Pläne hat, wird sie Ihre Einladung gerne annehmen."

„Wissen Sie, ich habe so eine Ahnung, dass sie heute Nachmittag noch nichts vorhat", sagte Miss Sally lächelnd und mit einem wissenden Blick.

David folgte Miss Sally aus dem Gebäude und die Treppe hinunter. Zielstrebig ging sie auf Leigh und Tante Love zu, die mit Dorothy McDermott und Pam Jackson zusammenstanden. Jocie und Pams Tochter Paulette wechselten sich damit ab, den kleinen Murray McDermott auf dem Arm zu wiegen.

Bevor David bei seiner Familie angekommen war, hielt Bob Jessup ihn auf. „Bruder David, kann ich kurz mit Ihnen sprechen?"

„Natürlich, Bob." David versuchte, seine Stimme nicht widerwillig klingen zu lassen, und blieb neben Bob stehen. Bob und seine Frau Charlene kamen jeden Sonntag aus Hollyhill her. Charlene sagte, Bob rede immer wieder davon, dass er sich einer der großen Stadtgemeinden anschließen wolle, aber sie war gerne Mitglied in Mt. Pleasant, wo sie aufgewachsen war. Bob besaß ein Möbelgeschäft in Hollyhill und ließ andere Leute gerne wissen, wie erfolgreich er war. Er achtete darauf, dass alle die zwei Zwanziger sahen, die er sonntagmorgens in die Kollekte tat. David war froh, die Zwanziger zu sehen – ohne Geld funktionierte die Gemeinde nicht –, aber ihm missfiel die Art, wie Bob zu glauben schien, dass diese Zwanziger ihm mehr Rechte bei den Entscheidungen der Gemeinde einbrachten, als in seinen Augen Leute hatten, die nur einen oder fünf Dollar in die Kollekte gaben.

Während Bob jetzt seine Predigt lobte, hörte David nur mit einem Ohr zu. Vielmehr beobachtete er Leigh, die lächelte und nickte, als Miss Sally mit ihr sprach. Dann hob sie den Blick, um über Miss Sallys Kopf hinweg David anzusehen, so als wollte sie sich vergewissern, dass es ihm recht war, wenn sie mit zum Essen kam. Ihre Wangen leuchteten rot, aber dadurch sah sie nur noch hübscher aus. Davids Herz fing an, ein wenig schneller zu schlagen, während er ihr zulächelte.

Vielleicht war Freundin doch das richtige Wort. Vielleicht war es Zeit, sie zu einer echten Verabredung einzuladen, anstatt zu erwarten, dass sie am Sonntagmorgen in Mt. Pleasant erschien oder ihm dienstagabends half, im Büro die Zeitungen zu falten. Was hatte Zella letzte Woche gesagt, wozu er Leigh einladen sollte? Zu einem romantischen Abendessen bei Kerzenschein. Als er Zella erklärt hatte, er glaube nicht, dass es im Grover's Grill Kerzen auf den Tischen gab, hatte sie nur die Augen verdreht, als wäre er ein hoffnungsloser Fall. Was Verabredungen betraf, konnte er ihr da kaum widersprechen. Obwohl Miss Sally vielleicht Kerzen auf den Tisch stellen würde, wenn er sie darum bat.

Davids Lächeln erlosch, als Bob von Davids Predigt auf das zu sprechen kam, worüber er eigentlich sprechen wollte. „Meinen Sie nicht, jemand sollte dieser Mrs Hearndon von der farbigen Gemeinde in der Stadt erzählen? Sie und ihre Kinder würden sich dort doch sicher viel wohler fühlen, bei ihren eigenen Leuten, und so weit ist es gar nicht. Charlene und ich legen jeden Sonntagmorgen die gleiche Entfernung zurück."

„Ich finde, wir sollten Mrs Hearndon selbst entscheiden lassen, zu welcher Gemeinde sie und ihre Familie gehören wollen." David sah Bob direkt in die Augen. „Und solange ich hier Pastor bin, werden unserer Türen für jeden offen stehen, der Gottesdienst feiern will."

„Etwas anderes wollte ich auch gar nicht andeuten, Pastor", sagte Bob. „Aber ich bin mir nicht sicher, dass diese Frau sich überhaupt für unseren Gottesdienst interessiert. Ich glaube, sie will nur Ärger machen. Sie war letzte Woche bei uns im Geschäft und sie ist nicht wie jede normale Farbige. Ich habe gehört, dass sie durch den ganzen Süden gereist ist und dort bei Sitzblockaden und Demonstrationen mitgemacht hat. Ich sage Ihnen, sie will nur die natürliche Ordnung durcheinanderbringen. Das ist der einzige Grund, warum diese Leute Harveys alte Farm gekauft haben."

David holte tief Luft und beherrschte seine Wut. „Mr Harvey sagte, sie bereiteten die Pflanzung von Apfelbäumen vor, um eine Plantage anzulegen."

„Das beweist nur, dass ich recht habe. Man kann auf einer alten Farm keine Äpfel anbauen. Lassen Sie es sich gesagt sein: Die wollen hier nur Schwierigkeiten machen."

„Das werden wir ja sehen, Bob." David setzte mit Mühe ein Lächeln auf und betete um Geduld. „Aber Gott verlangt nur für unser eigenes Handeln und Denken Rechenschaft von uns, und deshalb sollten wir uns fragen, wie ich es in meiner Predigt sagte, was Gott von uns will, bevor wir Probleme herbeiführen. Meinen Sie nicht auch?"

„Sie wollen doch sicher die Gemeinde deswegen nicht spalten, Bruder Brooke", sagte Bob.

„Nein, Bob, das will ich nicht. Wollen Sie es?" David sprach leise, aber er merkte, dass die Leute um sie herum die Ohren spitzten. Er konnte beinahe spüren, wie seine Gemeindemitglieder sich auf die eine oder andere Seite des Hofes begaben.

Bob beantwortete seine Frage nicht. Stattdessen sagte er: „Auf dem Weg hierher komme ich an zwei anderen Kirchen vorbei. Es wäre kein Problem für mich, zu einer von denen zu gehen."

David bemühte sich, seine Stimme so ruhig und liebevoll klingen zu lassen, wie er konnte, während er mit Mühe die Wut unterdrückte, die in ihm aufstieg. „Sie und Charlene gehören zu unserer Familie hier, Bob. Wir würden Sie ungern verlieren."

Bobs Stimme wurde etwas lauter. „Ihre Worte bedeuten nicht viel, wenn Sie diese farbige Familie meiner Familie vorziehen."

„Ich ziehe keine Familie vor und Gott tut das auch nicht. Wir gehören alle zu Gottes Familie, wenn wir die Entscheidung getroffen haben, dem Herrn nachzufolgen."

„Wollen Sie damit sagen, dass ich nicht mit Gott im Reinen bin?" Bobs Gesicht war jetzt so rot wie eine Rübe.

„Nein, Bob, das würde ich niemals sagen. Sie wissen in Ihrem Herzen, wie Ihr Verhältnis zu Gott ist", sagte David.

Aber Bob hörte ihm nicht mehr zu. Er nahm Charlenes Arm und machte eine ruckartige Kopfbewegung in die Richtung seiner Tochter, während er zum Wagen stapfte. Jetzt waren alle auf dem Kirchhof verstummt und sahen zu, wie die drei in den Wagen stiegen und davonfuhren.

Ogden Martin trat neben David. „Den sehen wir nicht wieder. Und sein Geld auch nicht. Wir fangen wohl besser an, den Gürtel enger zu schnallen."

„Ich rede mit ihm", sagte David.

„Nichts für ungut, Bruder David, aber es könnte sein, dass du schon zu viel mit ihm geredet hast."

Wieder musste David seine Verärgerung herunterschlucken – und das Gefühl, dass Davids Unbehagen Ogden Martin Vergnügen bereitete. „Da könntest du recht haben, Bruder Ogden. Vielleicht solltest du stattdessen mit ihm reden."

„Und was soll ich ihm sagen, Bruder David?", sagte Ogden Martin.

„Was Gott dir eingibt." David sah Ogden direkt in die Augen. „Ich weiß, dass du immer tun willst, was das Beste für Gott und für unsere Gemeinde ist."

Ogden wich Davids Blick aus. „Manchmal schleicht der Teufel sich in eine Gemeinde ein und reißt sie auseinander, unabhängig von dem, was die meisten Leute wollen."

„Dann müssen wir als Pastor und Diakone und Gemeindemitglieder zusammenhalten, Hand in Hand, mit ganzem Herzen. Wir müssen energisch den Graben überbrücken, um unsere Leute vor dieser Art der Zerstörung zu bewahren."

Ogden sah über Davids Kopf zu dem Kirchengebäude hinüber. „Für meine Gemeinde bin ich immer in die Bresche gesprungen."

David blickte Ogden unverwandt an, bis dieser seinen Blick erwiderte. Er und Ogden Martin hatten ihre Meinungsverschiedenheiten und würden sie wahrscheinlich immer haben. Aber es war wichtig, dass sie zum Wohl der Gemeinde von Mt. Pleasant einen gemeinsamen geistlichen Nenner fanden. Deshalb wählte David seine Worte sehr sorgfältig, ein jedes von ihnen wurde begleitet von einem Gebet. „Und ich danke Gott dafür, dass es dich gibt, Ogden. Ich danke ihm dafür, dass wir uns in den meisten wichtigen Gemeindefragen einig sind."

Ogdens Blick kehrte zu David zurück. „Ich habe noch nie etwas dem Prediger zuliebe getan, Bruder David. Was ich tue, tue ich für Gott."

„Und mehr erwartet Gott von uns allen auch nicht."

Ogden blickte zu Boden und dann auf eine Stelle irgendwo über Davids linker Schulter, als er sagte: „Meine Frau will Sie alle sonntags mal zum Essen einladen, wenn es einen freien Termin auf der Liste gibt."

„Das ist sehr freundlich, Bruder Ogden. Wir freuen uns darauf." David lächelte. Es war keine große Lüge. Und es war ein guter erster Schritt, um die Probleme zwischen ihnen zu lösen, wenn sie am selben Tisch saßen und gemeinsam aßen. Er würde nur dafür sorgen müssen, dass Jocie an dem Sonntag zu Hause bei Wes blieb.

10

Jocie ging sonntags lieber zu den McMurtrys zum Essen als zu allen anderen Gemeindemitgliedern von Mt. Pleasant. Miss Sally backte die besten Heferollen im County und sie wirkte kein bisschen aufgebracht, wenn Jocie auf die grünen Bohnen verzichtete und dafür lieber noch ein oder zwei zusätzliche Brötchen aß. Sie zwinkerte Jocie nur zu und reichte ihr die Butter, während sie zu Tante Love sagte: „Dafür isst sie nächste Woche eine extragroße Portion von deinen Bohnen und deinem Mais, Love."

Tante Love war ungefähr zehn Jahre älter als Miss Sally, aber Jocie konnte kaum einen Altersunterschied zwischen ihnen erkennen, abgesehen davon natürlich, dass Miss Sally noch nicht anfing, ihr Gedächtnis zu verlieren, so wie es bei Tante Love der Fall war. Zumindest verbrannte sie nie die Brötchen. Aber sie saßen beide gerne im Wohnzimmer und unterhielten sich über die Kirche und darüber, wie sehr alles sich verändert hatte, seit sie jung waren. Manchmal wussten sie nicht mehr, was sie sagen sollten, und dann war nur noch das Ticken der alten Uhr zu hören, die an derselben Stelle auf dem Kaminsims stand, solange Miss Sally denken konnte. Das schien die alten Damen jedoch nicht weiter zu stören. Gelegentlich nickte eine von ihnen auch für einige Minuten ein.

Das Beste war, dass Miss Sally nicht von Jocie erwartete, dass sie sich mit ihnen dort hinsetzte und der Uhr beim Ticken zuhörte. Sie ließ sie auf Erkundungstour gehen. Bei ihrem letzten Besuch hatte Jocie in der guten Stube gesessen, wie Miss Sally sie nannte, und auf dem Grammophon zum Kurbeln die alten Schallplatten abgespielt. Miss Sally hatte Jocie erzählt, dass die gute Stube der Raum war, in dem sie ihren Herrenbesuch hätte empfangen sollen, aber sie hätten offensichtlich vergessen, sie zu besuchen. Nachdem Miss Sallys Vater gestorben und ihre Mutter zu schwach geworden war, um die Treppe zu einem der Schlafzimmer hinaufzusteigen, hatten sie in der guten Stube ein Bett für sie aufgestellt.

Ihre Mutter war schon vor Jahren heimgegangen, aber Miss Sally hatte sich nie die Mühe gemacht, den Raum wieder in eine gute

Stube zurückzuverwandeln. „Zu diesem Zeitpunkt war ich viel zu alt für Verehrer und das Zimmer war immer schon Mamas gewesen, selbst bevor wir das Bett hineingestellt hatten."

Also befanden sich die Hüte von Miss Sallys Mutter noch immer auf den Hutständern auf der Kommode. Ihr gläserner Parfümflakon auf dem Waschtisch roch noch immer leicht nach Maiglöckchen. Eine Patchworkdecke, die ihre Schwestern und Cousinen als Hochzeitsgeschenk für sie genäht hatten, lag zusammengefaltet am Fußende des Bettes. Während Miss Sally Jocie geholfen hatte, die Namen zu lesen, die auf die einzelnen Karos gestickt waren, war Jocie mit dem Finger über die Stickereien gefahren und hatte beinahe damit gerechnet, dass Geister aus den Wänden traten, um ihre Geschichte zu erzählen.

Jeder hatte Geschichten. Manchmal kam es einem nicht so vor, wenn man versuchte, genügend Neuigkeiten in Hollyhill zu finden, um die Seiten des *Banner* zu füllen, aber Geschichten von Ereignissen und Geschichten von Menschen waren nicht immer dasselbe. Es war merkwürdig, aber seit Zeb die Babyknochen in der Höhle im Wald gefunden hatte und Jocie Tante Loves Geschichte gehört hatte, konnte sie alte Menschen nicht mehr auf dieselbe Weise betrachten. Vorher hätte sie Miss Sally vielleicht angesehen und gedacht, sie sei eine nette alte Dame, die nach dem Gottesdienst immer ein Kaugummi für Jocie hatte. Aber jetzt dachte Jocie über sie nach. Warum hatte sie nicht geheiratet? Hätte sie es gerne getan? War sie glücklich damit, dass sie das Haus, in dem sie geboren worden war, nie verlassen hatte?

Und dann fragte Jocie sich, wie ihre eigene Geschichte aussehen würde. Sie konnte sich jetzt noch nicht vorstellen, Hollyhill jemals zu verlassen. Aber wenn sie es nicht täte, würde sie sich dann irgendwann, wenn sie alt war, wünschen, sie hätte es doch getan? War es nicht der Lauf der Dinge, dass man sein Elternhaus verließ und in die Welt hinauszog?

Manchmal platzte Jocie beinahe, so viele Fragen hatte sie. Sie wollte alles auf einmal wissen, aber ihr Vater hatte ihr gesagt, es dauere ein ganzes Leben, auch nur einige der Antworten zu erhalten. Er hatte außerdem gesagt, die Suche nach Antworten sei manchmal wichtiger als die Antworten selbst, vor allem, wenn sie Dinge über die Menschen um sie herum erfuhr. Eine Woche später hatte er ihr ein Notizbuch mit Spiralbindung und einen neuen Füllfederhalter geschenkt. „Damit du die Geschichten, die du erfährst, aufschreiben kannst“, hatte er gesagt. „Und deine eigene Geschichte, einen Tag oder eine Woche nach der anderen.“

So hatte sie mit ihrem Journal begonnen. Es gefiel ihr besser als ein Tagebuch. Tagebuch zu schreiben hatte sie schon ein paarmal versucht, aber es war zu langweilig aufzuschreiben, was sie jeden Tag tat. *Bin aufgestanden, habe gefrühstückt, bin Fahrrad gefahren, habe meine neue Bluse mit Tinte vollgeschmiert, Tante Love hat genervt, bin schlafen gegangen*. Aber in ein Journal konnte sie schreiben, was sie dachte, und nicht nur das, was sie tat. Sie konnte darüber schreiben, dass Wes vom Jupiter kam oder dass Tabitha sich vor ihren Augen in eine Mutter verwandelte oder dass Miss Sally sagte, sie hätte keine Geschichten, die jemanden interessierten. Sie sei zufrieden und glücklich gewesen, obwohl sie nicht geheiratet und keine Kinder bekommen hatte.

Miss Sally hatte gelächelt und Jocies Wange berührt, während sie redete. „Ich habe mir im Laufe der Jahre die Kinder von Mt. Pleasant geliehen. Sie sind in vielerlei Hinsicht meine Kinder. Aber es wäre schön gewesen, wenn ein Kind, das dazu geboren wurde, Oma zu mir gesagt hätte. Eine Enkelin hätte ich wirklich gerne gehabt. Aber ich bereue das Leben, mit dem Gott mich gesegnet hat, nicht.“

Jocie schrieb das, was Miss Sally ihr erzählt hatte, fast wortwörtlich auf und in ihrem Journal fragte sie sich, ob sie Oma zu ihr sagen sollte. Aber dann fiel ihr ein, dass Miss Sally von einem Kind gesprochen hatte, das dazu geboren war, Oma zu ihr zu sagen, und das traf auf Jocie nicht zu. Sie wäre nur ein Ersatz. Jocie wusste, wie das war. Dass Menschen manchmal versuchten, etwas zu ersetzen, von dem sie meinten, dass es einem fehlte.

In den Gemeinden, in die sie und ihr Vater gegangen waren, hatte es einige Frauen gegeben, die versucht hatten, ihre Mutter zu ersetzen, aber Jocie brauchte eigentlich keine Mutter. Sie hatte ihren Vater. Und Wes. Und ein paar Jahre lang ihre Großmutter Oma Mae. Tante Love, die nach Oma Maes Tod eingezogen war, hatte nie versucht, Jocies Mutter zu sein. Sie kochte für die Familie und bemühte sich, Jocie auf dem geraden und schmalen Weg zu halten, der einer Pastorentochter geziemte, indem sie in ihren umfangreichen Vorrat an auswendig gelernten Bibelversen griff, um Jocie zu erziehen. Bevor Tabitha nach Hause gekommen war, hatte es nur selten ein Lächeln und nie eine Umarmung gegeben.

Jetzt erkannte Jocie Tante Love manchmal nicht wieder, wenn sie auf der Veranda saß und Decken und Pullover für Tabithas Baby strickte. Dabei lächelte sie sanft und summte vor sich hin und es waren nicht nur Choräle, die Jocie kannte, sondern andere Lieder. Ausgefallenere Lieder. Lieder, bei denen Jocie an Banjos und Tanzen denken musste. Vielleicht konnten sie Tabithas Baby beibringen, Tante Love Oma zu nennen.

Natürlich würde Tabithas Baby eine Großmutter haben. DeeDee in Kalifornien. Jocie gefiel es, ihre Mutter insgeheim DeeDee zu nennen, wenn sie an sie dachte oder in ihrem Journal über sie schrieb. So hatte Tabitha sie nennen müssen, nachdem sie Hollyhill verlassen hatten. Sie hatte nie eine Mutter für Jocie sein wollen und so wie es aussah, machte sie sich ebenso wenig daraus, Tabithas Baby eine Großmutter zu sein. Tabitha hatte Jocie vor einigen Tagen erzählt, dass sie nichts von DeeDee gehört habe. „Und das werde ich wohl auch nicht“, hatte Tabitha gesagt. „Sie wollte nicht, dass ich das Baby bekomme.“

„Was hättest du denn sonst machen sollen? Ich meine, du hattest ja keine Wahl, als das Baby erst einmal unterwegs war, oder?“, hatte Jocie gefragt.

Tabitha hatte ihr nicht in die Augen gesehen. „DeeDee denkt nicht so über das Leben wie die Leute hier in Hollyhill.“

Jocie machte sich nicht mehr allzu viele Gedanken über ihre Mutter. Nachdem sie zu dem Schluss gekommen war, dass ihre Mutter sie verlassen hatte, lange bevor sie tatsächlich ihre Koffer gepackt hatte, steckte Jocie alle Erinnerungen an sie in Gedanken in eine Schachtel und schob sie aus dem Weg in eine Ecke, wo sie sie vergessen konnte. Vielleicht würde sie die Schachtel irgendwann herausholen und wieder aufmachen, aber nicht jetzt. Jetzt gab es andere Sachen, über die sie sich Gedanken machen musste, zum Beispiel die weiterführende Schule anzufangen und Wes beim Gesundwerden zu helfen und herauszufinden, wie es ihr damit ging, dass ihr Dad bei Leighs Anblick solche Glubschaugen bekam.

Jocie strich Butter auf ihr drittes Brötchen und beobachtete, wie ihr Vater sich mit Mr Harvey unterhielt, wobei seine Augen immer wieder zu Leighs Gesicht wanderten. Ganz offensichtlich war er froh darüber, dass Miss Sally darauf bestanden hatte, Leigh mit zum Sonntagsessen einzuladen.

Mr Harvey schob einen Bissen Rinderbraten in seinen Mund und kaute lange darauf herum, bevor er sagte: „Meinen Sie, wir sollten die Hearndons heute Nachmittag besuchen, Bruder David?"

„Es wäre ein guter Zeitpunkt, wenn Sie mit mir fahren wollen", sagte ihr Vater.

„Ich möchte auch mitkommen", sagte Jocie schnell.

Ihr Vater sah sie an. „Du siehst Noah doch morgen bei der Zeitung."

„Ich dachte nicht an Noah. Ich will die Zwillinge sehen. Sie sind so süß. Glaubst du, es besteht die Chance, dass Tabitha Zwillinge bekommt?"

„Ich hoffe nicht", sagte ihr Vater.

„Sie bekommt keine Zwillinge", sagte Tante Love. „Dafür ist sie nicht dick genug."

„Sie wäre vielleicht dicker, wenn sie sich nicht ständig übergeben müsste", gab Jocie zu bedenken.

„Jocelyn, wir sitzen am Tisch", sagte Tante Love und sah Jocie von ihrem Platz aus mit gerunzelter Stirn an.

„Oh, tut mir leid", sagte Jocie und warf erst Miss Sally und dann Leigh einen Blick zu. Leigh hatte die Lippen aufeinandergepresst, um ihr Lächeln zu verbergen. Keine von beiden sah aus, als hätte es ihnen den Appetit verdorben, dass sie über Tabithas Übelkeit sprach.

Miss Sally erhob sich, um einen der Karamellkuchen anzuschneiden, die sie zum Nachtisch gebacken hatte. Während sie große Stücke an alle verteilte, sagte sie: „Ich habe es beim Backen ein bisschen übertrieben, fürchte ich. Das schaffen Harvey und ich nie und nimmer allein. Ich wollte Ihnen einen Kuchen mitgeben und einen zu den Hearndons rüberbringen. Warum fahren wir nicht alle hin, damit ich meinen Kuchen abliefern kann?"

„Das klingt gut, aber ich würde gerne zuerst Tabitha anrufen und hören, ob bei ihr und Wes alles in Ordnung ist." Jocies Vater stand auf und ging ins Wohnzimmer, wo das Telefon stand. Als er zurückkam, berichtete er, dass alles in Ordnung sei. Tabitha habe das Pendel an der Standuhr angehalten, damit sie den ganzen Nachmittag schlafen konnten, ohne dass die Schläge sie weckten.

„Du liebe Güte. Ich höre die Uhr überhaupt nicht", sagte Tante Love, während sie aufstand und Miss Sally mit dem Geschirr half.

Nachdem sie den Tisch abgeräumt hatten, kletterten sie alle in Mr Harveys alten Buick. Sogar Leigh.

Sie hatte etwas davon gemurmelt, dass sie lieber nach Hause fahren sollte, aber Miss Sally hatte Jocies Vater angesehen und gesagt: „Bruder David, sagen Sie ihr, dass sie bleiben soll, dann kann sie heute Abend mit uns in den Gottesdienst gehen. Die First Baptist Church in Hollyhill kann besser auf Leigh verzichten als wir. Stimmt das etwa nicht?"

Leigh hatte immer noch gehen wollen, bis Jocies Dad erwidert hatte: „Das stimmt." Dann hatte er eine Hand auf Leighs Arm gelegt. „Kannst du nicht bleiben? Ich fahre zum Gottesdienst hinter dir her und Jocie kann mit dir zurückfahren."

Einen Augenblick hatte Leigh ausgesehen, als würde sie leuchten, so glücklich war sie gewesen, und jetzt musste sie noch glücklicher sein, eingeklemmt zwischen Mr Harvey und Jocies Dad auf dem Vordersitz. Jocie war sich nicht sicher, wie glücklich Noahs Mutter sein würde, wenn sie sah, wer da alles vor ihrem Haus erschien. Aber die meisten Menschen waren höflich, wenn der Prediger zu Besuch kam, auch wenn sie nicht besonders erfreut waren, ihn zu sehen. Allerdings hatte der Pastor für gewöhnlich auch nicht fünf Leute im Schlepptau. Vielleicht waren sie sicherer, wenn sie in der Überzahl waren. Verwundert fragte Jocie sich, warum sie an Sicherheit dachte.

Sie sagte sich, dass die Hearndons ebensolche Leute waren wie alle anderen in der Gemeinde, aber das stimmte nicht. Jocie war noch nie mit einer schwarzen Familie in die Kirche gegangen. Sie war noch nie im Haus von Schwarzen gewesen. Sie kannte ein paar Schwarze. Willanna, die im Grover's Grill in der Küche arbeitete, und ihre Tochter Shamece, die zwei Jahre jünger war als Jocie.

Außerdem unterhielt sie sich gerne mit Linc, der beim Tierarzt arbeitete. Er wusste mehr über Tiere als jeder andere Mensch, den sie kannte. Vor einigen Wochen hatte er ihr Wurmpillen für Zeb gegeben. Nur zur Sicherheit, hatte er gesagt, weil der Hund ein Streuner war.

Und sie konnte wohl ohne schlechtes Gewissen behaupten, dass sie Noah kannte. Schließlich waren sie im selben Graben gelandet. Sie waren auf demselben Fahrrad gefahren. Das war vielleicht nicht der übliche Weg, um jemanden kennenzulernen, aber sie waren sich dabei eindeutig nähergekommen. Noah war anders als alle anderen Kinder, die Jocie kannte, aber sie glaubte nicht, dass es viel mit seiner Hautfarbe zu tun hatte. Leute aus Großstädten waren immer anders als solche, die in Hollyhill aufgewachsen waren. Sie hielten sich für schlauer und irgendwie besser, nur weil in den Städten, in denen sie geboren waren, mehr Menschen wohnten.

Allerdings war Jocie sich ziemlich sicher, dass sie noch nie jemanden wie Myra Hearndon getroffen hatte. Deshalb hatte sie auch keine Ahnung, was Mrs Hearndon tun würde, wenn sie plötzlich alle bei ihr auf der Matte standen. Selbst ihr Vater sah ein wenig verunsichert aus, als er allen voran den Hof überquerte und die Treppe zur Haustür der Hearndons hinaufstieg. Unter der Veranda kam kein Hund hervorgekrochen, um sie anzubellen. Es war so ruhig, dass das Klopfen ihres Vaters an der hölzernen Fliegengittertür besonders laut klang.

Dann erschien Myra Hearndon an der Tür, riss sie auf und lächelte sie alle an. Es war ein echtes Lächeln. Ein frohes Lächeln, das sie auf ihrer Veranda willkommen hieß. Aus irgendeinem Grund hatte Jocie das am wenigsten erwartet.

„Pastor Brooke", sagte sie. „Was für eine Freude, Sie und Ihre Familie zu sehen. Und Miss Sally und Mr Harvey."

Miss Sally trat vor, um Mrs Hearndon den Kuchen zu geben. „Ich habe so viel gebacken und da dachte ich, Sie möchten vielleicht meinen Karamellkuchen probieren."

Myra Hearndons Miene wurde weicher, als sie sich vorbeugte und Miss Sally einen schnellen Kuss auf die Wange drückte. „Aber sicher! Der sieht köstlich aus." Sie nahm den Kuchen und trat zurück, damit sie das Wohnzimmer betreten konnten. „Bitte kommen

Sie doch herein. Alex und Noah sind draußen auf dem Feld. Alex sagt, je mehr Steine er aufhebt, desto mehr Steine kommen nach oben. Sie haben doch wohl keine Steine dort ausgesät, oder, Mr Harvey?"

„Das muss der Besitzer vor mir gewesen sein. Ich habe selbst mehrere Tonnen Steine von den Feldern gesammelt." Mr Harvey lächelte sie an. „Sind sie in dem langen Feld, wo er die ersten Bäume pflanzen will?"

„So ist es. Er hofft, in zwei Wochen die ersten Pflanzen setzen zu können. Es ist irgendwie ein beunruhigender Gedanke, wie lange es dauern wird, bis die Bäume anfangen, Frucht zu tragen. Bis dahin müssen wir unser Geld mit etwas anderem verdienen, aber jetzt ist es natürlich zu spät, um etwas anzubauen. Das sagt Alex jedenfalls. Ich fürchte, ich bin eine blutige Anfängerin, wenn es um die Landwirtschaft geht."

„Sie könnten es mit Schweinen probieren", schlug Mr Harvey vor. „Sie machen sich recht schnell bezahlt, wenn der Markt stabil bleibt."

„Schweine", sagte Mrs Hearndon. Das Wort klang irgendwie merkwürdig, wenn sie es sagte. „Meine Freunde in Chicago würden es nicht glauben."

„Was haben Sie denn in Chicago gemacht?", fragte Jocies Dad, während er sich auf einen der Stühle setzte, die Mrs Hearndon von der Küche hereingetragen hatte. Mr Harvey setzte sich in den Schaukelstuhl, während Miss Sally, Leigh und Tante Love auf dem Sofa Platz nahmen. Jocie lehnte sich an die Wand und sah sich um, ob sie die Zwillinge oder Cassidy irgendwo entdeckte.

„Ich habe an einer der High Schools dort Englisch unterrichtet", sagte Mrs Hearndon. „Alex war bei der Stadt angestellt, im Straßenbau, aber er ist auf dem Land aufgewachsen und wollte immer seine eigene Farm besitzen. Und ich glaube, er hat gehofft, wenn er mich weit genug in die Wildnis bringt, würde ich etwas langsamer machen und vielleicht zu Hause bleiben und nicht im Gefängnis enden."

Das Wort *Gefängnis* klang aus Myra Hearndons Mund noch seltsamer als *Schweine.* Jocie starrte die schöne Frau an, die ein wenig lächelte, als wüsste sie genau, dass sie ihre Besucher schockierte, und als gefiele ihr diese Vorstellung.

11

David betete, dass der Herr ihm die richtigen Worte eingeben würde, als er Mr Harvey auf den Hof hinaus folgte und an den Ställen vorbei zu dem Feld ging, auf dem Alex Hearndon und Noah arbeiteten. Sie hatten die Frauen und Jocie im Haus zurückgelassen, wo sie überraschend herzlich von Myra Hearndon empfangen worden waren, aber David hatte keine Ahnung, was ihr Mann denken oder sagen würde, wenn er sie kommen sah. An einem anderen Tag, an dem er nicht seinen Sonntagsanzug trug, hätte David den Mann vielleicht mit seiner Bereitschaft beeindrucken können, sich die Hände schmutzig zu machen und beim Aufräumen des Feldes zu helfen. David verstand etwas vom Steineschleppen. Das war als Jugendlicher eine seiner endlosen Aufgaben auf dem Hof seiner Eltern gewesen.

„Ich habe mich etwas gefragt“, sagte David, als er mit Mr Harvey an der Scheune vorbeikam. „Wie haben die Hearndons eigentlich erfahren, dass Sie Ihre Farm verkaufen wollten? Haben sie Verwandte in Hollyhill?“

„Nein, es ist andersherum. Ich habe Verwandte oben in Chicago. Ben, der Junge von meiner Tante Clara. Er hat dort mit Alex zusammengearbeitet. Ben hat Alex davon erzählt, dass ich den Hof verkaufen will, und dann hat Ben mich angerufen und gesagt, dass er eine gute Familie kenne, die eine Farm suche, um eine Apfelplantage anzulegen.“ Mr Harvey sah David an. „Er hat nicht erwähnt, dass es sich um Schwarze handelt. Er fand wohl, dass ich das besser erst herausfinden sollte, wenn das Geld den Besitzer gewechselt hat.“

„Hätte es eine Rolle gespielt?“

Mr Harvey warf David noch einen Blick zu. „Ich könnte so tun, als wäre es mir gleichgültig gewesen, Bruder David, aber das wäre unehrlich. Ich habe zwar nichts gegen Schwarze, aber ich hätte Sorge gehabt, dass ich die Nachbarn vor den Kopf stoße.“

„Und, haben Sie das getan?“

„Einige schon.“ Mr Harvey bückte sich und riss einen langen Grashalm ab, den er sich in den Mund schob.

„Und waren Sie verärgert? Über Ihren Cousin Ben?

„Eigentlich nicht. Überrascht waren wir schon, als Sally und ich sie das erste Mal sahen, aber Ben hat eine gute Menschenkenntnis. Und selbst wenn ich wütend auf Ben gewesen wäre, hätte ich diesen Groll ohnehin nicht aufrechterhalten können, weil Sally und Myra sich vom ersten Augenblick an bestens verstanden. Sally sagte, sie könne es nicht erklären, aber sie müsse glauben, dass Gott dahintersteckt. Vielleicht wusste der Herr, dass sie ein paar junge Leute braucht, die sie bemuttern kann wie eine eigene Familie." Mr Harvey wickelte den Grashalm um seinen Finger und warf ihn dann fort. „Ich habe es eigentlich nie vermisst, eine Familie zu haben, aber Sally schon. Sie redet nicht darüber, aber ich kenne Sally. Ich habe sie beobachtet, seit sie geboren wurde. Damals war ich vier Jahre alt. Ich hatte mir einen Bruder gewünscht, wurde aber mit einer Schwester gesegnet."

„Sie beide sind auf jeden Fall ein Segen für Mt. Pleasant", sagte David.

„Es ist sehr freundlich, dass Sie das sagen, Bruder David. Wir brauchen wohl alle ein bisschen Segen. Zum Beispiel Myra dort." Mr Harvey zeigte mit dem Kopf zum Haus hinüber. „Sie versucht sich so selbstbewusst zu geben, als wüsste sie alles, aber in Wahrheit braucht sie auch etwas. Vielleicht einen felsenfesten Grund. Jemanden, der nie daran zweifelt, dass Gott alles im Griff hat. Jemanden wie Sally."

Als sie durch das nächste Tor gegangen waren, entdeckte David einen roten Traktor am Ende des Feldes. „Was ist mit Alex Hearndon?", fragte David. „Gibt es etwas, das ich wissen sollte, bevor wir hingehen und mit ihm reden?"

Mr Harvey blieb stehen, nahm seinen Hut ab und fächelte sich Luft zu. „Er ist ein Mann. Schultern, wie man sich Simson in der Bibel vorstellt. Ungeheuer fleißig. Ich glaube, ich habe ihn einmal lächeln sehen. Aber niemand sagt, dass man lächeln muss, um ein guter Mensch zu sein."

„Aber es heißt auch, die Augen seien das Fenster zur Seele."

„Seine Augen sind in Ordnung."

„Er wird nicht begeistert sein, uns zu sehen, nicht wahr?" David blickte über das Feld zu dem Mann hinüber, der Steine aufhob und auf dem Anhänger seines Traktors aufhäufte.

„Ich weiß nicht, Bruder David." Mr Harvey sah David prüfend an, bevor er fortfuhr: „Mein Anblick stört ihn vielleicht nicht, aber Ihrer wahrscheinlich schon. Er sagte mir, er könne mit Religion nicht viel anfangen, so wie sie heute ausgeübt wird."

David lächelte. „Das ist schon in Ordnung, Mr Harvey. Ich war schon an vielen Orten, an denen ich nicht sehr willkommen war, und Mrs Hearndon hat versprochen, die Schrotflinte zu verstecken."

Mr Harvey sah ihn ängstlich an. „Ich hoffe, sie haben keine Schrotflinte oder irgendein anderes Gewehr, das sie verstecken können."

„Warum nicht?" David war überrascht. „Mir scheint, eine Schrotflinte ist auf den Bauernhöfen hier ein ebenso nützliches Werkzeug wie Hacke oder Schaufel. Sie wissen schon, für Ungeziefer und so."

„Manches Ungeziefer wird nur noch wütender, wenn man darauf schießt, und es ist besser, es nur die Zähne fletschen und dann wieder abziehen zu lassen."

„Sie reden nicht von gewöhnlichem Ungeziefer."

„Nein, das ist wahr." Mr Harvey sah David unverwandt an. Er wirkte besorgt. „Vielleicht sollte ich nichts davon sagen. Ich höre ja auch nur Gerüchte und Tratsch, aber jemand hat mir erzählt, dass der Klan sich bemerkbar macht."

„Der Klan? Der Klu-Klux-Klan?" Schon die Worte auszusprechen, schien einen Schatten über Mr Harvey und David zu werfen, während sie über das lange Feld gingen.

„Soweit ich weiß, ist es nur Gerede", sagte Mr Harvey schnell. „Sie wollen uns einen Schrecken einjagen. Die meisten sind doch ohnehin nur Feiglinge, die sich unter Betttüchern verstecken. Wahrscheinlich würden sie gar nichts machen, aber mir wäre es trotzdem lieber, wenn keine Gewehre im Spiel sind, falls sie es doch tun."

„Da haben Sie wohl recht", sagte David. „Aber ich habe hier nichts vom Klan gehört, seit ich im Pastorendienst bin."

„Manchmal wollen wir über die Leute um uns herum nicht alles wissen", sagte Mr Harvey. „Und es gab ja auch keinen Grund, warum der Klan in Holly County auftauchen sollte, immerhin wurde die Rassentrennung bisher eingehalten. Aber jetzt werden die Schulen zusammengelegt und ich gehe hin und verkaufe meine Farm an einen Schwarzen, wo noch nie ein Schwarzer Land besessen hat. Und nicht nur das. Sosehr ich Myra Hearndon bewundere, sie ist eine Unruhestifterin. Alex sagt selbst, dass sie dem hinterherjage, was sie den Zug der Freiheit nennen. Sie hat tatsächlich schon drei oder vier Mal eine Gefängniszelle von innen gesehen, weil sie bei Sitzblockaden oder Boykottmärschen im Süden mitgemacht hat. Sogar die Kinder hat sie ein paarmal mitgenommen. Das hat die Ehe der beiden sicher ganz schön belastet."

„Er geht nicht mit zu den Freiheitsmärschen?"

„Ich glaube, er hat der Sache schon mehr geopfert, als er wollte. Myra hat Sally erzählt, dass Alex einen jüngeren Bruder hatte, der vor ein paar Jahren in Mississippi oder in Louisiana getötet wurde. Der Junge war bei einem dieser Märsche dabei. Sie hat gesagt, die Familie hätte nie herausgefunden, was genau geschehen ist, aber jedenfalls war der Junge am Ende tot. Und jetzt will Alex nur noch, dass die Leute ihn in Ruhe seine Apfelbäume pflanzen lassen. Und dass seinen Kindern nichts passiert." Mr Harvey blickte über das Feld zu der Stelle hinüber, an der Alex Hearndon sich aufgerichtet hatte und auf sie wartete, die Hände in die Hüften gestemmt. „Das scheint mir eine berechtigte Hoffnung zu sein. Ich bete dafür, dass sie erfüllt werden möge."

„Da schließe ich mich Ihnen gerne an", sagte David.

Mr Harvey sah David an und senkte die Stimme, als sie sich Alex und Noah näherten. „Aber das lassen wir im Augenblick besser noch unausgesprochen, Bruder David. Ich bin mir nicht sicher, ob Alex etwas davon hält, dass man für ihn betet."

„Jeder Mensch braucht Gebet."

„Da widerspreche ich Ihnen nicht, Pastor, aber bei Alex sollten wir uns zurückhalten, damit er von selbst darauf kommt, es so zu sehen. Mit Gottes Hilfe natürlich." Mr Harvey wandte den Blick wieder Alex Hearndon zu und ein breites Lächeln trat auf sein Gesicht, während er die letzten Meter mit energischen Schritten zurücklegte.

Alex Hearndon lächelte nicht, als Mr Harvey ihm David vorstellte, aber er zog seinen Lederhandschuh aus, wischte sich die Hand an seiner Jeanshose ab und streckte sie David entgegen. Er hatte die Hände eines Arbeiters, schwielig und rau. Sein Händedruck war fest, aber gleichzeitig beherrscht, als wäre er sich seiner Kraft bewusst. „Freut mich, Sie kennenzulernen, Pastor", sagte Alex. „Mein Junge hat mir erzählt, dass Sie ihm eine Stelle gegeben haben. Er wird fleißig für Sie arbeiten."

Als er einen Blick über seine Schulter warf, um Noah anzusehen, lächelte er immer noch nicht, aber in den dunkelbraunen, fast schwarzen Augen des Mannes leuchtete etwas auf. Es war leicht zu erkennen, dass der Vater stolz war auf seinen Sohn, der vielleicht noch nicht dazu in der Lage war, in die Fußstapfen seines Vaters zu treten, der aber auf dem besten Wege dahin war. David konnte gut nachvollziehen, warum Mr Harvey Alex Hearndon mit Simson verglichen hatte, auch wenn die Haare des Mannes so dicht am Kopf gestutzt waren, dass man die Kopfhaut sehen konnte. Er war groß und so muskulös, dass er tatsächlich aussah, als könnte er den Kiefer eines Esels nehmen und damit eine Armee aus Philistern besiegen. Jetzt zog er ein blaues Taschentuch aus seiner Hosentasche und wischte sich damit den Schweiß von der Stirn, während er darauf wartete zu hören, weswegen David den ganzen Weg zu ihm aufs Feld hinaus zurückgelegt hatte. Keine Faser seines blauen Baumwollhemdes war trocken.

David sah ihm direkt in die Augen und ließ sich in seinem eigenen Lächeln nicht beirren, nur weil der andere Mann nicht lächelte. „Ich wollte nur vorbeikommen und Sie und Ihre Familie in der Nachbarschaft begrüßen. Wir haben uns darüber gefreut, dass Mrs Hearndon und die Kinder heute Morgen mit uns Gottesdienst gefeiert haben."

„Sie sagten, sie seien von Ihnen und einigen anderen freundlich aufgenommen worden", sagte Alex. „Das hatten wir erwartet, wenn die anderen Mitglieder Ihrer Gemeinde so sind wie Mr Harvey und Miss Sally." Jetzt endlich erschien so etwas wie ein Lächeln auf dem Gesicht des Mannes. Nur ein kleines Heben der Mundwinkel, aber eindeutig wahrnehmbar, als er Mr Harvey ansah.

„Nicht alle unsere Leute sind so vorbildliche Christen wie Mr Harvey und Miss Sally, aber wir arbeiten daran."

„Also wirklich, Bruder David! Sally backt Ihnen bestimmt auch wieder einen Kuchen, ohne dass Sie uns so schmeicheln", sagte Mr Harvey lachend.

Niemand schlug vor, in den Schatten am Feldrand zu treten, also standen sie dort, wo die Sonne auf sie herunterbrannte, und redeten über die Steine im Feld und wie lange die Trockenheit andauern würde. „Der Boden bricht allmählich auf und wird so hart wie die Steine, die wir von hier wegschleppen", sagte Alex. „Wir hoffen, dass es noch ordentlich regnet, bevor es Zeit wird, die Bäume zu pflanzen."

„Der Regen wird kommen. Wir beten in der Kirche dafür", sagte Mr Harvey.

„Mr Harvey ist die Sorte Mensch, die einen Regenschirm mitnimmt, wenn wir für Regen beten." David lächelte Mr Harvey an und sah sich dann um. „Sie wollen aus dem Feld also eine Plantage machen."

Der Mann folgte Davids Blick und starrte auf das Feld, *sein* Feld hinaus. Seine Schultern entspannten sich ein wenig und die Sorgenfalten verschwanden aus seinem Gesicht. Er streckte den Arm aus. „Da oben am Ende des Feldes werde ich die ersten Bäume setzen. Der Boden ist dort besser. Nicht so viele Steine. Ich hoffe, ich kann dieses Jahr an die fünfzig Bäume pflanzen und die Anzahl dann mit den Jahren erhöhen. Eventuell versuchen wir es hier unten mit Kürbis oder Mais. Vielleicht probieren wir sogar Weihnachtsbäume aus. Ich habe gehört, in den Städten gibt es dafür einen Markt."

David blickte in die Richtung, in die Alex zeigte, und konnte seine Vision gut nachvollziehen: ein Feld voller Bäume, deren Äste bis zum Boden hingen, voll mit schweren Früchten. „‚Ich machte mir Gärten und Lustgärten und pflanzte allerlei fruchtbare Bäume hinein'", sagte David.

Alex sah ihn an. „Ist das aus der Bibel?"

„Ja. Aus dem Buch Prediger. Der Verfasser schreibt nicht direkt über Hoffnung, aber manchmal kann ein Vers in eine andere Situation hineinsprechen und einen berühren, weil Gott dem Vers eine besondere Bedeutung für den Menschen gibt. Und wenn ich mir vorstelle, was unter Ihrer Verantwortung aus diesem Feld werden kann, dann klingt der Vers für mich sehr hoffnungsvoll."

„Ein Prediger sollte die Bibel kennen", sagte Alex.

„Das ist wahr. Und alle anderen, die Gottes Willen tun wollen, auch."

„Mit dem Predigen habe ich es nicht so, Pastor. Ich habe meine Zeit in Kirchen verbracht. Jetzt begegne ich Gott draußen."

„So wie Elisa. Er hat mit dem Ochsen gepflügt, als Gott ihn rief, Elia zu folgen."

Alex sah David mit skeptischem Blick an. „An so eine Begegnung hatte ich nicht gedacht, Pastor. Mein Plan ist es nur, auf meiner Plantage zu sein."

„Ich werde dafür beten, dass Gott diese Pläne segnet, Mr Hearndon", sagte David. „Und wenn das Feld so weit ist, dass Sie die Bäume setzen können, soll Noah mir Bescheid sagen. Ich komme gerne und helfe beim Pflanzen."

„Auf dieses Angebot werde ich gerne zurückkommen." Alex sah ihn einen Augenblick an und fragte dann: „Was sagten Sie, wo der Vers steht?"

„Prediger. Ich bin mir nicht sicher, welcher Vers es ist, aber ich glaube, er steht im zweiten Kapitel."

„Ich sehe heute Abend nach, wenn ich dazu komme."

Sie unterhielten sich noch eine Weile, dann gingen David und Mr Harvey über die Felder zurück zum Haus, wo Myra Hearndon mit Eistee auf sie wartete. Als sie sich schließlich alle wieder in den Wagen quetschten, um zum Reste-Abendessen zu den McMurtrys zurückzufahren, fand David, dass es ein erfolgreicher Besuch gewesen war. Trotzdem gingen Mr Harveys unheilvolle Worte David nicht aus dem Sinn.

Trotz der erbarmungslosen Hitze hatte es sich so gut angefühlt, dort draußen über eine Zeit zu pflanzen, eine Zeit der Hoffnung zu sprechen. David wollte nicht an eine Zeit zu hassen denken, die diese Familie heimsuchen könnte. Das war das Problem mit dem Buch Prediger. In der Schönheit seiner Worte waren auch unangenehme Wahrheiten verborgen. In jedem Leben gab es eine Zeit zu pflanzen und eine Zeit, das Gepflanzte auszureißen. Eine Zeit zu weinen und eine Zeit zu lachen. Eine Zeit zu lieben und eine Zeit zu hassen. Eine Zeit des Krieges und eine Zeit des Friedens. Und genau diese würde David inständig für diese Familie erbitten. Eine Zeit des Friedens.

12

Am nächsten Morgen stand Jocie früh auf. Eigentlich stand sie jeden Morgen früh auf, um dafür zu sorgen, dass Zeb aus dem Haus war, bevor Tante Love merkte, dass er neben Jocies Feldbett auf der Loggia lag. Jocie schlief dort, seit Tabitha aus Kalifornien heimgekommen war. Da sie schwanger war, brauchte ihre Schwester ein Zimmer dringender als sie selbst.

Im Grunde genommen vermisste Jocie ihr Zimmer kaum. Sie lag gerne auf der Loggia und zählte die Sterne, bis sie einschlief. Besonders gut gefiel ihr, dass man die Fenster hochklappen und an der Decke befestigen konnte, um möglichst viel frische Nachtluft hereinzulassen. Vor allem in den letzten Wochen, in denen die Hitze des Tages sich angestaut und die ganze Nacht im Haus gehangen hatte, war das herrlich gewesen. Außerdem war sie froh, dass sie den Hund hereinschmuggeln konnte, damit er nachts neben ihrem Bett schlief. Ihrem Vater hatte sie natürlich gesagt, dass Zeb hereinkam, aber bei Tante Love war das Thema bislang nicht zur Sprache gekommen. Jocie tat, was sie konnte, damit es dabei blieb.

Wenn der Winter kam, würde Jocie die Loggia wohl gegen einen wärmeren Platz eintauschen müssen, aber sie wusste nicht, wo dieser Platz sein sollte. Bis dahin würde Tabitha ihr Baby haben und mehr denn je ein eigenes Zimmer brauchen. Im Wohnzimmer stand das Sofa, aber diesen Raum hatten sie für Wes hergerichtet und so wie es aussah, würde er noch nicht ausgezogen sein, wenn der erste Schnee fiel.

Obwohl ihm das auf jeden Fall lieber wäre. Ein Invalide zu sein, machte ihm zu schaffen. Mit dem schweren Gips war alles ein Kampf und er konnte sich nur mit Mühe hochziehen, indem er sich an dem Stuhl festhielt, den sie neben sein Bett gestellt hatten. Jedes Mal, wenn Jocie sah, wie schwer ihm das fiel, machte sie sich noch mehr Vorwürfe. Und noch mehr Sorgen. Sie hatte Angst, Wes würde nie wieder er selbst sein. Manchmal sah es aus, als bräuchte er all seine Kraft, nur um zu lächeln.

Am Abend zuvor war sie von der Kirche heimgekommen und

hatte ihm erzählt, dass sie bei Miss Sally zum Essen gewesen waren und dass ihr Vater Leigh schöne Augen gemacht hatte. Wenigstens das hatte ihm ein müdes Lächeln entlockt.

„Das wird aber auch Zeit", hatte er gesagt. „Dein Daddy kann von Glück sagen, dass das Mädchen ihn nicht längst abgeschrieben und sich einen anderen Kerl gesucht hat, so lange, wie er gebraucht hat, um sie zu bemerken."

„Sie sagt, es gebe keine anderen Kerle. Jeder in Hollyhill sei bereits verheiratet und habe fünf Kinder oder so etwas in der Art", sagte Jocie. „Außer dir vielleicht, aber sie hat zu viel Angst davor, auf deinem Motorrad mitfahren zu müssen, als dass sie dir schöne Augen machen würde."

Wes hatte über Jocies Kopf zum geöffneten Fenster hinübergeschaut. „Es wäre ein schöner Abend für eine Ausfahrt. Ein bisschen Wind im Gesicht würde mich abkühlen."

„Du kannst bestimmt bald wieder fahren. Wenn du die Lenkstange ein bisschen geradebiegst."

„Das ist nicht alles, was geradegebogen werden muss."

„Ich würde sagen, dein Problem ist eher, dass dein Bein zu gerade ist." Jocie hatte vorsichtig auf seinen Gips geklopft.

„Da hast du recht, Jo. Dieses Ding sollte Scharniere haben."

Endlich hatte sie Wes wirklich zum Lächeln gebracht. Als sie vor dem Einschlafen ihre Gebete gesprochen hatte, hatte sie Gott dafür gedankt.

Jetzt stand Jocie in der Küche, in die durchs Fenster die frühe Morgensonne schien, und schnitt Tomaten, mit denen die Gemeindemitglieder sie überhäuft hatten, in Scheiben, während Tante Love die Eier von den Rileys rührte, die einen ganzen Hof voller Hühner hatten. Ihr Vater war zu seinem allmorgendlichen Gebetsspaziergang vor dem Frühstück verschwunden und Tabitha schlief aus, wie sie es immer tat.

„Brauchst du mich heute hier?", fragte Jocie Tante Love. „Um dir beim Einkochen der Tomaten zu helfen oder für etwas anderes?"

„Heute nicht. Die Tomaten müssen noch ein bisschen reifer werden, bevor wir sie einkochen können."

„Ich glaube, jeder in der Gemeinde hat einen Garten."

„Wofür wir dankbar sein sollten."

Jocie nickte. Es fiel ihr nicht schwer, für Tomaten dankbar zu sein. Bei Kohl war das etwas anderes. „Die Hearndons haben keinen Garten. Dafür sind sie wahrscheinlich zu spät im Jahr eingezogen." Jocie blickte zu Tante Love hoch. „Vielleicht können wir ihnen etwas von dem abgeben, was die Leute uns schenken. Meinst du, sie würden sich über etwas Kohl freuen?"

„Das würden sie bestimmt", sagte Tante Love. „Aber ich weiß nicht, ob wir etwas verschenken sollten, das die Gemeindemitglieder deinem Vater geschenkt haben. Die Gaben einer Gemeinde an ihren Pastor sind eine besondere Art, ihm ihre Liebe zu zeigen, ob in Form von Gemüse oder Geld."

„Steht in der Bibel nicht, dass wir die Liebe teilen sollen?"

„Die Liebe schon, aber vielleicht nicht den Kohl", sagte Tante Love. „‚Wer Geschenke gibt, hat alle zu Freunden.'"

Jocie wusste nicht so genau, wie ihr dieser Vers helfen sollte zu verstehen, warum sie ihren Überfluss an Gemüse nicht mit den Hearndons teilen konnten, aber sie bat Tante Love nicht, es zu erklären. Manchmal hatte Jocie den Verdacht, dass Tante Love einfach in ihren Kopf griff und den erstbesten Vers herauszog. „Klingt wie Sprüche", sagte sie und fand sich innerlich mit Unmengen von gekochtem Kohl ab.

„So ist es", sagte Tante Love.

„Du solltest in der Sonntagsschule unterrichten, Tante Love. Du kennst so viele Verse auswendig, dass du nicht einmal eine Bibel aufschlagen müsstest."

„Oh nein. Wer eine Klasse unterrichtet, muss diese neumodischen Bücher vom Sonntagsschulkomitee durcharbeiten. Das könnte ich nicht." Tante Love wischte sich die Hände an ihrer Schürze ab und begann den Frühstückstisch zu decken, aber sie klang erfreut.

„Die Bibel ist doch das wichtigste Buch, das man kennen muss", sagte Jocie.

„Das ist wahr. ‚Denn alle Schrift, von Gott eingegeben, ist nütze zur Lehre, zur Zurechtweisung, zur Besserung, zur Erziehung in der Gerechtigkeit.' 2. Timotheus 3,16", sagte Tante Love, während sie Jocie einen Teller reichte. „Für Wesley machst du am besten ein Tablett fertig. Er kann sich noch nicht an den Tisch setzen."

„Du meinst also, ich soll hierbleiben und mich um Wes kümmern?", fragte Jocie, während sie zwei Tomatenscheiben und ein Brötchen auf den Teller legte.

„Nein, geh heute ruhig mit deinem Vater in die Redaktion. Wesley braucht einfach Zeit, um gesund zu werden, und das kannst du nicht beschleunigen, sosehr du es dir auch wünschst, mein Kind. Es wird Wochen dauern."

Jocie unterdrückte einen Seufzer. „Ich weiß." Sie löffelte Eier und Speck auf den Teller, goss Kaffee in eine Tasse und trug das Tablett ins Wohnzimmer. Wes saß auf dem Sessel, den Gips auf den Hocker gelegt. Jocie lächelte und sagte: „Guten Morgen. Hier kommt der Kaffee. Es ist natürlich nicht das richtige Zeug, das du in der Druckerei braust, aber wir geben uns Mühe."

Sie stellte das Tablett auf den Fußboden und reichte Wes die Kaffeetasse. Dann hob sie vorsichtig den kleinen Beistelltisch über seine Beine und stellte das Tablett darauf. „Du isst doch heute Morgen etwas, oder?"

„Irgendetwas muss der Mensch ja essen", sagte Wes und nahm ohne große Begeisterung die Gabel in die Hand. „Hast du das gekocht?"

„Einen Teil davon. Du kannst froh sein, dass ich früh genug auf war, um zu verhindern, dass die Brötchen anbrennen."

„Lovella backt leckere Brötchen." Wes brach ein Stück davon ab, schob es sich in den Mund und kaute pflichtbewusst.

„Du hast einen Backenbart." Jocie streckte die Hand aus und berührte seine Wange, bevor sie sich auf das Feldbett setzte, um ihm beim Essen Gesellschaft zu leisten.

„Tja, Schwester Kommisskopp ist nicht hier und kann mich nicht zwingen, mich zu rasieren", sagte Wes. „Ich dachte, ich probiere mal aus, ob ich aussehen kann wie der Weihnachtsmann."

„Dafür bist du viel zu dünn. Dann müsstest du doppelt so viel zum Frühstück und Abendbrot essen, und dazwischen auch immer irgendetwas."

„Ich könnte mir ein paar Kissen zulegen", sagte Wes.

„Und das ‚Ho ho ho'?", fragte Jocie.

„Da habe ich noch jede Menge Zeit zum Üben. Monate."

Jocie lächelte. „Dann tu es. Haben sie nicht in jeder Stadt Probleme, jemanden zu finden, der sich in der Vorweihnachtszeit verkleidet und Bonbons verteilt? Diese Lücke könntest du schließen."

„Das ist der Wunsch eines jeden Mannes. Eine Lücke, die er schließen kann." Wes schob mit der Gabel die Eier auf dem Teller herum.

„Brauchst du mehr Salz für die Eier?", fragte Jocie. „Oder vielleicht Ketchup?"

„Nein, sie sind gut so." Wes legte die Gabel hin. „Ich habe nur keinen großen Hunger. Das ständige Herumliegen, vermute ich ..."

„Aber du musst etwas essen, Wes", sagte Jocie.

„Mach dir keine Sorgen um mich, Jo. Lass den Teller einfach hier. Ich esse nachher weiter. Ich muss erst noch ein bisschen Kaffee trinken, um meinen Magen aufzuwecken." Wes nahm die Tasse und trank einen Schluck.

Jocie überlegte krampfhaft, was sie sagen könnte, um ihn zum Essen zu bewegen. Um ihn irgendwie dazu zu bringen, dass er sich besser fühlte, aber ihr fiel nichts ein. Es war immer Wes gewesen, der ihr geholfen hatte, sich besser zu fühlen, wenn irgendetwas passiert war. Sie wollte das für ihn auch tun, aber sie wusste nicht wie. Alle – ihr Vater, Tante Love, die Ärzte – sagten, Wes brauche nur Zeit, um gesund zu werden, und sie müsse ihm diese Zeit geben. Aber Jocie hatte Angst, dass sie sich alle irrten. Sie fürchtete, Wes könnte mehr brauchen als nur Zeit, und zwar etwas, wofür sie sorgen musste. Wenn sie nur wüsste, was es war!

Jocie zog ihre nackten Füße aufs Bett, schlang die Arme um ihre Beine und legte das Kinn auf ihre Knie. „Kann ich dir noch etwas bringen, bevor ich heute Morgen mit Dad ins Büro fahre? Oder soll ich in deine Wohnung gehen und dir noch mehr Bücher holen?"

„Ich habe ja noch nicht einmal die gelesen, die du mir gebracht hast." Wes deutete mit dem Kopf auf den Stapel Bücher neben seinem Sessel. „Komische Sache, das mit dem Lesen. Wenn man beschäftigt ist und die ganze Zeit arbeitet, denkt man, es wäre schön, sich hinzusetzen und den ganzen Tag zu lesen, aber wenn man dann den ganzen Tag sitzen und lesen kann, werden einem die Augen müde oder die Bücher werden nach einer Weile langweilig."

„Auch Nero Wolfe?"

„Der alte Nero vielleicht nicht, aber das letzte Buch, in dem er ermittelt, habe ich im Juli ausgelesen. Es wird noch eine Weile dauern, bis er wieder auf den Seiten eines Buches erscheint."

„Vielleicht schickt dein Buchklub dir ja etwas." Jocie stellte die Füße auf den Boden und richtete sich auf. „Oder noch besser: Du könntest anfangen, das *Buch der Merkwürdigkeiten von Hollyhill* zu schreiben, von dem wir immer gesprochen haben."

„Das ist eine Idee. Ich werde heute darüber nachdenken." Aber Wes klang nicht so, als hätte er es wirklich vor. Er trank noch einen Schluck Kaffee. „Dein Daddy sagt, der Junge, der ihm bei der Zeitung helfen soll, fängt heute an."

„Ja. Aber ich weiß nicht, ob er eine große Hilfe sein wird. Er weiß überhaupt nichts über Blocksatz und Anzeigen und so." Jocie brach ein Stück von dem Brötchen auf Wes' Teller ab, bevor sie auf dem Bett zurückrutschte und es sich wieder bequem machte.

„Du kannst es ihm beibringen. Für das, was ich gemacht habe, muss man nicht viel wissen."

„Das ist nicht wahr." Jocie runzelte die Stirn. „Dad und ich beten jeden Morgen, dass die Druckerpresse durchhält, bis du wieder da bist. Dad sagt, wenn sie den Geist aufgibt, haben wir ein Riesenproblem."

„Er könnte sie reparieren."

„Ja klar." Jocie schob sich das Stück Brötchen in den Mund und kaute eine Weile, bevor sie sagte: „Es ist wahrscheinlicher, dass wir dich in den Wagen laden müssen, damit du kommen und uns sagen kannst, welches Teil ausgetauscht oder welche Schraube angezogen werden muss. Du solltest dich also beeilen und gesund werden, bevor die Druckerpresse dich zu sehr vermisst. Sie macht schon seltsame Geräusche."

„Ihr ölt sie doch regelmäßig, oder?", sagte Wes und zeigte zum ersten Mal echtes Interesse an dem, was Jocie gesagt hatte.

„Ich glaube schon", sagte Jocie mit einem Achselzucken, während sie den letzten Rest Brötchen aß.

„Du glaubst es? Du solltest dir lieber sicher sein. Wenn ihr sie nicht ordentlich schmiert, geht sie garantiert kaputt."

„Ich erinnere Dad heute noch mal daran, wenn wir dort sind, aber ich glaube nicht, dass sie Öl braucht. Ich glaube, sie braucht nur dich." Jocie bohrte einen Finger in seinen Arm. „Und ich weiß, dass wir dich brauchen. Noah wird nicht die Hälfte von dem hinkriegen, was du gemacht hast."

„Er wird es schon lernen." Wes stellte die Tasse ab. „Wie findet die alte Zella es denn, dass der Junge ab sofort bei euch arbeitet?"

„Sie ist nicht gerade begeistert. Ich muss Noah mal mitbringen, damit du ihn kennenlernst, dann verstehst du, warum."

„Du hast mir schon erzählt, dass er schwarz ist."

„Es ist nicht nur das. Ich weiß nicht, wie ich es erklären soll, aber weißt du, ich habe dir doch erzählt, wie er war, als ich ihn mit meinem Fahrrad über den Haufen gefahren habe. Irgendwie auf Kampf eingestellt. Es ist so, als hätte er seinen Radar eingeschaltet, um jeden Anflug einer abfälligen Bemerkung mitzubekommen, und bei Zella war sein Radar natürlich in vollem Gange. Du weißt ja, wie sie ist."

„Stimmt. Es gibt nur eine Zella auf der Welt."

„Und er hat sie ein bisschen provoziert."

„So wie du es manchmal tust, wenn du deinen Heiligenschein nicht trägst?" Wes zog die Augenbrauen hoch.

„Als würdest du das nie tun", gab Jocie zurück.

„Na ja, meistens hat sie es sich selbst zuzuschreiben", sagte Wes, und ein Lächeln trat auf sein Gesicht.

„Vielleicht, aber normalerweise übertreiben wir es nicht. Und irgendwie gehört Zella ja auch zur Familie. Ich meine, Dad braucht sie, um klarzukommen, und als Noah neulich da war, hatte ich das Gefühl, ich müsste einen Puffer zwischen ihr und Noah bilden, damit keiner von beiden sich unnötig aufregt."

Wes rieb sich die Stoppeln auf seinen Wangen. „Du machst dir also Sorgen, dass du am Ende zwischen den Stühlen sitzt?"

„Vielleicht nicht dazwischen, aber irgendwo, wo ich nicht weiß, was ich sagen oder tun soll."

„Das ist ein Dilemma. Du willst schließlich nicht, dass die alte Zella ganz durchdreht. Ein bisschen durchgeknallt ist schlimm genug. Und gleichzeitig möchtest du dich mit diesem neuen Jungen gut stellen und du hast Angst, dass du etwas Falsches sagst, weil er schwarz ist."

Jocie blickte auf ihre Hände hinunter. Wes verstand immer, was sie dachte, auch wenn sie selbst es manchmal nicht verstand. „Ich will das Richtige tun. So wie gestern, als wir bei ihm zu Hause waren. Ich habe Noah nicht gesehen. Er war draußen auf dem Feld und hat seinem Vater geholfen."

„Und was ist passiert?" Wes nahm seinen Kaffee und trank noch einen Schluck.

„Eigentlich nichts." Jocie hob den Blick und sah Wes an. „Seine Mutter war unheimlich nett. Viel netter, als sie es in der Kirche war. Obwohl wir alle unangemeldet auf der Matte standen. Leigh, Tante Love, ich, Dad, Mr Harvey und Miss Sally."

„Eine ganz schöne Truppe."

„Aber sie hatte kein Problem damit", sagte Jocie.

„Was ist dann das Problem?"

„Ich weiß es nicht. Vielleicht gibt es gar keins, aber irgendwann bin ich hinaus auf den Hof gegangen, um mit Noahs kleiner Schwester Cassidy zu reden. Sie war mit den Zwillingen draußen, von denen ich dir erzählt habe. Eli und Elise. Sie sind so süß. Jedenfalls, Cassidy ist vielleicht zehn. Und sie hatte richtig Angst vor mir." Voller Unbehagen rutschte Jocie auf dem Feldbett herum, als hätte sich plötzlich eine Feder durch die Matratze gebohrt, die sie piekste.

„Vielleicht ist sie einfach nur schüchtern."

„Kann sein. Aber weißt du, zuerst dachte ich, sie würde sogar weglaufen und sich hinter einem Baum verstecken. Es war ein ganz komisches Gefühl, dass jemand vor mir Angst haben könnte." Jocie zeigte auf sich selbst.

„Warum fragst du Noah nicht danach?"

„Ich glaube nicht, dass ich das kann", sagte Jocie. „Er hat mir schon vorgeworfen, dass ich zu neugierig sei."

„Zeitungsleute müssen doch neugierig sein."

„Das habe ich ihm auch gesagt, aber ich kann nicht einfach anfangen, Fragen über Cassidy zu stellen."

„Warum nicht?"

„Ich weiß nicht. Wahrscheinlich, weil ich ihn dafür nicht gut genug kenne."

„Das ändert sich bald, wenn er jetzt mit dir und deinem Dad zusammenarbeitet. Und mach dir keine Gedanken darüber, dass er schwarz ist. Nach einer Woche wirst du nicht einmal mehr sehen, welche Hautfarbe er hat."

„Meinst du?“
„Das weiß ich.“ Wes sah sie über den Rand seiner Kaffeetasse hinweg an.
„Kennst du viele Schwarze?“
„In dem Raumschiff, aus dem ich gefallen bin, hatten wir alle möglichen Farben.“
„Klar“, sagte Jocie, aber sie ging nicht auf die Jupiteranspielung ein. Stattdessen äußerte sie eine weitere Sorge. „Du weißt doch, dass ich ab nächste Woche in die High School gehe.“
„Das habe ich mitbekommen“, sagte Wes nickend. „Ich dachte, du freust dich darauf.“
„Das tue ich ja auch. Meistens.“ Jocie schob sich die Haare hinter die Ohren und setzte sich ein wenig aufrechter hin. „Ich bin nur ein bisschen nervös, ob ich mein neues Klassenzimmer finde und so.“
„In den ersten Tagen bekommst du alles gezeigt und danach kannst du den anderen zeigen, wo sie hinmüssen.“
„Ja, vielleicht“, sagte Jocie. „Aber alles wird anders sein. Jetzt, wo es in den Schulen keine Rassentrennung mehr gibt.“
Wes sah sie an. „Das macht dir doch nichts aus, oder?“
„Nein, ich mache mir nur Gedanken darüber. Ich glaube, ich kenne kein einziges schwarzes Kind in meinem Alter mit Namen. Findest du das nicht merkwürdig?“
„Das ist es in der Tat“, sagte Wes. „Vielleicht sollten wir das in das *Buch der Merkwürdigkeiten* aufnehmen, das ich schreiben soll.“
„Vielleicht.“ Jocie zwang sich zu lächeln, auch wenn ihr eigentlich nicht danach zumute war.
Wes beugte sich vor und legte ihr eine Hand auf die Schulter. „Das wird kein Problem für dich sein, Jo. Du wirst ihre Namen herausfinden und dann könnt ihr euch miteinander anfreunden oder auch nicht. Und Noah wird einfach Noah sein. Du kannst dich nicht um die ganze Welt kümmern.“
„Und wie ist es mit Hollyhill?“
„Auch nicht um ganz Hollyhill.“
„Und wie ist es mit dir?“
„Um mich kannst du dich kümmern“, sagte Wes und streckte ihr seine Tasse entgegen. „Und anfangen kannst du damit, dass du den Tisch von meinem Schoß nimmst und mir noch einen Kaffee holst.“

13

Jocie warf einen Blick auf die Uhr in der Druckerei. Es war beinahe Mittag. Sie ging ins Büro hinüber, um Zella daran zu erinnern, dass Noah gegen Mittag zur Arbeit erscheinen sollte.

„Dad wollte sich nur vergewissern, dass du es nicht vergessen hast."

„Wie könnte ich das vergessen? Hoffen wir nur, dass er sich diesmal an seine Manieren erinnert." Zella riss das Blatt Papier aus ihrer Schreibmaschine und blickte zu der Uhr über ihrem Schreibtisch hinauf. „Aber wenn dein Vater ein Empfangskomitee für ihn bilden möchte, dann muss er das selbst übernehmen. Ich gehe früh in die Pause und treffe mich mit Leigh zum Essen im Grover's Grill."

„Es ist doch erst halb zwölf."

„Heute gibt es Brathähnchen. Du weißt doch, was dort los ist, wenn Willanna Hähnchen brät. Wer da bis zwölf wartet, bekommt keinen anständigen Tisch mehr." Zella ließ die schwarze Kunststoffabdeckung über ihre Schreibmaschine fallen. „Ich würde deinen Vater ja fragen, ob er mitkommen will, da er offenbar zu rückständig ist, um Leigh selbst zum Mittagessen einzuladen, aber es wäre nicht schicklich, dich mit diesem farbigen Jungen allein zu lassen."

„Was hat Schicklichkeit damit zu tun? Noah arbeitet doch nur für Dad."

„Schicklichkeit hat sehr viel damit zu tun", sagte Zella und befühlte ihre Haare, um sich davon zu überzeugen, dass jede Strähne an Ort und Stelle saß. Dann zog sie einen Spiegel aus der Schreibtischschublade und legte frischen Lippenstift auf. Sie presste die Lippen kurz aufeinander, bevor sie fortfuhr. „Es war schlimm genug mit Wesley da drüben. Der Mann muss vor dem Gesetz auf der Flucht sein. Wer weiß, was er getan hat, bevor er hierher nach Hollyhill gekommen ist? Irgendetwas auf jeden Fall, sonst würde er kein solches Geheimnis aus seiner Vergangenheit machen."

„Er macht kein Geheimnis daraus. Mir erzählt er ständig Geschichten über den Ort, von dem er kommt", sagte Jocie, nur um sie ein bisschen zu ärgern. Sie hatte Zellas Theorien über Wes Dutzende Male gehört. Er war auf der Flucht vor dem Gesetz. Er hatte eine Exfrau oder sogar mehrere, die hinter ihm her waren. Er schuldete dem Finanzamt Geld. Viel Geld. Oder wenn nicht dem Finanzamt, dann irgendwelchen Leuten, die gefährlich waren.

„Fang nicht wieder mit diesen albernen Jupitergeschichten an. Wesley Green kommt genauso wenig vom Jupiter wie ein Schwein, und das weißt du auch, Jocelyn. Es ist höchste Zeit, dass du anfängst, darauf zu achten, was wahr ist und was nur Geschichten sind. Schließlich bist du beinahe vierzehn."

„Aber Geschichten machen Spaß", sagte Jocie.

„Das Leben besteht nicht nur aus Spaß."

„Versuchst du denn nie, dich zu amüsieren?", fragte Jocie. Die Frage ließ zwei rote Flecken auf Zellas Wangen erscheinen, aber Jocie hatte es nicht böse gemeint. Sie wollte es wirklich wissen. Vor einigen Tagen hatte sie versucht, etwas über Zella in ihr Journal zu schreiben, und dabei war ihr bewusst geworden, dass sie eigentlich gar nicht viel über Zella wusste. Sie wusste, dass sie nie geheiratet hatte, aber Liebesromane verschlang. Sie trug leuchtend roten Lippenstift. Sie konnte sechzig Wörter in der Minute tippen, ohne auch nur einen einzigen Fehler zu machen. Sie konnte einen ganzen Stapel Zeitungen falten, ohne auch nur den geringsten Tintenfleck auf ihre Kleidung zu bekommen. Sie gehörte ebenso sehr zur Zeitung wie die Druckerpresse im Hinterzimmer. Und doch war es Jocie schleierhaft, was sie tat, wenn sie nicht im Büro war.

„Natürlich. Ich amüsiere mich ständig." Zella lugte in den Spiegel und nahm ein Papiertaschentuch, um etwas Lippenstift von ihrem Zahn zu entfernen.

„Wie denn?"

„Zum Beispiel mit meinem Bridge-Klub. Und mit meinem Bibelkreis unternehme ich auch oft etwas. Du bist diejenige, die keine Ahnung von irgendetwas hat." Zella ließ den Spiegel wieder in die Schublade fallen und knallte sie zu. „Du bist viel zu jung, um zu verstehen, dass ein Mensch mit seinem Leben zufrieden sein kann, wie es ist. Stattdessen bist du voller Fantasien und Träume."

„Hast du nicht auch geträumt, als du so alt warst wie ich?"

„Für so einen Unsinn hatte ich keine Zeit. Ich musste meinen Eltern auf dem Hof helfen."

„Ich kann mir gar nicht vorstellen, dass du Hühner oder Schweine gefüttert hast", sagte Jocie.

„Das habe ich aber, auch wenn ich nie vorhatte, das zu meinem Beruf zu machen. Deshalb sind meine Mutter und ich in die Stadt gezogen, nachdem mein Vater gestorben war, und ich habe die Stelle hier bei der Zeitung bekommen. Das war, als die Zeitung noch Mr Henry gehörte. Er war ein so netter Mann."

„Dad ist auch nett."

„Natürlich ist er das. Etwas anderes wollte ich auch gar nicht andeuten. Das Problem bei deinem Vater ist, dass er manchmal netter ist, als es ihm guttut."

„Wie kann man denn zu nett sein?", fragte Jocie.

„So wie man zu viele Fragen stellen kann." Zella nahm ihre Handtasche und stapfte zur Tür hinaus und die Straße hinunter.

Während Jocie ihr hinterherblickte, hätte sie ihr am liebsten noch ein paar Fragen nachgerufen. Wie konnte sie eine Träumerin sein und gleichzeitig zu viele Fragen stellen? Dachten Träumer sich nicht ihre eigenen Antworten aus, ohne jemanden irgendetwas zu fragen? Nicht, dass sie von Zella auf eine dieser Fragen eine Antwort erwartet hätte.

Ihr Vater sagte immer, sie solle nicht erwarten, auf jede Frage eine Antwort zu erhalten. Oder auf jedes Gebet. Aber bei Gebeten musste man nur darauf vertrauen, dass Gott die besten Antworten zum richtigen Zeitpunkt schickte. Und das tat er auch. Sie hatte jahrelang dafür gebetet, dass Tabitha nach Hause kam, und jetzt war sie hier. Vielleicht war es bei Fragen genauso. Sie musste den Antworten nur genügend Zeit geben.

Sie konnte nicht wissen, ob Noah bereit sein würde, sich von ihr alles erklären zu lassen, wenn er zur Arbeit erschien. Sie konnte nicht wissen, wie lange es dauern würde, bis Wes wieder da war und ihnen helfen konnte. Sie konnte nicht wissen, was nächste Woche passieren würde, wenn die Schule anfing. Würde sie sich verlaufen und das richtige Klassenzimmer nicht finden? Würden die älteren Kinder sie auslachen, nur weil sie neu war? Würde sie anfangen, sich Sorgen darüber zu machen, ob die Jungs sie hübsch fanden, so wie Paulette es tat?

Dabei war Paulette wirklich hübsch. Sie hatte Rundungen und

lange blonde Haare, die sich an den Enden lockten, und ihre Mutter erlaubte ihr, Lippenstift zu tragen. Jocie war flach wie ein Brett, hatte braune Haare, die sie sich hinter die Ohren strich, damit sie ihr nicht ins Gesicht hingen, und besaß nicht einmal einen eigenen Lippenstift.

Bei manchen Fragen lohnte es sich einfach nicht, sich Gedanken darüber zu machen, beschloss Jocie, während sie in die Druckerei zurückging. Sie würde lieber ihrem Vater dabei helfen, die Zeitung für den Druck vorzubereiten.

Noah erschien kurz nachdem die Mittagssirene ertönt war. Danach begann die Uhr am Gerichtshaus mit ihren zwölf langsamen Schlägen und gleich darauf erklangen die Kirchenglocken, die „Fels des Heils“ spielten, so wie sie es jeden Montag taten. Jeden Tag gab es einen anderen Choral, damit man auch ja merkte, welcher Wochentag heute war. Fest stand, dass niemand in Hollyhill entging, dass es Zeit fürs Mittagessen war. Als Noah an die Tür zur Druckerei klopfte, machten auch Jocie und ihr Dad gerade ihre Mittagspause.

„Draußen am Empfang war niemand“, sagte er. „Deshalb bin ich einfach durchgegangen.“ Er trug Jeans und ein schlichtes weißes T-Shirt.

„Komm und nimm dir einen Stuhl“, sagte Jocies Dad. „Wir essen gerade noch auf.“

Jocie zog ein Butterbrot aus einer Tüte. „Ich habe mehr gemacht, falls du auch eins möchtest. Mortadella und Käse. Und wir haben Tomaten. Junge, haben wir Tomaten.“

„Ich habe zu Hause gegessen. Ihr braucht mich nicht zu versorgen“, sagte Noah.

„Wie du willst“, sagte Jocie und legte das Brot auf den Tisch. „Aber es ist da, wenn du es möchtest. Dad und ich haben genug und Zella würde es nicht essen, selbst wenn sie hier wäre. Sie sagt, niemand würde Mortadella essen, wenn er darüber nachdächte, was sie da alles reintun. Wahrscheinlich hat sie recht, also denke ich nicht darüber nach.“ Jocie aß einen Bissen.

Noah blickte über die Schulter zur Tür. „Wo ist Miss Curtsinger denn?“

„Zella?“, sagte Jocie. „Oh, sie isst meistens im Restaurant oder geht nach Hause. Sie hält nichts davon, am Schreibtisch zu essen.“

Es klang merkwürdig, dass Noah Zella Miss Curtsinger nannte, aber vielleicht war es besser, wenn er ihr gegenüber besonders höflich war. Zumindest bis Zella überwunden hatte, was sie letzte Woche als frech bezeichnet hatte.

Noah zog einen Stuhl näher und betrachtete das Butterbrot eine Minute lang, bevor er es nahm und sagte: „Wir brauchen es ja nicht umkommen zu lassen."

„Das stimmt", sagte Jocies Dad. „Wir überlegen gerade, welche Geschichte wir haben, die diese Woche ein paar Zeitungen zusätzlich verkaufen könnte."

„Diese Woche ist in Hollyhill nichts passiert", erklärte Jocie. „Wenigstens nichts, was sich für einen Artikel eignet. Die große Baptistengemeinde in Hollyhill erlebt eine Erweckung und wir haben einen Artikel über den Evangelisten, den sie aus Louisville eingeladen haben, aber der erscheint auf der Kirchenseite. Und wir haben ein paar Bilder, wie die Schulen für das nächste Schuljahr sauber gemacht werden."

Noah sah Jocies Dad an. „Aber wird in den Schulen nicht die Rassentrennung aufgehoben? Das müsste für eine Kleinstadt wie diese doch eine große Nachricht sein. Eigentlich ist es ziemlich unglaublich, dass die Schulen nicht längst zusammengelegt sind. Ich war noch nie auf einer Schule mit Rassentrennung."

„Du bist jetzt weiter im Süden", sagte Jocies Vater, als würde das alles erklären. „Außerdem fängt die Schule erst nächsten Donnerstag an und der Banner erscheint am Mittwoch. Diese Geschichten wollen wir nächste Woche bringen." Er sah Noah an. „Schreibst du gerne? Wenn ja, dann könntest du etwas darüber schreiben, inwiefern der Schulanfang hier anders ist als der in Chicago. Oder irgendetwas in der Art."

„Es könnte sein, dass Ihnen nicht gefällt, was ich schreibe", sagte Noah.

„Dann würde ich es nicht drucken." Jocies Dad sah Noah an. „Eins sollten wir vielleicht von Anfang an klarstellen, Noah. Der *Banner* ist nur eine Kleinstadtzeitung. Wir drucken eine Ausgabe pro Woche. Wir sind hier, um die Stadt mit Berichten über Hollyhill und Holly County zu versorgen. Nationale Nachrichten wie das, was im Kongress verhandelt wird oder was in Vietnam geschieht, sind nichts für uns, es sei denn, es hat einen lokalen Bezug, zum Beispiel wenn einer unserer Jungs einen Bomber über Nordvietnam fliegt oder einer unserer Senatoren die Stadt besucht. Beides ist bis jetzt nicht vorgekommen, aber wenn es so wäre, dann wäre das eine Schlagzeile für den *Banner*. Ansonsten überlassen wir die Nachrichten, die den Bundesstaat oder die ganze Nation betreffen, den Tageszeitungen in Lexington und Louisville."

„Wie verkaufen Sie dann Zeitungen, wenn Sie nichts haben, worüber Sie schreiben können?", fragte Noah.

„Wir schaffen es irgendwie", sagte Jocies Vater. „Die Leute hier wollen lesen, was in der Stadt und in den Schulen geschieht. Sie sehen gerne Fotos von sich selbst oder ihren Kindern in der Zeitung."

„Das klingt ziemlich öde", sagte Noah. „Ich dachte, Zeitungen versuchen, kontroverse Geschichten zu erfinden, um die Leser bei der Stange zu halten."

„Ich drucke keine Geschichten ab, nur um Ärger zu provozieren."

„Aber manchmal muss man provozieren, um etwas gegen Unrecht zu tun", wandte Noah ein.

„Dann ist es etwas anderes, aber ich möchte immer erst den friedlichen Weg gehen", sagte Jocies Dad.

„In Ordnung." Noah biss wieder in sein Brot und kaute eine Weile, bevor er weitersprach. „Der friedliche Weg ist gut, wenn die Leute zulassen, dass man ihn geht. Aber Tatsache ist, dass sie meine Mama dreimal eingesperrt haben, weil sie in Mississippi und Louisiana diesen friedlichen Weg gegangen ist oder versucht hat, ihn zu gehen. Martin Luther King redet immer von dem friedlichen Weg und ihn haben sie auch schon ein paarmal ins Gefängnis gesteckt. Mama sagte, er und mehrere Tausend Menschen seien im März hier zur Hauptstadt Ihres Bundesstaates marschiert. Haben Sie darüber etwas gebracht?"

„Hier sind sie nicht durchmarschiert. Das haben die Leute aus den Tageszeitungen erfahren."

Jocie hatte aufgehört zu essen, während sie die beiden beobachtete. Sie stritten sich nicht gerade, aber Jocie konnte die leichte Verärgerung in der Stimme ihres Vaters hören. Er versuchte sie nicht zu zeigen, aber sie war ganz eindeutig da. Noah in der Druckerei zu haben, würde nicht so sein, wie Wes hier zu haben, der ihren Vater unterstützte, was auch immer er tun wollte. Noah hatte Fragen und wie es aussah, wollte er auf die Antworten nicht warten.

„Glauben Sie wirklich, dass Ihr Hollyhill ganz anders sein wird als andere Orte, wenn die Schwarzen hier beschließen, dass sie das Gerichtshaus durch die vordere Tür betreten oder im Restaurant an der Bar sitzen wollen?", erkundigte sich Noah.

„Ich hoffe es", sagte Jocies Dad. „Und ich bete dafür."

Jocie schaltete sich ein. „Was meinst du damit, dass sie vorne reingehen wollen? Kann denn nicht jeder die Tür nehmen, die er will?"

Irgendwie sah Jocies Vater verlegen aus, als er antwortete. „Ich bin mir sicher, das können sie jetzt."

„Was meinst du mit ‚jetzt'?", fragte Jocie.

„Früher gab es ein Schild. Ich glaube nicht, dass es immer noch dort hängt, aber es kann auch sein, dass ich es nur nicht wahrgenommen habe. Gibt es dort ein Schild, Noah?"

„Ich habe keins gesehen, aber es würde mich nicht wundern, wenn es eins gäbe", sagte Noah. „Überall im Süden gibt es solche Schilder, die Weiße gar nicht beachten, bis Schwarze anfangen, sie auch nicht mehr zu beachten."

„Was für Schilder?", wollte Jocie wissen.

„Auf denen steht, dass Farbige den Hintereingang benutzen müssen, oder ‚Nur-für-Weiße'-Schilder, die bedeuten, dass andere gar keinen Eintritt haben." Noah aß noch ein Stück von seinem Brot, ganz so, als würde er über das Wetter reden.

Jocie starrte Noah an. „Hier gibt es solche Schilder nicht."

„Vielleicht nicht", sagte Noah schulterzuckend. „Aber die Leute denken immer noch so, egal, ob es Schilder gibt oder nicht. Ein paar von ihnen haben das meine Mutter wissen lassen, als sie zum ersten Mal hier im Gerichtsgebäude war. Natürlich ist sie trotzdem durch den Haupteingang rein und auch wieder raus, als sie ihre Angelegenheit erledigt hatte."

„Und das ist auch richtig so." Jocies Vater zerknüllte das Wachspapier, in das sein belegtes Brot eingewickelt gewesen war, und warf es in den Mülleimer. „Ich weiß, dass wir hier in Hollyhill alles andere als vollkommen sind, Noah, aber ich glaube, wenn du und deine Familie den Leuten eine Chance geben, werden sie schon einlenken. Die Aufhebung der Rassentrennung in den Schulen wird die Dinge verändern."

„Sie müssen sich auch ändern", sagte Noah.

„Da hast du recht. Für die Dinge, von denen du sprichst, ist in unserer Stadt kein Platz."

„Glauben Sie, dass es nächste Woche Ärger geben wird, wenn die Schule anfängt?"

„Nein, das glaube ich nicht. Nicht in Hollyhill."

Jocies Vater klang überzeugt, aber Noah schien ihm nicht so ohne Weiteres zu glauben. „In anderen Städten in den Südstaaten hat es eine Menge Ärger gegeben."

„So weit südlich sind wir nun auch wieder nicht."

„Wie kommt es dann, dass die Schulen hier noch nicht gemischt sind?"

„Die Schwarzen wollten die Schule in ihrem Viertel nicht aufgeben."

„Leben alle Schwarzen im selben Viertel?"

„So war es, bis deine Familie hergezogen ist", sagte Jocies Vater.

Noah lächelte schief und sagte: „Ich schätze, meine Mama bekommt noch die Gelegenheit Ärger zu machen, auch wenn sie es gar nicht versucht. Sie hat meinem Daddy versprochen, sich eine Weile mit den Freiheitsmärschen zurückzuhalten." Noahs Lächeln erstarb. „Es wird einfach zu gefährlich. Leute werden ins Gefängnis verschleppt und von der Polizei zusammengeschlagen, sogar Frauen wie Mama. Andere werden plötzlich vermisst und tauchen dann irgendwann wieder auf. Tot."

„Solche Dinge werden in Hollyhill nicht geschehen", sagte Jocies Vater.

„Aber wenn, würden Sie dann in Ihrer Zeitung abdrucken, wie es wirklich war, anstatt zu sagen, dass es die Schuld der Farbigen ist, weil sie hier wohnen und versuchen, die gleiche Luft zu atmen wie die weißen Leute?" Noah sah Jocies Vater an, als läge ihm besonders viel an seiner Antwort.

„Ich würde die Wahrheit berichten."

„Selbst wenn das bedeuten würde, dass die Hälfte Ihrer Abonnenten die Zeitung abbestellt?"

„Selbst wenn es bedeuten würde, dass alle Abonnenten die Zeitung abbestellen.“ Jocies Vater presste einen Moment lang die Lippen zusammen. „Ich verlasse mich darauf, dass Gott mir sagt, was ich tun und sagen soll, sowohl in der Kirche am Sonntag als auch hier während der restlichen Woche. Aber wie ich schon sagte, ich provoziere nicht, um Ärger zu machen, und wenn du hier arbeiten willst, dann erwarte ich von dir dasselbe, Noah.“

„Warten Sie!“ Noah hob die Hände, als wollte er sich vor Jocies Vater und seinen Worten schützen. „Sie verstehen mich falsch, Bruder David. Ich will keinen Ärger. Ich hasse Ärger.“

„Gut. Dann machen wir uns an die Arbeit und kümmern uns um die Ausgabe für diese Woche.“

Jocie riss die Kruste von dem, was von ihrem belegten Brot übrig war, und überlegte, was sie sagen könnte, um die Spannung zu lösen, die in der Luft lag. Wes hätte es gekonnt, wenn er hier gewesen wäre. Er hätte etwas über den Jupiter gesagt oder dass sie nichts außer Schlummernachrichten für diese Wochenausgabe hatten. Aber bevor ihr etwas einfiel, ergriff Noah wieder das Wort. „Ich finde, die Titelgeschichte sollte die Dürre sein. Oder ist es hier immer so heiß und trocken?“

„Nein, es ist momentan besonders heiß“, sagte Jocie. „Sag mal, Dad, hast du nicht letzte Woche ein Foto von einem ausgetrockneten See gemacht?“

„Das könnte funktionieren“, sagte Jocies Vater. „Ich überlege mir etwas, während du Noah zeigst, wie man die Anzeigen gestaltet.“

Jocie warf den Rest ihres Brotes in den Müll und ging zum Tisch, um mit der Arbeit zu beginnen. Als Noah ihr folgte und ihren Anweisungen aufmerksam lauschte, war sie erleichtert. Vielleicht würden sie doch zusammenarbeiten können. Trotzdem war es vielleicht keine schlechte Idee, etwas intensiver dafür zu beten, dass Wes bald wieder zur Arbeit kommen konnte. Sehr bald.

14

David verließ die Druckerei, während Noah und Jocie sich über eine Anzeige beugten, und konnte sich des Gedankens nicht erwehren, dass es vielleicht ein Fehler gewesen war, Noah eine Stelle anzubieten. Zu dem Zeitpunkt war es ihm wie die richtige Entscheidung vorgekommen, aber wie Zella ihm an diesem Morgen zu bedenken gegeben hatte, hatte er sich nicht einmal die Zeit genommen, darüber zu beten.

Gleich als er ins Büro gekommen war, hatte er mit Zella darüber gesprochen, was er Noah zahlen konnte. Zella führte die Bücher, sorgte dafür, dass die Rechnungen rechtzeitig beglichen wurden, stellte die Lohnschecks aus und kümmerte sich um die Steuern. Das tat sie schon seit Jahren. Sie hatte es bereits getan, bevor David nach seiner Rückkehr aus dem Krieg beim *Banner* angefangen hatte. Zella sorgte dafür, dass sie nicht in die roten Zahlen kamen, und dafür war David ihr dankbar. Aber manchmal tat Zella so, als gehörte das Geld ihr. Vor allem, wenn er eine neue Ausgabe vorschlug, wie zum Beispiel die Anstellung von Noah.

Sie hatten die finanziellen Mittel. David hatte ein Auge darauf, was hereinkam und was ausgegeben wurde, deshalb wusste er, dass die Zeitung in diesem Sommer mehr Geld eingebracht hatte als sonst. Die Tornado-Ausgaben hatten sich allesamt verkauft und am Ende des Sommers gab es immer mehr Anzeigen wegen der Evangelisationsveranstaltungen der Kirchen und der Feiern zum „Homecoming“ Ende September, wenn Veranstaltungen der Colleges und Universitäten ehemalige Studenten in ihre alte Heimat lockten. Außerdem hatte Zella bereits eine ganzseitige Anzeige für den großen Straßenverkauf gebucht, den die Händler der Stadt zum Tag der Arbeit veranstalten wollten.

Er war also nicht der Meinung, dass es unvernünftig war, für zwei oder drei Nachmittage die Woche noch jemanden einzustellen, auch wenn sie Wes sein Gehalt weiter zahlten. Wenn sie keine Hilfe bekamen, bevor Jocie wieder in die Schule ging, würde die Zeitung womöglich nicht rechtzeitig fertig werden. Keine Zeitung bedeutete kein Einkommen. Und Zeitungen, die zu spät kamen, hatten Beschwerden zur Folge.

Das hatte er Zella erklärt, aber sie hatte nichts davon hören wollen. Sie hatte nur von ihrem Schreibtischstuhl zu ihm aufgeblickt und gesagt: „Es sieht dir gar nicht ähnlich, so etwas zu machen, ohne dass du dir die Zeit nimmst, darüber nachzudenken und zu beten."

„Was meinst du mit ‚so etwas'? Du meinst, jemanden einzustellen? Wir müssen die Zeitung fertig bekommen."

Sie hatte ihn nur angesehen. „Du forderst das Schicksal heraus. Das tust du, David. Das Schicksal herausfordern."

„Wieso glaubst du das? Weil Noah schwarz ist?"

„Es ist nicht nur, dass er ein Farbiger ist. Er ist ein reizbarer Junge. Mehr als das. Er ist voller Wut. Der Junge wird Ärger machen. Und außerdem kannst du ihn und Jocelyn nicht alleine arbeiten lassen, so wie du es bei ihr und Wesley gemacht hast. Auch wenn Wesley kaum der beste Umgang für ein junges Mädchen wie Jocelyn ist, konntest du dich doch darauf verlassen, dass er auf sie aufpasst."

„Wes gehört im Grunde genommen zur Familie", hatte David ihr beigepflichtet.

„Aber dieser Junge gehört eindeutig nicht zur Familie." Zella hatte mit ihrem Federhalter auf David gezeigt. „Und du kannst nicht erwarten, dass ich sie die ganze Zeit beaufsichtige, während du unterwegs bis und Geschichten sammelst oder über Sitzungen berichtest oder was auch immer. Ich muss hier meine Arbeit machen."

„Jocie weiß, wie sie sich zu benehmen hat", hatte David gesagt.

„Jocelyn macht seit Jahren, was sie will. Die Hälfte der Zeit weißt du doch nicht einmal, wo sie ist oder was sie gerade tut." Zellas Stift war hin und her geschwenkt.

„Das ist nicht wahr." David hatte Zella mit gerunzelter Stirn angestarrt. Es gab Grenzen und eine dieser Grenzen hatte sie gerade überschritten. „Jocie ist ein gutes Mädchen."

Anscheinend hatte Zella gemerkt, dass sie zu weit gegangen war. „Ich wollte auch nicht sagen, dass sie das nicht ist, aber sie ist anders aufgewachsen als die meisten anderen Mädchen in Hollyhill. Sie arbeitet hier, seit sie ein Kind war. Genau genommen ist sie immer noch ein Kind. Sie ist erst dreizehn. Aber selbst wenn sie das Richtige tun will – woher willst du wissen, dass der Junge es auch will?"

„Ich werde dafür sorgen, dass er es will", hatte David erwidert.

Zella hatte die Lippen zusammengepresst, als koste es sie viel Mühe, nicht noch mehr zu sagen. Vermutlich hatte allein Davids Miene sie davon abgehalten. Nach einigen Sekunden hatte sie nur den Kopf geschüttelt und gesagt: „Wenn du jemanden anheuern wolltest, hättest du einen der Jungen aus der Stadt nehmen sollen. Die Leute sind sowieso nicht begeistert darüber, dass die Hearndons hier die Farm gekauft haben. Es könnte hässliche Szenen geben, und wenn ihr Junge hier arbeitet, wird es auf uns abfärben. Die Leute könnten ihre Abonnements kündigen."

„Ich habe ihm eine Arbeit angeboten, Zella", hatte David tonlos gesagt. „Und ich gedenke dazu zu stehen und ihm eine Chance zu geben. Ich werde darauf achten, dass er sich an die vereinbarten Zeiten hält, und wir werden ihm einen Dollar die Stunde bezahlen."

„Du bist der Boss", hatte Zella gesagt und wieder angefangen zu tippen. „Aber wie gesagt, wenn du mich fragst, forderst du das Schicksal heraus. Als hättest du nicht schon genug Ärger. Manchmal habe ich den Eindruck, du bist geradezu auf der Suche danach."

Jetzt saß David an seinem Schreibtisch, starrte auf das Bild von dem ausgetrockneten Teich und versuchte, sich eine Schlagzeile auszudenken. Aber er fragte sich unwillkürlich, ob Zella vielleicht recht hatte. Vielleicht forderte er sein Schicksal tatsächlich heraus. Er wusste eigentlich gar nichts über Noah. Obwohl er sich eigentlich einbildete, eine gute Menschenkenntnis zu besitzen. Außer bei Adrienne natürlich.

Adrienne war der größte Fehler gewesen, den er jemals gemacht hatte, und den hatte er aus einem Impuls heraus gemacht. Er hatte sich von ihr dazu überreden lassen, mit ihr durchzubrennen, und zwar ganze vierundzwanzig Stunden, nachdem er zur Beerdigung seines Vaters nach Hause gekommen war. Aber damals hatte Krieg geherrscht. Alle hatten schnelle, manchmal voreilige Entscheidungen getroffen. Ein Mann hatte nicht gewusst, ob er lange genug leben würde, um eine Entscheidung langsam zu fällen. Und sie hatte gar nicht so viel reden müssen, um David zu überzeugen. Ihr Anblick hatte ihn überwältigt. Und was auch immer andere über Adrienne zu sagen gehabt hatten – niemand hatte jemals leugnen können, dass sie umwerfend aussah.

Die Entscheidung, Noah einzustellen, war nichts im Vergleich dazu. Sie war vielleicht impulsiv gewesen, aber David war nicht von Gefühlen überwältigt worden. Der Junge war in Ordnung. Das merkte man. Noah würde keine Schwierigkeiten machen, sagte David sich. Dennoch saß er auf seinem Schreibtischstuhl besonders still da und lauschte, um zu hören, was in der Druckerei vor sich ging. Aber er konnte nur Zella hören, die von ihrer Mittagspause zurück war und nebenan auf ihre Schreibmaschine hämmerte. David musste sich zwingen, nicht aufzustehen und in die Druckerei zu gehen, um zu sehen, ob alles in Ordnung war.

Wieder sagte er sich, dass Noah keine Schwierigkeiten machen würde. Jedenfalls nicht diese Art Schwierigkeiten. Der Junge würde die Leute wachrütteln. David wachrütteln. Das hatte er bereits getan.

David hätte nicht gedacht, dass er Vorurteile hatte. Er hatte die Predigt von Paulus vor den Athenern in der Apostelgeschichte studiert, in der Paulus sagte, Gott habe allem Leben Atem gegeben und alle Völker der Erde seien aus einem Blut. David hatte niemals Zweifel daran, dass Gott alle Menschen gleichermaßen liebte, unabhängig von ihrer Hautfarbe oder ihrem Ansehen. Gott sah das Herz eines Menschen an, nicht das Äußere.

Aber was sah der Herr in Davids eigenem Herzen? Liebe für alle seine Nächsten oder nur Liebe für jene, die David als seine Nächsten auswählte? War er nur dann bereit, seinen Nächsten zu lieben, wenn es einfach war? Wenn er sich dabei gut fühlte? Vielleicht hatte Gott Noah geschickt, um David aufzurütteln und ihm eine neue Perspektive zu zeigen.

David neigte den Kopf und betete im Stillen. *Lieber Gott, öffne mir Verstand und Herz und hilf mir, vertrauensvoll auf dem Weg weiterzugehen, den du mir zeigst. Und jetzt schenke mir die Worte, die ich brauche, um den Banner für diese Woche herauszubringen. Möge deine Liebe und Gnade mich immer umgeben. Und meine Lieben. Amen.*

David öffnete die Augen und starrte auf das Bild des Teiches mit den Rissen im ausgetrockneten Schlammbett. Dann schrieb er in großen Lettern „HITZE DÖRRT COUNTY AUS" über seinen Artikel über die Dürre, bevor er ihn in die Druckerei brachte, wo Jocie und Noah mehrere Anzeigen gestaltet und gesetzt hatten.

Jocie blickte mit einem strahlenden Lächeln zu David auf. „Noah lernt schnell. Zusammen sind er und ich fast so schnell wie Wes." Ihr Lächeln erstarb. „Wes wünscht sich bestimmt, er wäre hier."

„Da bin ich mir sicher", sagte David. „Vielleicht kann er in ein paar Wochen, wenn er einen kleineren Gips hat, herkommen und uns herumkommandieren."

„Wir müssen morgen lange machen, nicht wahr, Dad? Vielleicht sollten wir Mittag- und Abendessen einpacken. Oder vielleicht könnten wir Leigh bitten, morgen Abend nicht nur ihre Brownies mitzubringen, sondern auch noch Brote. Sie kommt doch, oder?"

„Ich weiß es nicht", sagte David. „Ich hatte heute keine Zeit, mit ihr zu sprechen."

„Sie kommt bestimmt", sagte Jocie lächelnd. „Sie hat mir erzählt, dass ihr das Falten der Zeitungen Spaß macht. Und natürlich mag sie die Gesellschaft."

„Ist das die Dame, die mit euch in der Kirche war?", fragte Noah.

„Genau. Leigh macht fantastische Brownies. Warte, bis du sie probiert hast", sagte Jocie.

„Es gibt noch mehr Dinge an Leigh, die man mögen kann, als nur ihre Brownies", sagte David. „So wie du es sagst, klingt es, als wollten wir nur wegen des Essens, dass sie kommt."

„Ich weiß, Dad." Jocies Lächeln wurde noch breiter, als sie sich zu Noah umwandte und laut flüsterte: „Leigh ist Daddys Freundin."

„*Eine* Freundin jedenfalls", sagte David.

„Sie ist eine Freundin", sagte Jocie, „aber du hast keine anderen, also ist sie *deine* Freundin."

„Jetzt mach dich an die Arbeit und spar dir deinen Freundinnen-Unsinn für nächste Woche auf, wenn die Schule anfängt." David ging zur Druckerpresse und tat so, als überprüfe er sie.

Da war sie wieder, diese Formulierung. *Seine Freundin.* Konnte ein Mann in seinem Alter eine Freundin haben? Vielleicht sollte er besser fragen, ob ein Mann in seinem Alter eine Freundin haben *sollte*. Vor allem ein Mann, der bald Großvater wurde. Aber insgeheim wünschte David sich, er könnte zum Hintereingang hinausschlüpfen und die Straße hinunter zum Gericht gehen, in dem Leigh arbeitete.

Seit Sonntag überlegte er schon, wie er sie zu einer Verabredung einladen sollte. Einer richtigen Verabredung. Am Tag zuvor hätte er sie beinahe gefragt, aber er wusste nicht, was die Leute heutzutage bei einer richtigen Verabredung taten. Als er in der High School gewesen war, hatte er Mädchen ins Autokino nach Grundy eingeladen. Und bei Adrienne war ihre erste und einzige Verabredung ihre heimliche Heirat gewesen.

Wahrscheinlich hatte Jocie mehr Ahnung als er, was man bei solchen Verabredungen machte, aber er konnte sie ja wohl kaum um Rat bitten. Zella könnte er natürlich fragen. Soweit David wusste, war sie in all der Zeit, die er jetzt schon mit ihr zusammenarbeitete, kein einziges Mal mit einem Mann verabredet gewesen, aber sie las all diese Liebesromane.

Die einzigen Liebesgeschichten, die David las, standen in der Bibel und einige davon wollte man nicht unbedingt im eigenen Leben nachahmen. Andere Ehen wurden buchstäblich von Gott arrangiert. Manche waren auf die Einmischung von Engeln angewiesen. David befürchtete, dass auch bei ihm ein Engel nötig sein könnte, um ihm bei dieser Verabredungssache zu helfen.

Schon allein das Wort *Verabredung* war ihm unangenehm. Aber gleichzeitig klang *Freundin* jetzt längst nicht mehr so merkwürdig. Auch wenn David keine Ahnung hatte, warum eine junge Frau wie Leigh seine Freundin sein wollte, gefiel ihm der Klang irgendwie. Vielleicht würde er später doch noch zum Gerichtsgebäude hinüberhuschen, bevor Leigh Feierabend machte, um sich zu erkundigen, wie ihr Tag gewesen war. Vielleicht würde er sie fragen, ob sie vorhatte, morgen früh die übliche Runde zu drehen. Er könnte eine der roten Rosen hinterm Haus pflücken und mit ihr spazieren gehen. Vor einigen Wochen war er morgens mit ihr spazieren gegangen und es war ein gutes Gefühl gewesen, gemeinsam unterwegs zu sein und sich zu unterhalten.

Natürlich würde es nicht einfach, so früh aus dem Haus zu kommen, jetzt, wo er Wes morgens beim Waschen und Anziehen helfen musste. Und er musste auch noch Ben Atkinson besuchen, bei dem man letzte Woche einen Tumor entfernt hatte. Am Mittwoch musste er Tabitha zum Arzt nach Grundy fahren und für Donnerstag hatte er das Interview mit Mrs Rowlett anberaumt. Er wollte seine Geschichte über sie, wie sie von der Schule im West End an die

High School gekommen war, für die Ausgabe nächste Woche fertig haben.

Zeit. Sein Terminkalender war einfach zu voll und die Stunden verstrichen zu schnell. Aber manchmal rauschte das Leben an einem Menschen vorbei, wenn er sich nicht eine Stunde schnappte und etwas Zeit für sich selbst nahm. Irgendwie würde er es schaffen, die Rose zu pflücken und rechtzeitig am Park zu sein, wenn Leigh dort zu ihren morgendlichen Runden auftauchte. Sie sagte, sie wolle abnehmen.

Vielleicht würde er ihr morgen früh sagen, dass sie nicht abnehmen musste, um hübsch auszusehen. Vielleicht würde er die richtigen Worte finden, um sie zu einer echten Verabredung einzuladen – wenn er eine Idee hatte, wie diese Verabredung aussehen sollte, und eine oder zwei Stunden Zeit freischaufeln konnte. Das wollte er. David war überrascht, wie sehr er es wollte. Und zusätzlich zu dieser Überraschung kam eine weitere. Unaufgefordert erinnerte er sich daran, wie Leigh ihn umarmt hatte, als Jocie weggelaufen war und der Tornado Clay's Creek Church von ihren Fundamenten gefegt hatte. Es hatte sich richtig angefühlt, ihre Arme um sich zu spüren. Vielleicht war es an der Zeit, dass er die Umarmung erwiderte.

15

Am Dienstagmorgen riss Leighs Wecker sie aus einem Traum. Einem guten Traum. Die Art Traum, die sie nicht unterbrechen, sondern bis zum Ende genießen wollte. Aber sobald sie die Augen aufschlug, um nach dem Wecker auf ihrem Nachttisch zu greifen und die Klingel abzustellen, verflüchtigte sich der Traum. Alles, was ihr blieb, war das vage Gefühl, dass etwas ganz Wunderbares geschehen wäre, wenn sie nur fünf Minuten länger geschlafen hätte.

Leigh legte den Kopf in ihr Kissen zurück und schloss die Augen, um zu sehen, ob sie den Traum noch einmal hervorlocken konnte, aber er war nur noch ein Dunst in ihrer Erinnerung. Die Augen ließ sie trotzdem geschlossen, um das Morgenlicht auszublenden. Sie hatte den Wecker früh gestellt, damit sie Zeit hatte, vor der Arbeit zu laufen, aber vielleicht würde sie einfach länger schlafen. Die Luft, die der Ventilator durch das geöffnete Fenster gegenüber ihrem Bett hereinsog, fühlte sich bereits heiß an. Es würde wieder unerträglich werden. Ralph Mitchell, ihr Vorgesetzter, hatte eine laute Klimaanlage in sein Bürofenster einbauen lassen, sodass es in seinem Zimmer einigermaßen auszuhalten war, aber bis zum Tresen in dem großen Büro neben dem Gang, an dem Leigh und Ralphs Frau Judy die Personen berieten, die heiraten, angeln, an den nächsten Wahlen teilnehmen oder ihr Auto anmelden wollten, drang nur gelegentlich ein qualvoll verlockender kühler Hauch. Wenn Leigh an diesem Morgen zu Fuß ging und ihr warm wurde, würde sie den ganzen Tag schwitzen.

Andererseits hatte sie zehneinhalb Pfund abgenommen, als sie sich am letzten Donnerstag auf der Waage im Gerichtsgebäude gewogen hatte. Sie ließ sich nur einmal die Woche wiegen, seit sie im Frühjahr mit dem Abnehmen begonnen hatte. Es war zu deprimierend, wenn die Nadel auf der großen Waage nach oben kroch anstatt nach unten. Das war jetzt seit einigen Wochen nicht mehr geschehen. Sie hatte sich eisern an ihre Bewegung und die Keine-Kartoffelchips-Regel gehalten. Aber am Sonntag hatte sie zwei Stücke von Miss Sallys Karamellkuchen gegessen. Nicht, dass ihr etwas anderes übrig geblieben wäre. Sie musste essen, wenn sie sonntags mit David von Mitgliedern der Gemeinde eingeladen wurde.

Mit David. Leigh genoss diese Worte einen Augenblick lang und flüsterte sie vor sich hin. „Mit David."

Sie war nicht direkt mit ihm zum Gottesdienst gegangen. Schließlich fuhr sie mit ihrem eigenen Wagen hin. Und eigentlich hatte auch nicht er sie zu den McMurtrys eingeladen. Das hatte Miss Sally getan. Aber er hatte sie gebeten, zum Abendgottesdienst zu bleiben. Jetzt näherte der verlorene Traum sich wieder ihrem Bewusstsein. Er hatte bestimmt etwas mit David zu tun. Ganz bestimmt. Ein Lächeln erschien auf Leighs Gesicht und sie seufzte.

Dann erinnerte sie sich an die zwei Stücke Kuchen und das aktuelle Problem. Sie legte die Hände auf ihren Bauch. Er stand nicht zu sehr vor, wenn sie lag, und er war auch nicht mehr so weich und schlaff, wie er gewesen war. Aber flach war er auch nicht. Sie hätte den Kuchen nicht essen sollen, aber die Frauen von Mt. Pleasant erwarteten, dass sie doppelt so viel aß, wie sie vertrug, sonst waren sie beleidigt. Leigh wusste nicht, wie David und Jocie so schlank blieben. Manchmal schien es ihr, als wären außer ihr alle Menschen auf der Welt schlank.

Leighs Mutter sagte, ein bisschen Übergewicht liege in der Familie. Ein bisschen Übergewicht machte Leigh nichts aus. Aber sie war es leid, viel Übergewicht mit sich herumzuschleppen. Ihrer Meinung nach musste sie noch fünfzehn Pfund abnehmen, bis sie die Ein-bisschen-Übergewicht-Größe erreicht hatte. Das würde aber nur geschehen, wenn sie die Füße aus dem Bett schwang und aufstand, um ihre Runden zu drehen. Entschlossen öffnete Leigh erst das linke Auge und dann das rechte und ließ die letzten Nebel des Traums endgültig entschwinden, indem sie sich aufsetzte.

Im Bad spritzte sie sich kaltes Wasser ins Gesicht, bevor sie ihr Spiegelbild kritisch betrachtete, während sie einen Kamm durch ihr fast blondes Haar zerrte. Sie fragte sich, ob die Leute in Davids Gemeinde sie für ein Flittchen halten würden, wenn sie sich Strähnchen machen ließe. Und was wichtiger war: Würde David sie dafür halten?

Vielleicht sollte sie sich einfach auf ihre Augen konzentrieren. Alle sagten, ihre Augen seien das Schönste an ihr. Sie waren kornblumenblau. Und Augen wurden nicht fett wie der restliche Körper eines Menschen. Aber an diesem Morgen sahen ihre Augen blutunterlaufen und müde aus. Sie hätte nicht so lange aufbleiben und sich diesen dämlichen tränenrührigen Film anschauen sollen, aber zum Schlafen war es zu heiß gewesen. Leigh holte die Shorts und das T-Shirt, das sie am Montagmorgen beim Sport getragen hatte, aus der Wäschetonne. Es spielte keine Rolle, wie sie aussah. Sie hatte seit Wochen niemanden mehr im Park gesehen. Alle anderen saßen vor ihren Ventilatoren und tranken Eistee zum Frühstück.

Leigh zwang sich, ein ganzes Glas Wasser zu trinken, bevor sie auf Socken das Haus verließ und auf Zehenspitzen die Außentreppe hinunterstieg. Erst dann zog sie ihre Tennisschuhe an. Sie wollte Mrs Simpson nicht wecken, die unter ihr wohnte und ihre Vermieterin war. Es gab nicht sehr viele gute Mietwohnungen in Hollyhill. Leigh hatte Glück gehabt, die über Mrs Simpson zu bekommen. Aber die Frau hatte offenbar ihre Ohren immer auf Empfang gestellt. Sie beschwerte sich schon, wenn Leigh auch nur einen großen Löffel auf den Küchenfußboden fallen ließ. Der Himmel allein wusste, was geschehen würde, sollte sie einmal einen Topf fallen lassen.

Ihre Vermieterin beklagte sich auch regelmäßig über Leighs Musik, aber es gab Dinge, die musste ein Mädchen einfach tun. Und eines davon war, hin und wieder eine Elvis-Platte abzuspielen.

Manchmal fragte sich Leigh, ob ihre Mutter hinter Mrs Simpsons Beschwerden steckte. Sie wusste, dass sie Mrs Simpson mindestens einmal die Woche anrief. Ihre Mutter war nicht begeistert davon, dass Leigh in Hollyhill wohnte. Sie wollte, dass Leigh wieder nach Grundy zog, nach Hause. Sie wollte ihre Tochter in dem alten Kinderzimmer haben mit den rüschigen Kleinmädchengardinen und der Prinzessinnenbettdecke. Leigh hatte diesen Bettüberwurf gehasst, seit sie ihn zu ihrem elften Geburtstag bekommen hatte. Sie war nie eine Prinzessin gewesen. Nicht einmal die ihrer Eltern.

Nicht, dass sie es nicht versucht hätte. Sie hatte alles getan, um die vollkommene Tochter zu sein. Sie aß alles auf, was man auf ihren Teller tat. Sie räumte ihr Spielzeug fort, ohne dass man sie dazu ermahnen musste. Sie beklagte sich nicht, wenn ihre Mutter ihre Haare zu Ringellocken drehte, obwohl kein anderes Mädchen in der Schule welche trug. Sie verbarg ihre Tränen, wenn andere

Kinder sie ein großes fettes Baby nannten. Sie zweifelte nicht ein einziges Mal daran, dass es ihre eigene Schuld war, dass ihr Vater nie Zeit für sie zu haben schien. Sie lernte stundenlang, um die besten Noten in der Klasse zu bekommen. Sie blieb zu Hause und suchte sich gleich nach dem Schulabschluss eine Arbeit, weil ihre Mutter jedes Mal weinte, wenn sie davon sprach, aufs College zu gehen.

Ihre Mutter hatte auch geweint, als Leigh Jahre später nach Hollyhill gezogen war, aber diesmal hatte Leigh die Ohren auf Durchzug gestellt. Sie liebte ihre Mutter, aber sie wollte ein eigenes Leben haben und nicht ewig ein Kind im Haus ihrer Eltern sein. Jetzt, fünf Jahre später, hatte ihre Mutter den Versuch immer noch nicht aufgegeben, Leigh auf irgendeine Weise nach Hause zu holen.

Erst gestern Abend hatte sie wieder angerufen. Normalerweise rief sie nur donnerstags an, deshalb hatte Leigh nicht erwartet, ihre Stimme zu hören, als sie den Hörer abnahm. Ihre Mutter hatte sich nicht mit der üblichen Begrüßung aufgehalten. Stattdessen steuerte sie zielsicher auf das schlechte Gewissen Nummer dreitausendundsechs zu. „Dein Vater ist krank."

Leigh hatte tief Luft geholt und sich an den Küchentisch gesetzt. Sie hatte sich das spiralförmige Telefonkabel um ihre Hand gewickelt und sich zum hundertsten Mal gewünscht, sie hätte daran gedacht, ein längeres Kabel für den Hörer zu besorgen, damit sie herumlaufen konnte, während sie sprach. Leigh kam noch nicht einmal bis zum Kühlschrank, um sich etwas zu trinken zu holen. Sie saß am Tisch fest, bis ihre Mutter bereit war aufzulegen.

Leigh hatte einen Umschlag vom Tisch genommen, auf den sie die Post geworfen hatte, als sie von der Arbeit nach Hause gekommen war, und sich damit Luft zugefächert. „Ach, du liebe Güte, das ist aber nicht schön. Was fehlt ihm denn? Nichts Ernstes, hoffe ich." Sie hatte sich keine allzu großen Sorgen gemacht. Ihre Mutter sprach immer davon, dass jemand krank war oder krank wurde. Nur war es meistens sie selbst und nicht Leighs Vater.

„Wer weiß? Es könnte sein, aber du weißt ja, wie dein Vater ist. Er geht nicht zum Arzt, obwohl etwas mit ihm nicht stimmt. Seit über einer Woche klagt er jetzt schon über Rückenschmerzen."

„Vielleicht hat er sich etwas gezerrt", hatte Leigh gesagt.

„Aber er hat ja gar nichts gehoben." Nun hatte die Stimme ihrer

Mutter weinerlich geklungen. „Ich dachte, du würdest vielleicht am Wochenende nach Hause kommen, um uns zu besuchen, dann hätte ich es dir schon erzählt, aber du bist ja nicht gekommen."

„Ich hatte zu tun, Mutter. Als wir letzte Woche miteinander sprachen, habe ich dir doch gesagt, dass ich am Wochenende nicht kommen würde."

„Wie kannst du zu beschäftigt sein, um deine Eltern zu besuchen?"

Leigh hatte ein bisschen schneller gefächelt und im Geiste bis zehn gezählt, bevor sie gesagt hatte: „Ich habe vor, euch am Samstagnachmittag zu besuchen."

„Aber ich dachte, du kommst am Sonntag. Du weißt doch, das ist der bessere Tag für Besuche. Samstags spielt dein Vater immer Golf."

„Am Sonntag auch", sagte Leigh. „Außerdem dachte ich, er wäre krank."

„Du kennst doch deinen Vater. Er müsste schon auf dem Sterbebett liegen, um nicht Golf zu spielen. Vor allem am Samstagnachmittag."

„Wenn er sowieso nicht da ist, könnten wir zusammen einkaufen gehen", hatte Leigh vorgeschlagen.

„Einkaufen? Wie kannst du nur an einen Einkaufsbummel denken? Du weißt doch, dass meine Beine nicht gesund genug sind, um durch die Geschäfte zu laufen. Außerdem hat deine Tante Wilma erwähnt, dass du in letzter Zeit so selten nach Hause kommst, und ich habe ihr gesagt, dass du am Sonntag ganz bestimmt hier sein wirst. Jenny und Aaron sind mit den Kindern sonntags immer bei ihr zum Essen. Und ich bin dann ganz allein."

Leigh hatte noch einmal tief Luft geholt. Ihre Cousinen hatten alles nach Plan gemacht. Geheiratet, ein Haus nur drei Straßen weiter bezogen, Enkel für Tante Wilma bekommen. „Es tut mir leid, Mutter. Warum gehst du am Sonntagnachmittag nicht zu Tante Wilma und besuchst die Kinder? Ich wette, Jennys kleine Teri Jean wächst wie Unkraut. Wie alt ist sie jetzt? Drei?" Damit hatte Leigh versuchen wollen, die Unterhaltung auf eine bessere Ebene zu befördern, aber es hatte nicht funktioniert.

„Beinahe vier, und sonntags geht es bei Wilma zu wie im Irrenhaus, wenn alle ihre Enkel herumrennen und wie die Hyänen kreischen. Wilma verwöhnt sie viel zu sehr."

„Oh." Manchmal war alles falsch, was Leigh sagte. Aber sie hatte einen Seufzer unterdrückt und es noch einmal versucht. „Ich bin mir sicher, es gibt noch andere Damen in der Gemeinde, die gerne in ein Café oder ins Kino gehen würden. Im Filmtheater gibt es auch eine Klimaanlage."

„Sie haben alle Angehörige, die sie besuchen kommen. Söhne und Töchter, die sie nicht gleich vergessen, wenn sie von zu Hause ausziehen. Söhne und Töchter, die sich daran erinnern, welche Opfer ihre Eltern für sie gebracht haben. Söhne und Töchter, die wissen, dass ihre Eltern sie sehen wollen."

Jetzt hatte Leigh den Seufzer doch noch ausgestoßen. „Hör zu, Mutter. Du weißt, dass ich euch nicht vergessen habe, aber am Sonntag habe ich wahrscheinlich keine Zeit." Jedenfalls hoffte sie das. David war beinahe jeden Tag im Bürgerbüro vorbeigekommen, um sich an den Tresen zu lehnen und sich mit Judy und ihr zu unterhalten, und manchmal auch mit Ralph, wenn der sich aus seinem klimatisierten Büro traute. An den letzten beiden Freitagen hatte David Leigh in die Augen gesehen und gesagt, er hoffe, sie in der Kirche zu sehen. Sie hoffte, dass das auch diesmal geschehen würde. Auch wenn es zu vage war, um als echte Verabredung zu gelten, war es eine Einladung, die Leigh nicht ignorieren würde. Nicht einmal, wenn ihre Mutter anfing zu weinen. Leigh hatte sich für das gewappnet, was gewiss als Nächstes kam.

„Du bist immer noch hinter diesem Prediger her, nicht wahr?", hatte ihre Mutter gesagt. Sie hatte die Antwort nicht abgewartet. „Ich kann nicht verstehen, warum du dir keinen Jungen in deinem Alter suchen konntest, dem du hinterherläufst, wenn du schon auf Männerjagd gehen musst. Ich habe gehört, dieser Prediger hat eine Tochter, die fast so alt ist wie du."

„Tabitha ist viel jünger als ich. Zwölfeinhalb Jahre jünger."

„Und ganz offensichtlich ohne jede Moral. Mrs Simpson hat mir erzählt, dass sie ein Baby bekommt, aber sich kein bisschen dafür schämt, dass sie nicht verheiratet ist. Und das als Pastorentochter! Was für ein Prediger lässt denn so etwas in seiner eigenen Familie zu?"

„So etwas passiert in vielen Familien", hatte Leigh geduldig gesagt. „Und du sagst doch immer, wir sollten andere nicht verurteilen, bis wir in ihren Schuhen gegangen sind."

„Ich verurteile ja gar nichts. Ich sehe nur die Tatsachen. Tatsachen, die du besser berücksichtigen solltest, wenn du dumm genug bist, deine Chancen an diesen Mann zu vergeuden."

„Er ist ein netter Mann, Mutter. Du würdest ihn mögen. Vielleicht kann ich irgendwann mitfahren, wenn David Tabitha zum Arzt nach Grundy fährt, dann könnten wir bei dir und Dad vorbeikommen."

Leigh hatte sich gewünscht, sie könnte die Worte zurückholen, noch ehe ihre Mutter aufgeschrien hatte, als hätte Leigh sie mit ihren Worten erdolcht. „Du willst ihn mit nach Hause bringen, damit er uns kennenlernt? Mit seiner Tochter, die ein uneheliches Kind erwartet!? Dein Vater würde einen Anfall bekommen."

„Das bezweifle ich. Er würde David wahrscheinlich mögen. Und du auch. Fast alle mögen ihn."

„Wenn er so ein Heiliger ist, wie kommt es dann, dass er geschieden ist? Ich sage dir, Leigh Catherine, irgendetwas stimmt mit dem Mann nicht."

„Um Himmels willen, Mutter! Er ist Pastor. Mit ihm ist alles in Ordnung. Seine Exfrau war diejenige, mit der etwas nicht stimmte." Leigh hatte versucht, mit ruhiger Stimme zu sprechen, aber ihre Verärgerung war trotzdem hörbar gewesen.

Jetzt schüttelte Leigh die Erinnerung an den Anruf ihrer Mutter ab, beschleunigte ihre Schritte und wandte sich dem Park zu. Ihre Mutter sollte sich für sie freuen. Sie sollte froh darüber sein, dass Leigh versuchte, flügge zu werden. Sie sollte sich freuen, dass ein Mann wie David überhaupt bemerkt hatte, dass es Leigh gab. Und sie sollte mit Leigh dafür beten, dass er sie nicht nur bemerkte, sondern sich in sie verliebte.

Bei dem Gedanken, für Liebe zu beten, wurden Leighs Wangen rot, aber was konnte ein wichtigeres Gebetsanliegen sein als der Mann, mit dem sie den Rest ihres Lebens verbringen wollte?

Na gut, er hatte eine Familie. Und er wurde Großvater. Er würde ein junger Großvater sein. Und sie liebte Babys. Genau genommen konnte sie sich auch ein oder zwei eigene Babys vorstellen, obwohl sie diesen Gedanken nicht oft an die Oberfläche ihres Bewusstseins dringen ließ. Immerhin war sie bereits zweiunddreißig. Sie hatte nicht mehr viele Jahre, um sich über Babys Gedanken zu machen, und David wollte sich vielleicht überhaupt keine Gedanken über Babys machen.

Leighs Wangen fingen an zu brennen, als hätten sie Feuer gefangen. Sie musste immer noch träumen, wenn sie auch nur die Möglichkeit in Betracht zog, David und sie könnten Babys bekommen. Leigh öffnete den Mund und blies hörbar die Luft aus. Diesen Trick hatte Jocie ihr verraten. Er schien zu funktionieren.

Sie brauchte etwas, das funktionierte. Leider wurde sie so leicht rot, dass alle gleich sahen, wenn ihr etwas peinlich war. Wenn jemand jetzt ihr rotes Gesicht bemerkte, würde er es vielleicht auf die sportliche Ertüchtigung schieben. Falls überhaupt jemand unterwegs war, der es bemerken könnte. Die einzigen Menschen, die sie bisher gesehen hatte, waren zwei Frauen in ihren Kitteln, die aus dem Haus gekommen waren, um die Lexingtoner Tageszeitung von der Veranda zu holen.

Der *Banner* würde erst morgen erscheinen. Leigh hatte am Abend zuvor Brownies gebacken, obwohl es durch die Hitze des Ofens in der kleinen Wohnung bis nach Mitternacht beinahe unerträglich gewesen war. Aber sie musste Brownies haben, die sie heute Abend mit in die Redaktion nehmen konnte. Seit einiger Zeit ging sie dorthin, um beim Falten der Zeitungen zu helfen. Noch eine Gelegenheit, bei der sie sich irgendwie selbst in Davids Alltag eingeladen hatte. Zeitungen falten am Dienstagabend. Gottesdienst am Sonntagmorgen. Und letzten Sonntag war sie zum Abendgottesdienst geblieben. Das konnte man doch sicher als Fortschritt werten.

Am Sonntagmorgen war David auf den Kirchhof gekommen, um sie zu begrüßen. Er schien sich darüber zu freuen, dass sie da war. Er hatte sie unverwandt angesehen, als sie sich unterhalten hatten. Aber geküsst hatte er sie nicht. Sie erwartete natürlich nicht, dass er sie mitten auf dem Kirchenvorplatz küsste, aber er war ihr nach dem Abendgottesdienst in seinem Wagen gefolgt. Dann hatten sie beide einen verlegenen Augenblick lang im Dunkeln vor ihrem Haus gestanden, bevor David ihren Arm berührt und ihr eine gute Nacht gewünscht hatte.

Eine vertane Gelegenheit, dachte Leigh jetzt. Sie hätte die Arme ausstrecken und ihn umarmen sollen, so wie sie es an dem Tag getan hatte, an dem Jocie weggelaufen war, aber das war eine Krisensituation gewesen. An jenem Tag hätte er sich vielleicht von jedem umarmen lassen, so wie man sich von Leuten, die man kaum kennt, umarmen lässt, wenn sie zur Trauerfeier kommen, um einem Angehörigen die letzte Ehre zu erweisen. Zum Glück hatten sie niemandem die letzte Ehre erweisen müssen. Jocie und Wes hatten den Tornado überlebt. Trotzdem war die Umarmung schön gewesen. Noch eine Umarmung wäre sogar noch schöner gewesen und ein Kuss wäre ein echter Fortschritt.

Gestern beim Mittagessen hatte Zella gesagt: „Natürlich hat er dich nicht geküsst. Ich wette, du warst keine fünf Minuten mit ihm allein. Ständig hängt jemand von seiner Familie an ihm. Oder aus der Gemeinde. Der Mann ist hoffnungslos."

„Vielleicht bin ich es, die hoffnungslos ist." Leigh hatte mit der Gabel ein Salatblatt aufspießen wollen, aber stattdessen eine Tomate erwischt, sodass der Saft auf ihre weiße Bluse gespritzt war. „Siehst du, ich bin ein Tollpatsch."

„Du bist kein Tollpatsch. Vielleicht manchmal ein bisschen ungeschickt, aber kein Tollpatsch und schon gar nicht hoffnungslos", hatte Zella nüchtern gesagt, während sie ein Stück Eis aus ihrem Tee gefischt hatte. „Hier, reib damit über den Tomatensaft. Und tupf die Stelle dann mit deiner Serviette ab. So gehen die Flecken gleich raus."

Und damit hatte Zella recht gehabt. Leigh hoffte, dass sie mit den anderen Dingen, die sie gesagt hatte, auch recht hatte. Dass Leigh genau die Richtige für David sei. Dass David das früher oder später einsehen würde. Dass sie Fortschritte machten, auch wenn er sie noch nicht geküsst hatte. Dass es nicht wirklich hoffnungslos sei.

Leigh ging etwas schneller, als sie den Park betrat. Sie lief vorbei an den Picknicktischen und Schaukeln auf dem Spielplatz, vorbei an dem einladend türkisblauen Wasser des Schwimmbads, das bis zum Mittag geschlossen war, und dann den Schotterweg hinunter, der zum Baseballfeld führte, auf dem jeden Abend irgendeine Mannschaft entweder trainierte oder ein Spiel hatte. Um diese Uhrzeit hatte sie das Feld fast immer für sich.

Aber nicht an diesem Morgen. Ein Mann lehnte an dem Unterstand aus Betonblöcken an der dritten Base des Feldes, als warte er auf jemanden. Als warte er auf sie.

Leighs Herz fing an schneller zu schlagen, während sie überlegte, ob sie umdrehen und in eine andere Richtung laufen sollte. Jetzt stieß der Mann sich von dem Unterstand ab und ging ein paar Schritte auf sie zu, bevor er stehen blieb und wieder wartete. Jetzt schlug Leighs Herz noch schneller. Es war David.

Vielleicht träumte sie immer noch. Vielleicht hatte sie die Füße gar nicht auf den Boden gesetzt und war aufgestanden, sondern war stattdessen in ihren Traum zurückgeglitten. Leigh kniff sich in den Oberarm. Nein, sie war eindeutig wach. Plötzlich wurde ihr bewusst, wie sie aussah. Vielleicht sollte sie so tun, als hätte sie ihn nicht gesehen, und umdrehen, um zurückzulaufen. Ausgerechnet an diesem Morgen hatte sie ihre Haare nicht gemacht und das gammeligste T-Shirt angezogen, das sie besaß. Vielleicht sollte sie nicht nur umdrehen, sondern losrennen, bevor er sie genauer ansehen und beschließen konnte, dass er sie nie wiedersehen wollte.

Aber stattdessen ging Leigh weiter auf ihn zu. Ihr kam der Teil eines Bibelverses in den Sinn. *Sei getrost und unverzagt.* Er war ein Teil der Lesung gewesen, als David über den Einzug der Israeliten ins Gelobte Land gepredigt hatte. Auf keinen Fall wollte sie vor Gottes Antwort auf ihr Gebet davonlaufen. Außerdem war sie nah genug, um zu sehen, dass David etwas in der Hand hielt. Etwas Rotes. Eine Rose.

Jetzt konnte sie sein Gesicht sehen. Er lächelte und sie fing auch an zu lächeln. Kleider spielten keine Rolle. Verschwitzte Gesichter spielten keine Rolle. Strähnige Haare spielten keine Rolle. Wichtig war, was im Herzen war. Und in ihrem Herzen wollte sie nicht vor David davonlaufen. In ihrem Herzen lief sie ihm seit Wochen hinterher. Sie würde nicht jetzt damit aufhören, wo er sich zu ihr umgedreht hatte.

Und noch nie, niemals hatte jemand ihr eine Rose mitgebracht. Sie hoffte, dass sie nicht weinen musste, wenn er sie ihr gab.

16

Sei getrost und unverzagt. David fragte sich, woher dieser Bibelvers kam. Natürlich wusste er, wo der Vers in der Bibel stand. Er kam mehrmals in der Geschichte vor, in der die Israeliten das Gelobte Land betraten. Vor wenigen Wochen hatte er darüber gepredigt. David wusste nur nicht, warum ihm dieser Vers ausgerechnet in diesem Augenblick in den Sinn kam.

Er hatte schon viele Situationen erlebt, in denen er mutig und unverzagt hatte sein müssen. Als er im Krieg in einem U-Boot den Feind im schwarzen Wasser des Meeres verfolgt hatte. Als er darauf hatte vertrauen müssen, dass Gott ihn tatsächlich zum Prediger berufen hatte. Als er zum ersten Mal auf eine Kanzel gestiegen war, um die Botschaft des Herrn zu überbringen. Und selbst jetzt brauchte er diesen Zuspruch noch immer, wenn er nach vorne ging, um zu predigen.

Diese Situation, in der er am Rand eines verlassenen Sportplatzes stand und darauf wartete, dass eine junge Frau nahe genug herankam, damit er ihr eine Rose überreichen konnte, sollte eigentlich keinen Mut und Zuspruch erfordern. Und doch war es so.

David brauchte Mut, um aus dem Schatten zu treten, in dem er sich versteckt hatte, seit Adrienne ihn verlassen hatte. Er hatte sich an sein Trauversprechen gehalten, auch wenn sie es nicht getan hatte. Zwei Jahre nachdem sie gegangen war, hatte sie sich von ihm scheiden lassen. Er hatte die Papiere unterschrieben, die sie mit der Post geschickt hatte. Es war ihm sinnlos erschienen, sich zu weigern, aber trotzdem hatte er sich immer noch gefühlt, als wäre er verheiratet. Wenn nicht mit Adrienne, dann mit der Vergangenheit.

Jetzt ließ er die Vergangenheit los. Er stand hier und hielt eine Rose in der Hand, bereit für die Zukunft. Und auch wenn er keine Ahnung hatte, wohin ihn dieser erste Schritt führen würde, bereute er nicht, dass er hergekommen war. Er hatte an diesem Morgen noch vor dem Aufstehen darüber gebetet. Dann hatte er nach Zeichen dafür Ausschau gehalten, dass Gott seine frühmorgendliche Mission guthieß. Es war ein klarer Morgen – was kein besonderes

Zeichen war, weil seit Wochen jeder Morgen klar und heiß begann. Er hatte sich leise angezogen, war im grauen Licht der Dämmerung die Treppe hinuntergeschlichen und hatte gesehen, dass Wes aufrecht in seinem Bett saß und auf David wartete. Das war ihm schon eher wie ein Zeichen erschienen.

„Alles in Ordnung, Wes?", hatte David gefragt.

„Das ist eine ziemlich dämliche Frage, David. Wenn alles in Ordnung wäre, würde ich nicht mitten in eurem Wohnzimmer übernachten, oder?"

„Nein, wahrscheinlich nicht. Aber ich meinte auch eher, ob du besonders starke Schmerzen hast. Brauchst du irgendwelche Tabletten?" David hatte Wes angesehen. Der Mann hatte ziemlich abgenommen. Seine Wangen waren eingefallen und sein Mund wirkte verkniffen.

„Von den Pillen, die der Arzt mir gegeben hat, wird mir nur schwindelig und so gut helfen sie auch wieder nicht. Mit den Schmerzen kann ich leben." Er hatte sein Bein bewegt, das er auf ein Kissen auf dem Stuhl gelegt hatte. „Ich konnte nur nicht schlafen, deshalb habe ich hier gesessen und nachgedacht."

„Worüber denn? Irgendetwas Interessantes?"

„Nee", hatte Wes erwidert.

Jetzt war etwas mehr Licht in das Zimmer gefallen. David hatte Wes prüfend angesehen und sich ihm dann gegenübergesetzt. „Willst du über irgendetwas reden?"

„Nee."

„Du willst doch einen alten Freund nicht außen vor lassen, oder?"

„Nee."

David hatte eine Minute gewartet, ob Wes etwas hinzufügen würde, um zu beweisen, dass er es ernst meinte, aber Wes hatte geschwiegen. „Du wirst wieder gesund, Wes", hatte David schließlich gesagt.

„Wenn ich nicht vorher sterbe." Wes' Blick war starr auf die Wand gerichtet gewesen. „Vielleicht wäre es besser gewesen, wenn ich an dem Tag bei der Kirche ausgeblutet wäre. Einfach ins nächste Leben gegangen."

„Gott war offensichtlich anderer Ansicht." David hatte sich auf seinem Stuhl vorgebeugt, aber Wes hatte sich weiterhin geweigert, ihn anzusehen. „Und dasselbe gilt für Jocie und mich. Wir brauchen dich hier noch eine Weile, Wes."

„Für Jo wäre es schwer gewesen", hatte Wes zugegeben. „Aber das hier ist für mich auch nicht leicht. Ich weiß nicht, wie lange ich es noch aushalte, von diesem Ding angekettet zu sein." Er hatte mit der Hand auf seinen Gips geschlagen.

„Noch ein paar Wochen. Das ist doch nicht so lang, im Vergleich zu dem ganzen Leben eines Mannes."

„Es ist dieses Herumsitzen. Da hat man zu viel Zeit, um über das ganze Leben nachzudenken."

„Was meinst du damit?"

„Alle Menschen haben böse Geister, die ihnen mehr zu schaffen machen, wenn sie sich nicht beschäftigen und vor ihnen weglaufen können." Wes hatte immer noch die Wand angestarrt.

„Willst du darüber beten, Wes?" David hatte sich noch ein wenig weiter vorgebeugt und Wes' Arm berührt.

„Nee", hatte Wes gesagt und seinen Arm fortgezogen.

David hatte sich auf seinem Stuhl zurückgelehnt und einige Sekunden lang geschwiegen. Es war deutlich zu erkennen gewesen, dass der Mann etwas auf dem Herzen hatte, aber David hatte nichts Falsches sagen wollen. Seine nächsten Worte hatte er sich sorgfältig überlegt. „Gott kann helfen."

„Daran zweifele ich nicht, David, aber ich glaube, ich bin zu alt, um mich umzukrempeln."

„Man kann gar nicht zu alt sein. Und es geht ja nicht darum, dich umzukrempeln. Es geht nur darum, Gott zu vertrauen, so wie du bist."

Wes hatte auf seine Hände hinuntergeblickt. „Damit könntest du recht haben, David. Aber andererseits bin ich vielleicht so wie einige der alten Schurken, die ich kennengelernt habe. Ich bin nicht mehr zu retten."

„Du bist kein Schurke, Wes. Gott zeltet direkt vor deinem Herzen, aber er wird nicht eintreten, solange du ihn nicht darum bittest."

Wes hatte ihn auch jetzt nicht angesehen. Nach einer Weile hatte er gesagt: „Ich könnte einen Kaffee brauchen, um mich bis zum Frühstück über Wasser zu halten. Wie kommt es überhaupt, dass du schon so früh auf bist? Hast du eine Verabredung oder so was?"

„Oder so was." David hatte zugelassen, dass Wes das Thema wechselte, aber irgendwie hatte er das Gefühl gehabt, dass die Tür sich nicht ganz geschlossen hatte. Er konnte trotzdem nur beten, dass Wes sich entschloss, die Tür selbst ganz aufzustoßen. Das konnte David nicht für ihn tun, sosehr er es sich auch wünschte. Während er Kaffee gemacht und Wes beim Anziehen geholfen hatte, hatte er gebetet. Im Stillen, selbst als er Wes seine frühmorgendliche Mission mit der Rose gestanden hatte.

Als er aufgebrochen war, hatte Wes gelächelt. „Die Rose wird dem Mädchen gefallen. Und die alte Zella wird in Ohnmacht fallen, wenn sie davon hört."

„Zella ist eigentlich nicht diejenige, die ich umhauen wollte."

„Leigh ist viel zu vernünftig, um in Ohnmacht zu fallen, aber ihre Augen werden aufleuchten und ihre Wangen ganz rot werden. Sie weiß es nicht, aber sie ist ein richtig hübsches Mädel, wenn sie rot wird."

Als David Leigh jetzt entgegenging, konnte er sehen, dass Wes recht gehabt hatte. Leighs Augen leuchteten. Ihre Wangen waren gerötet und sie war hübsch. Er streckte ihr die Rose entgegen. „Eine schöne Rose für ein schönes Mädchen."

Ihre Wangen erröteten noch mehr, aber sie sah glücklich aus. „Wie reizend", sagte sie, als sie die Rose nahm und sie sich an die Nase hielt, um ihren Duft einzuatmen. „Sie duftet himmlisch."

„Ich hoffe, du hast nichts dagegen, dass ich heute Morgen hergekommen bin, um mit dir zu laufen", sagte David.

„Natürlich nicht. Jedenfalls nicht, wenn du nichts dagegen hast, dass ich furchtbar aussehe. Ich dachte, ich drehe erst meine Runden und mache mich dann für die Arbeit fertig." Leigh schob sich die Haare aus dem Gesicht.

„Du siehst völlig in Ordnung aus. Besser als in Ordnung", sagte David, ohne den Blick von ihr abzuwenden.

„Also eigentlich sollen Prediger doch nicht schwindeln", sagte Leigh mit einem kleinen Lachen. „Meine Haare sind durcheinander. Ich schwitze wie ein Tier und rieche wahrscheinlich streng."

David stimmte in ihr Lachen ein. „Wen kümmern schon die Haare? Und der gute Gott hat es nun einmal so eingerichtet, dass wir schwitzen, wenn uns warm wird, und ich rieche nur Rosen." Er nahm ihren Ellbogen und lenkte sie in Richtung Baseballfeld. „Wie viele Runden willst du heute Morgen laufen?“

„Ich dachte zwei, vielleicht drei“, sagte Leigh, während sie die Rose vorsichtig in den Schatten am Unterstand legte. Dann trat sie auf den Sportplatz. „Aber wir können den ganzen Morgen laufen, wenn du willst. Es kann natürlich sein, dass Ralph dann den Sheriff losschickt, um mich zu suchen.“

„Und der *Banner* würde nicht gedruckt“, sagte David.

„Dann drehen wir besser nur drei Runden. Ich könnte mich vielleicht vor dem Sheriff verstecken, aber die Leute von Hollyhill erwarten am Mittwoch ihre Zeitung.“

„Egal, ob es irgendwelche Neuigkeiten gibt oder nicht“, sagte David.

„War diese Woche nicht viel los?“

„Wenn Wes hier wäre, würde er sagen, dass in Hollyhill nie etwas los ist ... oder fast nie. Nächste Woche müssten wir jede Menge Stoff haben.“

„Du meinst, weil die Schule anfängt und die Rassentrennung abgeschafft wurde?“, fragte Leigh, als sie an der ersten Base vorbeikamen und um die Kurve bogen. „Glaubst du, es wird Probleme geben?“

„Ich hoffe nicht, aber ich weiß es nicht. Habe ich dir erzählt, dass ich Noah Hearndon eingestellt habe, damit er uns bei der Zeitung hilft, bis Wes wieder auf den Beinen ist?“

„Ich habe am Sonntag gehört, wie du darüber gesprochen hast“, sagte Leigh. „Zella sagte, er sollte gestern Nachmittag anfangen. Sie klang nicht sehr begeistert.“

„Zella findet, dass es ein Fehler war, ihm die Stelle zu gegeben. Sie glaubt, dass ich mein Schicksal herausfordere.“

„Inwiefern?“ Leigh sah zu ihm auf, während sie nebeneinanderher liefen.

„Was unsere Abonnenten betriff. Und Jocie. Und Noah. Ich weiß nicht.“

„Tut es dir leid, dass du Noah die Arbeit gegeben hast?“

„Nein. Ich glaube, er wird schnell lernen und fleißig arbeiten, und wir brauchen die Hilfe.“

„Dann ist doch alles in Ordnung“, sagte Leigh, als wären damit alle Probleme gelöst. „Deine Abonnenten werden froh sein, dass sie ihre Zeitung pünktlich bekommen, und auf Jocie kannst du ein Auge haben. Aber ich glaube, Noahs kleine Zwillingsgeschwister haben es ihr am Sonntag mehr angetan als er selbst."

„Sie liebt kleine Kinder", sagte David.

„Das ist wohl gut so, wo Tabitha doch in ein paar Wochen ein Baby bekommt. Sie hat mir erzählt, dass der Termin Ende September ist. Am sechsundzwanzigsten, richtig?"

„Genau. Manchmal frage ich mich, ob ich dafür bereit bin", sagte David. „Es ist lange her, dass ich ein Baby im Haus hatte."

„Ich hatte noch nie ein Baby im Haus. Ich habe mir immer einen kleinen Bruder oder eine kleine Schwester gewünscht, aber dazu kam es nie. Mutter sagte, ein Kind sei genug."

„Warst du als Kind schwierig?" David lächelte ihr zu.

„Nein, überhaupt nicht. Ich war immer zu brav. Manchmal denke ich, ich bin immer noch zu brav." Leigh runzelte ein wenig die Stirn. „Es ist wahrscheinlich seltsam, das zu sagen. Ich meine, man kann doch nicht zu brav sein, oder?"

Sie blieb stehen und wartete auf seine Antwort. Ihr Gesicht war so offen und unschuldig. Sie war wirklich jung, aber eher an Erfahrung als an Jahren. Wahrscheinlich tat er ihr keinen Gefallen damit, dass er ihr diese Rose gab und sie damit ermutigte, ihre Hoffnungen auf einen Mann seines Alters zu richten. Aber jetzt, wo er neben ihr stand und in ihre schönen blauen Augen sah, fühlte er sich gar nicht alt.

Ein Schweißtropfen rann über Leighs Stirn und David streckte die Hand aus und wischte ihn vorsichtig fort. Als sein Finger ihre Haut berührte, war es wie ein elektrischer Schlag. Leigh musste es auch gespürt haben, denn ihre Augen weiteten sich. Plötzlich verspürte David das Verlangen, sie zu küssen, aber er kämpfte gegen das Gefühl an. Dafür war es noch zu früh.

Doch im selben Augenblick ließ er die Hand sinken und fuhr mit dem Daumen über ihre Lippen. Sie waren unglaublich weich. Ihr Mund öffnete sich ein wenig und er konnte ihren warmen Atem auf seinen Fingern spüren. David unterdrückte die Gefühle, die in ihm aufstiegen, und zog seine Hand fort. Dann drehte er sich um und setzte sich wieder in Bewegung.

Leigh blieb wie angewurzelt stehen, während sie zusah, wie David sich einen und dann noch einen Schritt von ihr entfernte. Sie fühlte sich wie in einer Achterbahn. Gerade noch hatte sie sich zu den höchsten Höhen aufgeschwungen und gleich darauf war sie in die Tiefe gerauscht. Mit einem Mal stieg Wut in ihr auf und wischte alle Gedanken an Schicklichkeit und Vernunft beiseite. Sie stemmte die Hände in die Hüften und sagte: „Bleib sofort stehen, David Brooke."

David drehte sich mit überraschter Miene zu ihr um, aber das war ihr egal. Sie würde ihn noch mehr überraschen. Er hatte ihre Frage, ob ein Mensch zu brav sein konnte, nicht beantwortet, also musste sie die Antwort vielleicht selbst geben. Dass sie doch nicht so furchtbar brav war. Sie sah ihm unverwandt in die Augen und sagte: „Willst du mich jetzt küssen oder nicht, David Brooke?"

„Der Gedanke ist mir durchaus gekommen", sagte David und seine Überraschung wich allmählich einem belustigten Lächeln.

Das ärgerte Leigh nur noch mehr. „Was jetzt? Dass du es willst oder nicht?"

„Deine Lippen sind sehr verlockend", sagte David.

„Dann küss sie." Leigh trat einen Schritt auf ihn zu und blieb dann stehen. Die Wut verließ sie und auf einmal fühlte sie sich den Tränen nahe, ängstlich und verletzlich, als sie flüsterte: „Küss mich."

David trat den anderen Schritt auf sie zu und legte die Hände auf ihre Schultern. „Bist du dir sicher?", fragte er.

„Ich war mir noch nie im Leben einer Sache so sicher", sagte Leigh. Gleichzeitig war sie unglaublich verlegen. Sie zwang ihn, sie zu küssen. Das hätte sie nicht tun sollen. Eine Dame sollte warten, bis der Mann bereit war, sie zu küssen, anstatt einen Kuss zu verlangen. Auf einem staubigen Sportplatz, während die frühe Morgensonne ihre Schultern wärmte. Wie romantisch war das denn?! Und was sollte sie mit ihren Händen machen? Sollte sie die Arme einfach hängen lassen? Sollte sie die Augen schließen? Sie wünschte, sie hätte sich das überlegt, bevor sie einen Kuss von David verlangt hatte. Was war, wenn sie alles falsch machte?

„Entspann dich“, sagte er und legte einen Finger unter ihr Kinn, um ihr Gesicht zu ihm anzuheben. „Es tut nicht weh.“

Er lächelte, aber auch er wirkte ein bisschen nervös, und Leigh erinnerte sich daran, dass Jocie gesagt hatte, er sei wahrscheinlich aus der Übung, was das Küssen betraf, so wie Leigh auch. Nur dass Leigh natürlich nie in Übung gewesen war. Sie erwiderte seinen Blick und fragte: „Versprochen?“

„Versprochen“, sagte er und senkte seine Lippen sanft auf die ihren.

Die Achterbahn katapultierte Leigh wieder in die Höhe und ein Feuerwerk begann über ihr zu explodieren. Ohne darüber nachzudenken, was sie tat, lehnte sie sich in Davids Umarmung und schlang die Arme um ihn. Es war so natürlich wie das Atmen.

Nach dem umwerfendsten Augenblick, den Leigh jemals erlebt hatte, löste David seine Lippen von den ihren, doch seine Arme hielten sie noch einige Sekunden umfangen. Dann trat Leigh einen Schritt zurück. „Es tut mir leid, David“, sagte sie. Es tat ihr nicht leid, dass er sie geküsst hatte. Sie war verzückt. Aber andererseits hätte sie ihn nicht dazu zwingen dürfen. „Ich hätte dich nicht unter Druck setzen dürfen, wenn du das nicht wolltest.“

„Hat es sich so angefühlt, als wollte ich es nicht?“, fragte er.

„Nein, es hat sich wunderbar angefühlt. Wenigstens auf meinen Lippen.“

David legte eine Hand an ihre Wange und wandte ihr Gesicht ihm zu. Wieder berührten seine Lippen die ihren, wenn auch nur kurz. „Das nächste Mal brauchst du mich nicht zu fragen.“

Leigh schwebte förmlich die restlichen Runden über den Sportplatz, während sie weitergingen. Sie hatte keine Ahnung, worüber sie sprachen oder ob sie überhaupt sprachen. Es spielte keine Rolle. David ging an ihrer Seite. Er hatte sie geküsst. Sie hatte ihn geküsst. Das war ein Fortschritt. Das war mehr als ein Fortschritt. Das war jenseits aller ihrer Vorstellungen.

17

In der Nacht, bevor die Schule anfing, fuhr Jocie ein Dutzend Mal aus dem Schlaf hoch, zum einen weil sie Angst hatte, sie könnte verschlafen, zum anderen weil sie ihre Haare auf alte Lockenwickler gedreht hatte, die Tabitha gefunden hatte, als sie ihren Schrank aufgeräumt hatte, um Platz für die Babysachen zu schaffen. Jocie hatte noch nie auf Lockenwicklern geschlafen, und egal, wie sie sich drehte und wendete, die stacheligen Dinger bohrten sich immer irgendwo in ihren Kopf. Aber sie wollte an ihrem ersten Schultag gut aussehen und Paulette sagte, alle Mädchen in der High School würden ihre Haare aufdrehen.

Als Jocie schließlich um vier Uhr morgens das Licht anschaltete, um erneut auf ihren Wecker zu sehen, war selbst Zeb mit seiner Geduld am Ende. Der Hund erhob sich, sah sie lange an, als wollte er sagen, genug sei genug, und trottete zur Tür, damit sie ihn hinausließ. Jocie stieg aus dem Bett und ging auf Zehenspitzen zu ihm, um so leise wie möglich die Tür aufzumachen. Dann trat sie ans geöffnete Fenster und blickte zu den Sternen hinauf, die immer noch hell am Himmel standen.

Sie konnte nicht einmal den Hauch einer Wolke sehen. Weit und breit war kein Regen in Sicht. Es war in den letzten Tagen so trocken gewesen, dass morgens kaum Tau den Boden geküsst hatte. Der Geruch von braunem Gras auf Mr Crutchers Heufeld zog über den Zaun zu Jocie herüber. Alles trocknete aus. Selbst die Gärten der Gemeindemitglieder litten. Letzten Sonntag hatten sie nur einen kleinen Eimer Tomaten bekommen und überhaupt keinen Mais. Aber sie hatten natürlich noch Kohl und Zucchini.

Der Regen stand bei allen Gemeinden im County ganz oben auf der Gebetsliste. Die Quellen versiegten und die Menschen schleppten Wasser für ihre Zisternen aus der Stadt heran. Die Farmer, die ihr Vater für den Dürre-Artikel in der *Banner*-Ausgabe von letzter Woche interviewt hatte, sagten, es sei die schlimmste Dürreperiode seit den Dreißigerjahren. Damals war es so schlimm gewesen, dass die Farmer Bäume hatten fällen müssen, damit ihre Kühe die Blätter fressen konnten. Ihr Vater hatte im Archiv des *Banner* gesucht und ein altes Bild von einer Herde Kühe gefunden, die um einen gefällten Baum herumstanden und fraßen. Dieses Bild hatten sie anstelle des ausgetrockneten Teichs auf die obere Hälfte der Titelseite gestellt und sie hatten alle Exemplare verkauft.

Diese Woche war ein Bild von der High School auf der Titelseite abgedruckt. Schon bei dem Gedanken an die Schule fühlte sich Jocie, als krabbelten Ameisen durch ihre Adern. Einerseits konnte sie es kaum erwarten, dass die Sonne aufging, damit sie sich für die Schule fertig machen konnte, und andererseits hatte sie panische Angst davor, diese Schule als Neuling zu betreten. Ihr Vater hatte ihr gesagt, sie solle tief Luft holen, wann immer sie Angst habe, ein kurzes Gebet sprechen und dann dem, wovor sie sich fürchtete, in die Augen sehen und herausfinden, ob sie wirklich so viel Angst davor haben musste.

Die ersten beiden Dinge konnte sie tun. Jocie holte tief Luft und flüsterte ein Gebet: „Lieber Gott, danke für diesen Tag. Für die Sterne am Himmel. Bitte schick Regen für die Ernte der Farmer. Und hilf mir, heute in der Schule keine Angst zu haben."

Aber das Letzte konnte sie nicht. Sie hatte keine Ahnung, was sie in der Schule erwartete. Würden die älteren Jahrgänge sich über sie lustig machen, weil sie keine Ahnung hatte? Würde sie sich auf den Gängen verlaufen, weil sie nicht wusste, wo ihre Klasse war? Würde sie dumm dastehen?

Noah hatte ihr am Dienstag, als sie die Zeitung gedruckt hatten, erzählt, sie brauche sich zumindest über Letzteres keine Gedanken zu machen. Er sagte, es werde garantiert so sein und sie könne sich genauso gut damit abfinden. Alle Neulinge würden dumm dastehen. Er hatte behauptet, selbst kein bisschen nervös zu sein, weil er in eine neue Schule ging, aber sie glaubte ihm nicht. Er musste nervös sein.

Jocie holte noch einmal tief Luft und wünschte, sie könnte mit jemandem darüber reden, der es verstand. Tabitha hatte es nicht verstanden. Sie hatte nur gesagt, es würde Jocie nicht umbringen, wenn sie in die High School ging, und sie würde den Unterschied bestimmt kaum merken. Immerhin würde sie mit den gleichen Kindern zur Schule gehen, mit denen sie immer zur Schule gegangen war, abgesehen von den schwarzen Kindern, und schwarze Kinder seien genau wie andere Kinder. Tabitha sagte, sie sei mit schwarzen, chinesischen, indischen und mexikanischen Kindern zur Schule gegangen – jede Sorte, die man sich nur denken könne. Dann hatte Tabitha gesagt, sie sei in so vielen Schulen die Neue gewesen, während sie bei DeeDee gelebt hatte, dass sie sich gar nicht mehr an alle erinnern könne. Und sie habe es überlebt, wie man sehen könne.

Jocie hatte keine Angst, dass sie nicht überleben würde. Eigentlich war sie sich sogar ziemlich sicher, dass sie die High School überleben würde. Sie hätte nur gerne gewusst, was sie erwartete, damit sie gewappnet war. Gestern Abend hatte sie versucht, mit ihrem Vater zu reden, aber er war ihr keine große Hilfe gewesen. Er benahm sich schon die ganze Woche so komisch. Meistens bekam er nur die Hälfte von dem mit, was sie sagte. Und er war fast jeden Morgen fort. Am Tag zuvor hatte sie ihn dreimal daran erinnert, dass er sie heute zur Schule fahren musste. Tante Love sagte, er sei unterwegs, um „diesem Mädchen den Hof zu machen". Tante Love konnte sich Leighs Namen noch immer nicht merken, obwohl Jocie ihn schon ein halbes Dutzend Mal für sie aufgeschrieben hatte.

Irgendetwas war zwischen Leigh und ihrem Vater anders, aber Jocie konnte nicht genau sagen, was es war. Am Dienstagabend hatte Jocie bemerkt, wie ihr Vater Leigh öfter angelächelt hatte, als sie die Zeitungen falteten, und Leigh hatte entweder angefangen, Rouge aufzulegen, oder sie wurde ständig rot.

Zella musste auch bemerkt haben, dass etwas los war. Während sie die Zeitungen falteten, hatte sie Jocie beiseitegezogen und sie ausgequetscht, ob sie etwas wisse.

„Nichts, Zella. Dad hat mir nichts erzählt", hatte Jocie zugegeben. „Hat Leigh dich nicht auf dem Laufenden gehalten?"

„Sie sagt nur, es gebe Fortschritte, aber sie will mir nicht sagen, welche." Zella hatte Leigh über die Schulter einen Blick zugeworfen. „Nach allem, was ich für sie getan habe, damit es so weit kommt, sollte man meinen, sie würde mir wenigstens erzählen, was passiert ist."

„Vielleicht ist es zu persönlich."

Zella hatte Jocie fragend angesehen. „Was sollte denn zu persönlich sein?"

„Ich weiß nicht. Ich bin nicht die Romantikexpertin. Das bist du."

Zella hatte die Augen ein wenig zusammengekniffen. „Sie hätte mir bestimmt erzählt, wenn er sich endlich ein Herz gefasst und sie zu einer richtigen Verabredung eingeladen hätte."

„Vielleicht hat er sie geküsst", hatte Jocie vorgeschlagen, nur um etwas zu sagen.

„Das hätte sie mir garantiert erzählt."

„Vielleicht nicht. Vielleicht findet sie, dass das nur sie und Dad etwas angeht."

„Das werden wir ja sehen." Zella hatte geschnieft, bevor sie wieder ihren Platz am Tisch eingenommen hatte, um Zeitungen zu falten.

Jocie war geblieben, wo sie war, und hatte beobachtet, wie Dad Leigh angelächelt hatte. Ein ungutes Gefühl war in ihr aufgestiegen. Wenn ihr Vater sich in Leigh verliebt hatte, also wirklich verliebt, dann hatte er vielleicht keine Zeit mehr für Jocie.

Ein Geräusch in der Küche riss Jocie aus ihren Gedanken. Tante Love war doch bestimmt noch nicht auf. Es war erst halb fünf und da stand noch nicht einmal ihr Vater auf. Dann hörte Jocie das Poltern von Krücken auf dem Boden. Vielleicht hatte Wes Durst. Jocie ging zur Küchentür und lugte hinein. Im Licht des geöffneten Kühlschranks lehnte Wes auf seinen Krücken und versuchte, mit einem Besen etwas entweder unter den Schrank zu fegen oder darunter hervor.

„Kann ich dir helfen?", fragte sie.

Wes fuhr herum und einen Augenblick lang hatte Jocie Angst, er würde fallen. Sie eilte auf ihn zu, wusste aber nicht, wie sie ihm helfen sollte. Also sprang sie nur um ihn herum, während Wes den Besen fallen ließ, auf seinen Krücken schwankte und schließlich sein Gleichgewicht wiedererlangte, indem er sich an den Schrank hinter ihm lehnte. „Meine Güte, Jo, wie kannst du dich nur so anschleichen?"

„Tut mir leid", sagte Jocie. „Ich wollte nur helfen. Alles in Ordnung?"

„Du meinst, abgesehen davon, dass Mr Jupiter mein Herz neu starten muss?" Wes presste eine Hand auf seinen Brustkorb. „Lass mich erst mal zu Atem kommen."

„Kann er das vom Jupiter aus?“, fragte Jocie. „Das scheint mir schrecklich weit weg zu sein.“

„Mr Jupiter hat seine Möglichkeiten, aber die kann ich dir jetzt nicht erklären. Ich habe den Schrecken noch nicht verkraftet.“

„Ich hätte nicht gedacht, dass du dich so leicht erschreckst.“

„Erschreckt ist vielleicht nicht das richtige Wort. Du könntest auch sagen überrascht.“ Wes sah sie im Dämmerlicht an. „Allerdings siehst du ziemlich zum Erschrecken aus mit diesen komischen Drähten auf dem Kopf. Ist das eine Art Antenne, um mit dem Weltall Kontakt aufzunehmen?“

„Nein, du Dummerchen, das sind nur Lockenwickler. Ich will für die Schule heute besonders gut aussehen.“

„Ich bin ja nur ungern derjenige, der es dir sagt, aber viel hübscher machen sie dich nicht.“

„Ich werde sie doch nicht drin lassen. Sie sollen nur meine Haare lockig machen.“

„Was ist denn an glatten Haaren so schlimm?“, fragte Wes.

„Ich weiß nicht. Sie sind einfach zu langweilig. Und heute will ich nicht langweilig sein.“

„An dir ist überhaupt nichts langweilig, Jo. Das war es noch nie und wird es auch nie sein.“

Jocie berührte ihre Lockenwickler. Zwei von ihnen konnten jeden Augenblick herausfallen, aber sie ließ sie in Ruhe. Es schien sich nicht zu lohnen, sie jetzt noch einmal aufzurollen. „Ich will heute aber auf Nummer sicher gehen. Und Paulette sagt, dass in der High School kein Mädchen glatte Haare hat.“

„Kein einziges?“

„Das hat sie gesagt. Keins von ihnen.“

„Sie ist also eine Expertin?“

„Ich schätze schon. Jedenfalls mehr als ich“, sagte Jocie. „Sie hat eine Cousine, die jetzt in ihrem dritten Jahr ist.“

„Ach so. Dann kennt sie sich vielleicht wirklich aus“, sagte Wes. „Aber kümmern wir uns um das aktuelle Problem. Meinst du, ich habe das ganze Haus geweckt, weil ich den Besen habe fallen lassen?“

„Ich weiß nicht.“ Jocie stand still und hielt die Luft an, um zu lauschen. „Ich höre niemanden, also wahrscheinlich nicht.“ Sie bückte sich und hob den Besen auf. „Was wolltest du denn machen?“

„Ich wollte etwas in den Müll werfen und habe nicht getroffen. Ich habe sauber gemacht."

„Indem du es unter den Schrank kehrst?"

„Warum nicht? Wahrscheinlich liegen da schon viele andere Dinge, mit denen es Freundschaft schließen kann, und ich konnte mich ja nicht bücken und mit einem Handfeger hantieren, oder?"

„Aber du hättest bis zum Morgen warten können, dann hätten wir es für dich weggefegt."

„Das hätte ich. Und weil du schon mal hier bist, kannst du es jetzt machen."

Jocie fegte einen kleinen Haufen weißen Staub und Gipsstücke auf das Kehrblech. „Was ist das?"

„Würdest du mir glauben, wenn ich sage, es ist Jupiterstaub?", fragte Wes.

„Wohl eher nicht", sagte Jocie und ließ den Gips in den Mülleimer fallen.

„Mach uns einen Kaffee, dann erzähle ich es dir vielleicht."

„Kaffee mitten in der Nacht?"

„Es ist nicht mitten in der Nacht. Es ist schon fast Morgen und wir sind beide hellwach. Da kann ich genauso gut Kaffee trinken. Dann gibt es wenigstens einen Grund, warum ich nicht schlafen kann." Wes betrachtete sie in dem Lichtschein, der aus dem Kühlschrank fiel. „Und was ist deine Ausrede? Abgesehen von dem Lockendraht."

„Würdest du mir glauben, wenn ich sage, dass es zum Schlafen zu heiß ist?"

„Wohl eher nicht. Du hast den einzigen Raum mit Klimaanlage im ganzen Haus, mit all den offenen Fenstern in der Loggia."

„Dafür bezahle ich mit Mückenstichen."

„Mach den Kaffee, dann sitzen wir im Dunkeln und reden darüber." Wes drehte sich langsam auf seinen Krücken um und begab sich wieder ins Wohnzimmer. Mit seinen ungekämmten weißen Haaren und dem langen Nachthemd sah er im Dämmerlicht fast wie ein Gespenst aus.

Das erzählte Jocie ihm, als sie sich zu ihm setzte und der Kaffee durchlief. Er hatte auf dem Sessel Platz genommen, den Rücken dem Ventilator zugewandt, der im Fenster stand. Draußen wich die

Nacht allmählich der Dämmerung und die Luft, die der Ventilator von der Veranda hereinsog, sah so körnig und grau aus, dass Jocie das Gefühl hatte, sie könnte sie mit den Fingern anfassen. Es hätte sie nicht gewundert, wenn ein echtes Gespenst daraus Gestalt angenommen hätte.

„Manchmal fühle ich mich auch wie ein Gespenst", sagte Wes. „Ein Gespenst dessen, der ich früher war."

Jocie wusste nicht, was sie darauf erwidern sollte, deshalb sagte sie nur: „Woher kam das Zeug? Es sah aus wie Gips."

„Gut geraten." Wes hob mit beiden Händen sein gebrochenes Bein auf den Hocker vor dem Sessel.

„Dein Gips?"

„Du warst schon immer clever."

„Löst dein Gips sich auf oder so ähnlich?"

„So ähnlich." Wes nahm sein Taschenmesser vom Tisch neben ihm und rieb über den Knochengriff. „Um ehrlich zu sein, habe ich nachts, wenn ich nicht schlafen konnte, ein bisschen geschnitzt."

„An deinem Gips?" Jocie betrachtete den Gips, der unter dem Nachthemd hervorragte. „Findest du, das ist eine gute Idee?"

„Das finde ich. Die Leute im Krankenhaus haben mit ihren Gipsbinden über die Stränge geschlagen und mich bis zur Hüfte eingemauert und das Ding war einfach zu schwer. Und wenn ich nicht schlafen konnte, habe ich einfach immer ein paar Zentimeter abgeschnitten. So habe ich wenigstens etwas zu tun. Ein Mann muss was zu tun haben."

„Ich könnte dir einen Ast bringen, an dem du schnitzen kannst."

„Wenn ich bei dem Gips die richtige Größe erreicht habe, versuche ich das vielleicht."

„Aber die Ärzte waren doch sicherlich der Meinung, dass der Gips so groß sein muss, damit dein Bein richtig verheilt, sonst hätten sie ihn nicht so gemacht."

„Ärzte wissen auch nicht alles. Und außerdem habe ich ja erst vor ein paar Tagen angefangen. Meine Knochen hatten genug Zeit, zusammenzuwachsen, sodass sie schon nicht gleich auseinanderbrechen, wenn ich den Gips oben ein paar Zentimeter kürzer mache."

Jocie hob die Hand und zog, ohne darüber nachzudenken, zwei

Lockenwickler aus ihren Haaren. Ihr war so, als würde ihr Kopf erleichtert aufatmen. Vielleicht ging es Wes' Bein auch so. „Was sagt Dad dazu?"

„Ich glaube nicht, dass er es gemerkt hat."

„Er muss es gemerkt haben. Er hilft dir beim Anziehen und so, nicht wahr?"

„Er hatte diese Woche andere Dinge im Kopf."

„Erzähl mir davon", sagte Jocie. „Ich glaube, Leigh hat jetzt wirklich seine Aufmerksamkeit erregt."

„Das würde ich auch sagen. Er benimmt sich ziemlich wirrhäuptig."

„Was ist das? Irgendein Jupiterwort? Wirrhäuptig?"

„Nein, das ist ein ganz irdisches Wort. Es bedeutet, dass sein Haupt ..." Wes schlug sich gegen die Stirn, „das ist sein Kopf ... Dass sein Haupt ganz verwirrt ist, weil er dieses Mädchen bemerkt hat. Die Rose, die er ihr letzte Woche mitgebracht hat, muss gewirkt haben."

„Er hat ihr eine Rose gegeben?"

„Das hat er."

„Woher weißt du das?"

„Er hat es mir erzählt."

„Sie hat es aber nicht Zella erzählt."

„Interessant." Wes strich sich übers Kinn und nickte ein wenig. „Dann muss es wirklich ernst sein."

„Glaubst du, er hat sie geküsst?"

„Könnte sein", sagte Wes. „Das kommt hin und wieder vor, wenn ein Mann und eine Frau eine Gesellschaft zur gegenseitigen Bewunderung gründen. Hast du ein Problem damit? Läufst du deshalb noch vor Morgengrauen hellwach durch die Gegend?"

„Vielleicht. Ich weiß es nicht." Jocie runzelte die Stirn, während sie darüber nachdachte. „Ich mag Leigh. Ich kann mir zwar nicht vorstellen, dass Dad sie küsst, aber ich glaube nicht, dass ich deshalb nicht schlafen kann. Ich glaube, es liegt eher an der Schule, die heute anfängt."

„Ach ja, du hast Angst, dass deine Haare sich nicht locken und du nicht wie alle anderen Mädchen in der High School aussiehst."

„Wahrscheinlich locken sie sich wirklich nicht." Jocie zog die nächsten Lockenwickler heraus. Sie konnte nicht viel von einer Locke fühlen.

„Weißt du was? Es klingt so, als wäre der Kaffee durchgelaufen. Hol mir eine Tasse und dann reden wir darüber, wie du die Schule im Sturm eroberst, mit oder ohne Locken."

18

Im grauen Licht der Morgendämmerung ging Tabitha langsam die Treppe zum Badezimmer hinunter. Sie schaffte es nie durch die Nacht, ohne wenigstens einmal auf die Toilette zu gehen. Sie bewegte sich so leise wie möglich, um die anderen im Haus nicht aufzuwecken, vor allem Wes, da sie auf dem Weg zum Bad durchs Wohnzimmer musste, wo er schlief. Aber die beiden unteren Stufen knarrten, egal wie leicht sie darauftrat.

Wobei es genau genommen nichts gab, was sie derzeit noch leicht tun konnte. Obwohl sie noch immer fast jeden Tag ihr Frühstück von sich gab, sah sie aus wie ein schwangeres Walross mit ihrem runden Bauch, der ihren sonst so süßen versenkten Bauchnabel hervorstehen ließ, dass er aussah, als würde er jeden Augenblick explodieren. Und sie hatte noch mehr als einen Monat vor sich, es sei denn, das Baby kam früher. Tabitha hoffte es, aber gleichzeitig hatte sie schreckliche Angst, wenn sie an die Geburt dachte.

Frauen erzählten einander ständig Horrorgeschichten übers Kinderkriegen. Wie schlimm es war. Wie weh es tat. Wie sie gelitten und geblutet hatten und beinahe gestorben waren. Aber andererseits saßen einige von denen mit den schlimmsten Geschichten neben Tabitha im Wartezimmer des Arztes, weil sie selbst noch ein Kind erwarteten. Wenn es so schlimm war, wie sie behaupteten, würden sie doch sicher beschließen, das nie wieder durchzumachen. Als Tabitha das zu einer der Frauen gesagt hatte, hatte sie gelächelt, die Hand auf ihren Bauch gelegt und gesagt, was immer der Preis sei, ein Baby sei es wert.

Und jedes Mal, wenn Stephanie Grace in ihrem Leib einen Purzelbaum machte, wusste Tabitha, dass die Frau recht hatte. Sie konnte es kaum erwarten, das Baby im Arm zu halten. Ihr Vater erinnerte sie immer wieder daran, dass sie sich nicht sicher sein konnte, ein Mädchen zu bekommen und keinen Jungen, aber Tabitha wusste es. Sie war sich sicher. Sie wollte ein Mädchen. Sie musste ein Mädchen bekommen.

Ein Junge könnte wie Jerome aussehen und Jerome hatte es nicht verdient, Anteil an diesem Baby zu haben. Bevor er abgehauen war, ohne Tabitha auch nur ein Wort davon zu sagen, hatte er DeeDee Geld gegeben, damit sie sich „um das Problem kümmerten" und das Baby verschwinden ließen.

In gewisser Weise hatte es funktioniert. Vielleicht nicht so, wie Jerome es vorgehabt hatte oder wie DeeDee ihr geraten hatte, aber das Baby war aus Kalifornien verschwunden. Tabitha hatte das Geld von Jerome dazu benutzt, um sich eine Busfahrkarte nach Hollyhill zu kaufen. Jetzt gab es noch andere Gründe zu hoffen, dass ihr Baby nichts von Jerome hatte. In Kalifornien hatte es keine große Rolle gespielt, dass Jerome schwarze Haut hatte und sie weiße, aber Hollyhill war nicht Kalifornien.

Ganz und gar nicht. Die Menschen hier hielten an denselben altmodischen Vorstellungen fest, die sie schon immer gehabt hatten. Trotzdem hatten die Leute von Mt. Pleasant ihren Vater nicht als Pastor gefeuert, als sie erfahren hatten, dass Tabitha ein Baby erwartete, ohne den Vorteil einer Ehe zu genießen. Das war eine Überraschung gewesen. Und eine Erleichterung. Also hatten sich vielleicht doch ein paar Dinge verändert.

Aber wahrscheinlich nicht die Sache mit Schwarz und Weiß. Natürlich wusste Tabitha noch gar nicht, ob sie in Hollyhill bleiben würde, wenn Stephanie Grace erst einmal geboren war. Sie konnte sich nicht vorstellen, für immer abgeschottet im Haus ihres Vaters zu leben, aber im Moment war es ein gutes Gefühl, an einem Ort zu sein, an dem sie sich geborgen und geliebt fühlte.

Und das wünschte sie sich auch für die kleine Stephanie Grace, wenn sie geboren war. Liebe und Geborgenheit. Wenn Tabitha zu dem Schluss kommen sollte, dass sie das in Hollyhill nicht finden konnte, dann würde sie mit ihrer Tochter irgendwohin gehen, wo sie geliebt und akzeptiert wurde, unabhängig davon, welche Farbe ihre Haut hatte. Selbst wenn es bedeutete, dass sie den ganzen Weg zurück nach Kalifornien reisen musste.

Nicht, dass sie auf DeeDees Hilfe zählen könnte. Tabitha hatte ihrer Mutter geschrieben, aber eine Antwort hatte sie nicht erhalten. DeeDee wollte nichts davon wissen, dass sie Großmutter wurde. Sie hatte ja nicht einmal eine Mutter sein wollen.

Tabitha hatte sich nie besondere Gedanken darüber gemacht, ob sie Mutter werden wollte oder nicht. So früh ein Kind zu bekommen, hatte sie allerdings nicht vorgehabt. Sie hatte sich einfach vom Augenblick mitreißen lassen, ohne an die Zukunft zu denken. Aber nachdem ihr bewusst geworden war, dass das Baby in ihr heranwuchs, hatte sich alles geändert. Tabitha wollte nicht nur Mutter werden, sie war es vom ersten Augenblick an bereits gewesen.

Und als Mutter würde sie tun, was immer nötig war, um Stephanie Grace die besten Voraussetzungen für ein glückliches Leben zu geben. Ihr eigenes Glück war nicht wichtig, auch wenn sie manchmal davon träumte, jemanden kennenzulernen, der nicht nur sie, sondern auch ihr Baby liebte. Daran dachte sie aber lieber nicht zu oft. Sie war sich nicht sicher, ob sie eine solche Liebe verdient hatte. Aber sie konnte nicht leugnen, dass ihr Herz sich danach sehnte.

Am Fuß der Treppe spähte sie ins Wohnzimmer, in dem Wes schlief. Überrascht stellte sie fest, dass er im Sessel saß und Kaffee trank. Und er war nicht allein. Jocie saß auf seinem Bett, einen Haufen Lockenwickler auf dem Schoß und das Haar in alle Himmelsrichtungen abstehend. Tabitha blieb stehen. „Dann kann ich ja aufhören, auf Zehenspitzen zu gehen."

„Das brauchst du sowieso nicht", sagte Wes. „Ich habe dir doch gesagt, dass es mir nichts ausmacht, wenn du zur Toilette gehst."

„Guten Morgen, Tabitha", sagte Jocie. „Ich wusste nicht, dass du so früh aufstehst."

„Es ist nicht früh. Es ist mitten in der Nacht", sagte Tabitha.

„Es ist hell", sagte Jocie.

„Was hat das damit tun? Und ich bin nicht aufgestanden. Ich muss nur dringend was erledigen."

Wes hielt seine Kaffeetasse hoch. „Wenn du damit fertig bist, kannst du dich doch zu uns setzen und einen Mitten-in-der-Nacht-Kaffee mittrinken."

„Der Arzt hat gesagt, ich soll keinen Kaffee trinken", sagte Tabitha mit einem Blick auf Jocie. „Und du solltest das auch nicht, Jocie. Du bist noch nicht alt genug für Kaffee."

Jocie hielt ihre Tasse hoch. „Eistee."

„In einer Tasse?"

„Warum nicht?" Jocie trank einen Schluck.

„Okay. Ist ja auch egal", sagte Tabitha und eilte ins Bad. „Wenn du ein paar Kräcker dazu hast, kann ich ihn vielleicht drinbehalten."

Als Tabitha aus dem Badezimmer zurückkam, warteten eine Tasse Eistee und eine Packung Kräcker auf sie. Tabitha ließ sich neben Jocie auf dem Feldbett nieder.

„Danke", sagte sie und zog einen der großen quadratischen Kräcker heraus. Dann reichte sie die Packung Wes und Jocie, die beide auch einen nahmen. „Veranstaltet ihr zwei öfter solche Partys mitten in der Nacht?"

Wes brach seinen Kräcker in vier kleinere Quadrate. „Nicht oft. Nur in den Nächten, wenn Jo mit der High School anfängt."

Tabitha sah Jocie an, die mit den Schultern zuckte und sagte: „Ich bin einfach zu aufgeregt, um zu schlafen, würde ich sagen."

Tabitha trank einen Schluck Tee und knabberte dann an dem Kräcker. Kräcker blieben normalerweise drin, selbst morgens. „Was hast du mit deinen Haaren gemacht?"

Jocie berührte vorsichtig ihren Kopf. „Ich habe sie aufgedreht."

„Sie muss Locken haben", sagte Wes. „Alle Mädchen in der High School müssen Locken haben. Das ist eine Tatsache."

„Nicht in Kalifornien." Tabitha zog eine Strähne ihrer langen, honigblonden Haare über ihre Schulter. „Da wollten alle lange glatte Haare haben. Ich kannte ein Mädchen, das seine Haare jeden Morgen gebügelt hat. Aber ich nicht. Mir machten ein paar Wellen nichts aus."

„Ich muss meine Haare vielleicht auch bügeln, damit sie sich legen." Jocie schnitt eine Grimasse, während sie mit den Fingern durch ihre Haare fuhr. „Ich glaube nicht, dass sie sich gelockt haben."

„Es sieht eher so aus, als hätten sie ein bisschen rebelliert", stimmte Tabitha zu.

Jocie blickte auf ihren Kräcker hinunter. „Vielleicht werde ich einfach krank und gehe nicht zur Schule."

„So schlimm sieht es nun auch wieder nicht aus", sagte Tabitha. „Geh und hol eine Bürste, dann machen wir uns an die Arbeit. Und wenn wir die Haare nicht hinbekommen, hast du immer noch jede Menge Zeit. Du kannst sie einfach nass machen und von vorne anfangen. Glaub mir, es wird nicht jeder Locken haben."

„Jedenfalls nicht, wenn ich keine habe." Jocie sah nicht glücklich aus, aber sie stand auf und ging eine Bürste holen.

Als sie zurückkam, setzte sie sich vor Tabitha auf den Fußboden und ließ sich die Haare bürsten. „Du hast keinen Spiegel mitgebracht", sagte Tabitha.

„Ich sehe einfach Wes an und erkenne an seinem Gesicht, wie schlimm es ist."

„Es sieht jetzt auf jeden Fall besser aus als mit den Drähten, aber ich kann nicht behaupten, dass ich mich mit Frisuren besonders gut auskenne. Ich lasse meine Haare einfach im Jupiterstil wachsen."

„Was ist der Jupiterstil?", fragte Tabitha. Sie hatte sich an die Jupitergeschichten von Wes und Jocie gewöhnt, seit Wes bei ihnen wohnte. Es machte ihr Spaß, das Spiel mitzuspielen. Vielleicht sollte sie den Leuten so etwas über Stephanie Graces Daddy erzählen. Dass er vom Saturn oder irgendwoher stammte. Sie hatte sich noch keine gute Geschichte überlegt. Ihr Vater sagte, sie sei niemandem eine Erklärung schuldig, und bei den meisten Leuten stimmte das auch. Aber irgendwann würde sie Stephanie Grace etwas sagen müssen.

„Die Art Stil, bei der man die Haare einfach so wachsen lässt, wie sie wollen, ohne sie mit Kämmen oder solchen Dingen zu ärgern", sagte Wes.

„Ich glaube, Jocie hat eher einen Erdenstil." Tabitha kämmte Jocies Haare zurück und zur Seite. Es gab ein paar Wellen, wo die Lockenwickler gewesen waren, aber keine richtigen Locken. „Noch ein bisschen bürsten und du bist so gut wie neu."

„Du meinst, so wie immer." Jocie seufzte und lehnte sich an Tabithas Bauch.

„Besser als im Jupiterstil", lachte Tabitha. Das Baby hüpfte in ihr und stieß mit den Füßen gegen Tabithas Bauchdecke.

„Hey, sie hat mich getreten", sagte Jocie und beugte sich vor. Dann drehte sie sich um und legte die Hand auf Tabithas Bauch. „Sie hat schon ganz schön viel Kraft."

„Sie schwimmt da drin herum wie verrückt", sagte Tabitha. „Offenbar mag sie Teepartys mitten in der Nacht. Das lässt für die Zukunft nichts Gutes ahnen."

„Willst du mal fühlen, Wes? Sie tritt richtig." Jocie sah erst Wes an und dann Tabitha. „Du hast doch nichts dagegen, oder? Ich meine, wenn Wes mein Großvater ist, dann ist er Stephanies Urgroßvater."

„Jetzt mach aber mal halblang", sagte Wes. „Das mit dem Urgroßvater mache ich nicht mit. Ich bin vielleicht alt, aber nicht so alt."

Tabitha lachte. „Du kannst der Lieblingsonkel sein. Nun mach schon und sag Hallo, Onkel Wes."

Wes zögerte, doch dann streckte er die Hand aus und legte sie flach auf Tabithas Bauch. Stephanie Grace reagierte wie auf Befehl und strampelte mit den Füßen gegen seine Hand. „Ich glaube, sie tanzt", sagte er. Er zog seine Hand fort und lehnte sich zurück. „Danke, Tabby. Es gibt nichts Besseres als ein neues Baby."

Tabitha sah ihn an. „Das klingt, als würdest du aus Erfahrung sprechen."

„Ich habe nicht mein ganzes Leben in einem Raumschiff verbracht." Ein merkwürdiger Ausdruck lag auf seinem Gesicht.

Jocie starrte Wes an. „Du hast mir nie von irgendwelchen Babys erzählt, Wes."

„Niemand weiß alles über die Geschichte eines anderen Menschen, Jo", sagte Wes und hob die Hand, um sie aufzuhalten, bevor sie noch etwas sagen konnte. „Und du wirst es heute auch nicht erfahren, also spar dir deine Fragen. Du hast genug um die Ohren, wo du doch heute Morgen die Keine-Locken-Trendsetterin sein musst."

„Es sind also gar keine Locken zu sehen?", fragte Jocie und sah erst Wes und dann Tabitha an. „Ich habe also völlig umsonst auf diesen Lockenwicklern geschlafen?"

„Tut mir leid, Kleines. Keine Locken." Tabitha tätschelte Jocies Schulter.

„Aber sieh es positiv", sagte Wes. „Wir hatten eine nächtliche Teeparty. Ich glaube übrigens, dass euer Vater gerade aufsteht, also setzt du besser noch einen Kaffee auf."

Tabitha erhob sich und gähnte. „Stephanie Grace ist vom Tanzen ganz müde. Wir beide gehen jetzt und holen uns unseren restlichen Schönheitsschlaf." Sie reichte Jocie die Bürste. „Deine Haare sehen hübsch aus, wie sie sind, Jocie. Außerdem sind die Augen viel wichtiger und du hast die besten Augen, die ich je gesehen habe."

„Wirklich?"

„Wirklich."

„Aber Jungs mögen Kurven", sagte Jocie. „Und die habe ich auch nicht."

„Wen kümmert es, was Jungs mögen? Das bringt uns Mädchen nur in Schwierigkeiten. Sieh mich an. Ich bin das beste Beispiel dafür. Das Wichtigste ist, dass du dir selbst treu bist."

„Und Gott", sagte Tabithas Vater, der in diesem Moment die Treppe herunterkam und sich zu ihnen gesellte. „Hat jemand vergessen, mir zu sagen, dass wir heute eine Stunde früher frühstücken?"

„Mach das mit den beiden hier aus." Tabitha zeigte auf Wes und Jocie. „Das muss eine Art Jupiterritual am ersten Schultag sein."

19

Die High School zu betreten, war nicht so furchterregend, wie Jocie gedacht hatte. Ihr Herz schlug zwar besonders heftig, als sie sich von ihrem Vater verabschiedete und vor der Schule aus dem Auto stieg, und die nervösen Ameisen tanzten unter ihrer Haut, aber sie war nicht ein einziges Mal versucht, nicht die Stufen zur Schule hinaufzusteigen. Stattdessen rannte sie die Treppe zum Eingang förmlich hinauf.

Gleich hinter der Tür wies ein großes Schild alle Neulinge an, sich in die Turnhalle zu begeben. Einige Lehrer standen auf dem Gang und zeigten den Schülern den Weg zu der zweiflügeligen Tür, die zur Turnhalle führte, für den Fall, dass die Neuen zu dumm waren, in die richtige Richtung zu gehen.

Als Jocie zur Turnhalle lief, schliefen die Nervenameisen, die vom Tanzen ganz müde waren, ein und sie vergaß völlig, Angst zu haben. Es machte ihr nicht einmal etwas aus, Ronnie Martin zu sehen, der mit einigen seiner Kumpel an der Wand lehnte und die Mädchen des neuen Jahrgangs musterte. In der Kirche tat sie seit Wochen so, als wäre Ronnie Martin unsichtbar, und es war überhaupt nicht schwer, das auf die Schule zu übertragen. Und wenn er unsichtbar war, konnten die Jungen um ihn herum es auch sein.

Als sie an ihnen vorbeikam, hörte sie jemanden sagen: „Sieh mal, da ist die Pastorentochter. Sie sieht eher aus wie eine Viertklässlerin. Na, kleines Mädchen, bist du sicher, dass du dich nicht verlaufen hast?“

Sie sah sich um, aber da Ronnie und die anderen unsichtbar waren, blickte sie geradewegs durch die Jungen hindurch.

„Wo ist dein Negerschatten, hm?“

Eine Sekunde lang konnte sie Ronnie beinahe sehen, aber dann löste seine Gestalt sich vor ihren Augen auf. Es war ihr egal, was Ronnie Martin zu sagen hatte. Ihr Vater und Ronnies Vater hatten sie gezwungen, eines Sonntags nach dem Gottesdienst miteinander zu sprechen. Ronnie hatte so getan, als würde er sich für die schrecklichen Dinge entschuldigen, die er zu Jocie gesagt hatte, und sie hatte so getan, als würde sie seine Entschuldigung annehmen, aber sie wussten beide, dass es nur vorgetäuscht gewesen war. In Ronnies Herzen hatte sich nicht das Geringste geändert. Und in ihrem auch nicht. Manche Dinge waren einfach zu gemein, als dass man sie verzeihen konnte.

Jocie wollte nicht an das denken, was die Bibel über Vergebung sagte und ihr Vater darüber predigte. Dass man vergeben musste, um selbst Vergebung zu erlangen. Das war in ihrer Bibel rot gedruckt, was bedeutete, dass Jesus es gesagt hatte. Aber Gott verstand bestimmt, dass das Vergeben in manchen Fällen länger dauerte als in anderen. Manchmal überlegte Jocie, ob sie mit ihrem Vater darüber reden sollte, aber es war nie der richtige Zeitpunkt gewesen. Und außerdem dachte ihr Vater, sie hätte Ronnie bereits vergeben, als sie in der Kirche die große Schau veranstaltet hatten.

Energisch schob Jocie diese Gedanken beiseite. Jetzt hatte sie keine Zeit, sich darüber Sorgen zu machen. Sie musste sich an ihrem ersten Schultag auf ihre neue Schule konzentrieren, während sie mit den anderen Schülern zur Turnhalle lief. Sie kannte fast alle von ihnen. Tabitha hatte also wahrscheinlich recht gehabt, als sie gesagt hatte, es würde gar nicht so schlimm, mit all den anderen Kindern zusammen in die High School zu gehen. Und Tabitha hatte auch recht gehabt, was die Locken betraf. Einige andere Mädchen hatten genauso glatte Haare wie Jocie und manche sahen so ähnlich aus wie Jocie, bevor Tabitha an diesem Morgen die merkwürdigen Wellen aus ihren Haaren gebürstet hatte. Wenigstens hatte Jocie unter ihrer Bluse BH-Träger. Sie brauchte sie vielleicht nicht, aber sie hatte welche.

Was Jocie wirklich brauchte, war eine Kamera. Überall um sich herum sah sie Bilder, die sich gut auf der Titelseite des *Banner* gemacht hätten. Eines von Mr Madison, dem Direktor, der drei oder vier schwarzen Kindern ihre Stundenpläne aushändigte, hätte es auf die obere Hälfte der Seite schaffen können. Jocie versuchte zu erkennen, ob Noah eines von ihnen war, aber er war nicht dabei. Sie fragte sich, ob er schon da war, und ließ ihre Gedanken dann wieder zu den Fotos wandern. Die Rückenansicht all der neuen Schüler, die wie Lemminge in Richtung Turnhalle strebten, wäre auch ein tolles Motiv. Und von Mr Hardin, dem Basketballtrainer, hätte sie ein gutes Porträtfoto machen können, während er überprüfte, wie viel die Jungen im Laufe des Sommers gewachsen waren. Mit zusammengekniffenen Augen musterte er die neuen schwarzen Jungen. Die schwarze High School in Grundy hatte beinahe jedes Jahr eine gute Basketballmannschaft gehabt.

Aber ihr Vater hatte ihr nicht erlaubt, die Kamera mitzunehmen. Er hatte gesagt, sie müsse an ihrem ersten Tag an die Schule denken und nicht an Bilder für den *Banner*. Allerdings hatte er ihr versprochen, ein paar Bilder vor der Schule zu schießen, bevor er zur Grundschule ging. Süße kleine Erstklässler verkauften mehr Zeitungen als Teenager.

Diese Woche hatte fast die gesamte erste Seite mit dem Beginn des Schuljahres und der aufgehobenen Rassentrennung zu tun gehabt. Es war die Nachricht der Woche in Hollyhill und würde es auch nächste Woche noch sein, wenn sie all die Bilder brachten, die ihr Vater heute machte. Wahrscheinlich würde er sie bitten, einen Bericht über die Ereignisse in der High School zu schreiben. Jocie hatte mit zwölf ihre ersten Artikel veröffentlicht und ihr Vater sagte, sie habe eine natürliche Begabung für das Schreiben von Nachrichten, vielleicht weil sie praktisch in einer Druckerei aufgewachsen war. Wahrscheinlich hatte das Einatmen all der Druckerschwärze sich auf ihr Gehirn ausgewirkt.

Jocie zwang sich, keine imaginären Bilder mehr zu schießen und sich richtig umzusehen. Paulette hatte versprochen, nach Jocie Ausschau zu halten, sobald sie mit dem Bus bei der Schule ankam, aber die Schulbusse hielten an einer anderen Tür, sodass Paulette wahrscheinlich schon in der Turnhalle war. Jocie sah drei schwarze Schüler in einer Gruppe die Treppe zur Halle hinaufsteigen. Ein Mädchen und zwei Jungen. Als einer der Jungen in ihre Richtung blickte, lächelte Jocie und winkte ein wenig zur Begrüßung. Der Junge blickte über seine Schulter, um zu sehen, wem sie winken könnte.

Jocies Wangen wurden rot, aber sie lächelte weiter, während sie versuchte, sich zu dem schwarzen Mädchen vorzuschieben. Sie wollte den Namen der Schülerin wissen. Es kam ihr nicht richtig vor, dass sie nicht wusste, wie ein Mädchen hieß, das so alt war wie sie selbst und in Hollyhill lebte. Die Stadt war so klein, dass jeder nicht nur alle anderen kannte, sondern auch wusste, was sie taten. Wer ihre Eltern waren und wo sie arbeiteten. Ob sie krank waren oder Probleme hatten. Ob jemand in ihrer Familie geboren worden oder gestorben war. Zu welchen Evangelisationsveranstaltungen sie gingen und was sie in ihrem Garten anpflanzten.

In jeder Ausgabe veröffentlichte der *Banner* zehn Kurznachrichten, die jemand einschickte, normalerweise irgendeine grauhaarige Dame, die sich für alles interessierte, was in ihrem Viertel geschah. Ihr Vater bezahlte diese Leute nicht. Der einzige Lohn dieser Hobbyreporter war, dass sie ihren Namen in der Zeitung sahen und eine gute Ausrede hatten, neugierig zu sein. Die Nachrichten aus dem West End wurden von einer Mrs Washington verfasst, die jeden Montag ihre Kolumne lieferte. Soundso hatte Soundso besucht. Die Tochter von Soundso hatte in Grundy ein Baby bekommen. Soundso hatte einen Neffen bei der Armee. Soundso wurde in dieser oder jener Kirche getauft. Jocie musste die Namen überprüfen, wenn sie die Kolumne setzten, aber sie hatte sich nie sehr für die Gesichter hinter den Namen interessiert. Jetzt tat sie das. Vor allem, wenn es sich um Kinder in ihrem Alter handelte.

Bevor sie das Mädchen erreichte und mit ihm reden konnte, betraten sie die Turnhalle und Paulette kam auf Jocie zugerannt. „Da bist du ja. Ich dachte schon, du hättest dich gedrückt und wärst zu Hause geblieben“, sagte sie.

„So feige bin ich nun wirklich nicht.“ Jocie musterte Paulette. Die blonden Haare ihrer Freundin hingen in sanften, lockigen Wellen über ihre Schultern. Genau das hatte Jocie für ihre eigenen Haare im Sinn gehabt, als sie die Strähnen am Abend zuvor auf die Lockenwickler gedreht hatte. Paulette trug Lippenstift und einen Hauch Farbe auf den Wangen, der möglicherweise von Make-up stammte. Ihre blaue Bluse zeigte ihre Kurven und passte zu ihren Augen. Jocie wunderte sich überhaupt nicht, dass jeder Junge, der an ihnen vorbeikam, Paulette eines zweiten Blickes würdigte. „Du siehst toll aus“, sagte Jocie.

„Danke. Du auch, auch wenn ich dachte, wir hätten entschieden, dass du dir auch Locken machst.“

„Ich habe es versucht. Die Haare haben nicht mitgespielt.“

„Was meinst du damit? Das klingt ja, als hätten deine Haare einen eigenen Willen." Paulette runzelte die Stirn.

„So ist es wohl auch. Du hättest sie heute Morgen sehen sollen. Es sah aus, als hätte ich die Finger in eine Steckdose gesteckt. Glaub mir, glatt ist besser."

Paulette lachte. „Du bist wirklich lustig."

„Und mir wurde gesagt, ich hätte tolle Augen, das entschädigt vielleicht für die glatten Haare."

„Du hast wirklich hübsche Augen", sagte Paulette, obwohl ihre eigenen Augen damit beschäftigt waren, die Schüler um sich herum zu beobachten. „Hast du Derrick heute Morgen schon gesehen? Er sieht heute besonders gut aus."

Derrick war der Junge, von dem Paulette seit Neuestem schwärmte. Er war im letzten Schuljahr und hatte bislang noch nicht im Geringsten erkennen lassen, dass er überhaupt von Paulettes Existenz wusste.

„Ich habe ihn nicht gesehen", sagte Jocie. „Aber ein paar von den Jungs hier scheinen sich ziemlich dafür zu interessieren, wie du aussiehst."

„Die Jungs in unserem Jahrgang sind solche Babys."

„Wir sind doch genauso alt", gab Jocie zu bedenken.

„Aber Mädchen sind in ihrer Entwicklung früher als Jungen", erwiderte Paulette. „Jedenfalls der Durchschnitt."

„Ich war noch nie gerne durchschnittlich", sagte Jocie.

„Ich meinte nicht dich, Jocie. Außerdem hast du vielleicht noch nicht die entsprechende Figur, aber du bist sehr reif. Vom Verstand her."

„Das ist wenigstens etwas." Jocie blickte sich um. Allmählich füllte sich die Turnhalle. „Komm, wir suchen uns einen Platz. Wie wäre es dort neben ihr?" Sie zeigte zu dem schwarzen Mädchen, das sie vorhin gesehen und vergeblich einzuholen versucht hatte. Sie saß in der dritten Reihe auf der Tribüne und alle ließen viel Platz um sie herum.

„Neben wem? Dem schwarzen Mädchen dort?"

„Ja, warum nicht?"

„Ach, komm schon, Jocie", sagte Paulette, als müsste Jocie die Antwort auf ihre Frage längst kennen. „Sieh mal, wir können zu Linda und Janice gehen. Sie machen bestimmt Platz für uns."

„Linda und Janice kennen wir doch schon. Ich möchte wissen, wie das Mädchen dort heißt."

„Warum?"

„Weil ich sie nicht kenne, und das sollte ich, wenn sie in Hollyhill wohnt, findest du nicht?"

„Nein. Ich meine, wir müssen nett zu ihnen sein und so, aber wir müssen nicht versuchen, Freundinnen zu werden."

„Aber sie sieht aus, als könnte sie eine Freundin gebrauchen", sagte Jocie.

„Du liebe Güte, Jocie, wir sind nicht in der Kirche. Du musst nicht immer so nett sein, weil du eine Pastorentochter bist."

Jocie sah Paulette an. „Meinst du, ich bin zu nett?"

Paulette runzelte die Stirn. „Nein, manchmal bist du gar nicht nett – so wie jetzt, wo du versuchst, unseren ersten Schultag zu verderben."

„Was meinst du damit?"

„Ich meine, wenn du neben ihr sitzen willst, dann mach das, aber ich werde mich neben Linda und Janice setzen." Paulette wandte sich dem anderen Ende der Tribüne zu.

Jocie folgte ihr einige Schritte, aber dann blieb sie stehen. Sie wollte nicht, dass Paulette sauer auf sie war, aber sie wollte auch nicht neben Linda und Janice sitzen. Sie wollte wissen, wie das schwarze Mädchen hieß. Es kam ihr vor, als wäre es ein Auftrag für eine Geschichte, die sie für den *Banner* schreiben sollte. Sie musste es einfach tun. Also streckte sie die Hand aus und berührte Paulettes Arm. „Wir sehen uns später. Vielleicht beim Mittagessen."

„Klar", sagte Paulette, aber sie lächelte nicht mehr.

„Ich muss das einfach tun, das verstehst du doch, oder?"

„Ehrlich gesagt, nein. Warum kannst du nicht normal sein und einfach das Leben genießen. Du musst doch nicht ständig die Welt retten oder so etwas."

„Ich versuche nicht, die Welt zu retten", sagte Jocie. „Aber ich habe mir vorgenommen, die Namen der Kinder in Erfahrung zu bringen, die ich nicht kenne. Und ihren Namen kenne ich nicht."

„Dann geh und frag sie. Wahrscheinlich wird sie dich nur für neugierig halten."

„Wahrscheinlich“, gab Jocie zu. „Und ich wette, Derrick bemerkt, wie hübsch du heute aussiehst.“

Wenigstens das entlockte Paulette ein Lächeln, bevor sie eilig die Halle durchquerte und zu Linda hinaufkletterte, die zur Seite rutschte, um Platz zu machen. Das schwarze Mädchen musste nicht zur Seite rücken, um Platz für Jocie zu machen. Es gab jede Menge Platz.

„Hi“, sagte Jocie. „Hast du was dagegen, wenn ich mich hierhin setze?“

„Ich glaube nicht, dass es feste Sitzplätze gibt. Du kannst sitzen, wo du willst.“ Das Mädchen sah sie an, ohne zu lächeln. Sie wirkte jetzt nicht mehr nervös, sondern eher resigniert.

Jocie lächelte so freundlich, wie sie konnte, und sagte: „Ich bin Jocie Brooke.“

„Ich weiß“, sagte das Mädchen.

„Ach ja?“

„Natürlich. Deinem Daddy gehört der *Banner* und er ist Prediger.“ Ihre Stimme war leise und der Anflug eines Lächelns erschien tief in ihren braunen Augen. „Aber du hast keine Ahnung, wer ich bin, oder?“

„Nee. Deshalb bin ich hergekommen. Ich wollte dich fragen, wie du heißt. Sagst du es mir?“

„Klar, warum nicht. Charissa Boyer. Und jetzt rate mal, was mein Daddy macht.“

Jocie kramte in ihrem Gedächtnis nach den Namen in der Nachrichtenkolumne über das West End. Sie musterte Charissa genauer. „Er ist Prediger der Baptistengemeinde im West End.“

Charissa lachte und ihre Augen leuchteten auf. „Gut geraten.“

„Vielleicht wollte ich deshalb deinen Namen wissen“, sagte Jocie. „Damit wir uns darüber austauschen können, wie es ist, eine Pastorentochter zu sein.“

„Es ist jedenfalls nichts für schwache Nerven“, sagte Charissa. Ihr Lächeln erstarb. „Aber so wie es aussieht, hast du starke Nerven. Deine Freundin sah nicht gerade begeistert aus.“

„Ach, sie kriegt sich schon wieder ein. Sie müsste mich inzwischen eigentlich gut genug kennen, um zu wissen, dass ich das, was ich mir in den Kopf gesetzt habe, auch tue.“

„Warum hast du es dir in den Kopf gesetzt, neben mir zu sitzen?"

„Weil ich nicht wusste, wie du heißt, und ich fand, ich sollte es wissen. Wir leben beide in Hollyhill. Wir sind gleich alt."

„Und beide Pastorentöchter."

„Und ich dachte, es wäre nur meine eigene Neugier, dabei muss es Gottes Hand gewesen sein, die mich in deine Richtung geschoben hat, damit ich mit dir rede. Sie wird es verstehen."

„Was verstehen?", fragte Charissa.

„Keine Ahnung. Was immer es zu verstehen gibt."

Charissa schüttelte ein wenig den Kopf. „Ich schätze, du hast ihn falsch verstanden. Ich verstehe heute Morgen nichts so richtig."

„Warum? Gefällt es dir hier nicht?"

„Bis jetzt nicht besonders. Es wäre einfacher gewesen, in die Schule in Grundy zu gehen, aber Daddy sagt, wir müssen es tun. Hier zur Schule gehen, meine ich." Sie sah aus, als spräche sie vom Kohlhacken oder irgendeiner anderen üblen Hausarbeit. „Für meine große Schwester ist es noch schlimmer. Sie ist im letzten Jahr und ihr Freund ist in Grundy. Sie hat Daddy wochenlang angefleht, sie weiter nach Grundy gehen zu lassen. Und heute Morgen hat sie den ganzen Schulweg über geweint. Sie sagt, sie will sterben oder die Schule hinschmeißen oder so etwas. Anna ist ziemlich theatralisch. Ich habe keinen Freund und all die Kinder, mit denen ich in der achten Klasse war, sind hier auch irgendwo." Sie sah sich um. „Es sieht nicht so aus, als hätten sich viele von uns unter euch gemischt. Ein paar sind offenbar gar nicht gekommen."

„Warum sollten sie denn nicht kommen?"

„Zu viel Angst wahrscheinlich."

„Ich hatte heute Morgen auch Angst", sagte Jocie.

Charissa sah sie an. „Unseretwegen?"

„Nein, meinetwegen. Ich hatte Angst, dass ich nicht weiß, was ich tun soll, und alle mich für dumm halten."

„Ist doch egal, wenn alle dich für dumm halten, solange du weißt, dass du es nicht bist."

„Aber manchmal bin ich mir da wohl nicht so sicher", sagte Jocie.

„Da sind wir schon zu zweit." Charissas Lächeln erleuchtete ihr ganzes Gesicht.

„Du bist wirklich hübsch", sagte Jocie.

„Sag das mal dem Jungen, der für deinen Daddy arbeitet."

„Wem? Noah?" Als Charissa nickte, sprach Jocie weiter. „Kennst du ihn?"

„Er war vor zwei Wochen mit seiner Mama in unserer Kirche."

„Sind die beiden Zwillinge nicht süß?"

„So genau habe ich sie mir nicht angesehen. Ich fand Noah süß. Findest du nicht?"

Charissa hatte den gleichen Ausdruck im Gesicht, den Paulette gehabt hatte, als sie vorhin von Derrick gesprochen hatte. Was war nur mit Jocie los, dass sie nicht so von einem Jungen schwärmte? Vielleicht war sie eine Spätentwicklerin. Sie überlegte, dass das ziemlich offensichtlich war, wenn man ihren Mangel an Kurven bedachte. „Er ist in Ordnung, glaube ich", sagte Jocie.

„Nur in Ordnung?" Charissa sah sie lange an. „Mensch, du hast offensichtlich nicht richtig hingeguckt. Oder vielleicht meinst du, dass es sich für ein weißes Mädchen nicht schickt, einen schwarzen Jungen anzusehen?"

„Ich bin einfach nicht auf den Gedanken gekommen."

„Dann tu es auch weiterhin nicht. Ich brauche keine Konkurrenz, vor allem nicht von einer, die mit ihm zusammenarbeitet."

„Ich wäre keine echte Konkurrenz."

„Stell dein Licht nicht unter den Scheffel, Jocie Brooke. Du bist einer von diesen Menschen, die auffallen. So wie Noahs Mama."

„Ich weiß nicht, wovon du redest. Mrs Hearndon ist eine Schönheit."

„Das ist sie", bestätigte Charissa. „Aber wie mein Daddy immer sagt: Wahre Schönheit kommt von innen, und er sagt, diese Dame hat eine Menge davon. Sie will etwas bewirken, egal, wo sie ist. Und das willst du auch. Deshalb sitzt du hier neben mir anstatt drüben bei deinen Freundinnen."

„Mit Schmeichelei kannst du alles erreichen", sagte Jocie lachend. „Wie wäre es also, wenn du am Montag oder am Dienstag zur Redaktion kommst, um mich zu besuchen? Dann wird Du-weißt-schon-wer höchstwahrscheinlich da sein."

„Das war keine Schmeichelei. Es ist die Wahrheit. Aber da du es vorgeschlagen hast, nehme ich dein Angebot vielleicht an und komme dich am nächsten Montag besuchen."

Irgendwo in der Schule ertönte eine Klingel und die Jugendlichen auf den Rängen setzten sich aufrecht hin und blickten zu Mr Madison hinüber, der vor ihnen in die Mitte der Halle trat. Seine Schritte waren laut auf dem Boden der Turnhalle zu hören.

„Los geht's, ob wir wollen oder nicht", flüsterte Jocie.

20

Am Freitagmorgen erschien Zella über eine Stunde früher als gewöhnlich in der Zeitungsredaktion. Sie trat ein und ließ ihre Handtasche in die unterste Schublade ihres Schreibtischs fallen, so wie sie es jeden Morgen tat, aber sie setzte sich nicht und zog auch nicht die Haube von ihrer Schreibmaschine. Stattdessen ging sie nach hinten und öffnete die Tür zur Druckerei. Sonst ging sie nie in die Druckerei, wenn es nicht unbedingt sein musste. Dort war es zu schmutzig und zu laut. Jetzt war es natürlich totenstill. Die Druckerpresse, die Zella mit ihrem Klappern und Klackern immer ein wenig beunruhigte, wirkte jetzt, wo sie still und regungslos mitten im Raum stand, aus irgendeinem Grund sogar noch furchterregender. Es war beinahe, als würde das Ding sie beobachten – als wüsste es, was sie im Schilde führte.

Zella zögerte, dann flüsterte sie vor sich hin: „Sei keine Närrin, Zella Curtsinger! Es ist nur eine leblose Maschine. Das Ding hat keine Augen."

Sie trat durch die Tür, als ob sie über die Grenze in ein fremdes Territorium treten würde. Vorne im Büro fühlte sie sich mehr zu Hause als in ihren eigenen vier Wänden, aber die Druckerei war Davids und Wesleys Domäne. Sie konnte nicht einmal sagen, ob sie jemals hier gewesen war, ohne dass jemand anderer zugegen war. Normalerweise waren David oder Wesley anwesend und machten irgendeinen höllischen Lärm mit der Presse oder Wesley und Jocelyn führten eines ihrer absurden Gespräche und überlegten sich neue Methoden, um sie zu ärgern. Oder sie waren alle hier hinten und falteten die Zeitungen, damit sie am Mittwochmorgen pünktlich ausgeliefert werden konnten. Eine furchtbare Arbeit. In letzter Zeit war sie Zella allerdings nicht ganz so verhasst gewesen wie sonst, weil Leigh ihnen jeden Dienstagabend half.

Zella seufzte bei dem Gedanken an Leigh und David und daran, wie die beiden sich am letzten Dienstag angelächelt hatten. So als hätten sie ein Geheimnis, das niemand außer ihnen kannte. Zwar mochte Zella es jetzt tatsächlich noch nicht kennen, aber sie würde es in Erfahrung bringen. Leigh würde vor Zella nichts geheim halten können, was zwischen ihr und David lief. Schließlich hätte Leigh nicht die geringste Chance gehabt, den Mann auf sich aufmerksam zu machen, wenn Zella nicht gewesen wäre und ihr Möglichstes getan hätte, um David aus seinem selbst verschuldeten Koma in Bezug auf Frauen und Romantik zu wecken.

Zella mochte Leigh. Sie war jung, aber sie würde eine perfekte Pastorenfrau abgeben, eine perfekte Frau für David. Mit Jocelyn würde sie alle Hände voll zu tun haben, aber wer würde das nicht? David war mit seiner Tochter immer viel zu nachsichtig gewesen. Er hatte sie Artikel schreiben lassen, als sie noch mit Puppen hätte spielen sollen. Er ließ zu, dass sie Erwachsenen gegenüber frech wurde, insbesondere Zella gegenüber, und tat nur so, als würde er sie tadeln. Und jetzt ließ er diesen farbigen Jungen Seite an Seite mit ihr arbeiten. Das musste ja Ärger geben.

Nicht, dass Zella David alle Schuld dafür gab, wie Jocelyn sich verhielt. Er hatte getan, was er in dieser schlimmen Situation hatte tun können. Das Kind hatte nie eine Mutter gehabt. Vom ersten Tag an nicht. Und David keine richtige Ehefrau. Zella war weder schockiert noch traurig darüber gewesen, als Adrienne in unbekannte Gefilde abgereist war. Es war besser, dass David sie los war.

Aber auch wenn Zella nichts wegen Jocelyn unternehmen konnte, so konnte sie doch etwas für David tun. David war für sie wie ein kleiner Bruder. Es war ihr nicht egal, was mit ihm geschah. Er hatte etwas Besseres verdient als das, was das Leben ihm bisher zugedacht hatte, und so hatte Zella sich aufgemacht, um ihn an die Schwelle des Glücks zu bringen. Er brauchte Romantik und Liebe, genau wie all die Männer in den Romanen, die sie las, aber wie die meisten von ihnen war er zu blind, um das zu erkennen.

In diesen Liebesromanen brauchte der Held ungefähr zweihundert Seiten, um in der Heldin überhaupt das Mädchen seiner Träume zu sehen und zu erkennen, dass er ohne sie nicht leben konnte. Im echten Leben war es nicht so einfach gewesen und der Ausgang längst nicht so vorhersehbar. Das Endergebnis war noch immer nicht sicher. Im echten Leben war es das nie, aber David hatte endlich begonnen, den Weg des Glücks einzuschlagen. Und Zella stand bereit, um ihm noch den einen oder anderen Schubs zu versetzen, wenn es sein musste. Wenn etwas getan werden musste, fand Zella einen Weg, es zu tun.

Das hatte sie Leigh von Anfang an erzählt, als Leigh wegen ihres mangelnden Erfolgs bei David mutlos gewesen war. Daraufhin hatte Leigh sich gewundert: „Und wie kommt es dann, dass du nie den richtigen Mann für dich gefunden hast?"

Zella erinnerte sich genau daran, wo sie gewesen waren, als Leigh ihr diese Frage gestellt hatte. Es war im vergangenen April gewesen, auf dem Heimweg von Grundy, wo sie mit angesehen hatten, wie Nadine Richardsons Sohn irgendein Mädchen geheiratet hatte. Eine Hochzeit war die sicherste Methode, um eine alleinstehende junge Frau zu deprimieren. Vor allem eine alleinstehende junge Frau, die nicht alleinstehend sein wollte. Das war bei Zella anders und genau das hatte sie Leigh erklärt. „Ich bin mit meinem Leben sehr zufrieden, so wie es ist, und ich habe nie einen geeigneten Kandidaten getroffen, der mich dazu gebracht hätte, an meiner Situation etwas zu ändern."

Aber selbst wenn ein Märchenprinz an Zellas Tor gehalten und auf und ab geritten wäre, um Einlass zu erbitten, hätte sie das Tor vielleicht nicht für ihn geöffnet. Märchenprinzen hatten die Tendenz, sich in froschartige alte Ehemänner zu verwandeln, die erwarteten, dass ihre Frau ihre gesamte Freizeit damit zubrachte, zu kochen und zu putzen und ihre dreckigen Socken vom Boden aufzuheben, während sie auf dem Sofa saßen und im Fernsehen Golf sahen. Warum in aller Welt schaute sich irgendjemand freiwillig im Fernsehen Golf an?

Und dann hatte Leigh das Lächerlichste gesagt, was Zella jemals gehört hatte. „Wie wäre es denn mit Wes? Er ist auf seine merkwürdige Art doch ganz süß."

Es war gut, dass Leigh gefahren war und nicht Zella. Ansonsten hätte Zella das Steuer wahrscheinlich so verrissen, dass sie kopfüber im Graben gelandet wären. Und genau das müsste mit der ganzen Welt geschehen, bevor Zella Wesley Green als Kandidaten für irgendetwas Persönliches in Erwägung ziehen würde: Die Welt müsste Kopf stehen.

Natürlich sagten viele Menschen, dass dem bereits so war. Im letzten Herbst war Präsident Kennedy erschossen worden war, Präsident Johnson bombardierte jetzt ein Land auf der anderen Seite des Erdballs und der Kongress beschloss alle diese Gesetze über Bürgerrechte und solche Dinge. Als wüssten die Menschen nicht selbst, wie sie ihr Leben leben mussten – ohne dass irgendein Senator in Washington ihnen sagte, was sie zu tun hatten. Außerdem gab es einfach Dinge, die man nicht gesetzlich verordnen konnte.

Schon allein die Vorstellung, dass Leigh auch nur in Erwägung zog, dass Zella Wesley Green jemals auf diese Weise ansehen könnte! Selbst wenn er attraktiv gewesen wäre, was er nicht war; selbst wenn er ein Gentleman gewesen wäre, was er nicht war; selbst wenn er irgendwelche guten Eigenschaften gehabt hätte, die er nicht hatte, hätte Zella ihn keine Sekunde in Betracht gezogen. Der Mann war irgendwie gesetzlos. Das hatte Zella vom Tag ihrer ersten Begegnung an gewusst und in den darauffolgenden Jahren hatte er nichts getan, um sie vom Gegenteil zu überzeugen. Genau deshalb war sie jetzt hier. Wegen des Schlüssels zu seiner Wohnung.

Im Büro vorne fing das Telefon an zu klingeln. Zella schlug sich beide Hände auf die Brust, da ihr das Herz fast aus dem Halse sprang. Sie holte zweimal tief Luft und wartete darauf, dass sich ihr Herzschlag beruhigte.

„Wer ruft denn um diese Zeit hier an?“, murmelte sie vor sich hin. Sie war halb geneigt, den Hörer abzunehmen und dem Anrufer zu sagen, er solle mal auf die Uhr schauen. Das Büro würde frühestens in einer Stunde geöffnet sein. Und David würde erst eine halbe Stunde später erscheinen. Darauf verließ Zella sich. Wegen Jocelyn musste sie sich keine Gedanken machen. Das Kind war in der Schule. Deshalb hatte Zella bis jetzt gewartet. Seit der Tornado über sie hinweggefegt war und Wesley praktisch auf der Schwelle des Todes ins Krankenhaus eingeliefert worden war, hatte sie gewusst, dass sie es tun würde. Es war etwas, das getan werden musste. Sie hatte nur auf den richtigen Zeitpunkt gewartet.

Es war nur zu seinem Besten.

Sie hatte wirklich keinen Grund nervös zu sein. Schnellen Schrittes durchquerte Zella den Raum, ging an der Druckerpresse vorbei und nahm den Schlüssel vom Haken an der Hintertür. Eine Minute lang starrte sie ihn an, als könnte er ihr die Antworten geben, nach denen sie suchte. Aber es war natürlich nur ein Schlüssel.

Zella sah sich um, bis sie den alten Besen fand, der eindeutig zu selten benutzt wurde, wenn man den Boden der Druckerei betrachtete. Dann öffnete sie die Tür und ging über den Hof zu der Treppe, die zu Wesleys Wohnung hinaufführte. Sein Motorrad stand unter den Treppenstufen. Irgendwie hatte es den Tornado in einem besseren Zustand überlebt als Wesley. Zella wünschte, es wäre ebenfalls durch die Luft geflogen, sodass Wesley gezwungen wäre, sich ein vernünftigeres Transportmittel zu kaufen. Allerdings sah sein Bein so aus, als würde er möglicherweise sowieso nicht mehr auf sein Motorrad steigen können. Oder die Treppe zu seiner Wohnung hinauf.

Als Zella die ersten Stufen nahm, fegte sie hier und da ein Blatt von der Treppe. Das war ihre Ausrede für den Fall, dass jemand vorbeikam und sie auf der Treppe sah. Sie blieb stehen und sah sich um, während die Glocken der nahen Kirche sieben Uhr läuteten. Keine Menschenseele war zu sehen. Auf dem Parkplatz hinter dem Gericht schlug eine Wagentür zu. Das war wahrscheinlich Hal, der das Gebäude aufschloss und den Flur fegte. Hal lief immer mit gesenktem Kopf herum, so als suche er nach Geldstücken. Zella musste sich also keine Sorgen darüber machen, dass er sie bemerkte, selbst wenn er nicht die Abkürzung durch die Hintertür des Gerichtsgebäudes nehmen sollte. Hinter dem Redaktionsbüro fuhr ein Auto vorbei, aber zum Glück blickte die Person im Wagen geradeaus auf die Straße.

Zella atmete laut aus und sagte sich, dass es keinen Grund gab, sich wie ein verängstigtes Kaninchen zu benehmen. Es spielte keine Rolle, ob jemand sie sah. Sie hatte ihren Besen und sie fegte die Treppe. Die Leute würden wahrscheinlich denken, dass das zu ihrer Arbeit gehörte, so wie es Hals Aufgabe war, beim Gericht zu kehren. Auch wenn sie natürlich nicht der Hausmeister des *Banner* oder irgendetwas in der Art war.

Als Zella oben auf dem Treppenabsatz angekommen war, stand ihr der Schweiß auf der Stirn, aber das hatte überhaupt nichts damit zu tun, dass sie nervös war. Es war heiß. Die Sonne stand bereits hell und brennend am Himmel und nirgends war eine Regenwolke zu sehen. In allen Kirchen des Countys wurde für Regen gebetet, aber bis jetzt hatte Gott es noch nicht für recht befunden, ihnen welchen zu schicken. David sagte, das werde er noch und manchmal erhöre Gott Gebete eben nach seinem eigenen Zeitplan.

Zella wünschte, er würde sich beeilen. Ihre Rosenknospen vertrockneten an den Büschen, ohne sich überhaupt zu öffnen, und das, obwohl sie die Rosen mit dem Wasser goss, in dem sie das Geschirr abwusch. Der Bürgermeister hatte verboten, dass Rasen und Blumen gegossen wurden. Die Anordnung war in den letzten beiden Ausgaben des *Banner* abgedruckt worden. Polizeichef Simmons hatte sogar eine Verwarnung ausgesprochen, als Perry Phillips dabei erwischt worden war, wie er mitten in der Nacht seinen Rasen gesprengt hatte. Perry war stolz auf sein Gras, aber er konnte es auch nicht mehr lieben als Zella ihre Rosen. Die meisten der Rosenbüsche hatte ihre Mutter gepflanzt. Trotzdem würde Zella nicht gegen das Gesetz verstoßen, damit sie blühten.

Jetzt war vielleicht nicht der beste Zeitpunkt, um an Gesetzesverstöße zu denken, überlegte Zella und schob den Schlüssel ins Schloss. Aber sie brach ja nicht ein. Sie hatte den Schlüssel. Sie betrat nur eine Wohnung.

Hastig stieß sie die Tür auf, trat ein und zog sie dann schnell wieder hinter sich zu. Drinnen war es doppelt so heiß wie draußen. Und stickig. Und es roch. Nicht nur abgestanden, wie es nun einmal roch, wenn die Fenster einer Wohnung länger nicht geöffnet worden waren, sondern nach Druckerschwärze und Öl und Kaffee. Nach Wesley eben. Staub schwebte in der Luft und Spinnweben spannten sich zwischen der Deckenlampe und dem Türrahmen über Zellas Kopf.

Seit Wochen waren hier keine Fenster und Türen mehr geöffnet worden, außer wenn Jocelyn vorbeigekommen war, um ein Buch, Kleidung oder irgendetwas anderes für Wesley zu holen. Die Wohnung musste dringend gründlich gelüftet werden. Vielleicht würde sie das Jocelyn sagen. Vielleicht würde sie ihr sogar anbieten zu helfen. Das würde ihr noch eine Gelegenheit geben, nach Hinweisen auf Wesleys Vergangenheit zu suchen, sollte sie an diesem Morgen nichts finden.

Zella wedelte ein wenig mit der Hand, um etwas Luft in ihre Nase zu fächeln. Sie war noch nie in Wesleys Wohnung gewesen. Er hatte sie nicht eingeladen, und selbst wenn er es getan hätte, hätte sie die Einladung nicht angenommen.

Es war nicht direkt schmutzig in den Zimmern, sondern in erster Linie staubig und unordentlich. Überall stapelten sich Bücher. Zella hob ein paar von ihnen auf. Das war nichts, was sie jemals lesen würde. Trotzdem konnte sie eine gewisse Bewunderung für einen Mann, der so viel las, nicht unterdrücken.

Es war eine kleine Wohnung mit einer Kochecke im Wohnzimmer. Es gab nicht einmal einen Herd, sondern nur eine Kochplatte auf einem winzigen Tisch. Daneben stand ein halbhoher Kühlschrank, den Zella nicht öffnen würde. Sie wollte lieber gar nicht darüber nachdenken, was darin vielleicht wuchs. Dort würde Wesley ohnehin nichts verstecken. Ein Glas und eine Tasse standen auf einem Geschirrtuch neben einer kleinen Spüle.

Zella ließ ihren Blick langsam durch den Raum wandern. Sie wusste genau, wonach sie suchte, aber sie war sich nicht sicher, ob sie es erkennen würde, wenn sie es fand. Irgendwo gab es bestimmt einen Brief oder eine Zeitung oder ein Bild, das ihr etwas über Wesley Greens Vergangenheit verraten würde. Irgendetwas musste er aufbewahrt haben. Jeder tat das.

Wesley hatte kein Telefon, also gab es kein Telefonbuch, in das er eine Nummer gekritzelt haben könnte. Zella zog die Schublade des Tisches heraus, der neben dem alten Sofa stand, aber darin lag nichts außer einigen Stiften. Unter den Sofakissen fand sie einen Vierteldollar und drei Pennys. Sie nahm sie und ließ sie zu den Stiften in die Schublade fallen.

Dann sah sie auf ihre Uhr. Es war schon Viertel nach sieben. Sie musste sich beeilen. Denn um halb acht wollte sie an ihrem Schreibtisch sitzen.

Zella richtete sich auf und blickte sich um. Vielleicht hatte er etwas in einem Buch versteckt, aber das würde sie in der Zeit, die ihr blieb, niemals finden, es sei denn, sie hätte das Glück, gleich nach dem richtigen Band zu greifen. Eine Bibel. Bibeln warf niemand fort. Sie selbst bewahrte die ihrer Mutter und ihrer Großmutter zu Hause an einem besonderen Platz auf. Und sie hatte schon Dutzende Geschichten von Soldaten gehört, die in diesem oder jenem Krieg ein Neues Testament in der Tasche gehabt hatten. Vielleicht hatte Wesley aus seiner Vergangenheit eine Bibel mitgenommen.

Sie durchquerte den Raum zu der kleinen Nische, in der Wesley schlief. Die Bettdecke war zurückgeschlagen, als wäre er gerade erst aufgestanden und in die Redaktion hinuntergegangen. Selbst die Kuhle im Kissen war noch zu sehen. Beinahe hätte Zella ihre Jagd abgebrochen und die Flucht ergriffen.

„Du bist hier. Wesley ist nicht hier. Such die Bibel", ermahnte sie sich.

Eine Bibel fand sie nicht, aber sie entdeckte einen Straßenatlas unter dem Bett. Zella pustete den Staub vom Einband und schlug den Atlas auf. Vorne war eine Karte der gesamten Vereinigten Staaten abgedruckt. Wesley hatte so viele schwarze Linien auf den Straßen zwischen den Bundesstaaten nachgezogen, dass es aussah wie ein Spinnennetz. Zella konnte nicht einmal ansatzweise schätzen, wie viele Kilometer sich hinter diesen Linien verbargen. Es gab Linien nach Kalifornien und Oregon, nach Florida und Maine.

Sie trat näher an das kleine Fenster über dem Bett und zog die Gardine auf, um mehr Licht hereinzulassen. Dann kniff sie die Augen leicht zusammen und betrachtete die Karte, bis sie das Ende der Linie dort entdeckte, wo sich ein Punkt für Hollyhill, Kentucky, befunden hätte, wenn die Stadt groß genug gewesen wäre, um auf dieser Karte verzeichnet zu sein.

Akribisch suchte sie nach einer anderen Linie, die irgendwo endete, während sie sich der Minuten bewusst war, die verstrichen. Schließlich fand sie das Ende.

Zella hatte gerade den Vorhang geschlossen und wollte den Atlas wieder unters Bett schieben, als eine Fotografie aus dem Atlas fiel und zu Boden schwebte. Zella hob sie auf und starrte auf einen wesentlich jüngeren Wesley, der den Arm um eine schöne Frau gelegt hatte. Ein Junge und ein Mädchen standen vor den beiden in einem dieser verewigten Urlaubsmomente, in denen die Sonne schien und ein Fremder angeboten haben musste, alle lächelnd und vergnügt abzulichten.

Ganz vorsichtig legte Zella das Foto wieder zwischen die Seiten des Atlas und verstaute das Buch unter Wesleys Bett. Dann rannte sie förmlich zur Tür. Sie sagte sich, dass sie keinen Grund hatte, ein schlechtes Gewissen zu haben. Sie hatte nichts Verbotenes getan. Sie hatte nie vorgehabt, Wesley den Behörden auszuliefern oder etwas in der Art, selbst wenn sie etwas gefunden hätte, das bewies, dass er vor dem Gesetz davonlief. Sie tat dies nur zu seinem eigenen Besten.

Der Mann konnte sterben. Er wäre beinahe gestorben, und wenn das geschah, mussten sie wissen, mit wem sie sich in Verbindung setzen mussten. Wesley stammte nicht vom Jupiter. Das war selbstverständlich. Aber von irgendwoher kam er. Er hatte Verwandte. Das Bild war der Beweis dafür.

Zella erinnerte sich daran, die Tür abzuschließen, bevor sie die Treppe hinuntereilte. Sie dachte auch daran, den Schlüssel wieder an den Haken in der Druckerei zu hängen. Was sie völlig vergaß, war der Besen.

21

Wes war bereits einige Stunden wach, bevor sich am Samstagmorgen jemand anderes im Brooke-Haushalt rührte. Er hatte die Augen geschlossen und sogar ein Schnarchen vorgetäuscht, als Tabby gegen drei Uhr morgens nach unten gekommen war, um auf die Toilette zu gehen. Das Mädchen watschelte inzwischen förmlich. Es würde nicht mehr lange dauern, bis mitten in der Nacht ein Baby schrie und Wes in den langen Stunden die Zeit vertrieb.

Natürlich hatte er nicht vor, noch viel länger im Wohnzimmer der Brookes zu übernachten, also würde er das Baby verpassen, wenn Tabby es nicht bald bekam. Inzwischen hatte er den Gips bis ungefähr fünfzehn Zentimeter über dem Knie heruntergekürzt. Er konnte seine Kleidung ohne Hilfe anziehen, auch wenn es eine Weile dauerte, bis er das aufgeschlitzte Hosenbein über den Gips gezogen hatte. Wes hatte sogar ein wenig Treppensteigen geübt, wenn niemand zu Hause gewesen war, und in den letzten Tagen hatte es ihn besonders gejuckt. Und zwar nicht nur unter seinem Gips an den Stellen, die er nicht erreichen konnte.

Dies war ein anderes Jucken. Wie er es gehabt hatte, bevor er in Hollyhill gelandet war. Wenn er dieses Gefühl hatte, stopfte er für gewöhnlich ein zweites Paar Hosen, ein frisches Hemd und seinen Straßenatlas in seinen Rucksack, stieg auf sein Motorrad und begab sich auf die Straße. Aber er war sich nicht sicher, dass es ihn juckte, Hollyhill zu verlassen. Er war nur erpicht darauf, dem Brookeschen Hauptbahnhof endlich den Rücken zu kehren. Manchmal brauchte ein Mann Zeit für sich. Zeit zum Nachdenken.

Andererseits war es vielleicht gerade all die Zeit zum Nachdenken, die er in der Nacht hatte, die das Jucken verursachte. Das und die Bibel. Er hatte eine Menge in der Bibel gelesen, seit der Tornado durch sein Leben gefegt war. Manchmal kam es Wes vor, als würde ein Tornado durch seine Seele fegen, wenn er die Bibel in die Hand nahm und an der Stelle zu lesen begann, an der sie auffiel. Zuerst hatte er die Bibel im Krankenhaus gelesen, weil sie das einzige Buch dort gewesen war. Irgendeiner vom Gideonbund hatte sie dort hingelegt, wie der Einband verriet.

Es war nicht so, dass er noch nie in der Bibel gelesen hätte. Als kleiner Junge war er regelmäßig zur Sonntagsschule gegangen und Rosa war die Kirche sehr wichtig gewesen, als sie verheiratet gewesen waren. Eine Zeit lang hatte Rosa geglaubt, ihr Junge könnte vielleicht sogar Prediger werden. Wer weiß, vielleicht hatte der Junge es tatsächlich getan. Vielleicht war er ein erfolgreicher Evangelist.

Das Schicksal oder Gott oder Mr Jupiter oder wer auch immer es war, der die Fäden zog und Dinge geschehen ließ, hatte sowieso einen merkwürdigen Sinn für Humor. Immerhin schlief Wes jetzt im Wohnzimmer eines Predigers, dessen Tochter ihn Opa nennen wollte. Jo war der Grund, warum er Hollyhill nicht verlassen würde, egal wie sehr es ihn juckte. Wenn er Jo hinter sich ließe, könnte er genausogut mit seinem Motorrad irgendwo über eine Klippe fahren und dem ewigen Lohn ins Auge sehen, wie auch immer der für ihn aussah.

Bis vor ein paar Wochen hatte Wes nicht oft an den ewigen Lohn gedacht. Man konnte das Unvermeidliche ignorieren, selbst wenn man wusste, wie schnell das Unvermeidliche geschehen konnte, so wie es bei Rosa und Lydia gewesen war. Am einen Nachmittag waren sie noch am Strand gewesen, mitten im Sonnenschein des Lebens, und am nächsten Tag waren sie nicht mehr da gewesen. Seitdem hatte Wes es nie lange an einem Ort ausgehalten. Er war selbst vor der Erinnerung an die Liebe geflohen, bis er nach Hollyhill gekommen war und Jo ihn gebraucht hatte. Oder vielleicht war er es gewesen, der sie gebraucht hatte.

Wes versuchte so still wie möglich dazuliegen und hielt die Luft an, um zu sehen, ob er irgendeine Bewegung draußen auf der Loggia hörte, wo Jo schlief. Noch ein Grund, warum er von hier wegmusste. Im Winter würde es zu kalt, um da draußen zu schlafen. Jo würde seinen Platz im Wohnzimmer brauchen. Das Haus der Brookes quoll vor Menschen förmlich über. Und so wie David in letzter Zeit vor sich hin summte, wenn er morgens aufstand, dachte der Mann möglicherweise daran, demnächst noch eine Frau einziehen zu lassen. Wes war sich ziemlich sicher, dass die Melodie von gestern Morgen nicht aus dem Gesangbuch stammte. Sie hatte verdächtig nach dem Elvis-Hit „Love Me Tender" geklungen.

Wes hörte keine Geräusche von der Loggia herüberdringen. Die Aufregung, zur High School zu gehen, lockte Jo nicht mehr früh aus dem Bett. Sie war in der Schule gleich gut zurechtgekommen, so wie er es von Anfang an gewusst hatte, auch ohne Locken. Wie es für Jo typisch war, hatte sie sich sofort mitten hineingestürzt. An ihrem ersten Schultag war sie nach Hause gekommen, hatte sich zu Wes auf die Veranda gesetzt und ohne Punkt und Komma geredet, bis Lovella ihr aufgetragen hatte, sie solle beim Abendessen helfen.

Jo würde klarkommen. Sie war beinahe vierzehn und wusste, wie sie Antworten auf ihre Fragen bekommen konnte. Sie würde klarkommen, ganz im Gegensatz zu ihm. An manchen Tagen kam es Wes vor, als könnte er das Tal, in dem er sich befand, heil durchqueren. An anderen Tagen umfing ihn das Dunkel des Tals, bis er jeden Schimmer der Hoffnung aus den Augen verlor, jemals aus dem Tal herauszufinden.

Er wünschte, die Sonne würde sich beeilen und endlich aufgehen, um den Tag etwas zu erhellen. Wes konnte sich nicht an alles erinnern, was er in der Bibel gelesen hatte, aber ein Vers war ihm im Gedächtnis geblieben. *Ich vermag alles durch den, der mich stark macht, Christus.* Aber das hatte Paulus geschrieben. Und Paulus war ein Mann, der wusste, was Gott von ihm wollte. Immerhin hatte Gott ihn ja buchstäblich umgehauen und ihm gesagt, was er tun sollte. Wes lag es fern, sich mit Paulus im selben Atemzug zu nennen. Auch wenn es irgendwo in der Bibel eine Stelle gab, wo Paulus sagte, er sei der Erste unter allen Sündern. Aber wenn der gute alte Paulus der Erste war, dann war Wes sich nicht sicher, wo er in der Rangliste landete.

Und doch war es ihm wie ein Zeichen erschienen, als die Bibel zweimal hintereinander bei dem Vers mit dem „Starkmachen" aufgeklappt war. Vor allem, da Wes oft darüber nachdachte, ob er stark genug sein würde, die Treppe zu seiner Wohnung hinaufzusteigen. Er hoffte, dass er sich nicht mehr ganz so alt und hilflos fühlen würde, wenn er wieder allein lebte.

Und es gab noch einen Grund. Er wollte nachsehen, ob er sich nur deshalb so zur Bibel hingezogen fühlte, weil es von David und

Lovella und Jo abfärbte. Vielleicht würde er das mit dem Lesen in der Bibel ganz schnell wieder vergessen und zu seinen Science-Fiction-Romanen oder Krimis zurückkehren, wenn er erst einmal wieder in seinem vertrauten Umfeld war. Vielleicht könnte er sich in seiner alten Wohnung wieder auf seine eigene Kraft verlassen.

In gewisser Weise hoffte Wes das, denn er wusste nicht, was er tun sollte, wenn er weiterhin das Gefühl haben sollte, dass Gott um sein Herz warb. Seit Rosas und Lydias Tod hatte er keine Kirche mehr betreten. Und nach ihrer Beerdigung hatte er sich geschworen, dass er es auch nie wieder tun würde. Er hatte Gott die Schuld dafür gegeben, dass sie bei dem Unfall ums Leben gekommen waren – so als hätte Gott am Steuer gesessen und nicht Wes. Aber jetzt, wo er hier lebte und David so gut zu ihm war und Lovella mit ihm in Bibelversen sprach und Tabitha ihn an dem Wunder ihres Babys teilhaben ließ und Jo ihn so bedingungslos und geradeheraus liebte, konnte Wes spüren, dass sein Herz weich wurde. Er hatte schon zweimal überlegt, ob er David bitten sollte, dieses Gebet mit ihm zu sprechen, das er manchmal mit anderen Leuten sprach, wie er ihm erzählt hatte. Das, in dem jemand Gott bat, ihn zu retten. Und von dem David sagte, dass Gott es immer erhörte. Das Gebet, das das Leben eines Menschen für immer veränderte.

Aber konnte Wes sich ändern? Und wenn er es tat, was würden die Leute, was würde Gott von ihm erwarten? Müsste er in der Kirche nach vorne gehen, einem Haufen Gemeindemitgliedern in die Augen sehen und bekennen, dass er Gott brauchte?

Vielleicht wäre es besser, sich in seiner Wohnung zu verkriechen und gar nicht zuzugeben, dass er etwas spürte. Manchmal hatte Wes das Gefühl, dass in seinem Herzen ein Krieg stattfand. Ein Krieg, über den er keine Gewalt hatte. Ein Krieg, von dem er keine Ahnung hatte, welche Seite gewinnen würde.

22

Als die Sonne die ersten Lichtstrahlen über den Horizont schob, kam David die Treppe herunter und sah, dass Wes schon in seinem Sessel saß, angezogen und mit einem Kaffee in der Hand. Er hatte einen Stapel Bücher auf dem Schoß, aber er las nicht. „Schläfst du eigentlich nie?", fragte David. „Und woher kommt der Kaffee? Ist Jocie schon auf?"

„Von der ist kein Piep zu hören. Ich glaube, sie hat noch nicht mal den Hund rausgelassen. Was den Kaffee betrifft" – Wes hob die Tasse ein wenig an – „bin ich nicht völlig hilflos. Die Kanne ist voll, wenn du dir eine Tasse holen und dich zu mir setzen willst. Aber nur, wenn du nicht auf dem Weg bist, um mit deinem Mädchen ein paar Runden zu drehen."

David warf einen Blick in Richtung Tür. Er hatte seit Tagen keine Runden mehr mit Leigh gedreht. Nicht, weil er nicht gewollt hätte, sondern weil er Jocie zur Schule hatte bringen müssen. Es gehörte zu ihrer Vater-Tochter-Routine. Er setzte sie immer bei der Schule ab, bevor er ins Büro fuhr. Er konnte ihr nicht plötzlich sagen, dass sie den Schulbus nehmen musste. Dann glaubte sie vielleicht, er ließe sie im Stich. Oder es hätte etwas mit dem zu tun, was im Juli geschehen war. Sie machte sich schon genügend Sorgen, weil sie sich die Schuld für Wes' Verletzung gab. David wollte nicht, dass sie noch mehr zu tragen hatte, und auf keinen Fall wollte er, dass sie das Gefühl bekam, er liebte sie nicht.

Aber heute war Samstag. David hatte also Zeit. Es war noch früh. Die Sonne lugte gerade erst über den Horizont. Vielleicht würde er sich sogar ein Herz fassen und Leigh zum Abendessen einladen. Als er am Tag zuvor im Gericht vorbeigeschaut hatte, hatte sie ihm erzählt, dass sie an diesem Nachmittag ihre Eltern besuchen würde. Vielleicht könnte er sie irgendwo in Grundy treffen. Irgendwo, wo Kerzen auf den Tischen standen. David versuchte sich daran zu erinnern, wie viel Geld er in der Tasche hatte. Wahrscheinlich nicht genug für ein Restaurant, das Kerzen auf die Tische stellte.

Sein Blick wanderte zu Wes zurück. Die Ringe unter den Augen des Mannes wurden immer dunkler und er war nur noch Haut und Knochen. Sein Freund wurde vor Davids Augen immer weniger. Er litt, und zwar nicht nur an seinem gebrochenen Bein. Dieser Schmerz ging tiefer. Bis in die Seele. Der Arzt in Lexington hatte es Depression genannt, als David ihn angerufen hatte, um zu fragen, ob er irgendetwas für Wes tun konnte. Dr. Curtis hatte Wes Tabletten angeboten, als er noch im Krankenhaus gewesen war, aber Wes hatte die Medikamente abgelehnt.

„Ich finde heraus, ob er es sich anders überlegt hat", hatte David zu dem Arzt gesagt. „Aber ich bezweifle es. Wir können ihn ja nicht einmal dazu bringen, Aspirin zu nehmen, wenn sein Bein wehtut."

„Er scheint wirklich gegen jede Form von Medikation zu sein", hatte der Arzt bestätigt. „Ansonsten können Sie nur versuchen, ihn zum Reden zu bringen. Isst er genug? Schläft er?"

„Er isst nicht viel und schlafen tut er auch nicht gut."

„Klassische Symptome", hatte Dr. Curtis gesagt. „Er ist aber nicht suizidgefährdet, oder?"

„Suizidgefährdet?" Dieser Gedanke war David bisher nicht gekommen, obwohl er wusste, wozu Depressionen führen konnten. Er hatte schon bei Beerdigungen von Menschen gepredigt, die sich lieber eine Pistole an den Kopf gehalten hatten, als noch einen Tag zu ertragen. Aber so etwas würde Wes nicht tun. Nicht, solange Jocie da war. „Nein, ich glaube nicht."

„Dann ist Geduld wahrscheinlich der beste Ansatz. Die meisten Menschen überstehen diese Stürme, und wenn Mr Green erst einmal wieder in der Lage ist, die Dinge zu tun, die er vor seiner Verletzung getan hat, dann wird er die Depression höchstwahrscheinlich hinter sich lassen. Trotzdem ist es gut, wenn Sie ein Auge auf ihn haben. Nicht jeder, der an Selbstmord denkt, spricht auch darüber."

Also lächelte David jetzt und sagte zu Wes: „Klar, Kaffee klingt gut."

„Er ist besonders stark", sagte Wes.

„Das ist doch klar, wenn du ihn gemacht hast. Willst du noch einen Nachschlag?"

Wes hielt ihm seine Tasse hin. „Den könnte ich gebrauchen. Ich konnte sie nur halb voll tragen."

David blickte auf die Tasse und dann auf die Krücken, die neben dem Sessel lagen. „Wie hast du das überhaupt geschafft?"

Wes nahm den Henkel seiner Tasse zwischen die Zähne und hielt den Kopf schief, um es ihm zu demonstrieren. Dann nahm er die Tasse aus dem Mund und sagte: „Ich musste mich ziemlich langsam bewegen, damit nichts rausschwappt."

„Ist dir schon mal in den Sinn gekommen, dass du kaffeesüchtig bist?", fragte David lachend, bevor er die Tasse nahm und in die Küche ging.

Als er zurückkam und Wes die gefüllte Tasse reichte, sagte Wes: „Lieber süchtig nach Kaffee als nach anderen Dingen."

„Das ist wohl wahr. Übrigens, ich habe neulich mit Dr. Curtis gesprochen."

Wes trank einen Schluck Kaffee, bevor er fragte: „Wieso denn das?"

„Ich könnte jetzt sagen, dass es um einen Termin zur Entfernung der Stangen aus deinem Gips ging, aber das wäre nicht die ganze Wahrheit." David sah Wes direkt in die Augen. „Das müssen wir nächste Woche auch machen, aber deswegen habe ich ihn nicht angerufen."

„Ich habe dir doch gesagt, dass ich nicht mehr ins Krankenhaus zurückgehe. Dr. Markum kann den Gips hier abmachen."

„Wenn du ihn bis dahin nicht schon selbst losgeworden bist, richtig?" David blickte auf den Boden und stellte erleichtert fest, dass dort kein Gipsstaub zu sehen war.

„Ich habe nicht mehr weitergemacht, seit ich dir gesagt habe, ich würde eine Weile warten."

„Dr. Markum kann die Stangen nicht entfernen. Dafür musst du nach Lexington zurück, Wes. Danach kann Dr. Markum übernehmen. Du musst also nur noch einmal ins Krankenhaus."

„Nur noch einmal bis zum nächsten Mal. Diese Ärzte in der Stadt lassen einen gerne ausbluten." Wes trank noch einen Schluck Kaffee. „Warum hast du ihn dann angerufen, David?"

„Ich habe mir Sorgen um dich gemacht, Wes." David sah Wes unverwandt an. „Ich mache mir immer noch Sorgen um dich."

Wes blickte ihn nur kurz an und sagte dann: „Ich weiß wirklich zu schätzen, was du alles für mich getan hast, David. Aber ich bin kein Kind. Ich bin ein erwachsener Mann und du brauchst nicht noch eine Verpflichtung. Davon hast du schon genug."

„Du bist keine Verpflichtung. Du bist mein Freund und ich kann nicht einfach hier sitzen und zusehen, wie du immer niedergeschlagener wirst. Ich möchte dir helfen."

„Das verstehe ich. Was hat der gute Doktor denn gesagt? Dass du Tabletten in meinen Kaffee tun sollst?"

„Das würde ich nicht tun", sagte David. „Aber er hat gesagt, er würde dir ein Medikament verschreiben, wenn du willst."

„Nervenpillen. Davon hat er schon mal gesprochen, aber er konnte mir nicht garantieren, dass sie mich nicht noch verrückter machen."

„Du bist nicht verrückt. Du bist nur deprimiert, weil du verletzt worden bist."

„Ich fühle mich tatsächlich deprimiert", gab Wes zu. „Manchmal richtig am Boden."

„Und du isst und schläfst nicht."

„Ich esse etwas und schlafen tue ich auch manchmal."

„Aber nicht viel. Nicht genug." David suchte nach den richtigen Worten, die Wes helfen würden, das dunkle Tal zu verlassen, in dem er sich befand. Er war sich nicht sicher, ob die Worte, die ihm in den Sinn kamen, die richtigen waren, aber er sprach sie trotzdem aus. „Ich habe für dich gebetet."

„Das weiß ich, David. Du und Jo und Lovella. Es fühlt sich an wie eine Hecke aus Gebeten", sagte Wes, aber er sah nicht so aus, als hätte er etwas dagegen.

„Manchmal umgibt Gott uns mit seinem Segen wie mit einer schützenden Hecke."

Wes starrte in seine Kaffeetasse. „Bei Hiob hat er die Hecke weggenommen."

„Das stimmt", gab David zu.

„Wenn er das bei einem guten Menschen wie Hiob getan hat, was wird er dann mit einem Kerl wie mir machen?" Wes blickte zu David auf. „Vielleicht ist es deshalb besser, wenn man sich von vornherein nicht auf die Hecke verlässt."

„Das glaube ich nicht", sagte David. „Ich will dort sein, wo eine Hecke aus Gottes Liebe und Gnade mich umgibt. Und ich will versuchen, so zu sein wie Hiob und Gott zu vertrauen, was auch immer geschieht."

„Ich bin mir nicht sicher, ob ich so viel Vertrauen habe, David."

„Vielleicht brauchst du am Anfang nur genug Vertrauen, um deinen Gefühlen zu folgen und dich nicht gegen sie zu wehren."

„Da könntest du recht haben, aber ich will mir sicher sein, dass ich es bin, der vertraut, und dass ich mich nicht nur auf das Vertrauen verlasse, das in diesem Haus herrscht. Muss es nicht meine eigene Entscheidung sein anstatt das, was alle anderen wollen?"

„Das ist richtig. Ich kann für dich beten, aber irgendwo, irgendwann wirst du das Gebet zu deinem eigenen machen müssen."

„Das dachte ich mir." Wes blickte wieder auf seine Kaffeetasse hinunter.

David wartete eine Minute, weil er hoffte, dass Wes noch etwas hinzufügen würde, aber als er es nicht tat, fragte David: „Möchtest du das Gebet zu deinem eigenen machen?"

Wes presste die Lippen zusammen und seufzte dann. „Noch nicht, David. Ich glaube, ich muss erst hier heraus, raus aus der Hecke eurer Fürsorge, damit ich mir sicher sein kann, dass wirklich ich es bin, der für mich betet, und dass ich nicht nur so tue, als ob, um dir und Jo einen Gefallen zu tun. Verstehst du, was ich meine?"

„Ich glaube schon, Wes. Aber eins musst du dir klarmachen: Die Hecke unserer Liebe zu dir wirst du niemals loswerden. Was auch immer du tust und was immer geschieht, du gehörst jetzt zu unserer Familie. Und so wird es immer sein. Wenn du dich darüber hinaus entscheidest, zu Gottes Familie zu gehören, dann werden wir diese Entscheidung natürlich mit dir feiern."

„Ich glaube nicht, dass ich in der Kirche nach vorne gehen könnte."

„Wenn du das Gebet sprichst und es von Herzen kommt, dann wird Gott dir zu allem, was getan werden muss, die Kraft geben."

„‚Denn ich vermag alles durch den, der mich stark macht, Christus.'"

„Paulus in seinem Brief an die Philipper", nickte David.

„Ich dachte, vielleicht habe ich inzwischen genug Kraft, um die Treppe zu meiner Wohnung raufzusteigen. Ich glaube, es wird

Zeit." Wes warf David ein kleines Lächeln zu. „Jetzt, wo ich selbst Kaffee kochen kann."

„Du brauchst mehr als Kaffee", sagte David.

„Wiener Würstchen sind nicht schwer zu kochen. Ich kann mir einen Haken besorgen und einen Eimer an meine Krücke hängen, um Sachen darin zu tragen. Und Jo kann für mich einkaufen gehen. Sie muss sowieso ein paar von ihren Schuldgefühlen abbauen."

David sah Wes an und wusste nicht, was er sagen sollte. Er hatte Angst, Wes in seine Wohnung zurückkehren zu lassen, weil er fürchtete, sein Freund könnte zu depressiv werden, um sich an die Hecke ihrer Liebe hier im Haus zu erinnern. „Wie wäre es, wenn du wartest, bis die Stangen aus deinem Gips sind? Oder besser noch bis nach Jocies Geburtstag. Sie freut sich darauf, dass du hier sein wirst und ihr beim Auspusten der Kerzen zuschaust. Das sind nur noch zwei Wochen."

„Dazu kannst du mich herholen."

David überlegte schnell. „Weißt du was? Wir probieren es aus. Ich habe schon überlegt, ob du wohl irgendwann mit mir ins Büro kommen kannst, um dir die Druckerpresse anzusehen. Letzten Dienstag hat sie mächtig gequietscht."

Wes setzte sich ein wenig aufrechter und sagte: „Hast du sie geölt, wie ich es dir gesagt habe?"

„Ja, aber sie quietscht trotzdem. Ich glaube, sie ist eine Ein-Mann-Maschine. Du musst nach ihr sehen."

Wes lächelte. „Wenn du meinst, dass ich ins Auto passe, kann ich mitkommen."

„Du wirst mühelos hineingehen. Seit du wieder zu Hause bist, ist alles an dir geschrumpft."

„Dann könnten wir es gleich heute Morgen probieren. Wenn du dir sicher bist, dass ich Amor nicht ins Handwerk pfusche und dich von dem Spaziergang mit deinem Mädchen abhalte."

„Ich bin mir nicht sicher, ob ich sie schon als *mein* Mädchen bezeichnen kann."

„Wenn du nichts dagegen hast, wird sie garantiert nichts dagegen haben. Darauf kannst du wetten."

„Wahrscheinlich braucht man mindestens eine Verabredung, bevor man sich als Paar bezeichnen kann." David starrte in seine Kaffeetasse und überlegte krampfhaft, wie er das Thema wechseln könnte.

„Manche Leute überspringen die Verabredungsphase einfach und gehen gleich zu etwas anderem über."

„Etwas anderem? Also anders sind Leigh und ich ganz bestimmt." David warf Wes einen Blick zu und lachte.

Wes lächelte zurück und sagte: „Warum bittest du sie für heute Abend nicht um eine Verabredung?"

„Und wann soll ich meine Predigt durchgehen?"

„Leigh hat bestimmt nichts dagegen, dass du sie an ihr ausprobierst. Und wie ich dich kenne, hast du sie sowieso schon fertig im Kopf. Worüber predigst du denn? Nächstenliebe? Egal, welche Hautfarbe der Nächste zufällig hat?"

„Ich habe darüber nachgedacht, aber wie kommst du darauf?"

„Dein Editorial im *Banner* von dieser Woche hat dich verraten. Das war schon eine halbe Predigt."

„Meinst du? Das wollte ich eigentlich vermeiden, aber manchmal ist es schwierig, nicht zu predigen, wenn man sieht, dass die Dinge in die falsche Richtung laufen." David trank einen Schluck von seinem Kaffee. Er war kalt.

„Laufen die Dinge in Hollyhill denn in die falsche Richtung?"

„Ich weiß es nicht, Wes. Im Moment scheint alles friedlich zu sein. Mrs Hearndon war noch einmal mit ihren Kindern in der Kirche und diesmal sind weniger Leute auf die andere Seite des Ganges gewechselt. Jocie sagte, in der High School habe es keinen Streit gegeben, und die kleinen Kinder in der Grundschule scheinen noch nicht einmal zu bemerken, dass etwas anders ist. Und wir haben nur ganz wenige Leserbriefe bekommen, in denen sich jemand beschwert, dass ich den Bericht über Mrs Rowlett und ihren Ruf als beste Lehrerin im County auf die Titelseite gesetzt habe. Oder jedenfalls eine der besten."

„Was beunruhigt dich dann, David?"

„Ich weiß es nicht. Vielleicht habe ich einfach die Befürchtung, dass es die Ruhe vor dem Sturm ist."

„Es muss keinen Sturm geben. Vielleicht ist es einfach an der Zeit, dass Hollyhill seine Gewohnheiten ablegt und im zwanzigsten Jahrhundert ankommt, wenn man bedenkt, dass wir schon mehr als die Hälfte auf dem Weg zum nächsten hinter uns haben. Die Hautfarbe sollte gar nichts damit zu tun haben, wo ein Mensch zur Schule geht. Oder eine Farm kauft."

„Die Farm ist das, was mir ein bisschen Sorgen macht. Ich glaube, dass in den Schulen die Rassentrennung aufgehoben ist, ist kein Problem. Aber mit den Hearndons sieht das anders aus."

„Warum?", fragte Wes.

„Harvey McMurtry, der den Hearndons die Farm verkauft hat, sagte, er habe Gerüchte gehört, dass der Klan hier in der Gegend aktiv werde."

„Das ist keine gute Nachricht." Wes runzelte die Stirn und schüttelte ein wenig den Kopf, während er David ansah. „Ich wurde einmal zu einem Treffen des Klans eingeladen."

„Wirklich?" David war überrascht.

„Ich war in Mississippi und der Typ, für den ich gearbeitet habe, dachte wohl, ich sähe wie ein guter alter Junge aus. Ich war neugierig, also ging ich hin."

„Und was geschah dann?"

„Ich bin nicht lange genug geblieben, um das herauszufinden. Nach fünf Minuten wusste ich, dass ich am falschen Ort war. Ich wartete, bis niemand mich beachtete. Dann schlich ich mich davon, stieg auf mein Motorrad und hielt erst dreihundert Kilometer später wieder an."

„Was haben sie gemacht?"

„Es war nicht das, was sie gemacht haben, sondern eher, was sie wurden, als sie alle zusammenkamen und ihre Mützen aufsetzten. Es war, als wüchsen sie zusammen und würden ein einziges Monster mit hundert Köpfen." Wes fröstelte bei dem Gedanken. „Und eins steht fest: Sie hatten was für Feuer übrig. Sie hatten dieses riesige Lagerfeuer, das aussah, als könnten sie den ganzen Bundesstaat damit abfackeln, wenn es windiger geworden wäre."

„Ich kann mir nicht vorstellen, dass so etwas in Holly County passiert", sagte David. Aber kaum hatte er die Worte ausgesprochen, wurde ihm bewusst, dass es eher eine Hoffnung war als eine Gewissheit. „Unsere Leute würden so etwas nicht machen."

„Menschen können einen überraschen. Die Leute da unten haben mich überrascht. Natürlich waren es nicht alles Leute aus der Stadt.

Der Mann, für den ich gearbeitet habe, sagte, die Männer kämen aus dem ganzen Bundesstaat zu diesen Treffen zusammen."

„Aber haben sie etwas getan, außer zu reden?", fragte David.

„Keine Ahnung. Ich war nicht lange genug dabei, um die Reden zu hören. Mag sein, dass ich im Leben schon manche Dummheit begangen habe, aber ein Narr bin ich nicht. Ich habe mich umgesehen und hatte ein ganz übles Gefühl, dass die Einladung an mich nichts damit zu tun hatte, dass ich dem Klub beitreten sollte, sondern vielmehr damit, dass ich ein Herumstreuner auf einem Motorrad war und damit jemand, an dem sie vielleicht ihren Hass ausprobieren konnten."

David sah in seine Tasse, als könnte er in der dunklen Flüssigkeit die Zukunft erkennen. „Das ist eine Art Hass, wie wir sie in Holly County nicht gebrauchen können. Ich bete, dass das, was Mr Harvey gehört hat, nur Gerüchte sind und sonst nichts."

„Das ist ein Gebet, dem ich mich problemlos anschließen kann", sagte Wes. „Nicht, dass der gute Gott im Himmel Grund hätte, mich anzuhören, so wie er dich anhört."

„Gott hört dir zu", sagte David. „Er hört jedes Gebet."

„Vielleicht wirken deine Predigten im *Banner* und auf der Kanzel ja."

„Das können wir nur hoffen. Und dafür beten."

23

Diesmal war es nicht so schwierig, Wes ins Auto zu verfrachten. Zum einen war sein Gips durch die Schnitzerei erheblich kleiner geworden, zum anderen war Wes selbst geschrumpft. Sein Fuß stieß immer noch an die Wagentür, aber Wes schien nicht solche Schmerzen zu haben wie bei der Fahrt vom Krankenhaus nach Hause. Zum Glück war die Fahrt diesmal auch kürzer. Nachdem die Wagentür geschlossen und der Motor angelassen war, würde es nur fünf Minuten dauern, bis sie bei der Zeitung ankamen, und Wes versicherte David, dass ein Mann so kurze Zeit alles aushalten konnte.

Jocie hatte gebettelt, mitfahren zu dürfen, aber Tante Love hatte sie nicht gelassen. Sie sagte, es sei eine gute Gelegenheit sauberzumachen, ohne dass sie sich Sorgen darüber machen mussten, Wes zu stören.

„Es ist viel zu heiß zum Putzen", hatte Jocie protestiert.

„Hier ist es kein bisschen heißer als im Büro", hatte Tante Love gesagt. „Und Häuser müssen nun einmal geputzt werden, ganz egal, ob es heiß oder kalt ist."

„Ich kann doch morgen putzen, während Wes auf der Veranda sitzt."

„Morgen ist Sonntag", hatte Tante Love sie erinnert.

Jocie hatte ausgesehen, als würde sie gleich in Tränen ausbrechen. „Kann ich es bitte nächste Woche machen?"

„Was du heute kannst besorgen, das verschiebe nicht auf morgen", war Tante Love standhaft geblieben.

„Das steht nicht in der Bibel, oder?", hatte Jocie gefragt und David angesehen.

David hätte ihr ihren Wunsch gerne erfüllt, aber er hatte Tante Love unmöglich in den Rücken fallen können. „Das vielleicht nicht", hatte er deshalb gesagt. „Aber Tante Love hat recht, wenn sie sagt, dass wir unsere Pflichten nicht aufschieben sollten. Wenn du Tante Love geholfen hast, kannst du ja mit dem Fahrrad in die Stadt fahren."

„Aber es dauert eine Ewigkeit zu putzen! Wahrscheinlich muss ich auch noch staubwischen und so, und wer weiß, ob ich überhaupt genug Luft in meine Reifen pumpen kann, um bis in die Stadt zu kommen."

David hatte Jocie nach ihrem Zusammenstoß mit Noah geholfen, das Rad wieder geradezubiegen und die Schläuche zu flicken, aber das alte Fahrrad war immer noch in einem traurigen Zustand. „Versuch es einfach. Wahrscheinlich kommst du damit noch einmal bis in die Stadt, und dann kümmern wir uns bald um neue Schläuche."

„Das sagst du schon seit Monaten", erwiderte Jocie.

„Ich weiß. Es tut mir leid." David zögerte den Kauf neuer Schläuche immer wieder hinaus, weil im Lager von Sanders' Eisenwarenhandel ein nagelneues Fahrrad darauf wartete, dass Jocie Geburtstag hatte. Leigh hatte die Idee gehabt, nachdem sie mit Jocie in Grundy Schulkleidung kaufen gewesen war und gesehen hatte, wie Jocie im Warenhaus die neuen Fahrräder bewundert hatte. Also hatte Leigh bei Freunden und Bekannten Geld gesammelt, um Jocie ein Fahrrad zu kaufen. Zella hatte zwei Dollar beigesteuert und sogar Miss Sally hatte David in der Kirche einen Fünfer zugesteckt, mit dem sie sich an dem Überraschungsgeschenk beteiligen wollte.

David war beinahe am Friedhof angelangt, als Wes sagte: „Warum drehen wir nicht eine Runde durch die Stadt?"

„Du willst durch Hollyhill fahren?"

„Warum nicht? Mein Bein tut kaum weh und es wäre nicht schlecht zu sehen, was los ist, abgesehen davon, dass bei allen das Gras braun wird."

„Es ist vertrocknet."

„Selbst draußen im Park? Vielleicht sollten wir dort anfangen."

„Im Park? Was in aller Welt hast du vor, Wes?" David warf seinem Freund im Rückspiegel einen Blick zu.

„Ehrlich gesagt habe ich ein schlechtes Gewissen, David, weil ich dich davon abhalte, mit deinem Mädchen einen Spaziergang zu machen. Es ist noch nicht so spät. Vielleicht ist sie heute nicht so früh losgegangen, schließlich ist Samstag. Wir könnten doch hinfahren und sehen, ob sie vielleicht auf dich wartet."

„So spät ist sie bestimmt nicht mehr da. Es ist beinahe neun und zum Laufen zu heiß."

„Da könntest du recht haben, aber es dauert doch keine zwei Minuten hinzufahren und nachzusehen."

„Machst du jetzt auch bei der Verkupplungsaktion mit?"

„Ich doch nicht", sagte Wes. „Ich will nur nicht, dass das Mädchen enttäuscht wird, falls es dort spazieren geht und hofft, dass du auftauchst. Schließlich bin ich Leigh etwas schuldig, nachdem sie so oft im Krankenhaus war, um mich zu besuchen. Zweimal hat sie Kekse mitgebracht, musst du wissen."

„Ich weiß. Genauso wie ich weiß, dass ich für sie zu alt bin", sagte David, bog aber trotzdem in den Broadway ab, um zum Park zu fahren, anstatt die Hauptstraße zu nehmen.

„Man ist so jung, wie man sich fühlt. Ich *bin* zu alt für sie. Du hingegen *fühlst* dich nur zu alt, weil du bald Opa wirst, aber vierzig oder wie alt du bist, ist noch gar nicht so alt. Du könntest noch mal von vorne anfangen und eine ganz neue Familie gründen."

„Willst du, dass ich einen Herzinfarkt bekomme? Ich habe schon jetzt mehr Familie, als ich verkraften kann."

„Hast du nicht gesagt, dass Gott dir die Kraft für alles geben wird, was in seinem Sinne ist?"

„Jetzt hilft Gott auch noch beim Verkuppeln?" David warf Wes im Rückspiegel erneut einen Blick zu.

Wes lächelte. „Es gibt Leute, die behaupten, dass Ehen im Himmel gestiftet werden."

„Du hast offensichtlich eins von Zellas Büchern gelesen."

„Die meisten Bücher beinhalten ein bisschen Romantik. Sogar die Bibel."

„Also gut. Aber denk daran, dass ich das hier nur mache, um dir einen Gefallen zu tun", sagte David, als er zum Park abbog. „Außerdem ist heute Morgen wahrscheinlich eine Sportmannschaft auf dem Platz, um vor der größten Hitze ihr Training zu absolvieren."

„Nee, die spielen heute Nachmittag. Denen ist es egal, wie heiß es ist. Aber wenn du eine Ausrede brauchst, um eine Runde durch den Park zu drehen, kannst du deine Kamera aufs Armaturenbrett legen und so tun, als wärst du hier, um Fotos zu machen."

„Oder ich kann einfach sagen, dass ich dem verrückten alten Mann auf dem Rücksitz einen Wunsch erfüllen musste."

„Meinetwegen mach das ruhig", sagte Wes. „Du kannst es auch

in der Zeitung abdrucken, wenn du willst. Das ist wohl kaum eine Neuigkeit. Die Leute hielten mich vom ersten Tag an für verrückt, als ich nach Hollyhill kam."

David fuhr am Schwimmbad vorbei, wo Miss Hawkins, die Bademeisterin, Insekten aus dem Wasser fischte, um sich für den mittäglichen Ansturm der Schwimmer zu rüsten. Das Baseball-Feld lag verlassen da. Keine Spieler. Niemand, der auf der Aschenbahn seine Runden drehte. „Niemand hier", sagte David.

„Bist du dir sicher?" Wes reckte sich und spähte über den Vordersitz durch die Windschutzscheibe hinaus. „Sieh mal da. Ich glaube, ich kann jemanden auf der Tribüne sehen. Auf mich macht diese Person den Eindruck, als warte sie darauf, dass jemand kommt und sie nach Hause bringt."

Leigh konnte es kaum fassen, als sie das Auto sah, das auf dem Weg zum Sportplatz Staub aufwirbelte. Sie hatte sich eingeredet, dass sie nur hier saß, um sich ein wenig im Schatten auszuruhen, bevor sie zu ihrer Wohnung zurückging und sich für den Besuch bei ihren Eltern fertig machte. Sie hatte sich gesagt, sie brauche ein paar Minuten Ruhe bzw. Vogelgesang, damit ihre Laune sich besserte, bevor sie sich von ihrer Mutter anhören musste, dass sie alles falsch machte. Vor allem, wie dumm es war, einem Prediger schöne Augen zu machen. Aber wenn Leigh ehrlich war, saß sie hier und wünschte sich, dieser Prediger wäre gekommen, um sie auf ihrer Runde zu begleiten. Sie war sich fast sicher gewesen, dass David heute Morgen in den Park kommen würde.

Am Tag zuvor hatte er so etwas angedeutet, als er im Gericht vorbeigeschaut hatte. Er hatte es nicht versprochen. Und sie hatte auch nicht gefragt, ob er kommen würde, aber es hatte so eine Art unausgesprochene Abmachung zwischen ihnen gegeben. Und dann war er nicht erschienen.

Sie war drei zusätzliche Runden um den Sportplatz gelaufen, bis die Sonne immer höher und heißer am Himmel gestanden hatte. Inzwischen war die Hitze erbarmungslos. Am gestrigen Abend hatte sie eine Schüssel mit Eis auf ein Tablett vor den Ventilator gestellt, um ihre Wohnung genügend zu kühlen, damit sie überhaupt schlafen konnte. Und an diesem Morgen knisterte das Gras unter ihren Füßen noch mehr als sonst. Jedes Mal, wenn Leigh am Abschlagspunkt vorbeikam, sprach sie ein kleines Gebet. „Bitte schenk uns Regen, Herr, und segne David, wo auch immer er ist."

Sie hätte gerne gebetet: *Lass David heute zum Park kommen*, aber das hatte sie nicht getan. Es kam ihr nicht richtig vor. *Segne David. Sei bei David. Danke für David.* Diese Gebete klangen in Ordnung und so betete sie seit Monaten. Aber sie traute sich nicht, darum zu bitten, dass David sie liebte. Vielleicht hatte ihre Mutter recht und sie sollte nicht hinter einem Prediger her sein. Vielleicht gehörte sich das nicht. Dass sie David letzte Woche aufgefordert hatte, sie zu küssen, gehörte sich ganz sicher nicht. Seither war er ein paarmal zum Park gekommen, um mit ihr gemeinsam einige Runden um den Sportplatz zu drehen, aber dann hatte er angefangen, Jocie zur Schule zu fahren. Und er hatte keine Anstalten gemacht, sie noch einmal zu küssen.

Wenigstens schien er sie immer noch sehen zu wollen. David kam jeden Tag ins Gericht. Manchmal sogar zweimal am Tag. Leigh war nicht zum *Banner* gegangen, um ihn zu sehen, weil Zella sie noch wahnsinnig machen würde mit ihrer Neugier, was zwischen David und Leigh war. Manche Dinge behielt man lieber für sich. Manche Dinge musste ein Mädchen einfach für sich behalten und genießen. Und das hatte sie die ganze Woche über getan. Aber sie war sich so sicher gewesen war, dass David heute auftauchen und sie begleiten würde, doch er hatte es nicht getan. Da hatten sich die ersten Zweifel geregt.

Vielleicht fand David sie unschicklich. Unansehnlich. Zu fett. Hässlich. Aufdringlich. Vielleicht hatte er bemerkt, dass sie manchmal grunzte, wenn sie lachte. Leigh hatte es immer gehasst, aber manchmal stieß sie einfach mitten im Lachen ein Grunzen aus. Das konnte sie nur verhindern, indem sie nicht lachte, und das erschien ihr ein bisschen extrem. Sie lachte gerne. Aber jetzt, wo sie hier auf der alten Holztribüne saß und die Splitter ihr in die Beine piekten, war ihr mehr nach Weinen als nach Lachen zumute. Bis sie die Staubwolke hinter dem Auto aufsteigen sah, das auf den Sportplatz zusteuerte.

Leigh stand auf und setzte sich dann wieder. Sollte sie hinuntersteigen und David entgegengehen, als besuchte er sie zu Hause? Oder sollte sie bleiben, wo sie war, und darauf warten, dass er zu ihr heraufkletterte? Warum musste sie sich über alles, was sie tat, solche Gedanken machen? Warum konnte sie nicht einfach tun, was sich richtig anfühlte?

Die Antwort darauf kannte sie. Wenn sie täte, wonach ihr war, würde sie von der Tribüne steigen, auf David zurennen und ihn umarmen. Aber da Leigh sich nur zu gut an ihre Sorge erinnerte, etwas Unschickliches zu tun, hielt sie sich zurück. David hatte ihr geradeheraus gesagt, dass sie das nächste Mal nicht um einen Kuss würde bitten müssen, also musste sie sich zwingen zu warten.

David hielt unmittelbar neben der Tribüne an, öffnete die Tür und stieg aus. Die Staubwolke, die der Wagen aufgewirbelt hatte, wehte über das Spielfeld und die Sitze. Durch den Dunst konnte Leigh sehen, dass Wes auf dem Rücksitz des Wagens saß. Sie vergaß ihre Schüchternheit und stieg von der Tribüne, so schnell sie konnte. Als sie am Boden angelangt war, wartete David dort auf sie.

„Ist etwas mit Wes?“, fragte sie und sah an David vorbei zum Auto. Wes streckte die Hand aus dem geöffneten Fenster und winkte ihr zu.

„Du meinst, abgesehen von dem üblichen zermalmten Bein und der jupiterianischen Sturheit?“, fragte David lächelnd, aber er wartete nicht auf ihre Antwort. „Nein. Wir sind auf dem Weg ins Büro. Ich wollte, dass er sich die Druckerpresse ansieht.“

„Oh, gut. Ich habe mir schon Sorgen gemacht, dass etwas nicht stimmt. Obwohl, ich weiß nicht, warum du hierher in den Park kommen solltest, wenn etwas mit Wes nicht stimmt.“ Leigh sah David an. „Ich meine, ich weiß eigentlich auch nicht, warum du sonst in den Park kommen solltest. Er liegt nicht gerade auf dem Weg zu deinem Büro.“

„Wes hat darauf bestanden.“

„Ach so“, sagte Leigh. „Und warum das?“

„Er dachte, dass du vielleicht noch hier bist.“

„Wollte er mitlaufen oder so?“

„Eher ‚oder so‘. Er spielt Amor.“

Leigh spürte, wie ihr die Röte in die Wangen stieg, aber es war so heiß, dass David vielleicht glaubte, es käme von der Hitze. „Du bist also nur hier, weil Wes wollte, dass du herkommst?"

David streckte die Hand aus und legte sie auf Leighs Wange. Dann senkte er die Stimme, damit nur sie ihn hören konnte. „Nein, überhaupt nicht. Ich konnte nur nicht früher kommen, weil ich mit Wes Kaffee trinken musste. Er brauchte mich. Ehrlich gesagt, mache ich mir Sorgen um ihn. Wenn du ihn siehst, wirst du verstehen, was ich meine. Aber Wes kann offensichtlich Gedanken lesen und er wusste, dass er mich davon abgehalten hatte, dich zu sehen, deshalb bestand er darauf, dass wir hierherfahren. Er sagte, es könnte sein, dass du auf mich wartest."

Leigh legte ihre Hand auf Davids. Sie konnte ihren eigenen Herzschlag fühlen. Seine Berührung war beinahe so gut wie ein Kuss. „Offenbar kann er auch aus größerer Entfernung Gedanken lesen."

„Ich bin froh, dass du noch hier bist", sagte David. „Ich habe nachgedacht. Was hältst du davon, wenn wir heute Abend zum Essen ausgehen?"

Leighs Herz vollführte einen Purzelbaum. „Das wäre toll."

„Ich könnte nach Grundy fahren und dich dort irgendwo treffen oder ich hole dich bei deinen Eltern ab, wenn das besser ist."

„Nein, nein. Heute Abend bin ich schon wieder in Hollyhill", sagte Leigh schnell. Sie brauchte mehr Zeit, um ihre Mutter davon zu überzeugen, dass David der perfekte Mann für sie war. Sie wollte nicht, dass die Missbilligung ihrer Mutter ihre erste Verabredung überschattete. Eine richtige „Er hat mich gefragt, ob ich mit ihm ausgehe"-Verabredung und nicht etwas, zu dem sie ihn genötigt hatte.

„In Hollyhill gibt es nicht viele Möglichkeiten", sagte David.

Leigh hörte die Zurückhaltung in seiner Stimme. „Hast du Angst, dass uns jemand zusammen sehen könnte?"

David lächelte. „Nein. Ich wollte dich nur irgendwohin einladen, wo es nett ist. Zella sagt, ich brauche Kerzen auf dem Tisch."

„Zella liest zu viele Bücher. Mir ist egal, wo wir hingehen. Grover's Grill. Hillside Drive-in. Erdnussbutterbrote in der Druckerei." Leigh verstummte und schnitt eine Grimasse. „Mensch, ich klinge wahrscheinlich viel zu eifrig."

David lachte. „Du klingst genau richtig. Da fühlt ein alter Mann wie ich sich gut. Aber ich würde sagen, wir kriegen etwas Besseres hin als Erdnussbutterbrote im *Banner*. Lass mich darüber nachdenken und dich überraschen."

„Ich mag Überraschungen", sagte Leigh. „Angenehme Überraschungen jedenfalls."

Dann überraschte David sie beide, indem er sie näher zog und sie schnell auf die Lippen küsste. Es war gut, dass er ihr anschließend anbot, sie nach Hause zu fahren. Ihre Beine waren viel zu weich zum Laufen.

24

Jocie kehrte und wischte Staub, so schnell sie konnte, aber es war trotzdem beinahe Mittag, als sie ihre Fahrradreifen aufgepumpt hatte und sich auf den Weg zum Büro des *Banner* machte. Während sie die Straße hinunterradelte, hielt sie Ausschau nach ihrem Vater. Es hätte sie nicht gewundert, wenn sie ihm und Wes begegnet wäre, weil sie schon wieder auf dem Nachhauseweg waren. Jocie strampelte schneller und betete, dass die Kette ihres Fahrrads nicht abspringen würde.

Es war einfach ungerecht. Sie hatte doch in der Druckerei sein wollen, wenn Wes wieder zur Arbeit kam. Den Staub hätte sie auch an jedem anderen Tag abwischen können oder Tabitha hätte es dieses eine Mal tun können. Aber Tante Love bat Tabitha nie darum, etwas für sie zu tun. Es war, als wäre es ein tagesfüllender Job, ein Baby zu bekommen. Obwohl Tabitha an diesem Morgen wirklich zu elend ausgesehen hatte, um abzustauben oder irgendetwas anderes zu tun. Sie hatte eine Weile still dagesessen und war dann aufgestanden, um im Zimmer auf und ab zu gehen.

„Wie lange musst du noch warten?“, hatte Jocie sie gefragt, als sie durchs Wohnzimmer gekommen war, um zur Toilette zu gehen.

„Vier oder fünf Wochen. Viel zu lange.“

„Ein Monat ist doch gar nicht so lang“, hatte Jocie gesagt, weil sie helfen wollte.

„Es ist eine Ewigkeit. Ich komme mir vor wie ein aufgeblähtes Nilpferd.“ Tabitha hatte Jocie einen gemeinen Blick zugeworfen. „Und untersteh dich zu sagen, dass ich auch so aussehe.“

„Das habe ich nicht einmal gedacht.“ Jocie hatte die Hände gehoben und den Staublappen wie eine weiße Flagge geschwenkt. „Soll ich dir Eiswasser holen?“

Als Tabitha in Tränen ausgebrochen war, hatte Jocie sie entsetzt angesehen.

„Was ist denn, Tabitha? Tut dir etwas richtig doll weh?“

„Mir geht es gut“, hatte Tabitha geschluchzt.

„Das klingt aber nicht so“, hatte Jocie gesagt. „Sollen wir den Arzt rufen?“

In diesem Moment war Tante Love aus der Küche hereingekommen. „Ihr fehlt nichts, mein Kind. Manchmal ist einer werdenden Mutter eben ein bisschen weinerlich zumute.“ Sie hatte ein Taschentuch aus einer Geheimtasche ihres Kleides gezogen und es Tabitha gereicht.

„Wird sie die ganze Zeit so weinen, bis das Baby kommt?“

„Wahrscheinlich nicht jeden Tag.“ Tante Love hatte ihren Arm um Tabitha gelegt und sie in Richtung Bad geführt.

Als Jocie mit dem Staubwischen fertig gewesen war, hatte Tabitha ihre Tränen getrocknet und ein Nickerchen gemacht, während Tante Love auf der Veranda vor dem Haus im Schaukelstuhl gesessen und die Maschen ihrer jüngsten Babydecke gezählt hatte. Wenn es nicht bald abkühlte, würde das Baby keine Decke brauchen.

Die Sonne schien erbarmungslos auf Jocie hinunter und sog jeden Tropfen Feuchtigkeit auf. Der Asphalt schmolz unter ihren Rädern. Butch, der Hund der Sawyers, hob nur den Kopf und sah von seinem Platz auf der schattigen Veranda aus zu, wie sie vorbeifuhr. „Kluger Hund“, murmelte Jocie. Ihre Lippen waren inzwischen so trocken, dass sie anfingen, zusammenzukleben.

Als Jocie am Zeitungsgebäude ankam, stellte sie erleichtert fest, dass der Wagen ihres Vaters immer noch vor dem Haus stand. „Hallo! Wo seid ihr denn alle?“, rief sie auf dem Weg zum Hintereingang.

„Genau das Mädchen, das ich sehen wollte“, sagte Wes. „Komm mal her und halte den Schraubenzieher für mich.“

Jocie ging zu Wes, der in die Druckerpresse spähte. Sie nahm den Schraubenzieher, während Wes seine Krücken näher an die Maschine schob. Er sah blass aus, aber so glücklich, wie sie ihn schon lange nicht mehr gesehen hatte. „Soll ich irgendwelche Schrauben anziehen oder so?“

„Nee. Ich habe nur ein bisschen in ihr herumgestochert, um zu sehen, was sie braucht, aber ich glaube, sie ist in Ordnung.“ Er tätschelte die Maschine. „Ich habe die alte Betsy Lou ganz schön vermisst.“

„Ich wusste gar nicht, dass du der Druckerpresse einen Namen gegeben hast.“

„Den habe ich mir gerade erst ausgedacht", sagte Wes.

„Woher weißt du, dass sie ein Mädchen ist?", fragte Jocie.

„Weil sie immer quiekt und sich beschwert."

„Hey, das ist aber nicht nett." Jocie lachte und versetzte Wes' Arm einen spielerischen Stoß. Dann sah sie sich um. „Wo ist Dad?"

„Er ist zum Lebensmittelladen gegangen, um uns eine Limo zu holen. Und er hat gesagt, dass er vielleicht noch bei Harry Saunders und ein paar anderen vorbeigeht und mit ihnen über den Straßenverkauf nächstes Wochenende spricht. Vielleicht kann er ein paar Fotos schießen." Wes lehnte die Schulter an die Druckmaschine. „Ich habe ihm versichert, dass ich hier alleine klarkomme."

„Du siehst ein bisschen blass aus", sagte Jocie. „Vielleicht solltest du dich eine Weile hinsetzen."

„Da könntest du recht haben. Hol mir mal den Stuhl von da drüben. Und wenn wir uns ein paar Minuten ausgeruht haben, probiere ich vielleicht aus, ob ich die Treppe hinaufkomme."

„Ich bin mir nicht sicher, ob das eine gute Idee ist", sagte Jocie, während sie Wes half, sich auf den Stuhl zu setzen. „Was ist, wenn du das Gleichgewicht verlierst?"

„Seit wann bist du denn so eine Schwarzseherin?" Wes legte die Krücken neben sich auf den Boden.

„Ich weiß nicht. Vielleicht, seit ein Baum auf dich draufgefallen ist."

„Jedenfalls wird es Zeit, dass du aufhörst, dir ständig Sorgen zu machen und ‚Was ist wenn?' zu fragen. Überleg dir lieber, wie du mit den Was-ist-wenn-Situationen fertig wirst. Wenn ich das Gleichgewicht verliere, halte ich mich einfach an dir fest."

„Und dann fallen wir beide die Treppe runter."

„Nee. Dann entwickelst du Jupiterkräfte und rettest mich. Oder ich setze mich einfach auf die Treppe, wenn ich das Gefühl habe, dass ich das Gleichgewicht verliere. Dann kann ich auf meinem Allerwertesten hinaufrutschen." Wes hob das Bein und legte den Gipsfuß auf eine Kiste. Dann holte er tief Luft „Ahh. Es tut gut, zu Hause zu sein."

„Gefällt es dir bei uns nicht?"

„Doch, ich besuche euch gerne."

„Aber du hast hier oben nicht einmal ein Telefon, um jemanden anzurufen, wenn du etwas brauchst." Als Wes sie ansah, fügte sie hinzu: „Ich meine, wenn ich eine Schwarzseherin wäre, würde ich mir darüber Sorgen machen."

„Dann ist es ja gut, dass du keine bist, denn ein Telefon lege ich mir nicht zu. Aber du brauchst dir deshalb erst mal keine Gedanken zu machen, weil ich deinem Daddy versprochen habe, dass ich dem Brookeschen Hauptbahnhof treu bleibe, bis ich beim Arzt war. Außerdem habe ich interessante Neuigkeiten."

„Neuigkeiten?"

„Neuigkeiten aus der Romanzenecke."

„Hast du mit Zella gesprochen?"

„Nein, ich habe die Fortschritte beobachtet."

„Zwischen Dad und Leigh?", fragte Jocie.

„Genau von der Romanze rede ich. Dein Daddy hat Leigh zum Essen eingeladen."

„Zu einer richtigen Verabredung? Nicht zu einer Gemeindefeier?"

„Keine Gemeinde weit und breit. Und er hat sie nicht nur eingeladen, sondern auch geküsst, als sie die Einladung angenommen hat."

„Woher weißt du das alles?" Jocie runzelte ein wenig die Stirn, weil sie sich nicht sicher war, ob sie ihm glauben sollte.

„Ich war dabei. Habe alles mit eigenen Augen gesehen." Wes hob die rechte Hand, als wolle er schwören, dass er die Wahrheit sagte.

„Das ist beängstigend", sagte Jocie.

„Beängstigend? Wieso beängstigend?"

„Ich weiß nicht. Ist es einfach. Dass mein Dad vor jemand anderem ein Mädchen küsst."

„Na ja, ich habe so getan, als würde ich schlafen, aber ein Jupiterianer kann durch geschlossene Augenlider gucken. Das ist manchmal ganz praktisch."

Jocie lachte. Es war gut, dass Wes anscheinend wieder der Alte war. Und auch wenn sie sich nicht so recht vorstellen konnte, wie ihr Vater Leigh küsste, machte die Tatsache an sich ihr nichts aus. „Aber erzähl es nicht Zella. Sie würde es nie verkraften, wenn sie wüsste, dass du vor ihr von dem ersten Kuss erfahren hast."

„Ich weiß ja gar nicht, ob es der erste Kuss war. Es ist nur der erste, den ich gesehen habe."

„Der erste was, den du gesehen hast?“, fragte Jocies Vater, der in diesem Augenblick mit einer Kiste Getränke in die Druckerei kam.

„Druckereibetrieb“, sagte Wes und zwinkerte Jocie zu. „Bevor ich nach Hollyhill kam, hatte ich noch nie etwas mit einer Druckmaschine zu tun gehabt. Natürlich habe ich an allen möglichen anderen Geräten herumgebastelt, zum Beispiel Raumschiffen und Motorrädern.“

„Nach einem Raumschiff ist eine Druckerpresse wahrscheinlich ein Kinderspiel“, sagte Jocies Vater und entfernte mit einem Flaschenöffner die Deckel von zwei Getränken. Dann reichte er sie Wes und Jocie. „Meinst du, du hast das Ding so weit, dass es am Dienstag die Zeitung druckt?“

„Schhh! Du darfst Betsy Lou doch nicht als Ding bezeichnen!“, sagte Wes.

„Betsy Lou?“

„Wes hat der Druckerpresse einen Namen gegeben. Betsy Lou. Ich finde, das passt“, erklärte Jocie ihrem Vater.

„Es ist mir egal, wie sie heißt, solange sie die Zeitungen ausspuckt.“

„Das wird sie“, sagte Wes. „Am Dienstag wird sie einsatzbereit sein.“

„Komm doch am Dienstag auch, Wes“, sagte Jocie. „Dann kannst du Noah und mich herumkommandieren. Damit wir schneller arbeiten.“

„Mir wäre es am liebsten, wenn ich gleich hierbleiben könnte“, erwiderte Wes.

„Nach dem Arztbesuch. Ich dachte, darauf hätten wir uns geeinigt“, sagte Jocies Vater.

„Ja, aber ich glaube, ich kann heute schon mal in meine Wohnung raufgehen und nach dem Rechten sehen.“

Es war nicht einfach, aber Wes gelang es, auf seinen Krücken die Treppe hinaufzusteigen. Als er oben ankam, schwitzte und keuchte er, aber er stand noch aufrecht auf seinem gesunden Fuß. Er hatte sich nicht hinsetzen und hinaufrutschen müssen. Jocie schloss die Tür auf und öffnete sie. „Hier drin fühlt es sich an wie in einem Ofen“, sagte sie, als sie eintrat.

„Draußen fühlt es sich auch wie in einem Ofen an“, sagte Wes.

„Vielleicht, aber hier drin ist es noch heißer. Wenn du beim Arzt warst, komme ich hier rauf und lüfte für dich und mache ein bisschen sauber“, bot Jocie an.

„Ich dachte, du hasst Staubwischen“, sagte Wes.

„Das stimmt auch, aber ich kann es gut. Ich habe viel Übung.“

„Und für dich tut sie es gerne“, sagte Jocies Vater. „Sobald du gesund genug bist, um nach Hause zu gehen. Wobei, genau genommen sieht es so aus, als hätte sie schon angefangen.“ Er griff nach einem Besen, der neben der Tür stand.

„Der sieht aus wie der alte Besen aus der Druckerei, aber ich habe ihn nicht hier heraufgebracht“, sagte Jocie. „Ich war nur hier, um Bücher und Kleider zu holen. Außerdem hast du doch einen Besen hier oben, oder, Wes?“

„Im Schrank da drüben“, sagte Wes. „Ich benutze ihn nicht oft, aber es gibt einen.“

Jocies Vater hielt den Besen hoch. „Dann ist es ein Rätsel. Vielleicht war Zella hier oben, um dich zu überraschen, indem sie sauber macht.“

„Zella? In meiner Wohnung?“, sagte Wes. „Das wäre keine Überraschung. Das wäre eine Katastrophe.“

„Wer immer den Besen hier heraufgebracht hat, scheint ihn nicht benutzt zu haben. Seht euch diese Spinnweben an“, sagte Jocie und wischte ein Spinnennetz von der Deckenlampe.

„Wie gesagt, es ist ein Rätsel. Wer würde schon in eine Wohnung einbrechen, um einen Besen zurückzulassen?“, sagte Jocies Dad.

„Meinst du, wir sollten ein Foto machen und die Geschichte im *Banner* bringen?“, fragte Wes. „Komm schon, Jo. Überleg dir eine Schlagzeile.“

„‚Besendieb schlägt wieder zu.‘“

„Wieder? Ich wusste nicht, dass er schon einmal zugeschlagen hat. Außerdem hat er keinen Besen gestohlen. Er hat ihn dagelassen“, gab Wes zu bedenken.

„Also gut. Wie wäre es mit: ‚Hexe vom Jupiter vergisst Besen‘“, schlug Jocie vor.

„Und wie ist die Alte dann wieder rausgeflogen? Da musst du dir schon etwas Besseres einfallen lassen“, sagte Wes.

„Vielleicht versteckt sie sich noch hier und überfällt dich, wenn du wieder einziehst“, sagte Jocie.

„Das könnte natürlich sein“, gab Wes zu. „Aber ist das eine Nachricht wert?“

„An Halloween könnte es in der Zeitung landen.“ Jocies Dad lachte. „Aber ich glaube nicht, dass wir diese Woche so wenig zu berichten haben. Vielleicht bringen wir das Geheimnis des Besens doch nicht im *Banner.*“

25

Auf dem Weg nach Grundy beschloss Leigh, ihrer Mutter nichts von ihrer Verabredung zu erzählen. Wenigstens nicht gleich, sondern vielleicht erst nächste Woche, wenn sie mit ihr telefonierte. Es war einfacher so. Dann musste Leigh sich nicht dafür rechtfertigen, dass sie sich zu David hingezogen fühlte, und ihre Mutter musste sich keine Gründe ausdenken, warum Leigh sich nicht zu ihm hingezogen fühlen sollte.

Die ersten zehn Minuten ihres Besuchs verliefen ganz angenehm. Ihre Mutter begrüßte sie an der Tür mit einer Umarmung und einem Lächeln, obwohl Leigh eine halbe Stunde zu spät zum Mittagessen erschienen war. Selbst ihr Vater war noch da. Leigh war sich nicht sicher, ob er sein Golfspiel aufgeschoben hatte, um sie zu sehen, oder ob er sich nur das Mittagessen nicht entgehen lassen wollte. Ihre Mutter hatte ihren berühmten Hühnersalat mit Pekannüssen und Sellerie und Weintrauben gemacht und dazu selbst gebackenes Brot, Leighs Lieblingschips und Bananenpudding zum Nachtisch. Ihr Vater ertrug Leighs Umarmung einige Sekunden lang, bevor er sich von ihr löste und sagte: „Fangen wir an."

Leigh setzte sich an ihren gewohnten Platz am Tisch und betrachtete bestürzt die Kartoffelchips. Sie hatte ihrer Mutter gesagt, dass sie versuchte, keine Chips mehr zu essen, aber das war nicht so einfach, wenn die Chips einen so anstarrten. Andererseits war sie nicht bei einer der Gemeindefrauen von Mt. Pleasant zu Gast. Sie konnte das Gefühl, wie ihr das Wasser im Mund zusammenlief und sie die salzigen Chips förmlich schmecken konnte, einfach ignorieren und nur ihren Hühnchensalat essen.

Sie nahm ein Stück Brot und blickte dann zu ihrem Vater auf. „Geht es dir diese Woche besser, Dad? Mutter hat mir gesagt, dass du dich letzte Woche nicht gut gefühlt hast."

Eigentlich fand sie, dass er aussah wie immer. Vielleicht waren die Haare auf seinem Kopf ein wenig schütterer geworden, seit sie ihn sich das letzte Mal bewusst angesehen hatte. Seine gebräunte Kopfhaut lugte zwischen den silbernen Strähnen hindurch. Und seine

Nase hatte in diesem Sommer den einen oder anderen Sonnenbrand zu viel abbekommen. Aber abgesehen davon sah er für einen Mann in den Sechzigern aus wie das blühende Leben. Danach zu urteilen, wie er sich auf sein zwanzig Zentimeter dickes Butterbrot stürzte, litt er jedenfalls nicht an Appetitlosigkeit.

Genau genommen war es ihre Mutter, die nicht gut aussah. Ihr Gesicht war gerötet und schon der kurze Gang durchs Haus und in die Küche machte sie atemlos. Die Sommerhitze hatte ihr schon immer zugesetzt. Als ihre Mutter sich setzte und mit dem Stuhl an den Tisch rückte, warf Leigh einen kurzen Blick auf ihre Fußgelenke. Sie waren geschwollen und hingen über den Rand ihrer Schuhe. Sofort spürte Leigh die ersten Gewissensbisse und sie wusste, dass es nicht die letzten sein würden. Bestimmt hatte ihre Mutter den ganzen Vormittag in der Küche gestanden und Hühnersalat und Bananenpudding gemacht.

Ihr Vater sah Leigh über sein Brot hinweg an. „Ach, du kennst doch deine Mutter. Sie macht aus jeder Mücke einen Elefanten. Mir geht es gut."

„Also, Peter, das ist nicht wahr. Und es geht dir nicht gut", sagt Leighs Mutter. Sie sah Leigh an. „Er war fast die ganze letzte Woche im Bett."

„Nur ein Zwicken im Rücken. Das ist doch nichts Neues", sagte ihr Vater. „Du weißt doch, wie das mit meinem Rücken ist."

„Oh", sagte Leigh. „Geht es ihm jetzt besser?"

„Das wird es später, wenn ich ein paar Runden Golf gespielt habe", sagte ihr Vater.

„Ist es nicht zu heiß, um auf den Golfplatz zu gehen?" Leigh strich sich Hühnersalat auf ihr Brot. „Das sieht köstlich aus, Mutter."

„Zum Golfspielen ist es nie zu heiß. Ich miete mir einen Wagen. Und es hat noch niemand behauptet, dass deine Mutter keine hervorragende Köchin sei. Sie muss nur lernen, nicht alles zu essen, was sie kocht."

Leigh zuckte zusammen und überlegte krampfhaft, wie sie das Thema wechseln könnte, aber sie war nicht schnell genug. Ihre Mutter nahm die Herausforderung ohne Zögern an. „Und schon redest du wieder über mein Gewicht. Du könntest ein ganzes Pferd essen und würdest kein Gramm zunehmen, aber dieses Glück hat nun mal nicht jeder. Wenn man dich so hört, könnte man meinen, ich wollte so viel wiegen, obwohl ich weiß Gott jeden Tag bitter dafür bezahle. Man sollte doch meinen, der eigene Ehemann hätte etwas mehr Verständnis."

„Oh, ich verstehe schon. Ich verstehe, dass du diejenige bist, die sich all das Essen reinschaufelt", sagte er kauend.

Leighs Mutter starrte auf ihren Teller und Leigh unterdrückte einen Seufzer. Diesen Tanz führten ihre Eltern seit Jahren auf. Gleich würde ihre Mutter in Tränen ausbrechen oder ihr Brot in den Müll werfen oder irgendeine neue Szene machen, die sie sich seit Leighs letztem Besuch ausgedacht hatte. Als Leigh jünger gewesen war, hatte sie sich immer ins Getümmel gestürzt und ihrer Mutter versichert, wie schön sie trotz ihrer überflüssigen Pfunde sei, oder ihre Mutter gegenüber ihrem Vater verteidigt. Dann hatte ihr Vater seinen Angriff für gewöhnlich gegen Leigh gerichtet. Aber jetzt wollte Leigh nur, dass die beiden aufhörten. Sie versuchte so zu tun, als hätte sie keinen von beiden gehört. „Was macht dein Golfspiel, Dad? Hast du dein Handicap verbessert?"

„Ja, um einen Schlag", sagte er. „Und du? Spielst du noch viel?"

In einem Sommer, als Leigh noch in der High School gewesen war, hatte ihr Vater versucht, Leigh das Golfspielen beizubringen. Sie war so schlecht darin gewesen, dass er nach wenigen unerfreulichen Samstagvormittagen aufgegeben hatte, aber seitdem taten sie so, als würde sie immer noch spielen. Vor allem, damit sie etwas hatten, worüber sie reden konnten. „Nein. In Hollyhill gibt es keinen Golfplatz."

Leigh aß einen Bissen von ihrem Brot und dachte, sie hätten die Klippe mit dem Gewicht umschifft, aber sie hätte es besser wissen müssen. Ihre Mutter war entschlossen, die Szene zu Ende zu spielen.

„Wie kannst du dasitzen und mit deinem Vater über Golf sprechen, nachdem er gerade so schreckliche Dinge über mich gesagt hat?" Ihre Mutter funkelte sie wütend an. „Bin ich dir denn völlig egal? Und warum isst du keine Kartoffelchips?"

Es erschien Leigh am einfachsten, die ersten beiden Fragen zu ignorieren und nur die letzte zu beantworten. „Ich habe dir doch gesagt, dass ich im Moment keine Chips esse, Mutter."

„Aber ich habe sie extra für dich gekauft. Es ist doch deine Lieblingsmarke, nicht wahr?"

„Das weiß ich wirklich zu schätzen und sie sehen köstlich aus." Leigh konnte nicht fassen, dass ihre Mutter ihr ein schlechtes Gewissen machen wollte, weil sie keine Chips aß.

„Lass sie in Ruhe, Catherine", sagte Leighs Vater. „Vielleicht versucht sie abzunehmen."

„Ich habe schon abgenommen", sagte Leigh. Hatte ihr Vater sie überhaupt angesehen, als sie hereingekommen war? In Hollyhill hatten alle bemerkt, dass sie abgenommen hatte. Da müssten ihre eigenen Eltern den Unterschied doch erst recht bemerken.

„Das freut mich zu hören. Es wurde ja auch Zeit", sagte ihr Vater und nahm sich noch eine Handvoll Chips. „Gibt's denn bald den Bananenpudding, Catherine? Ich muss weg. Sonst denken die Jungs noch, ich käme nicht, und ziehen ohne mich los."

„Bleib sitzen, Mutter, ich mach das", sagte Leigh und sprang auf. Sie tat ihrem Vater eine große Portion von dem noch warmen Bananenpudding auf und stellte den Teller vor ihn hin. „Wie ist es mit dir, Mutter? Möchtest du deinen Nachtisch auch schon?"

„Tu ihr doppelt so viel drauf", sagte Leighs Vater. „Wahrscheinlich glaubt sie, dass sie die zusätzlichen Kalorien braucht."

„Ich stehe den ganzen Morgen in der Küche, um etwas Schönes zu kochen, und das ist der Dank dafür!", klagte Leighs Mutter.

Jetzt hatte Leigh die Nase voll. „Mir reicht es jetzt! Macht ihr zwei das eigentlich immer oder hebt ihr es für die Gelegenheiten auf, an denen ich hier bin?"

„Was machen wir?", fragte ihr Vater.

„Das hier!" Leigh hob frustriert die Hände, um die ganze Szene zu umfassen.

„Jetzt reg dich mal nicht auf, Leigh. Deine Mutter weiß, dass ich sie nur ein wenig aufziehe." Ihr Vater machte sich über den Pudding her. „Du hast dich selbst übertroffen, Catherine. Der Pudding ist köstlich."

„Danke, Peter", sagte Leighs Mutter, als hätte sie sich kein bisschen über ihn aufgeregt.

Leigh zählte langsam bis zehn, bevor sie die anderen beiden Dessertteller für sich und ihre Mutter zum Tisch trug.

„Du hast dir ja kaum etwas genommen." Ihre Mutter warf einen Blick auf Leighs Teller und nahm ihren Löffel in die Hand. „Wenn du hungern musst, damit ein Mann dich attraktiv findet, ist er es gar nicht erst wert." Sie schob sich einen gehäuften Löffel Pudding in den Mund.

„Ich hungere nicht, Mutter. Ich esse nur etwas weniger. Findest du nicht, dass ich besser aussehe?"

„Dir ist doch völlig gleichgültig, was ich finde. Dich interessiert nur, was dieser Prediger denkt. Ich habe gehört, dass du seit Wochen nicht mehr in deiner Gemeinde warst."

„Ich war im Gottesdienst." Leigh blickte zu der Uhr an der Wand hinauf. Sie war seit fünfundvierzig Minuten hier. Es fühlte sich eher an wie fünfundvierzig Stunden. Wie in aller Welt hatte sie es siebenundzwanzig Jahre lang in diesem Haus ausgehalten, ohne verrückt zu werden? Leigh holte tief Luft und erinnerte sich daran, dass diese Menschen ihre Eltern waren und sie sie liebte. Sie aß einen Bissen von ihrem Nachtisch.

„Ist er ein guter Prediger?", fragte ihre Mutter.

„Ist wer ein guter Prediger?", fragte Leighs Vater, während er den letzten Bissen Bananenpudding aß und aufstand.

„Leighs Verehrer. Ich habe dir doch gesagt, dass sie ein Auge auf diesen Prediger geworfen hat, drüben in der anderen Stadt, in der sie jetzt wohnt."

„Ein Prediger? Spielen Prediger Golf?" Einen Augenblick lang wirkte Leighs Vater beinahe interessiert.

„Manche bestimmt", sagte Leigh. „Aber David nicht."

„Schade." Ihr Vater sah auf seine Uhr. „Ich muss los. Schön, dich zu sehen, Leigh. Warte nächstes Mal nicht wieder so lange mit deinem Besuch."

„Ich war letzten Samstag hier."

„Habe ich dich denn da gesehen?"

„Nein, du warst schon zum Golf gefahren."

„Ach so. Wenn du diesen Prediger einfängst, bring ihn mit und stell ihn uns vor."

„Natürlich", sagte Leigh. „Wenn ihr versprecht, euch zu benehmen."

„Warum? Ist er ein besonders heiliger Typ Prediger? Einer von denen, die es für eine Todsünde halten, wenn man sonntags mal den Gottesdienst ausfallen lässt, um eine gute Runde auf dem Platz zu spielen?"

„Ich weiß nicht. Darüber haben wir noch nie gesprochen, Dad", sagte Leigh lächelnd. „Aber du würdest ihn mögen. Das würdet ihr beide, wenn ihr ihm eine Chance gebt." Leigh sah ihre Mutter an.

„Jetzt sieh mich nicht so an", sagte ihre Mutter, nachdem Leighs Vater gegangen war. „Ich habe überhaupt nichts gegen deinen Prediger." Sie zögerte eine Weile, bevor sie hinzufügte: „Nur, dass er zu alt für dich ist. Und dass er schon eine Familie hat. Zwei Töchter und ein Enkelkind, das unterwegs ist. Es gibt nicht viele Menschen, die über noch mehr Familie nachdenken, wenn sie schon einen Enkel haben. Ich meine, noch mehr Kinder zu bekommen. Daran musst du denken, Leigh. Weißt du nicht mehr, wie oft du davon gesprochen hast, dass du Kinder haben möchtest?"

„Damals war ich jünger, Mutter. Und David ist nicht zu alt, um Kinder zu bekommen, wenn er will." Leigh konnte es nicht fassen. Jetzt dachte sie schon wieder über die Möglichkeit nach, mit David Kinder zu haben. Vielleicht war es besser, wenn sie diesen Gedanken beiseiteschob und sich auf die Tatsache konzentrierte, dass sie ihre erste richtige Verabredung hatten. Nach zehn Verabredungen, oder vielleicht nach zwanzig, konnte sie immer noch herausfinden, was David davon hielt, noch mehr Kinder zu bekommen. Leigh wusste, dass er die Kinder, die er schon hatte, sehr liebte. Das genügte ihr im Moment.

„Das ist wohl die Quizfrage mit dem Hauptgewinn. Will er welche haben? Will er überhaupt, dass du ihm nachläufst? Die meisten Männer sehen lieber sich selbst in der Rolle des Jägers."

„Da hast du wahrscheinlich recht, Mutter." Leigh stand auf und begann das Geschirr einzusammeln.

Sie würde gefügig sein und ihrer Mutter während ihres restlichen Besuches in allem recht geben. Es war wirklich nicht zu viel verlangt, dass sie ihrer Mutter drei oder vier Stunden widmete. Ihre Mutter hatte ihr im Laufe der Jahre sehr viel gegeben und Leigh wusste, dass sie ihre Tochter liebte. Sie hatte nur nie akzeptiert, dass Leigh erwachsen war und ein anderes Leben führte als das, welches ihre Mutter für sie im Sinn gehabt hatte. Doch wie konnte Leigh sich heute ernsthaft darüber aufregen? Sie sollte lieber an Davids Umarmung und seinen Kuss denken und daran, dass sie in wenigen Stunden mit ihm verabredet war. Sie musste sich auf das Gute konzentrieren, das sie erlebte, und nicht auf die kleinen Widrigkeiten des Lebens. Ihre Mutter fiel in beide Kategorien zugleich. Sie war ein Segen und ein Ärgernis, aber Leigh würde ihre Verärgerung sicherlich beiseiteschieben und die Liebe ihrer Mutter als Segen annehmen können.

Sie verbrachten den Nachmittag im Wohnzimmer. Die Klimaanlage, die ihr Vater im letzten Sommer gekauft hatte, kühlte die Luft angenehm herunter. Leigh und ihre Mutter tranken Eistee und sprachen darüber, wie heiß es draußen war und ob die Hitze die Petunien ihrer Mutter vertrocknen lassen würde. Sie redeten über Tante Wilma und darüber, dass sie ihre Enkel zu sehr verwöhnte, bis es Tante Wilma in den Ohren klingeln musste. Ihre Mutter erzählte Leigh die Neuigkeiten über die Mitglieder ihrer Gemeinde und Leigh versprach ihrer Mutter, mit ihr zu einer der Abendveranstaltungen zu gehen, wenn im Herbst eine Evangelisation veranstaltet wurde. Das Versprechen, sie an einem Sonntag zum Gottesdienst zu begleiten, vermied sie.

Erst um vier Uhr, als Leigh sagte, sie müsse jetzt fahren, erschien der gekränkte Ausdruck wieder auf dem Gesicht ihrer Mutter. „Aber ich dachte, du bleibst bis nach dem Abendessen. Ich habe gestern Abend Schinkenbraten gemacht."

„Tut mir leid, Mutter, aber ich muss nach Hause."

„Du musst oder du willst?"

Leigh streckte die Hand aus und ergriff die Hand ihrer Mutter. „Wir hatten einen schönen Nachmittag. Lass ihn uns jetzt nicht verderben."

„Du willst also", sagte ihre Mutter. „Es hat etwas mit dem Prediger zu tun, nicht wahr? Wo lauerst du ihm denn diesmal auf? Predigt er da drüben bei einer Evangelisation?"

„Nein, Mutter. Und ich lauere ihm nicht auf. Er hat mich zum Essen eingeladen." Die Worte waren heraus, bevor sie sie zurückhalten konnte.

„Du hast eine Verabredung?" Ihre Mutter ließ sich auf ihrem Sessel zurückfallen und warf die Hände in die Luft.

„Das ist kein Grund, so schockiert dreinzublicken, Mutter." Leigh lachte. Nichts, was ihre Mutter sagen konnte, würde die übersprudelnde Freude verderben, die in Leigh aufstieg. In zweieinhalb Stunden würde David vor ihrer Tür stehen und sie würden in seinen Wagen steigen und irgendwohin fahren. Nur sie beide. Sie hatte eine Verabredung. Eine echte Verabredung.

„Du hättest es mir ruhig sagen können", klagte ihre Mutter.

„Ich habe es dir gesagt. Gerade eben." Leigh beugte sich vor und küsste ihre Mutter auf die Wange. „Freu dich für mich, Mutter."

„Aber ich mache mir Sorgen um dich, Leigh. Du könntest verletzt werden."

„Weißt du was? Ich bin in der Schule nie auf das Klettergerüst gestiegen, weil du immer gesagt hast, ich könnte mir wehtun. All die anderen Kinder sahen aus, als würden sie sich köstlich amüsieren, aber ich blieb mit beiden Füßen auf dem Boden, weil ich mir hätte wehtun können. Aber wenn ich die Uhr zurückdrehen könnte, dann würde ich hinaufklettern und ganz oben sitzen und auf die Welt hinuntersehen."

„Klettergerüst? Was hat ein Klettergerüst damit zu tun, dass du mit diesem Prediger ausgehst?" Ihre Mutter runzelte die Stirn.

„Gar nichts. Und alles", sagte Leigh und lachte wieder. Dann drückte sie die Hand ihrer Mutter. „Danke für das Mittagessen, Mutter. Ich werde dafür beten, dass du dich für mich freuen kannst."

„Ich bete jeden Tag für dich", sagte ihre Mutter.

„Ich weiß. Und weißt du was? Ich glaube, deine Gebete werden gerade erhört."

„Ich habe nicht dafür gebetet, dass du diesen Prediger triffst."

„Aber du hast doch bestimmt dafür gebetet, dass ich glücklich werde."

„Natürlich."

„Dann sind deine Gebete erhört worden. Er ist ein guter Mann und ich glaube, ich liebe ihn." Leigh umarmte ihre Mutter noch einmal, nahm dann ihre Handtasche und entschwand zur Tür hinaus, bevor ihre Mutter sich von dieser Offenbarung erholen konnte. Bis Donnerstag würde ihr zweifellos eine Menge einfallen, was sie erwidern konnte, aber das war in Ordnung. Leigh würde sich jetzt noch keine Gedanken über Donnerstag machen. Sie würde nur die kostbare Gegenwart genießen.

Bevor sie aus der Einfahrt ihrer Eltern setzte, kurbelte Leigh die Fenster ihres Wagens hinunter. Zufrieden lächelnd ließ sie sich den Wind ins Gesicht wehen, während sie nach Hause fuhr. Nach Hause. Zu ihrer Wohnung. Zu ihrem eigenen Zuhause. Zu der ersten Verabredung ihres Lebens. Zu David.

Ich glaube, ich liebe ihn. Die Worte hallten in Leighs Kopf wider. Irgendwann erkannte sie, dass sie ihrer Mutter gegenüber nicht ganz aufrichtig gewesen war. Sie glaubte es nicht. Sie wusste es.

26

Als David am Samstagabend zu Leighs Wohnung fuhr, fühlte er sich wie ein Sechzehnjähriger. Seine Hände waren so schweißnass, dass sie um das Lenkrad rutschten. Sein Herz tanzte in seiner Brust Tango und er hatte keine Ahnung, was er sagen sollte, wenn er erst einmal die Treppe zu Leighs Wohnung hinaufgestiegen war und an ihre Tür geklopft hatte. Ungefähr so fühlte er sich auch manchmal, wenn er auf die Kanzel stieg, um zu predigen. Dieser Gedanke kam David geradezu gotteslästerlich vor. Wie konnte er eine einfache Verabredung damit vergleichen, Gottes Wort zu verkünden?

Sein Blick wanderte mit einem *Tut mir leid, Herr* nach oben, aber er lächelte, weil er sich ziemlich sicher war, dass Gott nicht beleidigt sein würde. Manche Menschen stellten sich Gott gesetzt und immerzu ernst vor, aber David war der Meinung, dass Gott einen ausgeprägten Sinn für Humor haben musste. Wie sonst konnte man das Schnabeltier erklären, das aussah, als wäre es aus Ersatzteilen zusammengesetzt? Oder dass der Herr dem Seewolf Fühler gegeben hatte, mit denen er schmeckte, den Affen Schwänze, an denen sie in den Bäumen herumschwingen konnten, und den Elefanten Nasen, die zugleich als Duschköpfe dienten? Und er hatte den Menschen erschaffen. Der Mensch musste das Geschöpf sein, über das Gott sich am häufigsten kaputtlachte.

Und David war da keine Ausnahme. Er stellte sich vor, wie Gott jetzt auf ihn heruntersah und lächelnd den Kopf schüttelte. Vielleicht hatte er sogar die Engel zusammengetrommelt, damit sie alle zusehen und mit ihm über diesen Mann mittleren Alters lachen konnten, dem angesichts einer ersten Verabredung der Schweiß auf der Stirn stand. Aber wenn er lachte, dann war es ein liebevolles Lachen. Gott war die Liebe. An dieser Wahrheit bestand kein Zweifel. Was für ein Grund zur Freude!

David hatte einen Großteil des Nachmittags damit verbracht, diese Wahrheit im ersten Johannesbrief nachzulesen, während er an seiner Predigt für den nächsten Tag gearbeitet hatte. Am Anfang des dritten Kapitels hieß es: „Seht, welch eine Liebe hat uns der Vater erwiesen, dass wir Gottes Kinder heißen sollen."

Er hatte diesen Bibelvers immer wieder gelesen, um die Bedeutung der Worte auf sein Herz wirken zu lassen. Gottes Kinder. Söhne und Töchter Gottes. Er wollte nicht, dass Gottes Kinder in Mt. Pleasant sich in verschiedene Lager spalteten. Er wollte, dass sie die Liebe sahen, die der Vater jedem von ihnen entgegenbrachte. Und diese Liebe sollte im eigenen Herzen Wurzeln schlagen und verändert und umgewandelt werden, sodass sie an den Nächsten weitergegeben werden konnte. Jedenfalls glaubte David, dass dies die Botschaft war, die Gott ihm in seinem Wort offenbaren wollte.

Aber er würde noch weiterlesen müssen. Der Nachmittag war voller Unterbrechungen gewesen. Erst hatte es eine Weile gedauert, bis Wes wieder im Wohnzimmer gesessen hatte. Als sie nach Hause gekommen waren, war der Mann beinahe zu müde gewesen, um sich selbst aus dem Auto zu hieven, aber der Ausflug hatte sich mehr als gelohnt. Der Anblick und Geruch der Druckerei war genau das gewesen, was Wes gebraucht hatte. Er war nach Hause gekommen und hatte fast jeden Bissen Thunfischsalat verputzt, den Jocie für ihn zubereitet hatte.

Dann, als Wes sich ausruhte und David sich gerade an seinen Schreibtisch gesetzt hatte, mit dem Rücken zum Ventilator, damit der Luftzug nicht die Seiten der Bibel umblätterte, war Tabitha im Türrahmen erschienen. Er hatte sich die Zeit nehmen müssen, mit ihr zu reden. Das arme Mädchen fühlte sich elend. Und einsam. David gab ihr so viel Liebe, wie er konnte, aber sie brauchte mehr als das. Sie brauchte einen Ehemann, der ihr in dieser Zeit liebend zur Seite stand, der ihr den Rücken rieb und ihre Füße massierte und ihr etwas zu trinken brachte.

Er hatte die Hand flach auf ihren gewölbten Bauch gelegt und das Baby gespürt, während er für Mutter und Kind gebetet hatte. Danach fühlte Tabitha sich immer besser. Auch diesmal hatte sie gelächelt, als sie hinausgegangen war, um sich einen kühleren Platz zu suchen, an dem sie den Nachmittag verbringen und sich Luft zufächeln konnte. Noch nie hatte David die Bewegungen eines

Babys im Mutterleib gefühlt. Als Adrienne mit Tabitha schwanger gewesen war, hatte er in einem U-Boot gesessen, und als sie Jocie erwartete, hatte sie ihn nicht in ihre Nähe gelassen.

David hatte die Augen geschlossen und die dunklen Gefühle des Bedauerns beiseitegeschoben. Das war vergangen und vorbei. Hier und jetzt musste er sich darauf konzentrieren, in der Bibel zu lesen und Gottes Botschaft zu finden.

Er war nicht einmal bis zum Ende des Kapitels gekommen, als Jocie an die Tür geklopft und den Kopf hereingestreckt hatte. Mit gerunzelter Stirn hatte er sich umgeblickt.

„Tut mir leid, Dad." Jocie hatte ausgesehen, als fürchtete sie, er könnte sie anbrüllen, aber sie war im Zimmer stehen geblieben. „Ich weiß, dass du nicht gestört werden möchtest, wenn du deine Predigt vorbereitest, aber Mr McDermott ist am Telefon. Ich habe ihm gesagt, dass du ihn zurückrufen würdest, aber er sagte, er müsse gleich mit dir sprechen. Es hat irgendetwas mit dem Gottesdienst zum Homecoming-Fest zu tun."

David hatte geseufzt und ein Lesezeichen in seine Bibel geschoben, bevor er aufgestanden war, um nach unten zu gehen und den Anruf entgegenzunehmen. „Dann rede ich wohl besser mit ihm."

Der alljährliche Gottesdienst zum Herbstanfang war nicht der eigentliche Grund gewesen, warum Matt McDermott angerufen hatte. Trotzdem hatte er das Gespräch damit begonnen, dass er einen Termin vereinbaren wolle, an dem sie sich trafen, um die Veranstaltungen für den dritten Sonntag im September durchzusprechen. Sie hatten für den Nachmittagsgottesdienst bereits besondere Musik geplant und Harvey McMurtry würde wie immer die Geschichte der Kirche verlesen. Alles war in Ordnung und es wäre nicht einmal ein Drama, wenn Tabithas Baby beschließen sollte, an diesem Tag zur Welt zu kommen. Alles würde reibungslos laufen, ob David da war oder nicht.

David hatte Matt zugehört und einem Treffen nach dem Gottesdienst am kommenden Tag zugestimmt. Dann hatte er darauf gewartet, dass er den wahren Grund für den Anruf erfuhr. Matt hatte eine Minute gezögert, bevor er mit diesem Grund herausrückte. „Ich habe mich gefragt, ob du schon die Gelegenheit hattest, Bob und Charlene zu besuchen. Charlenes Mutter hat Dorothy erzählt, wie unglücklich Charlene ist, weil sie in den vergangenen Wochen nicht zum Gottesdienst kommen konnte."

„Ich war zweimal dort, Matt, aber ich fürchte, Bob will im Moment nicht mit mir reden. Er meint, ich hätte seine Integrität und seinen Glauben beleidigt, oder jedenfalls vermute ich, dass er das denkt."

„Ich weiß, dass du das nicht getan hast, Bruder David."

„Jedenfalls nicht absichtlich." David hatte überlegt, wie er dieses Gespräch so kurz wie möglich halten könnte, damit er sich wieder seiner Predigt widmen konnte, ohne dass sein Gemeindeleiter das Gefühl hatte, abgewimmelt zu werden. Seine Meinungsverschiedenheit mit Bob Jessup mit Matt durchzukauen, würde Bob nicht helfen, seine verletzten Gefühle zu überwinden.

David hatte einen Seufzer unterdrückt und gesagt: „Aber ich glaube nicht, dass ich ihn dazu überreden kann, in eine von Mt. Pleasants Kirchenbänken zurückzukehren. Wenigstens nicht im Moment. Wenn er mich kommen sieht, schaltet er auf Durchzug. Vielleicht hättest du eine bessere Chance."

„Ich habe schon mit ihm geredet."

„Gut. Dann weiß er, dass er dir wichtig ist." David hatte gehofft, dass Matt die Sache damit auf sich beruhen lassen würde, aber das hatte er nicht getan. Anscheinend hatte er das Bedürfnis, die ganze Geschichte beim Pastor abzuladen.

„Er denkt, du siehst die Hearndons lieber in der Kirche als ihn. Ich habe ihm gesagt, dass die Hearndons nicht noch einmal wiedergekommen sind, seit er zuletzt in der Kirche gewesen ist, aber er sagte, es seien nicht die Hearndons, die ihm Sorgen machten."

„Was bereitet ihm dann Sorgen?" David hatte die Frage bereut, sobald er sie ausgesprochen hatte, denn natürlich machte Bob Jessup sich über den Prediger Sorgen. Was, wenn auch Matt sich diesbezüglich Sorgen machte? Er hatte nicht darauf gewartet, dass Matt seine Frage beantwortete, sondern gleich hinterhergeschoben: „Hör zu, Matt: Wenn Bob morgen wieder nicht zum Gottesdienst kommt, werde ich ihn nächste Woche noch einmal besuchen. Und selbst wenn er morgen da sein sollte, werde ich in den Tagen danach zu ihm gehen. Aber ich glaube nicht, dass es viel bringen wird. Er hat sich in den Kopf gesetzt, gegen mich zu sein."

„Das ist wahr, Bruder David“, hatte Matt gesagt. „Ich will nur nicht, dass die Gemeinde sich wegen dieser Sache spaltet.“

„Spaltet? Du glaubst, die Gemeinde wird gespalten, weil Bob nicht kommt?“

„Nicht nur wegen Bob. Auch wegen der anderen Sache. Wegen der Hearndons.“ Matt hatte traurig geklungen.

„Die Hearndons gehören zu unserer Gemeinde und ich werde niemandem den Zutritt zu unseren Gottesdiensten verweigern. Wenn es das ist, was du willst, musst du zuerst mich wegschicken.“ David hatte beschlossen, es geradeheraus zu sagen. Manchmal konnte man um eine Angelegenheit herumreden, bis einem schwindelig war.

„Das wollte ich doch gar nicht sagen, Bruder David“, hatte Matt schnell gesagt. „Nein, nein. Du darfst nicht einmal denken, dass ich das wollte. Du bist für diese Gemeinde ein Geschenk des Himmels. Alle lieben dich.“

„Vielleicht sollten wir ‚fast alle‘ sagen“, berichtigte David ihn.

„Der eine oder andere, der erst skeptisch war, sieht es inzwischen auch so. Ich habe gehört, dass sogar die Martins sich wieder in die Liste derer eingetragen haben, die dich sonntags zum Essen einladen wollen.“

„Das stimmt. Ich bin mir sicher, dass es ein sehr angenehmer Tag mit ihnen sein wird“, hatte David gesagt. Er würde sich jedes Wort, das er bei der Gelegenheit sagte, sehr genau überlegen müssen, aber es war ein Schritt in die richtige Richtung. Ogden Martin und er spielten in derselben Mannschaft für Gott. Sie mussten sich auch so benehmen.

„Dann können wir vielleicht hoffen, dass Bob sich auch wieder beruhigt.“

„Wenn es so weit ist. Und mit Gebet. Du und ich können verabreden, dass wir darüber beten, Matt.“

Nachdem er aufgelegt hatte, hatte er zuerst auf seine Uhr gesehen. Den ganzen Weg zu seinem Arbeitszimmer hinauf hatte David gebetet. Er hatte die Tür hinter sich geschlossen und so gut es ging versucht, jeden anderen Gedanken zu verdrängen, um sich ganz auf das zu konzentrieren, was Gott ihm sagen wollte, während er den Aufbau seiner Predigt skizzierte. Dann hatte er geduscht und sich angekleidet und auch dabei die ganze Zeit gebetet.

Jetzt, als er vor Leighs Haus aus dem Wagen stieg, betete er ebenfalls. Wortlose Gebete, weil er nicht wusste, was er beten sollte. Sollte er um Führung bitten? Um einen schönen Abend? Sollte er für Leigh beten? Oder für sich selbst? Für alles zusammen? Vielleicht sollte er um eine Erleuchtung bitten, damit ihm etwas einfiel, wohin er mit ihr fahren konnte. An diesem Morgen im Park hatte er ihr eine Überraschung versprochen, aber dann war der Nachmittag so voll gewesen, dass er nicht einmal daran gedacht hatte, wohin er sie ausführen konnte, geschweige denn, dass er etwas geplant hätte. Vielleicht musste er sie doch noch bitten, Erdnussbutterbrote zu schmieren.

Leighs Vermieterin, Mrs Simpson, lugte zum Fenster hinaus, als David den Hof überquerte und zur Treppe ging. David lächelte und winkte. Daraufhin ließ Mrs Simpson den Vorhang fallen, als hätte sie sich die Finger daran verbrannt, und trat vom Fenster zurück. *Was sollte das denn?*, fragte David sich, während er die Außentreppe zu Leighs Wohnung hinaufstieg. Vielleicht dachte sie, er hielte sie für neugierig und nicht einfach nur für freundlich. Vielleicht fand sie es nicht richtig, dass er ihrer jungen Nachbarin einen Besuch abstattete. Vielleicht hatte sie damit sogar recht, dachte David, doch gleichzeitig musste er lächeln, als er an Leighs Tür klopfte.

Warum machte er sich Sorgen darüber, was er sagen sollte? An diesem Morgen hatte er sich auch keine Gedanken darüber gemacht, was er sagen sollte. Die Worte waren einfach herausgekommen. Sich vorzubeugen und Leigh zu umarmen und zu küssen, hatte sich so natürlich angefühlt wie das Atmen. Was spielte es für eine Rolle, was Mrs Simpson dachte? Was irgendjemand dachte? Gott lachte vielleicht über Davids ungeschickte Versuche in Sachen Romantik, aber David spürte nicht die Spur von Missfallen in seiner Seele. Und die Menschen, deren Billigung oder Missbilligung wichtig war, hatten ihn zu Hause lächelnd verabschiedet.

Wes hatte den Daumen hochgereckt. Tante Love hatte ihn gebeten, sie an Leighs Namen zu erinnern, bevor sie sagte: „So ein liebes Mädchen. Ein Segen." Tabitha hatte sich Mühe gegeben zu lächeln, obwohl die nächsten Tränen schon in ihren Augen geglänzt hatten. Doch die hatten nichts damit zu tun, dass er eine Verabredung hatte, sondern mit ihrem Zustand. Sie hatte ihm von der Veranda aus hinterhergewinkt, ihre Füße in einer Schüssel mit kaltem Wasser.

Jocie war ihm bis zum Wagen gefolgt, und dann hatte sie wieder dieses Grinsen im Gesicht gehabt, das ihm verriet, dass Wes ihr von dem Kuss im Park erzählt hatte. „Viel Spaß“, hatte sie gesagt. „Aber denk dran, dass du morgen früh Gottesdienst hast.“

Als könne er das vergessen. David würde heute Nacht einfach auf Schlaf verzichten und sich wieder über seine Bibel beugen, sobald er nach Hause kam.

Leigh öffnete die Tür und stand mit geröteten Wangen vor ihm. Sie lächelte schüchtern zu ihm auf. „Ach, du bist es“, sagte sie. Die Farbe ihrer Wangen wurde dunkler. „Ich meine, natürlich bist du es. Ich habe dich schließlich erwartet.“

David lächelte, legte die Finger unter ihr Kinn und sah in ihre schönen blauen Augen. „Hallo“, sagte er.

„Oh“, sagte sie und ihre Augen weiteten sich. „Hallo.“

David ließ die Hand sinken, aber sein Lächeln blieb. „Bist du bereit?“

„Mehr als bereit.“ Sie nahm ihre Handtasche und trat auf den Treppenabsatz hinaus, bevor sie die Tür hinter sich ins Schloss zog. „Wahrscheinlich hätte ich einfach Ja sagen sollen, oder? Aber ehrlich gesagt, bin ich total nervös. Da weiß man nie, was ich so sage.“

David legte eine Hand an ihren Ellbogen, während sie die Treppe hinunterstiegen. „Du hast überhaupt keinen Grund, nervös zu sein. Ich bin derjenige, der nervös sein sollte.“

„Du? Warum solltest du nervös sein? Du hattest doch bestimmt Dutzende Verabredungen.“

„In einem anderen Leben“, sagte David. „Aber was hältst du davon, wenn wir dieses unselige Wort ‚Verabredung‘ einfach vergessen und uns amüsieren?“

„Klingt gut“, sagte Leigh. „Aber ich bin mir nicht sicher, ob alle anderen mitspielen. Wo auch immer wir hingehen, werden wir im Mittelpunkt der Aufmerksamkeit stehen. Der Prediger und das Mädchen, das ihm hinterherläuft.“

„Bist du denn hinter mir hergelaufen?“

„Natürlich. Deshalb drehe ich doch ständig die Runden im Park.“

Leigh lächelte ihn an. Allmählich wich die Röte aus ihren Wangen. „Damit ich fitter werde und schneller laufen kann als du."

„Ich konnte noch nie sehr schnell laufen." David hielt ihr die Wagentür auf. „Und du hast recht, was die Aufmerksamkeit betrifft. Wir werden bereits beobachtet." Er senkte die Stimme ein wenig und beugte sich näher zu Leigh. „Ich glaube, Mrs Simpson macht sich Notizen."

Leigh lachte. „Sie ist von Natur aus neugierig, aber wenigstens muss sie sich heute Abend keine Sorgen darüber machen, dass meine Musik zu laut ist."

„Nein, sie wird ungestört sein, wenn sie alle ihre Freundinnen im County anruft." David warf Leigh ein Lächeln zu und schloss die Wagentür.

„Und, was ist nun die Überraschung?", fragte Leigh, als er sich ans Steuer setzte.

„Das es keine gibt?" David sah sie zerknirscht an. „Es tut mir leid, aber heute Nachmittag ging alles drunter und drüber."

„Dass macht doch nichts. Ich kann in meine Wohnung zurücklaufen und das Brot und die Erdnussbutter holen, damit wir im Redaktionsbüro ein Picknick machen können."

David lachte. Das, fand er, war das Beste an Leigh. Sie brachte ihn zum Lachen. Sonst musste er immer ernst sein, die Verantwortung für andere übernehmen. Nicht, dass er mit ihnen nicht lachte. Das tat er schon. Aber wenn er mit Leigh lachte, fühlte sich das anders an. Es war ein Gefühl, das er seit Jahren nicht mehr gehabt hatte. Vielleicht hatte er es überhaupt noch nicht erlebt. „Die Erdnussbutter heben wir uns für ein anderes Mal auf", sagte er. „Wir gehen einfach in das kleine Familienrestaurant in der Stadt. Dort gibt es zwar keine Kerzen auf den Tischen, aber Zella hält mich ja sowieso für einen hoffnungslosen Fall. Beweisen wir ihr, dass sie recht hat." David ließ den Motor an und setzte auf die Straße zurück.

„Bei dieser Verabredung –" Leigh schlug sich die Hand vor den Mund, bevor sie fortfuhr. „Ups. Das Wort sollte ich doch nicht sagen. Jedenfalls ist bei diesem Wie-auch-immer-wir-es-Nennen nur wichtig, was *ich* denke. Und ich denke, Kerzen werden überschätzt."

Am Ende der Straße bog David in Richtung Restaurant ab. Dort angekommen warf er Leigh einen Blick zu. Sie trug ein blaues Kleid, das die gleiche Farbe hatte wie ihre Augen, und ihre Haare fielen in sanften Wellen auf ihre Schultern. „Hat dir schon mal jemand gesagt, dass du schön bist?"

Wieder nahmen ihre Wangen eine rosige Farbe an, aber sie hielt seinem Blick stand. „Nur meine Mutter, als ich ein kleines Mädchen war."

„Du bist schön, Leigh Jacobson", sagte David und ergriff ihre Hand.

Danach störte es sie beide nicht, dass im Restaurant alle einen Grund fanden, an ihren Tisch zu kommen und mit einem „Na, sieh mal einer an!"-Grinsen im Gesicht mit ihnen zu reden. Es machte ihnen nichts aus, dass Jane Ellen, die sie bediente, ständig um ihren Tisch herumschlich, um auch ja nichts Entscheidendes zu verpassen. Und es war auch nicht weiter dramatisch, dass die Ofenkartoffeln zu lange gebacken worden waren und der Eistee ein bisschen dünn war.

Es war ihnen sogar egal, dass sie flüstern mussten, damit sie Mrs Simpson nicht weckten, als David Leigh nach Hause brachte. Und es spielte keine Rolle, dass die Luft um elf Uhr abends immer noch so warm war wie Badewasser.

Nichts spielte eine Rolle außer der Art, wie ihre Worte und ihr Lachen sich über den Graben zwischen ihren Seelen hinauszustrecken und einander zu umarmen schienen. Manchmal überraschte Gott einen mit ganz unerwarteten Freuden.

27

Am ersten Sonntag im September, als Cassidy Hearndons Mama sie weckte und ihr sagte, sie würden in die Kirche der Weißen gehen, spielte Cassidy mit dem Gedanken, sich den Finger in den Hals zu stecken, damit sie sich übergeben musste. Das hatte sie in Chicago ein- oder zweimal getan, um nicht zur Schule gehen zu müssen. Damals hatte es funktioniert. Vielleicht würde es auch jetzt funktionieren, aber dann würde ihre Mutter ihr verbieten, das Haus zu verlassen, und es war viel zu heiß, um den ganzen Tag in ihrem Zimmer eingesperrt zu sein, nur damit sie die restliche Familie nicht ansteckte. Auch wenn die Angsthasenkrankheit nicht ansteckend war.

Cassidy nahm das Kleid, das ihre Mutter für sie herausgelegt hatte. Es war das weiße Kleid mit den roten Tulpen auf dem Rock – ihr Lieblingskleid, aber sie wollte es noch nicht anziehen. Erst wenn sie musste. Es war kühler, in Hemdchen und Unterhose hier zu stehen.

„Was in aller Welt ist nur mit dir los, Cassidy Marie?", fragte ihre Mama. „Hör auf zu schmollen und zieh dich an."

„Es ist zu heiß, um sich feinzumachen und in die Kirche zu gehen", klagte Cassidy.

„Der Herr Jesus hat auch nicht gejammert, dass es zu heiß sei, um den Preis für unsere Sünden zu bezahlen, mein Fräulein."

„Warum können wir denn nicht in die Kirche in der Stadt gehen? Da mögen sie uns."

„Jetzt hör sich das einer an! Wir gehen doch nicht in die Kirche, damit die Leute uns mögen", sagte ihre Mama. „Wir gehen in die Kirche, um Gott anzubeten, und der liebe Gott hat eine Kirche gleich ans Ende unserer Straße gestellt, damit wir das tun. Wir brauchen nicht eine halbe Stunde und teures Benzin zu verschwenden, indem wir in die Stadt fahren."

„Aber sie gucken mich so komisch an." Cassidy fuhr mit dem Finger über eine der Tulpen auf ihrem Rock. Sie liebte Tulpen. In ihrem Garten in Chicago hatten sie Tulpen gehabt. Rote und gelbe und lilafarbene Tulpen.

„Wahrscheinlich auch nicht komischer, als du sie anguckst. Und Miss Sally wird da sein. Sie findet, dass du ganz entzückend bist. Und die Tochter des Predigers. Was hat Noah gesagt, wie sie heißt?"

„Jocie."

„Richtig, Jocie. Sie ist sehr nett. Und außerdem noch hilfsbereit."

„Sie will nur mit den Zwillingen spielen."

„Dann spielt ihr eben zusammen mit den Zwillingen", sagte Cassidys Mama. „Und jetzt zieh dein Kleid an, damit du Elise halten kannst, während ich ihr die Haare mache. Das Kind hat eine regelrechte Abneigung gegen Kämme."

„Ich könnte hierbleiben und Daddy beim Steineschleppen helfen." Cassidy wusste nicht, warum sie das überhaupt vorschlug. Ihre Mama würde nie zulassen, dass sie einen Gottesdienst versäumte, um Steine zu schleppen. Ihre Mutter fand auch, dass ihr Daddy nicht den Gottesdienst verpassen sollte, um Steine zu schleppen, aber manchmal bekam sie ihren Willen nicht, wenn es um Cassidys Daddy ging.

„Hör auf, Unsinn zu reden, und zieh dich an. Auf der Stelle!"

Cassidy wandte sich von ihr ab und zog sich das Kleid über den Kopf, damit ihre Mama nicht sah, wie Tränen aus ihren Augen quollen. Ihre Mama verstand nichts von der Angsthasenkrankheit. Sie war schön und mutig und hatte vor nichts Angst. Nicht einmal vor der Polizei in Alabama, die sie letzten Sommer ins Gefängnis geworfen hatte. Cassidy hatte Angst gehabt. Sie hatte gedacht, sie würde ihre Mama nie wiedersehen, so wie sie sagten, dass sie Onkel Darnell nie wiedersehen würde. Sogar ihr Daddy hatte Angst gehabt. Er hatte versucht, es sich nicht anmerken zu lassen, indem er wütend geworden war und ins Telefon geschrien hatte, aber Cassidy hatte es trotzdem gemerkt. Wenn man selbst Angst hatte, konnte man die Angst bei anderen beinahe riechen.

Cassidy rieb sich mit dem Stoff des Kleides übers Gesicht, als sie es herunterzog, um die Tränen fortzuwischen, aber ihre Mama sah sie trotzdem. Sie kam herüber und knöpfte Cassidys Kleid auf dem Rücken zu. Dann drehte sie Cassidy zu sich um. Sie legte eine Hand unter Cassidys Kinn und hob ihr Gesicht ein wenig an. „Hör zu, Liebling: Du brauchst nicht zu weinen, weil deine Mama nicht zulassen wird, dass jemand dir wehtut. Niemals."

„Ja, Mama", sagte Cassidy und wischte die letzten Tränen von ihren Wangen. Sie wollte ihrer Mutter glauben. Früher hatte sie ihr geglaubt. Jetzt tat sie nur noch so, als glaube sie ihr.

Noah sagte, das sei ein Zeichen dafür, dass sie erwachsen wurde. Er sagte, ihre Mama wolle sie natürlich beschützen. Aber manchmal sei sie ganz versessen darauf, die Welt für alle Menschen besser zu machen, und weil sie sich dem Gemeinwohl verpflichtet fühle, könne sie ihre Versprechen nicht immer halten. Als Cassidy Noah gefragt hatte, was „Gemeinwohl" bedeutete, hatte er gesagt, er könne es nicht erklären, aber es habe offenbar etwas damit zu tun, wie Menschen wie sie wegen ihrer Hautfarbe behandelt wurden und wie sie in Zukunft behandelt würden. Noah sagte, wenn sie Augen und Ohren offenhielte, würde sie es irgendwann vielleicht besser verstehen.

Also hatte Cassidy zugehört, wenn ihre Mama mit ihrem Daddy sprach oder telefonierte, und sie hatte darauf geachtet, was um sie herum geschah und was in den Zeitungen stand, die ihre Mama mit der Post zugeschickt bekam. So hatte sie von den Mädchen im Süden erfahren, die kaum älter gewesen waren als sie selbst und die in einer Kirche getötet worden waren … und das war in ihrer eigenen schwarzen Kirche gewesen, nicht in irgendeiner weißen Kirche.

Manchmal überlegte sie, Noah zu fragen, ob er das von den drei Mädchen gehört hatte und ob er wusste, ob sie genauso große Angst gehabt hatten wie sie selbst. Aber manche Dinge waren einfach zu schrecklich, als dass sie darüber reden konnte. Und vielleicht würde Noah ihr nicht versprechen können, dass ihr so etwas niemals zustieß. Noah hatte ihr mal gesagt, er würde versuchen, ihr nie etwas zu erzählen, von dem er sich nicht absolut sicher war, dass es stimmte. Deshalb hatte er ihr einmal gesagt, dass kein Mensch einen anderen die ganze Zeit beschützen könne, sosehr er es auch wolle. Aber er sei jetzt groß genug, dass er sie die meiste Zeit beschützen könne, und er würde auf jeden Fall dafür sorgen, dass das, was ihr bei der Demonstration in Birmingham im letzten Jahr zugestoßen war, nie wieder geschah.

Eine Minute lang tauchte die Erinnerung wieder vor Cassidys geistigem Auge auf – der zähe Schleim, der von den Zähnen des großen Hundes tropfte, genau vor ihrem Gesicht, und der Anblick von Noah, der von den Feuerwehrmännern, die mit Wasserschläuchen auf sie zielten, geradewegs von der Straße geschleudert wurde. Aber sie verdrängte diese Gedanken. Es gab Dinge, an die sie nicht denken durfte, sonst würde sie irgendwo in eine dunkle Höhle kriechen und nie mehr herauskommen. Außerdem wusste sie, dass Noah es ernst meinte. So etwas würde er nicht noch einmal zulassen. Er hatte es versprochen und Noah versprach nur etwas, wenn er sich ganz und gar sicher war, dass er sein Versprechen auch halten konnte.

Trotzdem glaubte Cassidy nicht, dass er die Leute in der Kirche am Ende ihrer Straße davon abhalten konnte, sie anzustarren, als hätte sie zwei Köpfe. Vor allem, weil sie ihn genauso ansahen. Alle außer Miss Sally und Mr Harvey und der Familie des Predigers. Und da war das kleine Mädchen mit Pferdeschwänzen, das sie das letzte Mal angegrinst hatte, als sie vor zwei Wochen dort gewesen waren. Das kleine Mädchen hatte auf ihre eigenen Zöpfe gezeigt und dann auf Cassidys. Wenigstens zwang Cassidys Mama sie nicht, in die Sonntagsschule zu gehen. Sie sagte, die Weißen bräuchten Zeit, um sich an ihre Anwesenheit zu gewöhnen.

Cassidy schlang die Arme um Elise und hielt sie ganz fest, während ihre Mama winzige Zöpfe in Elises Haar flocht. Elise trat und schrie, aber sowohl Cassidy als auch ihre Mama ignorierten sie. Sie konnten auf Elise einreden, bis ihnen nichts mehr einfiel, und trotzdem würde sie schreien und sich wehren, wenn sie ihr die Haare flochten. Also war es besser, sie einfach festzuhalten und es hinter sich zu bringen.

„Ich wünschte, wir wären noch in Chicago“, sagte Cassidy, als Elise einen Augenblick lang aufhörte zu kreischen, um Luft zu holen.

„Chicago, Chicago“, sagte ihre Mama. „Du und Noah, ihr beide. Ihr redet immer von Chicago. Was war denn an Chicago so wunderbar?“

„Saundra“, erwiderte Cassidy. Saundra hatte nebenan gewohnt und sie hatten jeden Tag zusammen mit ihren Puppen gespielt. Jetzt musste sie allein mit ihren Papierpuppen spielen. Sie hatte versucht, mit Elise zu spielen, aber die hatte ihrer Lieblingspuppe Sue Ellen den Kopf abgerissen. Nicht absichtlich, aber trotzdem hatte Sue Ellen den Kopf verloren. Ihre Mama hatte ihn wieder angeklebt, aber jetzt fiel der Kopf der Puppe immer nach vorne, als würde sie beten. Und irgendwann hatte man keine Lust mehr zu spielen, dass die Puppe in der Kirche saß und betete.

„Saundra war eine liebe Freundin. Warum schreibst du ihr nicht und fragst sie, wie es ihr geht?", sagte Cassidys Mama. „Aber du wirst hier auch Freundinnen finden. Du gehst jetzt seit zwei Wochen in die Schule und ich wette, du hast schon ein paar nette Mädchen kennengelernt. Vielleicht können wir eine von ihnen mal einladen."

„Aber keine wohnt so nahe wie Saundra früher", sagte Cassidy. Die Schule war eigentlich gar nicht so schlecht. Ihr gefielen die Tage, an denen sie an ihrem eigenen Tisch saß und die Linien auf ihrem Notizblock vollschrieb. Der Unterrichtsstoff war nicht besonders schwer. Das meiste davon hatte sie letztes Jahr in Chicago schon gelernt, aber ihre Mama sagte, sie würden bald neue Dinge lernen. Doch Freundschaften hatte sie noch keine geschlossen.

„Das könnte ein Problem sein", sagte Cassidys Mama, während sie den nächsten Zopf auf Elises Kopf befestigte.

„Das ist es", nickte Cassidy und lockerte ihren Griff um ihre Schwester ein kleines bisschen. Elise hatte aufgehört zu schreien und schniefte jetzt nur noch ein wenig. Sie flüsterte dem kleinen Mädchen ins Ohr: „Mama ist gleich fertig und dann siehst du ganz süß aus."

„Will nicht süß aussehen." Elise schob schmollend die Unterlippe vor.

„Aber dagegen kannst du nun mal nichts machen. Du bist einfach süß. Süß wie ein Käfer", sagte ihre Mama und berührte Elises Nase mit dem Kamm, bevor sie die nächste Haarsträhne ergriff. Ihre Finger arbeiteten schnell, während sie die Zöpfe flocht, und sie kehrte gleichzeitig zu Cassidys Problem zurück, dass sie niemanden hatte, der mit ihr Puppen spielte. „Miss Sally wohnt gleich auf der anderen Seite des Hügels. Sie ist zwar kein kleines Mädchen, aber es ist gut, Freunde verschiedenen Alters zu haben. Sie hat mir erzählt, dass sie heute Nachmittag mit dem Versandhauskatalog vom letzten Jahr herüberkommt, damit ihr beide ein paar von den Modellen ausschneiden und auf Pappe kleben könnt, um neue Puppen zu basteln."

„In dem Katalog sind aber keine Schwarzen“, sagte Cassidy.

„Das stimmt.“ Ihre Mama klang verärgert, aber Cassidy war sich nicht sicher, ob es an ihr lag oder an dem Versandhauskatalog. „Aber wenn Miss Sally so nett ist herzukommen und dir beim Basteln von Puppen zu helfen, dann solltest du so nett sein, mit ihnen zu spielen. Verstanden, mein Fräulein?“

„Ja, Mama“, sagte Cassidy. Es machte ihr nichts aus, mit Miss Sally zu spielen. Miss Sally war furchtbar nett. Sie roch nach Pfefferminzkaugummi und sie lächelte immer. Am besten war aber, dass sie nicht durch Cassidy hindurchsah und ständig davon sprach, wie süß die Zwillinge waren, so wie die meisten Leute es taten. Cassidy liebte Elise und Eli, aber durch die Geburt der beiden hatte sie sich vor den Augen der meisten Menschen beinahe in Luft aufgelöst. Deshalb war es gut, jemanden zu haben, der fand, dass sie, Cassidy Marie Hearndon, etwas Besonderes war. Auch wenn sie ein Angsthase war.

28

Jocie stand am Montag früh auf, obwohl sie nicht in die Schule musste. Es war der Tag der Arbeit und damit ein Feiertag. Jocie hatte nie ganz verstanden, warum die Leute am Tag der Arbeit frei bekamen. Irgendwie hatte man doch das Gefühl, dass ausgerechnet an diesem einen Tag im Jahr alle arbeiten sollten.

Wes hatte gesagt, sie könne für ihn arbeiten, da er aus ihrem Wohnzimmer ausziehen und in seine Wohnung zurückkehren würde. In der vergangenen Woche war er in Lexington beim Arzt gewesen und hatte jetzt einen leichteren Gips, aus dem keine Stangen herausragten, um die man sich Sorgen machen musste.

„Du hättest mein dürres olles Bein sehen sollen, als sie den alten Gips abgemacht haben. Ich war beinahe froh, als sie wieder was drumgepackt haben, damit ich das verschrumpelte Ding nicht länger sehen musste“, hatte Wes ihr am Sonntagnachmittag erzählt, als sie auf der Veranda gesessen und zugesehen hatten, wie die Wolken sich im Westen türmten und sie mit der Aussicht auf Regen neckten. Ab und zu hatte es sogar nach Regen gerochen.

Zeb hatte die Schnauze auf Jocies Knie gelegt. Der Hund mochte kein Gewitter, aber die grollenden Wolken gaben nur ein paar Blitze von sich, bevor sie weiterzogen, um jemand anderen in einem anderen County zu hänseln. Oder vielleicht wässerten die Wolken dort ja auch den Boden. Einer von Tante Loves viel zitierten Versen war der, in dem davon die Rede war, dass es auf Gerechte und Ungerechte regnete, und Jocies Vater sagte, das bedeute, dass Gott allen Menschen Regen schenke.

„Was hat der Doktor dazu gesagt, dass du selbst schon ein paar Zentimeter von deinem Gips abgehobelt hattest?“, hatte Jocie Wes gefragt, während sie Zeb hinter den Ohren kraulte.

„Er hat gesagt, dass sein Sägeblatt dadurch viel weniger abgenutzt würde. Und er überlegt, bei jedem seiner Gipse ein Taschenmesser mitzuliefern.“

„Du nimmst mich auf den Arm!“ Jocie hatte gelacht.

„Woher willst du das wissen? Ich kann mich nicht erinnern, dass du im Zimmer warst, als er an mir herumgesägt hat."

Jocies Vater hatte sie zu Hause bleiben lassen, obwohl Wes eigentlich keinen Babysitter mehr brauchte, aber es war der Sonntag, an dem die Martins den Prediger zum Mittagessen eingeladen hatten. Ihr Vater hatte gesagt, sie könne bis zur nächsten Einladung der Martins warten, dann hätte sie noch etwas Zeit daran zu arbeiten, dass sie vergab und vergaß, was Ronnie Martin getan hatte. Offenbar hatte Jocie ihren Vater mit ihrer gespielten Vergebung bei der großen Entschuldigungsszene in der Kirche doch nicht so erfolgreich getäuscht.

Sie hatte zu ihrem Vater gesagt, an der Sache mit der Vergebung würde sie arbeiten, aber sie wisse nicht, wie sie es jemals vergessen solle. Natürlich hatte ihr Vater die Gelegenheit genutzt, um sie daran zu erinnern, dass Gott Sünden vergibt und vergisst. Er hatte ihr vorgeschlagen, Gott doch im Gebet zu fragen, was er von ihr erwartete. Also musste Jocie wohl anfangen, ein Vergebendes-Herz-Gebet zu sprechen.

Trotzdem war Jocie froh, dass sie bei Wes zu Hause hatte bleiben können, auch wenn es ihr leidtat, dass sie Noah und seine kleine Schwester und die Zwillinge verpasst hatte, die am Sonntagmorgen in der Kirche erschienen waren. Gar nicht leid tat ihr, dass sie Ronnie Martin am Mittagstisch nicht hatte gegenübersitzen müssen.

Aus der Nähe wäre es wahrscheinlich schwierig gewesen, ihn unsichtbar zu machen. In der Schule war das kompliziert genug. Jocie hatte den Eindruck, als würde er immer dann bei den Spinden herumhängen, wenn sie mit Paulette dort erschien. Paulette und Jocie hatten sich gefreut, als sie herausgefunden hatten, dass ihre Schließfächer direkt nebeneinander waren, sodass sie sich zwischen den Unterrichtsstunden dort trafen und Neuigkeiten austauschen konnten, während sie ihre Bücher holten. Sie hatten nur zwei Kurse gemeinsam, was aber in Ordnung war. Paulette benahm sich immer noch komisch, wenn Jocie mit Charissa sprach, die in allen Kursen neben ihr saß.

Jocie verstand nicht, was Paulette für ein Problem hatte. Mit Charissa konnte man eine Menge Spaß haben. Sie hatten in letzter Zeit oft zusammen zu Mittag gegessen, und obwohl sie erst zwei Wochen in die gleiche Schule gingen, war es so, als würden Charissa und sie sich seit Jahren kennen. Charissa sagte, das liege an der Sache mit den Pastorentöchtern und niemand, der keinen Prediger zum Vater hatte, könne das verstehen. Das hatte Jocie in ihr Journal geschrieben, in den Abschnitt über Charissa.

Es war ein komisches Gefühl gewesen, sonntags zu Hause zu sein. Die Nachmittagsstunden hatten nicht verstreichen wollen, wie ein Besucher, der aufsteht, um zu gehen, sich streckt und dann wieder hinsetzt, um doch noch ein Weilchen zu bleiben. Wes und sie hatten einen ganzen Krug Limonade getrunken, während sie sich auf der Veranda mit Reden und Lesen die Zeit vertrieben hatten. Als sie Wes gesagt hatte, dass ihr Vater fand, sie müsse an einem vergebenden Herz arbeiten, hatte Wes seinen neuen Science-Fiction-Roman umgedreht auf den Boden der Veranda gelegt und ihr geholfen, ein paar Verse über Vergebung in der Bibel nachzuschlagen. Sie hatten mehr darüber gefunden, wie Gott den Menschen vergeben hatte, als darüber, wie man einander vergeben sollte, aber dann hatten sie Epheser 4,32 entdeckt.

Jocie hatte sich über die Bibel gebeugt, die aufgeschlagen auf Wes' Schoß lag, und den Vers laut vorgelesen. „‚Seid aber untereinander freundlich und herzlich und vergebt einer dem andern, wie auch Gott euch vergeben hat in Christus.' Meinst du, es würde helfen, wenn ich das auswendig lerne und in Gedanken aufsage, wenn ich Ronnie Martin sehe, anstatt so zu tun, als wäre er auf dem Neptun oder so?", hatte sie Wes gefragt.

„Könnte sein. Das sieht mir nach einem ziemlich mächtigen Vers aus."

„Ja, ich glaube, ich erinnere mich daran, dass Daddy mal darüber gepredigt hat." Jocie hatte Wes angesehen, der mit dem Finger über die Worte gefahren war, so als würde er sie durch die Berührung auswendig lernen. Dann hatte sie auf sein eingegipstes Bein gesehen, das auf dem Hocker vor dem Schaukelstuhl gelegen hatte. „Aber hast du ihm vergeben? Ich meine, ohne Ronnie Martin und das, was er gesagt hat, wären wir schließlich nicht bei dem Tornado draußen gewesen."

„Aber das waren nur Worte, Jo. Gemeine Worte, aber nur Worte.“ Wes hatte ihr einen Blick zugeworfen. „Er hat dich nicht gezwungen wegzulaufen und nicht mit deinem Daddy über das zu sprechen, was er gesagt hat.“

Jocie hatte den Kopf hängen lassen. „Ich weiß. Es war meine Schuld. Dass dein Bein verletzt wurde und alles.“

„Der Tornado war nicht deine Schuld.“ Wes hatte die Hand ausgestreckt und ihre Wange berührt. „Sieh mich an, Jo. Weißt du, wem man auf der ganzen Welt am schwersten vergeben kann?“

Sie hatte zu ihm aufgeblickt und gefragt: „Wem denn?“

„Sich selbst.“

In ihren Augen hatten Tränen gebrannt. „Aber ich habe so ein furchtbar schlechtes Gewissen. Du wärst beinahe gestorben, Wes. Ich hätte beinahe deinen Tod verursacht.“

„Das ist nicht wahr. Der Baum, der auf mich draufgefallen ist, hätte beinahe meinen Tod verursacht.“

„Aber –“

„Kein Aber. Und ich bin nicht gestorben. Ich bin hier, und selbst wenn es einen Grund gäbe, ein schlechtes Gewissen zu haben, weil mein Bein zertrümmert wurde, würde ich es dir vergeben. Und dein Daddy würde dir auch vergeben. Und Gott würde dir vergeben.“ Wes hatte mit dem Finger auf die Bibel getippt. „Hier steht es.“

„Vergibst du mir wirklich, Wes?“ Jocie hatte versucht, die Tränen zurückzublinzeln, aber ein paar waren ihr entwischt und über ihre Wangen gekullert. „Ich meine, du kannst schließlich nicht Motorrad fahren.“

„Ich habe keinen Grund, dir zu vergeben, Jo, aber wenn ich ihn hätte, würde ich es tun.“ Wieder hatte er die Hand ausgestreckt und ihr Gesicht berührt. „In einem Jupiterherzschlag.“ Er hatte die Hand fortgezogen, in seiner Tasche nach einem Taschentuch gekramt und es Jocie gereicht.

„Ist der schnell?“, hatte Jocie gefragt, während sie ihre Tränen abwischte.

„Der ist so schnell, dass ein irdischer Doktor ihn nicht einmal hören kann“, hatte Wes gesagt. „Also hol dein Journal raus und schreib es dir auf, damit du es nicht wieder vergisst: ‚Sollte Wes jemals einen Grund haben, mir etwas zu vergeben, wird er es in einem Jupiterherzschlag tun.' Hast du das? Wenn nicht, gib mir den Stift, dann schreibe ich es für dich auf."

Jocie hatte gelächelt. „Nein, ich habe es schon verstanden." Sie hatte Wes umarmt und dann genau das getan, was er gesagt hatte. Sie hatte den Satz in ihr Journal geschrieben und dann noch ganz viele andere Sätze, denn manchmal, wenn sie anfing, in ihr Journal zu schreiben, schien ihr Stift keine Bremsen zu haben.

Während sie geschrieben hatte, hatte Wes weiter in der Bibel geblättert.

„Hier in den Psalmen steht ein Vers, den du bestimmt schon oft von Lovella gehört hast", hatte er nach einer Weile gesagt. „,Denn du, Herr, bist gut und vergibst gern; und du bist reich an Gnade für alle, die dich anrufen.'"

„Ja, den mag Tante Love", hatte Jocie bestätigt, ohne von ihrem Journal aufzublicken.

„Was gibt es daran auch nicht zu mögen? Sogar ich kann sehen, dass es ein guter Vers ist. Gott vergibt gern und ist reich an Gnade."

„Man muss ihn nur darum bitten", hatte Jocie gesagt, wieder ohne den Blick zu heben.

„Das sagt dein Daddy auch."

Etwas an seiner Stimme hatte Jocie beim Schreiben innehalten und zu Wes aufblicken lassen. Plötzlich war es gewesen, als würde sie die Dinge intensiver wahrnehmen. Sie hatte den Hauch einer Brise auf ihrer verschwitzten Haut gespürt. Sie hatte eine Biene draußen im Garten gehört, die nach Pollen suchte, und das Geräusch, das Wes machte, als er in den hauchdünnen Seiten der Bibel blätterte. Ihre Augen hatten jede widerspenstige Augenbraue bemerkt, die über seine Lesebrille hinausragte.

Solange Jocie denken konnte, hatte sie Wes gebeten, Gott und den Kirchgang ernst zu nehmen, und jetzt hatte es zum ersten Mal so geklungen, als täte er es tatsächlich. Jocie hatte beinahe Angst gehabt, etwas zu sagen, weil sie den Augenblick nicht hatte verjagen wollen, aber gleichzeitig hatte sie nicht schweigen können. „Denkst du darüber nach, ihn zu bitten?"

„Der Gedanke ist mir durchaus gekommen", hatte Wes gesagt.

„Warum tust du es dann nicht?" Jocie hatte die Luft angehalten, während sie auf seine Antwort wartete.

„Ich weiß es nicht“, hatte Wes zugegeben. „Wahrscheinlich ist es für einen alten Jupiterianer wie mich einfach schwer, an diese reiche Gnade zu glauben.“

„Glaubst du, Gott kann dir nicht vergeben?“

„Er müsste eine Menge vergeben.“

Jocie hatte die Stirn ein wenig gerunzelt und auf die Bibel gezeigt. „Aber meinst du nicht, dass ‚reich‘ genau das bedeutet? Dass es eine Menge Gnade gibt, die Gott einem schenkt?“

„So klingt es.“ Wes’ Blick war zu den Worten in der Bibel zurückgewandert.

„So ist es“, hatte Jocie gesagt.

Wes hatte zu ihr aufgeblickt. „Und das weißt du aus eigener Erfahrung? Du sagst das nicht nur, weil du gehört hast, wie dein Daddy es gesagt hat?“

„Er sagt es natürlich auch, aber selbst wenn nicht, wüsste ich es.“

„Wieso denn das?“

Jocie hatte einen Augenblick überlegt, bevor sie antwortete. „Ich weiß nicht. Vielleicht wegen dem, was bei der Clay’s Creek Church passiert ist. Du weißt schon, der Fliederduft und dass du und Dad genau in dem Moment aufgetaucht seid, in dem ich euch brauchte. Obwohl ich an dem Tag nicht getan hatte, was ich tun sollte, hat Gott mir geholfen. Als ich gebetet habe, hat er mich erhört.“

„Du scheinst in diesem Sommer eine gute Ergebnisquote bei deinen Gebeten zu haben, Jo. Das Hundegebet. Das Schwestergebet. Das Heiles-Bein-Gebet. Selbst die Ärzte haben ihre Meinung ein bisschen geändert und sagen jetzt, ich kann vielleicht doch irgendwann wieder ohne Krücken gehen.“

„Das wusste ich. Was verstehen Erdenärzte schon von Jupiterknochen?“

„Und du hast nicht dafür gebetet?“ Wes hatte sie mit hochgezogenen Augenbrauen angesehen.

„Schon, aber ich bete immer für dich. Natürlich könnte es sein, dass ich ein bisschen mehr für dich gebetet habe, seit du dich verletzt hast.“

„Ich bin mir nicht sicher, ob ich so gut beten kann. Oder in der Kirche nach vorne gehen.“

„Daddy sagt, man muss nicht in einer Kirche sein, um Gott um Vergebung zu bitten, das kann man überall."

„Das Buch hier macht es ziemlich deutlich", hatte Wes gesagt und die Bibel ein Stückchen hochgehoben. „Gott ist überall. Aber irgendwo hier drin steht, dass es nicht reicht, wenn man das für sich persönlich macht, sondern dass man sich auch öffentlich dazu bekennen sollte."

Jocie hatte eine Hand auf seinen Arm gelegt. „Das mit dem Nach-vorne-Gehen ist eigentlich gar nicht so schwer. Und wenn du beschließt, dass du es tun musst, gehe ich auf der einen Seite mit und Gott geht auf der anderen Seite."

„Kann gut sein, dass ich auf das Angebot zurückkomme, sollte ich mich jemals dazu entschließen, Jo. Aber du weißt ja, was passiert ist, als ich das letzte Mal in die Nähe einer Kirche geraten bin. Sie ist bis zum Jupiter und darüber hinaus geflogen."

„Nicht die ganze Kirche." Jocie hatte gelächelt. „Die Leute bringen immer noch Stücke davon zur Zeitung. Mr Armstrong hat letzten Dienstag einen der Kollektenteller gefunden. Irgendwo auf einem Baum. Er ist ein bisschen verbogen, aber Geld kann man immer noch reintun. Daddy hat ein Bild davon gemacht, wie er den Teller hochhält. Mr Armstrong sagte, die Leute von der Gemeinde dort wollten eine Vitrine aufstellen, wenn sie ihre neue Kirche bauen, um ein paar der Sachen auszustellen, die inzwischen gefunden wurden."

„Daraus könnte man gut eine Titelgeschichte machen." Wes hatte die Bibel zugeklappt und sich in seinem Schaukelstuhl zurückgelehnt.

„In dieser Woche ist wahrscheinlich kein Platz. Bestimmt ist die Titelseite voll mit Bildern vom Straßenmarkt. Vielleicht kriegen wir ja am Montagabend ein paar Bilder vom Tanz auf der Straße – für die obere Hälfte."

„Tanz auf der Straße. Klingt wie eine große Sache", hatte Wes gesagt. „Ich werde von meinem Fenster im Obergeschoss aus zusehen."

„Du willst also wirklich ausziehen?"

„Das hat nichts mit euch zu tun. Vielleicht werde ich euch sogar vermissen."

„Vielleicht?“ Jocie hatte sich vorgebeugt und ihn eindringlich angestarrt.

„Vielleicht. Es könnte sogar sein, dass ich den alten Harlan oder Zebedäus oder wie auch immer du ihn nennst, vermisse.“ Wes hatte Jocie angegrinst und die Hand ausgestreckt, um über Zebs Rücken zu streichen. Der Hund hatte sich zu Wes umgewandt und ebenfalls gegrinst. „Er ist ein guter Hund. Aber manchmal braucht ein Mensch Zeit, um alleine für sich über ein paar Dinge nachzudenken.“

„Zum Beispiel darüber, um diese reiche Gnade zu bitten?“

„Das ist eins von den Dingen.“

Plötzlich war Jocie zum Weinen zumute gewesen. „Ich will nicht, dass du gehst.“

„Ich gehe doch nicht zum Jupiter zurück, Jo. Ich gehe nur nach Hause. Und dann kann ich in die Druckerei hinuntergehen und die alte Betsy Lou bei Laune halten und wieder Druckerschwärze unter den Fingernägeln haben.“ Wes hatte auf seine Hände hinuntergeblickt. „Es ist einfach nicht dasselbe mit sauberen Nägeln.“

Also half Jocie Wes am Montagmorgen nach dem Frühstück dabei, seine Bücher und Kleider einzupacken, sodass sie mit ihrem Vater in die Stadt fahren konnten. Obwohl es ein Feiertag war, wollten sie an der aktuellen Ausgabe des *Banner* arbeiten, damit ihre Abonnenten am Mittwoch ihre Zeitung bekamen, so wie immer. Mit jedem Buch, das Jocie in die Kiste legte, war ihr mehr nach Weinen zumute.

Selbst Tante Love schien feuchte Augen zu haben, während sie einen oder zwei Psalmverse zitierte, und Tabitha liefen die Tränen natürlich in Strömen über die Wangen, als sie Wes und Jocie zusah. Aber das war in den letzten zwei Wochen zur Regel geworden. Tabitha behauptete, sie sei eigentlich gar nicht unglücklich. Ihr sei heiß und sie sei unförmig und mehr als bereit für die Ankunft des Babys, aber deshalb weine sie nicht. Sie sagte, alles an ihr sei geschwollen, deshalb vermute sie, dass ihre Tränendrüsen es auch waren und überlaufen mussten, damit ihre Augen nicht explodierten. Aber während sie Wes an diesem Morgen beim Packen zusah, war ihre Miene tatsächlich traurig, sodass sie gut zu den Tränen passte.

Wes war der Einzige von ihnen, der lächelte. Er hüpfte auf seinen

Krücken herum und bemühte sich, alle anderen dazu zu bringen, dass sie sein Lächeln erwiderten. „Man könnte meinen, hier sei jemand gestorben. Nun kommt schon, Mädchen. Das Gegenteil ist der Fall. Ich bin wieder zum Leben erwacht." Er vollführte auf seinen Krücken einen kleinen Stepptanz. „Ich wette, ihr habt nicht gedacht, dass ich noch tanzen kann."

„Ich wusste nicht, dass du überhaupt jemals tanzen konntest", sagte Jocie. „Und was ich bisher gesehen habe, überzeugt mich noch nicht vom Gegenteil."

„Was ist los? Erkennst du den Jupiter-Shuffle nicht, wenn du ihn siehst?" Wes lachte. „Vielleicht bringe ich dir bei deiner Geburtstagsfeier nächste Woche die Schritte bei."

„Ich kann es kaum erwarten: Leighs Schokoladenkuchen und deine Tanzstunden. Und neue Schläuche für meine Fahrradreifen. Das hat Dad versprochen." Jocie sah zu Wes hinüber und lächelte. „Was kann ein Mädchen sich sonst noch wünschen?"

„Erdbeereis und einen Tanz auf der Straße?", schlug Wes vor.

„Dafür muss ich nicht bis zu meinem Geburtstag warten. Das gibt es heute Abend."

„Wer hätte gedacht, dass sie in der kleinen frommen Stadt Hollyhill jemals die Hauptstraße absperren würden, damit die Leute tanzen können?"

„Volkstanz", sagte Jocie. „Volkstanz ist für Kirchgänger in Ordnung. Man hält sich dabei schließlich nur an den Händen, dreht sich im Kreis und schreitet auf und ab. Es ist nichts, was zu anzüglich oder wild ist. Vielleicht kann Leigh sogar Dad überreden, es zu versuchen."

„Wenn sie das tut, dann sorg dafür, dass du eine Kamera griffbereit hast. Dieses Bild für die obere Hälfte der Titelseite wollen wir uns doch nicht entgehen lassen."

29

Cassidy ging nicht gerne mit ihrer Mama in die Stadt. Auch diesmal wäre sie lieber zu Hause geblieben und hätte auf Eli und Elise aufgepasst, während ihr Daddy die Apfelbäume goss. Er hatte sie jeden Tag gegossen, seit sie die Bäume in die Löcher gesetzt hatten, die er und Noah gegraben hatten. Cassidy und ihre Mama hatten einen Eimer Wasser in jedes Loch geschüttet, während ihr Daddy und Noah die runden, harten Erdbrocken wieder um die Baumwurzeln herum festgedrückt hatten, aber der Boden hatte das Wasser aufgesaugt, als wäre es nichts.

Ihr Daddy sagte, der Boden sei einfach zu trocken, weil es so heiß war, und deshalb bat er ihre Mama jeden Abend, für Regen zu beten, wenn sie beim Abendessen das Tischgebet sprach. Cassidys Daddy ging nicht in die Kirche, aber er glaubte an Gott. Das musste er einfach. Sonst würde er Mama doch nicht bitten, dafür zu beten, dass es regnete. Beten hatte keinen Sinn, wenn man nicht glaubte, dass Gott zuhörte. Und Cassidy hatte gehört, wie ihr Daddy gesagt hatte, Gebet sei das Einzige, was die Bäume, die sie gepflanzt hatten, davon abhalten konnte zu sterben, wenn sie nicht bald Regen bekamen, der die Erde aufweichte.

Cassidy schloss die Augen und stellte sich die Bäume vor, die in langen Reihen auf dem Feld standen. Sie ging gerne dorthin und lief um die kleinen Bäumchen herum. Sie zählte sie immer wieder, während sie sich vorstellte, wie sie in ein paar Jahren aussehen würden. Im Frühjahr voller Apfelblüten und im Herbst ganz grün und voller Äpfel. Ihr Daddy sagte, sie könnte dann einfach die Hand ausstrecken und sich einen großen roten Apfel zum Essen pflücken. Als er davon gesprochen hatte, hatte sie beinahe das Knacken des Apfels hören können, wenn sie hineinbiss.

„Wir werden eine ganze Plantage haben, Cassie“, hatte er ihr erklärt. „Nicht nur diese Bäume hier, sondern noch viel mehr überall auf diesem Feld. Wir werden körbeweise Äpfel pflücken und sie überall verkaufen.“

„Auch in Chicago?“, hatte Cassidy gefragt.

„Vielleicht sogar in Chicago."

Ihre Mama war bei ihnen auf dem Feld gewesen und sie hatte gelacht, als sie von Cassidys Daddy zu den kleinen Stecklingen geschaut hatte, die aus dem Boden ragten. „Du freust dich besser noch nicht auf die Fahrt nach Chicago, Fräulein. Im Moment hat dein Daddy nur eine Plantage der Hoffnung."

„Deine Mama könnte recht haben", hatte ihr Daddy gesagt und seine große Hand auf Cassidys Kopf gelegt, wo er sie eine Weile liegen ließ. „Aber Hoffnung ist etwas sehr Wertvolles. Da wird deine Mama mir nicht widersprechen. Wenn ich mich recht entsinne, steht davon sogar etwas in der Bibel. Glaube, Liebe und Hoffnung."

Ihre Mama hatte ihren Daddy angelächelt und seine Hand genommen. Wenn ihre Eltern sich so an den Händen hielten, fühlte Cassidy sich innen drin ganz glücklich. Sie mochte es nicht, wenn sie sich über diesen Zug der Freiheit stritten, hinter dem ihre Mama immer her war.

Deshalb fuhr Cassidy auch nicht gerne mit ihrer Mama in die Stadt, denn sie wusste nie, wann ihre Mama eine Gelegenheit nutzen würde, um für das „Gemeinwohl" zu arbeiten, von dem Noah geredet hatte. Eli und Elise setzten sie bei Miss Sallys Haus ab, aber Cassidy durfte nicht dortbleiben. Ihre Mama sagte, sie brauche neue Schuhe.

„Du kannst doch meine Füße messen und Schuhe aus Miss Sallys Versandhauskatalog bestellen", schlug Cassidy vor. Sie hoffte, ihrer Mutter würde diese Idee gefallen und sie könnte bei Miss Sally bleiben, während ihre Mama allein in die Stadt fuhr.

„Nein, nein", sagte ihre Mama. „In der Stadt gibt es einen Straßenverkauf. Das Schuhgeschäft hatte eine Anzeige in der Zeitung mit guten Preisen und es ist immer besser, ein Paar Schuhe anzuprobieren, damit sie richtig passen."

Cassidy hätte am liebsten gesagt, dass man sie sowieso keine Schuhe anprobieren lassen würde, wenn das Schuhgeschäft einem Weißen gehörte, auch wenn ihre Socken direkt von der Wäscheleine kamen und so weiß waren, dass sie praktisch funkelten. Das wusste Cassidy. Sie war mit ihrer Mama schon in den falschen Schuhgeschäften gewesen. Aber wenn sie das jetzt sagte, wäre es, als bliese sie die Signalpfeife für den Zug der Freiheit. Es würde keine

Minute dauern, bis ihre Mama aufgesprungen wäre und Cassidy hinter sich hergezogen hätte. Deshalb wollte Cassidy bei Miss Sally bleiben und lieber aufpassen, dass die Zwillinge nichts von Miss Sallys hübschen Dingen kaputt machten.

Miss Sally hatte viele hübsche Dinge – Glasvögel und Glocken und Engel und allen möglichen Nippes, wie Miss Sally es nannte. Einen der Vögel hatte Eli schon zerbrochen, aber Miss Sally hatte die Scherben einfach aufgefegt und in den Müll getan und Cassidys Mama kein Wort davon erzählt. Sie hatte zu Cassidy gesagt, sie solle sich keine Sorgen deswegen machen, denn Eli sei sowieso viel lustiger als ein oller Glasvogel.

Die Straße durch Hollyhill war abgesperrt und so musste ihre Mama hinter dem Zeitungsgebäude parken, in dem Noah arbeitete. Seite an Seite liefen sie durch eine Gasse zu dem Schuhgeschäft. Die Geschäfte hatten Tische auf dem Gehweg aufgebaut und Sachen darauf gestapelt. Auf dem Tisch vor dem Schuhgeschäft lagen ganz viele Segeltuchschuhe – genau das, was Cassidy für die Schule brauchte, fand ihre Mama.

Das erste Paar Schuhe, das Cassidy anprobierte, passte, und die Verkäuferin lächelte sogar, als sie Cassidy fragte, ob sie die neuen Schuhe gleich tragen und ihre alten Schuhe in den Beutel tun wolle. Die neuen Schuhe waren hübsch gelb und Cassidy wollte sie nicht ausziehen, also erlaubte ihre Mama ihr, sie anzubehalten.

Wenn sie gleich zum Wagen zurückgegangen und nach Hause gefahren wären, wäre alles in Ordnung gewesen. Vielleicht sogar mehr als in Ordnung. Aber ihre Mama beschloss, dass sie Durst hatten. Sie gingen in das kleine Restaurant zwei Häuser weiter. Ihre Mutter nahm Cassidys Hand und ging auf die Bar zu, vor der hohe Hocker mit glänzenden roten Sitzen am Boden festgemacht waren. Cassidys Herz hämmerte schon heftig in ihrer Brust, bevor die Bedienung vor sie hintrat und sagte: „Es tut mir leid, aber hier vorne bedienen wir keine Farbigen. Hinten im Restaurant ist ein Tisch für Sie."

Cassidy blickte in das Gesicht der weißen Frau. Sie sah eigentlich nicht so aus, als täte es ihr leid. Alle im Restaurant hatten aufgehört zu reden und sahen sie an. Es war ganz still und Cassidy war sich sicher, dass ihre Mama und die Kellnerin hören konnten, wie ihr

Herz versuchte, ein Loch durch ihre Brustwand zu schlagen. Sie zog an Mamas Arm. „Eigentlich habe ich gar keinen so großen Durst, Mama.“

Eine Weile glaubte sie, ihre Mama würde sie gar nicht beachten, aber dann blickte sie zu Cassidy hinunter und lächelte. „Ist gut, Liebes.“

Das Lächeln ihrer Mama erlosch, als sie erneut die Bedienung ansah. „Wenn ich wiederkomme, können Sie sich sicher sein, dass ich sitzen werde, wo ich möchte.“

„Sie können sich hinsetzen, aber bedienen können wir Sie nur an dem hinteren Tisch“, sagte die Kellnerin. Jetzt sah sie doch ein wenig verlegen aus und sie fügte leiser hinzu: „So ist das hier nun mal.“

Cassidy zuckte zusammen. In ihr stieg die Erinnerung an den Hund in Birmingham auf. Alarmglocken ertönten in ihrem Kopf. Anscheinend ging es ihrer Mama genauso.

„Und warum ist das so?“, fragte Cassidys Mama. Ihre Augen waren voller Feuer, aber alles andere an ihr war steif und kalt, während sie mit erhobenem Haupt dastand und die Frau anfunkelte.

Wieder zog Cassidy ihre Mama vorsichtig am Arm. Nicht fest, denn wenn ihre Mama so zu Eis erstarrte, hatte Cassidy immer Angst, sie könnte zerbrechen.

„Lass uns gehen, Mama.“

Ohne ein weiteres Wort fuhr ihre Mama herum und lief auf die Straße hinaus. Cassidy musste sich beeilen, um mit ihr Schritt zu halten. Als sie an der Gasse vorbeigingen, die zu dem Parkplatz führte, sagte Cassidy: „Fahren wir nicht nach Hause?“

„Noch nicht, Liebes. Ich bringe dich dorthin, wo Noah arbeitet. Da bist du gut aufgehoben.“

„Ich will zu Miss Sally zurück“, sagte Cassidy und jetzt kullerten Tränen aus ihren Augen. „Ich will, dass wir beide zurückfahren.“

Ihre Mama wurde langsamer und ihr eisiger Blick schmolz, als sie Cassidy anlächelte. „Jetzt mach dir mal keine Sorgen um deine Mama, Süße. Deine Mama weiß genau, was getan werden muss, und das wird auch getan.“

Etwas von dem Lächeln lag noch auf Mamas Gesicht, als sie die Tür zum Büro des *Banner* aufzog und eintrat. Eine Frau, deren Haare beinahe so schwarz waren wie die von Cassidy, blickte von ihrer Schreibmaschine auf. Sie sah sie durch eine dunkelrandige Brille an und fragte: „Kann ich Ihnen helfen?“ Sie lächelte nicht. Cassidy blickte auf ihre neuen gelben Schuhe hinunter und wäre am liebsten zurück zu der Schuhverkäuferin gelaufen.

Ihre Mama schien das Gesicht der Frau nicht zu stören. Sie lächelte nur noch breiter, streckte die Hand aus und trat an den Schreibtisch der Frau. „Hallo, Sie müssen Miss Curtsinger sein. Ich bin Noahs Mutter, Myra Hearndon, und dies ist meine Tochter Cassidy.“

Cassidy blickte verstohlen zu der Frau hinter dem Schreibtisch auf, um zu sehen, ob das, was ihre Mama gesagt hatte, irgendetwas an dem Gesicht der Frau änderte. Der Mund der Dame lächelte jetzt, aber das Lächeln wanderte nicht bis zu ihren Augen. „Freut mich, Sie kennenzulernen“, sagte sie. Sie berührte die Hand von Cassidys Mutter nur flüchtig mit der ihren und zog ihre Finger dann fort, um ein rosafarbenes Papiertaschentuch von irgendwoher zu holen und ihre Nase damit zu betupfen. Sie sah aus, als hätte sie Angst.

Das wunderte Cassidy nicht. Viele Leute wurden nervös, wenn ihre Mama sie unverwandt ansah. Zu Noah und ihr sagte ihre Mama immer: „Ihr dürft nie Angst haben, jemandem direkt in die Augen zu schauen. Seid stolz darauf, wer ihr seid.“ Bei Noah hatte sie damit mehr Erfolg als bei Cassidy.

„Ganz meinerseits“, sagte ihre Mama jetzt. „Ich weiß es wirklich zu schätzen, dass Pastor Brooke Noah Arbeit gegeben hat.“

„David war der Meinung, dass wir Hilfe brauchen, weil unser Angestellter wegen seines gebrochenen Beins ausgefallen ist. Wir müssen den *Banner* rechtzeitig drucken.“

„Und Noah gefällt die Arbeit. Er sagte, Sie hätten schon vor Pastor Brooke hier gearbeitet, und der Pastor hat betont, dass Sie hier alles zusammenhalten.“

„Ich gebe mir jedenfalls Mühe“, sagte Miss Curtsinger. „Ich fürchte, David hat nicht immer den besten Geschäftssinn, wenn es um finanzielle Dinge geht. Manchmal vertraut er ein bisschen zu sehr auf das Gute im Menschen. Und auch wenn ich es ungern sage, manche Leute nutzen das aus.“

„Das ist wahr, aber wahrscheinlich ist es bei einem Prediger kein großer Fehler, an das Gute im Menschen zu glauben. Trotzdem kann er von Glück sagen, dass er jemanden wie Sie hat, die das Geschäftliche regelt."

Das Lächeln der Dame entspannte sich, während sie das Lob genoss. Cassidys Mama wusste, wie man anderen Honig um den Mund schmierte, wenn es nötig war.

„Sie sind sicherlich hier, um Noah zu sehen", sagte die Dame. „Er ist mit Jocelyn hinten in der Druckerei. Wesley und David waren auch hinten, aber ich glaube, Wesley ist in seine Wohnung hinaufgegangen, um sich ein wenig auszuruhen, und David ist kurz weggegangen. Aber er wird nicht lange fort sein. Ich bin mir sicher, Noah und Jocelyn kommen gut alleine zurecht." Sie konnte offenbar nicht aufhören zu plappern und führte sie zu einer Tür auf der anderen Seite des Büros.

„Machen Sie sich keine Sorgen", sagte Cassidys Mama. „Sein Vater und ich haben Noah beigebracht, wie man sich benimmt."

„Oh, ich wollte nicht besorgt klingen. Noah ist immer äußerst freundlich. Ich kann mich überhaupt nicht über ihn beklagen."

Die Dame klang wieder verlegen und Cassidy war froh, als sie die Tür aufstieß, Noahs Namen rief und dann wieder zu ihrem Schreibtisch zurückeilte. Cassidy und ihre Mama betraten den hinteren Raum allein.

Noah blickte von dem Tisch auf, an dem er neben der Tochter des Predigers saß. „Was machst du denn hier, Mama?"

„Ich bin in der Stadt, weil Cassidy neue Schuhe brauchte. Und jetzt lasse ich deine Schwester hier bei dir, weil ich mir im Grover's Grill etwas zu trinken kaufen will."

Noah stand auf und starrte seine Mama an. Sie erwiderte seinen Blick und Cassidy spürte, wie ihre Mama wieder zu Eis erstarrte. Cassidys Herz fing erneut an zu hämmern und der heiße Atem des Hundes in Birmingham wehte in ihr Gesicht. Aber sie sagte nichts, um ihre Mama von ihrem Vorhaben abzubringen. Es hatte noch nie etwas gebracht, ihrer Mama zu widersprechen, aber Noah versuchte es trotzdem.

„Mama, du hast Daddy doch versprochen, dass du das hier nicht machst. Du hast versprochen, dass du eine Weile jemand anderen kämpfen lässt", sagte er.

Cassidy sah zu der Tochter des Predigers hinüber. Sie sah mit großen Augen zuerst Noah, dann Cassidys Mama an. Cassidy sah sich nach einem Ort um, an dem sie sich verkriechen könnte. Irgendeinem Platz, an dem der Hund ihr nichts tun konnte.

„Es steht dir nicht zu, mir zu sagen, was ich deinem Vater versprochen habe.“ Ihre Mama sprach mit dieser Stimme, die deutlich machte, dass sie von ihren Kindern erwartete, dass sie den Mund hielten und keine Widerworte gaben.

Noah tat so, als hätte er die Stimme nicht bemerkt. „Hier gibt es niemanden, der mit dir kämpfen wird. Den Leuten hier macht es nichts aus, wo sie sitzen und dass sie den Hintereingang benutzen sollen. Warum sparst du dir deine Energie nicht für später auf, wenn du mit den anderen Freiheitskämpfern in den Süden fährst?“

„Das tue ich aber im Moment nicht. Ich bin vom Zug der Freiheit abgestiegen.“

„Dann spring nicht hier in Hollyhill wieder auf, wo wir leben müssen.“

Cassidys Mama legte die Entfernung zu Noah mit zwei Schritten zurück. Er war einen Kopf größer als sie, aber Cassidy wusste, wer die Macht hatte. Ihre Mama richtete den ausgestreckten Finger genau in Noahs Gesicht.

„Sag mir nie wieder, was ich zu tun habe, Noah Alexander Hearndon. Und du irrst dich, was die Leute hier betrifft. Jeder will Freiheit. Sie ist unser unveräußerliches Recht. Vergiss das ja nicht. Die Jim-Crow-Gesetze sind überall abgeschafft worden, und wenn sie das hier noch nicht wissen, dann wird es Zeit, dass sie es erfahren.“

Cassidys Mama fuhr herum und stapfte auf die Tür zu. Sie hatte sie schon halb aufgestoßen, als Noah sagte: „Ich will Daddy nicht sagen müssen, dass du im Gefängnis sitzt, Mama.“ Er klang, als wäre er den Tränen ebenso nahe wie Cassidy.

Ihre Mama ließ die Hand sinken, drehte sich um und sah Noah an. „Ich hole mir nur etwas zu trinken. Das hätte ich bereits vorhin getan, aber es ging nicht, weil Cassidy dabei war. Das weißt du. Wenn es so eine Art Problem gibt, wie du es befürchtest, dann komme ich hierher zurück und trinke aus Pastor Brookes Wasserhahn.“

„Versprochen?“, fragte Noah.

„Versprochen. Und du passt auf deine kleine Schwester auf, bis ich wiederkomme.“ Sie wandte sich Cassidy zu und lächelte ein wenig. „Noah kümmert sich um dich, Kleines. Du brauchst dir keine Sorgen zu machen.“

Dann drehte Cassidys Mama sich um und verschwand durch die Tür. Cassidy lauschte ihren Schritten im Büro und hörte, wie die Fliegengittertür hinter ihr zuschlug, als sie auf die Straße hinaustrat.

Es war komisch. Der Hund von Birmingham blickte Cassidy an, wenn ihre Mama in der Nähe war, sprang aber nie hervor, sodass er ihr etwas tun konnte. Aber sobald ihre Mama nicht mehr zu sehen war, stand der Hund unmittelbar vor ihr und riss sein großes Maul auf, um Cassidy am Stück zu verschlingen. Sie musste sich verstecken. Sie musste weiter in die Höhle in ihren Gedanken kriechen. Der Hund knurrte jetzt.

Es gefiel ihr dort drinnen nicht. Es war dunkel und einsam so weit hinten in der Höhle. Aber es war sicher – dort konnte der Hund sie nicht erwischen. Niemand konnte sie dort finden. Sie hörte Noah reden, aber er war ganz weit weg.

30

„Wow!“, sagte Jocie leise, nachdem Mrs Hearndon aus der Druckerei marschiert war. Jocies Hände zitterten, dabei hatte Mrs Hearndon mit ihr nicht ein Wort gesprochen. Jocie schluckte und überlegte krampfhaft, was sie sagen könnte, aber Noah sah nicht aus, als wäre er zum Reden aufgelegt. Sie lächelte Cassidy zu, aber der Blick des Mädchens war starr auf die Wand gerichtet, so als sähe sie dort etwas Schreckliches. „Was ist mit ihr?“, fragte Jocie Noah.

Noah starrte immer noch auf die Tür, durch die seine Mutter gerade entschwunden war. „So ist sie einfach. Meine Mutter glaubt, sie müsse höchstpersönlich ein Zeitalter der Freiheit für uns Schwarze einläuten.“

„Nein, nicht deine Mutter. Deine kleine Schwester.“

Jocie ging zu Cassidy, die vollkommen reglos dastand, als würde sie „Versteinern“ spielen, nur schlimmer. Sogar ihre Augenlider waren erstarrt. Jocie streckte die Hand aus, um das kleine Mädchen zu berühren, hielt dann aber mitten in der Bewegung inne. Cassidy atmete. Jocie konnte sehen, dass ihre Brust sich hob und senkte, aber es war, als wäre der Geist des Mädchens verschwunden und hätte nur ihren Körper zurückgelassen. „Ist alles in Ordnung, Cassidy, Kleines?“

Mit einem Satz war Noah an der Seite seiner Schwester. Er ging mit seinem Gesicht ganz nahe an ihres heran, bis sie Nase an Nase dastanden, und befahl: „Cassidy, komm sofort raus zu mir.“

Eine Sekunde lang reagierte seine kleine Schwester nicht, aber dann fingen ihre Hände ein wenig an zu zittern. Sie flüsterte: „Der Hund. Er wird mich fressen.“

„Nein, das wird er nicht“, sagte Noah bestimmt. „Ich bin hier bei dir. Du bist in Sicherheit.“

„Aber es kann doch sein, dass das Wasser dich wegpustet.“ Eine Träne kullerte aus ihrem rechten Auge und über ihre Wange.

„Diesmal nicht. Diesmal bin ich hier und halte dich fest.“

Noah schlang die Arme um seine Schwester und hob sie hoch wie ein Baby. Er drückte gegen ihre Beine, damit sie sich so weit bogen, dass er sie tragen und sich mit ihr auf dem Schoß auf einen Stuhl setzen konnte. Den Kopf hielt Cassidy steif aufrecht.

„Soll ich einen Arzt rufen?“, fragte Jocie.

„Nein“, sagte Noah. „Sie hat nur Angst. Wenn ich sie dazu bringen kann, mir zuzuhören, geht es ihr gleich wieder besser. Du hörst mir doch zu, nicht wahr, Schwesterlein?“

„Soll ich einen nassen Waschlappen oder so etwas holen?“ Jocie wusste zwar nicht, inwiefern das helfen sollte, aber so machten andere Leute es immer. Wenn jemand sich benahm, als sei er krank, lief jemand los und holte einen nassen Lappen oder ein Glas Wasser. Jocie glaubte allerdings nicht, dass sie Cassidy dazu bringen könnten, etwas zu trinken.

„Nein. Reib einfach ihre Hände, während ich mit ihr rede.“

Die Hände des kleinen Mädchens waren dünn und sahen mit den langen, anmutigen Fingern, die sie von ihrer Mutter geerbt hatte, beinahe zerbrechlich aus. Vorsichtig massierte Jocie Cassidys Handflächen mit ihren Daumen und Fingern, während Noah seiner Schwester zuflüsterte: „Alles ist gut, Kleines. Niemand wird dir wehtun. Hier gibt es keine Hunde. Keinen einzigen. Ist ja gut. Wir sind sicher und trocken und die Sonne scheint. Daddys Apfelbäume wachsen auf dem Feld und hier wird uns niemand etwas tun. Alles ist in Ordnung. Das verspreche ich dir. Und du weißt, dass ich keine Versprechen gebe, die ich nicht halten kann.“

Cassidy blinzelte und Jocie spürte, wie die Anspannung aus den Händen des kleinen Mädchens wich.

„Fühlst du dich jetzt besser, Cassidy?“, fragte sie.

Die Hände des Mädchens versteiften sich wieder und sie versuchte, sie Jocie zu entziehen. „Versteckt sie den Hund?“, flüsterte Cassidy.

„Den Hund?“ Jocie runzelte die Stirn. „Mein Hund ist zu Hause. Daddy erlaubt nicht, dass ich ihn mit zur Arbeit bringe.“

Noah sah Jocie an und schüttelte ein wenig den Kopf, dann wandte er sich wieder seiner Schwester zu und flüsterte ihr ins Ohr: „Schhh, Kleines. Hier gibt es keine Hunde. Jocie wird dir nichts tun. Sie mag dich. Vielleicht hilft sie mir sogar, dir etwas vorzusingen.“ Hilfe suchend blickte er erneut zu Jocie auf. „Manchmal hilft es zu singen.“

„Wie wäre es mit einem Choral? Das ist das Einzige, was ich gut genug kenne, um alle Strophen zu singen."

„Wir können es versuchen."

Noah fing an, „Welch ein Freund ist unser Jesus" zu singen, und sein Gesang klang so schön, dass Jocie nur widerwillig das Lied verunstaltete, indem sie mit einstimmte. Aber nach der ersten Strophe sang sie trotzdem mit. Cassidy begann sich in Noahs Armen zu entspannen. Ihr Kopf senkte sich und sank dann auf seine Schulter. Nach zwei weiteren Strophen waren ihre Augen geschlossen.

Jocie sang mit Noah noch einmal die erste Strophe. Als sie den ganzen Liedvers gesungen hatten, ohne das Cassidy die Augen öffnete, flüsterte Jocie: „Schläft sie?"

„Ich glaube ja." Noah strich Cassidy sanft über den Kopf. „Armes kleines Mädchen."

„Was hatte sie denn?", fragte Jocie. „Irgendeinen Anfall?"

„So könnte man es wohl nennen. Sie bekommt manchmal schreckliche Angst und erstarrt dann völlig. Das fing letztes Jahr an, nach dem, was in Birmingham passiert ist."

„Was ist denn in Birmingham passiert?"

Noah sah Jocie an, als hätte sie ihn gefragt, wer Präsident ist oder so etwas. „Du bekommst hier anscheinend gar nichts mit. Ihr hier in Hollyhill sitzt in eurer kleinen Stadt und macht euch keine Gedanken, was woanders los ist."

Jocie unterdrückte ihre Verärgerung darüber, dass er wieder diese überhebliche Haltung an den Tag legte. „Ich weiß, dass es dort im Süden Demonstrationen gab und auch Ärger. Ich habe in den Tageszeitungen Schlagzeilen gesehen, aber ich weiß nicht, warum Cassidy deshalb solche Angst hat, dass sie Hunde sieht, wo keine sind."

Noah hielt Cassidy das Ohr zu, das nicht an seiner Schulter lehnte, aber das Mädchen schien sie ohnehin nicht zu hören. Dann seufzte er. „Tut mir leid, Jocie. Ich werde nur immer so wütend, wenn ich daran denke, was ihr zugestoßen ist. Uns."

„Du brauchst aber nicht wütend auf mich zu sein. Ich war nicht dabei."

„Ich wünschte, ich wäre auch nicht dabei gewesen. Und vor allem Cassidy nicht."

„Wart ihr dort, als die Bombe in der Kirche die Mädchen getötet hat?“ Jocie grauste schon allein bei dem Gedanken daran. Mädchen in ihrem Alter, die starben, während sie in der Sonntagsschule etwas über Gott lernten. Sie konnte das nicht verstehen, aber ihr Vater sagte, niemand könne diese Art Hass verstehen, der Leute so etwas tun ließ.

„Nein, das war später. Wir waren im Mai letzten Jahres dort. Zum Kindermarsch durch Birmingham. Die Stadt hatte gerade alles abgeriegelt – die Parks und Spielplätze und Schwimmbäder –, damit sie keine Schwarzen hereinlassen mussten, nachdem die Richter gesagt hatten, sie dürften uns nicht länger ausgrenzen. Also hatten Dr. King und ein paar andere die Idee, tausend Kinder demonstrieren zu lassen, weil sie dachten, überall im Land würden die Zeitungen sich daraufstürzen und viele Berichte abdrucken. Außerdem dachten sie, die Polizei würde gegen einen Haufen Kinder nichts Ernsthaftes unternehmen.“ Noah zögerte und berührte noch einmal Cassidys Kopf, bevor er fortfuhr. „Bei einem Haufen weißer Kinder hätten sie das wahrscheinlich auch nicht.“

„Was ist denn passiert?“, fragte Jocie.

„Die Polizei hat alle demonstrierenden Kinder festgenommen und ins Gefängnis gebracht.“

„Du und Cassidy, ihr seid auch verhaftet worden?“

„Nein, aber es wäre vielleicht besser gewesen, wenn das alles gewesen wäre, was sie mit uns gemacht hätten. Wir sind an dem ersten Tag nicht mitgegangen. Daddy war völlig dagegen, dass wir bei der Demo mitmachen. Er und Mama haben sich deswegen gestritten, aber Mama sagte, ihre Kinder müssten Stellung beziehen und zusammen mit allen anderen Kindern marschieren. Sie hat die Zwillinge bei einer Nachbarin gelassen und sich einen Wagen geliehen. Wir sind gefahren, als Daddy bei der Arbeit war.“

„Wolltest du mitgehen?“

„Ich konnte es kaum erwarten“, sagte Noah. „Das Freiheitsfieber meiner Mutter hatte mich angesteckt. Cassidy und ich sollten an dem ersten Tag mitlaufen, aber wir hatten auf dem Weg in den Süden einen Platten und kamen erst an, als die Demonstration schon angefangen hatte. Ich weiß nicht, wer enttäuschter war, ich oder meine Mutter.“

„Cassidy nicht?"

Noah blickte auf seine kleine Schwester hinunter und seine Stimme nahm einen weicheren Klang an. „Nein. Cassidy wollte überhaupt nicht mitmachen. Sie war schon immer eher ängstlich. Sie mag es nicht, wenn jemand einen Aufstand macht oder wenn sie irgendwohin muss, wo sie noch nie war. Mama hätte sie bei den Zwillingen in Chicago lassen sollen. Aber sie war neun und damit alt genug. Sie wollten Kinder zwischen sechs und achtzehn und Mama erzählte uns immer wieder, sie wolle, dass wir Teil einer Sache sind, die größer ist als wir selbst. Die etwas verändert."

„Aber ihr wart zu spät dort."

„Zu spät für den ersten Tag, aber die Veranstalter beschlossen, der Polizei nicht den Sieg zu überlassen. Von irgendwoher holten sie noch einmal tausend Kinder. Vielleicht waren andere Leute auch zu spät gekommen, so wie wir. Vielleicht hatte die Polizei die Kinder vom Vortag wieder freigelassen. Oder sie waren losgezogen und hatten Kinder aus Birmingham zum Mitmachen überredet. Ich weiß es nicht. Aber am nächsten Tag stellten wir uns alle für die nächste Demo auf. Mama sagte zu mir, ich solle darauf achten, dass Cassidy immer an meiner Seite sei, aber ich hätte mich sowieso nicht von ihr trennen können. Sie klebte förmlich an meinem Bein, solche Angst hatte sie. All die Leute, die schrien, als wir die Straße hinunterliefen. Ich weiß nicht einmal, wohin wir an diesem Tag eigentlich gehen sollten. Vielleicht in einen der Parks oder zum Büro des Bürgermeisters. Einige der älteren Jugendlichen gingen vorneweg. Cassidy und ich sind einfach mitgelaufen."

„Jetzt erinnere ich mich. Die Sache hat im letzten Sommer Unruhen ausgelöst." Jocie hatte gehört, wie einige Männer zu ihrem Vater gesagt hatten, der Präsident sollte Truppen in die Stadt schicken, um die Ordnung wiederherzustellen, aber es war Jocie so vorgekommen, als passiere das alles ganz weit weg. Sie hatte den Gesprächen zugehört, sie hatte in der Zeitung darüber gelesen und sogar Bilder von den Unruhen in den Fernsehnachrichten gesehen, aber das alles war ihr erschienen, als würde es in einem anderen Land passieren, das eine Million Kilometer entfernt lag. Für den Jungen und das Mädchen neben ihr war das jedoch ganz anders gewesen. Sie hatten es selbst miterlebt.

„Die Unruhen kamen später. Nach dem Tag. Da waren wir schon wieder in Chicago. Aber was an dem Tag selbst geschah, ist der Grund dafür, warum Cassidy versucht, sich irgendwo zu verstecken."

Jocie zögerte. Sie war sich nicht sicher, ob sie den Grund wirklich wissen wollte. Es war vielleicht einfacher, die schlimmen Dinge in diesem weit entfernten Land zu belassen, sodass sie nie mehr daran denken musste. Aber sie fragte trotzdem: „Was ist passiert?"

Noah blickte auf Cassidy hinunter. „Hörst du mich, Schwesterlein?" Ihr Gesicht war im Schlaf noch immer entspannt. Nicht einmal ein Lid zuckte. Noah sah wieder zu Jocie auf. „Ich will nicht, dass sie wieder in ihr Versteck kriecht, nachdem ich sie gerade herausgezogen habe, aber ich glaube nicht, dass sie uns hört. Mama sagt, es wäre besser, wenn wir Cassidy dazu bringen könnten, darüber zu reden, aber sie kann es nicht einmal ertragen, daran zu denken." Er verrückte seine Position auf dem Stuhl ein wenig, als wären seine Beine eingeschlafen.

„Willst du versuchen, sie irgendwo hinzulegen? Der Boden kommt nicht infrage, er ist dreckig. Aber wir könnten zwei Stühle zusammenschieben oder so was", sagte Jocie.

„Nein, es geht schon. So schwer ist sie gar nicht und sie wird sowieso gleich wieder aufwachen. Sie schläft manchmal eine Weile, nachdem sie solche Angst hatte. Ich glaube, ihr Kopf muss sich erst wieder auf normal stellen, nachdem sie den Hund gesehen hat."

Jocie sah Cassidy an. Bislang hatte sie das kleine Mädchen eigentlich gar nicht so richtig beachtet. Cassidy hatte sich immer so schüchtern verhalten, beinahe zu ängstlich, um Jocie überhaupt anzusehen, und die Zwillinge waren so süß. Jocie hatte die Zwillinge in ihrem Journal ausführlich beschrieben, aber jetzt sah sie Cassidy mit neuen Augen. „Was hat es mit dem Hund auf sich?"

„Dazu komme ich noch." Noah blickte eine Weile auf die Wand hinter Jocie, bevor er weitersprach. „Die Polizei da im Süden sagte zu uns, wir sollten nach Hause gehen, aber wir haben nicht auf sie gehört. Wir wollten durch die Straßen ziehen und dafür sorgen, dass die Stadt Birmingham anfing, uns anständig zu behandeln, so wie die Gerichte es entschieden hatten. Es war aufregend, mitten dabei zu sein. Ich fing an zu verstehen, warum Mama auf den Zug der Freiheit aufspringen wollte.

Cassidy verstand das natürlich nicht. Sie weinte, als wir uns für den Marsch aufstellten. Ich hätte sie zurückbringen und Mama überreden sollen, dass Cassidy bei ihr bleiben durfte, aber ich wollte nichts verpassen. Ein Teil der Geschichte sein, wie Mama es an diesem Morgen gesagt hatte. Also hielt ich Cassidys Hand ganz fest und wir setzten uns alle gemeinsam in Bewegung. Tausend Kinder. Die eine gerechte und gleiche Behandlung forderten. Ab und zu jubelte sogar jemand.

Die Polizei wartete auf den Straßen auf uns."

Noah runzelte die Stirn, als er daran zurückdachte. „Polizisten mit Hunden. Und Feuerwehrmänner mit Schläuchen. Ich wusste zuerst nicht, warum die Feuerwehrleute da waren, aber der Junge neben mir sagte, er hätte gehört, dass sie Demonstranten manchmal mit Wasser beschossen, wenn die Dinge aus dem Ruder liefen. Aber wir taten ja nichts, außer zu marschieren. Ganz friedlich. Wir riefen nicht einmal. Wir liefen einfach nur. Langsam, aber wir liefen."

„Und Cassidy?", fragte Jocie.

„Sie lief auch noch. Uns blieb gar nichts anderes übrig. Wir waren ungefähr in der dritten Reihe von vorne und all die Kinder hinter uns drängten vorwärts auf die Polizisten und die Hunde und die Wasserschläuche zu."

„Und was geschah dann?"

„Sie haben das Wasser angestellt. Man konnte sehen, wie die Schläuche auf dem Boden sich füllten. Es sah so aus, als würden sie lebendig, und dann schoss das Wasser mit einer solchen Wucht heraus, dass es einen der Jungen vor uns umriss und auf ein parkendes Auto schleuderte. Ich versuchte, Cassidy festzuhalten und sie aus dem Durcheinander herauszubringen, aber dann richtete der Schlauch sich auf mich. Ich musste Cassidy loslassen, sonst wäre sie mit mir in die Luft gewirbelt worden. Das Wasser hob mich einfach hoch und trug mich davon. Dann muss der Feuerwehrmann den Strahl auf ein anderes Kind gerichtet haben, denn ich landete auf dem Bordstein. Mein Arm lag in einem merkwürdigen Winkel und mein Kopf dröhnte, aber ich hatte keine Zeit darüber nachzudenken, ob ich verletzt war oder nicht. Ich musste Cassidy finden. Es dauerte vielleicht fünf Minuten, aber die kamen mir vor wie Stunden. Ich dachte immerzu, ich müsste nach Chicago zurückfahren und Daddy beichten, dass ich Cassidys Hand losgelassen und sie verloren hatte."

„Du musstest sie loslassen, damit sie nicht verletzt wurde."

„Das habe ich mir auch immer wieder gesagt, aber ich glaube, Daddy hätte es nicht geglaubt. Er wäre der Meinung gewesen, ich hätte etwas tun sollen." Noah drückte Cassidy ein wenig fester an sich. „Endlich entdeckte ich sie. Sie saß mitten auf der Straße und sah einem der Polizeihunde genau ins Gesicht. Der Polizist, der den Hund an der Leine hielt, brüllte auf sie ein, wahrscheinlich um ihr zu sagen, dass sie aufstehen und von der Straße gehen sollte, aber sie war vor Angst wie versteinert. Ich bin vor den Hund gesprungen und habe seinen Zähnen den Rücken zugekehrt. Der Polizist schrie immer noch, aber ich weiß nicht, was er gesagt hat. Ich hob Cassidy hoch. Mein Arm tat so weh, dass ich kurz dachte, ich würde ohnmächtig, aber dann kam jemand und half mir. Irgendwie kamen wir zu einer Kirche. Dort hat Mama uns gefunden. Sie warf einen Blick auf meinen Arm und auf Cassidys Gesicht, dann lud sie uns in den Wagen, den sie sich geliehen hatte, und fuhr mit uns geradewegs nach Chicago zurück.

Cassidy hat auf dem ganzen Heimweg kein Wort gesprochen. Mein Arm tat weh. Jemand von der Kirche hatte eine Schiene darumgebunden, aber er musste gegipst werden. Mama sagte, wir würden uns darum kümmern, sobald wir wieder in Chicago seien. Jetzt wollte sie uns nur noch von dort wegbringen. Natürlich hatte sie nicht gewollt, dass jemand uns wehtut. Sie sagte auch nicht viel, sondern fuhr einfach. Hin und wieder betete sie und einmal versuchte sie, Cassidy etwas vorzusingen, aber die meiste Zeit lauschten wir einfach nur den Rädern, die über den Highway rollten. Bevor wir zu unserem Haus fuhren, gingen wir zu einem Arzt, der meinen Arm richten konnte. Ich glaube, Mama wollte noch etwas Zeit schinden, bevor sie meinem Vater gegenübertreten musste."

„Hat er sich aufgeregt?"

„Oh ja. Er war so außer sich vor Wut, dass es einem angst und bange werden konnte. Du kennst meinen Daddy nicht. Er ist groß. Er kann mich am Gürtel packen und mit einer Hand hochheben, aber laut wird er so gut wie nie. An diesem Tag wurde er laut. Mama lässt sich nicht gerne anschreien, also schrie sie zurück. Die Babys weinten. Mein Arm tat weh und ich hatte Mühe, mich nicht zu übergeben. Aber dann stand Cassidy vom Sofa auf, ging zu Mama und Daddy und stellte sich zwischen sie. Sie sagte nichts. Sie stand einfach nur da und meine Eltern hörten auf zu brüllen. Dann versprach Mama, eine Weile nicht beim Zug der Freiheit mitzumachen. Und jetzt versucht sie, hier in Hollyhill einen zu starten."

Jocie blickte über ihre Schulter zur Tür. „Hier ist es nicht so. Sie wird im Grover's Grill bedient."

„Glaubst du? Warum war sie dann so wütend, als sie gerade hier war, und warum ist sie noch nicht zurück? So lange dauert es doch nicht, ein Getränk zu kaufen."

„Willst du nach ihr sehen?", fragte Jocie.

Noah berührte Cassidys Kopf. „Ich kann Cassidy jetzt nicht allein lassen. Ich muss hier sein, damit sie mich sehen kann, wenn sie aufwacht."

„Dann gehe ich", sagte Jocie. „Meinst du wirklich, deine Mutter macht einen Sitzstreik im Grover's Grill?"

„Kann sein. Vielleicht hat euer Polizeichef sie aber auch schon ins Gefängnis schleppen lassen." Noah sah besorgt aus.

„Nein." Jocie schüttelte den Kopf. „Ich glaube nicht, dass so etwas hier passiert."

„Du hast keine Ahnung, Jocie. Du denkst, jeder in Hollyhill liest die Bibel und betet und tut, was Gott will."

„Das stimmt nicht. Ich weiß, dass es überall gemeine Menschen gibt. Selbst in Hollyhill. Einigen von ihnen bin ich auch schon persönlich begegnet", sagte Jocie. „Hör zu, ich gehe nachsehen. Wenn sie im Gefängnis ist, dann suche ich Dad. Er weiß immer, was zu tun ist."

Auf dem Weg nach draußen nahm Jocie den Fotoapparat mit. Sie war sich nicht sicher, ob sie ein Bild von Myra Hearndon machen sollte, selbst wenn sie im Restaurant einen Sitzstreik veranstaltete, aber sie hängte sich die Kamera für alle Fälle trotzdem um den Hals.

Als sie an Zellas Schreibtisch vorbeikam, deckte Zella gerade ihre Schreibmaschine zu, weil sie gehen wollte.

„Ist alles in Ordnung?“, fragte Zella. „Ich fand, dass Noahs Mutter aufgebracht wirkte, als sie ging.“

„Das war sie auch. Es hatte irgendetwas mit einem Getränk im Grover’s Grill zu tun, glaube ich.“

„Ach du lieber Himmel!“ Zella riss hinter ihrer Brille weit die Augen auf. „Ich wusste, dass es Ärger geben würde.“

„Ich habe nicht gesagt, dass es Ärger gibt.“

„Aber das wird es. Seit der Junge zum ersten Mal mit dir durch die Tür kam, wusste ich es. Diese Leute sollten nicht davon ausgehen, dass sie einfach ins County ziehen und über Nacht alles ändern können.“

„Sie wollte nur etwas zu trinken bestellen“, sagte Jocie.

„Ärger. Lass es dir gesagt sein.“ Zella wedelte mit dem Zeigefinger. „Es wird Ärger geben und du hältst dich da besser heraus, Jocelyn Brooke.“

Jocie verdrehte die Augen und verschwand durch die Tür. Aber während sie zum Grover’s Grill ging, fingerte sie die ganze Zeit an der Kamera herum. Sollte sie ein Foto machen, wenn Zella recht hatte und es wirklich Ärger gab?

31

Es hatte nicht so ausgesehen, als würde der Tag mit Ärger enden. Mit Regen vielleicht, aber das wäre ja alles andere als ärgerlich gewesen. Eher eine Gebetserhörung. Den ganzen Tag lang hatten sich im Westen Unwetterwolken zusammengebraut, so als bräuchten sie nichts weiter zu tun, als das halbe Warenlager der Geschäfte Hollyhills auf die Straße zu tragen und einen Volkstanz auf der Straße zu planen, damit es regnete. David war davon überzeugt, dass es niemandem etwas ausmachen würde, wenn der Tanz ins Wasser fiele, solange es nur regnete.

Aber wie es aussah, war dies nicht das einzige Gewitter, das im Laufe des Tages aufgezogen war. Zella hatte ihn auf ihrem Heimweg bei Leigh im Gerichtsgebäude aufgespürt. Bis dahin hätte David gesagt, dass es ein guter Tag war. Heiß und schwül, aber das hatte die Kunden nicht davon abgehalten, beim Straßenmarkt auf Schnäppchenjagd zu gehen. Die Kassen der Händler hatten den ganzen Tag über geklingelt, sodass sie möglicherweise gewillt waren, mehr Anzeigen im *Banner* zu schalten.

Wes hatte sich wieder in seiner Wohnung eingerichtet, mit einem Ventilator am Fenster und einem Kühlschrank voller Butterbrote, die Leigh ihm gebracht hatte. Keine Erdnussbutter. Leigh sagte, jemand habe ihr verraten, dass Jupiterianer nicht viel Erdnussbutter essen. David hatte gerade am Tresen gelehnt, Leigh für die Sandwiches gedankt und den Mut aufzubringen versucht, eine zweite Verabredung vorzuschlagen, als Zella hereingestürmt war und ihm den Tag verdorben hatte, indem sie sagte, Myra Hearndon veranstalte im Grover's Grill einen Sitzstreik.

Jetzt bohrte Zella ihm einen Finger in die Brust und sagte: „Und Jocelyn ist losgezogen, um dabei zu sein. Wie immer. Ich habe versucht, sie davon abzuhalten, aber dieses Mädchen ..."

David machte sich nicht die Mühe, sich Zellas restliche Klagen anzuhören. Er legte die zwei Häuserblocks vom Gericht zum Restaurant in Rekordzeit zurück, aber als er dort ankam, hatte sich schon eine kleine Menschentraube um den Eingang gebildet. Er sah jedoch keine Wut oder Feindseligkeit in den Mienen, als er sich zwischen den Leuten hindurch zur geöffneten Tür vorschob. Sie warteten nur neugierig ab, was als Nächstes geschehen würde.

Eine der Anwesenden, Helen Moore, legte eine Hand auf Davids Arm, als er an ihr vorbeiging. Sie sagte leise: „Vielleicht solltest du Jocie da rausholen, für den Fall, dass es Ärger gibt. Ich habe gehört, heute könnte etwas passieren. Etwas, das Probleme machen könnte."

David blieb stehen und sah Helen an, die ihm gerade einmal bis zu den Schultern reichte. Helen arbeitete für den Sheriff, und auch wenn sie immer freundlich war, konnte David ihr kaum jemals irgendwelche Informationen für einen Zeitungsartikel entlocken. Sie hielt es für unprofessionell, über Dinge zu reden, die sie bei der Arbeit gehört hatte. Jetzt sah sie ernsthaft besorgt aus und David fragte: „Du hast gehört, dass etwas geschehen soll? Du meinst, das war geplant?"

Im Inneren des Schnellrestaurants konnte David Myra Hearndon kerzengerade an der Bar sitzen sehen und Jocie ebenso kerzengerade auf dem Hocker neben ihr.

„Nicht das hier", sagte Helen. Ihre Stimme war jetzt kaum mehr als ein Flüstern. „Ich vermute, das ist eine spontane Aktion. Diese Frau ist die Mutter des Jungen, der für dich arbeitet, nicht wahr?" Sie wartete, bis David nickte. „Es heißt, sie sei nur hergekommen, um ein Getränk zu kaufen, und es gefiel ihr nicht, dass sie hinten am Tisch sitzen sollte. Sie kommt aus Chicago, weißt du, und war bei einigen Demonstrationen im Süden. Sie war bei den Busaktionen dabei und wurde sogar ein- oder zweimal verhaftet. Sheriff Harpson hat ein paar Nachforschungen über die Hearndons angestellt, als sie hergezogen sind."

„Warum?"

Helen sah aus, als bereue sie, überhaupt so viel gesagt zu haben. Sie presste die Lippen aufeinander, fügte dann aber hinzu: „Nur, um gewappnet zu sein, falls es Ärger gibt, nehme ich an. Und wenn du irgendjemandem erzählst, dass ich das gesagt habe, werde ich sagen, du hättest mich falsch verstanden."

Davids Blick wanderte von Helen zu Myra Hearndon. Ihre Hand lag auf dem Tresen und einer ihrer langen, anmutigen Finger berührte die Dollarnote, die vor ihr lag, während sie darauf wartete, bedient zu werden.

Mary Jo Yeager stand so weit von ihr entfernt, wie sie konnte, ohne ihren Platz hinter der Bar zu verlassen. Sie starrte unverwandt auf die Tresenoberfläche, die sie polierte. David konnte förmlich ihre Gedanken lesen: Der Laden gehörte ihr nicht. Sie könnte einfach ihre Schürze abnehmen und gehen, aber sie arbeitete schon seit Jahren beim Grover's Grill und ihr Sohn hatte gerade sein zweites Jahr an der Universität in Lexington begonnen. Jedem, den sie bediente, erzählte sie, dass ein Studium nicht billig sei. Manche Leute glaubten, sie wolle höhere Trinkgelder haben, aber David war der Meinung, dass sie einfach so stolz auf ihren Sohn war, der Ingenieurswesen studierte, dass sie darüber reden musste, um nicht zu platzen.

Jetzt redete sie nicht, sondern blickte vom Tresen kurz in Richtung Tür auf, so als hoffte sie, dass jemand kommen und sie retten würde. Als sie David entdeckte, formten ihre Lippen lautlos die Worte: „Tu was."

Am liebsten hätte er ihr gesagt, sie solle selbst etwas tun. Sie solle Myra Hearndons Geld nehmen und ihr das, was sie bestellen wollte, bringen. Aber andererseits war David nicht ihr Vorgesetzter. Und er wollte nicht der Grund dafür sein, dass der junge Denny Yeager sein Ingenieurstudium nicht zu Ende bringen konnte.

David betete noch darüber, was er tun sollte, als Charles Boyer, der Pastor der West End Baptist Church, und seine Frau Alice an ihm vorbeitraten und direkt zur Bar gingen, um sich auf die beiden Hocker neben Myra Hearndon zu setzen. Mary Jo Yeager starrte sie an und sah aus, als würde sie gleich in Tränen ausbrechen.

„Wir würden hier gerne etwas trinken, Mary Jo", sagte Pastor Boyer. Er hatte eine tiefe Stimme, die manchmal die Fenster klirren ließ, wenn er predigte, aber jetzt sprach er ganz sanft und freundlich.

„Aber Bruder Boyer, Sie wissen doch, dass ich Sie hier nicht bedienen kann. So ist das nun mal."

„Dann glaube ich, dass heute der Tag ist, an dem sich das ändern muss", sagte Pastor Boyer. Er wandte sich zu David um. „Sehen Sie das nicht auch so, Bruder Brooke?"

Jocie drehte sich auf ihrem Hocker um und sah David an. „Oh, hallo Dad“, sagte sie. Sie ließ ein wenig die Schultern hängen, besorgt, dass sie Ärger bekommen würde. Sie beeilte sich zu erklären: „Ich leiste Mrs Hearndon nur Gesellschaft.“

„Das tut sie“, bestätigte Myra Hearndon. Sie nahm ihre Hand von dem Geldschein auf dem Tresen und berührte Jocies Arm. „Wir sind nicht hier, weil wir Ärger wollen. Wir möchten nur etwas trinken.“

David trat hinter Jocie und legte die Hände auf ihre Schultern. „Es ist heiß“, sagte er. „Wie wäre es, wenn du allen ein Glas Wasser bringst, Mary Jo?“

„Du weißt, dass ich das nicht tun kann, David“, sagte Mary Jo. „Ihr müsst das mit Grover klären. Ich arbeite hier nur, das weißt du doch.“

„Wo ist Grover?“, fragte David. Grover Flinn war der Inhaber des Schnellrestaurants.

„Er holt den Polizeichef“, sagte Mary Jo.

Davids Hände drückten Jocies Schultern etwas fester. „Wie wäre es, wenn du ins Büro zurückgehst, Jocie, und mir deinen Platz überlässt?“

„Aber Dad, er wird uns doch nicht verhaften, oder? Wir tun doch nichts Unrechtes.“

„Niemand wird verhaftet“, sagte David. „Aber ich möchte nicht diskutieren. Tu einfach, worum ich dich gebeten habe.“

Jocie sah ihren Vater an, stand auf und nahm ihren Fotoapparat. „Ist gut, Dad“, sagte sie. Sie wollte nicht gehen, aber sie wusste, wann ihr Vater es ernst meinte. Sie sah die Frau neben ihr an. „Was soll ich Noah sagen, Mrs Hearndon?“

„Dass ich gleich komme, um Cassidy abzuholen, und dass er dann mitfahren kann, denn es sieht so aus, als ob ein Unwetter aufzieht.“

„In Ordnung.“ Jocie fiel kein anderer Grund mehr ein, um Zeit zu schinden, und ihr Vater sah sie mit einem Blick an, den sie besser nicht ignorieren sollte. Langsam ging sie zur Tür. Das alles ergab keinen Sinn. Wieso spielte es für Mary Jo eine Rolle, wo sie die

Limonade abstellte? Und was würde der Polizeichef tun, wenn er erschien?

An der Tür wichen die Leute zurück, um sie auf die Straße hinauszulassen. Hinter ihr hatte ihr Vater sich neben Mrs Hearndon gesetzt. Jocie fingerte an ihrer Kamera herum. Dann drehte sie sich um und schoss zwei Fotos, bevor ihr Vater mit dem Finger erst auf sie und dann auf die Tür zeigte. Sie schlüpfte auf die Straße hinaus und machte draußen noch ein paar Aufnahmen von den herumstehenden Leuten.

Es würde ihrem Vater nichts ausmachen, dass sie Fotos machte. Was hier geschah, war eine Nachricht wert. Da würde selbst Wes zustimmen. Vielleicht war es eine noch wichtigere Nachricht als der Tornado im Juli. Wenn ihr Vater den großen Tageszeitungen einen Artikel schickte, würden sie möglicherweise ebenfalls über die Sache berichten.

Grover Flinn und Polizeichef Simmons schoben sich an ihr vorbei und bemerkten nicht einmal, dass sie ein Foto von ihnen schoss. Am liebsten wäre sie ihnen ins Lokal gefolgt, aber ihr Vater hatte ziemlich deutlich gemacht, dass er sie dort nicht sehen wollte. Er musste geahnt haben, dass es Ärger geben könnte, und Grover Flinns Miene sah auch ganz danach aus. Seine Nase war dunkelrot und seine Augen traten hervor, als würde er jeden Augenblick einen Schlaganfall bekommen.

Jocie blickte über die Schulter zurück, ging aber weiter die Straße hinunter in Richtung Büro. Donner grollte, während ein plötzlicher starker Wind das Unwetter näherstieß. Die Wolken türmten sich am Himmel zu einer schwarzen Masse auf, bis es aussah, als hätte die Dämmerung vorzeitig eingesetzt. Auf dem Gehweg vor dem Modegeschäft tanzten die Kleider an den Stangen wild im Wind. Jocie machte eine Aufnahme von Miss Pauley, die versuchte, die Kleider festzuhalten, während sie den Kleiderständer zur Tür schob. Eins der Kleider entwischte ihr und flatterte auf die Straße hinaus. Jocie packte es und gab es Miss Pauley, bevor sie ihr half, den Ständer durch die Tür in den Laden zu manövrieren.

Auf beiden Seiten der Straße beeilten Ladenbesitzer sich, alle ihre Waren von den Tischen zu räumen und hineinzubringen, bevor es anfing zu regnen. Jocie gelang ein Schnappschuss von der Angestellten im Zehn-Cent-Shop, Beulah Thompson, die einem über die Straße wehenden Korb nachlief.

Beulah holte den Korb ein und sah Jocie an, als sie zu ihrem Geschäft zurückging. „Du hörst besser auf, dir Gedanken über Bilder zu machen, und gehst rein, Jocie", sagte sie, während sie anfing, Serviettenpäckchen vom Tisch in den Korb zu stapeln. „Danach zu schließen, wie diese Wolken aussehen, wird es ein ordentliches Unwetter geben. Ich hoffe, am Ende ist es nicht nur Wind und kein Regen."

„Was soll's, wenn wir nass werden. Hauptsache, es regnet!", sagte Jocie.

„Nass ist in Ordnung", sagte Beulah mit einem besorgten Blick nach oben. „Vom Blitz getroffen ist nicht so gut. Aber das wäre vielleicht eine Geschichte für eure Zeitung. Angestellte wird vom Blitz getroffen, während sie versucht, Servietten im Wert von drei Dollar zu retten."

„Oder während die Tochter des Herausgebers versucht, noch ein Bild zu schießen." Jocie half ihr, die Sachen in den Korb zu füllen.

Beulah lachte. Sie war ungefähr so alt wie Tabitha und hatte lange braune Haare, die ihr ums Gesicht flatterten. Sie hob die Hand, um sich die Haare aus den Augen zu streichen, und erstarrte dann, als sie die Straße hinunterblickte.

„Ach du liebe Güte! Sieh dir das an."

Jocie drehte sich um. Eine Gruppe von vielleicht zwanzig Männern marschierte die Straße herauf. Der Wind blies die weißen Gewänder, die sie trugen, um sie herum auf wie kleine Segel. Einige von ihnen hielten weiße Kapuzen auf ihren Köpfen fest, andere ließen sie vom Wind herunterwehen. Hinter ihnen schienen die schwarzen Wolken den Boden zu berühren und es hatte beinahe den Anschein, als wären die Männer aus den dunklen Gewitterwolken auf die Main Street getreten.

„Wer hat denn gesagt, dass die herkommen dürfen? Wir haben doch nicht mal einen Umzug oder so was", sagte Jocie, während sie die Kamera hob, um ein Bild zu machen.

„Ich glaube nicht, dass der Klu-Klux-Klan um Erlaubnis bittet. Diese Leute tun einfach, was sie wollen", flüsterte Beulah, als hätte sie Angst, die Männer könnten sie hören.

„Aber was wollen sie hier?“ Jocie hatte ein mulmiges Gefühl in der Magengegend, als die Männer näher kamen, in Reih und Glied, ohne nach rechts oder links zu blicken.

„Nichts Gutes jedenfalls.“ Beulah ließ den Korb auf den Gehweg fallen. „Zum Henker mit den Servietten. Komm, wir gehen rein.“

Jocie ließ sich von Beulah zum Laden zurückziehen, während sie versuchte, noch einige Fotos zu schießen. Sie war sich nicht sicher, ob die Bilder gut werden würden. Es war so dunkel, dass die Straßenlaternen angingen, obwohl es noch zwei Stunden bis Sonnenuntergang waren.

„Hör auf zu fotografieren“, sagte Beulah. „Du solltest sie nicht auf uns aufmerksam machen.“

„Wieso?“, fragte Jocie. „Sie hassen doch nur Schwarze, oder?“

„Weiß man das bei denen denn? Schon ihr Anblick jagt mir eine Heidenangst ein.“ Beulah ging in den Laden. Als Jocie ihr nicht folgte, streckte sie noch einmal den Kopf heraus und sagte: „Du kommst besser auch rein. Vielleicht wissen sie, dass dieser Junge für deinen Daddy arbeitet.“

„Du meinst Noah?“

„Keine Ahnung, wie er heißt. Der Junge eben, den dein Daddy eingestellt hat.“

„Noah. Warum sollten sie sich dafür interessieren?“, fragte Jocie.

„Er ist doch farbig, oder?“

„Ja, aber –“

„Man braucht nicht für alles die Gründe zu kennen, Jocie. Komm besser aus dem Sturm und von diesen Leuten weg.“

„Nein, ist schon gut. Ich warte einfach, bis sie vorbei sind, und gehe dann weiter, bevor das Unwetter anfängt.“

„Wie du willst, aber sag nicht, ich hätte dich nicht gewarnt.“ Beulah blickte ein letztes Mal zu den Wolken hinauf und zu den Männern auf der Straße hinüber, dann verschwand sie im Laden.

Jocie trat unter der Markise näher an die Hauswand und sah zu, wie die Männer die Straße heraufkamen. Sie beachteten den Wind und den Donner gar nicht und es schien so, als nähmen sie nicht einmal die Leute auf den Gehwegen wahr. Ihre Blicke waren starr geradeaus gerichtet, während sie sich im Gleichschritt fortbewegten wie ein riesiges Tier.

Plötzlich war alles zu still – so als würde der Sturm am Himmel zusammen mit den Menschen auf den Bürgersteigen die Luft anhalten, während dieser menschliche Sturm vorbeimarschierte. In der unnatürlichen Stille hallte das Geräusch der Stiefel auf dem Asphalt wider.

Jocie nahm ihren Fotoapparat und machte noch ein Bild. Plötzlich sahen die vier Männer in der ersten Reihe Jocie gleichzeitig an, so als wären sie der Kopf eins Tieres, das nach Beute Ausschau hält, und Jocie schlug das Herz bis zum Hals. Sie versteckte die Kamera hinter ihrem Rücken und wünschte, sie wäre mit Beulah hineingegangen oder über die Straße zum Zeitungsbüro gerannt. Überall wäre sie in diesem Moment lieber gewesen als an der Hauswand des Zehn-Cent-Shops, wo die kalten Augen sie anstarrten. Dann wandten sie wie ein Mann den Blick nach vorne und Jocie konnte wieder atmen.

Sie rannte in den Laden und an Beulah vorbei, die sagte: „Ich habe dir doch gesagt, du sollst ihnen aus dem Weg gehen."

Jocie beachtete sie nicht, sondern rannte durch den Hinterausgang auf die Straße, die hinter den Geschäften entlangführte. Ihr einziger Gedanke war, dass sie das Schnellrestaurant erreichen musste, bevor die Männer es taten. Sie musste ihren Vater warnen, dass sie kamen. Wer konnte schon wissen, was geschah, wenn die Männer in den weißen Gewändern herausfanden, dass es einen Sitzstreik gab?

Jocie keuchte, als sie die Tür erreichte, die in die Küche vom Grover's Grill führte. „Du lieber Himmel, Mädchen, was machst du denn hier? Willst du mich zu Tode erschrecken?", fragte Willanna, die Köchin.

„Ich muss Dad etwas sagen."

„So wie ich das sehe, hat er dich ziemlich eindeutig nach Hause geschickt. Er wird nicht gerade erfreut sein, dich zu sehen."

Willanna wischte sich die Hände an ihrer Schürze ab und folgte Jocie zur Schwingtür, die in den Gastraum führte. Von dort aus sah sie zu, wie Jocie hinter den Tresen eilte, auf dem noch immer keine Gläser vor den Personen standen, die an der Bar saßen. Myra Hearndon hielt immer noch einen Finger auf ihre Dollarnote. Grover Flinn und Polizeichef Simmons standen hinter ihnen, die Hände in die Hüften gestemmt, als überlegten sie, was sie tun sollten.

Mr Flinns Nase war jetzt noch röter als vorhin, als er auf der Straße an Jocie vorbeigelaufen war.

Jocies Vater runzelte die Stirn, als er sie sah. „Ich habe dir doch gesagt, du sollst zum Büro zurückgehen."

„Ich weiß, aber es ist wichtig. Der Klan ist im Anmarsch."

32

Neben Jocies Vater sog Myra Hearndon scharf die Luft ein. Einen Moment lang schloss sie die Augen, um sie dann langsam wieder zu öffnen. Ansonsten rührte sie sich nicht. Sie saß weiterhin kerzengerade da, den Blick geradeaus gerichtet, und sah nicht einmal über ihre Schulter zur Tür. Alle anderen blickten zur Straße hinaus.

Grover Flinn schrie den Polizeichef beinahe an. „Sehen Sie, was jetzt passiert? Sie hätten sie rausjagen sollen, wie ich es gesagt habe."

„Jetzt kommen Sie, Grover, sie sitzt doch nur da. Dagegen gibt es kein Gesetz", sagte Polizeichef Simmons.

„Sie hätten sie wegen Ruhestörung verhaften können."

„Ich habe nicht gesehen, dass irgendeine Ruhe gestört wurde, abgesehen vielleicht von Ihnen. Und Sie erwarten doch wohl nicht, dass ich Bruder Boyer oder Miss Alice oder David hier festnehme, oder? Was soll ich Ihnen denn vorwerfen? Dass sie Durst haben?"

„Aber jemand hätte etwas tun müssen. Ich will keinen Ärger mit dem Klan", sagte Grover.

Draußen waren die Männer in den weißen Gewändern auf der Straße vor dem Restaurant stehen geblieben. Die Schaulustigen, die sich um die Tür geschart hatten, zogen sich einer nach dem anderen zurück, so als hätten sie Angst, in den Ärger, der sich hier zusammenbraute, mit hineingezogen zu werden.

Plötzlich knallte Mary Jo das Handtuch auf den Tresen, mit dem sie versucht hatte, ein Loch in die Oberfläche zu reiben. „Es reicht!", sagte sie und funkelte ihren Boss an. Dann ging sie um die Bar herum, an Grover und Polizeichef Simmons vorbei und direkt auf die Tür zu. Sie zog sie zu und schloss genau in dem Moment ab, in dem zwei der Männer in den weißen Gewändern auf das Lokal zugingen.

„Geschlossen“, rief sie durch die Glastür und drehte das Pappschild an der Tür um, damit es die entsprechende Botschaft zeigte.

Die beiden Männer starrten sie durch die Tür an. Mary Jo beachtete sie nicht weiter, sondern stapfte an ihrem Vorgesetzten vorbei wieder hinter den Tresen. Dann ging sie zu Myra Hearndon, zog ihren Bestellblock heraus und sagte: „Was wollten Sie noch mal, Ma'am?“

„Was machst du da, Mary Jo?“ Grover Flinns Worte klangen quiekend, so als würde ihm jemand die Kehle zudrücken.

Mary Jo sah ihn an. „Ich nehme Bestellungen von diesen Kunden entgegen, die gekommen sind, bevor das Restaurant zugemacht hat. Ich hoffe, sie wollen nichts, was Willanna erst kochen muss, aber wenn doch, dann bleiben wir hier und kochen es, falls bei dem Gewitter nicht der Strom ausfällt.“

„Ich habe nicht gesagt, dass du sie bedienen kannst.“ Auf Grovers Stirn traten Schweißperlen.

„Du hast mich eingestellt, um die Kunden zu bedienen, die hierherkommen. Ich habe mir vorher nie viele Gedanken darüber gemacht, wo jemand saß, aber in den letzten zwei Stunden hatte ich viel Zeit zum Nachdenken. Und die Wahrheit ist: Willanna und ich arbeiten hier seit mehr als zehn Jahren zusammen.“ Mary Jo warf Willanna, die immer noch in der Tür zur Küche stand, einen Blick zu. „Wir haben nebeneinander geschuftet, aus denselben Tassen getrunken, zusammen über dem Herd da drüben geschwitzt, und sie hat sich nicht mit der weißen Krankheit angesteckt und ich mich nicht mit der schwarzen Krankheit.“

„Und das ist die Wahrheit“, sagte Willanna mit hochgezogenen Augenbrauen und einem kleinen Nicken.

„Also glaube ich, dass es keine große Rolle spielt, wer wo sitzt.“ Mary Jo wandte sich wieder an Myra, den Stift über ihrem Bestellblock schwebend. „Das war eine Cola für Sie, nicht wahr?“ Ihren Chef, der sie anstarrte, als wären ihr plötzlich Hörner und ein Schwanz gewachsen, beachtete sie gar nicht.

„Ja, danke“, sagte Myra. „Bitte mit viel Eis.“

„Das Gleiche für uns“, sagte Bruder Boyer. „Und wir wissen das zu schätzen, Mary Jo.“

„Ich mache nur meine Arbeit, solange ich noch eine habe.“

„Niemand wird dich rauswerfen“, sagte David mit einem Blick zu Grover Flinn. „Grover würde ja gar nicht klarkommen, wenn du nicht die Kunden bewirtest, nicht wahr, Grover?“

„Falls er meint, er könnte es doch, muss er auch ohne mein Essen klarkommen“, sagte Willanna.

„Ich habe ja gar nichts davon gesagt, dass ich jemanden feuern will“, sagte Grover und sank auf einen Stuhl an einem der Tische in der Mitte des Restaurants.

„Das freut mich zu hören. Jetzt hol ein paarmal tief Luft, Grover, sonst kriegst du noch einen Herzinfarkt“, sagte Mary Jo zu ihm. „Und Sie, Polizeichef, gehen besser und vertreiben diese Ganoven in Bettlaken von unserer Tür. Die sind es, die verhaftet gehören, wenn sie von wer weiß woher kommen und versuchen, den Leuten Angst zu machen. Und ich habe ihnen ja schon gesagt, dass wir geschlossen haben.“

„Wir können von Glück sagen, wenn wir nach dieser Sache hier noch etwas haben, was wir aufmachen können“, sagte Grover, aber das leuchtende Rot seiner Nase war wieder zu einem normaleren Rosa verblasst.

Jocie betrachtete ihren Fotoapparat. Noch ein Bild. Sie überlegte, ob sie Grover fotografieren sollte, der zusammengesackt am Tisch saß, oder Polizeichef Simmons, der zur Eingangstür schritt, aber dann richtete sie stattdessen die Kamera auf Mary Jo, die Eis in die Gläser füllte. Mary Jo sah zu ihr herüber. „Wenn du ein Bild von mir machst, Jocie Brooke, dann nehme ich dir diesen Apparat weg und trampele drauf rum.“

Willanna lachte. „Mit Mary Jo legst du dich heute besser nicht an, Mädchen. Sie meint es ernst.“ Sie schüttelte den Kopf und ging zurück in die Küche.

„Wahrscheinlich haben wir genügend Bilder für diese Ausgabe, Jocie“, sagte ihr Vater, während er sich erhob. „Wir sollten lieber zum Büro zurückgehen und etwas dafür tun, dass sie auch pünktlich erscheint.“

Noahs Mutter trank einen großen Schluck von der Cola, die Mary Jo vor sie hingestellt hatte, und sagte dann: „Ich begleite Sie, Bruder Brooke.“ Anmutig glitt sie von ihrem Hocker. Sie berührte sanft Pastor Boyers Schulter, während sie sich an ihn und seine Frau wandte. „Ich danke Ihnen beiden, dass Sie hergekommen sind, um etwas mit mir zu trinken." Sie blickte zur Straße hinaus, wo von den Männern in den weißen Gewändern nichts mehr zu sehen war. „Bitte beten Sie für Frieden und kühle Köpfe."

„Wir hatten Frieden, bevor Sie hier aufgetaucht sind. Wenn er jetzt weg ist, dann ist das Ihre Schuld", sagte Grover.

Myra beachtete ihn gar nicht, sondern wandte sich an Mary Jo und sagte: „Das war eine der mutigsten Taten, die ich je gesehen habe."

Mary Jo sah aus, als hätte man ihr einen Orden verliehen. Ihre Wangen wurden ganz rot, als sie sagte: „Ach, so mutig war das auch wieder nicht. Ich hätte Sie gleich bedienen sollen, dann hätten wir uns um diese Radaubrüder da draußen keine Gedanken zu machen brauchen."

Als sie das Restaurant verließen, war von den Klan-Mitgliedern weit und breit nichts zu sehen. Jocie fragte sich, ob der Erdboden sie verschluckt hatte oder ob sie wieder in der Gewitterwolke verschwunden waren, aus der sie scheinbar gekommen waren. Die Wolken waren jetzt nicht mehr ganz so dunkel wie vorher und der Donner grollte etwas weiter in der Ferne. Trotzdem schlugen die ersten Regentropfen auf den Gehweg, als ihr Vater und Noahs Mutter und sie sich auf den Weg zum Zeitungsbüro machten.

„Sieht so aus, als würden wir nass werden", sagte Noahs Mutter.

„Das können wir nur hoffen." Jocies Vater streckte die Hand aus, um einen Regentropfen aufzufangen.

„Und dafür beten", sagte Noahs Mutter. „Alex' Apfelbäume brauchen reichlich Regen."

„Alles könnte Regen brauchen." Jocies Vater blickte zu den Wolken hinauf. „Es sieht so aus, als würde das Unwetter weiterziehen."

„Meinen Sie, der Sturm – dieser andere Sturm, von dem Mr Flinn behauptet, ich hätte ihn heraufbeschworen – wird auch weiterziehen? Ist der ..." Noahs Mutter zögerte, als schmerzte es sie, das Wort auch nur auszusprechen, aber dann zwang sie sich weiterzusprechen. „Ist der Klan in Holly County sehr aktiv?"

„Nicht, dass ich wüsste. Ich habe diese Männer, jedenfalls die, die ich mir richtig ansehen konnte, noch nie zuvor gesehen."

„Ich habe beobachtet, wie sie die Straße heraufgekommen sind, während ich vor dem Zehn-Cent-Shop stand", sagte Jocie. „Aber ich habe keinen von ihnen erkannt. Natürlich konnte ich die mit den Kapuzen ums Gesicht auch nicht so genau sehen." Sie sah zu ihrem Vater hinüber. „Warum waren sie hier? Sie konnten doch nicht wissen, was im Restaurant los war, oder?"

„Nein, das glaube ich nicht", sagte Jocies Vater. „Das war nur ein Zufall."

„Es war aber kein Zufall, dass sie hier waren", sagte Noahs Mutter. „Sie sind vielleicht nicht gekommen, weil ich dort einen Sitzstreik veranstaltet habe, aber ganz sicher waren sie wegen uns hier. Weil wir das Land von Mr Harvey gekauft haben. Der arme Alex. Er wollte nur eine Farm. Wir dachten nicht, dass wir hier irgendwelche Grenzen überschreiten, nur weil wir ein Stück Land kaufen. Ich persönlich bin zwar gerne bereit, Opfer zu bringen, um etwas für wahre Gleichberechtigung zu tun, aber ich will nicht meine Kinder in Gefahr bringen."

„Keine gute Mutter will, dass ihre Kinder in Gefahr sind", sagt Jocies Vater.

Jocie dachte, ihr Vater würde noch mehr sagen und Noahs Mutter versichern, dass ihre Familie in Holly County in Sicherheit war und nichts Schlimmes passieren würde, aber er schwieg, während sie weiter zur Redaktion eilten. Jocie sagte sich, dass das nur an den Regentropfen lag, die jetzt stärker prasselten. Bei diesem Regen konnte er nicht stehen bleiben und reden. Aber auch als sie drinnen waren, Cassidy ihre Mutter umarmte und Noah aussah, als würde er vor Erleichterung ohnmächtig werden, sagte Jocies Vater nichts, um Noahs Mutter zu versichern, dass alles gut werden würde. Jocie winkte Noah und Cassidy hinterher, als sie ihrer Mutter durch den Hinterausgang folgten und durch den Regen zu ihrem Auto rannten. Jocies Vater sah ihnen ebenfalls nach, aber noch immer sagte er nicht, was Jocie hören wollte.

Schließlich fragte sie ihn geradeheraus. „Ihnen wird doch nichts passieren? Niemand wird sie draußen auf ihrer Farm angreifen, oder?"

Ihr Vater legte die Hände auf ihre Schultern, drehte sie zu sich um und sah ihr in die Augen. „Ich wünschte, ich könnte dir das versprechen, Jocie, aber das kann ich nicht. Ich kann dir nur eines versprechen: Wir werden dafür beten, dass nichts Schlimmes geschieht und dass Mr Hearndons Apfelbäume hoch wachsen und eines Tages viel Obst tragen. Es wäre gut, eine Apfelplantage in Holly County zu haben."

„Aber manchmal passieren schlimme Dinge, obwohl wir beten, dass sie nicht passieren."

„Das ist wahr", gab ihr Vater zu.

„Auch wenn die Leute nichts Böses tun?"

„Auch dann." Die Finger ihres Vaters drückten Jocies Schultern fester. „Aber denk daran, dass Gott uns nie verlässt, selbst wenn diese schlimmen Dinge passieren. Er ist bei uns und hilft uns durch alles, was das Leben uns bringt. Das weißt du aus eigener Erfahrung. Du hast doch erlebt, wie Gott dich bei dem Tornado beschützt hat."

„Aber das war meine Schuld. Na ja, nicht der Tornado, aber dass ich ihm in die Quere gekommen bin. Wenn ich mich richtig verhalten hätte und nicht weggelaufen wäre, wären Wes und ich nicht dort gewesen."

„Du musst dir das irgendwann vergeben, Jocie. Kein anderer hat dir jemals die Schuld an dem gegeben, was mit Wes geschehen ist."

„Das ändert nichts daran, dass es meine Schuld war", sagte Jocie nüchtern. „Aber Noah und seine Familie haben nichts Unrechtes getan. Sie sollten leben können, wo sie wollen."

„Ja, das sollten sie."

„Dann ist es doch nicht gerecht, wenn sie sich Sorgen darüber machen müssen, dass etwas Schlimmes passieren könnte, obwohl sie es nicht verdient haben."

„Nein, das ist nicht gerecht."

Jocie wollte nicht, dass ihr Vater ihr zustimmte. Sie wusste nicht, was er ihrer Meinung nach sagen sollte, aber sie hoffte auf irgendetwas, das die Erinnerung an das Geräusch der Stiefel auf der Main Street von Hollyhill überdeckte. Als ihr Vater schwieg, konzentrierte sie sich auf den Regen, der gegen die Fenster klatschte und die Erhörung ihrer Gebete war.

„Vielleicht sollten wir Gott für den Regen danken", sagte sie nach einer Weile.

„Das sollten wir", sagte er. „Und wir können für die Hearndons beten, dafür, dass Gott sie beschützt und bewahrt."

„Können wir das jetzt gleich tun?“

Jocie wollte sofort für die Hearndons beten. Sie wollte damit nicht bis Sonntag warten oder bis zum Schlafengehen. Die schlimmen Dinge warteten vielleicht nicht so lange.

„Natürlich können wir das.“ Jocies Vater ließ die Hände auf ihren Schultern liegen, während er den Kopf senkte und die Augen schloss.

„Lieber Gott, danke für den guten Regen. Du bist ein großer und mächtiger Gott und wir vertrauen dir in all unseren Bedürfnissen. Hilf uns, deinen Willen zu erkennen und deinem Vorbild zu folgen. Bewahre Noah und Myra und Cassidy und Alex und Elise und Eli heute und jeden Tag. Halte sie sicher in deiner mächtigen Hand.“ Wieder drückten seine Hände Jocies Schultern ein wenig fester. „Und danke für dieses Mädchen, das du mir geschenkt hast, damit ich es lieben und zur Tochter haben kann. Amen.“

33

Am Dienstagmorgen verließ Zella ihr Haus früher als sonst, um zu Fuß die fünf Häuserblocks bis zum Büro des *Banner* zurückzulegen. Sie war schon immer eine Frühaufsteherin gewesen. Die beste Zeit, um an ihren Rosen zu arbeiten, war morgens, wenn die Sonne aufging. Nicht, dass sie in letzter Zeit viel mit ihnen hätte machen können, außer ihnen beim Vertrocknen zuzusehen. Trotz des Gewitters war der Regen am Abend zuvor zu schnell weitergezogen. Ihre Regenmessstation zeigte gerade mal fünfzig Milliliter an. Das reichte nicht mal als guter Schluck für einen Löwenzahn.

Natürlich hatte Zellas Vater immer gesagt, wenn erst einmal der erste Regen die Trockenheit durchbrochen habe, sei es für den nächsten Regen leichter. Und in den letzten zwei Wochen hatten sich fast jeden Abend dunkle Wolken im Westen geballt. Gestern war aus den Gewitterwolken zum ersten Mal tatsächlich Regen gefallen, aber vielleicht würde der nächste Donner richtigen Regen mitbringen.

Dafür mussten die Prediger beten. Nicht nur für einen Regen, der den Gehweg ein bisschen nass machte, aber sofort verdunstete, sobald die Sonne wieder herauskam. Richtigen Regen, der eine Weile anhielt. Obwohl die Prediger ihre Zeit jetzt vielleicht besser nutzen sollten, um gegen den anderen Sturm zu beten, der versuchte, sich in ihrer Stadt festzusetzen. Dieser Sturm hatte nichts mit dem Wetter zu tun, aber er war dunkel und bedrohlich am Horizont zu sehen.

Zella verstand nicht, warum David diesbezüglich so blind war. Es war eine Sache, mitten in einem Sturm zu sein, weil man nun einmal gerade dort war, wenn er losbrach. Etwas ganz anderes war es, in die dunkle Wolke hineinzugehen und sich geradezu zur Zielscheibe für die Blitze zu machen.

Sie hatte ihm gesagt, dass es ein Fehler war, den Jungen einzustellen. Nicht, dass sie irgendetwas an dem Jungen auszusetzen hatte, außer dass er manchmal ein bisschen frech war, aber das hatte wahrscheinlich mehr damit zu tun, dass er Zeit mit Jocelyn verbrachte, als mit seiner Hautfarbe. Und das andere Mädchen, das gelegentlich nach der Schule hereinkam, um Jocelyn zu sehen, die Tochter von Pastor Boyer, war ausgesprochen lieb. Zella konnte nur hoffen, dass etwas von den guten Manieren des Mädchens auf Jocelyn abfärbten. Das hatte sie Jocelyn letzte Woche auch gesagt.

Aber nicht alle in Holly County dachten so fortschrittlich wie Zella. Viele Menschen hatten einfach Vorurteile gegen Farbige. So waren sie eben erzogen worden und sie hatten nie einen Grund gehabt, sich zu ändern. Anders als Zella. Sie fand es gut, dass die Rassentrennung in den Schulen aufgehoben worden war. Es war höchste Zeit. Der Staat würde ohnehin dafür sorgen. Und sie hatte keine Ahnung, warum drei Personen ihr Zeitungsabonnement gekündigt hatten, nur weil David den Artikel über Francine Rowlett auf der Titelseite gebracht hatte. Schließlich hatte er nicht einmal das Bild der farbigen Lehrerin auf die obere Hälfte gesetzt.

David sagte, bestimmt sei das nicht der wahre Grund für die Kündigungen. Dabei hatte er ihre Briefe gelesen, in denen sie diesen Grund genannt hatten. Er meinte, wahrscheinlich hätten sie schon vorher ein Problem mit der Zeitung oder mit ihm gehabt. Manchmal verschloss David einfach die Augen und weigerte sich, das Schlechte im Menschen zu sehen. Deshalb hatte er auch nie erkannt, was mit Adrienne los war. Der Tag, an dem sie die Stadt verließ, war für alle ein Glückstag gewesen.

Aber Gott sei Dank hatte David endlich die Augen geöffnet und Leigh Jacobson gesehen. Zella hatte ihm das Mädchen monatelang vor die Nase geschoben. Und jetzt sah er Leigh nicht nur, sondern er rief sie auch an, fand Gründe, um zum Gerichtsgebäude zu gehen und mit ihr zu reden, und lud sie zum Essen ein – wenn auch nur ins Familienrestaurant hier im Ort. Der Mann hatte einfach keine romantische Ader. Und das, nachdem Zella ihm gesagt hatte, er brauche ein Restaurant mit Kerzen auf den Tischen.

Aber immerhin gab es Fortschritte. Das hatte Zella daran sehen können, wie Leigh errötet war, als sie sie geradeheraus gefragt hatte, ob David ihr nach ihrer Verabredung einen Gute-Nacht-Kuss gegeben habe. Und wenn sie sich geküsst hatten, dann war es David eindeutig ernst. Er war kein Mann, der achtlos mit Küssen um sich warf, ohne sich Gedanken darüber zu machen, wen er damit verletzen könnte.

Allerdings gab es auf dem Weg zum Liebesglück für die beiden noch eine Menge Hindernisse. Jocelyn zum Beispiel. Jocelyn wollte immer bei allem im Mittelpunkt stehen. Auch gestern bei den Ereignissen im Restaurant war sie wieder mitten dabei gewesen.

Leigh hatte sie gestern Abend angerufen und ihr erzählt, was geschehen war, weil Zella nach Hause gegangen war, nachdem sie David im Gericht über die Geschehnisse informiert hatte. Sie hatte kein Interesse daran gehabt, in der Stadt zu bleiben und mit anzusehen, wie sich alle zum Narren machten, indem sie mitten auf der Hauptstraße bei irgendeiner albernen Tanzerei ihre Partner herumwirbelten. Außerdem hatte sich ein Sturm zusammengebraut.

Der andere Sturm am Horizont war ihr nicht bewusst gewesen. Sie hatte Gerüchte über den Klan gehört, aber sie hätte nie gedacht, dass diese Männer sich ihre Laken umhängen und hier in der Stadt die Main Street hinuntermarschieren würden. Wo in aller Welt war der Sheriff gewesen? Sie wusste, wo der Polizeichef gewesen war. Er war im Restaurant und versuchte, diese Myra Hearndon dazu zu bringen, dass sie nicht dort saß, wo Grover Flinn es nicht wollte, um ihr Getränk zu bestellen. Zella konnte kaum fassen, was Mary Jo getan hatte. Manchmal konnten Menschen einen wirklich überraschen.

Aber jemand – nicht nur Mary Jo – hätte da draußen sein und diesem Haufen Ganoven klarmachen müssen, dass sie sich mit ihren Betttüchern gefälligst woandershin verziehen sollten. Nach allem, was Leigh ihr erzählt hatte, kamen die Männer nicht einmal aus Hollyhill. Nicht, dass es nicht Männer in Hollyhill gab, die Mitglieder des Klans sein könnten. Zella kannte einige, die sich über die Maßen ereiferten, wenn sie sagten, es sei der Untergang der Nation, wenn man den Farbigen die gleichen Rechte gäbe wie den Weißen. Manche Männer konnten solche Idioten sein. Dem Himmel sei Dank, dass sie nicht einem von ihnen jeden Morgen beim Frühstück gegenübersitzen musste.

Als Zella an der Hauptkirche vorbeikam, fingen die Glocken an, die volle Stunde zu schlagen. Der Choral wurde erst um acht Uhr gespielt. Es war Dienstag. Da wurde „Oh Gott, dir sei Ehre“ gespielt. Oder vielleicht kam das am Mittwoch und heute gab es

„Welch ein Freund ist unser Jesus“? Zella hörte die Choräle jeden Tag, ob sie im Büro war oder zu Hause. Selbst in der Baptistengemeinde, in die sie ging, hörte sie es, wenn die Glocken die Melodien anstimmten. Eigentlich müsste sie sie alle auswendig kennen, aber die Lieder klangen nicht richtig, wenn sie vom Kirchturm ertönten. Es hätte völlig ausgereicht, wenn die Uhr einfach die Stunden geschlagen hätte.

Zella beschleunigte ihre Schritte. Sie war noch einen Block entfernt. Allerdings glaubte sie nicht wirklich, dass Wesley vor ihr im Büro erscheinen würde. Es dauerte sicher eine Weile, bis er mit diesem großen Gips am Bein aufgestanden und für die Arbeit fertig war. Aber auch er war immer schon ein Frühaufsteher gewesen und Zella wollte nicht riskieren, dass er die Treppe heruntergepoltert kam und vor ihr im Büro war.

Selbst wenn er vor ihr dort war, würde er sich zwar wahrscheinlich nicht an ihrem Schreibtisch zu schaffen machen, aber man konnte nie wissen. Und es gab dort Dinge, die er nicht sehen sollte. Sie hatte den Brief unter ihre Schreibmaschinenunterlage geschoben. Er lag also nicht offen herum. Trotzdem wäre das der erste Ort, an dem Zella suchen würde, wenn sie auf dem Schreibtisch eines anderen etwas suchen würde.

Nicht, dass sie anderer Leute Schreibtische durchsuchte. Außer Davids natürlich. Wenn sie seine Stapel nicht gründlich durchsehen würde, würde womöglich irgendeine Rechnung übersehen werden und dann bekämen sie vielleicht ihre Druckerschwärze nicht rechtzeitig geliefert oder die Elektrizitätswerke stellten ihnen das Licht ab. Alle persönlichen Dinge legte Zella stets genau an die Stelle zurück, an der sie sie gefunden hatte. Als sie das erste Mal Leighs Namen und Telefonnummer auf einem Zettel gesehen hatte, der halb unter Davids Telefon steckte, hätte Zella beinahe einen Triumphschrei ausgestoßen. Es war einfach ein gutes Gefühl, wenn die Dinge sich so entwickelten, wie sie sollten. Und wenn jemand ab und zu ein wenig nachhelfen musste, damit die Dinge so kamen, wie sie sollten, dann war daran doch gewiss nichts auszusetzen.

Nichts anderes tat sie bei Wesley. Sie sorgte nur dafür, dass alles ins rechte Lot kam. Ein Mann brauchte eine Familie, und dass Jocelyn sagte, Wesley gehöre zu ihrer Familie, zählte nicht. Blutsverwandte waren wichtig. Sie mussten sich kümmern, wenn man Hilfe brauchte. So wie Vera Louise, Zellas Nichte, sich vielleicht irgendwann um Zella würde kümmern müssen, ob sie wollte oder nicht. Es war ihre Pflicht, da Zella keine eigenen Kinder hatte, die für sie sorgen konnten, wenn sie alt war.

Zella schloss die Tür zum Büro auf und trat ein. Weder von Wesley noch von David war etwas zu sehen. Sie ging geradewegs zu ihrem Schreibtisch, verstaute ihre Handtasche in der untersten Schublade und zog ein rosafarbenes Papiertaschentuch aus der Schachtel auf dem Schreibtisch, um sich den Schweiß von der Stirn zu tupfen. Wenn nicht vor heute Abend noch ein Schauer niederging, der alles abkühlte, würde es in der Druckerei unerträglich heiß sein, wenn sie anfingen, die Zeitungen zu falten. Zella setzte sich und zog die Schutzhülle von ihrer Schreibmaschine. Dann hob sie die Unterlage an und zog den Brief heraus.

Er war letzte Woche mit der Post gekommen. Seit sie an die Adresse geschrieben hatte, die sie von der freundlichen Angestellten in Pelphrey, Ohio, bekommen hatte, war Zella stets darauf bedacht gewesen, als Erste die Post durchzusehen. Sie hatte der Frau nicht die ganze Wahrheit erzählt, aber sie hatte auch nicht richtig gelogen. Sie hatte nur gesagt, es könne ein Erbe geben, und das entsprach durchaus der Wahrheit. Wesley hatte eine Weile an der Schwelle des Todes gestanden und Zella ging davon aus, dass ein Motorrad und ein Haufen Bücher auch ein Erbe darstellten. Außerdem konnte Wesley ja durchaus einen Sparstrumpf voll Geld irgendwo versteckt haben. Nur weil sie selbst ihn nicht gefunden hatte, als sie in seiner Wohnung gewesen war, hieß das nicht notwendigerweise, dass es keinen gab. Sie hatte schließlich nicht überall nachgeschaut.

Sie zog den Brief aus dem Umschlag, dann saß sie ganz still und lauschte, um sicher zu sein, dass sie allein in den Zeitungsräumen war. Hinten war kein Geräusch zu vernehmen. Vielmehr konnte sie hören, wie Wesley über ihr auf seinen Krücken herumpolterte. Früher oder später würde sie Wesley von dem Brief erzählen müssen, aber sie würde auf den richtigen Zeitpunkt warten. Es hatte keine Eile. Der Junge, der geschrieben hatte, würde nicht einfach auf der Matte stehen, bevor sie ihm antwortete, und das hatte sie noch nicht getan.

Zella entfaltete den Brief und betrachtete die ordentliche Handschrift. Wesley hatte auch eine ordentliche Handschrift. Wenn man ihn sah, mit dem wilden Haar, das in alle Himmelsrichtungen abstand, und den Flecken aus Druckerschwärze und Schmieröl, die er ständig auf seinen Hemden hinterließ, würde man das kaum glauben. Aber er schrieb in kleinen, exakten Buchstaben. Nicht genau wie die dieses Jungen, aber wenn man eine Ähnlichkeit suchte, konnte man sie sehen.

Liebe Mrs Curtsinger,

Immer gingen die Leute davon aus, dass eine Frau verheiratet war, als wäre es irgendwie unnatürlich, nicht verheiratet zu sein. Zella schüttelte ihre Verärgerung ab und las weiter.

voller Begeisterung habe ich Ihren Brief über Wesley Green erhalten. Ich glaube, er könnte mein Großvater sein. Er ging vor mehr als zwanzig Jahren von hier fort und mein Vater sagte immer, wahrscheinlich sei er tot. Ihr Brief war also eine Überraschung. Mein Vater ist sich noch nicht sicher, ob dieser Wesley Green sein Vater ist, und hätte gerne nähere Informationen. Der Name Wesley Green ist nicht so ungewöhnlich, und bevor einer von uns sich auf den Weg zu Ihnen macht, wären wir gerne sicher, dass es sich bei diesem Mann wirklich um unseren Vater und Großvater handelt. Wenn er sich ausreichend von seinen Verletzungen erholt hat, zeigen Sie ihm doch bitte diesen Brief und bitten Sie ihn, uns zu schreiben.
Was Ihre Frage betrifft, ob mein Großvater vielleicht in irgendwelchen juristischen Schwierigkeiten stecken könnte, so ist mein Vater sich keiner derartigen Angelegenheit bewusst. Wir können uns natürlich nicht ganz sicher sein, weil er schon so lange fort ist, aber bevor wir Ihren Brief erhielten, hat niemand auf der Suche nach ihm mit uns Verbindung aufgenommen. Mein Vater glaubt, die Trauer meines Großvaters wegen des tragischen Verlusts seiner Frau und Tochter bei einem Autounfall könnte der Grund gewesen sein, warum mein Großvater wegging.
Ich freue mich darauf, von Ihnen zu hören oder von meinem Großvater, falls er tatsächlich der richtige Wesley Green ist. Ich studiere

am College mit dem Hauptfach Naturwissenschaften, aber wenn dieser Mann mein Großvater ist, würde ich ihn sobald wie möglich besuchen und ihm vorher vielleicht schreiben.
Herzlichen Dank, dass Sie sich mit uns in Verbindung gesetzt haben.

Mit freundlichen Grüßen
Robert Wesley Green, Jr.

So viel also zum Jupiter, dachte Zella. Sie faltete den Brief zusammen und verstaute ihn sorgfältig ganz hinten hinter einem Stapel Umschläge in ihrer obersten Schreibtischschublade, als sie hörte, wie Wesley über ihr aus seiner Wohnung kam. Sie würde Wesley davon erzählen, wenn der richtige Zeitpunkt gekommen war. Sobald sie sich überlegt hatte, wie.

34

Als Jocies Vater sie am Dienstagmorgen vor der Schule absetzte, hatte die Sonne bereits jede Spur Regen vom Abend zuvor verbrannt und die Hitze war so heftig wie vorher. Der Mann vom Wetterdienst sagte, es könnte der heißeste Tag des Jahres werden, mit Aussicht auf weitere Gewitter gegen Abend.

Normalerweise achtete Jocie nicht darauf, was der Mann vom Wetterdienst vorhersagte, solange sie wusste, ob sie lange oder kurze Ärmel tragen sollte. Gar keine Ärmel waren bei dieser Hitze die beste Lösung. Und Shorts, aber die Schule erlaubte natürlich keine kurzen Hosen, auch wenn es im Schulgebäude mittags wie in einem Backofen war. Aber jetzt, wo alle für Regen beteten, hörte Jocie der Wettervorhersage aufmerksam zu und versuchte daran zu denken, mindestens dreimal am Tag ihr Regengebet zu sagen.

Ohne Regen würde die Ernte der Farmer auf den Feldern vertrocknen und die Kühe würden kein Gras mehr fressen können und aufhören, Milch zu geben. Dann hätten die Farmer kein Geld, um nach Hollyhill zu kommen und Dinge zu kaufen. Sie hätten kein Geld, das sie sonntags in den Kollektenteller tun konnten. Vielleicht hörten sie sogar auf, den *Banner* zu kaufen, um die Nachrichten zu erfahren.

Zella sagte ständig, das würden sie vielleicht ohnehin tun, wegen Noah. Zella machte sich manchmal um die verrücktesten Dinge Sorgen. Noah machte sich hervorragend bei der Zeitung. Es machte ihm nichts aus, sich von Jocie etwas erklären zu lassen, und er lernte schnell. Das Beste war, dass er und Wes sich von Anfang an gut verstanden hatten. Da Wes in letzter Zeit oft ziemlich am Boden gewesen war, hatte Jocie sich etwas Sorgen gemacht, er könnte denken, Noah versuche, ihm seine Stelle bei der Zeitung wegzunehmen. Aber Wes hatte gar kein Problem damit gehabt. Er hatte nur zugesehen, wie Noah die gebündelten Zeitungen durch die Gegend geworfen hatte, als wären es Wattebällchen, und gesagt, es sei höchste Zeit gewesen, dass ihr Vater jemanden mit Muskeln einstellte. Und dass er damals auf dem Jupiter auch solche Muskeln gehabt habe.

Es war toll, Wes wiederzuhaben, der dafür sorgte, dass die Druckerpresse widerspruchslos die Innenseiten des *Banner* druckte. Und er war fast wieder der Alte, sprach über den Jupiter und redete der Maschine zu, als sei sie eine störrische Freundin. Selbst Noah hatte lachen müssen, als er die Druckerpresse Betsy Lou genannt hatte.

Das war natürlich gewesen, bevor Noahs Mutter sich im Restaurant an die Bar gesetzt hatte und die Männer in ihren weißen Gewändern die Main Street heraufmarschiert waren. Wes hatte die ganze Aufregung verpasst. Er hatte sich bereits in seine Wohnung zurückgezogen gehabt, um den Fuß hochzulegen und vor seinem Ventilator zu sitzen. Wenn er nicht gerade aus dem Fenster geschaut hatte, wusste er wahrscheinlich nichts von den Vorfällen, bis ihr Vater es ihm heute Morgen erzählte. Jocie wünschte, sie könnte dabei sein, wenn die beiden darüber sprachen. Vielleicht nähme das, was sie sagten, ihr das mulmige Gefühl in Bezug auf die Männer, die sie durch die Tür des Restaurants angestarrt hatten.

Jocie hatte sogar von ihren Blicken geträumt. Nur waren es im Traum nicht nur die beiden Männer gewesen, sondern alle Männer hatten sie eingekreist und ihre Arme untergehakt, damit sie nicht entkommen konnte. Und als sie Fotos von ihnen gemacht hatte, hatten sie nur gelacht. Das Lachen hatte so laut und hässlich geklungen, dass Jocie die Kamera aus der Hand gefallen war und sie sich die Ohren zugehalten hatte. Dann war sie aus dem Schlaf hochgefahren.

Sie hatte im Dunkeln wachgelegen und gewünscht, Wes wäre noch im Wohnzimmer. Dann hätte sie zu seinem Feldbett schleichen können, damit er ihr die Hand auf den Kopf legte und ihr sagte, dass das alles nur ein neptunianischer Albtraum gewesen sei. Das Gleiche hätte ihr Vater ihr auch gesagt, ohne die Sache mit Neptun, aber sie hatte ihn nicht wecken wollen. Wes wäre schon wach gewesen.

Aber Wes war nicht mehr da gewesen, also hatte sie nur zu den Sternen am Himmel hinaufgestarrt und ihre Hand über die Bettkante fallen lassen, um Zebs Kopf zu berühren. Tante Love sagte immer, es sei besser zu beten und Gottes Gaben zu zählen anstatt Schäfchen, wenn man nicht schlafen konnte, also hatte Jocie ein Gebet in die Nacht geflüstert.

„Lieber Gott, danke für die Nacht. Und für die Sterne am Himmel. Danke, dass Dad mich lieb hat. Danke, dass du mir Zeb geschickt hast. Danke, dass es Wes besser geht. Danke, dass Tabithas Baby bald kommt. Danke, dass Tante Love ihre Bibelverse nicht vergessen hat, denn das könnte sie nicht ertragen. Aber das weißt du natürlich schon. Danke, dass du hier im Dunkeln bei mir bist. Pass auf Noah und seine Familie auf. Bitte schick uns Regen. Und hilf mir wieder einzuschlafen, damit ich morgen in Gemeinschaftskunde wach bleiben kann. Amen."

Dann hatte Jocie in Gedanken Psalm 23 aufgesagt. *Der Herr ist mein Hirte; mir wird nichts mangeln.* Sie wusste noch, dass sie ihn zweimal ganz geschafft hatte, aber dann musste sie eingeschlafen sein, bevor sie das dritte Mal zu *Gutes und Barmherzigkeit* gekommen war.

Während sie an diesem Morgen das Schulgebäude betrat und den Gang hinunter zu ihrem Spind ging, überlegte Jocie, ob sie den Psalm vielleicht wiederholen sollte. Irgendwie lag ein komisches Gefühl in der Luft, so als hätte das, was sich gestern auf der Main Street abgespielt hatte, auf die Schule übergegriffen. Niemand wirkte fröhlich. Vielmehr sahen alle besorgt aus, so als hätten sie in jedem Fach eine Klassenarbeit zu schreiben und alle hätten vergessen zu lernen.

Als Jocie zu ihrem Schließfach kam, war Paulette schon dort. Ebenso wie Ronnie Martin, der an der Wand gegenüber lehnte. Jocie blickte an ihm vorbei, als wäre er gar nicht da, aber es fiel ihr immer schwerer, das zu tun. Es kam ihr vor, als wäre er immer in der Nähe. In der Kirche, hier in der Schule. Ihn permanent unsichtbar werden zu lassen, zermürbte Jocie.

Jocie blickte zu Paulette hinüber, während sie die Kombination an ihrem Spind einstellte. „Wie kommt es, dass er immer hier herumhängt?"

Paulette wirkte ein wenig unbehaglich. „Wer denn?"

„Na, wer wohl." Jocie deutete mit einer ruckartigen Kopfbewegung in Ronnies Richtung. „Er."

Jetzt sah Paulette regelrecht verlegen aus. „Ach, du meinst Ronnie. Darüber wollte ich mit dir reden, Jocie. Weißt du, Ronnie ist eigentlich ganz süß. Und er wird nächsten Monat sechzehn."

Jocies Hand erstarrte um das Englischbuch, das sie aus dem Schließfach holen wollte. Sie sah Paulette an. „Und?“

Ihre Freundin sprach jetzt schneller. „Und ich finde, du solltest Ronnie eine Chance geben. Ich meine, ich weiß, dass er das, was er zu dir gesagt hat, nicht hätte sagen sollen. Das war gemein, aber er hat doch gesagt, dass es ihm leidtut.“

„Er hat es nicht ernst gemeint.“

„Und du hast es offensichtlich nicht ernst gemeint, als du sagtest, du hättest ihm verziehen.“ Paulette kniff die Augen und die Lippen zusammen und starrte Jocie an. „Ich meine, predigt dein Vater nicht ständig, dass wir einander vergeben sollen?“

„Ich glaube, das gilt nur, wenn der andere wirklich bereut.“

Jocie konnte es nicht fassen. Ihre beste Freundin Paulette verteidigte Ronnie Martin. Ihre beste Freundin Paulette fand Ronnie Martin süß. Plötzlich erinnerte Jocie sich daran, dass Paulette am vorletzten Sonntag nach dem Gottesdienst verschwunden und dann mit etwas zu roten Wangen vom Friedhof hinter dem Gebäude wieder aufgetaucht war. Sie hatte Jocie erzählt, sie sei hinter ein paar kleineren Kindern hergerannt, aber jetzt sah es so aus, als wäre sie Ronnie Martin hinterhergerannt.

„Das tut er inzwischen ja auch“, sagte Paulette. Jetzt war ihre Miene nicht mehr verärgert, sondern flehentlich. „Ehrlich. Es tut ihm wirklich leid, dass das alles passiert ist.“

„Das hat er dir bestimmt erzählt, damit du ihn küsst oder so“, sagte Jocie.

„Sei nicht gemein, Jocie.“

„Tut mir leid. Du hast recht. Das war gemein, aber Ronnie Martin war auch gemein. Er war an dem Tag zu dem armen alten Sallie gemein und er hat gemein über Tabitha geredet, bevor er mich aufs Korn genommen hat.“

„Ich weiß“, sagte Paulette. „Aber Menschen können sich ändern. Deshalb gehen wir doch in die Kirche, damit wir lernen, wie wir uns verhalten sollen, nicht wahr? Und er versucht es. Deshalb finde ich, dass du es auch versuchen solltest.“

Jocie atmete tief ein und hielt eine Weile die Luft an, bevor sie sie langsam wieder entströmen ließ. Sie wollte nicht versuchen, Ronnie Martin zu vergeben. Sie wollte, dass Ronnie Martin sich in Luft auflöste. *Vergib uns unsere Schuld, wie auch wir vergeben unseren Schuldigern.* Vergeben und Vergebung empfangen. Paulette hatte recht. Ihr Vater predigte ständig darüber. Und in der Bibel war es auch überall zu finden. Sie und Wes hatten am Sonntagnachmittag viele von diesen Versen gefunden. Und schließlich war Jocie auch nicht vollkommen. Es gab eine Menge, wofür sie Vergebung brauchte.

„Also gut“, sagte Jocie schließlich. „Was soll ich tun?“

„Gib Ronnie einfach eine Chance. Rede mit ihm.“

„Jetzt?“ Am liebsten hätte Jocie ihre Spindtür zugeknallt und wäre in die entgegengesetzte Richtung gerannt. Irgendwohin, wo sie nicht auf Ronnie Martin treffen würde. Aber Paulette war ihre Freundin und sie hatte gesagt, sie würde es versuchen.

„Ja, warum nicht? Wir müssen zum Unterricht. Es klingelt gleich, aber Ronnies Klassenraum ist auf demselben Gang wie unserer.“ Paulette lächelte Ronnie zu, der sich von der Wand abstieß und auf sie zukam. „Komm, Ronnie. Du kannst uns zu unserer Klasse begleiten.“

Jocie zwang sich, ihn anzusehen. Er war immer nur gemein zu ihr gewesen, seit sie zum ersten Mal den Fuß in die Gemeinde von Mt. Pleasant gesetzt hatte. Er hatte sich über sie lustig gemacht. Er hatte all diese schrecklichen Dinge zu ihr gesagt. Er hatte versucht, ihre ganze Welt zu vernichten.

„Hallo, Jocie“, sagte er. Er sah so aus wie immer und doch auch wieder nicht. Er war immer noch stämmig mit breiten Schultern. Die Ärmel seines T-Shirts spannten sich an seinen Oberarmen. Offenbar hatte er mit Gewichten trainiert, um sich auf die Footballsaison vorzubereiten. Sein Gesicht war rot und das lag nicht nur an der Sonne. Und sein spöttisches Grinsen war eher ein Lächeln. Nicht gerade ein richtiges Lächeln, aber so etwas Ähnliches.

Jocie war überhaupt nicht nach etwas Ähnlichem wie lächeln zumute. „Hi, Ronnie“, sagte sie pflichtschuldig.

Und dann klingelte es zum ersten Mal und sie hatten keine Zeit mehr, etwas anderes zu tun, als zu ihren Klassenzimmern zu rennen. Schließlich wollten sie nicht alle beim Direktor enden und einen Tadel wegen Zuspätkommens bekommen. Jocie war noch nie so froh gewesen, eine Schulglocke zu hören.

Die Erleichterung währte nicht lange. Als Jocie nach der zweiten

Stunde aus ihrem Matheunterricht kam, wartete Ronnie an der Tür auf sie. Sie wandte den Blick ab, aber er ging trotzdem neben ihr her.

„Hi, Jocie. Hast du einen Augenblick?"

„Ich muss zum Unterricht." Jocie presste die Bücher an ihre Brust und sah ihn immer noch nicht an. „Wo ist Paulette?"

„Ihr nächster Kurs ist im Obergeschoss."

„Ach ja." Jocie wusste nicht, was sie sonst noch sagen sollte. Während sie mit Ronnie den Gang hinunterlief, konnte sie sich nicht erinnern, wann sie sich das letzte Mal so unwohl gefühlt hatte. Hoffentlich dachte niemand, sie wären ein Paar. Unauffällig brachte sie ein paar zusätzliche Zentimeter zwischen Ronnie und sich.

„Außerdem dachte ich, es wäre einfacher, wenn wir reden, ohne dass Paulette dabei ist. So können wir sagen, was wir wollen, ohne uns Sorgen darüber zu machen, was Paulette von uns hören will."

„Und was will Paulette von uns hören?" Jocie hielt den Kopf gesenkt, warf Ronnie aber aus dem Augenwinkel einen Blick zu.

„Ach, du kennst doch Paulette. Sie will, dass alle gut auskommen, Kumpel sind."

„Ich bin mir nicht sicher, ob wir Kumpel sein können." Genau genommen war sie sich ziemlich sicher, dass das unmöglich war, aber sie hatte Paulette versprochen, es zu versuchen.

„Gut, das vielleicht nicht, aber wie wäre es mit einem Waffenstillstand?"

„Ich dachte, den hätten wir schon. Einen Waffenstillstand. Keine aktiven Feindseligkeiten", sagte Jocie.

„Da bin ich mir nicht so sicher. Deine Feindseligkeit fühlt sich immer noch ziemlich aktiv an. Wenn Feindseligkeit Hass bedeutet."

„Hass?" Bei diesem Wort zuckte Jocie ein wenig zusammen. „Ich hasse dich nicht."

„Aber du magst mich auch nicht."

„Nein."

„Und wahrscheinlich kann ich dir das nicht mal übel nehmen. Ich habe dich ziemlich gepiesackt, als ihr neu in der Gemeinde wart, und mein Vater mochte deinen Vater nicht, aber jetzt kommen die beiden besser klar. Mein Dad sagt inzwischen, man könne vielleicht nicht in allem der gleichen Meinung sein wie Bruder David, aber der Mann lebe nach seinen Grundsätzen."

Jocie umklammerte ihre Bücher so fest, dass sie an ihren Armen bestimmt blaue Flecke bekommen würde. Sie überlegte, was einfacher wäre – Ronnie einen Nasenstüber zu versetzen oder ihm auf den Fuß zu treten. Es passte ihr nicht einmal, dass er den Namen ihres Vaters aussprach.

„Mt. Pleasant kann sich glücklich schätzen, meinen Vater als Pastor zu haben", sagte sie.

„Ja, das sehen die meisten Leute auch so. Und ich habe in der Kirche in letzter Zeit besser aufgepasst und versuche daran zu denken, meinen Nächsten zu lieben und so weiter. Du weißt schon, das, was er so predigt."

Jocie traute ihren Ohren kaum. Ronnie Martin machte sich Gedanken über Nächstenliebe? Sie blieb mitten auf dem Gang stehen und sah ihm direkt in die Augen, während die anderen Schüler ihnen fragende Blicke zuwarfen und an ihnen vorbeigingen.

„Bist du dir sicher, dass du nicht nur darauf aus bist, deine Nächste Paulette zu lieben?"

„Das auch", gab Ronnie zu. „Aber das ist nicht der einzige Grund für das hier."

„Ach ja? Was ist denn dann der Grund?" Jocie wünschte, es würde klingeln, damit sie zu ihrem Unterricht fliehen konnte.

„Na gut, dann sage ich es eben geradeheraus. Ich weiß, dass du mir damals in der Kirche nicht geglaubt hast, als ich sagte, es tue mir leid, und vielleicht hattest du recht. Vielleicht hat es mir wirklich nicht genug leidgetan. Aber jetzt tut es mir leid."

„Wes ist fast umgekommen", sagte Jocie.

„Das weiß ich, aber du brauchst nicht so zu tun, als wärst du besser als alle anderen." Ronnie runzelte die Stirn. „Du tust so, als könnte mir nichts leidtun oder als könnte ich mich nicht ändern. Aber vielleicht bist du es ja, die sich nicht ändern kann. Vielleicht bist du ja diejenige, die ihrem Nächsten nicht vergeben will."

Jocie sah ihn an, aber sie konnte nicht sagen, dass sie ihm vergab. Nicht ohne zu lügen. Also sagte sie stattdessen: „Ich muss zum Unterricht." Die erste Klingel kam wie gerufen.

„Ja, ich auch."

„Ich werde dran arbeiten", sagte sie. „An der Sache mit der Vergebung."

„Ist gut." Ronnie wandte sich zum Gehen, blieb dann aber noch einmal stehen. „Übrigens, vielleicht solltest du deinem Freund Noah sagen, dass er vorsichtig sein soll. Ich habe Gerede gehört."

„Was für Gerede?"

„Ach, nur das Übliche. Du weißt doch, was gestern Abend los war. Ich habe gehört, du warst dabei."

„Meinst du diese Männer? Den Klan?" Jocie fröstelte ein wenig, als sie das Wort aussprach. „Du hast doch nichts mit denen zu tun, oder?"

„Nein, nein! Nie im Leben!" Ronnie sah geradezu schockiert aus, weil sie so etwas denken konnte. „Aber ich kenne ein paar Typen, die wieder andere Typen kennen. Jedenfalls solltest du Noah vielleicht warnen, damit er vorsichtig ist. Er und seine Familie. Es klingt nicht gut, was da geredet wird."

„Wenn du weißt, dass etwas Schlimmes passieren wird, solltest du es dem Sheriff sagen."

„Ich weiß nichts Genaues. Ich höre nur Dinge. Sag du es doch Bruder David, vielleicht kann er mehr herausfinden."

„In Ordnung", sagte Jocie, als die zweite Klingel ertönte. Sie war genau vor der Tür zu ihrem Klassenzimmer, sodass sie vielleicht reinschlüpfen konnte, ohne einen Tadel zu bekommen, aber das Glück würde Ronnie nicht haben.

Sie blickte ihm nach, als er den Gang hinunterlief. Es würde eine Weile dauern, bis sie sich daran gewöhnt hatte, ihn nicht mehr unsichtbar werden zu lassen, wenn sie ihn sah. Aber er hatte richtig nett geklungen. Als wäre es ihm wirklich ein Anliegen, ob sie ihm vergab oder nicht – und das mit Noah und seiner Familie. Daran würde sie sich noch schwerer gewöhnen. Dass Ronnie Martin nett war. Die Frage war, ob sie nett genug sein konnte, um einen Schlussstrich zu ziehen und mit ihm noch einmal von vorne anzufangen. Sie würde darüber beten müssen.

Allmählich häuften die Gebete sich. Das Regengebet. Das Babygebet für Tabitha. Das Heiles-Bein-Gebet für Wes. Das Vergebendes-Herz-Gebet. Aber vielleicht machte es Gott nichts aus. Ihr Vater sagte immer, Gott wolle von seinen Leuten hören. Das war gut. Denn das mit der Vergebung würde sie allein garantiert nicht hinbekommen.

35

David breitete die Bilder, die Jocie und er am Tag zuvor bei dem Straßenverkauf gemacht hatten, auf dem Tisch in der Druckerei aus. Wes war früh heruntergekommen und hatte die Bilder schon fertig gehabt, als David im Büro erschienen war.

„Es ist wirklich gut, dass du wieder im Sattel sitzt", sagte David zu Wes, der neben der Druckmaschine saß, das Bein auf einen anderen Stuhl gelegt, und darauf wartete, dass David die Bilder für die aktuelle Ausgabe auswählte.

„Ob ich schon wieder richtig im Sattel sitze, weiß ich nicht, aber ich habe wieder den Geruch der Druckerschwärze im Kopf und der Kaffee schmeckt aus dieser alten Kanne hier einfach besser." Er hob seine Tasse hoch.

„Ich bin nicht überzeugt davon, dass ‚besser' das richtige Wort ist."

„Oh doch", sagte Wes und trank einen Schluck. „Stark und klasse."

David schüttelte den Kopf. „Ich weiß nicht, wie du bei der Hitze hier drin auch noch Kaffee trinken kannst."

„Ich dachte, innen kann's ruhig genauso heiß sein wie außen", sagte Wes. „Außerdem hat mir Hitze noch nie etwas ausgemacht. Bei der guten alten Zella bin ich mir da nicht so sicher. Hat sie was?"

„Was meinst du? Was soll sie haben?"

„Sie ist irgendwie schreckhaft, seit ich wieder hier bin. Zuckt wie ein Froschschenkel in einer Pfanne mit heißem Fett. So als hätte sie Angst, ich würde sie anschielen und Bu rufen."

„Jetzt, wo du es sagst … Zella ist in letzter Zeit allen gegenüber ein bisschen gereizt. Es könnte die Hitze sein. Vielleicht sollte ich einen Ventilator für ihren Schreibtisch besorgen."

„Nein, das würde nicht gehen. Der könnte ja eine ihrer Locken durcheinanderbringen und dann würde sie wirklich durchdrehen. Außerdem ist sie doch eigentlich immer gereizt. Außer vielleicht bei Leigh, aber welcher intelligente Mensch könnte auf das Mädchen schon gereizt reagieren? Leigh ist schließlich der Liebreiz in Person."

„Da werde ich dir nicht widersprechen", sagte David. Er nahm sich vor, für Freitagabend etwas Besonderes zu planen, das er mit Leigh unternehmen könnte. Wobei, an dem Abend spielte die Footballmannschaft der High School, also musste David natürlich Fotos machen. Vielleicht wäre der Samstagabend günstiger, wenn er seine Predigt früh genug fertig bekam. Dann könnten sie nach Dove Lake rausfahren und ein Ruderboot mieten. Ein Ruderboot und Mondschein. Das würde selbst Zella romantisch finden.

„Na, da könnte die gute alte Zella doch eigentlich froh sein, weil ihre Kuppelei so gut funktioniert hat. Aber vielleicht bin ich auch der Grund. Oder Noah. Es scheint ihr nicht so ganz recht zu sein, dass er mit an Bord ist, obwohl er den Eindruck macht, als wäre er ein helles Köpfchen und eine echte Hilfe."

„Das ist er auch. Und was Zella betrifft, hast du recht." David blickte über die Schulter in Richtung Tür. „Sie wollte nicht, dass ich Noah einstelle. Sie dachte, es könnte Probleme mit den Abonnenten geben. Ich weiß immer noch nicht, warum."

„Wenn man sich die Bilder dort ansieht, sind die Probleme schon aufgetaucht. Aus welchem Grund auch immer. Jo hat ein paar spannende Fotos gemacht." Wes zeigte zum Tisch. „Sieht so aus, als hätte ich die ganze Aufregung verpasst, als ich nach oben gegangen bin, um meinen Ventilator anzugucken."

„War es gestern Abend in Ordnung, allein dort oben zu sein?" David warf Wes einen kurzen Blick zu und widmete sich dann wieder den Fotografien.

„Es war viel ruhiger, aber auch ein bisschen einsam. Und Thunfischbrote sind zum Frühstück nicht halb so lecker wie zum Abendessen. Außerdem habe ich mich daran gewöhnt, die Mädels um mich herum zu haben. Jocie hat mich bedient, Lovella hat in Bibelversen mit mir geredet und Tabby ist in den frühen Morgenstunden zur Toilette geschlichen. Das arme Mädchen sieht aus, als würde es bald platzen."

„Tabitha hofft, dass das Baby bald kommt, aber der Arzt sagt, es kann gut noch zwei Wochen oder länger dauern." David nahm zwei der Bilder und legte sie auf die Seite.

„Sie schlägt sich tapfer. Mit der Schwangerschaft, meine ich. Aber sie hat sich wirklich darauf versteift, dass sie ein Mädchen bekommt. Hat schon einen Namen und alles."

„Ich weiß, aber wenn das Baby erst mal da ist, wird sie sich so oder so freuen, ganz egal, ob es ein Junge oder ein Mädchen ist." David hoffte zumindest, dass es so sein würde.

„Vielleicht, aber du legst dir besser ein paar weise Worte zurecht, nur für den Fall." Wes trank noch einen Schluck von seinem Kaffee.

„Mein Weisheitsvorrat war in den letzten Wochen ziemlich leer gefegt."

„Nein, das stimmt nicht. Es sei denn, du hast deine ganze Weisheit an mich verschwendet."

David sah Wes an. „Ich weiß nicht, ob meine Worte an dich weise genug waren."

„Du meinst, weil ich nicht nach vorne gegangen bin?"

„Das mit der Kirche ist nicht das Wichtigste. Was in deinem Herzen ist, darauf kommt es an, und das ist Gott wichtig."

„Ich überlege noch. Du musst mir Zeit geben, David."

„Aber keiner von uns weiß, wie viel Zeit er hat."

„Das weiß ich aus eigener Erfahrung." Wes presste die Lippen aufeinander und starrte ein Loch in die Druckerpresse.

David wünschte, er hätte seine Worte gerade etwas klüger gewählt. „Tut mir leid, Wes. Ich wollte keine schlimmen Erinnerungen aufwühlen."

„Diese Art Erinnerung braucht man nicht aufzuwühlen, David. Sie liegt offen herum, bereit einen jederzeit anzuspringen und zu beißen."

„Gott ist auch die ganze Zeit bereit. Er kann dir dabei helfen. Bei allem. Er wird an deiner Seite gehen, dir durch die schweren Zeiten helfen und sich an guten Tagen mit dir freuen." David verstummte, bevor er wirklich eine Predigt hielt.

„Ist es für dich so?" Wes sah ihn an.

„Ja. In den Sprüchen steht, dass er ein Freund ist, der näher ist als ein Bruder. Und so kann es für dich auch sein. Du musst ihm nur vertrauen." David blickte Wes unverwandt an, während er ein lautloses Gebet gen Himmel schickte.

Einige Sekunden lang war es zwischen ihnen ganz still und David dachte, Wes würde den Vertrauensschritt wagen, aber dann sagte Wes: „Du warst für mich ein Freund, der besser ist als ein Bruder,

David. Dafür will ich dir danken." Sein Blick wanderte in Richtung Druckerpresse. „Und ich ignoriere deine weisen Worte nicht. Ich denke darüber nach."

David versuchte es noch einmal. „Manchmal ist das, was man im Herzen fühlt, wichtiger als das, was man im Kopf denkt." Er hatte nie verstehen können, warum manche Menschen sich so dagegen wehrten, wenn Gott an ihrem Herzen zog. Warum konnten sie Gottes Liebe, die ihnen so freigebig angeboten wurde, nicht einfach annehmen? Sie mussten nur glauben. Wenn David doch an ihrer Stelle glauben könnte ... aber jeder Mensch musste seine eigene Entscheidung treffen.

„Ich werde versuchen, es mir zu merken", sagte Wes, bevor er sich umsah und wieder auf die Bilder zeigte, die auf dem Tisch lagen. „Aber wenn wir den Banner rechtzeitig fertig bekommen wollen, machen wir uns besser wieder an die Arbeit. Was hältst du von diesen Bildern? Ich wette, es sind ein paar dabei, die du nicht in unserer hübschen Zeitung abdrucken willst."

David blickte auf die in ordentlichen Reihen ausgelegten Fotos, angefangen mit denen, die er von Kunden und Händlern gemacht hatte, während die Sonne vom Himmel brannte und der Himmel erbarmungslos blau war. Die Leute sahen verschwitzt aus, aber durchaus zufrieden mit ihren Einkäufen. Dann hatte Jocie Bilder von ihm und Myra Hearndon und Pastor Boyer und seiner Frau an der Bar gemacht, mit einer besorgt dreinblickenden Mary Jo im Hintergrund. Das Bild von Grover Flinn und dem Sheriff, die auf das Restaurant zueilten, war zwar schwarzweiß, aber selbst ohne Grovers rote Nase war die Erregung des Mannes gut zu erkennen. Das konnte David nicht abdrucken. Nicht, wenn er jemals wieder im Grover's Grill essen wollte.

Auf jeden Fall verwenden konnte er das Foto von dem tanzenden Kleid, auf dem Miss Pauley kurz vor dem Sturm versuchte, den Kleiderständer ins Geschäft zurückzuschieben. Jocie hatte ein Gespür für den Augenblick. Das hatte sie auch gehabt, was den Ku-Klux-Klan betraf. Der Anblick der Männer in ihren weißen Gewändern vor der dunklen Gewitterwolke wirkte beängstigend. Er nahm das Bild in die Hand und trat näher ans Licht.

Wes stand auf und humpelte zu ihm herüber, um sich das Foto

ebenfalls noch einmal genauer anzusehen. „Kennst du welche von denen?“

„Nicht, soweit ich sie erkennen kann. Einige Gesichter sind nicht gut zu sehen.“ David zog das Bild noch ein Stück näher, um es genauer zu betrachten. „Aber ich habe gehört, sie seien alle von außerhalb.“

„Das ist ein tolles Bild.“

„Stimmt.“

„Wirst du es drucken?“

„Nein. Ich will ihnen keine kostenlose Druckerschwärze schenken.“

„Aber sie waren hier. Sind unsere Hauptstraße heruntermarschiert. Man könnte sagen, das sei eine Nachricht wert“, wandte Wes ein.

„Das kann man sicherlich sagen. Und das ist es auch.“ David legte das Foto wieder auf den Tisch. „Aber wenn ich das in der Zeitung bringe, wäre das so, als würde ich ein Schimpfwort in großen schwarzen Lettern drucken. Ich wünschte, Jocie hätte das Bild nicht geschossen.“

„Gib dem Mädchen eine Kamera und sie verwandelt sich in eine regelrechte Lois Lane.“

„Aber ohne Superman, der sie rettet, wenn sie in Schwierigkeiten gerät.“

„Sie hat doch dich.“

„Und dich“, gab David zurück.

„Ich kann im Moment nicht so gut fliegen. Das Bein ist zu schwer.“ Wes schüttelte den Kopf. „Was ist mit dem anderen? Dem von dem Sitzstreik im Restaurant. Wer hätte gedacht, dass wir hier in Hollyhill einen Sitzstreik erleben würden? Wie ist die Sache eigentlich ausgegangen? Irgendwie fehlt das Foto vom Endergebnis.“

„Mary Jo hat die Sache in die Hand genommen. Sie hat den Klan ausgesperrt, Grover gesagt, er solle sich hinsetzen und den Mund halten, und den Polizeichef aufgefordert, seine Arbeit zu machen und die Männer draußen auf der Straße loszuwerden. Und dann hat sie uns allen etwas zu trinken gebracht.“

„Mary Jo?“ Wes klang überrascht.

„Mary Jo.“

„Jo hätte ein Bild von ihr machen sollen."

„Das wollte sie, aber Mary Jo hat gedroht, ihren Fotoapparat zu zertrümmern."

„Und Jo hat darauf gehört?" Jetzt klang Wes noch überraschter.

„Es war kein guter Zeitpunkt, um sich mit Mary Jo anzulegen."

„Ach was! Klingt nach einer guten Geschichte."

„Ich weiß nicht. Darüber muss ich erst nachdenken." David betrachtete das Foto mit gerunzelter Stirn. „Ich will nicht, dass Mrs Hearndon oder die Boyers Ärger bekommen. Oder Mary Jo."

Wes tippte mit dem Finger auf das Bild vom Klan. „Ich denke, der Ärger ist schon da."

Schlussendlich brachten sie den Bericht über den Sitzstreik auf der Rückseite unter. Es war Stoff für die Titelseite, aber David brachte es auf der letzten Seite. Wenn wirklich etwas Berichtenswertes geschah, war es vielleicht keine sonderlich gute Kombination, zugleich Prediger und Zeitungsmann zu sein. Er wollte nicht, dass seine Stadt zerrissen wurde, aber gleichzeitig wusste er, dass Myra Hearndon alles Recht der Welt hatte, zu sitzen, wo sie sitzen wollte. Es wurde Zeit, dass sich die Dinge in Hollyhill änderten, aber er wollte, dass diese Veränderung friedlich vonstattenging. Er wollte keine Schlagzeilen, wie die großen Zeitungen sie machten. Demonstrationen und Unruhen. Polizisten, die jemanden verhafteten. Trupps der Nationalgarde auf den Straßen, um für Ruhe und Ordnung zu sorgen. Diese Dinge geschahen in Birmingham oder vielleicht in Atlanta, aber nicht hier in der Kleinstadt Hollyhill. Wenigstens betete David, dass es diese Dinge hier nicht geben würde.

Als Jocie und Noah nach der Schule im Büro erschienen, hatten David und Wes die Zeitungen beinahe fertig für den Druck. Leigh traf gerade rechtzeitig ein, als sie anfingen, die Zeitungen zusammenzulegen. „Ich glaube, es gibt noch ein Unwetter", sagte sie, als sie hereinkam. „Hoffen wir, dass diesmal Regen dabei ist und nicht nur Blitz und Donner."

„Gestern Abend hat es doch geregnet", sagte Jocie.

„Aber das war gerade genug, damit das Gras zischte", sagte Leigh und stellte einen Teller mit Butterbroten und eine Dose Brownies auf einen der Stühle.

„Du bist ein Mädchen nach meinem Herzen, Leigh." Wes lächelte

Leigh an und warf dann David einen Blick zu. „Ich weiß natürlich, dass es nicht mein Herz ist, das dich interessiert, aber das ist schon in Ordnung. Solange ich trotzdem einen Brownie essen kann."

Leigh lachte und ihre Wangen wurden rot. „Also, Wes, ich glaube, du willst mich in Verlegenheit bringen." Sie ging zu ihm und umarmte ihn. „Aber es ist gut zu sehen, dass du wieder mitten im Geschehen bist. Ohne dich war es hier ziemlich langweilig."

„Weißt du, ich dachte immer, Hollyhill und Ödville wären ein und derselbe Ort, aber in letzter Zeit haben sich die Dinge hier geändert. Weggepustete Kirchen. Sitzstreiks im Restaurant. Prediger auf Brautschau", sagte Wes.

„Man weiß eben nie, was hier passieren wird", sagte David und lächelte Leigh zu. „Danke für die Verpflegung."

„Das unterschreibe ich", sagte Noah und griff nach einem Sandwich. „Wir können doch einfach zuschlagen, oder? Ich habe das Mittagessen verpasst."

„Wir sollen erst Zeitungen falten und dann essen", erklärte Jocie Noah.

„Wie wäre es, wenn ich jetzt ein Brot esse, damit ich nicht in Ohnmacht falle, und dann später noch eins?" Noah biss in sein Sandwich.

Leigh lachte. „Keine Sorge, Jocie. Es ist genug da und Noah ist ein Junge, der noch wächst. Er muss bei Kräften bleiben."

David beobachtete Leigh und dankte Gott stillschweigend dafür, dass sie nicht aufgehört hatte zu hoffen, er würde sie bemerken. Denn jetzt bemerkte er sie ganz eindeutig. Ihre Gabe, einen Raum zu erhellen. Dass sie alle zum Lächeln brachte. Selbst Noah, der nach der Schule ausgesehen hatte, als wäre er in eine Prügelei geraten. Er hatte weder mit David noch mit Jocie darüber reden wollen und hatte nichts gesagt, außer dass ein Junge wie er mit einer Mutter wie seiner damit leben müsse, hin und wieder ein blaues Auge davonzutragen.

Und David lächelte auch, innerlich wie äußerlich, während er zusah, wie Leighs fröhliches Wesen Noah in seinen Bann zog. Er würde heute Abend noch eine Minute Zeit finden, um das Rudern im Mondschein vorzuschlagen. Und vielleicht könnte er Jocie bitten, am Freitagabend Fotos vom Spiel zu machen, damit er mit Leigh auf der Tribüne sitzen und die Hollyhill Bulldogs zum Sieg anfeuern konnte … oder wenigstens zu ein paar Punkten. Und zwischendurch könnten Leigh und er planen, wann die Geburtstagsfeier für Jocie am nächsten Wochenende stattfinden sollte.

„Wo ist Zella?“, fragte Leigh und sah sich suchend um.

„Sie war vorhin noch hier, aber ich glaube, sie hat Angst, dass ich ihr mit meiner Krücke auf die Zehen trete“, sagte Wes.

„Ach, wahrscheinlich lag nur eine ihrer Locken nicht richtig oder sie muss frischen Lippenstift auflegen, bevor sie anfangen kann, Zeitungen zu falten“, sagte Jocie. „Du kennst doch Zella. Alles muss genau nach Plan laufen. Oder aber sie versteckt sich auf der Toilette. Sie mag kein Gewitter.“ Wie aufs Stichwort grollte es draußen und das Licht flackerte kurz.

„Ich hoffe, der Strom fällt nicht aus, bevor wir hier fertig sind“, sagte David.

Leigh schob sich näher zu David und senkte die Stimme. „Andererseits will Zella doch unbedingt, dass wir etwas bei Kerzenschein machen.“

„Ich glaube nicht, dass sie dabei an das Falten von Zeitungen gedacht hat.“ David sprach ebenfalls mit gedämpfter Stimme.

„Aber wir haben Brote und Brownies. Das wäre doch schon ein richtig romantisches Dinner, so wie wir es letzte Woche machen wollten. Es ist keine Erdnussbutter, aber Hühnchen tut es auch.“ Leigh lächelte.

„Mit der ganzen Mannschaft? Viel romantischer geht wirklich nicht.“ David schnitt eine Grimasse.

„Auf jeden Fall macht es Spaß.“ Draußen leuchtete ein Blitz auf und der darauffolgende Donnerschlag erschütterte die Fenster. Leigh sah zu dem kleinen Fenster hinüber, das nach hinten hinausging. „Der war ganz nah. Vielleicht sehe ich besser nach Zella. Womöglich versteckt sie sich ja wirklich im Bad oder unter ihrem Schreibtisch.“

Leigh war fast an der Tür zum Büro, als ein Krach ertönte, der nichts mit Blitz und Donner zu tun hatte. Als Zella schrie, rannte David an Leigh vorbei nach vorne. Wind und Regen schlugen David ins Gesicht, als er den Raum betrat. Das Fenster zur Straße, auf dem *Hollyhill Banner* stand, lag in Scherben auf dem Boden. Zella starrte auf das Blut hinunter, das aus einer Schnittwunde an ihrem Arm quoll.

„Was ist denn hier passiert?“, fragte er sie.

Zella sah ihn mit weit aufgerissenen Augen an und hielt den Arm hoch, damit er die Wunde sehen konnte. „Sie hätten mich umbringen können! Ein Stück von diesem Glas hätte mein Tod sein können!“

„Was ist passiert?“, wiederholte David. „Hat der Sturm etwas gegen das Fenster geschleudert?“

„Das war nicht der Wind.“ Zella zeigte auf einen Stein, der mitten in dem Scherbenhaufen lag.

David starrte den Stein an. Ein zusammengefaltetes Blatt Papier war mit einem Gummiband daran befestigt. Er wollte es nicht aufheben. Er wollte nicht lesen, was mit Sicherheit auf dem Zettel stand. Er wollte wieder hinten in der Druckerei sein und mit Leigh lachen. Und nicht hier stehen, während um ihn herum der Sturm losbrach.

36

Jocie starrte auf den Stein, der von Glasscherben umgeben war, aber sie versuchte nicht, sich an ihrem Vater vorbeizuschieben, um ihn aufzuheben. Es war, als wäre der Stein eine aufgerollte Schlange, die nur darauf wartete, ihre giftigen Fänge in denjenigen zu schlagen, der die Hand nach ihr ausstreckte. Vielleicht war das Gift schon in der Luft und drang durch ihre Poren ein, und deshalb standen alle so regungslos da.

Der Wind wehte durch das zertrümmerte Fenster herein, sodass die Glasstücke, die noch im Fensterrahmen hingen, knarrten, wenn ihre Kanten aneinanderrieben. Jocie zuckte zusammen, als eine der Scherben sich löste und zu Boden fiel.

Neben ihrem Vater erschien Wes auf seinen Krücken. „Es ist nur ein Stein“, sagte er.

„Aber jemand hat ihn geworfen“, sagte Noah, der jetzt neben Jocie stand.

„Das ist eine Tatsache“, sagte Wes. „Aber der Schaden ist angerichtet, es ist vorbei.“

„Da bin ich mir nicht so sicher“, sagte Jocies Vater und trat einen Schritt auf den Stein zu. Das Glas knirschte unter seinen Füßen.

„Warte, David“, sagte Wes. „Jo, hol die Kamera. Das ist eine Schlagzeile.“

„Vielleicht will ich das nicht in der Zeitung bringen“, sagte Jocies Vater.

„Nein, das ist nicht das, was du nicht willst. Du willst nicht, dass der Stein überhaupt erst da liegt“, sagte Wes. „Aber das tut er und die Leute wollen lesen, was passiert ist. Wir brauchen Fotos.“

Während Jocie loslief, um einen Fotoapparat zu holen, sagte Zella: „Interessiert es eigentlich niemanden, dass ich blute?“

„Natürlich interessiert uns das, Zella“, sagte Jocies Vater und trat zu ihr, um sich ihren Arm anzusehen. „Wie schlimm ist es denn? Soll ich Dr. Markum anrufen?“

„Nein, ich glaube nicht, dass es genäht werden muss, aber der Schnitt hätte ja auch tiefer sein können.“ Zella drehte den Arm, um ihn besser betrachten zu können. „Ich hätte schwer verletzt sein können."

Jocie kam zurück und hielt die Kamera hoch. „Soll ich ein Bild von dir machen, Zella?"

„Sei nicht albern, Jocelyn. Du verschwendest weiß der Himmel schon genug Film. Niemand will auf der Titelseite des *Banner* ein Bild von mir sehen, wie ich blute." Mit einer Handvoll rosafarbener Papiertaschentücher, die Leigh ihr reichte, betupfte Zella die Schnittwunde.

Nachdem das Blut abgewischt war, sah der Schnitt eigentlich mehr wie ein Kratzer aus, aber überall auf Zellas Schreibtisch lagen Glassplitter. Also machte Jocie ein Foto davon anstatt von Zellas Arm. Dann konzentrierte sie sich auf den Stein, der in seinem Nest aus Glas lag. Sie steckte ein neues Blitzlicht auf und machte eine Aufnahme von einem großen Stück Fensterscheibe mit den Buchstaben *BA* darauf. Durch den Sucher betrachtete sie die Glasscherben, die mit ihren scharfen Kanten und Spitzen noch im Rahmen hingen, wie Finger, die auf das klaffende Loch im Fenster zeigten. Einige der Buchstaben des Wortes *Hollyhill* waren noch zu sehen, andere waren verschwunden, wieder andere zerbrochen. Sie musste das Bild von draußen machen und nicht von drinnen.

Sie stieß die Tür auf, aber ihr Vater hielt sie zurück. „Geh nicht da raus, Jocie."

„Aber Dad, ich muss das Bild von draußen machen. Damit die Schrift richtig herum ist. Ich meine, sieh doch mal. Siehst du, dass *Hollyhill* ganz zerbrochen ist?"

„Ich fürchte, ja", sagte er, während er sich bückte, um den Stein aufzuheben.

Jocie wandte sich von der Tür ab, um zuzusehen, wie er das Gummiband von dem Stein zog und den Zettel entfaltete. Vielleicht würde der Regen noch ein wenig warten, damit sie später nach draußen gehen und das Bild machen konnte, aber sie durfte nicht verpassen, wie ihr Vater die Botschaft las.

Er starrte auf das Blatt Papier in seiner Hand. Niemand im Raum sagte etwas, während alle darauf warteten, dass er etwas sagte, aber das tat er nicht. Stattdessen presste er die Lippen fest zusammen, ließ den Stein zu Boden fallen und riss den Zettel in der Mitte durch. Dann legte er die beiden Hälften zusammen und zerriss sie noch zweimal.

Die Schnipsel hielt ihr Vater fest in seiner geballten Hand, während er mit der anderen nach Zellas Papierkorb griff und ihn kopfüber ausleerte. Zella schnappte hörbar nach Luft, als rosafarbene Papiertaschentücher, zerrissene Umschläge und zerknülltes Papier durch die Gegend flogen. Jocies Vater schien es nicht zu bemerken. Er warf den zerrissenen Zettel in den nun leeren Mülleimer, wobei er den Blick starr auf die Schnipsel gerichtet hielt, als erwartete er, dass sie zu fliehen versuchten.

Erst dann sprach er. „Holt mir ein Streichholz."

Jocie stand nur da und starrte ihren Vater an, so wie alle anderen im Raum. Sie konnte sich nicht vorstellen, was auf dem Zettel gestanden haben könnte, dass ihr Vater so grimmig dreinblickte. Dann zog Zella eine Schublade ihres Schreibtischs auf und reichte Leigh ein Heft mit Streichhölzern. Wortlos gab Leigh die Streichhölzer an Jocies Vater weiter.

Jocie schlich näher, damit sie in den Papierkorb sehen konnte, aber sie griff nicht zur Kamera, um ein Bild zu machen, als ihr Vater das Streichholz entzündete und auf die Papierschnipsel fallen ließ. Die Flamme loderte eine, zwei Sekunden auf, bevor sie sich in dünnen Rauch auflöste. Jocies Vater griff in den Eimer und zermalmte die schwarzen Überreste des Zettels, bis nichts als Asche übrig war.

Draußen entfernten Blitz und Donner sich von Hollyhill und mit ihnen zog auch die Aussicht auf Regen weiter, aber niemand im Raum achtete darauf, obwohl das Fenster den Elementen weit offen stand. Noch immer starrten alle auf den Papierkorb, als könnte er Antworten auf die Fragen geben, die niemand zu stellen wagte.

Dann sagte Wes: „Also gut, das ist erledigt. Jetzt machen wir uns besser an die Arbeit, sonst falten wir die ganze Nacht Zeitungen. Jo, mach du deine Fotos. Noah, sieh mal hinter der Druckerpresse nach, ob du Bretter oder etwas in der Art findest, womit wir das Fenster abdecken können."

Jocies Vater unterbrach ihn. „Da ist schwarze Plastikfolie, die ich gekauft habe, als wir letztes Frühjahr vorhatten zu streichen. Die müsste vorübergehend reichen."

„Und ist wahrscheinlich einfacher zu befestigen", gab Wes zu und machte sich wieder daran, Arbeiten zu verteilen. „David, du rufst die Polizei an, und Leigh, hol du bitte den Besen, der am Hintereingang steht."

„Besen?", hauchte Zella und wurde blass.

„Ist dir nicht gut, Zella?", fragte Leigh. „Vielleicht solltest du dich setzen." Leigh rollte Zellas Stuhl zu ihr und kippte ihn nach vorne, um alle Glasscherben herunterzuschütteln.

„Mir geht es gut", sagte Zella, aber sie sank trotzdem auf den Stuhl. „Ich bin mir nur nicht sicher, ob wir einen Besen haben. Vielleicht wurde er weggeworfen."

„Mach dir keine Gedanken. Wir finden schon irgendwo einen Besen", sagte Leigh. „Komm, ich helfe dir, ein Pflaster auf die Wunde zu tun, bevor sie wieder anfängt zu bluten."

Jocie ging zur Tür, um von der Straße aus das Foto vom Fenster zu machen. Aber nach ein paar Schritten blieb sie stehen und sah ihren Vater an, der auf dem Boden hockte und die größeren Glasscherben aufsammelte. „Was stand auf dem Zettel, Dad?"

Er hob die nächste Scherbe auf und blickte zu ihr hoch. „Worte, die nie über meine Lippen kommen werden." Er warf das Glas in den Mülleimer, wo es in kleinere Stücke zerfiel. „Lass es diesmal mit deiner Neugier gut sein, Jocie. Es reicht zu wissen, dass es hasserfüllte Worte waren. Nichts, das unsere Augen und Ohren sehen oder hören müssen."

„Hasst uns denn jemand so sehr?" Jocie sprach das Wort nicht gerne aus. Nicht, wenn es um echten Hass ging. Sie hatte kein Problem damit zu sagen, dass sie staubwischen oder fensterputzen hasste. Sie hasste den hohen Ton von Mücken, die einem um den Kopf schwirrten. Sie hasste gekochten Kohl. Aber dies war eine andere Art Hass.

Ihr Vater sah ihr direkt in die Augen. „Ich weiß es nicht, Jocie. Ich würde gerne Nein sagen, aber ich weiß es nicht." Dann hob er die Hand und berührte ihre Wange. „Aber vielleicht nicht. Vielleicht war es nur ein übler Scherz."

Jocie wusste, dass er das nicht im Ernst glaubte. Er bot ihr nur eine Möglichkeit, darüber nachzudenken, ohne dass das Wort „Hass" in ihrem Kopf herumsprang. Dumm nur, dass sie selbst es auch nicht glauben konnte. Sie widmete sich wieder ihrer Aufgabe.

„Ich muss ein Bild von draußen machen. Es ist doch in Ordnung, wenn ich jetzt rausgehe, oder? Das Unwetter zieht ab."

Ihr Vater erhob sich. „Ich komme mit."

„Du glaubst doch nicht, dass derjenige, der den Stein geworfen hat, immer noch hier ist, oder?", fragte Jocie, während sie durch die Tür auf den Gehweg hinaustrat und sich umblickte. Dunkle Schatten lauerten an den Rändern der Lichtkegel unter den Straßenlaternen. Dort könnte jemand stehen und noch mehr Steine werfen.

„Nein, wahrscheinlich nicht. Menschen, die so etwas tun, sind feige und wollen nicht gesehen werden."

„Meinst du, sie haben auch noch andere Fenster eingeschlagen oder nur unseres?"

„Ich weiß es nicht. An die Möglichkeit habe ich noch gar nicht gedacht, aber ich werde den Polizeichef fragen, wenn ich ihn gleich anrufe. Wenn ja, muss ich vielleicht los und noch mehr Fotos machen."

„Hier in der Nachbarschaft scheint alles in Ordnung zu sein." Jocie blickte die Straße hinunter. Aber sie konnte nichts sehen außer Schatten. Die Straße sah verlassen aus. Das war an den Abenden, an denen sie den *Banner* falteten, nicht ungewöhnlich. All die anderen Geschäfte waren geschlossen und verriegelt. Vielleicht hatte der Steinewerfer das gewusst. Wahrscheinlich hatte er das Licht gesehen und Zella an ihrem Schreibtisch. Abends konnte man leicht ins Büro hineinsehen, wenn das Licht an war. Jocie blickte jetzt von draußen hinein. Sie konnte Leigh ganz deutlich erkennen, die ein Pflaster für Zellas Arm auspackte, und Noah und Wes, die die Plastikfolie auseinanderfalteten, die Noah gefunden hatte.

„Mach dein Bild", sagte ihr Vater. „Wir haben eine Menge zu tun."

Jocie betrachtete das zerbrochene Fenster durch den Sucher ihrer Kamera und verdrängte alle Fragen, die in ihrem Kopf herumwirbelten. Um das Foto zu machen, brauchte sie nicht über das Warum nachzudenken. Sie musste nur daran denken, wie sie das Motiv am besten einfangen konnte, damit andere Leute es sich ansahen und sich fragten, warum.

Sie drückte auf den Auslöser und ging dann ein Stück den Gehweg hinunter, um einen anderen Winkel zu bekommen. Ihr Vater blieb an der Tür stehen und die Schatten hinter Jocie fingen an, ihre langen Finger nach ihr auszustrecken. Sie holte tief Luft, zwang ihre Hände, nicht mehr zu zittern, und hob den Fotoapparat an ihr Gesicht. Dann konzentrierte sie sich ganz auf den rechteckigen Ausschnitt der Welt, den sie vor sich sah, als sie den Auslöser betätigte und das Blitzlicht hell aufleuchtete.

Den restlichen Abend würde sie sich darauf konzentrieren, eins nach dem anderen zu tun. Das Fenster war zerbrochen. Jocie konnte die Teile nicht wieder zusammenfügen. Sie konnte nichts gegen Steine unternehmen, um die jemand hasserfüllte Worte gewickelt hatte. Oder gegen das, was womöglich in den Schatten hinter ihr lauerte. Sie konnte nur versuchen, außer Reichweite im Hellen zu bleiben. Sie konnte nichts daran ändern, dass wieder ein Gewitter vorübergezogen war, ohne ihnen Regen zu spenden. Sie konnte nur beten. Aber war das nicht sowieso das Beste, was man tun konnte? Erst beten. Dann etwas unternehmen.

Hastig entfernte sich Jocie von den Schatten, die ihr im Nacken saßen, und ging zur Tür, an der ihr Vater wartete. „Es wird nicht regnen, oder?“, sagte sie und blickte in Richtung Osten, wo der Donner noch grollte, während das Gewitter sich weiter von ihnen entfernte.

„Aus dieser Wolke nicht“, sagte ihr Vater. „Aber es wird regnen.“

„Aber wann?“

„Das weiß ich nicht, Jocie. Wir müssen weiterbeten.“

„Aber es gibt so viel, wofür wir beten müssen. Und jetzt auch noch das hier“, sagte Jocie. Vielleicht sollte sie alle ihre anderen Gebete vergessen und sich auf das Kein-Hass-Gebet konzentrieren.

„Ja, das hier auch, aber Gott weiß, was wir brauchen, und er wird auf uns achtgeben.“

„Warum müssen wir dann beten, wenn er doch schon weiß, was wir brauchen?“

„Weil er will, dass seine Kinder mit ihm sprechen, und weil es uns hilft, wenn wir beten.“ Ihr Vater legte den Arm um Jocies Schultern und schob sie zur Tür. „Aber jetzt müssen wir hier aufräumen und uns wieder an die Arbeit machen, damit der *Banner* rechtzeitig erscheint.“

„Der *Hollyhill Banner* lässt sich von nichts aufhalten.“

„Das weiß ich nicht, aber von dieser Sache jedenfalls nicht." Ihr Vater machte eine Handbewegung in Richtung Scherbenhaufen auf dem Boden, als sie hineingingen.

In den letzten zwei Monaten war das Falten der Zeitungen ganz erträglich gewesen, weil Leigh mit Essen erschienen war, um ein bisschen Partystimmung zu verbreiten. Und heute, wo Wes wieder da war, hatte Jocie einen richtig lustigen Abend erwartet, aber jetzt lächelte niemand mehr und kaum jemand sprach, während sie ihre Arbeiten verrichteten.

Nachdem Leigh Zella geholfen hatte, ihren Arm mit einer ganzen Reihe Pflaster zu versehen, half sie Jocie, das Glas vom Boden aufzukehren, während Noah und Jocies Vater vorsichtig die restlichen Scherben aus dem Fensterrahmen entfernten. Wes versuchte, nicht im Weg zu sein, und Zella verschwand im Bad, um ein paar Blutflecken aus ihrer weißen Bluse zu waschen, bevor sie eintrockneten.

Als Polizeichef Simmons erschien, um das zerbrochene Fenster offiziell zu begutachten, waren Noah und Jocies Vater bereits damit beschäftigt, die Plastikfolie über die Öffnung zu tackern. „Sieht so aus, als hätten Sie jemanden verärgert", sagte der Polizeichef.

„Scheint so", sagte Jocies Vater und trat hinter dem Beamten ein.

„Wissen Sie wen?"

„Nicht wen, aber was."

„Dann gab es eine Nachricht", sagte der Polizeichef.

„Die gab es." Jocies Vater sah den Beamten an. „Ich habe sie vernichtet."

Simmons runzelte die Stirn. „Wir hätten möglicherweise eine Spur gefunden."

„Das bezweifle ich. Die Buchstaben waren alle aus der Zeitung ausgeschnitten und aufgeklebt."

„Wo haben Sie den Zettel denn entsorgt? In dem Mülleimer dort?" Der Polizeichef trat zu dem Eimer mit den Glasscherben. „Dann können wir ihn doch wieder rausholen."

„Da gibt es nichts rauszuholen. Nur Asche. Ich habe doch gesagt, dass ich ihn vernichtet habe." Jocies Vater presste die Lippen aufeinander und wartete ab, was der Polizeichef als Nächstes sagen würde.

„Tja, dann können wir daran nichts mehr ändern. Sie glauben also, dass es der Klan war?"

„Ich weiß, dass es der Klan war, und Sie wissen das auch."

Simmons seufzte. „Ja. Ich habe Dinge gehört."

„Wussten Sie, dass die hier gestern aufmarschieren würden?" Jocies Vater kniff die Augen zusammen und wartete die Antwort des Polizeichefs ab.

„Ach, kommen Sie, David. Sie glauben doch nicht, dass ich sie hätte herkommen lassen, wenn ich es hätte verhindern können, aber wir leben nun einmal in einem freien Land. Jeder kann auf jeder beliebigen Straße gehen, auf der er gehen will."

Jocie war froh, dass Noah draußen war und die Plastikfolie befestigte und nicht drinnen, wo er Polizeichef Simmons hören konnte. Die Dinge waren verwirrend genug, ohne dass Noah den obersten Polizeibeamten der Stadt darüber aufklären musste, dass das nicht immer so war und dass die Polizei manchmal Hunde und Feuerwehrschläuche herausholte, um bestimmte Personen davon abzuhalten, auf bestimmten Straßen zu gehen.

Ihr Vater sagte: „Und sitzen, wo er sitzen will?"

„Sieht so aus, als ginge das jetzt. Wenigstens im Restaurant. Und ich sage ja nicht, dass es nicht immer schon so hätte sein sollen, aber die Menschen sind halt, wie sie sind, da ist das nicht so einfach."

„Nein, es ist überhaupt nicht einfach. Sind die Fenster des Restaurants in Ordnung?", fragte Jocies Vater. „Und die in Pastor Boyers Kirche? Sie haben keine anderen Anrufe erhalten?"

„Ich bin am Restaurant vorbeigekommen. Soweit ich sehen konnte, sah alles aus wie immer. Und bei der Kirche fahre ich auf dem Rückweg vorbei. Aber eine Kirche würden sie doch bestimmt nicht angreifen."

„Erzählen Sie das den Leuten in Birmingham. Den Familien der kleinen Mädchen."

„Aber das hier ist nicht Birmingham, David. Wir hatten in unserer Stadt noch nie solche Probleme", sagte der Polizeichef. „Wir müssen einen kühlen Kopf bewahren. Es ist nur ein kaputtes Fenster."

„Diesmal." Jocies Vater blickte von dem Beamten zu der Plastikfolie, die im Wind flatterte.

Es gefiel Jocie nicht, wie ihr Vater das sagte. Glaubte er, dass die Person, die den Stein geworfen hatte, wiederkommen und noch mehr Steine mitbringen würde? Noch mehr Hass? Plötzlich erinnerte sie sich an das, was Ronnie Martin ihr an diesem Vormittag erzählt hatte. Sie schob sich neben ihren Vater und berührte seinen Arm, um seine Aufmerksamkeit zu erlangen.

„Jetzt nicht, Jocie", sagte ihr Vater.

„Aber es ist wahrscheinlich etwas, das Polizeichef Simmons auch wissen sollte." Jocie sprach schnell weiter, ohne die Erlaubnis ihres Vaters abzuwarten. „Jemand in der Schule hat zu mir gesagt, ich solle Noah und seine Familie warnen, damit sie vorsichtig sind. Dass etwas Schlimmes passieren könnte."

„Hat diese Person irgendwelche Einzelheiten genannt?", fragte der Polizeichef. „Was oder wann oder sonst irgendetwas?"

„Nein, der Junge sagte nur, dass er Dinge gehört habe."

„Das hilft uns nicht weiter", sagte der Polizeichef. „Ich habe auch Dinge gehört. Die Farm der Hearndons liegt sowieso außerhalb meines Zuständigkeitsbereichs. Aber ich werde es dem Sheriff sagen, damit er die Augen offen halten kann."

„Dies hier liegt aber in Ihrem Zuständigkeitsbereich", sagte Jocies Vater. „Und die Kirche im West End auch."

„Und ich werde Nachforschungen anstellen und durchs West End fahren, um mich davon zu überzeugen, dass alles ruhig ist. Sie brauchen mir nicht zu sagen, wie ich meine Arbeit zu machen habe, David."

„Tut mir leid, Randy." Jocies Vater schüttelte ein wenig den Kopf. „Das war nicht meine Absicht."

„Ist schon gut. Ich verstehe das." Simmons legte Jocies Vater eine Hand auf die Schulter. „Es war ein langer Tag. Aber Tatsache ist, dass wir nie erfahren werden, wer diesen Stein geworfen hat. Sie wissen das und ich weiß das. Wir können nur hoffen, dass sie glauben, wir könnten sie vielleicht erwischen, dann machen sie nicht noch einmal so etwas Dummes."

„Wahrscheinlich haben Sie recht", sagte Jocies Vater.

„Natürlich habe ich recht", sagte Polizeichef Simmons. „Sagen Sie Bescheid, wenn Sie noch irgendwelche Schwierigkeiten haben."

Jocie und ihr Vater blickten dem Polizeibeamten nach, als er durch die Tür entschwand. Wes trat auf seinen Krücken hinter sie. „Wenn es um mehr geht als um Knöllchen, ist dieser Mann doch völlig überfordert", sagte Wes.

„Vielleicht sollten wir nicht zu hart mit ihm ins Gericht gehen. Wahrscheinlich hat er recht und wir werden nie wissen, wer den Stein geworfen hat“, sagte Jocies Vater.

„Vielleicht wollen wir es auch gar nicht wissen“, sagte Wes.

37

Der *Banner* wurde an diesem Abend zwar gefaltet, aber Leigh war sich nicht ganz sicher, wie. Nachdem der Unbekannte den Stein durchs Fenster geworfen hatte, waren alle völlig durcheinander. Wes sah blass und ausgezehrt aus, weil er zu lange auf den Beinen gewesen war. Zella zuckte bei dem winzigsten Geräusch zusammen. Noah sagte kaum ein Wort, abgesehen davon, dass er David bat, ihn nach der Arbeit nach Hause zu fahren. Schließlich konnte er schlecht mit dem Fahrrad die vielen Kilometer nach Hause fahren, während das Böse irgendwo da draußen im Dunkeln lauerte.

Selbst Jocie war still, während sie die Zeitungen falteten. Leigh glaubte nicht, dass sie Jocie jemals so lange am Stück hatte schweigen hören. Aber vielleicht lag es daran, dass Davids Miene so grimmig war. Er brachte kaum ein Lächeln zustande, auch als er sich von Leigh verabschiedete, aber sie wusste, dass es nichts mit ihr zu tun hatte. Der Grund war das, was auf dem Zettel gestanden hatte.

David wollte nicht darüber reden. Selbst mehrere Tage danach nicht, als sie am Freitagabend zum Footballspiel der High School gingen. Er sagte, er wolle über all das nicht sprechen. Die ganze Woche über hätten alle nur darüber sprechen wollen und das stimmte. Leigh hatte es jeden Tag im Gerichtsgebäude mitbekommen. Wer hatte was getan? Warum hatte wer auch immer was getan? Und die Frage, die am häufigsten gestellt wurde: Was sollten sie als Nächstes tun? Alle hatten ihre Meinung, aber niemand hatte eine Antwort.

David sagte, er wolle den Kopf freibekommen, und dann lächelte er sie an. Leigh war bereit, über alles zu reden, was er auf dem Herzen hatte – oder auch gar nicht zu reden, wenn er nicht wollte –, solange er sie weiterhin so anlächelte. Jetzt gab er Jocie seine Kamera und ließ sie am Spielfeldrand herumlaufen, um die Fotos zu schießen, die sie für den *Banner* brauchten.

„Sie macht sowieso bessere Bilder als ich“, sagte er.

„Ich weiß nicht, ob ihre Bilder besser sind, aber auf jeden Fall macht es ihr Spaß“, sagte Leigh, nachdem sie einen Platz auf der Tribüne gefunden hatten.

Als Jocie mit dem Fotoapparat in Richtung Spielfeld davonzog, riefen einige Jugendliche ihren Namen und bauten sich vor ihr auf. Jocie wandte ihnen das Objektiv zu und stellte scharf.

„Sie wird keinen Film mehr haben, bevor das zweite Viertel anfängt“, sagte Leigh.

„Sie macht diese Bilder gar nicht, sondern tut nur so, damit sie sie in Ruhe lassen.“

„Mensch, ich hätte in der High School mit einem Fotoapparat herumlaufen sollen. Das Ding scheint ein wahrer Beliebtheitsgarant zu sein.“

„Ich bin froh, dass du es nicht getan hast.“

„Warum?“

„Weil du dann vielleicht ein Foto von irgendeinem Kerl gemacht hättest und dann hätte eins das andere ergeben und du wärst jetzt verheiratet und hättest drei Kinder.“

„Drei Kinder?“ Leighs Wangen wurden warm und ihr Herz fing an, etwas schneller zu schlagen.

„Oder wenigstens zwei.“

„Und was wäre daran so schlimm?“

David streckte den Arm aus und nahm ihre Hand. „Dann wäre ich immer noch ein einsamer alter Mann, der vielleicht völlig vergessen hätte, wie gut ein ganz normales Erdnussbutterbrot schmecken kann.“

Leigh lehnte sich an Davids Schulter und dachte nicht einmal an all die Menschen um sie herum, die bestimmt mitbekamen, wie sie sich an den Händen hielten. Es war, als wären sie die einzigen beiden Personen auf der ganzen Tribüne. „Weißt du, wir hatten das Erdnussbutter-Picknick noch gar nicht. Wir reden immer nur davon.“

„Wie wäre es mit morgen Abend? Wenn es nicht regnet. Aber wenn ich mir die Wetterkarten so ansehe, werden wir in der nächsten Zeit nicht einmal Blitz und Donner bekommen. Ich dachte erst, wir könnten zum See fahren, aber so wie es Tabitha im Moment geht, bleibe ich vielleicht besser in der Nähe.“

Also machten sie am nächsten Tag ihr Picknick. Leigh machte die Sandwiches mit Erdnussbutter. David brachte Weintrauben und Limonade mit. Sie verzichteten auf ein besonderes Ziel, sondern trugen einfach eine Decke in den alten Obstgarten hinter Davids Haus, da er nicht zu weit weg sein wollte, falls Tabithas Baby beschloss, früher auf die Welt zu kommen.

Die Sonne ging schon unter, als sie das Picknick ausbreiteten, aber es war immer noch heiß. Leighs Gesicht glänzte vor Schweiß und ihre Haare wurden ganz kraus. Sie hätte sich Zellas Haarspray für Extrembedingungen ausleihen sollen. Die Obstfliegen und Bienen, die um das Fallobst unter den Bäumen herumgeschwirrt waren, kamen nun zu ihnen herüber, um zu sehen, was es mit dem neuen Festmahl auf sich hatte. Kaum dass sie in ihre Butterbrote gebissen hatten, summten Mücken um ihre Ohren. Und um das Landgefühl vollkommen zu machen, zog hin und wieder eine Duftwolke von der Kuhweide des Nachbarn zu ihnen herüber.

„Vielleicht war das mit dem Picknick doch keine so gute Idee", sagte David und schlug nach einer Mücke auf seinem Arm.

„Und die Erdnussbutterbrote auch nicht", sagte Leigh. „Ich glaube, mein Mund klebt zusammen. Ich hätte Gelee drauftun sollen."

„Vielleicht hilft die Limonade", schlug David vor und schenkte ihr aus der Thermosflasche ein.

Leigh trank einen Schluck und versuchte, auf dem harten Boden unter der Decke einen Fleck zu finden, auf dem sie bequemer sitzen konnte. David schien sich ebenso unbehaglich zu fühlen wie sie. Leigh legte ihr Brot hin und lachte. „Meinst du, wir sind zu alt für ein Picknick?"

„Vielleicht nicht zu alt, aber zu vernünftig." David wedelte mit der Hand vor seinem Gesicht. „Ich bin mir sicher, jede Mücke aus dem County schwirrt um uns herum."

„Zella wird so enttäuscht sein."

„Sag ihr einfach, dass wir das Picknick hatten, dann kann sie sich den Rest ausmalen. Du kannst die Mücken und die Fruchtfliegen und den strengen Landgeruch weglassen." David stand auf und streckte Leigh eine Hand hin, um ihr aufzuhelfen. „Komm, gehen wir ein bisschen. Dann sind wir wenigstens eine wandelnde Zielscheibe für die Mücken."

„Ist gut. Wir bringen das Essen ins Haus zurück und teilen es später mit den anderen. Vielleicht findet Tante Love ja etwas Brombeergelee für die Brote."

Es war also nicht das Picknick, das Leigh sich vorgestellt hatte oder das Zella aus ihren Liebesromanen kannte, aber es war trotzdem vollkommen. Absolut und ganz und gar vollkommen. Selbst nachdem sie ihre Sachen eingesammelt hatten und hineingegangen waren, um sich an den Küchentisch zu setzen und die oberen Hälften der Sandwiches abzuziehen, damit sie Tante Loves Brombeergelee hinzufügen konnten, war es noch vollkommen. Sie fühlte sich in Davids Küche mit Davids Familie zu Hause. Und bei David fühlte sie sich geborgen.

Als sie am Dienstag darauf wieder Zeitungen falteten, war das Fenster im Büro der Redaktion repariert worden. David hatte noch niemanden gefunden, der den Namen *Hollyhill Banner* wieder daraufmalen konnte, aber allein das Fenster zu haben, war eine Erleichterung, nachdem sie eine Woche lang zugehört hatten, wie die Plastikfolie bei jedem Luftzug hin und her geflattert war. Dieses Geräusch hatte alle mürbe gemacht, vor allem aber Zella. Sie hatte ständig die Unterlagen auf ihrem Schreibtisch zurechtgerückt und prüfend ihre Haare berührt.

Am Montag hatte David sie schließlich gefragt, ob sie irgendwelche Sorgen habe.

„Natürlich nicht", hatte sie gesagt und nach einem Papiertaschentuch gegriffen, um damit ihre Nasenspitze abzutupfen. „Abgesehen von dem Fenster. Und dem Arm." Sie hatte den Arm mit dem langen Kratzer ausgestreckt, der immer noch gerötet war. „Und von Ralph und seinem Sohn, die heute Morgen das Fenster eingesetzt haben. Sie müssen beide taub sein, so wie sie sich die ganze Zeit angeschrien haben. Ich meine, das würde doch jeden nervös machen. Wie soll man sich da auf seine Arbeit konzentrieren? Das heißt nicht, dass ich meine Arbeit nicht erledigt hätte. Natürlich habe ich sie erledigt. Ich mache immer meine Arbeit. Heute Morgen habe ich drei Anzeigen verkauft."

„Ich weiß, Zella. Ohne dich käme ich nicht zurecht. Ich dachte nur, dass es vielleicht etwas gibt, worüber du reden willst. Etwas, das dich besonders beunruhigt. Jocie und Noah haben dir doch nicht das Leben schwer gemacht, oder? Oder Wes?"

Zella hatte schnell auf ihren Schreibtisch hinuntergeblickt und einen Stapel Papier geradegerückt. „Nein, natürlich nicht. Überhaupt nicht. Ich bin ja so erleichtert, dass Wes dir wieder helfen kann. Uns allen helfen kann. Und ich mache mir überhaupt keine Gedanken über das, was er sagt. Kein bisschen."

„Gut", hatte David gesagt. „Aber denk daran, dass du immer zu mir kommen kannst, wenn du eine Sorge oder ein Problem hast."

„Problem? Was für ein Problem sollte ich denn haben? Ich meine, abgesehen davon, dass meine Rosen vertrocknen, und das Problem haben alle in Holly County im Moment. Aber wenn ich ein Problem hätte, mit dem ich nicht selbst zurechtkäme, dann wärst du natürlich der Erste, dem ich es sagen würde. Vor allem, wenn es etwas mit der Zeitung zu tun hätte."

Zella hatte ihm also nicht erzählt, was ihr zu schaffen machte, aber irgendetwas war da. Andererseits war die ganze Stadt nervös. Niemand wollte über den Sturm reden, der über ihren Köpfen hing und der nichts mit dem Regen zu tun hatte, den sie so dringend brauchten, aber das ließ ihn nicht verschwinden. Sie sprachen darüber, wie heiß es war und dass die Teiche überall im County austrockneten. Sie sprachen darüber, dass die Footballmannschaft am Freitag tatsächlich mal ein Spiel gewonnen hatte. Als die Rede auf den Trainer kam, der drei von den Jungen, die im Jahr vorher an der schwarzen High School in Grundy gespielt hatten, in die Mannschaft aufgenommen hatte, umschifften sie das Thema. Ganz ignorieren konnten sie die Gewitterwolken über Hollyhill jedoch nicht, zum Beispiel wenn sie über das Büro des *Banner* sprachen, dessen Fenster erneuert werden musste, oder über Mary Jo, die sich mit Grover Flinn angelegt und Myra Hearndon und Pastor Boyer und seiner Frau am Tresen des Restaurants etwas zu trinken gebracht hatte.

Auch am Sonntag in Mt. Pleasant hatte niemand dem Problem ins Auge sehen wollen, obwohl es schwerer zu ignorieren gewesen war, da Myras schöne Stimme aus der Kirchenbank erklungen war, während sie ihre Choräle sangen. Jocie und Miss Sally hatten in der Bank hinter Myra gesessen und Eli und Elise bei Laune gehalten. Cassidy hatte auch bei ihnen gesessen. Zum ersten Mal war sie in der Kirche von der Seite ihrer Mutter gewichen. Miss

Sally hatte immer wieder den Arm um Cassidy gelegt oder ihre Hand berührt, auch als sie Eli auf dem Schoß hielt, damit Cassidy wusste, dass sie nicht vergessen war. David bezweifelte, dass Miss Sally auch nur ein Wort von seiner Predigt mitbekommen hatte, aber das war ihm gleichgültig. Er hatte Miss Sally noch nie so glücklich gesehen.

Nach dem Gottesdienst hatte sie David erklärt, es sei so, als hätte Gott ein Gebet erhört, das sie seit Jahren nicht mehr gesprochen hatte, nämlich die Bitte um eine Familie mit Kindern, die sie lieben konnte. „Wissen Sie, ich habe viele Kinder lieb gehabt, die hier in dieser Gemeinde aufgewachsen sind, aber noch nie hat ein Kind mein Herz so berührt, wie diese drei Kleinen es tun. Sie sind das reinste Gottesgeschenk. Das weiß ich. Und ihre Mutter auch. Ich weiß, dass sie nicht meine Tochter ist und es auch nie sein könnte, aber manchmal fühlt es sich trotzdem so an."

„Gott segnet uns manchmal anders, als wir es erwarten."

„Das ist wahr." Miss Sallys Lächeln war erloschen, als ihr Blick den Gemeindemitgliedern gefolgt war, die durch die Tür nach draußen traten und sich vor der Kirche unterhielten. „Aber ich fürchte, einige Leute hier in Mt. Pleasant sehen in Myra und den Kindern nicht den Segen, der sie sind."

„Sie werden es schon noch tun. Wahrscheinlich brauchen sie nur etwas mehr Zeit."

„Der Gottesdienstbesuch ist zurückgegangen. Und die Spendenbereitschaft auch." Miss Sally hatte den Umschlag mit dem Geld hochgehalten, das sie aus den Kollektentellern eingesammelt und gezählt hatte.

„Es war ein harter Sommer. All das trockene Wetter ... Und die Leute werden mit Sicherheit wiederkommen." David hatte so viel Zuversicht in seine Stimme gelegt, wie er konnte. „In zwei Wochen ist das Homecoming-Fest, dann kommen sie bestimmt."

Miss Sally hatte ihn erleichtert angesehen. „Da haben Sie wahrscheinlich recht. Das wollen die Leute sicher nicht verpassen, selbst wenn Myra hier ist. Harvey hat die Geschichte der Kirche überarbeitet. Auch wenn er sie jedes Jahr vorliest, ändert er doch gerne ein paar Dinge hier und dort und fügt etwas Neues ein, damit es nicht jedes Jahr dasselbe ist. Wissen Sie, das macht er schon, seit unser

Vater 1940 starb. Und Vater hat es davor auch ungefähr dreißig Jahre gemacht."

„Sie und Harvey sind das Rückgrat unserer Gemeinde." David hatte eine Hand auf Sallys Arm gelegt.

Sie hatte gelächelt und das Kompliment dann mit einer Handbewegung abgewehrt. „Ach, ich weiß nicht, aber wir lieben die Gemeinde. Und wir beten, dass wir ihr keinen Schaden zugefügt haben, indem wir Alex das Land verkauft haben." Ihr Lächeln war erstorben. „Er ist ein guter Mann, Bruder David. Das ist er wirklich. Auch wenn er nicht in die Kirche geht."

„Vielleicht können wir durch Gebete erreichen, dass er die Gemeinschaft mit uns hier in der Kirche sucht." David hatte ihren Arm ein wenig gedrückt.

„Und wir sollten auch für die anderen beten. Dafür, dass sich die Herzen dieser Menschen, die Ärger wollen, verwandeln lassen." Miss Sally hatte die Arme ausgestreckt und David umarmt. „Sie sind ein feiner Pastor, Bruder David. Danke für Ihre Hilfe dabei zu erkennen, dass ich nicht alle Probleme selbst lösen muss, sondern sie Gott überlassen kann."

„Daran muss ich mich selbst auch immer wieder erinnern, Miss Sally."

„Harvey und ich beten jeden Tag für Sie. Und für die Gemeinde", hatte Miss Sally gesagt. „Sie sind heute bei den Sandersons, oder?"

„Ja, das ist richtig."

„Haben sie Leigh auch eingeladen?"

„Ich glaube, es wird inzwischen erwartet, dass Leigh mitkommt."

„Ach ja?" Miss Sallys Augen hatten gefunkelt, als sie David anlächelte. „Das ist aber eine gute Nachricht."

„Das ist es", hatte David ihr zugestimmt. „Und Leigh hat mir erzählt, dass Sie und Mr Harvey am Samstagnachmittag zu Jocies Geburtstagsfeier kommen."

„Das stimmt. Wir freuen uns darauf." Miss Sally hatte über ihre Schulter geblickt, um sich zu vergewissern, dass Jocie nicht in Hörweite war. „Das Sie-wissen-schon-Was ist immer noch eine Überraschung, nicht wahr?"

„Sie glaubt, sie bekommt Fahrradschläuche."

„Das ist ja auch nicht unwahr", hatte Miss Sally lachend gesagt.

Und so gelang es ihnen jeden Tag aufs Neue, den Sturm in den Hintergrund ihres Lebens zu schieben. Er war da und grollte warnend, aber niemand wollte das Grummeln hören. Sie mussten sich über andere Dinge Gedanken machen. Regen. Geburtstagsfeiern. Dass der *Banner* rechtzeitig erschien. Herausfinden, was mit Zella los war. Versuchen, bei der Hitze nicht zu schmelzen.

David nahm ein Exemplar des *Banner* in die Hand und betrachtete es, während Noah und Jocie die Zeitungen zu Bündeln schnürten, damit sie zur Post und zu den Geschäften gebracht werden konnten. Leigh hatte sich bereits gemeinsam mit Zella auf den Nachhauseweg gemacht. David hatte ihr ins Ohr geflüstert, sie solle, wenn irgend möglich, herausfinden, was mit Zella nicht stimmte. Und Zella hatte zum ersten Mal, seit das Fenster eingeschlagen worden war, gelächelt – richtig gelächelt, aber das lag nur daran, dass David Leigh etwas ins Ohr geflüstert hatte.

Jetzt trat Noah neben David und warf einen Blick auf das Bild des Steins auf der oberen Hälfte der Titelseite. „Glauben Sie, das wird neue Probleme verursachen?"

„Ich weiß es nicht. Aber Wes hatte recht. Wir mussten es drucken."

„Auch wenn es neuen Ärger bringt."

„Der Ärger ist schon da", sagte David.

„Das ist wahr." Noah nickte.

David sah den Jungen fragend an. „Ist bei euch auf der Farm alles in Ordnung?"

„Soweit das möglich ist. Im Teich ist immer noch Wasser. Dad vermutet, dass er von einer Art tiefer Quelle gespeist wird. Unsere Bäume sind also noch am Leben. Und wir haben getan, was wir konnten, um uns auf das, was kommt, vorzubereiten. Es ist nicht so einfach, wenn man nicht weiß, wie der Ärger aussieht, der einen erwartet. Aber wir halten die Augen offen und gehen kein Risiko ein. Mama hat versprochen, dass sie sich eine Weile nicht in der Stadt blicken lässt."

„Das ist vielleicht besser."

„Sie wollte keine Schwierigkeiten machen. Sie kann einfach nicht anders, wenn jemand ihr sagt, dass sie etwas nicht tun darf. Aber mit solchen Männern will sie nichts zu tun haben." Noah tippte auf das Bild von dem Stein. „Sie hat schon davon gesprochen, dass sie vielleicht mit Cassidy und den Zwillingen zu Dads Schwester nach Chicago ziehen wird – nur bis zum Winter. Sie sagt, meistens beruhigen sich diese Dinge etwas, wenn es anfängt zu schneien."

„Warum das?"

„Ich weiß es nicht. Vielleicht, weil es dann zu kalt ist, um in Bettlaken rumzulaufen", versuchte Noah zu scherzen.

David lächelte nicht. „Es tut mir leid, Noah. Ich hätte nie gedacht, dass so etwas in Hollyhill passieren könnte."

„Menschen sind überall nur Menschen."

„Und einige davon sind gute Menschen."

„Das stimmt. Aber andere sind es nicht."

„Wenn jemand euch behelligt, sagst du dem Sheriff Bescheid."

„Sind Sie sich sicher, dass er nicht selbst unter einer dieser Kapuzen steckt? Hier im Süden sind viele Sheriffs so, wissen Sie."

„Unserer nicht. Nicht Sheriff Harpson. Er ist entsetzt über das, was vor sich geht."

„Ich sage es Dad", versprach Noah. „Aber wir wissen doch beide, dass die Hoopole Road weit von der Stadt und vom Büro des Sheriffs entfernt ist." Noahs Blick wanderte wieder zu dem Foto in der Zeitung zurück. „Und er konnte nicht einmal Sie mitten in der Stadt beschützen."

38

Am Samstagmorgen wachte Tabitha früh auf. Es war so heiß, dass sie vermutlich auch dann nicht länger hätte schlafen können, wenn sie sich nicht so elend gefühlt hätte. Allmählich fragte sie sich, wie groß ihr Bauch noch werden würde. Der Arzt sagte, alles sei in Ordnung und sie sei nicht zu dick, aber Tabitha kam sich riesig vor. Sie watschelte, anstatt zu gehen, und von einem Stuhl aufzustehen, erforderte einige Anstrengung. Manchmal musste Tante Love ihr helfen. Inzwischen konnte sie mit den Händen nicht einmal mehr ihre Zehennägel erreichen, um sie zu lackieren. Tabitha war sich nicht sicher, ob sie überhaupt noch Zehen hatte, so lange war es her, dass sie sie zuletzt gesehen hatte.

Tante Love hatte ihr versprochen, dass es jetzt nicht mehr lange dauern würde. Sie sehe bereit aus, was auch immer das bedeutete. Aber der Arzt hatte gesagt, es könne noch zwei Wochen dauern. Das sagte er jedes Mal, wenn sie dort war. Er legte sein kaltes Stethoskop auf ihren Bauch, bis er Stephanie Graces Herzschlag fand, dann lächelte er und sagte, sie solle nächste Woche wiederkommen. Er hatte ihr noch nicht einmal gesagt, dass sie ihre Tasche fürs Krankenhaus packen sollte, aber das hatte Tabitha natürlich längst getan. Sie hatte ein Köfferchen mit einem Bademantel, zwei Nachthemden und einer Bettjacke, die Leigh ihr gegeben hatte, sowie dem rosafarbenen Frotteestrampler, in dem sie Stephanie Grace nach Hause bringen wollte, gefüllt.

Es war das einzige rosafarbene Teil, das Tabitha hatte, und das hatte sie selbst kaufen müssen. Die Frauen der Gemeinde hatten vor einem Monat an einem Sonntagnachmittag zwar eine Geschenkeparty veranstaltet, aber da hatte sie gelbe oder grüne Strampler und Hemdchen bekommen. Um auf der sicheren Seite zu sein, hatten die Frauen gesagt, falls es doch ein Junge wurde und kein Mädchen. Es gebe genügend Geschichten von Müttern, die Mädchen erwarteten und Jungen bekamen oder Jungen erwarteten und Mädchen bekamen. Sie sagten, man könne sich unmöglich sicher sein, außer jemand erfinde eine Methode, wie man durch den Bauch in die Gebärmutter gucken könne, und damit sei kaum zu rechnen.

Am Freitag hatte Tabitha sich gut gefühlt und das war auch gut so gewesen, weil sie Tante Love hatte helfen müssen, alles für Jocies große Geburtstagsfeier vorzubereiten. Es war natürlich keine Überraschungsparty wie Tabithas Feier im Juli. Jocie wusste, dass es an diesem Nachmittag Kuchen und Eiscreme geben würde. Sie hatte sogar beim Putzen und Vorbereiten geholfen. Wes würde da sein und Zella auch. Miss Sally und Mr Harvey hatten ebenfalls versprochen zu kommen.

Miss Sally war wirklich ein Schatz. Wahrscheinlich würde sie Tabitha etwas Neues für das Baby mitbringen, obwohl sie und ihr Bruder ihr schon eine wunderschöne Wiege geschenkt hatten. Mr Harvey hatte sie vom Dachboden geholt und Miss Sally hatte sie weiß gestrichen, eine kleine Matratze dafür genäht und eine Bettumrandung mit Regenbögen darauf. Die Wiege stand mit all den ordentlich zusammengefalteten Stramplern und Windeln und Babydecken gefüllt in Tabithas Zimmer und wartete nur auf Stephanie Grace.

Leigh würde natürlich auch kommen. Sie gehörte inzwischen zum Inventar. Tabitha hatte nichts dagegen, sondern war froh, dass ihr Vater beschlossen hatte, sich wieder zu verlieben. Auch wenn Leigh gar nicht so viel älter war als Tabitha. Sie war alt genug. Und Tabithas Vater brauchte jemand, der ihn so liebte, wie Mann und Frau einander lieben. DeeDee hatte ihn nie richtig geliebt, wenn überhaupt.

Tabitha versuchte, den Gedanken an DeeDee zu verdrängen. Sie hatte nicht erwartet, dass es ihr etwas ausmachen würde, wenn DeeDee nicht schrieb oder anrief. Aber es hatte sie doch getroffen. Ihr Vater sagte, das sei ganz normal. Ein Mädchen brauche seine Mutter, wenn es davorstand, selbst Mutter zu werden. Nicht, dass DeeDee Tabitha eine große Hilfe gewesen wäre. Sie hatte nie Mutter sein wollen. Und sie war auch nie eine gute Mutter gewesen, auch wenn sie dafür gesorgt hatte, dass Tabithas körperliche Bedürfnisse gestillt waren.

Tabitha band ihre langen Haare zu einem Pferdeschwanz zusammen, drehte sie ein und steckte sie dann hoch. Es war zu heiß für lange Haare. Einen Moment lang überlegte sie, ob sie einfach eine

Schere nehmen und alles abschneiden sollte, aber wahrscheinlich war es kühler, wenn sie sie hochband. Sie ließ die Hände sinken und rieb sich den unteren Rücken.

Ihr Rücken würde sie noch in den Wahnsinn treiben. Wenn heute nicht Jocies Geburtstag gewesen wäre, hätte Tabitha jede Menge Kissen auf ihr Bett getürmt, den Ventilator gedreht, damit er direkt in ihre Richtung blies, und sich noch eine Weile hingelegt. So schlimm waren die Rückenschmerzen noch nie gewesen. Sie waren richtig krampfartig. Aber für Jocie würde sie versuchen, die Schmerzen zu ignorieren. Sie wollte ihr nicht die Feier verderben.

Das Fest fing um zwei Uhr an, in der heißesten Zeit des Tages, aber niemand feierte seinen Geburtstag morgens, und wenn es erst einmal richtig warm war, blieb es sowieso bis Mitternacht heiß. Die Vorhersage war genauso wie die ganze Woche. Heiß und trocken. Zu heiß für September. Tabitha erinnerte sich daran, dass es in ihrer Kindheit im September häufig schon kühl gewesen war. Daran, dass sie morgens einen Pullover hatte tragen müssen. An Abende, an denen ihre Oma Mae überlegt hatte, ein Feuer im Kamin zu machen. Aber in diesem September brauchte niemand ein Feuer, damit ihm warm wurde.

Als Leigh, Zella und Wes mit dem Kuchen kamen, hatte Tabitha es aufgegeben, Tante Love zu helfen. Stattdessen saß sie vor dem Ventilator und hielt sich ihr Glas mit Eiswasser erst an die eine Wange, dann an die andere, um sich abzukühlen. Ihr Rücken schmerzte jetzt sogar noch mehr als am Morgen, aber sie glaubte, dass sie noch zwei Stunden durchhalten würde. Dann wäre die Feier zu Ende. Jocie hätte ihr neues Fahrrad und Tabitha könnte sich ins Bett legen und versuchen zu schlafen und den Schmerz zu verdrängen. Etwas tat immer weh, wenn die Schwangerschaft so weit fortgeschritten war, jedenfalls erzählten die anderen Mütter in der Kirche das immer.

Es war aufregend, vierzehn zu werden. Jocie war irgendwann mitten in der Nacht aufgewacht, hatte zu den Sternen hinaufgeschaut und sich überlegt, dass sie jetzt vierzehn war. Das klang viel besser als dreizehn. Nun war sie schon seit einem Jahr ein Teenager und es würde nicht mehr lange dauern, bis sie erwachsen war. Sie wusste eine Menge mehr als vor einem Jahr, als sie dreizehn geworden war.

Seit ihrem letzten Geburtstag war unendlich viel geschehen. Alles hatte sich verändert. Die Menschen hatten sich verändert. Als sie ihrem Vater das beim Frühstück gesagt hatte, hatte er nur gelächelt und gesagt, so sei es jedes Jahr. Aber Jocie fand, dass dieses Jahr anders war, was die Veränderungen betraf.

Sie brauchte sich nur unter ihren Gästen umzusehen, um das zu beweisen. Tante Love lächelte. Sie lächelte in letzter Zeit oft. Und auch wenn sie nach wie vor Bibelverse zitierte, klangen sie jetzt fröhlich. Ihr Vater lachte mit Leigh, während sie die Kerzen auf den von Jocie ausdrücklich bestellten Schokoladenkuchen steckten. Beim Footballspiel hatten die beiden sogar vor allen Leuten Händchen gehalten, wie verliebte Teenager. Das war eindeutig mehr als eine normale Veränderung.

Tabitha saß mitten in ihrer Runde, die Hand auf ihren Bauch gelegt, anstatt in Kalifornien zu sein. Sie wurde bald Mutter und dadurch wurde Jocie Tante. Auch etwas, das bestimmt nicht jedes Jahr passierte. Miss Sally und Mr Harvey saßen auf dem Sofa, tranken Limonade und warteten darauf, dass sie ihre Geburtstagskerzen ausblies. Letztes Jahr hatte Jocie sie noch nicht einmal gekannt und jetzt waren sie wie Tante und Onkel für sie und Jocies Vater war der Pastor ihrer Gemeinde. Das war eine Veränderung. Eine große Veränderung. Dass ihr Vater tatsächlich wieder eine Gemeinde hatte.

Wes war bei ihrem dreizehnten Geburtstag auch dabei gewesen und Jocie war unendlich froh, dass er dieses Jahr wieder mit ihr feiern konnte. Er hatte überlebt. In einem oder zwei Monaten würde er vielleicht auch den Gips los werden und könnte wieder Motorrad fahren. Sie würde all die hübsch eingepackten Geschenke, die die anderen mitgebracht hatten, hergeben, um wieder hinter ihm aufs Motorrad steigen und durch die Gegend fahren zu können.

Vielleicht war das auch eine Veränderung. In ihr. Es war ihr gar nicht mehr so wichtig, was sie geschenkt bekam. Natürlich wünschte sie sich die Schläuche für ihre Fahrradreifen, die ihr Vater ihr versprochen hatte. Wenn sie mit dem Fahrrad fahren wollte, musste sie die Luftpumpe inzwischen immer bei sich haben.

Jocie sah sich um. Alle redeten, aber Jocie beteiligte sich nicht richtig an den Gesprächen, sondern beobachtete die anderen. Sie würde all das später in ihr Notizbuch schreiben. Wie alle sich verändert hatten.

Ihr Blick fiel auf Zella, die neben Miss Sally saß. Zella veränderte sich nie. Jocie war beinahe erleichtert. Sie konnte sich darauf verlassen, dass Zella immer die Gleiche war – jeden Tag, jede Woche, jeden Monat, jedes Jahr. Selbst ihre erfolgreiche Verkupplung von Leigh und Jocies Vater hatte ihre Laune in letzter Zeit kaum gebessert. Zella würde natürlich niemals zugeben, dass sie launisch war, aber das war sie. In letzter Zeit mehr noch als sonst. Wes sagte, das müsse an dem heißen Wetter liegen. Vielleicht könnte Jocie Zella zu ihrem Projekt für das nächste Jahr machen – um zu sehen, ob sie Zella in eine freundlichere, reizendere Version verwandeln konnte. Jocie schloss die Augen und versuchte sich das vorzustellen, wobei sie beinahe laut gekichert hätte. Vielleicht gab es Dinge, die einfach gleich bleiben mussten.

„Was ist so lustig, Jo?" Wes hinkte an ihre Seite.

„Alles", sagte Jocie. „Wobei, eigentlich nicht lustig. Nur toll. Dass ihr alle hier seid. Und dass Leigh mir einen Kuchen gebacken hat. Kannst du dich an deinen vierzehnten Geburtstag erinnern, Wes?"

„Also, in Jupiterjahren gerechnet, ist das lange her. Kann sein, dass ich an dem Tag das erste Mal mit dem Raumschiff gefahren bin."

„Ich frage mich, was die anderen gemacht haben."

„Wahrscheinlich nicht das, was du jetzt vorhast. Kerzen ausblasen. Miss Leigh ist so weit, sie anzuzünden. Du holst besser tief Luft und überlegst dir einen guten Wunsch." Wes stürzte sich auf seine Krücken und holte ein Taschentuch aus seiner Tasche, um sich den Schweiß von der Stirn zu wischen. „Wir brauchen keine zusätzliche Hitze hier drin."

„Aber ich habe so viele Wünsche, dass ich nicht weiß, welchen ich nehmen soll." Jocie sah zu, wie Leigh die vierzehn Kerzen anzündete.

„Dann wünsch dir alles, Jo. Du brauchst dich nicht einzuschränken."

„Du bist einer meiner Wünsche, Wes. Dass dein Bein gesund wird und wir wieder Motorrad fahren können." Sie sah ihn an.

„Also, das solltest du dir auf jeden Fall wünschen. Ich bin bereit für einen kleinen Ausflug."

„Und ich wünsche mir, dass Tabithas Baby gesund auf die Welt kommt. Und dass Tante Love sich an die Dinge erinnern kann, an die sie sich erinnern will. Und dass Daddy glücklich ist und dass Leigh so bleibt, wie sie ist." Jocies Blick wanderte von einem zum anderen, während sie ihre Namen sagte.

„Und uns noch viele leckere Kuchen backt." Wes sank auf einen Stuhl, dann blickte er zu Jocie auf und sagte: „Aber bist du dir sicher, dass das Wünsche sind? Das klingt mir ganz so wie die Liste mit Gebeten, die du letzte Woche aufgezählt hast. Dein Gesundes-Baby-Gebet. Dein Tante-Loves-Gedächtnis-Gebet. Dein Regengebet. Dein Gesundes-Bein-Gebet."

„Können Wünsche nicht auch Gebete sein und umgekehrt?"

„Das darfst du mich nicht fragen. Mit Gebeten kenne ich mich nicht aus. Darüber weißt du bestimmt viel mehr als ich. Aber du solltest auch einen Wunsch für dich selbst haben, Jo. Dafür sind Geburtstagswünsche doch da. Für einen selbst."

„Aber das wäre doch alles für mich", sagte Jocie.

Wes lächelte und berührte sanft ihre Hand. „Weißt du was? Wünsch dir all diese Gebete und puste die Kerzen aus, und während du das machst, werde ich hier sitzen und mir etwas nur für dich wünschen."

„Was denn?"

„Du kennst doch die Regeln. Man darf die Wünsche nicht sagen, bevor die Kerzen ausgeblasen sind."

„Aber ich habe dir meine gerade alle erzählt."

„Meine Ohren zählen nicht. Das ist so, als wenn du mit dir selbst sprichst", sagte Wes. „Guck mal, ich glaube, sie sind so weit. Beeil dich besser, sonst schmilzt noch der Zuckerguss."

Leigh fing an, „Happy Birthday to You" zu singen, und alle anderen stimmten mit ein. Jocie nahm alle ihre Wunschgebete und versuchte sie in Gedanken durchzugehen, während sie die Kerzen ausblies. Sie brauchte selbst den letzten Rest Luft dafür, aber sie brachte jedes von ihnen unter. Dann lachten und klatschten alle und sie fühlte sich geliebt und wertvoll.

Jocie blickte zu Wes hinüber und fragte sich, ob das sein Wunsch gewesen war, denn wenn sie darüber nachdachte, war sie von allen hier im Zimmer wahrscheinlich diejenige, die sich am meisten verändert hatte. Sie stellte sich vor, was sie später, wenn alle gegangen waren, in ihr Journal schreiben würde.

Heute bin ich vierzehn geworden. In dem Jahr seit meinem dreizehnten Geburtstag habe ich meine Schwester zurückbekommen, die so viele Jahre fort war. Ich habe einen Hund namens Zeb bekommen. Ich habe herausgefunden, dass Tante Love auch einmal jung war. Mein Vater wurde mir weggenommen und wiedergegeben. Vielleicht habe ich bald eine Stiefmutter. Und ich habe ohne jeden Zweifel erlebt, dass Gott Gebete erhört.

Sie könnte stundenlang darüber schreiben. Vielleicht hätte sie sich zum Geburtstag eine Taschenlampe wünschen sollen, damit sie die ganze Nacht in ihr Journal schreiben konnte.

Jocie öffnete ihre Geschenke. Ein Buch übers Fotografieren von Wes. Pfefferminzbonbons von Zella. Einen Füller mit roter Tinte von Leigh. Ein Paar Socken von Tante Love. Ein Notizbuch von Tabitha. Von Miss Sally und Mr Harvey eine gläserne Glocke, die ihrer Mutter gehört hatte. Aber keine Fahrradschläuche von ihrem Vater. Angesichts all der anderen Dinge konnte sie nicht enttäuscht sein, aber sie konnte nicht glauben, dass er es vergessen hatte. Dann rief ihr Vater sie auf die Veranda und dort stand das schönste blaue Fahrrad, das Jocie jemals gesehen hatte.

„Und du dachtest, ich hätte die Schläuche vergessen, nicht wahr? Hier sind sie, nur ein bisschen anders eingepackt, als du es erwartet hast“, sagte ihr Vater. „Das ist von uns allen. Leigh, Tante Love, Zella, Wes, Tabitha, Miss Sally, Mr Harvey und mir.“

Jocie sah erst das Fahrrad an und anschließend die anderen, die sie beobachteten. Dann brach sie in Tränen aus.

Ihr Vater lachte. „Das bedeutet wohl, dass es ihr gefällt.“

39

David hätte es merken sollen, aber das hatte er nicht. Tante Love musste es ihm sagen. Kurz nachdem Jocie ihr neues Fahrrad genommen und damit bis zur Straße und zurück gefahren war, löste sich ihre Geburtstagsrunde auf. Leigh machte sich gemeinsam mit Wes und Zella auf den Heimweg. David versuchte nicht, sie zurückzuhalten, weil er noch seine Predigt vorbereiten musste. An diesem Vormittag war keine Zeit gewesen, weil sie mit den Vorbereitungen für die Party beschäftigt gewesen waren. Er musste dringend in der Bibel lesen und beten, um sicherzugehen, dass er die Botschaft gefunden hatte, die er nach Gottes Willen predigen sollte.

Gebet war auch der Grund, warum Miss Sally und Mr Harvey noch nicht gingen, als die anderen aufbrachen. Mr Harvey wollte mit David beten. Er sagte, er hätte in den letzten Tagen eine besondere Last gespürt. „Ich weiß nicht, was es ist, Bruder David, aber ich spüre, dass etwas nicht stimmt. Vielleicht sehe ich nicht, was Gott von mir erwartet. Ich hatte gehofft, Sie könnten mir helfen, darüber zu beten."

„Natürlich, Mr Harvey. Gehen wir auf die Veranda hinaus, während die Frauen den Kuchen wegräumen", sagte David.

Sie hatten kaum den Kopf geneigt, als Tante Love zu ihnen trat. „Ich störe ja nur ungern, David, aber ich glaube, bei Tabitha haben die Wehen eingesetzt. Wahrscheinlich hat sie schon den ganzen Tag welche."

„Den ganzen Tag?", sagte David. Er hatte bemerkt, dass Tabitha besonders schweigsam gewesen war und kaum etwas von ihrem Kuchen gegessen hatte. „Aber warum hat sie uns nichts davon gesagt?"

„Sie sagt, sie wollte Jocie nicht die Geburtstagsfeier verderben, aber sie ist schon mit Rückenschmerzen aufgewacht. Manche Frauen spüren die Wehen zuerst im Rücken. Und es scheint einen gewissen Rhythmus bei den Schmerzen zu geben. Ich bin mir sicher, das sind die Wehen."

Davids Herz fing an zu hämmern und seine Hände zitterten. Er wollte irgendwohin laufen, irgendetwas tun, aber er war sich nicht sicher, was. „Wir haben doch noch genug Zeit, um sie ins Krankenhaus zu fahren, nicht wahr?“

„Es wäre besser gewesen, wenn sie es uns eher gesagt hätte“, erwiderte Tante Love. „Es ist eine lange Fahrt bis nach Grundy. Ich habe Jocelyn gesagt, sie soll versuchen, den Arzt zu erreichen.“

David sah Mr Harvey an, der lächelte und ihm auf die Schulter klopfte. „Machen Sie sich meinetwegen keine Gedanken, Bruder David. Kümmern Sie sich um das Mädchen. Sieht so aus, als könnten Sie heute noch Großvater werden.“

„Ich bete auf dem Weg nach Grundy für Sie“, versprach David ihm. Er stürmte die Treppe hinunter zu seinem Wagen.

„Warten Sie, Bruder David. Meinen Sie nicht, es wäre besser, das Mädchen mitzunehmen?“, rief Mr Harvey lachend.

David blieb stehen. „Das wäre wohl das Beste, nicht wahr?“

Er wusste nicht, wer ängstlicher aussah, als er ins Wohnzimmer kam – Jocie oder Tabitha. Oder vielleicht er selbst, was er aber nur hätte beurteilen können, wenn er einen Spiegel gehabt hätte. Jocie sah ihn an und sagte: „Der Arzt sagt, du sollst sie hinfahren. Sofort.“

„Ist gut.“ David bemühte sich, mit ruhiger Stimme zu sprechen. „Hol doch bitte Tabithas Koffer, Jocie.“

Dann erstarrte Tabitha. Sie riss die Augen auf und hielt die Luft an.

Tante Love beugte sich über sie. „Weiteratmen, Kind. Ein und aus. Und denk immer an den Herrn, der dir helfen kann.“ Sie hatte auch einen passenden Bibelvers parat. „‚Bewahre mich, Gott; denn ich traue auf dich.‘ Und jetzt atmen. Langsam, ein und aus.“ Tante Love blickte zu David hinüber. „Vielleicht solltest du auch ein paarmal tief Luft holen, David.“

Tabitha umklammerte Tante Loves Hände. „Du musst mitkommen, Tante Love. Bitte.“

„Du schaffst das schon, Tabitha. Alles wird gut.“

„Aber du musst mitkommen.“ Tabitha klang, als würde sie gleich anfangen zu weinen. „Du und Daddy, ihr beide.“

„Deine Schwester kann nicht alleine hierbleiben“, sagte Tante Love freundlich. „Nicht die ganze Nacht. Und beim ersten Baby dauert es manchmal eine Weile.“

David hoffte, dass es eine Weile dauern würde. Wenn nicht die ganze Nacht, dann wenigstens, bis sie das Krankenhaus in Grundy erreicht hatten. „Vielleicht sollten wir Dr. Markum anrufen oder den Krankenwagen holen", sagte er.

„Nein, sie muss ins Krankenhaus und der Krankenwagen würde länger brauchen als du", sagte Tante Love. „Dann muss Jocelyn eben mit uns kommen. Aber ich glaube nicht, dass sie Kinder auf die Wöchnerinnenstation lassen."

„Ich bin jetzt vierzehn", sagte Jocie, die in diesem Moment mit Tabithas Koffer zurückkam.

„Vielleicht ist das alt genug", sagte Tante Love.

„Da bin ich mir sicher. Ich glaube, man muss dreizehn sein", warf Miss Sally ein. „Aber deine Tante Love hat recht, was das erste Baby betrifft, Jocie. Warum kommst du nicht einfach mit zu uns? Du kannst bei uns übernachten und morgen mit uns in die Kirche fahren."

„Kirche", sagte David. „Vielleicht sollte ich versuchen, jemanden zu finden, der für mich einspringt – für den Fall, dass ich es nicht rechtzeitig schaffe."

„Jetzt machen Sie sich mal keine Gedanken über uns in Mt. Pleasant", sagte Mr Harvey. „Wenn Sie es schaffen, dann kommen Sie, und wenn nicht, dann übernehme ich oder einer der anderen Ältesten. Wir kommen in der Gemeinde schon klar. Kümmern Sie sich nur um Ihr Mädchen."

So wurde es gemacht, obwohl ihr Vater Jocie gar nicht gefragt hatte, was sie selbst wollte. Ehrlich gesagt war Jocie sich jedoch auch gar nicht so sicher, was sie lieber täte. Die Vorstellung, vor Ort zu sein, wenn Stephanie Grace das Licht der Welt erblickte, war aufregend, aber gleichzeitig machte es ihr Angst, wenn Tabitha ganz starr wurde und anfing zu stöhnen. Vielleicht war es besser, den Teil mit den Wehen auszulassen, zu warten und das Baby dann zu sehen, wenn es da war.

Jocie trug Tabithas Koffer nach draußen und legte ihn in den Kofferraum, während ihr Vater Tabitha half, es sich auf dem Rücksitz bequem zu machen. Jocie überlegte krampfhaft, welche Mut machenden Worte sie ihrer Schwester mit auf den Weg geben könnte. Etwas wie „Viel Glück“ oder „Ich hoffe, alles läuft gut“, aber beides klang irgendwie unpassend. Schließlich lehnte Jocie sich in den Wagen, um Tabitha einfach „Bis bald“ zu sagen, aber Tabitha grub ihre Finger in Jocies Arm und sagte: „Fang an, dein Babygebet zu sprechen.“ Dann verkrampfte sie sich wieder und riss die Augen auf, beinahe so, als wäre sie überrascht von dem, was geschah.

Ihr Vater schob Jocie beiseite und schloss die Tür. Dann gab er Jocie noch ein paar letzte Anweisungen, wie sie solle sich bei Miss Sally benehmen und beten und den Kuchen wegräumen, aber die Worte überschlugen sich und ergaben nicht viel Sinn. Jocie lächelte ihn an und versprach, das alles zu tun. Dann stand sie auf der Veranda und sah dem Wagen nach, bis er die Straße hinunter entschwunden war.

Miss Sally trat neben sie. „Sie wird das schon machen, und wenn du sie das nächste Mal siehst, hat sie ein süßes kleines Baby.“

„Ich mache mir eigentlich mehr Sorgen um Dad. So aufgelöst habe ich ihn noch nie gesehen, glaube ich.“

Miss Sally lachte. „So ist das bei Männern. Die Frauen müssen die Wehen aushalten, um die Babys auf die Welt zu bringen, und die Väter brechen zusammen.“

„Aber Daddy ist doch noch nicht einmal der Vater.“

„Er ist der Vater der Mutter. Das ist vielleicht noch schlimmer. Aber er schafft das schon. Er wird sich beruhigen und ein Gebet sprechen und Gott wird ihm helfen, es zu überstehen.“ Miss Sally legte einen Arm um Jocies Schultern. „Komm. Wir räumen den Kuchen weg und machen den Abwasch, damit wir nach Hause fahren können. Wir müssen auf dem Rückweg noch kurz bei der Kirche halten und Harvey hat eine Kuh, nach der er vor Einbruch der Dunkelheit sehen muss. Heute werden noch mehr Babys geboren.“

„Glauben Sie, er lässt mich mitgehen? Ich liebe kleine Kälber.“

„Ich bin mir sicher, er wird sich freuen, wenn du ihm Gesellschaft leistest. Und wir haben im Moment mehrere Kälber. Niedliche kleine Dinger. Heute Morgen habe ich sie zusammen auf dem Feld hinter unserem Haus gesehen“, sagte Miss Sally. Sie schob Jocie in Richtung Tür. „Jetzt hol dein Sonntagskleid und ein Nachthemd. Ich fange in der Zwischenzeit mit dem Abwasch an.“

Als sie bei Miss Sallys und Mr Harveys Haus ankamen, neigte die

Sonne sich schon gen Horizont. Mr Harvey stieg aus und nahm seinen Gehstock. „Wir verschwenden besser keine Zeit, Mädchen. Wenn wir uns nicht beeilen, ist es zu dunkel und wir können nicht sehen, ob der kleine Kerl da ist oder nicht."

„Woher wissen Sie, in welche Richtung Sie auf dem Feld gehen müssen, um die Kuh zu finden?", fragte Jocie, während sie neben ihm herlief. Sie mochte Mr Harvey. Man konnte gut mit ihm reden und er hatte immer eine Geschichte zu erzählen, die sie zum Lächeln brachte. In ihrem Journal hatte sie einen eigenen Teil für seine Geschichten aus der guten alten Zeit. Ihre Lieblingsgeschichte war die, wie er sich als kleiner Junge im Wald verlaufen und sein alter Hund Jake ihn gefunden und nach Hause geführt hatte.

„Das ist ganz einfach", sagte Mr Harvey jetzt. „Sie gehen immer schnurstracks zum Krankenhausfeld."

„Es gibt kein Krankenhausfeld!", sagte Jocie ungläubig.

„Aber fast. Wenn für eine Kuh der Zeitpunkt kommt, ihr Kalb zur Welt zu bringen, begibt sie sich über den Hügel dort zu dem Feld." Mr Harvey zeigte mit dem Finger in die entsprechende Richtung. „Sieh mal, ich glaube, ich sehe das alte Mädchen schon dort."

Und tatsächlich stand dort eine Kuh, die an dem trockenen Gras knabberte, während ihr frisch geborenes Kalb aufgerollt neben ihr lag. Als sie den Kopf hob und leise muhte, erhob sich das kleine Kalb auf wackeligen Beinchen.

„Wir brauchen sie nicht zu stören", sagte Mr Harvey, der in einiger Entfernung von der Kuh stehen geblieben war. „Man kann von hier aus sehen, dass es ihnen gut geht."

Das Kalb machte ein paar unsichere Schritte und stakste dann mit mehr Selbstbewusstsein direkt zum Euter der Kuh, um zu trinken. Die Kuh wandte den Kopf um und berührte den Rücken des Kälbchens mit der Nase.

„Ich wünschte, ich hätte meine Kamera dabei", sagte Jocie.

„Es ist ein friedvolles Bild. Das Wesen der Natur. Geburt und Leben und Tod, ein immer wiederkehrender Kreis."

Jocie blickte von dem Kalb zu Mr Harvey. „Aber über den Teil mit dem Tod reden wir nicht gerne."

„Das stimmt, aber er gehört zu Gottes Plan. Der Mensch wird

geboren und hat seine Zeit auf der Erde, aber irgendwann kommt für uns alle der Tag, an dem wir unseren ewigen Lohn empfangen werden."

„Tante Love zitiert immer Verse aus dem Buch Prediger. Eine Zeit geboren zu werden. Eine Zeit zu sterben. Sie wissen schon, das Kapitel mit all den Gegensätzen. Mir erzählt sie ständig von der Zeit zu schweigen und der Zeit zu reden. Das mit dem Schweigen kann ich nicht so gut."

Mr Harvey lachte. „Das mit dem Schweigen fällt uns nicht allen gleich leicht. Komm, wir gehen zum Haus zurück und sehen nach, was Sally fürs Abendessen zusammengesucht hat."

„Wir hätten etwas von meinem Geburtstagskuchen mitnehmen sollen."

„Ich bin mir sicher, Sally hat etwas Süßes für uns im Schrank. Das ist meistens der Fall. Wir werden garantiert ein schönes Geburtstagsessen haben."

„Es ist immer noch mein Geburtstag, nicht wahr?"

„Geburtstage dauern in der Regel den ganzen Tag. Und es könnte sein, dass deine kleine Nichte oder dein kleiner Neffe nächstes Jahr mit dir zusammen Geburtstag feiert."

„Das wäre bestimmt lustig." Während sie über das Feld zurückgingen, blickte Jocie zum Himmel auf und sprach im Stillen ein Gebet für Tabitha und das Baby. Schließlich hatte sie versprochen, das Babygebet zu sprechen. Ein Stern war am blauen Himmel über ihnen erschienen. Jocie konnte sich nicht entscheiden, ob sie ihren Wunsch beim ersten Stern für den Regen benutzen sollte, wie sie es schon seit Tagen tat, oder ob sie heute Abend einen besonderen Wunsch für das Baby äußern sollte, also fragte sie Mr Harvey: „Glauben Sie, dass es bald regnen wird?"

„Heute sieht es nicht danach aus", sagte Mr Harvey mit einem Blick hinauf zum wolkenlosen Himmel. „Aber es wird regnen. Das hat es noch immer getan. Gott sorgt für uns."

Als Mr Harvey das sagte, konnte Jocie beinahe den Regen in der Luft riechen, obwohl weit und breit keine Wolke zu sehen war. Also würde sie an diesem Abend Mr Harvey den Regen überlassen und wünschte sich stattdessen, während sie zu dem Stern über ihren Köpfen hinaufstarrte, dass Tabithas Baby gesund sein möge.

„Finden Sie es falsch, sich etwas zu wünschen, wenn man einen Stern sieht?“, fragte sie.

Mr Harvey lächelte ihr zu. „Nein. Ich habe mir mein Leben lang etwas gewünscht, wenn ein Stern erscheint, und Gott hat diese Wünsche in Segen verwandelt.“

„Danke, dass Sie mich hierher mitgenommen haben.“

„Ich freue mich über die Gesellschaft, Mädchen.“

Die Dämmerung brach herein und weitere Sterne erschienen am Himmel. Als Jocie und Mr Harvey über den Hügelkamm kamen, sahen sie die Lichter von Autos und Lastwagen auf der Straße hinter dem Haus.

„Sieht so aus, als wäre hier draußen heute Abend eine Menge los“, sagte Mr Harvey. „Ich hoffe, in der Nachbarschaft ist alles in Ordnung.“

40

Cassidy fuhr aus dem Schlaf hoch und setzte sich in ihrem Bett auf. Ihr Herz hämmerte so heftig, dass sie glaubte, es würde aus ihrer Brust springen. Zuerst wusste sie nicht, was sie geweckt hatte. Sie konnte nur den Ventilator in ihrem Fenster surren hören. Cassidy holte tief Luft und blickte zu Eli und Elise hinüber, die in ihren Bettchen lagen, um zu sehen, ob eines ihrer Geschwister der Grund war, warum sie aufgewacht war. Im Dämmerlicht, das durch den oberen Teil des Fensters fiel, konnte sie sehen, dass die Zwillinge auf dem Rücken lagen und im Schlaf langsam und entspannt atmeten. Sie weckten Cassidy sowieso kaum jemals auf. Cassidy war das Knarren der Bettchen gewöhnt, wenn sie sich umdrehten, oder die Geräusche, die sie machten, wenn sie schlecht geträumt hatten.

Vielleicht war das der Grund, warum sie aufgewacht war. Vielleicht hatte sie wieder schlecht geträumt. Seit ihre Mama sich letzte Woche in der Stadt etwas zu trinken hatte kaufen müssen, hatte sie den bösen Traum wieder ganz oft. Aber wenn der Hund, der sie anknurrte, sie aus dem Schlaf riss, konnte sie sich normalerweise daran erinnern, und meistens konnte sie seine großen spitzen Zähne im Dunkeln selbst dann noch sehen, wenn sie die Augen längst aufgeschlagen hatte. Sie schrie nicht mehr so oft, wenn das geschah, weil ihre Mama und ihr Daddy sich aufregten, wenn sie etwas von dem Hund sagte.

Außerdem konnte niemand schlafen, wenn sie brüllte und die Babys aufweckte. Dann waren alle aufgebracht. Ihre Mama hatte ihr gesagt, sie solle bis hundert zählen, wenn sie schlecht geträumt hatte, dann würde der Traum verschwinden. Meistens tat er das auch. Aber manchmal musste sie sich die Decke über den Kopf ziehen, obwohl es darunter so heiß war, dass sie kaum atmen konnte. Aber sie blieb dort und schwitzte und atmete in kleinen ruhigen Zügen, bis der Hund schließlich aufgab und davonlief, um jemand anderen anzuknurren.

Cassidy fing an, so leise zu zählen, dass nicht einmal Eli oder Elise es über das Geräusch des Ventilators hinweg hören konnten.

„Eins, zwei, drei, vier, fünf ...“ Aber es war nicht der Hundetraum. Es war etwas anderes. Etwas vor dem Haus. Sie hörte auf zu zählen und stieg aus dem Bett. Dann schob sie einen Stuhl ans Fenster und kletterte darauf, um über dem Ventilator durch das Fenster zu spähen.

Ein Lastwagen kam ihre Auffahrt heraufgefahren und dann noch einer. Aber es war komisch. Obwohl es dunkel war, hatten sie keine Lichter an. Auf dem Schotter, den ihr Daddy letzten Monat auf den Weg vor ihrem Haus geschüttet hatte, knurrten die Räder in Cassidys Ohren wie der Hund. Und dann knurrten noch mehr Hunde.

Cassidy stieg vom Stuhl. Sie blickte zu ihrem Bett hinüber und überlegte, ob sie sich unter der Decke verkriechen sollte, aber stattdessen ging sie ins Wohnzimmer. Im Haus war es ganz still. Das Knurren war nur draußen. Cassidy lugte aus dem Fenster. Jetzt waren es fünf Lastwagen. Nur Lastwagen, keine normalen Autos. Zwei der Wagen fuhren am Haus vorbei zu dem Feld, auf dem ihre Apfelbäume zu einer Plantage heranwuchsen. Zu einem Garten der Hoffnung, den ihr Daddy gepflanzt hatte.

Einer der Lastwagen blieb vor ihrem Gartentor stehen. Der nächste Lastwagen hielt nicht an, sondern fuhr einfach über ihren Zaun und die Fliederbüsche, die ihre Mama von Miss Sally bekommen hatte. Das war nicht richtig. Am liebsten wäre Cassidy wieder in die Höhle in ihren Gedanken zurückgekrochen und hätte sich dort eine Weile zusammengerollt, aber jemand musste ihrem Daddy Bescheid sagen. Jemand musste rausgehen und etwas wegen der Fliederbüsche ihrer Mama unternehmen. Sie hatten das Spülwasser von ihrer Wäsche hinausgetragen, um die Sträucher zu gießen, und ihre Mama sprach oft von den hübschen lilafarbenen Blüten, die sie im nächsten Jahr tragen, und dem wundervollen Duft, den sie versprühen würden. In Chicago hatten sie keine Fliederbüsche gehabt.

Jemand stieg aus einem der Lastwagen. Jemand – oder etwas. Es hatte kein Gesicht. Nur etwas wie einen spitzen weißen Kopfkissenbezug mit Löchern als Augen. Die restliche Gestalt war von Weiß umgeben wie die Gespenster in Trickfilmen. Aber unter dem Weiß, unten am Boden, waren Stiefel. Cassidy starrte auf die Stiefel und wusste, dass es einer von den Männern war, über die Mama und Daddy gesprochen hatten, nachdem sie mit Mama in der Stadt einkaufen gewesen war. Ihr Daddy hatte sie Feiglinge genannt, die sich unter Tüchern verstecken. Und ihre Mama hatte die Stirn gerunzelt und gesagt, es sei so, als würden die Männer glauben, Gott könnte sie unter ihren Kapuzen nicht sehen und sie könnten tun, was sie wollten, solange niemand ihre Gesichter sah. Aber Gott konnte natürlich durch alles hindurchsehen.

Andere Gespenstermänner erschienen hinter dem ersten und Cassidy rannte zum Schlafzimmer ihrer Eltern.

„Daddy“, flüsterte sie, so laut sie konnte. Auch in ihrem Zimmer lief ein Ventilator, deshalb hatte sie das Bett schon fast erreicht, bis ihr Daddy sie hörte. „Daddy!“

Er setzte sich auf, machte aber nicht das Licht an. „Was ist los, Cassidy?“

„Die Gespenstermänner sind hier. Die, von denen ihr geredet habt“, sagte Cassidy. „Die glauben, dass Gott sie nicht sieht, wenn sie böse Dinge tun.“

Sie konnte erkennen, dass ihr Daddy und ihre Mama sich ansahen. Sie hatten Angst. Genau wie Cassidy. Die Öffnung zu ihrer Höhle war noch immer in ihrem Kopf. Sie könnte hineinkriechen, dann konnte niemand sie fassen. Aber was, wenn sie ihr folgten? Was, wenn sie ihre weißen Arme zu ihr hereinstreckten und sie hinauszogen und ihren Hunden zum Fraß vorwarfen? Sie hatte keine Hunde gesehen, aber das bedeutete nicht, dass da keine waren.

„Ganz ruhig, Baby, es ist alles in Ordnung“, sagte ihr Daddy. „Bleib du hier bei deiner Mama. Ich kümmere mich um alles.“ Er war aufgesprungen und zog sich bereits seine Hose an.

Ihre Mama streckte die Arme aus und zog Cassidy ein paar Sekunden lang ganz fest an sich, bevor auch sie aufstand und anfing, sich anzuziehen. „Wie viele?“, fragte sie.

„Ich weiß es nicht“, sagte Cassidy. Tränen rannen über ihre Wangen. Sie würde in die Höhle kriechen müssen. Sie war der einzige sichere Ort. Aber sie wollte ihre Mama nicht zurücklassen und sie wusste, dass ihre Mama nicht mit ihr in die Höhle kriechen würde. „Ich habe fünf Lastwagen gesehen. Ein paar sind aufs Feld gefahren. Einer hat deine Fliederbüsche umgefahren, Mama.“

Ihre Mama erstarrte mitten in der Bewegung, während sie ihre Schuhe anzog. „Über den Zaun?“ Sie wartete Cassidys Antwort nicht ab, sondern sah Cassidys Daddy an und sagte: „Vielleicht sollten wir den Sheriff rufen."

„Als ob das etwas nutzen würde", murmelte ihr Daddy.

„Bruder David hat gesagt, das wird es. Er sagte, der Sheriff habe mit diesen Leuten nichts zu tun."

„Einigermaßen sicher wissen wir nur, dass dein Bruder David nicht da draußen unter einem dieser Tücher steckt, Myra."

Dann erschien Noah in der Tür. „Wir können niemanden anrufen. Das Telefon ist tot."

Wieder spürte Cassidy die Angst im Zimmer wie ein lebendiges Wesen, das versuchte, sie alle zu fressen. Sie schob sich langsam zum Eingang ihrer Höhle. Noch konnte sie ihre Mama und ihren Daddy und Noah hören, aber so, wie sie manchmal nachts ihre Stimmen durch die Wand hörte. Gedämpft und leise. Ein fernes Geräusch.

„Ich liebe dich mehr als mein Leben, Myra", sagte ihr Daddy.

„Geh nicht da raus, Alex. Bleib hier, dann werden sie wieder gehen." Ihre Mama weinte fast. „Du kannst sie nicht bekämpfen, Alex."

Cassidy kroch tiefer in ihre Höhle. Selbst Noah konnte sie jetzt nicht mehr erreichen.

„Ich bekämpfe niemanden. Ich gehe nur hinaus und sehe nach, was sie wollen."

„Du weißt, was sie wollen."

„Dies ist unser Land. Sie haben kein Recht, hier zu sein." Eine Sekunde lang wurde die Stimme ihres Daddys laut. Dann war sie wieder leiser. „Es wird schon nichts passieren, Myra. Kümmere du dich um Cassidy und die Zwillinge und rede für uns mit Gott. Dein Gott sollte doch auf uns aufpassen, oder nicht?"

„Ich bete, Alex. Oh, lieber Gott, Herr Jesus, ich bete", sagte Cassidys Mama.

Noah ging mit ihrem Daddy. Cassidy konnte ihn von ihrem Versteck in der Höhle aus sehen. Er sagte nicht, sie solle herauskommen, so wie er es sonst tat. Dann war es vielleicht in Ordnung, wenn sie dort war. Aber dann sah ihre Mama sie an und streckte die Hand nach ihr aus.

Ihre Mama schrie nicht, wie Noah es immer tat. Ihre Stimme war leise, so wie wenn sie Eli und Elise ein Schlaflied vorsang, aber sie war ganz nah. Cassidy konnte sogar den Atem ihrer Mama an ihrem Ohr spüren. „Cassidy, Liebling, du musst jetzt hier bei mir bleiben. Ich brauche vielleicht deine Hilfe mit Eli und Elise. Du musst ein andermal mit deinen Drachen spielen. Nicht jetzt."

Cassidy wusste nicht, warum ihre Mama etwas von Drachen sagte. In ihrer Höhle gab es keine Drachen. Aber es wäre schön, wenn es welche gäbe. Dann könnte Cassidy einen dieser Drachen holen und darauf hinausreiten und der Drachen könnte Feuer auf die Gespenstermänner da draußen speien.

„Cassidy." Die Stimme ihrer Mama wurde etwas lauter, als sie Cassidys Kinn mit der Hand anhob. „Tu, was ich gesagt habe. Jetzt gleich! Du musst mir gut zuhören."

Cassidy hörte immer auf ihre Mama. Sie streckte eine Hand aus ihrer Höhle und berührte die Finger ihrer Mama. Diese packte ihre Hand so fest, dass es wehtat.

„Ich habe Angst, Mama", sagte sie.

„Ich weiß, Liebes. Denk immer daran, dass Gott uns lieb hat, und hilf deiner Mama zu beten, dass er auf uns aufpasst." Einen Augenblick lang hielt ihre Mama ihre Hand noch ein wenig fester, dann sagte sie: „Jetzt gehen wir in dein Zimmer zurück und sehen nach unseren Babys."

Cassidys Mama öffnete die Schlafzimmertür. Die Lastwagen draußen mussten ihre Scheinwerfer eingeschaltet haben, denn jetzt schlängelten sich helle Lichtstrahlen durch die Fenster und prallten am Spiegel an der Wand hinter dem Sofa ab. Draußen brüllten Männer, aber Cassidy konnte nicht hören, dass ihr Daddy oder Noah etwas sagte.

Ihre Mama ging nicht zur Tür hinaus. Stattdessen schloss sie sie wieder und kniete sich neben Cassidy auf den Boden. „Wir werden ein Spiel spielen. Wir spielen Verstecken mit diesen Lichtern da draußen im Wohnzimmer und kriechen unter ihnen hindurch in euer Zimmer. In Ordnung?"

„In Ordnung", sagte Cassidy. „Aber wollen diese Lichter uns denn finden?"

„Ich weiß es nicht. Vielleicht nicht, aber wir können das Spiel trotzdem spielen", sagte ihre Mama, während sie, diesmal auf allen vieren, die Schlafzimmertür wieder öffnete. „Komm mit."

Es war komisch, hinter Mama herzukrabbeln. Manchmal spielte Cassidy mit Eli und Elise solche Spiele, wo sie auf allen vieren krabbeln mussten, aber ihre Mama tat das nie. Sie ging stets aufrecht und hatte alles im Griff. Aber Cassidy wusste natürlich, dass ihre Mama jetzt kein Spiel spielte. Sie wollte nur nicht, dass die Gespenstermänner sie sahen.

Sie hatten Cassidys Zimmer fast erreicht, als draußen ein lauter Knall ertönte. Ihre Mama erstarrte und sagte: „Oh Gott, erbarme dich deiner Kinder! Bitte keine Gewehre."

Eli fing im Kinderzimmer an zu jammern. Gleich würde auch Elise anfangen zu weinen. Sie wachte immer auf und weinte, wenn Eli weinte. Aber Cassidys Mama tat so, als hörte sie Eli gar nicht. Sie blieb auf dem Boden und kroch auf Händen und Knien zum Fenster, das auf die Veranda hinausging und durch das am wenigsten Licht hereinfiel. Cassidy zögerte nicht. Sie krabbelte hinterher. Als ihre Mama aus dem Fenster sah, tat Cassidy es auch.

In ihrem Zimmer weinte Eli etwas lauter und dann stimmte Elise mit ein. In ein paar Minuten würden sie beide in ihren Bettchen stehen, an dem Gitter rütteln und brüllen. Aber Cassidys Mama blickte nicht einmal über ihre Schulter oder rief den Zwillingen etwas Beruhigendes zu.

Sie hockte so starr neben ihr, dass Cassidy einen Augenblick lang dachte, sie sei in ihre eigene Höhle gekrochen. Aber dann sprach Cassidys Daddy draußen auf der Veranda und ihre Mama atmete aus.

„Dies ist mein Grundstück. Sie haben kein Recht, hier zu sein", sagte Cassidys Daddy. Seine Stimme klang stark und fest. Und er sah auch stark aus, wie er da auf der Veranda stand und die Männer in ihren weißen Tüchern anstarrte. Noah stand im Schatten hinter ihm.

Die Männer draußen auf dem Hof bildeten einen Halbkreis um die Veranda. Cassidy zählte sie, aber als sie bei sieben angekommen war und dachte, das wären alle, traten noch mehr von ihnen aus der Dunkelheit neben den Lastwagen ins Licht. Sie trugen große Taschenlampen, die sie auf ihren Daddy richteten. Dieser hielt den Arm über seine Augen, damit die Lichter ihn nicht blendeten.

Der Mann in der Mitte, der auf dem Schotterweg, der zu ihrer

Veranda führte, antwortete ihrem Daddy. „Wir sind gekommen, um dir zu sagen, dass *du* es bist, der kein Recht hat, hier zu sein."

„Dies ist mein Land", wiederholte Cassidys Daddy und seine Stimme klang noch immer fest und ein bisschen lauter als vorher.

Der Mann auf dem Schotterweg beachtete das, was ihr Daddy gesagt hatte, gar nicht. „Verkauf dein Land wieder an den, von dem du es gekauft hast. Dann passiert niemandem etwas."

„Er würde es nicht zurückkaufen", sagte Cassidys Daddy.

„Wir werden ihn schon dazu bringen. Unsere Methoden sind ziemlich überzeugend." Die anderen Männer traten einen Schritt näher an die Veranda, während der Mann in der Mitte sprach. „Und wir kennen viele Methoden. Methoden, die du nicht kennenlernen willst."

„Sie begehen Hausfriedensbruch. Verschwinden Sie jetzt von meinem Land", sagte Cassidys Daddy.

„Wir gehen. Diesmal. Aber denk daran, dass wir jederzeit wiederkommen können, und beim nächsten Mal werden wir nicht so höflich sein." Der Mann machte eine Pause und sagte dann: „Wir haben gehört, dass du eine schöne Frau hast."

Cassidys Mama erstarrte.

„Lassen Sie meine Familie in Ruhe." Cassidys Daddy klang jetzt wütend. Er trat an den Rand der Veranda. Noah packte ihn am Arm.

Cassidys Mama flüsterte mit bebender Stimme: „Lieber Gott, halte deine Hand zwischen ihn und das Böse da draußen. Herr, ich flehe dich an."

Die weißen Gespenstermützen wackelten, als die Männer im Hof anfingen, ein schreckliches Geräusch zu machen. Es war ein Kreischen, das so ähnlich klang, wie wenn Daddy und Noah beim Löcherausheben für die Bäume mit der Schaufel auf Stein getroffen waren. Im Kinderzimmer weinten Eli und Elise jetzt lauter und riefen zwischen den Schluchzern nach ihrer Mama.

„Ein Mann sollte seine Familie beschützen", sagte der weiße Gespenstermann. „Bring sie dahin, wo du hergekommen bist. Wir wollen Leute wie euch hier nicht haben. Wir haben dich gewarnt. Beim nächsten Mal wird nicht geredet."

Die Männer schalteten ihre Taschenlampen aus und tauchten in die Dunkelheit neben ihren Lastwagen ein. Wagentüren öffneten und schlossen sich. Als alle außer dem Mann auf dem Weg gegangen waren, sagte dieser Mann: „Eins noch: Du hättest darauf hören sollen, als die Leute dir sagten, dass Apfelbäume hier nicht wachsen. Jedenfalls keine Niggerbäume." Dann verschwand auch er in der Dunkelheit.

Cassidys Mama wartete, bis die Lastwagen in ihre Blumenbeete zurückgesetzt hatten und über den Zaun hinweg zurück zur Straße fuhren. Erst dann ging sie ins Kinderzimmer, um die Zwillinge zu holen. Sie hob Elise hoch und drückte sie kurz an sich, bevor sie sie Cassidy reichte und Eli auf den Arm nahm. Cassidy blieb ganz dicht bei ihrer Mama, bewegte sich, wenn sie es tat, und blieb stehen, wenn sie stehen blieb. Sie roch ihr Parfüm und fühlte den Schweiß auf ihrem Arm. Cassidy hielt Elise im Arm und sagte ihr, sie solle aufhören zu weinen, aber gleichzeitig hielt sie sich an ihrer Mama fest. Wenn sie das nicht täte, fiele sie vielleicht in ein schwarzes Loch und käme nie wieder heraus. Sie sah sich in ihrem Kopf um, auf der Suche nach ihrer sicheren Höhle, aber sie konnte sie nicht finden. Es spielte keine Rolle. Ihre Mama würde nie erlauben, dass sie Elise mit in die Höhle nahm.

Nachdem auch das letzte Geräusch der Lastwagen in der Nacht verschwunden war, kamen ihr Daddy und Noah von der Veranda herein. Ihre Mama umarmte ihren Daddy so fest, dass Eli, der zwischen ihnen eingequetscht war, wieder anfing zu weinen. Dann kauerten sie sich alle zusammen und ihre Mama sagte, sie sollten ein Dankgebet sprechen.

„Und warum das?", sagte Cassidys Daddy und löste sich aus der Umarmung. „Wofür sollen wir denn bei all dem dankbar sein?"

„Wir sind alle hier zusammen. Gott hat uns beschützt. Er hat uns sicher in der Hand gehalten."

„Wenn wir in seinen Händen sind, dann macht er offenbar eine Faust und quetscht den Lebenssaft aus uns heraus."

„Alex! Hör auf, so zu reden."

„Du weißt, dass sie die Bäume herausgerissen haben." Die Stimme ihres Daddys klang komisch, gar nicht so wie gewohnt.

Cassidys Mama schwieg eine Minute, dann sagte sie: „Vielleicht sollten wir nachsehen."

Also gingen sie zusammen zur Plantage. Sie alle. Ihr Daddy ging voran. Ein paar Schritte hinter ihm folgte Noah, der Eli auf seine Schultern gesetzt hatte. Eli schien gar nicht zu merken, wie still die anderen waren, sondern jauchzte vor Vergnügen, im Mondschein draußen zu sein. Cassidys Mama trug Elise, die den Kopf an ihre Schulter gelehnt hatte und wieder eingeschlafen war. Cassidy passte ihre Schritte denen ihrer Mama an und hielt ihre Hand so, dass sie ihren Arm berührte.

Sie hatte ihre Schuhe angezogen, aber sie trug immer noch ihr Nachthemd, das früher blau gewesen war. Inzwischen war es so ausgeblichen, dass es fast weiß war. Cassidy fragte sich, ob jemand, der sie sah, sie für ein Trickfilmgespenst halten würde. Ihre Arme und ihr Gesicht waren in der Dunkelheit der Nacht bestimmt nicht zu sehen und es sah vermutlich aus, als liefe ein weißes Kleid durch die Gegend. Ein Gespenstermädchen wie die Gespenstermänner.

Cassidy schob diesen Gedanken beiseite. Sie wollte nicht an die Gespenstermänner denken. Aber als sie zu den Apfelbäumen kamen, gelang ihr das nicht mehr. Die Bäume standen nicht wie gewohnt da und reckten ihre kleinen Blätter gen Himmel. Sie waren zerdrückt und zerbrochen.

Ihr Daddy stand lange am Tor zu dem Feld, so als könnte er die Wahrheit ungeschehen machen, indem er das Feld nicht betrat. Seine Plantage der Hoffnung. Ihr Garten der Hoffnung.

Schließlich sagte er: „Sie sind mit den Lastwagen darübergefahren. Sie hatten nicht einmal genug Anstand, um sie eigenhändig auszureißen. Stattdessen haben sie die Wagen die schmutzige Arbeit machen lassen."

Er trat auf das Feld und kniete neben einem der zerbrochenen Bäume nieder. Cassidy erinnerte sich an diesen Baum. Er war der größte von allen gewesen. Ihr Daddy hatte ihm immer zwei Portionen Wasser gegeben, weil er der Anführer der Bäume sein und den anderen zeigen sollte, wie man wuchs, blühte und Äpfel trug. Tränen liefen über Cassidys Wangen. Sie hatte ihrem Daddy geholfen, diese Bäume zu gießen und ihre Stämme zu umwickeln, damit die Kaninchen nicht daran knabberten. Sie war zwischen ihnen hindurchgelaufen und hatte sich vorgestellt, wie es sein würde, wenn sie ihr bis über den Kopf gewachsen waren und voller Äpfel hingen. Und jetzt würden sie niemals wachsen.

Ihre Mama legte ihre freie Hand auf die Schulter von Cassidys Daddy. „Wir kaufen neue Bäume."

„Dann kommen sie und vernichten die auch. Und was dann, Myra?"

Ihre Stimme wurde kräftiger, entschlossener. „Dann pflanzen wir wieder neue."

Cassidys Daddy schüttelte den Kopf. „Ist es das, was dein Gott dir sagt? Beantwortet er so deine Gebete? Dass du immer wieder von vorne anfangen sollst?"

„In der Bibel steht: ‚Wir wissen, dass Bedrängnis Geduld bringt, Geduld aber Bewährung, Bewährung aber Hoffnung.'"

„Davon spüre ich aber im Moment nicht viel." Ihr Daddy stand auf, ein Stück des zerbrochenen Baumes noch in der Hand.

„Das liegt daran, dass du nicht auf Gott vertraust", sagte Cassidys Mama.

„Halt mir heute Nacht keine Predigten." Cassidys Daddy schleuderte den Ast, den er in der Hand gehalten hatte, so weit er konnte über das Feld. Aber dann schien sein Ärger zu verrauchen und er klang beinahe traurig, als er hinzufügte: „Nicht heute Nacht."

Sie wandten sich um und zogen mit ihrer traurigen Prozession zurück zum Haus, als Noah plötzlich zum Himmel hinter der Scheune zeigte. „Da drüben brennt etwas", sagte er.

Sie blieben stehen und folgten mit ihren Blicken seinem Finger. Auf der anderen Seite der Felder glühte der Himmel rot.

„Du lieber Gott", sagte Cassidys Mama. „Da drüben steht Miss Sallys Haus."

„Ich hoffe, dein Gott kann dir helfen, das zu verstehen", sagte Cassidys Daddy.

41

Während Jocie Miss Sally half, frische Laken auf das Bett in der guten Stube zu ziehen, wünschte sie, sie wäre mit ihrem Vater und Tante Love ins Krankenhaus gefahren. Nicht, weil sie Miss Sally und Mr Harvey nicht mochte. Sie mochte sie. Sehr sogar. Aber sie fühlte sich einfach fehl am Platze in diesem Raum voller Erinnerungen, der in Ordnung war, solange die Sonne durchs Fenster schien, aber irgendwie unheimlich, wenn die Schatten der Nacht hinter den Türen lauerten.

Außerdem würde sie, wenn sie zu Bett ging, erst am Morgen von Tabithas Baby erfahren. Vorhin hatte ihr Vater angerufen und gesagt, dass sie es zum Krankenhaus geschafft hatten und dass der Arzt gesagt habe, Tabitha sei eindeutig bereit für die Geburt. Aber das Baby wurde trotzdem erst in einigen Stunden erwartet, vielleicht sogar erst am nächsten Morgen. Jocies Vater hatte gesagt, Tabitha gehe es gut oder jedenfalls so gut, wie es jemandem gehen könne, der gerade ein Baby bekam. Das hätten ihm die Krankenschwestern gesagt. Sie erlaubten ihm nicht, bei Tabitha zu bleiben.

„Es ist besser, dass du nicht hier bist, Jocie. Du glaubst nicht, wie hart die Stühle hier im Wartezimmer sind. Tante Love wünscht sich, sie hätte ein Kissen eingepackt. Und es gibt nur Zeitschriften übers Angeln."

„Du angelst doch gerne", hatte Jocie gesagt.

„Ich gehe gerne angeln. Aber ich will nicht über andere lesen, die angeln gehen."

„Gibt es denn keine Bibel?"

„Ich habe keine gesehen", hatte ihr Vater gesagt.

„Tante Love kann dir ein paar Verse aufsagen."

„Das ist eine Idee", hatte er erwidert. „Ist bei Miss Sally und Mr Harvey alles in Ordnung?"

„Alles prima."

„Gut. Ich rufe euch morgen früh an. Bis dahin müssten wir ein neugeborenes Baby haben, sodass ich zum Gottesdienst gehen kann. Allerdings weiß ich nicht, was für eine Predigt dabei herauskommen wird. Gott hat mir schon oft gesagt, ich solle meine Predigtvorbereitungen nicht immer auf den letzten Drücker machen. Vielleicht höre ich jetzt endlich mal auf ihn."

„Das wird schon, Dad. Du kannst doch einfach noch mal die gleiche Predigt halten wie letzte Woche."

Ihr Vater hatte gelacht. „Willst du damit sagen, dass die Gemeinde sie sowieso längst vergessen hat?"

„Nein, das nicht. Aber du kannst einfach sagen, du hättest den Eindruck, dass sie sie noch einmal hören sollten. Ich meine, ein bisschen ähneln sich doch alle Predigten. Glaubt und ihr werdet gerettet. Behandelt andere so, wie ihr auch behandelt werden wollt. Liebt einander. Diese Dinge halt."

„Die Leute erwarten aber, dass ich ein bisschen länger predige."

„Aber warum müssen Predigten immer so lang sein? Gibt es Gesetze fürs Predigen?"

„Keine Gesetze. Nur die Bibel", hatte Jocies Vater gesagt. „Jetzt benimm dich und mach Miss Sally und Mr Harvey nicht verrückt, indem du ihnen solche Fragen stellst." Dann hatte er noch einmal gelacht und sich verabschiedet.

Jetzt lag Jocie in Miss Sallys guter Stube und schloss die Augen in der Hoffnung, bald einzuschlafen. Mr Harvey hatte angeboten, ihr seinen Ventilator aus seinem Schlafzimmer zu holen, aber sie hatte ihm gesagt, den brauche sie nicht. Mit den geöffneten Fenstern, durch die die Nachtluft hereinströmte, war es zwar heiß, aber nicht zu heiß zum Schlafen. Das war nicht das Problem. Das Problem war das Gefühl, dass der Geist von Miss Sallys Mutter irgendwo hier herumschweben könnte und er vielleicht nachsehen wollte, wer in ihrem Bett schlief.

Jocie sagte sich entschlossen, dass es so etwas wie Geister nicht gab, und selbst wenn, war Miss Sallys Mutter wahrscheinlich genauso lieb gewesen wie Miss Sally und hatte bestimmt nichts dagegen, dass Jocie hier schlief. Das unheimliche Geistergefühl verschwand, aber dann wurde sie von anderen Ängsten gepiesackt. Wes auf seinen Krücken. Der Überlegung, wie sie Ronnie Martin vergeben konnte – und Paulette, weil sie es wollte. Dass Tabitha ein Baby bekam. Nicht irgendwann, sondern jetzt. Dem Klan …

An die Männer in Laken und Stiefeln zu denken, machte ihr mehr Angst als die Vorstellung, dass Geister sie beobachteten.

Jocie fing an, den dreiundzwanzigsten Psalm aufzusagen, so wie sie es immer tat, wenn sie zu Hause nicht einschlafen konnte. Sie war gerade bei der Stelle mit dem Tal des Todes angelangt, als sie Räder in Mr Harveys Auffahrt knirschen hörte. Zuerst dachte sie, es sei vielleicht ihr Vater, der gekommen war, um ihr von dem Baby zu erzählen, aber es klang nicht nur wie *ein* Auto, sondern wie mehrere. Warum kamen mitten in der Nacht Leute, um Mr Harvey und Miss Sally zu besuchen?

Jocie stand auf und ging zum Fenster. Über ihrem Kopf konnte sie das Surren des Ventilators in Mr Harveys Zimmer hören. Draußen standen keine normalen Autos, sondern Lastwagen. Sie hielten ein Stück vom Haus entfernt und Männer stiegen aus. Eine Minute lang dachte Jocie, sie wäre tatsächlich eingeschlafen und würde träumen, als sie ihre weißen Gewänder sah. Sie bewegten sich geräuschlos. Das konnte doch sicher nur im Traum passieren.

Einer der Männer hielt eine Fackel hoch über seinen Kopf. Hinter ihm trugen mehrere Männer ein Holzkreuz. Jocie wollte schreien, aber ihr Mund funktionierte nicht. Sie wusste, dass das in Träumen manchmal passiert. Eine Person erstarrt und kann weder wegrennen noch sonst irgendetwas tun.

Die Männer legten das Kreuz im Hof vor der Veranda auf den Boden. Dann schütteten andere Männer etwas darauf. Da wusste Jocie mit Sicherheit, dass sie nicht träumte. Sie konnte das Kerosin riechen. Einer der Männer lachte leise, als er dem anderen Mann sagte, er solle aufpassen, dass sein Gewand nichts abbekomme, sonst würde er auch in Flammen aufgehen. Die Stimme des Mannes klang durch die Kapuze über seinem Kopf gedämpft.

Und dann warf der Mann seine Fackel auf das Holzkreuz. Hektisch sprang er zurück, als die Flammen aufloderten und am Dach der Veranda leckten. Einer der anderen Männer rannte herbei und sagte: „Ihr Idioten! Ihr habt es zu dicht ans Haus gelegt. Sie sollen doch nicht bei lebendigem Leibe verbrennen! Wir wollen ihnen nur ein bisschen Angst einjagen."

Die Flammen züngelten an dem trockenen Gras und plötzlich brannte der ganze Vorgarten. Jocie rannte zur Treppe. Der Rauch zog schon durchs Haus und die Flammen knisterten, als sie ihre Zähne in das Verandadach schlugen.

„Miss Sally! Mr Harvey!“, schrie sie. „Wachen Sie auf!“

Draußen gab es laute Geräusche und viel Geschrei. Jocie konnte die Worte nicht verstehen, aber sie konnte die Panik hören. Das gleiche Gefühl durchströmte sie selbst. Dann waren die Rufe nicht mehr zu hören, weil das Brüllen des Feuers lauter wurde. Im Treppenhaus war es heiß und das Atmen fiel schwer. Jocie zog ihr Nachthemd über ihre Nase und ihren Mund und lief weiter.

Miss Sally kam ihr an der Tür zu ihrem Zimmer entgegen. Sie hatte ihren Morgenmantel und Hausschuhe an und ein Haarnetz über ihren grauen Haaren. „Was ist los?“

„Das Haus brennt!“

„Ach, du liebe Güte! Wir müssen Harvey holen.“

Jocie begann, an Mr Harveys Tür zu hämmern. Der Rauch wurde dichter und schließlich stieß sie die Tür auf. Mr Harvey saß auf der Bettkante. Er hielt sich die Brust. Tante Love tat das auch oft, aber meistens hatte es nichts zu bedeuten. Bei Mr Harvey war Jocie sich da nicht so sicher.

Miss Sally schob sich an ihr vorbei und legte die Hände auf Mr Harveys Schultern. „Steh auf, Harvey! Wir müssen hier raus.“

Er sah sie nur an, als hätte er nicht verstanden, was sie gesagt hatte. Dann holte er zweimal tief Luft und sagte: „Riecht es hier nach Rauch?“

„Das Haus steht in Flammen“, sagte Jocie. „Bitte, Mr Harvey, wir müssen uns beeilen.“

Endlich stand er auf und griff nach seiner Hose, doch Miss Sally riss sie ihm aus der Hand. „Du hast keine Zeit, dich anzuziehen, Harvey. Ich trage die Hose für dich. Jocie, nimm seine Schuhe. Wenn wir draußen sind, kannst du sie anziehen.“

Jocie packte die Schuhe, die neben dem Bett auf dem Boden standen, und ging voran in Richtung Treppe. Sie traute sich beinahe nicht zurückzublicken und nachzusehen, ob die beiden ihr folgten. Was sollte sie tun, wenn nicht? Sie flüsterte ein Gebet. „Lieber Gott, hilf uns.“

Der Rauch wurde immer dichter und hüllte sie ein, sodass Jocie husten musste. Sie blieb auf dem Treppenabsatz stehen. Es war zu spät. Vielleicht hatte sie nicht früh genug gebetet. Die Flammen rasten von der Veranda und durch den Flur auf die Treppe zu. Die unterste Stufe brannte bereits. Jocie versuchte, nur wenig zu atmen, damit sie nicht den Rauch einatmete, aber die Flammen sogen die ganze Luft auf. Es war so heiß, dass sie nicht atmen konnte.

Hinter ihr husteten Mr Harvey und Miss Sally. Jocies Lunge tat weh und schwarze Flecken tanzten vor ihren Augen. Sie durfte nicht ohnmächtig werden. Wenn sie ohnmächtig wurde, würde sie sterben und Mr Harvey und Miss Sally auch.

Dann zog Mr Harvey sie von der Treppe zurück und schrie ihr ins Ohr: „Wir müssen durch das Fenster in Sallys Zimmer."

Durchs Fenster. Jocie konnte das vielleicht, aber würden Mr Harvey und Miss Sally es schaffen? Aber ansonsten bliebe ihnen nur der Versuch, durch die Flammen zu rennen und eine der Türen im Erdgeschoss zu erreichen. Und das konnte keiner von ihnen.

Mr Harvey öffnete die Tür zu Miss Sallys Schlafzimmer. Augenblicklich kamen die Flammen die Treppe heraufgeklettert wie ein lebendiges Wesen, das bereit war, die frische Luft aus dem Schlafzimmer zu verschlingen. Jocie stieß Mr Harvey und Miss Sally hinein und schlug die Tür hinter sich zu. Dann holte sie ein paarmal Luft, aber dadurch musste sie nur noch mehr husten. Draußen war alles in ein unnatürliches Licht getaucht.

Mr Harvey fasste sich wieder an die Brust und stützte sich auf Miss Sally. „Müssen wir Laken zusammenbinden, um ein Seil zu machen, das bis auf den Boden reicht?", fragte Jocie.

„Nein, mein Kind", sagte Miss Sally. „Das Dach der hinteren Veranda verläuft schräg nach unten. Wir können hinauskrabbeln, über das Dach auf den Kellerhügel hinunterklettern und dann den hinunterlaufen. Harvey und ich haben das oft gemacht, als wir Kinder waren – nur so zum Spaß."

Jocie sah sie an. „Sie sind aber keine Kinder mehr."

Miss Sally lächelte doch tatsächlich. „Geh du zuerst und zeig uns zur Erinnerung, wie es funktioniert."

„Nein, ich komme schon klar. Gehen Sie erst, dann Mr Harvey, und dann komme ich als Letzte, damit ich Ihnen helfen kann, wenn es nötig ist."

„Keine Zeit zum Diskutieren", sagte Mr Harvey. Er keuchte ein wenig. „Drück das Fliegengitter heraus und geh, Mädchen. Wir brauchen dich auf dem Dach da draußen, damit wir nicht hinunterrollen, wenn wir nachkommen."

Jocie hieb das Gitter aus dem Fensterrahmen, warf Mr Harveys Schuhe aus dem Fenster und folgte ihnen dann rutschend hinaus. Das Verandadach war genau unter ihren Füßen, nicht einmal einen ganzen Schritt entfernt. Vielleicht konnten sie doch entkommen. Jocie nahm Mr Harveys Schuhe und schob sie aus dem Weg. Sie wünschte, sie hätte ihre eigenen Schuhe angezogen, als sie aufgestanden war, um aus dem Fenster zu sehen. Die Dachschindeln kratzten unter ihren Füßen.

Miss Sally raffte ihr Nachthemd hoch, packte ihr Bein unterhalb des Knies und zog es hoch, bis sie den Fuß durchs Fenster schieben konnte. Jocie half ihr, das Gleichgewicht zu wahren, während sie den anderen Fuß nachzog und sich auf dem Dach aufrichtete.

„Es ist schräger, als ich es in Erinnerung hatte, Harvey. Sei vorsichtig", sagte Miss Sally in Richtung Fenster.

„Beeilen Sie sich, Mr Harvey!" Jocie konnte riechen, wie das Feuer sie verfolgte.

Mr Harvey streckte einen Fuß heraus und saß dann in seinem Nachthemd rittlings auf dem Fensterrahmen. Schweiß lief ihm übers Gesicht.

„Geht ihr zwei schon vor", sagt er nach zwei Sekunden. „Ich komme gleich."

„Ich gehe nicht ohne dich, Harvey. Atme ein paarmal tief ein und komm da heraus", sagte Miss Sally.

„Geh, Sally. Um des Mädchens willen."

Jocies Herz hämmerte und sie stellte sich vor, wie die Schindeln unter ihren Füßen immer heißer wurden. Aber sie konnte nicht wegrennen und die beiden auf dem Dach zurücklassen. Also trat sie näher und legte einen Arm um Mr Harvey. „Stützen Sie sich auf mich", sagte sie. „Bitte, Mr Harvey. Sie müssen hier raus. Wir können Sie nicht hierlassen. Das können wir einfach nicht."

„Nein, wahrscheinlich nicht." Er klang sehr müde, aber er stützte sich auf Jocie und hielt sich am Fensterrahmen fest, während er mühsam das andere Bein durchs Fenster zog. Wieder keuchte er. Als er auf dem Dach stand, blickte er nach oben und sagte: „Nur noch ein paar Minuten."

Jocie war sich nicht sicher, ob er mit ihr und Miss Sally sprach oder mit Gott. Dann liefen sie vorsichtig über die Dachziegel hinunter zu der Stelle, an der das Dach beinahe bis zu dem Erdhügel reichte, der über dem Vorratskeller aufgetürmt war. Das Feuer züngelte an den Seiten des Hauses hoch und kam durch das vordere Verandadach, sodass es den Himmel erleuchtete, aber der hintere Teil des Hauses war noch intakt.

Sie waren gerade von dem Kellerhügel gerutscht und entfernten sich vom Haus, als die Männer in Weiß sie plötzlich umringten. Augen starrten Jocie durch die Schlitze in den Kapuzen an. Genau wie in ihrem Traum, nur dass im Traum Mr Harvey und Miss Sally nicht bei ihr gewesen waren.

Mr Harvey richtete sich auf. Seine Wut schien ihm Kraft zu geben. „Das wart ihr!"

„Wir wollten nicht das Haus niederbrennen. Wir wollten Ihnen nur eine Botschaft überbringen", sagte einer der Männer durch seine Kapuze.

„Bob, bist du das?" Mr Harvey sah den Mann an.

„Nein, Sie kennen keinen von uns", sagte einer der anderen Männer.

„Es spielt keine Rolle, wen ich kenne. Gott kennt euch alle. Ihr könnt euer böses Herz nicht unter Kapuzen verstecken und denken, Gott würde euch nicht sehen."

„Das hast du dir doch selbst zuzuschreiben", sagte der erste Mann. „Du hättest das Land nicht an diesen –"

„Geht! Verschwindet! Ihr habt für eine Nacht genug Schaden angerichtet", unterbrach Mr Harvey ihn. Seine Stimme klang kalt. „Und ich werde beten, dass Gott euch vergeben möge."

„Wir brauchen deine Gebete nicht, alter Mann", sagte einer der Männer und trat einen Schritt auf Mr Harvey zu. Aber zwei der anderen Männer packten ihn an den Armen und zogen ihn zurück. Sie verschwanden aus dem Lichtkreis des Feuers und tauchten in der Nacht unter.

Vor dem Haus hörte Jocie Türen schlagen und Motoren aufheulen. Und dann war da nur noch der Lärm des Feuers, das knisternd alles verschlang, was Mr Harvey und Miss Sally besaßen. Jocie wünschte, sie könnte noch einmal hineinlaufen und die alte Uhr auf dem Kaminsims holen, von der Miss Sally gesagt hatte, dass sie einmal ihrem Vater gehört hatte. All die Jahre hatte sie nicht aufgehört zu ticken und jetzt verbrannte sie. Alle ihre kostbaren Erinnerungen gingen in Flammen auf.

Sie entfernten sich noch einige Schritte vom Haus und drehten sich dann um, während die Flammen durch das Dach gen Himmel strebten. „So schnell", flüsterte Miss Sally.

Dann beugte Mr Harvey sich nach vorne und fasste sich wieder an die Brust. „Es tut mir wirklich leid, dass ich dich jetzt damit behelligen muss, Sally ..." Er schnappte keuchend nach Luft, bevor er fortfahren konnte. „... aber ich glaube, ich bekomme einen Herzinfarkt."

„Oh nein, Harvey. Nein!", rief Miss Sally.

Aber Mr Harvey hörte nicht zu. Er starrte nur geradeaus. „Sieh mal, Sally. Hast du jemals etwas so Schönes gesehen? Das müssen Engel sein." Und dann sackte er zusammen.

Jocie versuchte, Mr Harvey zu halten, aber er war zu schwer. Er glitt ihr aus den Armen auf den Boden. Miss Sally sank neben ihm auf die Knie. Mit weit aufgerissenen Augen legte sie das Ohr an seine Brust. Nach einigen Sekunden sagte sie: „Er atmet noch. Wir müssen ihn ins Krankenhaus bringen."

„Aber wie?", fragte Jocie. Miss Sally konnte nicht fahren, aber Jocie konnte, wenn es sein musste ... wenigstens bis zum Haus eines Nachbarn. Allerdings würden sie und Miss Sally Mr Harvey nie allein in den Wagen heben können. Sie konnten ihn ja nicht einmal vom Boden hochheben.

„Ich weiß nicht", sagte Miss Sally. Es klang, als weinte sie.

Beten. Das Wort hallte in Jocies Kopf wider. Gott würde ihr helfen. Hatte er ihr bislang nicht immer geholfen? Und hatte er nicht Mr Harvey und Miss Sally geholfen, indem er Jocie in ihr Haus gebracht hatte, damit sie sie wecken konnte, als das Haus Feuer fing? Fünf Minuten später und sie hätten das Haus nicht mehr verlassen können. „Lieber Gott, bitte hilf uns. Zeig mir, was ich als Nächstes tun soll."

Jocie hatte das Gebet kaum zu Ende geflüstert, als sie Scheinwerfer die Straße heraufkommen sah. „Da kommt ein Auto."

„Gott sei gelobt", sagte Miss Sally. „Geh und lotse es her."

Jocie wollte gerade ums Haus herumlaufen, aber dann zögerte sie. „Was, wenn es einige der Männer sind, die zurückkommen?"

„Wenn, dann sind sie sicher gekommen, um zu helfen. Nimm, was Gott uns schickt."

Es waren nicht die Männer. Es war Noah mit seiner ganzen Familie, sogar mit den Zwillingen und Cassidy. Cassidy starrte mit großen Augen erst Jocie durch das Wagenfenster an, dann die Flammen hinter ihr.

Noah und sein Vater trugen Mr Harvey zum Auto. Mr Hearndon berührte Mrs Hearndon am Arm. „Fahr du sie. Noah und ich bleiben hier und versuchen zu verhindern, dass die Flammen auf die anderen Gebäude übergreifen."

Jocie und Miss Sally quetschten sich zu Cassidy und den Zwillingen auf die Rückbank. Cassidy rutschte so dicht zu Miss Sally, wie sie konnte, und Elise kletterte auf Jocies Schoß. „Heiß!", sagte sie.

Jocie zog sie mit einem Arm an sich und legte den anderen Arm um Eli. Er kuschelte sich wortlos an sie, während seine Mutter auf die Straße abbog, um zum nächstgelegenen Krankenhaus nach Grundy zu fahren. Es war einfach zu weit entfernt. Andere Autos, Nachbarn, wie Miss Sally sagte, kamen ihnen entgegen und fuhren in Richtung Feuer.

„Lieber Herr Jesus", sagte Mrs Hearndon mit einer Stimme, die kaum mehr war als ein Flüstern. „Bewahre unsere Männer heute Nacht. Bring sie in den Sonnenschein des nächsten Tages."

Miss Sally hob die Hand und legte sie auf Mrs Hearndons Schulter. „Die Nachbarn sind gute Menschen. Sie haben mit all dem nichts zu tun."

„Ich bete, dass Sie recht haben", sagte Mrs Hearndon, bevor sie das Gaspedal durchtrat und das Auto durch die Nacht flog.

Jocie umarmte die Zwillinge fester und Cassidy rutschte noch näher zu Miss Sally. Vom Vordersitz konnten sie Mr Harveys keuchenden Atem hören. Jocie hielt die Augen weit offen, aber auf dem ganzen Weg zum Krankenhaus hörte sie nicht auf zu beten.

42

Tabitha lag in ihrem Krankenhausbett und starrte zu den winzigen Löchern in den Deckenplatten über ihrem Kopf hinauf. Sie blinzelte und fing an, sie Reihe für Reihe zu zählen, um sich von den Schmerzen abzulenken. Sie war bei der dritten Reihe angelangt, als eine neue Wehe sie packte. Die Löcher in den Platten verschwammen, als sie die Kanten des Bettes umklammerte und sich wappnete. Sie atmete so, wie Tante Love es ihr gesagt hatte, aber es tat trotzdem weh. Das hier war viel schlimmer als alles, was sie erwartet hatte.

Sie brauchte Tante Love bei sich, die ihr sagte, dass alles gut werden würde. Dass sie es schaffen würde. Dass jeden Tag Tausende Frauen Babys bekamen und es wehtat, aber sie es überlebten. Selbst Tante Love hatte das durchgemacht. Und anders als Tabitha war sie nicht einmal in einem Krankenhaus mit Ärzten und Krankenschwestern gewesen.

Tabitha brauchte jemanden an ihrer Seite. Sie musste die Hand ausstrecken und einen echten Menschen anfassen können, anstatt der kalten Metallstangen des Bettes. Die Schwestern hatten sich zuerst auf sie gestürzt, ihr ein Krankenhaushemd geholt, ihren Blutdruck gemessen, den Herzschlag des Babys abgehört und sie da unten rasiert. Damit hatte Tabitha nicht gerechnet, aber die Schwester hatte gesagt, das müsse gemacht werden, um die Infektionsgefahr zu reduzieren. Gesichter waren gekommen und gegangen – hatten sich über sie gebeugt, ihr dieses oder jenes erklärt –, aber sie konnte sich kaum an etwas von dem erinnern, was sie gesagt hatten.

An das, was der Arzt nach der Untersuchung gesagt hatte, erinnerte sie sich jedoch. Alles war gut. Alles bestens. Tabitha war froh gewesen, dass es nicht schlecht war, denn wenn das hier „gut" war, würde sie „schlecht" niemals aushalten. Und dann hatte er gesagt, es würde noch eine Weile dauern. Vielleicht würde das Baby erst am Morgen kommen. Er hatte so geklungen, als würde er nach Hause gehen und sich wieder schlafen legen.

Wie sollte sie diese Schmerzen bis zum Morgen aushalten? Dazu noch ganz allein. Während der Schmerz langsam verebbte, kullerten ein paar Tränen aus Tabithas Augenwinkeln über ihre Wangen. Sie hatte nicht gedacht, dass sie ganz allein sein würde.

Eine der Schwestern hatte die Seitenteile ihres Bettes hochgestellt, als wäre sie ein kleines Kind, das herausfallen könnte, und seitdem hatte niemand mehr nach ihr gesehen. Wenn man sie schon in ihrem Bett einsperrte, hätte doch wenigstens irgendjemand – Tante Love oder ihr Vater oder sonst jemand – bei ihr bleiben können. Vielleicht sollte sie allein sein, weil sie nicht verheiratet war. Vielleicht war das ein Teil ihrer Strafe.

Tabitha versuchte, ein Gebet zu sprechen, aber sie war nicht sehr gut im Beten. Ihr Vater sagte immer, sie müsse nicht gut darin sein. Gott sei es egal, ob ihre Gebete schön formuliert waren oder nicht, solange sie von Herzen kamen. Aber Tabitha fühlte sich komisch, wenn sie betete. Nachdem sie Hollyhill mit ihrer Mutter verlassen hatte, hatte sie diese Gewohnheit immer mehr abgelegt. Ihre Mutter war der Meinung, dass Beten nichts als Zeitverschwendung war. Es sei besser, Dinge zu tun, hatte DeeDee immer gesagt, als sich in eine Ecke zu verkriechen und zu einem Gott zu beten, der sowieso nicht zuhörte.

Tabitha hatte das nicht geglaubt. Sie hatte gewusst, dass Gott zuhörte, wenigstens bei manchen Menschen. Sie war sich nur nicht sicher gewesen, ob er *ihr* zuhören würde. Jedenfalls nicht damals, als sie noch bei ihrer Mutter gelebt hatte. Warum hätte er zuhören sollen? Sie gingen nie in die Kirche und ehrlich gesagt dachte sie kaum einmal ans Beten, außer wenn sie an ihren Vater dachte. Und dann dachte sie nicht daran, dass sie beten könnte, sondern dass er mit Sicherheit für sie betete.

Inzwischen ging sie natürlich in die Kirche. Seit Juli war sie fast jeden Sonntag mitgegangen, außer wenn sie mit Wes zu Hause geblieben war. Und Tante Love erzählte auch zu Hause immer von der Gemeinde. Das machte Tabitha nichts aus. Sie mochte es, wenn Tante Love ihr versicherte, dass Gott sie und das ungeborene Baby liebte und für sie sorgen würde, komme, was wolle.

Aber jetzt war Tante Love irgendwo da draußen im Krankenhaus. Die Schwestern ließen sie nicht zu Tabitha. Und jetzt rollte der Schmerz wieder auf sie zu. Sie konnte ihn schon spüren. Diesmal schien er gar nicht mehr aufhören zu wollen. So sollte es doch bestimmt nicht sein. Nicht, während sie ganz allein hier war. Wenn sie schrie, so laut sie konnte, würde ihr Vater sie vielleicht hören und kommen, um ihr zu helfen.

Die Tür ging auf und eine der Schwestern kam herein. Sie trat nicht ans Bett, um sich Tabithas Bauch anzusehen, sondern ging zum Fenster, so als wollte sie sehen, wie das Wetter war oder ob unten auf dem Parkplatz schon der Wagen stand, der sie abholen würde. Sie sah Tabitha nicht einmal an, als sie fragte: „Und wie geht es Ihnen?"

„Der Schmerz hört gar nicht mehr auf. Bitte, ich brauche meinen Vater oder meine Tante hier. Die Schmerzen hören nicht auf." Tabitha hasste den Klang ihrer Stimme. Sie klang schwach und weinerlich, aber es tat so schrecklich weh. Eigentlich wollte sie für Stephanie Grace stark sein, aber niemand hatte ihr gesagt, dass es so wehtun würde. Oder vielleicht hatten sie es ihr gesagt und sie hatte es nur nicht verstanden, bis sie es selbst fühlte.

Die Schwester ging davon, ohne Tabithas Arm zu tätscheln oder ihren Puls zu fühlen. Sie ging einfach. Tabitha musste schreien. Sie wollte brav sein und tun, was die Schwestern ihr sagten, aber wegen Stephanie Grace musste sie einfach schreien. Etwas anderes blieb ihr nicht übrig. Aber ihre Schreie wurden von den Löchern in den Deckenplatten verschluckt. Die Schmerzen überrollten sie und drohten sie zu erdrücken.

Plötzlich wurde die Tür aufgestoßen und sie war von Schwestern umringt. Eine stülpte eine Gasmaske über ihre Nase, während die andere ihre Hände auf Tabithas Bauch legte. Mit einem Mal musste Tabitha pressen. Stephanie Grace wollte herauskommen und Tabithas ganzer Körper presste.

Die Schwester drückte die Maske fester auf Tabithas Nase und Mund und sagte: „Einatmen. Nicht pressen. Atmen. Nicht pressen."

Aber sie konnte nicht aufhören. Sie musste einfach pressen. Und atmen. Und dann spürte sie, wie der Lärm und die Schmerzen in den Hintergrund traten.

Im Wartezimmer auf der anderen Seite der Flügeltüren hörte David Tabitha schreien und das Geräusch zerriss ihm das Herz. Er hätte sich nicht von ihr fernhalten lassen sollen. Er wusste, dass sie ihn brauchte, dass sie sich an jemandem festhalten musste, aber sie hatten gesagt, er und Tante Love müssten dort warten, wo die Väter warten mussten. Sie hatten gesagt, sie würden sich um Tabitha kümmern. Sie hatten gesagt, er solle sich keine Sorgen machen. Als wäre das überhaupt möglich. Seine Tochter bekam ein Kind. Eine Frau konnte bei der Geburt ihres Kindes sterben.

„Das war Tabitha“, sagte Tante Love. „Einer von uns hätte bei ihr bleiben sollen.“

David war bereits aufgesprungen und durchquerte den Raum, um geradewegs auf das Schwesternzimmer zuzugehen. Wenn er gewusst hätte, in welchem Zimmer Tabitha lag, hätte er dort nicht angehalten, sondern wäre direkt zu ihr durchmarschiert.

Die Schwester hinter dem Tresen blickte zu ihm auf und sagte: „Sie dürfen hier nicht herein.“

„Ich will meine Tochter sehen.“

„Ich bin mir sicher, man hat es Ihnen schon erklärt, Sir. Niemand darf zu den Patientinnen. Nicht einmal die werdenden Väter.“ Sie erhob sich und kam um den Tresen herum, um David durch die Tür zurück ins Wartezimmer zu führen. Sie sah kaum älter aus als Tabitha, aber sie wirkte äußerst entschlossen, dafür zu sorgen, dass er sich an die Regeln hielt.

„Dann muss sich das eben ändern. Und zwar sofort. Ich habe meine Tochter schreien hören und ich habe vor, mich persönlich davon zu überzeugen, dass es ihr gut geht.“

Die Krankenschwester änderte ihre Taktik und setzte einen mitfühlenden Tonfall auf. „Ich weiß, dass es für Sie schwierig ist zu warten, aber ich versichere Ihnen, dass Ihre Tochter von unseren besten Krankenschwestern betreut wird. Es geht ihr gut.“ Sie legte eine Hand an Davids Ellbogen und versuchte, ihn zum Wartezimmer zurückzuschieben.

David rührte sich nicht. „Ich will meine Tochter sehen. Jetzt.“

Die Schwester sah ihn an und David starrte zurück. Es hätte ihn nicht gewundert, wenn sie Verstärkung geholt hätte, um ihn mit Muskelkraft dorthin zurückzubefördern, wo er nach den Regeln zu bleiben hatte, aber dann sagte sie: „Also gut, Sir, ich kann Ihre Sorge ja verstehen. Warten Sie bitte einen Augenblick hier, dann rufe ich durch und höre, wie es ihr geht." Die Schwester ging wieder um den Tresen herum und griff zum Telefon.

David blieb stehen und lauschte. Nicht den leisen Worten der Schwester am Telefon, sondern ob er Tabitha hören konnte. Noch ein Laut von ihr und er würde wissen, hinter welcher Tür sie sich befand. Er konnte schließlich nicht einfach in alle Zimmer stürmen und die Privatsphäre der werdenden Mütter verletzen. Allerdings waren nur zwei weitere Angehörige im Wartezimmer und David hatte schon mit beiden Vätern gebetet. Sie hatten sich unterhalten, aber das war gewesen, bevor Tabitha geschrien hatte.

Wenn er die ersten paar Mal falschlag, würde er also entweder in einem leeren Zimmer stehen oder vor einer der Frauen, für die er schon gebetet hatte. Die Schwester war immer noch am Telefon, als er sich in Bewegung setzte. Sie rief seinen Namen, aber er blieb nicht stehen.

Dann kam eine andere Krankenschwester aus einem der Zimmer. David erkannte sie von anderen Besuchen, die er als Pastor hier im Krankenhaus gemacht hatte. Sie war älter und selbstbewusster als die Schwester am Empfang und stellte sich ihm in den Weg. Dabei lächelte sie. „Aber Bruder Brooke, was machen Sie denn hier? Sie wissen doch, dass Sie nicht zu den Mamas können."

„Linda", sagte David. „Wann sind Sie denn auf die Wöchnerinnenstation versetzt worden?"

„Vor zwei Monaten. Die Stelle wurde ausgeschrieben, also dachte ich, ich versuche es mal mit Babys." Linda sah ihn streng an. „Aber ich dachte nicht, dass ich Sie an die Krankenhausvorschriften erinnern muss."

„Tabitha – das ist meine Tochter – hat geschrien."

„Ich weiß", sagte Linda und legte einen Arm um seine Taille, um ihn in Richtung Wartezimmer zu steuern. „Aber es geht ihr gut. Wirklich. Es geht alles nur ein bisschen schneller, als wir erwartet hatten. Sie wird gleich in den Kreißsaal gebracht, mein Lieber. Sie können sie also jetzt nicht sehen. Erst, wenn das Baby da ist." Sie ging mit ihm zu der zweiflügeligen Tür. „Ich kann nicht fassen, dass Sie alt genug sind, um Großvater zu werden."

„Ich auch nicht", sagte David. Seine Nerven waren zum Zerreißen gespannt. „Das hier ist schlimmer als bei meinen eigenen Kindern. Als Tabitha geboren wurde, war ich allerdings auch am anderen Ende der Welt. Als ich erfuhr, dass sie auf der Welt war, war sie schon fast einen Monat alt. Ich war in einem U-Boot und so lange dauerte es, die Nachricht zu bekommen."

„Das war während des Krieges, nicht wahr?"

„Genau."

Und dann war da noch die Geburt von Jocie. Er war auf der anderen Seite der Schlafzimmertür ihres Hauses gewesen, als Jocie geboren wurde. Adrienne hatte sich geweigert, ins Krankenhaus zu gehen, als könnte sie selbst zum Schluss noch die Tatsache leugnen, dass sie schwanger war. Damals hatte David sehnlichst auf die Geburt des Babys gewartet, weil er gehofft hatte, dass Adrienne und er danach noch einmal von vorne anfangen und vielleicht einen Weg finden könnten, ihre Ehe zu retten. Das war eine vergebliche Hoffnung gewesen, aber das Baby, Jocie, war gesund gewesen. Und ein Segen. Gott tat so etwas oft. Dass er in den schlimmsten Zeiten einen besonderen Segen sandte. Tabithas Baby würde auch ein Segen sein.

Linda tätschelte seinen Arm und sagte: „Machen Sie sich mal keine Sorgen. Ihre Kleine wird das gut überstehen. Und das Baby auch. Tabitha hat ein bisschen aufgeschrien, aber das ist ganz normal bei werdenden Müttern. Es ist keine einfache Aufgabe, ein Baby zu bekommen." Linda blickte über die Schulter den Gang hinunter. „Die arme Kleine. Sie hat keinen Mann, der draußen mit Ihnen wartet, oder?"

„Nein."

„Aber sie hat Glück, einen Daddy wie Sie zu haben, der für sie sorgt. Sobald das Baby auf der Welt ist, komme ich und sage es Ihnen, Bruder Brooke. Darauf können Sie sich verlassen. Ich überbringe gerne gute Nachrichten."

Tabitha hörte das Baby schreien, noch bevor sie die Augen öffnete. Sie war an einem anderen Ort auf einem harten Tisch mit hellen

Lichtern, die auf sie herunterstrahlten. Ihre Füße hingen in Haltebügeln und ihre Beine waren mit Laken bedeckt. Alles war aus Edelstahl oder weiß. Keine Farben.

Eine der Schwestern stand neben ihrem Kopf und sagte etwas und Dr. Roland erhob sich am Ende des Tisches und lächelte Tabitha an. „So, das wäre vorbei. Sie haben sich tapfer geschlagen. Ich mache nur noch ein paar Stiche hier unten."

„Stiche?" Tabithas Mund war so trocken, dass ihre Lippen zusammenklebten.

„Ja. Sie erinnern sich doch, dass ich Ihnen von dem kleinen Schnitt erzählt habe, den wir machen wollten, damit die Geburt einfacher wird. Sie haben das prima gemacht."

„Und mein Baby? Ist Stephanie Grace gesund?" Tabitha drehte den Kopf in die Richtung, aus der das Weinen kam. Sie konnte sehen, dass eine Schwester an einem Tisch an der Wand mit einem Baby herumhantierte. Mit ihrem Baby. Tabitha hatte ein ganz weiches Gefühl im Bauch.

Der Arzt lachte und die Schwestern stimmten mit ein. „Ihrem Baby geht es gut. Gesund und kräftig. Dunkle Locken. Schwester Haskins überprüft gerade alles, aber ich glaube, Sie werden sich einen anderen Namen überlegen müssen. Sie haben einen gesunden kleinen Jungen. Zweitausendneunhundertundzwanzig Gramm."

Zuerst war Tabitha sich nicht sicher, ob sie ihn richtig verstanden hatte. Vielleicht stand sie noch unter der Wirkung dieses Zeugs, das sie ihr gegeben hatten, damit sie atmen konnte. Vielleicht träumte sie von diesem merkwürdigen Ort, an dem Ärzte lachten und Witze erzählten.

„Nein", sagte sie. „Ich habe ein Mädchen bekommen. Stephanie Grace. Wo ist sie?"

Wieder lachten sie. Die Schwester an der Wand nahm das Baby und wickelte es in eine Decke. Dann brachte sie es zu Tabitha. Sie legte das Baby in Tabithas Arme und schlug die Decke zurück, sodass sie die Finger und Zehen sehen konnte – und dass es eindeutig ein Junge war. Die Schwester sagte: „Er ist wunderschön."

Tabitha sah das Baby an und sagte: „Aber ich sollte doch ein Mädchen bekommen. Keinen Jungen." Was sollte sie mit einem Jungen anfangen? Sie wusste nichts über Jungen.

Die Schwester lächelte. „Gott schenkt uns, was er will. Diesmal ist es ein Junge. Beim nächsten Mal vielleicht ein Mädchen. Legen Sie Ihre Hand an seine Wange."

Tabitha berührte die weiche Wange des Kleinen. Er hörte auf zu weinen und drehte den Kopf zu ihr.

„Sehen Sie, er kennt schon die Berührung seiner Mama", sagte die Schwester.

David dachte, sein Herz würde explodieren, als er den neugeborenen Knaben in Tabithas Armen liegen sah. Wie versprochen war Linda, die Krankenschwester, gekommen und hatte ihn und Tante Love geholt, damit sie Tabitha und das Baby kurz sehen konnten, bevor der Kleine wieder hinter der Glasscheibe des Kinderzimmers verschwand.

Er weinte, den Mund zum Protest aufgerissen, weil er von seinem sicheren Aufenthaltsort in die Welt hinausgeworfen worden war. Aber trotzdem war er wunderschön. Er hatte einen dichten schwarzen Haarschopf und seine Haut war braun, so als hätten die Stunden, die Tabitha in der Sonne verbracht hatte, während sie schwanger war, durch den Mutterleib hindurch gewirkt. David strich über die winzige Hand des Babys und erinnerte sich daran, dass Tabitha nie über den Vater des Kleinen hatte reden wollen. Aber das spielte jetzt keine Rolle. Sobald sein Blick auf das Baby gefallen war, hatte David es in sein Herz geschlossen. Es war geborgen und geliebt. Dieses Baby, dieses Kind, sein Enkel, war wunderschön. Angesichts dieses Wunders traten ihm die Tränen in die Augen.

David blickte von dem Baby zu Tabitha. Auch in ihren Augen standen Tränen, aber es waren keine Freudentränen. Sie sah verwirrt aus, ja beinahe traurig.

„Ist alles in Ordnung, Liebling?", fragte David.

„Es ist ein Junge", sagte Tabitha.

„Und ein besonders schöner noch dazu", sagte David und Tante Love, die neben ihm stand, nickte.

„Aber wo ist Stephanie Grace?", sagte Tabitha. „Ich sollte doch Stephanie Grace bekommen."

„Alles ist gut, Liebling. Stephanie Grace ist immer noch in deinem Kopf und wartet darauf, ein anderes Mal geboren zu werden." David beugte sich über Tabitha und küsste sie auf die Stirn. „Aber jetzt hat Gott uns – dir – diesen wundervollen kleinen Jungen geschenkt. Und er wird dir und mir viel Freude machen."

„Und mir", warf Tante Love ein. „‚Des Morgens ist Freude.'"

Tabitha lächelte durch Tränen hindurch und blickte auf ihr Baby hinunter. Sie fuhr mit dem Finger über seine Wange und er hörte auf zu weinen. „Ich habe keinen Namen für ihn."

„Den wirst du schon finden", sagte David. „Lass dir ein wenig Zeit. Und ruh dich aus. Im Moment brauchst du vor allem Ruhe."

„Er ist hübsch, nicht wahr?", sagte Tabitha.

„Der schönste kleine Junge, den ich je gesehen habe", sagte David.

Nachdem eine Schwester das Baby fortgetragen hatte, küssten David und Tante Love Tabitha und versprachen, am Nachmittag mit Jocie wiederzukommen, damit sie das Baby auch kennenlernen konnte. David wartete bei den Aufzügen, während Tante Love noch einmal zur Toilette ging, bevor sie heimfuhren.

Es war kurz nach vier Uhr morgens. Ihm blieb keine Zeit zu schlafen, aber genug Zeit, um nach Hause zu fahren und sich ein paar Predigtnotizen zu machen, bevor er in der Kirche sein musste. David lächelte. Statt der Gemeinde würde vielleicht er während seiner Predigt einschlafen. Aber Gott war gut. Er würde David durch den Gottesdienst tragen. Und die Menschen von Mt. Pleasant würden sich so sehr über das Baby freuen, dass sie mit seiner Predigt nicht zu kritisch sein würden. Dieses Baby würde eine Brücke für sie alle sein, um einander näherzukommen und zu erkennen, was im Leben wichtig war.

Während David an der Wand lehnte und auf Tante Love wartete, beobachtete er, wie das Licht des Aufzugs bis zu diesem Stockwerk kletterte. Vielleicht kam ein anderer Arzt herauf, um das nächste Baby in diese Welt zu holen, oder vielleicht war es auch einer der werdenden Väter mit einem Becher Kaffee.

Die Türen gingen auf und Jocie stand vor ihm. Eine Sekunde lang traute David seinen Augen nicht. Aber nein, sie stand wirklich dort, mitten im Aufzug vor ihm, barfuß und im Nachthemd, eine

Decke um ihre Schultern gelegt. Sie roch nach Rauch und starrte ihn aus dunkel umrandeten Augen an. Tränen hatten Spuren auf ihren rußverschmierten Wangen hinterlassen, aber jetzt weinte sie nicht. Die Verzweiflung in ihrem Gesicht war nicht zu übersehen.

„Jocie“, sagte David und streckte die Hand nach dem Knopf aus, bevor die Türen des Aufzugs wieder zugehen und sie von ihm trennen konnten. „Was in aller Welt ist passiert?“

„Mr Harvey. Ich glaube, er ist tot. Sie haben es mir nicht gesagt, aber ich bin mir ziemlich sicher.“

43

David streckte die Arme aus und zog Jocie an sich. Der Rauchgestank in ihren Haaren war so stark, dass er in der Nase brannte. Was war nur mit diesem Sommer los, dass Jocie immer wieder mitten in einer Katastrophe landete? „Ist mit dir alles in Ordnung, Kleines?"

„Ich glaube schon. Sie haben gesagt, sie müssen meine Lunge testen, aber sie wollten erst mit dir sprechen." Jocies Stimme klang kratzig und sie musste sich von ihm lösen, um zu husten, bevor sie weitersprechen konnte. „Ich habe ihnen gesagt, dass du hier im Krankenhaus bist, aber sie haben nicht auf mich gehört. Also bin ich einfach in den Aufzug gestiegen, als niemand aufgepasst hat, und bin hier heraufgekommen. Miss Sally hat mir gesagt, in welches Stockwerk ich muss, und ich habe gebetet, dass du irgendwo bist, wo ich dich gleich sehe. Ich bin froh, dass Gott dieses Gebet erhört hat, Daddy." Sie blickte zu ihm auf.

„Er hat mich gleich hier neben die Aufzüge gestellt", sagte David und berührte sanft ihre Wange. Jocie sah so gebeutelt und zerbrechlich aus, dass es ihm das Herz zerriss. „Kannst du mir erzählen, was passiert ist?"

„Es hat gebrannt. Wir sind gerade noch rechtzeitig aus dem Haus gekommen. Dann ist Mr Harvey … er ist einfach zusammengesackt." Ihre Unterlippe fing an zu beben, aber dann presste sie die Lippen zusammen. „Wo ist Tante Love?"

„Auf der Toilette. Wir wollten gleich nach Hause fahren." Am liebsten hätte David Jocie mit Fragen bombardiert, aber er hatte oft genug Menschen nach einem tragischen Ereignis begleitet und wusste, dass es für Jocie einfacher sein würde, wenn er nicht sofort alles wissen wollte. Er musste warten, bis sie bereit war, ihm mehr zu erzählen. Jetzt legte er den Arm um ihre Schultern.

„Oh", sagte Jocie. „Heißt das, Tabitha hat ihr Baby bekommen?"

„Das hat sie. Einen wundervollen kleinen Jungen."

Eine Sekunde lang flackerte in Jocies Augen die übliche Lebhaftigkeit auf. „Ein Junge. Ups. Da muss Tabitha sich wohl einen anderen Namen überlegen." Sie lächelte beinahe, als sie aus ihren rußumrandeten Augen zu ihm hochblickte, aber dann musste sie wieder husten. Der krampfartige Husten erschütterte ihren ganzen Körper.

„Das muss sie", sagte David und drückte ihre Schultern fester. Er hätte den Husten so gerne von ihr genommen und in seinen eigenen Körper verpflanzt. Mehr noch, er wollte ihr die Traurigkeit nehmen und die schlimmen Dinge, die geschehen waren und die ihren Augen die Freude geraubt hatten. Er wollte all das, was passiert war, ungeschehen machen. Er wollte, dass sie gemeinsam lachen und über Tabithas Baby reden konnten und sich keine Gedanken über den Tod zu machen brauchten. Bestimmt irrte sie sich. Mr Harvey war gewiss nicht tot.

Jocie holte ein paarmal Luft, nachdem sie endlich aufgehört hatte zu husten, dann wischte sie sich mit einem Zipfel der Decke über die Augen. „Es fühlt sich an, als würde ich mein ganzes Inneres raushusten. Mrs Hearndon meinte, ich habe zu viel Rauch eingeatmet."

„Mrs Hearndon? Ist sie auch hier?"

„Sie ist mit Miss Sally in der Notaufnahme." Jocie hustete wieder.

„Ich glaube, da solltest du auch sein. Wir können auf dem Weg nach unten weiterreden."

„Aber was ist mit Tante Love? Wir können sie doch nicht einfach alleine hier oben zurücklassen. Sie wüsste ja gar nicht, wohin." Der traurige Blick kehrte in Jocies Augen zurück. „Ich will heute Nacht nicht noch jemanden verlieren."

David blickte über Jocies Kopf hinweg den Gang hinunter in Richtung Damentoilette. „Sie kommt", sagte er.

Tante Love presste die Hände auf ihr Herz und blickte besorgt drein, als sie Jocie sah. „Du liebe Güte, Kind. Was ist denn mit dir passiert?"

„Mir geht es gut, Tante Love. Ehrlich. Ich huste nur ein bisschen. Von dem Rauch. Und die Luft war so heiß. Ich glaube, ich habe mir die Nase verbrannt." Jocie drückte auf einen ihrer Nasenflügel und holte Luft.

„Hat es gebrannt?" Tante Love runzelte die Stirn und sah noch besorgter aus. „Bei uns zu Hause?"

„Nein, ich war doch nicht zu Hause, weißt du nicht mehr?", sagte

Jocie leise. Ihr Blick schien sich nach innen zu richten, so als durchlebte sie alles noch einmal. „Es war Miss Sallys Haus. Das ganze Ding ist in Flammen aufgegangen. Alles ist verbrannt. Sogar ihre Uhr. Du weißt doch, die auf Miss Sallys Kaminsims, die nie aufgehört hat zu ticken. Ich wollte sie holen, aber ich konnte nicht noch mal hinein. Keiner konnte ins Haus. Miss Sally sagte, das sei alles nicht wichtig. Sie wollte nur Mr Harvey nicht verlieren."

David betätigte den Aufzugknopf nach unten, und als die Türen aufgingen, schob er sie hinein. „Was ist mit Mr Harvey?", fragte er, als die Türen sich schlossen und der Aufzug sich in Bewegung setzte.

„Er ist nicht verbrannt." Jocie fröstelte und zog die Decke fester um sich, sprach jedoch weiter. „Wir sind rausgekommen, aber das Haus ist ganz schnell abgebrannt. Wir mussten durch ein Fenster in Miss Sallys Zimmer aufs Dach klettern. Ich dachte, Mr Harvey schafft es nicht. Er blieb immer wieder stehen und redete mit Gott. Nicht so, wie wenn ich bete, sondern so, als stände er direkt neben uns. Und als wir dann auf dem Boden waren und die Männer fort waren, sagte er, er sehe Engel."

„Die Männer? Was für Männer?", fragte David.

„Der Klan. Sie hatten Kapuzen auf, deshalb weiß ich nicht, wer es war, aber Mr Harvey kannte einen von ihnen. Er nannte ihn Bob."

„Der Klan hat Mr Harveys Haus niedergebrannt?" David konnte nicht fassen, was er da hörte. Doch nicht Mr Harveys und Miss Sallys Haus. Sie waren bei allen beliebt.

„Ich glaube nicht, dass es Absicht war. Es ist einfach passiert. Sie hatten dieses große Holzkreuz bei sich, das sie in den Vorgarten gelegt haben. Dann haben sie Kerosin darübergeschüttet und es angezündet, aber einer der Männer hat geschrien, dass es zu nahe am Haus sei."

„Wussten sie nicht, dass ihr im Haus seid?", fragte Tante Love.

„Ich denke schon. Ich meine, von mir wussten sie es natürlich nicht, aber von Miss Sally und Mr Harvey. Sie hatten keine Ahnung, dass ich da war und sie beobachtet habe." Jocie starrte eine Weile wortlos auf die Aufzugtür, bevor sie fortfuhr: „Aber ich habe sie gesehen. Ich war unten in dem Zimmer, in dem Miss Sallys Mutter gewohnt hat, aber ich konnte nicht einschlafen, weil ich an

Tabitha und alles Mögliche denken musste. Jedenfalls habe ich sie gehört, als sie kamen. Ich hätte sofort loslaufen und Mr Harvey und Miss Sally holen sollen, aber ich dachte, ich wäre vielleicht doch eingeschlafen und träumte das alles nur."

Jocie sah David an und erzählte weiter. „Weißt du, ich habe von den Männern in ihren Kapuzen geträumt, seit sie in der Stadt waren, deshalb dachte ich, es wäre auch diesmal ein Traum. Aber das war es nicht. Das wusste ich, sobald ich das Kerosin roch. Ich hätte nicht so lange damit warten sollen, Mr Harvey und Miss Sally zu holen."

„Ist schon gut, Kleines. Du konntest doch nicht wissen, dass das Haus Feuer fangen würde", sagte David leise.

Jocie war zu still, während sie kurz die Augen schloss. Der Aufzug hielt im Erdgeschoss, aber David drückte den Knopf, der die Tür zugehen ließ. Sie musste zu Ende erzählen, damit sie etwas von dem Schmerz loswerden und auf ihre Herzen laden konnte.

Jocie fuhr sich mit der Zunge über die Lippen, dann fing sie wieder an zu reden. „Ich habe noch nie so ein Feuer gesehen. Einer der Männer hatte eine Fackel, und als er sie auf das Kerosin warf, gab es eine schreckliche Explosion aus Flammen. Der ganze Vorgarten fing Feuer und dann die Veranda. Es war so, als würde sich das Feuer in eine Art Ungeheuer verwandeln, ein hungriges Ungeheuer. Sehr hungrig."

Tante Love flüsterte einen Bibelvers. „‚Wenn ich mich fürchte, so hoffe ich auf dich.'"

„Ich habe mich gefürchtet, Tante Love. Ich dachte, wir würden verbrennen. Überall war Rauch und ich konnte nicht atmen. Ich habe Miss Sally und Mr Harvey geweckt. Miss Sally wollte nicht, dass Mr Harvey Hose und Schuhe anzog, also haben wir sie für ihn getragen. Wir sind zur Treppe gegangen, aber das Feuer war schon im Haus. Es war mehr als nur Rauch. Die unteren Stufen brannten. Und die Wände im Erdgeschoss. Es war schrecklich heiß. Ich konnte nicht atmen und mir wurde ganz schwarz vor Augen."

„Was haben die Männer draußen gemacht?", fragte David.

„Sie haben geschrien und geschossen, glaube ich. Aber dann konnte ich sie nicht mehr hören. Das Feuer war zu laut. Mr Harvey sagte, wir müssten aus dem Fenster steigen. Ich dachte, das würden er und Miss Sally nicht schaffen, aber sie haben es geschafft. Es war gar nicht so schwierig. Aber Mr Harvey hat sich immer wieder an die Brust gefasst und dann waren wir draußen auf dem Boden und die Männer in ihren Tüchern standen um uns herum. Genau wie in meinem Traum. Sie sagten, es sei Mr Harveys Schuld, dass sein Haus brannte. Weil er Noahs Vater das Land verkauft hat. Dann sind sie weggefahren und hinter uns brannte das Feuer und Mr Harvey sagte zu Miss Sally, er glaube, er habe einen Herzinfarkt, und dann hat er Engel gesehen."

„Wie seid ihr ins Krankenhaus gekommen?"

„Noahs Mutter hat uns gefahren. Die Hearndons haben das Feuer gesehen und sind gekommen. Mrs Hearndon ist unten bei Miss Sally. Und Cassidy und Eli und Elise auch. Sie sind alle da unten. Eli und Elise sind eingeschlafen, aber Cassidy hat zu viel Angst, um zu schlafen. Ich wünschte, sie müsste nicht solche Angst haben." Jocie lehnte sich an David.

„Ich auch, Liebes", sagte David und fuhr ihr durchs Haar.

Jocie schien ihn gar nicht zu hören. „Aber sie hat wahrscheinlich einen guten Grund. Die Männer waren zuerst bei ihrem Haus. Da haben sie nichts angezündet, aber sie haben alle Apfelbäume ausgerissen. Alle. Sie sind mit ihren Lastwagen darübergefahren und haben sie kaputt gemacht." Jocie blickte zu David auf. „Warum hat Gott zugelassen, dass sie das tun, Daddy? Warum hat er sie nicht aufgehalten?"

„Ich weiß es nicht, Jocie."

„Warum wollten diese Männer Miss Sally und Mr Harvey etwas tun?"

Noch immer blickte Jocie zu David auf und wartete darauf, dass er etwas sagte, was ihr half, einen Sinn in den Ereignissen zu erkennen, aber er hatte keine Antworten auf ihre Fragen. „Auch darauf habe ich keine Antwort, Kleines. Manche Dinge verstehen wir einfach nicht", sagte er.

Tante Love ergriff das Wort. „‚Denn ihre Füße laufen zum Bösen.'"

Das Böse. Das war die einzige Erklärung. Menschen, die ihr Handeln vom Hass bestimmen ließen. David nahm den Finger von der Taste, die die Türen geschlossen hielt. Sie glitten auf und sie befanden sich wieder in den antiseptischen Räumen des Krankenhauses.

Eine Krankenschwester brachte sie zu der mit Vorhängen abgetrennten Nische, in der Miss Sally auf einer Untersuchungsliege saß. Myra Hearndon saß auf einem Stuhl neben der Liege, den schlafenden Eli auf dem Arm. Elise lag auf einer Krankenhausdecke auf dem Boden. Cassidy stand mit geschlossenen Augen an ihre Mutter gelehnt da, aber als sie durch den Vorhang kamen, öffnete das kleine Mädchen die Augen und sah sie an. Jocie hatte recht. Das Kind hatte Angst. Eine schreckliche, tiefe Angst.

Etwas von der gleichen Angst, gemischt mit Kummer, lag in Myra Hearndons Blick, als sie erst David ansah und dann wieder Miss Sally. „Oh, Pastor Brooke. Ich bin ja so froh, dass Jocie Sie gefunden hat. Die Ärzte wollen ihre Lunge untersuchen. Nur, um sich zu vergewissern, dass sie in Ordnung ist."

Miss Sally sah klein und verloren aus, wie sie da auf der Liege saß, das Krankenhaushemd um sie drapiert und eine Decke über den Knien. Jemand hatte etwas von dem Rauch und Ruß aus ihrem Gesicht gewischt, aber um Augen und Nase waren immer noch schwarze Spuren zu sehen. Trotzdem sah sie David an und lächelte. „Hat Ihre Tochter das Baby bekommen?"

David hätte beinahe angefangen zu weinen, aber er schluckte die Tränen hinunter und zwang sich, für Miss Sally zu lächeln. „Das hat sie. Ein Junge, fast drei Kilo."

„Das ist wunderbar", sagte Miss Sally und einen Augenblick lang war die kleine Nische von dem Wunder der Geburt erfüllt anstatt von der Traurigkeit des Todes. „Harvey hätte sich so gefreut. Er hätte dem Kleinen eine Fahrt mit dem Traktor versprochen." Dann umwölkte sich ihre Miene und sie sah Myra an. „Ist der Traktor auch verbrannt?"

„Ich bin mir sicher, Alex und Noah und die Nachbarn konnten den Traktor retten", sagte Myra.

„Oh, ich hoffe es. Harvey liebte diesen alten Traktor", sagte Miss Sally. „Ich erinnere mich noch daran, als er ihn bekam. Er war wie ein kleiner Junge mit einem neuen Spielzeug."

Eine Schwester kam herein und sagte, es seien zu viele Personen bei Miss Sally. Außerdem seien die Ärzte jetzt so weit, Jocie zu untersuchen. Jocie bat Tante Love, sie zu begleiten. Die Ärzte würden nur einige Atemtests machen, wie bei Miss Sally, und vielleicht eine Röntgenaufnahme. Myra stand auf, um mit Cassidy auf die Toilette zu gehen.

„Leg Eli doch einfach zu Elise auf die Decke, Myra“, sagte Miss Sally. „Wenn die beiden aufwachen, bevor du zurück bist, kann Bruder David mir helfen.“ Miss Sally lächelte Cassidy an. „Und du lass dir von deiner Mommy etwas zu trinken aus der Maschine im Flur holen, Liebes. Du hast bestimmt Durst. Sie haben doch sicher Kleingeld, nicht wahr, Bruder David?“

Nachdem sie Eli auf den Boden gebettet hatte, gab David Myra alle Münzen, die er in seinen Taschen finden konnte. Die Lider des kleinen Jungen rührten sich nicht einmal. Ungestört schlief er neben seiner Schwester auf der Decke weiter.

„Man kann ihr einfach nicht widersprechen“, sagte Myra mit einem Lächeln in Richtung Miss Sally, als sie das Kleingeld nahm. Dann drehte sie sich zu David um und fügte mit gesenkter Stimme hinzu: „Sie ist unglaublich gütig. Wissen Sie, sie ist nicht einmal wütend. Ich würde am liebsten irgendetwas zerreißen, vielleicht auch alles, aber sie sagt, Gott werde etwas Gutes aus alldem entstehen lassen.“ Myras Augen wurden feucht. „Und ich weiß, das stimmt, aber was sie getan haben, war so böse.“

Und dann war David mit Miss Sally und den beiden schlafenden Kleinkindern allein. Er trat neben Miss Sally und hielt einen Moment lang ihre Hände. Um sie herum, außerhalb der Vorhänge, waren Geräusche zu hören, während das Krankenhauspersonal sich um die Notfälle kümmerte, aber er und Miss Sally schienen in einer Nische vollkommener Stille zu sein. Schließlich fragte David: „Was ist mit Mr Harvey?“

„Er ist nicht mehr bei uns“, sagte Miss Sally traurig. „Sie haben es uns vor einer Weile gesagt, aber ich wusste es schon beim Haus.“

„Es tut mir so leid … Glauben die Ärzte, dass es ein Herzinfarkt war?“

„Herzinfarkt, gebrochenes Herz, Kummer. Wie auch immer man es nennen will. Ich glaube, er hätte es verkraftet, wenn ein Blitz ins Haus eingeschlagen wäre und es niedergebrannt hätte, aber dass

Menschen, die er kannte, so etwas taten, war mehr, als er ertragen konnte."

„Jocie sagte, er habe einen der Männer gekannt. Er habe ihn Bob genannt."

„Das ist schwer zu sagen und Bob ist ja kein ungewöhnlicher Name."

„Haben Sie irgendjemanden erkannt, Miss Sally?"

„Ich weiß es nicht. Sie hatten ja Kapuzen auf." Miss Sally senkte den Blick. „Der Sheriff war vor einer Weile hier und hat mich das auch gefragt, aber ich wollte niemanden beschuldigen, wo ich mir doch nicht sicher war."

„Aber die Männer müssen für das, was sie getan haben, bestraft werden."

Miss Sally blickte wieder zu ihm auf. „Das werde ich dem Herrn überlassen, Bruder David. Er kann sich an meiner Stelle um all das kümmern. Und an Harveys Stelle." Ihre Miene wurde weicher. „Wissen Sie, wir hätten es beide nicht aus dem Haus geschafft, wenn Ihr kleines Mädchen nicht bei uns gewesen wäre. Wir wären ganz sicher in unseren Betten verbrannt. Aber es tut mir leid, dass sie das miterleben musste. Dass sie diesen Hass sehen musste. Es hat ihr das Herz zerrissen, Bruder David. Das und dass Harvey heimgegangen ist."

„Ich weiß. Ich werde später mit ihr sprechen." Nachdem er Gott um Antworten gebeten hatte.

„Sagen Sie ihr, dass es Harvey gut geht. Dass er an einem besseren Ort ist."

„Es tut mir trotzdem leid, dass er nicht mehr da ist. Ich werde ihn vermissen."

„Ich weiß, Bruder David." Sie tätschelte seine Hand. „Aber wenn ein Mensch die Engel gesehen hat, kann man ihn nicht durch Wünschen zurückholen, egal, wie sehr man ihn liebt. Harvey ist mit den Engeln gegangen, wissen Sie. Er hat seinen Körper verlassen und die brennende Hölle auch. Über die Felder ist er mit ihnen gen Himmel gefahren. Wenn das Feuer nicht so einen Lärm gemacht hätte, hätten wir ihn wahrscheinlich lachen hören."

Miss Sally blinzelte ihre Tränen fort und lachte selbst ein wenig. „Ich weiß, dass er noch geatmet hat, als wir im Krankenhaus ankamen, aber nur, weil sein Geist so schnell entfleucht ist, dass sein Körper überrumpelt wurde. Sobald er diese Engel sah, war er fort. Das weiß ich."

„Wünschen Sie sich, Sie wären mit ihm gegangen?"

„Oh nein, Bruder David." Miss Sally sah ihn verwundert an, so als frage sie sich, wie er so etwas auch nur denken konnte. „Gott hat hier unten für mich noch etwas zu tun. Ich glaube, deshalb hat er Ihr liebes kleines Mädchen heute Nacht zu uns geschickt." Sie blickte zu den beiden Kindern hinüber, die zusammengerollt auf dem Boden lagen. „Gott weiß, was er tut. Er hat mir gerade eine Familie geschenkt, wissen Sie. Myra hat gesagt, ich könne bei ihnen wohnen, so lange ich will. Da hat der Herr seine Hände im Spiel. Das weiß ich."

„Aber werden Sie denn dort in Sicherheit sein? Jocie sagte, der Klan sei auch bei den Hearndons gewesen."

„Da machen Sie sich mal keine Sorgen. Ich habe doch gesagt, dass der Sheriff gerade hier war. Und Jimmy hat mir versprochen, er werde dafür sorgen, dass mir nichts geschieht, gleichgültig, wo ich wohne. Das wird der Herr sich zunutze machen. Wenn Jimmy auf mich aufpasst, dann muss er auch auf Myra und Alex aufpassen. Meinen Sie nicht?"

„Ich bete dafür", sagte David. „Und vielleicht sollten wir auch zusammen dafür beten."

Er nahm ihre Hände und spürte, wie Kraft ihn durchströmte, während er betete. Miss Sally hatte gerade ihren Bruder und all ihr Hab und Gut verloren und doch gab sie ihm von ihrer Stärke ab.

Nachdem er mit einem Amen geschlossen hatte, sagte sie zu ihm: „Und jetzt gehen Sie und kümmern Sie sich um Jocie. Schauen Sie nach ihr. Sie ist ein unglaubliches Risiko eingegangen, als sie bei dem schlimmen Rauch die Treppe hinaufgelaufen ist, um uns zu holen." Sie drückte Davids Hände, bevor sie sie losließ. „Ich komme schon zurecht. Myra und die kleine Cassidy kommen gleich zurück. Sie werden sich um mich kümmern. Und sagen Sie den Leuten von Mt. Pleasant, was ich Ihnen über Harvey und die Engel erzählt habe. Dann sind sie vielleicht nicht so traurig. Sagen Sie ihnen, dass wir nächste Woche das Homecoming-Fest feiern wie immer. Harvey hätte es so gewollt."

Am nächsten Morgen kamen die Gemeindemitglieder von Mt. Pleasant und saßen wie immer in den Kirchenbänken, aber sie feierten den Gottesdienst nicht wie immer. David hielt keine Predigt. Sie sangen nicht einmal Lieder. Jessica Sanderson versuchte, „Welch ein Freund ist unser Jesus“ zu spielen, aber sie schaffte nicht einmal die erste Strophe. Dann stand sie auf und setzte sich in die zweite Reihe zu ihrer Familie.

In der Kirche blieb kein Auge trocken, als David ihnen erzählte, was Miss Sally ihm aufgetragen hatte. Und alle beteten. Beteten von ganzem Herzen. Wahrscheinlich hatte es in all den Jahren, die diese Gemeinde jetzt schon zusammenkam, noch nie eine bessere Botschaft direkt von Gott gegeben. Es war eine Botschaft, die nicht aus dem Mund eines Predigers kommen musste. Es war eine Botschaft, die einfach von Herz zu Herz ging.

44

Mr Harveys Beerdigung fand am Mittwochnachmittag um zwei Uhr statt. Alles in Hollyhill wurde geschlossen. Jocie ging nicht in die Schule. Am Montag und am Dienstag war sie auch nicht hingegangen. Sie hustete immer noch und hatte noch den ekligen Rauchgestank in der Nase. Trotzdem hätte sie zur Schule gehen können, aber sie wollte nicht, und ihr Vater sagte, sie müsse nicht gehen. Jedenfalls nicht bis nach der Beerdigung.

Außerdem hatte Wes Hilfe gebraucht, um den *Banner* fertigzustellen. Ihr Vater war damit beschäftigt gewesen, Miss Sally zu helfen. Am Montagmorgen hatte er Miss Sally zu Hazeltons Bestattungsunternehmen gebracht, um alles für die Beisetzung zu regeln. Und dann waren er und Mrs Hearndon mit ihr zum Haus hinausgefahren, um zu sehen, was davon noch übrig geblieben war. Als er den Film ins Büro gebracht hatte, damit Wes ihn für die Zeitung entwickeln konnte, war seine Miene grimmig gewesen. Das war alles, was ihr Vater für die Ausgabe dieser Woche getan hatte.

Er hatte gesagt, es sei ihm egal, ob sie diese Woche eine Zeitung druckten oder nicht, aber Zella hatte gesagt, sie müssten. Sie hatte gesagt, der Banner sei wie das Postamt, das sich auch von nichts davon abhalten ließe, die Post auszutragen. Schneestürme, Überschwemmungen, pechschwarze Nacht, was auch immer. Zella hatte gesagt, so müsse es mit dem *Banner* auch sein. Sie könnten nicht einfach beschließen, eine Woche auszulassen.

„Wenn wir keine Zeitung veröffentlichen, werden die Abonnenten am Donnerstagmorgen hier stehen und die Hand aufhalten, weil sie das Geld für eine Woche zurückhaben wollen", hatte sie zu Jocies Vater gesagt. „Kannst du dir vorstellen, was das für ein Aufwand wäre? Die Kosten für eine Ausgabe zu erstatten?"

„Das würden sie nicht tun", hatte Jocies Vater gesagt, aber er hatte selbst nicht überzeugt geklungen.

„Du weißt genau, dass einige es tun würden. Außerdem brauchen wir das Geld von den Ladenverkäufen, um in den schwarzen Zahlen zu bleiben, und die Leute, die Anzeigen gekauft haben, haben das

Recht, sie dann in der Zeitung zu sehen, wenn sie sie erwarten." Sie hatte Jocies Vater streng angesehen. „Ich bin wegen Harvey ebenso erschüttert wie alle anderen. Er war ein guter, gottesfürchtiger Mann, aber er würde nicht wollen, dass wir nur herumsitzen, den Kopf in den Händen vergraben und sagen: ‚Wir Armen!'"

„Das tue ich ja auch nicht."

„Nein, du hilfst Sally und das ist auch richtig so. Aber Harvey wäre der Erste, der sagen würde, wir sollen unser Leben weiterleben, und dazu gehört nun einmal, eine Zeitung zu drucken. Außerdem, meinst du nicht, dass diese Geschichte erzählt werden muss? Als Zeugnis für ihn? Für Mr Harvey?"

„Du hältst mir eine Predigt, Zella", hatte David gesagt.

„Gleiches Recht für alle", hatte Zella ihn angeblafft. „Wir können den Kopf diesmal nicht einfach in den Sand stecken. Lass Jocelyn eine Geschichte darüber schreiben. Sie war dabei."

Jocies Vater hatte ihr gesagt, sie brauche es nicht zu tun, wenn es ihr zu schwerfalle, an die Geschehnisse zu denken, aber es hatte ihr geholfen, etwas davon aufzuschreiben. Und dann war sie damit beschäftigt gewesen, Wes und Noah beim Setzen und Drucken der Zeitung zu helfen, sodass sie gar keine Zeit gehabt hatte, an die Flammen zu denken, die die Treppe hinaufgerast waren, um sie und Miss Sally und Mr Harvey einzuschließen.

Am Dienstag, als sie die Zeitungen gefaltet hatten, war ihr Vater da gewesen, und Leigh mit ihren Brownies ebenfalls, aber es war eine ernste und feierliche Angelegenheit gewesen, als sie die Zeitungen mit Mr Harveys Bild auf der oberen Hälfte der Titelseite gefaltet hatten.

Am Mittwoch hatte Leigh sich freigenommen. Nachdem sie am Morgen die Zeitungen zum Postamt gebracht hatten, war sie mit Jocie zum Krankenhaus gefahren, um Tabitha und ihren Sohn zu sehen. Er war das süßeste Baby, das Jocie je gesehen hatte, da war sie sich sicher gewesen, als er da in seinem kleinen Bett auf Rädern hinter der Sichtscheibe gelegen hatte. Er hatte immerzu mit den kleinen Fäusten gerudert und fröhlich gequietscht.

Jocie hatte zu Tabitha gesagt, der Kleine sei total niedlich und sie solle sich beeilen und sich endlich einen Namen überlegen, sonst müssten sie ihn Brooke junior nennen. Und dann hatte sie Stephen

Lee vorgeschlagen. Stephen für Tante Loves Baby und Lee für Mr Harvey. Das war sein zweiter Vorname gewesen. Es hatte in der Todesanzeige gestanden, die sie im *Banner* abgedruckt hatten.

„Stephen Lee. Das klingt hübsch und ich mochte Mr Harvey. Er war lieb zu mir", hatte Tabitha gesagt. Dennoch hatte sie besorgt ausgesehen. „Aber meinst du, wenn ich irgendwann noch ein Baby bekommen sollte, könnte ich es immer noch Stephanie Grace nennen? Oder wäre es zu verwirrend, einen Stephen und eine Stephanie zu haben?"

„Nicht für jemanden, der auch nur drei graue Zellen hat", hatte Jocie gesagt. „Die Namen klingen doch überhaupt nicht ähnlich. Und außerdem ist es völlig egal, was andere denken. Er ist so süß. Er braucht einen guten Namen."

„Er sieht aus wie sein Vater", hatte Tabitha gesagt.

„Du hast mir einmal erzählt, dass sein Vater schöne braune Augen hatte", hatte sich Jocie erinnert.

„Aber ich habe vergessen, seine schöne braune Haut zu erwähnen." Tabitha hatte sie verlegen angesehen.

„Das spielt keine Rolle", hatten Jocie und Leigh wie aus einem Mund gesagt.

Aber Tabitha hatte nicht gelächelt, sondern sie nur angesehen. „Wie könnt ihr das sagen, nach allem, was geschehen ist? Natürlich wird es eine Rolle spielen."

Leigh war näher getreten und hatte Tabitha umarmt, bevor sie sagte: „Na gut, du hast recht. Für einige Leute wird es eine Rolle spielen, aber nicht für die Menschen, die für dich und jetzt für ihn am wichtigsten sind. Dein Vater und Jocie. Tante Love und ich. Wes. Wir werden alle hier sein und dir und ihm helfen, was auch immer geschieht."

„Also gib ihm schon den Namen", hatte Jocie gesagt.

„Ist ja gut." Tabitha hatte eine Grimasse gezogen und Jocie und Leigh dann gebeten, Miss Sally zu sagen, wie leid es ihr um Mr Harvey tue. Dabei hatte sie sehr traurig ausgesehen.

Und jetzt hatte ihr Vater die Beerdigungspredigt gehalten und sie waren auf dem Friedhof und schickten sich an, Mr Harvey zur letzten Ruhe zu betten. Es war immer noch heiß, auch wenn einige Wolken aufgezogen waren, die die Sonne verdeckten. Einige Leute blickten zum Himmel hinauf, während sie von ihren Autos über den Friedhof gingen, um sich um den Pavillon zu drängen, der über dem Grab errichtet worden war. Mit gedämpften Stimmen sprachen sie davon, wie sehr sie Regen brauchten.

Miss Sally saß mit Myra und Alex Hearndon rechts und links neben sich unter dem Pavillon. Cassidy saß dicht neben Myra und Noah hatte die Zwillinge weiter hinten im Pavillon auf dem Schoß. Dorothy McDermott war in seiner Nähe, um ihm mit den Kindern zu helfen, falls das nötig war. Einige Nichten und Neffen besetzten die restlichen Stühle unter dem Zeltdach.

Miss Sally betupfte mit ihrem Taschentuch ihre Augen, als Jocies Vater am Grab die passenden Bibelverse vorlas. Jocie war schon oft mit ihrem Vater auf Beerdigungen gewesen. Sie wusste, wie sie abliefen. Die meisten Tränen flossen üblicherweise beim Bestattungsunternehmen, bevor Mr Hazelton den Sarg schloss. Die Zeremonie am Grab war nur ein letztes Lebewohl. Aber heute weinten alle. Alle außer ihr.

Jocie konnte nicht weinen. Es war, als wäre das Feuer so heiß gewesen, dass es jede Träne aus ihrem Herzen gebrannt hatte. Neben ihr stand Leigh, der Tränen über die Wangen rannen. Selbst Jocies Vater musste sich über die Augen wischen, als er aus der Bibel vorlas. Aber Jocie hörte nur zu, ihre Augen so trocken, dass sie beinahe schmerzten, während sie die Menschen ansah, die sich versammelt hatten, und sich fragte, ob welche von ihnen unter den Kapuzen gesteckt hatten.

Wenn sie darüber nachdachte, kam ihr das alles so unwirklich vor. Die Männer mit ihren weißen Kopfbedeckungen um Miss Sallys Haus. Das Feuer. Wie sie durch das Fenster und über das Dach gekrochen waren und Mr Harvey mit Gott gesprochen hatte. Aber es war Wirklichkeit. Ihr Vater las aus seiner Bibel vor. Die Leute um sie herum weinten. Mr Harvey war tot.

Was hatte Mr Harvey noch gesagt, als sie gemeinsam zu dem neugeborenen Kalb gegangen waren? Dass Geburt und Tod beide zu Gottes Plan für seine Kinder gehörten. Aber das Feuer hatte nichts mit Gottes Plänen zu tun. Es war Hass mit Füßen und Fackeln.

Nachdem ihr Vater sein Gebet beendet hatte, zog Mr Hazelton eine Rose aus dem Gesteck auf dem Sarg, um sie Miss Sally zu geben. Als er ihr die Rose reichte, flüsterte sie ihm etwas zu. Mr Hazelton sah ein wenig überrascht aus, doch dann ging er zu dem Sarg zurück und zog zwei weitere Rosen heraus, die er Mrs Hearndon und Cassidy gab. Cassidy wollte ihre Rose nicht nehmen, also nahm Mrs Hearndon sie beide.

Der erste Regentropfen traf Jocies Kopf, als Miss Sally auf dem Teppich aus Kunstrasen unter dem Pavillon aufstand. Dann klatschten weitere Tropfen auf das Zeltdach. Von einem Gewitter war nichts zu sehen, kein Blitz und Donner, kein Wind. Die Wolken über ihnen waren einfach aufgebrochen und es regnete, beinahe als würde selbst der Himmel um Mr Harvey weinen. Es war ein sanfter Regen und niemand rannte zu seinem Wagen. Alle standen da und hielten die Hände auf, um die Regentropfen aufzufangen.

Miss Sally trat unter dem Pavillon hervor und blickte zum Himmel hinauf, um sich vom Regen die Tränen aus dem Gesicht waschen zu lassen. Und dann lachte sie. Richtig laut. „Sieht das Harvey nicht ähnlich?“ Sie sah die Menschen um sich herum an. „Er ist gleich zu der Quelle des Regens gegangen und hat den Herrn überredet, uns welchen herunterzuschicken.“

Es regnete den ganzen Tag und die ganze Nacht und auch noch am nächsten Vormittag. Es war ein sanfter, stetiger Regen, bei dem der Boden jeden Tropfen aufsaugen konnte. Und während es regnete, dachten alle in Holly County an Mr Harvey und daran, wie sehr er sein Land und seine Nachbarn geliebt hatte und dass der Regen die Ernte rettete. Allerdings hatten Noah und seine Familie keine Apfelbäume mehr, die der Regen hätte retten können.

Am Donnerstag ging Jocie wieder in die Schule. Paulette ließ sogar Janice und Linda stehen, um beim Mittagessen bei Jocie und Charissa zu sitzen. Es konnte natürlich sein, dass das weniger mit dem Feuer zu tun hatte, sondern mehr mit Paulettes Hoffnung, dass Jocie nichts dagegen haben würde, wenn sie Ronnie Martin mochte. Jocie wusste nicht, warum Paulette ihre Zustimmung dazu brauchte, aber offenbar brauchte sie sie.

Aber Jocie hatte zu viele andere Sorgen, um sich Gedanken darüber zu machen, ob sie Ronnie Martin jemals würde vergeben können. Im Moment hatte sie nicht einmal Zeit, deswegen zu beten. Sie musste für Miss Sally und Noahs Familie beten. Und sie musste beten, dass sie irgendwie wieder in der Lage sein würde, die Augen zuzumachen und zu schlafen, ohne Flammen und Männer mit Kapuzen zu sehen. Sie hatte überlegt, ob sie ihren Vater bitten sollte, ihr mit diesem Gebet zu helfen, aber er hatte so viel damit zu tun, allen anderen zu helfen, dass sie kaum Gelegenheit gehabt hatten, über irgendetwas anderes zu reden als darüber, was beim *Banner* zu tun war.

Am Donnerstag fuhr ihr Dad mit Wes zum Arzt. Wes kam nach Hause mit etwas, das er als Gehgips bezeichnete. Er musste immer noch die Krücken benutzen, aber er konnte jetzt das Bein aufsetzen und seine Blicke wanderten immer wieder zu seinem Motorrad. Als Jocie nach der Schule in der Druckerei vorbeikam, sagte er zu ihr: „Weißt du, ich glaube, wenn jemand mir beim Aufsteigen helfen würde, könnte ich jetzt eine Runde fahren."

„Kommt nicht infrage", erklärte Jocie. „In diesem Jahr sind schon genug schlimme Dinge passiert."

„Wenn ich einen Ausflug mache, ist das doch nicht schlimm."

„Es wäre aber schlimm, wenn du einen Unfall hättest, weil dein Bein in Gips ist."

„Ich habe ja nicht gesagt, dass ich selbst fahren will. Das könnte Noah tun. Oder vielleicht du", sagte Wes grinsend.

„Wir haben beide keinen Führerschein", gab Jocie zu bedenken.

Wes seufzte. „Das ist allerdings wirklich ein Problem. Vielleicht kann ich deinen Daddy ja überreden, ein Prediger auf einer Maschine zu sein. Dann findet Miss Leigh ihn vielleicht schneidig und attraktiv."

„Das findet sie jetzt schon", sagte Jocie.

„Ja, da hast du wohl recht. Wie wäre es dann mit der guten alten Zella? Meinst du, sie würde eine Runde mit mir drehen?"

Die Vorstellung von Zella auf Wes' Motorrad war so verrückt, dass Jocie lachen musste. Zum ersten Mal in dieser Woche.

„Na, das ist doch schon besser", sagte Wes. „Du darfst nicht aufhören zu lachen, Jo."

„Vor ein paar Wochen hast du selbst auch nicht gerade viel gelacht." Jocie warf ihm einen Blick zu. „Da habe ich versucht, dich zum Lachen zu bringen."

„Dafür sind Familie und Freunde schließlich da." Wes streckte den Arm aus und berührte ihre Hand. „Wie geht noch mal der Vers, den Lovella manchmal zitiert? Der mit dem fröhlichen Herzen?"

„,Ein fröhliches Herz tut dem Leibe wohl.'"

„Das ist die Medizin, die wir alle brauchen." Wes lehnte sich auf seinem Stuhl zurück.

„Aber wie kann das Herz fröhlich sein, wenn so schlimme Dinge passieren?" Wieder stieg Traurigkeit in Jocie auf, weil sie an Mr Harvey dachte.

„Das ist eine zu schwierige Frage für einen alten Jupiterianer wie mich", sagte Wes. „Aber es könnte sein, dass es etwas mit dem Frieden zu tun hat, der höher ist als alle Vernunft und von dem dein Daddy manchmal spricht. Und damit, dass trotz der schlimmen Dinge, die geschehen, auch gute Dinge geschehen."

„So wie Tabithas Baby?"

„Das ist auf jeden Fall etwas Gutes. Hat sie sich eigentlich entschieden, wie der kleine Kerl heißen soll?"

„Ja, endlich. Stephen Lee. Morgen kommen die beiden nach Hause. Sie mussten noch ein paar Tage länger bleiben, weil Tabitha Fieber hatte, aber jetzt geht es ihr wieder gut."

„Ja, das hat dein Daddy mir auch erzählt. Er sagte, Zella und ich müssten hier die Stellung halten, während er sie abholt. Aber wenn man bedenkt, dass Zella in letzter Zeit so tut, als hätte sie Angst vor mir, kann es natürlich auch sein, dass sie sich den morgigen Tag freinimmt."

„Ach, du kennst doch Zella. Sie ist immer merkwürdig." Jocie schnitt eine Grimasse und warf einen Blick in Richtung Büro, wo Zella auf ihre Schreibmaschine eindrosch.

„Da hast du recht, aber das Gleiche gilt für mich auch." Wes fuhr sich mit den Fingern durchs Haar, bis es in alle Himmelsrichtungen abstand. „Meinst du, der kleine Stevie bekommt Angst, wenn ich ihn besuche? Miss Leigh hat gesagt, sie fährt mich zu euch, damit ich ihn besuchen kann. Allerdings in ihrem Auto. Vom Motorrad will sie nichts wissen. Sie wird schon bei dem Gedanken blass."

Jocie kicherte wieder und sagte dann: „Nein, er wird dich mögen." Sie zögerte ein paar Sekunden. „Du hast ihn noch nicht gesehen, oder?"

„Noch nicht."

„Sein Vater war schwarz."

„Das hat dein Daddy mir erzählt."

Wieder zögerte Jocie, bevor sie fortfuhr: „Glaubst du, der Klan wird davon hören und versuchen, auch in unserem Garten ein Kreuz anzuzünden?"

Wes beugte sich vor und berührte Jocies Wange. „Euch wird nichts passieren, Jo. Du und dein Daddy, ihr habt eine höhere Macht, die auf euch aufpasst."

„Ich möchte, dass diese Macht auch auf dich aufpasst."

„Vielleicht tut sie das ja schon, Jo." Wes tätschelte ihre Wange und lehnte sich wieder zurück. „Denk doch nur an den Baum, der mir auf den Rücken gefallen ist, als der Tornado versucht hat, uns ins Jenseits zu pusten. Da hat Gott uns geholfen. Nicht nur dir, sondern mir auch, obwohl ich es nicht verdient hatte."

„Aber warum hat er nicht auf Mr Harvey aufgepasst?" Jocie sah Wes unverwandt an, während sie auf seine Antwort wartete. Sie brauchte eine Antwort.

Aber Wes schüttelte den Kopf. „Noch eine Frage, die für einen alten Jupiterianer zu schwierig ist. Aber andererseits – woher willst du wissen, dass er nicht aufgepasst hat? Hast du nicht gesagt, Harvey hätte Engel gesehen?"

„Das hat er gesagt, aber glaubst du, es waren wirklich Engel da? Dass Gott mir die Augen hätte öffnen können, so wie er es bei Elisas Diener im Alten Testament getan hat, als Gottes Heer aus Pferden und Wagen auf einem Berg um sie herum war und Elisa beschützt hat?"

„Ich weiß es nicht, Jo, aber ich glaube, wir können uns sicher sein, dass Harvey sie gesehen hat. Für ihn waren sie echt."

Am Freitag kam Tabitha mit dem Baby nach Hause, und sobald Jocie aus der Schule zurück war, sagte Tabitha, sie solle sich aufs Sofa setzen und das Baby halten. Der Kleine war so winzig, so weich, so neu. Jocie berührte seine Hand. Er schlug die Augen auf und lächelte.

„Sieh mal", sagte Tante Love. „Er träumt bestimmt von Engeln."

Engel. Jocie fragte sich, ob es dieselben Engel waren, die Mr Harvey gesehen hatte. Dann dachte sie wieder daran, wie sie mit Mr Harvey über das Feld gelaufen war, um das neue Kalb zu finden.

Eine Zeit, geboren zu werden. Eine Zeit zu sterben. Jetzt kamen Jocie die Tränen. Sie flossen in Strömen über ihre Wangen, doch Stephen Lee schien es nichts auszumachen, als die Tränen anfingen, von ihrem Kinn auf seine Decke zu tropfen. Er lächelte weiter sein Engel-Lächeln.

„‚Ich habe dein Gebet gehört und deine Tränen gesehen'", flüsterte Tante Love den passenden Bibelvers.

45

Am Sonntag hielt ein ehemaliger Pastor der Gemeinde, Bruder Perry, die Predigt zum Festgottesdienst. David war froh, dass er nicht predigen musste. Es war schwer genug, vor der Gemeinde zu stehen, um die Abkündigungen zu machen und das Gebet zu leiten, sowie zuzusehen, wie die Ältesten nach vorne kamen, um ohne Mr Harvey die Kollekte einzusammeln.

Miss Sally war da und lächelte, wie sie es immer tat. Sie hatte ein freundliches Wort für jeden gehabt, der vor dem Gottesdienst zu ihr gegangen war, um mit ihr zu sprechen. Jetzt, wo die Diakone die Kollektenteller wieder nach vorne brachten, schaukelte sie Elise auf ihrem Schoß. Cassidy saß zwischen ihr und Myra Hearndon, die Eli auf dem Schoß hielt. Noah saß gerade und aufrecht neben seiner Mutter, aber er blickte immer wieder über die Schulter nach hinten, so als hätte er Angst, etwas oder jemand könnte sich von hinten anschleichen.

Alex Hearndon war nicht da. Er hatte zu David gesagt, vor den furchtbaren Ereignissen habe er überlegt, künftig mit Myra zum Gottesdienst zu gehen, aber nach dem, was mit Mr Harvey geschehen war, wisse er nicht, wie er jemals wieder eine Kirche betreten solle. Er konnte nicht verstehen, dass irgendjemand es tat.

„Gott ist nicht schuld an dem, was mit Mr Harvey geschehen ist", hatte David erwidert. „Oder mit Ihren Apfelbäumen."

„Sie machen Gott für die guten Dinge verantwortlich, die geschehen. Warum nicht für die bösen?"

„Weil Gott dem Menschen die Freiheit gegeben hat, zwischen Gut und Böse zu wählen. ‚Ein guter Mensch bringt Gutes hervor aus dem guten Schatz seines Herzens; und ein böser Mensch bringt Böses hervor aus seinem bösen Schatz.'"

„Das stammt aus der Bibel, richtig?", hatte Alex gesagt.

„Jesus sagt das im Matthäusevangelium. Es liegt an uns, den Schatz zu wählen, den wir in unseren Herzen haben wollen."

„Und ein paar Leute hier in der Gegend haben sich für den bösen Schatz entschieden."

„Aber das sollte uns nicht von Gottes Liebe abbringen. Ich glaube, dass Gott aus allem etwas Gutes entstehen lassen kann", hatte David erklärt.

„Das sagt Miss Sally auch, aber mir fällt nicht das kleinste bisschen Gutes ein, das daraus entstehen könnte, dass ihr Haus abgebrannt ist oder dass Mr Harvey gestorben ist oder dass meine Bäume umgehauen und vernichtet worden sind. Nicht eine gute Sache." Der Mann hatte David angestarrt, als sollte er es bloß nicht wagen, irgendetwas daran für gut zu halten.

„Mir auch nicht", hatte David ihm zugestimmt. „Aber die Wege des Herrn sind unergründlich."

„Darüber können Sie mit Myra reden. Ich frage mich, ob Ihr Herr überhaupt etwas tut."

David wünschte, Alex wäre jetzt an seiner Seite und könnte diese Gemeinde sehen, in der Gott an diesem Morgen am Wirken war. Tabitha hatte darauf bestanden, ihr Baby mitzubringen, obwohl Tante Love der Meinung war, es sei noch zu früh für sie, um aus dem Haus zu gehen. Aber Tabitha fühlte sich gut und sie hatte Miss Sallys und Davids wegen dabei sein wollen. Und die Gemeindemitglieder, Tabithas Brüder und Schwestern im Herrn, hatten ihr Baby angesehen und sich lächelnd mit ihr gefreut. Wenn es missbilligende Bemerkungen gegeben hatte, hatte David sie nicht gehört. Vielleicht hatte Gott Davids Ohren verschlossen, und wenn es so war, dann war er dankbar dafür.

Leigh saß neben Tabitha, bereit ihr zu helfen, falls Tabitha Hilfe mit dem Baby brauchte. Sie wusste zwar nichts über Babys, aber sie hatte ein liebevolles Herz. Davids Blick ruhte einen Moment lang auf Leigh und sein eigenes Herz wurde leichter – ja, es begann beinahe zu singen –, obwohl so viele Probleme auf ihm lasteten. Er hatte keinen Zweifel daran, dass Gott seine Hand im Spiel gehabt hatte, als Leigh in sein Leben getreten war. Auch das war ein Grund zur Dankbarkeit.

Die Kirche war voll. Sie hatten zusätzliche Stühle aus den Sonntagsschulräumen holen müssen. Zum ersten Mal, seit er behauptet hatte, David zweifle an seiner geistlichen Hingabe, waren Bob Jessup und seine Familie wieder da. Noch etwas, das Gott bewirkt hatte. Bob war nach Mr Harveys Beerdigung zu David gekommen. Was sie gesagt hatten, würde für immer zwischen ihnen und Gott bleiben. Aber Bob war wie ausgewechselt. Er war nach Atlanta gefahren und hatte Apfelbäume gekauft. Sie waren draußen auf seinem Lastwagen, der im Schatten geparkt war. Bob hatte David gebeten, mit ihm zu den Hearndons zu fahren, wenn der Nachmittagsgottesdienst vorbei war. David betete, dass Alex Hearndon das Wirken Gottes darin sehen und die Bäume annehmen würde.

Aber das schönste Zeichen für Gottes Wirken war vielleicht, dass Wes auf einem Stuhl am Ende der Kirchenbank neben Jocie saß. Sie streckte immer wieder die Hand aus und berührte seinen Arm, als wolle sie sich vergewissern, dass er tatsächlich da war. David hatte selbst ein paarmal blinzeln müssen, als Wes an diesem Morgen mit Leigh durch die Kirchentür getreten war. Als er zu ihnen gegangen war, um sie zu begrüßen, hatte Wes die Augen zusammengekniffen und gesagt: „Aber nicht, dass du denkst, ich würde gleich nach vorne gehen. Ich dachte nur, ich begleite Miss Leigh, um Jo ein bisschen aufzumuntern."

„Sie wird sich freuen, dich zu sehen", hatte David gesagt. Und ein Bibelvers war in seinem Herzen widergehallt: *Oh Herr, wie groß sind deine Werke!*

Cassidy hatte nicht in die Kirche gehen wollen. Nicht für den Morgengottesdienst und erst recht nicht für den ganzen Tag. Nicht, weil sie Gott nicht lieb hatte. Sie hatte ihrer Mama gesagt, dass sie Gott lieb hatte, aber sie mochte es nicht, dass alle diese Augen sie anstarrten. Weiße Augen. Augen, die sie vielleicht so sehr hassten, dass sie die schönen Bäume ihres Daddys ausgerissen hatten. Jetzt würde nichts aus dieser Plantage der Hoffnung, von der ihre Eltern gesprochen hatten.

Cassidy hatte sie gestern Abend reden hören. Ihre Mama und ihren Daddy. Ihr Daddy hatte gesagt, er habe nicht den Mut, noch mehr Bäume zu pflanzen, die dann doch nur ausgerissen würden. Er hatte gesagt, sie müssten vielleicht nach Chicago zurückgehen, damit er eine Arbeit finden konnte – was Cassidy nichts ausmachen würde, wenn da nicht Miss Sally wäre.

Das hatte ihre Mama auch zu ihrem Daddy gesagt. Dass sie noch nicht gehen konnten. Dass sie wegen Miss Sally noch eine Weile warten mussten. Cassidy glaubte, dass ihre Mama Miss Sally überhaupt nicht verlassen wollte. Aber ihr Daddy hatte gesagt, sie könnten von Miss Sally nicht erwarten, dass sie sich um sie kümmerte, nach all dem Ärger, den sie gerade gehabt hatte. Er hatte gesagt, wenn die Weißen vorher wütend gewesen waren, als sie einfach nur dort gelebt und sich um ihre eigenen Angelegenheiten gekümmert und ihre Bäume gepflanzt hatten, dann würden sie erst recht außer sich vor Wut sein, wenn sie glaubten, dass ihre Familie Miss Sallys gütiges Wesen ausnutzte. Und man könne nicht wissen, was sie dann tun würden.

Cassidy hatte sie gehört. Es war mitten in der Nacht gewesen, aber Cassidy hatte wach in ihrem Bett gelegen. Sie war oft wach. Irgendwann war sie aufgestanden und ins Wohnzimmer gegangen, um aus dem Fenster zu sehen und sich davon zu überzeugen, dass die Männer in den Lastwagen nicht wiederkamen. Sie hatte sich ganz leise bewegt, damit sie Miss Sally nicht weckte, die auf ihrem Sofa schlief, seit die Männer ihr Haus angezündet hatten und Mr Harvey hatten sterben lassen, aber Miss Sally war schon wach gewesen. Sie hatte im Mondschein, der durch die Fenster gefallen war, auf dem Sofa gesessen.

Cassidy hatte sich ihr Gesicht genau angesehen, weil sie sich gefragt hatte, ob Miss Sally wegen dem, was ihre Mama und ihr Daddy gesagt hatten, hatte weinen müssen, aber Miss Sally hatte nicht besorgt ausgesehen. Sie hatte Cassidy angelächelt und die Arme ausgestreckt. Und während sie in Miss Sallys Umarmung gesunken war, hatte Cassidy vergessen, dass sie aus dem Fenster hatte sehen wollen.

„Alles ist gut, Cassidy, Liebes“, hatte Miss Sally ihr ins Ohr geflüstert. „Du brauchst keine Angst zu haben. Gott wird auf uns aufpassen. Er beschützt uns und bringt deinem Daddy neue Bäume. Dann fühlt dein Daddy sich besser.“

„Woher weißt du das?“, hatte Cassidy gefragt.

„Gott hat es mir erzählt“, hatte Miss Sally gesagt. „Und ich glaube ihm. Gott kannst du immer glauben. Er weiß alles.“

Inzwischen war der Morgengottesdienst längst vorbei. Sie hatten das ganze Essen, das die Leute mitgebracht hatten, aufgegessen und waren wieder in der Kirche, wo der Prediger sprach. Cassidy hoffte, dass es nicht mehr lange dauern würde, bis sie nach Hause fahren konnten. Sie wollte zu Hause sein und nicht hier, wo alle sie anstarrten, ihre schwarze Haut sahen und ihr deshalb wehtun wollten. Einen Moment lang dachte Cassidy darüber nach, einfach in ihre sichere Höhle zu krabbeln, aber bei dem Gedanken war ihr auch mulmig zumute, weil sie da ihre Mama nicht anfassen konnte. Sie fühlte sich besser, wenn sie ihre Mama anfassen konnte. Und jetzt, wo sie zwischen ihrer Mama und Miss Sally saß, während der Prediger redete, fühlte Cassidy sich beinahe sicher genug, um die Augen zu schließen und ein Nickerchen zu machen.

Doch dann war der Prediger fertig und Miss Sally stand auf. Sie ging den Gang hinunter bis nach vorne. Schlagartig fühlte sich die ungeschützte Seite von Cassidys Körper zu kalt an. Cassidy hatte gewusst, dass Miss Sally nach vorne gehen würde, um etwas zu sagen. Heute Morgen auf dem Weg zur Kirche hatte Miss Sally ihr erklärt, dass sie die Geschichte der Kirche vorlesen musste, weil Mr Harvey nicht da war, um es zu tun. Sie hatte Cassidy zugeflüstert, dass sie sich keine Sorgen machen solle, falls sie dabei ein bisschen weinte. Dass die richtige Art Tränen gut seien.

Jetzt stand Miss Sally auf der Kanzel. Es war ganz still in der Kirche, als Miss Sally auf die Zettel in ihrer Hand blickte. Und dann ließ sie ihren Blick über die Gemeinde schweifen und sagte: „Dies ist die jährliche Verlesung der Geschichte der Baptistengemeinde von Mt. Pleasant, die im Jahr 1821 von dreizehn Männern und Frauen gegründet wurde."

Miss Sally betupfte ihre Augen mit ihrem Taschentuch und sagte dann: „Ihr wisst alle, dass Harvey seit 1940 diese Geschichte vorgetragen hat, und vor ihm hat unser Vater es viele Jahre lang getan. Harvey wusste alles auswendig. Wann dieses Gebäude erbaut wurde. Wann der Gehweg gemacht wurde. Wer die Prediger waren und von wann bis wann sie hier waren. Ich habe ihn nie auch nur ein schlechtes Wort über irgendeinen unserer Prediger sagen hören. Nicht ein einziges. Selbst wenn wir anderen nicht so freundlich waren. Wir haben natürlich nie schlecht über Sie gesprochen, Bruder Perry. Wir mochten Sie alle."

Miss Sally lächelte den Mann an, der an diesem Morgen gepredigt hatte, und wandte sich dann wieder der Gemeinde zu. „Die meisten von euch kennen die Geschichte ebenfalls auswendig, aber ihr habt gerne zugehört, wenn Harvey sie verlesen hat, und er hat sie gerne erzählt, wann immer jemand ihm zugehört hat. Und beim jährlichen Homecoming-Fest hatte er ein aufmerksames Publikum."

Cassidy zuckte zusammen, als einige Leute kicherten. Dann wurde es wieder still. Miss Sally hielt inne und schluckte. Sie presste lange die Lippen aufeinander. Dann faltete sie ihre Zettel zusammen und schob sie auf der Kanzel beiseite. In der ganzen Kirche war kein Laut mehr zu hören. Sogar Eli und Elise saßen still und beobachteten Miss Sally. Cassidy rutschte näher zu ihrer Mama und wünschte, sie säße auf ihrer anderen Seite, zwischen ihr und Noah.

Miss Sally ergriff wieder das Wort. „Da ihr alle die Geschichte schon kennt, lese ich sie heute nicht vor. Bis nächstes Jahr könnt ihr einen neuen Diakon aussuchen, der diesen Bericht verliest. Heute möchte ich die Zeit nutzen, um euch zu sagen, was Harvey euch sagen würde, wenn er aus dem Jenseits zu uns herüberkommen könnte. Nicht dass ich glaube, dass er zurückkommen wollen würde. Er ist mit den Engeln in den Himmel geflogen und jetzt ist er dort oben beim Herrn. Deshalb wäre das Erste, was er euch erzählen würde, dass er glücklich ist. So glücklich, wie keiner von uns es sich auch nur vorstellen kann, aber wie wir alle, wenn wir Jesus als unseren Herrn angenommen haben, es irgendwann selbst erleben werden. Wir werden dort sein. Wir werden wissen, wie glücklich Harvey sich jetzt fühlt.

Ihr alle wisst, dass weder Harvey noch ich jemals geheiratet haben. Harvey hatte ein Mädchen, aber sie hat einen anderen geheiratet. Sie hat ihm das Herz gebrochen und er ist nie wieder auf Brautschau gegangen. Bei mir hat nie jemand angeklopft. Als ich jung war, habe ich deswegen gebetet. Und noch mehr, als ich nicht mehr so jung war. Ich wollte heiraten. Ich habe euch hier in der Gemeinde mit euren Kindern und Enkeln gesehen und ich sehnte mich so sehr nach einer Familie, dass es wie ein Loch in meinem Innern war, aber Gott hat dieses Gebet nicht erhört. Früher dachte ich, ich sei vielleicht einfach zu hässlich, aber wenn ich mich hier umsehe, seid ihr auch nicht unbedingt hübscher als ich, und ihr sitzt hier umgeben von euren Kindern."

Wieder lachten einige und Miss Sally lächelte. Dann hatte sie wieder Tränen in den Augen. „Ihr kanntet Harvey. Ihr wisst, was für ein weiches Herz er hatte und dass er sich um hilflose Wesen gekümmert hat. Er wusste, wie es mir ging, und er betete mit mir, aber als die Jahre vergingen und Gott mir keinen Ehemann schickte, sagte er zu mir, dass Gott etwas anderes mit meinem Leben vorhaben müsse. Etwas Besonderes.

Und das würde Harvey auch zu euch sagen, wenn er heute hier wäre. Dass der Herr für jeden Menschen einen Plan hat und jeder einen Platz in Gottes Reich hat. Er sagte zu mir, es gebe überall Kinder, die ich lieben könne, und so habe ich die Kinder hier in der Gemeinde ins Herz geschlossen. Ich blicke mich um und sehe so viele von euch heute wieder hier, und es macht mein Herz froh, dass ihr daran denkt, Gott und eure Familien zu ehren. Zu Hause habe ich eine Liste mit jedem Kind darauf, das jemals in meiner Sonntagsschulklasse war."

Miss Sally runzelte ein wenig die Stirn. „Jedenfalls hatte ich eine Liste. Jetzt ist die Liste wohl nur noch in meinem Herzen." Sie legte eine Hand auf ihr Herz. „Und ich dachte, das sei es, was Gott mit mir vorhatte. Dass ihr die Familie wärt, die er mir anvertraut hat. Bis Harvey beschloss, die Farm an der Hoopole Road zu verkaufen.

Unser Cousin Ben … ihr erinnert euch doch bestimmt noch an Ben, den Jüngsten unserer Tante Clara, der vor einigen Jahren nach Chicago zog. Er behauptet, es gefalle ihm dort im Norden. Mit Schnee und allem. Jedenfalls sagte er, er kenne einen Mann, der Land kaufen wolle, um eine Plantage zu pflanzen. Und als Ben das sagte, sah Harvey seine Felder schon voller Apfel- und Birnbäume stehen. Er war ganz aufgeregt. Er hatte das Gefühl, dass Gott diese Farm für etwas Besonderes vorgesehen hatte. Eine Plantage der Hoffnung. Ein Garten der Hoffnung."

Miss Sally blickte genau in Cassidys Augen, als sie das sagte. Cassidy musste ihre Tränen fortblinzeln, als sie an die Plantage der Hoffnung ihres Daddys dachte, die jetzt nur noch ein Haufen zerbrochener Äste war, aber sie sah Miss Sally die ganze Zeit an, während sie weitersprach.

„Also haben wir ihnen die Farm verkauft. Wir hatten die Familie nie gesehen, aber Ben sagte, sie seien gute Leute, und das reichte uns. Er sagte nichts von der Hautfarbe und wir sind auch nicht auf die Idee gekommen, danach zu fragen. Ich bin froh, dass wir es nicht getan haben." Miss Sally sah Cassidys Mama an und lächelte. „Denn wisst ihr was? Nach all den Jahren, als ich schon dachte, ich wäre viel zu alt, um überhaupt noch an eine Tochter zu denken, hat der Herr mir eine geschickt. Sie ist nicht mein leibliches Kind, aber sobald ich sie sah, war sie in meinem Herzen und ich wusste, dass das Gottes Wirken war. Nur so konnte es geschehen."

Cassidys Mama liefen Tränen aus den Augen und über die Wangen. Eine der Tränen fiel auf Cassidys Arm.

„Gott liebt uns. ‚Habe deine Lust am Herrn; der wird dir geben, was dein Herz wünscht.' Das will er tun. Und für viele von euch und für mich hat er es oft getan. Ich wollte eine Tochter und jetzt habe ich eine. Ich wollte eine Großmutter sein und jetzt bin ich eine. Vielleicht nicht auf normalem Weg, sondern eher wie Paulus, der sich als Apostel der unzeitigen Geburt bezeichnete. Ich habe von Gott eine Ausnahmegenehmigung erhalten, um Oma zu sein." Miss Sally sah Noah und Eli und Elise an und zuletzt blieb ihr Blick auf Cassidy liegen.

Dann sah sie die anderen Leute an, die Weißen. „Und ich glaube, das ist das Wichtigste, was Harvey euch sagen würde, wenn er hier wäre. Er würde euch sagen, dass die Farbe unserer Haut überhaupt keine Rolle spielt, weil Gott das liebt, was in der Haut steckt. Und das sollen wir auch lieben. Das würde Harvey sagen – und dass er auf den Tag wartet, an dem wir alle mit ihm zusammen das wahre Homecoming feiern werden. Das er letzten Samstag in der Früh erlebt hat, als die Engel kamen, um ihn ins Paradies zu begleiten. Ich wünsche euch allen die Hoffnung auf diese Heimkehr in euren Herzen.

Und zuletzt würde Harvey euch sagen, dass böse Dinge geschehen sind, weil einige Menschen sich vom Bösen haben beherrschen lassen, aber dass Gott etwas Gutes daraus entstehen lässt. Ich kann das Gute in euren Gesichtern sehen und fühle es in der Liebe eurer Herzen. Ich weiß, dass ihr meine neue Familie mit offenen Armen aufnehmen werdet."

Cassidy stand auf. Ihr Herz hämmerte rasend schnell in ihrer Brust, aber sie wusste, was sie tun musste. Ihre Mama streckte eine Hand aus, um sie zurückzuhalten, aber Cassidy entzog sich ihrer Berührung. Es war beängstigend, dort zu stehen und ihre Mama nicht anzufassen, aber trotzdem trat sie in den Gang hinaus und ging, den Blick unverwandt auf Miss Sally gerichtet, bis nach vorne und kletterte auf das Podium, um neben Miss Sally zu stehen. Neben ihrer Oma.

46

Jocie hatte schon viele Gottesdienste und Evangelisationen erlebt und sie hatte viele Prediger gehört, die den Anwesenden ans Herz gelegt hatten, sie mögen nach vorne kommen und ihr Leben dem Herrn übergeben, und manchmal taten sie es auch. Sie hatte es selbst einmal getan. Aber das, was in Mt. Pleasant geschah, nachdem Miss Sally ihre Rede beendet hatte und Cassidy nach vorne gegangen war, um sich neben sie auf das Podium zu stellen, war anders. Es war, als hätte Gott sie heute Morgen „Gieß deinen Segen aus, oh Herr“ singen hören, und jetzt regnete dieser Segen auf alle, die hier versammelt waren.

Vielleicht hatte Mr Harvey das bewirkt, so wie den Regen, der bei seiner Beerdigung die Trockenheit beendet hatte. Vielleicht war Mr Harvey da oben und unterhielt sich mit Gott darüber, was in der Gemeinde von Mt. Pleasant geschehen musste, um die Menschen besser und glücklicher zu machen.

Jocie spürte ein Kribbeln in ihrem Rücken und das, was Tante Love eine heilige Gänsehaut nannte, schon bevor Wes zu ihr herübersah.

„Weißt du, wenn das kleine Mädchen diesen Gang hinuntergehen kann, obwohl es doch solche Angst hatte, dann kann ich das wohl auch. Vielleicht gehe ich einfach nach vorne und bitte deinen Daddy, dieses Gebet mit mir zu sprechen.“

Jocie war sich nicht sicher, ob sie ihren Ohren trauen konnte, aber Wes griff nach seinen Krücken. Ihr Herz hüpfte wie verrückt in ihrem Brustkorb, als sie eine Hand auf seinen Arm legte und fragte: „Soll ich mitkommen?“

„Nein, ich bin schon groß. Und das hier ist eine Sache zwischen mir und Gott.“ Wes stand auf und humpelte auf seinen Krücken nach vorne.

Inzwischen waren alle in der Kirche aufgestanden. Jocie war sich nicht sicher, warum, aber andererseits schien es unmöglich, sitzen zu bleiben. Niemand sang „So wie ich bin“ oder irgendein anderes

Einladungslied, aber das spielte keine Rolle. Die Einladung schwebte in der Luft und berührte sie alle.

Jocies Dad kam Wes vorne entgegen und einen Moment lang dachte sie, er würde einen Freudentanz aufführen, so glücklich sah er aus. Dann gingen Bob Jessup und seine Frau nach vorne, um ihr Leben neu unter Gottes Herrschaft zu stellen. Als Miss Sally vom Podium trat, um ihn zu umarmen, fing Mr Jessup an zu weinen. Keine kleinen Tränen, die leise aus den Augenwinkeln rannen, wie Jocie es bei manchen Männern gesehen hatte, sondern richtig große Krokodilstränen. Er versuchte, der Gemeinde etwas zu sagen, aber er brachte kein Wort heraus. Seine Frau führte ihn zur ersten Bank und half ihm, sein Taschentuch zu finden. Andere Leute gingen nach vorne und versprachen, bessere Nachfolger Christi zu sein. Selbst einige Menschen, die nicht Mitglieder von Mt. Pleasant waren und nur zum Festgottesdienst gekommen waren.

Da alle in der Kirche irgendeine Entscheidung zu treffen schienen, überraschte es Jocie nicht, als Tabitha aufstand und ihr Baby nach vorne trug. Aber offenbar überraschte es die anderen Anwesenden. Es wurde noch einmal still im Raum, als Tabitha vor der Gemeinde stand und sagte: „Der Vater meines Kleinen wollte ihn nicht. Er wollte, dass ich dafür sorge, dass er nie geboren wird, aber das konnte ich nicht. Ich möchte euch allen dafür danken, dass ihr ihn schon geliebt habt, als er noch nicht geboren war, und dass ihr ihn immer noch lieb habt, nachdem ihr ihn jetzt gesehen habt." Sie blickte auf ihr Baby hinunter und hielt den Jungen dann hoch, als wollte sie ihn der Gemeinde zeigen. „Ich habe ihn Stephen Lee genannt. Stephen in Erinnerung an ein Baby, das eine Mutter vor langer Zeit verloren hat, und Lee im Gedenken an Mr Harvey. Ich glaube, das hätte ihm gefallen."

Noch mehr Tränen flossen. Und es herrschte immer noch Trubel, als Leigh nach vorne ging, um in Mt. Pleasant Mitglied zu werden, da sie, wie sie sagte, sowieso die ganze Zeit hier sei. Und Jocies Vater sah aus, als wüschte er sich genau das.

Allmählich fing Jocie an zu glauben, dass die Kirche vor lauter Segen, der die Menschen traf, explodieren würde. Am liebsten wäre sie nach vorne gerannt, um neben Wes und ihrem Vater zu stehen, aber aus irgendeinem Grund waren ihre Füße wie festgewachsen.

Es war so, als würde Gott ihr sagen, dass der Zeitpunkt dafür noch nicht gekommen war. Dass noch mehr geschehen musste.

Und es geschah noch mehr. Noah und seine Mutter traten aus ihrer Bank und trugen Eli und Elise nach vorne. Zuerst dachte Jocie, sie wollten nur bei Cassidy und Miss Sally sein, aber dann sprach Noahs Mutter unter vier Augen mit Jocies Dad, drehte sich anschließend um und sah die Gemeindemitglieder an, die noch in den Bänken standen. Plötzlich verstummten alle erneut.

„Ich beantrage für mich und Noah für sich, Mitglied in dieser Gemeinde zu werden. Ich glaube an Gott und habe mich zum ersten Mal öffentlich zu ihm bekannt, als ich zehn Jahre alt war. Noah hat seinen Glauben ebenfalls bekannt und wurde in die Gemeinde getauft. Dies ist weder ein Protest noch eine Herausforderung. Wenn ihr mir und Noah die Mitgliedschaft verweigert, verstehen wir das und werden euch nicht böse sein. Aber der Herr hat meinen und Noahs Geist heute bewegt."

Einen Moment lang drehte sich Mrs Hearndon zu Miss Sally um, dann sah sie wieder die Gemeinde an. Mit den Handflächen wischte sie die Tränen von ihrem Gesicht und holte tief Luft, bevor sie weitersprach. „Ich möchte gerne Mitglied in derselben Gemeinde sein, zu der auch meine Mutter gehört, wenn ihr mich aufnehmt."

Es war ganz still in der Kirche, während Jocies Vater vortrat. Er sah ein wenig besorgt aus, als er sagte: „Und wie lautet die Entscheidung der Gemeinde? Eine Bekräftigung früherer Glaubensentscheidungen bedarf keiner Abstimmung, aber akzeptiert ihr diese anderen Bekenntnisse, die euch vorgetragen wurden? Wesley Green als Anwärter für die Taufe und vollen Mitgliedschaft in unserer Gemeinde, Leigh Jacobson als Mitglied durch Überweisung von der Hollyhill First Baptist Church und Myra Hearndon und Noah Hearndon aufgrund des Bekenntnisses ihres Glaubens?"

Noahs Mutter legte eine Hand auf seinen Arm. Ihre Stimme klang ruhig und selbstbewusst. „Nein, Pastor Brooke. So können Sie das nicht machen. Jede Abstimmung muss einzeln erfolgen. Wesley. Leigh. Ich. Noah. Getrennt."

Während vor einigen Minuten noch Rührung und Freude in der Kirche geherrscht hatten, schien es jetzt, als hätten alle Angst zu atmen. Jocie sah die Diakone an, die normalerweise den Antrag stellten, ein neues Mitglied aufzunehmen. Matt McDermott hatte die Hand gehoben, um zu sprechen, aber Ogden Martin kam ihm zuvor. Jocie hätte sich am liebsten unter der Bank versteckt, damit sie nicht hören musste, was er sagte. Er war immer gegen alles, was ihr Vater vorschlug.

Aber dann sagte er: „Ich stelle den Antrag, dass wir jede dieser Personen einzeln und nacheinander aufnehmen. Zuerst Wesley Green. Ich bin mir sicher, Diakon McDermott wird jeden meiner Anträge unterstützen." Mr Martin sah Mr McDermott an und der nickte. „Wenn ihr dafür seid, sagt Amen."

Das Amen war laut und einstimmig.

„Leigh Jacobson? Sagt ihr Amen?"

Wieder hallte die Antwort durch die Kirche.

„Myra Hearndon? Aufgrund des Bekenntnisses ihres Glaubens. Amen?"

Ohne Zögern ertönte wieder ein lautes Amen und ebenso für Noah. Kaum war das Amen verklungen, sagte Jim Sanderson: „Wollen Sie vielleicht den Gesang leiten, Mrs Hearndon?"

Alle lachten und wieder wäre Jocie am liebsten nach vorne gegangen. Aber wieder schien sie die Füße nicht vom Boden heben zu können. Wieder sagte Gott ihr: noch nicht. Vielleicht gab es noch etwas, das sie tun musste, bevor sie die Freude der anderen teilen konnte. Sie blickte über ihre Schulter zur letzten Reihe, in der Paulette neben Ronnie Martin gesessen hatte. Jetzt saßen sie nicht mehr. Sie standen wie alle anderen, aber sie waren da. Und Gott stieß Jocie an.

Jetzt hob sie die Füße und ging – aber nicht nach vorne, sondern nach hinten. Vor Ronnie Martin blieb sie stehen.

„Ich vergebe dir", sagte sie. „Ich tue nicht nur so, als würde ich dir vergeben, sondern ich vergebe dir wirklich."

Ronnie schien nicht so recht zu wissen, was er sagen sollte, und sah sie an, ohne zu lächeln. Nach einigen unbehaglichen Augenblicken sagte er: „In Ordnung. Gut."

Doch als Jocie sich umdrehte, um zu gehen, sagte er: „Warte mal, Jocie. Du musst wissen, dass es mir wirklich leidtut, was ich getan habe, und nicht nur wegen Paulette. Ehrlich."

„Ich glaube dir", sagte Jocie. Und das tat sie auch. Sie fühlte sich leichter, so als wäre eine Last von ihren Schultern genommen worden. Und vielleicht lag das auch daran, dass sie selbst erst jetzt, nachdem sie Ronnie vergeben – wirklich vergeben – hatte, die Vergebung spüren konnte, die sie selbst brauchte. Sie überlegte kurz, ob sie Ronnie umarmen sollte, beschloss aber dann, dass es besser war, nur zu lächeln. Anschließend drehte sie sich um und lief den Gang nach vorne, um Wesley zu umarmen.

Jessica Sanderson musste zwanzig Mal „Ich blicke voll Beugung und Staunen“ spielen, während alle denen gratulierten, die eine Entscheidung getroffen hatten. Und dann fragte Bob Jessup, wer ihm zur Farm der Hearndons folgen und helfen würde, die Apfelbäume zu pflanzen, die auf seinem Lastwagen waren.

Leigh brachte Tabitha und den kleinen Stephen und Tante Love nach Hause. Aber Wes blieb und begleitete Jocie und ihren Vater zu den Hearndons. Alle Diakone und ihre Frauen kamen ebenfalls mit. Insgesamt überfielen mehr als zwanzig Personen Alex Hearndon, der aussah, als traue er seinen Augen nicht, als Bob Jessup ihm die Bäume zeigte. Er starrte Mr Jessup lange unverwandt an, aber dann trat Miss Sally neben ihn und flüsterte ihm etwas ins Ohr und Noahs Vater streckte die Hand aus und schlug in Mr Jessups Hand ein.

Dann begaben sich alle zum Feld – sogar Wes, der auf der Ladefläche eines der Lieferwagen saß und Jocie und Cassidy erzählte, wie man auf dem Jupiter Bäume pflanzte, während sie zusahen, wie die Männer die zerbrochenen Bäume ausgruben.

Jocie lächelte ihn an. „Ich wette, es gibt auf dem Jupiter gar keine Apfelbäume.“

„Äpfel nicht direkt, aber so etwas Ähnliches. Sie heißen Jupfel, und wenn man einen davon isst, kann man doppelt so hoch springen wie vorher. Deshalb braucht man sich keine Gedanken über eine Leiter oder so etwas zu machen, wenn man das Obst pflücken will. Man nimmt sich einfach einen Jupfel, beißt hinein und dann kann man hochspringen und die anderen ganz einfach pflücken.“

Cassidy kicherte und Wes lächelte sie an. „Ein frisches Paar Ohren. Gott beschenkt mich wirklich.“

Jocie lachte auch, aber mehr vor Erleichterung und nicht, weil die Geschichte lustig war. „Ich bin froh, dass du immer noch vom Jupiter kommst“, sagte sie.

„Was heißt das denn, Jo? Meinst du, der liebe Gott könnte jemanden vom Jupiter nicht lieben?“ Wes zog die Augenbrauen hoch und sah Jocie prüfend an.

„Nein. Heute glaube ich, dass alles möglich ist“, sagte Jocie.

„Du ‚glaubst‘ es nur?“, fragte Wes.

„Also gut. Heute *weiß* ich, dass alles möglich ist.“ Sie sah Cassidy an. „Und was weißt du, Cassidy?“

Cassidy sah Jocie und Wes mit leuchtenden braunen Augen an und sagte: „Dass meine Oma Sally sagt, Mr Harveys Engel werden auf mich und die Apfelbäume von meinem Daddy aufpassen. Und sie weiß so was.“

Mehr von Ann H. Gabhart

Der Duft von Flieder
ISBN 978-3-86827-599-5
336 Seiten, Paperback

Kentucky 1964.

Es ist ein bunter Haufen, der da im beschaulichen Hollyhill zusammenwohnt. Vater David ist der Herausgeber der örtlichen Zeitung, träumt aber von einer Anstellung als Pastor. Seine 13-jährige Tochter Jocie wünscht sich nichts sehnlicher als einen Hund und dass ihre Schwester, die sie seit sieben Jahren nicht mehr gesehen hat, in den Schoß der Familie zurückkehrt. Die exzentrische Tante Love wird mit ihren 78 Jahren zunehmend vergesslicher, wirft permanent mit Bibelversen um sich und hütet ein dunkles Geheimnis.

Als Jocies Gebete erhört werden und ihnen nicht nur ein Hund zuläuft, sondern auch ihre Schwester Tabitha plötzlich vor der Tür steht, überschlagen sich die Ereignisse.